Klara Robert

Mystic Room

Madness Begins

KLARA ROBERT ist 1989 in Dorsten geboren und schreibt unter diesem Pseudonym in Gedenken an ihre geliebte Großmutter. Der Magie von Worten verfallen und den Kopf voller Ideen liebt Klara Sonnenschein und Tage, an denen sie nur schreiben, lesen und Gesellschaftsspiele spielen kann. Die Autorin ist auf Instagram (@klara_robert.autorin) aktiv und tauscht sich dort gerne mit ihren Leser*innen aus.

KLARA ROBERT

MYSTIC ROOM

MADNESS BEGINS

ROMAN

VAJONA

Dieser Artikel ist auch als E-Book erschienen.

Mystic Room: Madness Begins

Copyright
© 2023 VAJONA Verlag
Alle Rechte vorbehalten.
info@vajona.de

Das Werk darf – auch teilweise – nur mit Genehmigung des Verlags wiedergegeben werden.

KAdruk S.C.
Rapackiego 2
71-467, Szczecin

Gemeinsam mit unseren Partnern und Lieferanten setzt sich der VAJONA Verlag für eine klimaneutrale Buchproduktion ein.

Lektorat: Désirée Kläschen
Korrektorat: Sandy Brandt
Umschlaggestaltung: Julia Gröchel,
unter Verwendung von Motiven von 123rf Motive und Rawpixel
Satz: VAJONA Verlag, Oelsnitz

ISBN: 978-3-948985-82-0
VAJONA Verlag

Für Lena – Deine zauberhafteste und größte Superkraft bist du.

Für mich – Weil ich beeindruckend bin. Und dabei bin ich einfach ich.

Liebe Leserin und lieber Leser,

bist du bereit, Elena auf ihrer Reise durch die grausamen Live-Escapes zu begleiten? Ich hoffe, du hast keine Angst vor fiesen Hexen, düsteren Mächten und tödlichen Fallen.
Und besonders nicht vor einer erschreckend brutalen Wahrheit, die die Geschichte uns lehrt.
Die Rätsel sind in diesem Buch so aufgebaut, dass du direkt mitknobeln kannst.
Lasse dich von der Magie leiten, um den Weg hinaus zu finden.
Wirst du es schaffen, die Rätsel der *Mystic Rooms* zu lösen?
Ich wünsche dir viel Spaß beim Lesen, Mitraten und Entkommen!

Deine Klara

PROLOG

Aus den alten Schriften der Urmächte

Einst lebten die vier großen Urmächte *Emotion, Zeit, Schicksal* und *Magie* in völliger Eintracht und regierten das Volk der Menschen aus der Ferne. Sie gaben ihren Geschöpfen von jeher Geschenke ihrer Güte.

Emotion war die vielfältigste unter den vier Urmächten. Sie besaß die Macht der sieben Gefühle – Freude, Leid, Schmerz, Trauer, Liebe, Zorn und Ekel –, die sie in die Menschen pflanzte. Von ihr so reichlich beschenkt, wurden die menschlichen Kreaturen in jedwedem Atemzug von einem der sieben Gefühle beherrscht, damit sie stets von ihnen geleitet und gelenkt wurden.

Zeit war die ungnädigste der vier Urmächte. Sie setzte den Menschen und allen Lebewesen eine Grenze ihres irdischen Daseins, die nicht zu brechen war. So lebten die Erdengeschöpfe im Unwissen, wann ihre Lebenszeit gegeben und auch genommen wurde. Einzig die Urmacht *Zeit* besaß die Kraft, allen Anfang und allen Endes zu bestimmen.

Schicksal war die trügerischste der vier Urmächte. Sie zeigte sich den Menschen nur in ausgewählten Episoden ihres Daseins und hinterließ den fauligen Geschmack von Angst. Denn nicht jede Bestimmung, die das Schicksal vorgesehen hatte, war von Glück gesegnet. So trieb sie die Menschen dazu an, ihren Pfad zu gehen, ganz gleich, welchen Ausgang ihr Weg nehmen mochte.

Magie war die seltenste der vier Urmächte, zart und gefährlich zugleich. *Magie* beschenkte anders als die anderen Urmächte nicht alle Menschen mit gleicher Gewogenheit. Ein jedes Geschöpf bekam die Fähigkeit, aus Magie geschaffene Wunder zu vollbringen. Doch die Mehrheit verstand sie nicht einzusetzen und war blind für ihre Kraft. Um dennoch mit ihrer Schönheit und Stärke gesehen zu werden, schenkte *Magie* Einzelnen das Geschick, Verzauberungen hervorzubringen, die unverkennbar waren. Bloß die wenigsten unter den Menschen wurden mit der gewaltigen Gabe sichtbarer Zauberkünste gesegnet, um die Welt im Gleichgewicht zu halten. So vertraute *Magie* vereinzelten Frauen ihre Macht an, um unübersehbare Wunder zu vollbringen, die für den menschlichen Verstand unerklärt blieben.

Doch jeder Zauber hat seinen Preis. Der reizvolle Drang, diese Macht zu beherrschen, und der Irrglaube über die ungerechte Verteilung der besonderen magischen Kraft auf Einzelne, gerieten außer Kontrolle, sodass all jene, die darüber hinaus von der Urmacht *Magie* beschenkt wurden, alsbald Opfer ihrer Gnade wurden.

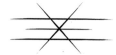

Während die vier Urmächte *Emotion, Zeit, Schicksal* und *Magie* jeder menschlichen Kreatur von Geburt an ihre Geschenke gaben, blieb es der Urmacht *Magie* vorbehalten, sich zudem auserwählte Wirte für ihre sichtbaren Zaubergaben zu suchen. So trug es sich zu, dass *Magie* an einem unscheinbaren Ort ausgerechnet jene Familie erwählte, die für alle folgenden Generationen das Dunkelste der magischen Kräfte hervorzubringen drohte.

Nicht weit von Manchester wurde in der Nachbarschaft von Pendle das Städtchen Mistwick durch sieben Gründungsväter erschaffen. Aus eben diesen sieben Familien stammten die Sprossen für den Aufbau und Erhalt der Stadt bis heute. Die Gründer errichteten mit ehrenvoller Arbeit und harter Führung die Stadtmauern und sicherten ihren Bewohnern ein Leben in Frieden innerhalb von Mistwick.

Jeder von ihnen war – wie alle Menschen auf der Welt – blind für die eigenen magischen Fähigkeiten, von Gefühlen gelenkt und geleitet. Ihre Leben waren an eine Frist gebunden, ihr Dasein getrieben von schicksalhaften Aufgaben und geprägt von Begegnungen. Dies sollte der Ort sein, an dem *Magie* eine Familie mit auserlesenen, sichtbaren Kräften segnete, um in all ihrer Pracht gesehen zu werden.

In Mistwick nämlich lebte vor vielen Hundert Jahren Familie Devine, eine Frau mit ihrem Mann und ihren drei Töchtern. Die Frau wurde von der Urmacht *Magie* gesegnet und mit ihr ihre Kinder. All ihre Töchter wurden wie sie mit magischen Fähigkeiten geboren und obendrein mit der seltenen Gabe, auch sichtbare Zeichen ihrer Künste vollbringen zu können.

Während der Gründungszeit begab es sich, dass die Familie Devine mehr und mehr an Anerkennung unter den Einwohnern gewann. Mit Kräutern, die gegen Fieber halfen, Salben, die Geschwüre heilten, und Zaubersprüchen, die eine reiche Ernte sicherten. Dinge, die die Menschen brauchten, konnte die Mutter mit ihren Töchtern den Bewohnern von Mistwick schenken, so wie sie einst von der Urmacht zusätzlich mit der besonderen Gabe der *Magie* beschenkt wurden.

Es dauerte nicht lange, ehe die sieben Gründungsfamilien missgünstig wurden. Ihnen war die Macht vergönnt, Krankheiten zu heilen und die Sicherheit der Bewohner zu beschwören. Sie waren es, die die Stadt in ihren Augen errichtet hatten – fernab von jeglicher Magie. Neid wuchs in ihnen heran und fraß sich wie ein fauliger Wurm durch ihren Geist.

Eines Nachts schlossen sich die Gründungsfamilien zusammen und hielten Rat, wie sie mit den unerklärlichen Machenschaften der Familie Devine umgehen sollten. Sie wollten an der Spitze der Anerkennung bleiben. Kein anderer sollte sie vom vermeintlichen Thron stoßen. Und das mit Zauberkräften, die sie selbst nicht beherrschen konnten.

Sie streuten verräterische Lügen und säten Zweifel unter den anderen Bewohnern der Stadt. Finstere Gestalten, gar Dämonen hätten die Familie heimgesucht, um sie mit schwarzer Magie in den Abgrund zu stürzen. Wer sich an die Devines hielt und ihre Zaubertränke zu sich nahm, würde sich bald selbst in ein Monster der Hölle wandeln, dessen Seele mit schwarzen Nebeln dunkler Magie besessen wurde.

Mehr und mehr glaubten die Einwohner den Hetzreden der Gründer und mieden die Familie, deren Zauberkünste sie bisweilen unterstützt hatten. Bald schon überwog die Angst vor dem Unerklärlichen, vor dem Magischen, vor dem Unkontrollierten.

Ausgestoßen aus ihrer sozialen Umgebung, wurden die Devines alsbald gerichtet. Ihnen wurde vorgeworfen, sich der Hexerei verschrieben zu haben, sie seien Ausgeburten der Hölle und kein Funken Menschlichkeit würde in ihnen leben. An dem Dunkelsten der Tage waren Hass und Angst in den Bewohnern von Mistwick so sehr gewachsen, dass sie sich gegen Familie Devine erhoben und sie in den Kerker sperrten.

Jeden Tag wurde einer von ihnen außerhalb der Stadtmauern, auf Barrow Hill, unter den Augen der Bewohner von Mistwick und der anderen Familienangehörigen vor eine Aufgabe gestellt, die nur mithilfe mit Hexenfähigkeiten zu überleben war. Wer die

Probe bestand, wurde der Hexerei beschuldigt und vor aller Augen hingerichtet. Wer die tödlich endenden Prüfungen nicht überwinden konnte, der verfügte wohl doch über keine magischen Fähigkeiten. Eins war gewiss: Ob bestanden oder nicht, der Tod würde auf jeden von ihnen warten.

Die Urmacht *Magie* flehte die anderen Urmächte an, sich gegen die Menschen zu richten und dem Grauen ein Ende zu bereiten. Doch weder *Emotion, Zeit* noch *Schicksal* vermochten sich in das Geschehen einzumischen. Als Quellen der Kräfte war es ihnen untersagt, in die Abläufe auf der Erde und Entscheidungen der menschlichen Geschöpfe einzugreifen. So mussten die vier Urmächte dabei zusehen, wie die Menschen sich Stück für Stück selbst verrieten und zugrunde gingen.

Am ersten Tage wurde die Mutter der Familie Devine gerichtet. Ihre Prüfung konnte sie nicht bestehen. Trotz ihrer Fähigkeiten gab es keinen tröstlichen Ausgang für sie. Keine Möglichkeit, um sich und ihre Familie vor dem Zorn der anderen zu schützen.

Am zweiten Tage wurde der Vater der Familie Devine vor eine Probe gestellt. Er selbst besaß keinerlei magische Fähigkeiten. Doch auch seine Töchter vermochten ihm nicht zu helfen.

Am dritten und vierten Tag wurden die ältesten Schwestern vor unlösbare Aufgaben gestellt, die ihnen mit dem Tod vergolten wurden.

Der Schmerz über den Verlust und der Zorn über die tödlichen Proben bewogen die Jüngste der Schwestern, Alizon Devine, dazu, ihre Verzweiflung in düstere Magie zu wandeln. Vier Tage lang musste sie ertragen, wie ihre Familie vor ihren Augen gefoltert wurde und qualvoll gepeinigt schließlich sterben musste. Es gab kein Überleben für sie, keinen Ausweg aus den teuflischen Aufgaben, die sich die Gründer für die Hexenproben ausgedacht hatten. Der Tod war unvermeidbar. Gleich ihren Erschaffern ließen die grauenvollen Rätsel keine Gnade zu. Getrieben von der leidvollen Not und ihrer ungezügelten Verzweiflung, gab sich Alizon wissentlich der Magie hin, die sie in die Dunkelheit führte.

Die junge Hexe galt mit ihren zehn Jahren als unscheinbares Kind, freundlich und naturverbunden. Sie war sich ihrer magischen Fähigkeiten bewusst, konnte sie aber längst nicht zu heilenden Zwecken und segensreichen Taten nutzen, wie ihre Mutter oder ihre älteren Schwestern es getan hatten. Unkontrollierte schwarze Magie war die gefährlichste von allen. Gelenkt durch *Emotion*, verknüpft mit dem Rahmen der *Zeit* und einem Hauch *Schicksal* vermochte Alizons Zauber alle Urmächte miteinander zu verbinden und in etwas Großes zu wandeln. Sie einte sie mit ihrer Fähigkeit und bündelte Elemente von ihnen in einen Bannspruch.

Alleingelassen mit ihrer Magie wünschte sich Alizon Rache zu üben an all jenen, die Schuld an diesem leidvollen Schmerz und ihrem unumkehrbaren Verlust trugen. In der Nacht vor ihrer eigenen Probe formte Alizon einen Fluch, der die Verantwortlichen für diese schrecklichen Taten treffen sollte. Sie schwor sich, dass ihr Tod und der ihrer Familie, unabwendbar und gleichsam so unnötig, nicht ungestraft bleiben durfte.

Vor ihrer Hexenaufgabe auf Barrow Hill sprach Alizon den unumkehrbaren Fluch über Mistwick und die sieben Gründungsfamilien aus. Die junge Hexe schuf mystische Spiele, die sich alle zehn Jahre wiederholen. Je ein Familienmitglied aus den Reihen der Gründer sollte künftig für die Taten seiner Ahnen büßen. Seither bekam je eines ihrer Kinder alle zehn Jahre die Chance, in den rätselhaften Spielen zu beweisen, dass seine Familie über die Jahre und Generationen hinweg gereift war und Reue wie Opferbereitschaft in sich trug.

Wer sich weigerte oder dem Ruf des Fluches zu fliehen vermochte, wurde mit Wahnsinn bis hin zum Tod bestraft. Wie einst für Alizons Familie selbst gab es kein Entkommen für die Nachfahren der Täter. Nur die Teilnahme an den grauenvollen Rätseln und deren erfolgreiche Lösung vermochten es, den mächtigen Zauberfluch zu brechen, um die gefangene Seele der Hexe aus ihrem rachsüchtigen Bann und den Fängen schwarzer Magie zu befreien.

Gefordert war von den Auserwählten die Lösung der tückischen Rätsel mit reiner Güte und Selbstlosigkeit zu finden und dementsprechend zu handeln. Dabei waren die Spiele die gebündelte Kraft aus der Vereinigung der Urmächte: *Emotion, Zeit, Schicksal* und *Magie*.

Durch den Einsatz dunkler Mächte wurde Alizons Seele von schwarzen Nebeln verschlungen. Ihre Hexenproben waren wie die, die ihrer Familie gestellt wurden: unlösbar. Bestärkt in ihrem Plan, alle zukünftigen Generationen der Gründungsfamilien für diese Schandtat büßen zu lassen, konnte sie in jener dunklen Nacht ihre auferlegte Prüfung auf Barrow Hill nicht bestehen. Doch nach ihrem Tod überdauerte ihre Seele, gefangen in den düsteren magischen Fängen, um so den Fluch zu erfüllen.

Getrieben von einem höheren Plan war Alizon sicher, dass ihre Spiele aufgrund der Boshaftigkeit der Gründerfamilien nie vollends bestanden werden könnten. Denn wem könnte es schon gelingen, ein solch großes Opfer auf sich zu nehmen, um die Blutschuld aller zu sühnen und sich einer solchen Tat an Unschuldigen zu verantworten?

KAPITEL 1

Drei Tage vor der Auswahl

Einer, der alles veränderte. Genau solch ein Augenblick war es, der so viel zerstörte.

Zuerst hörte ich das unverkennbare Geräusch quietschender Reifen, gefolgt von dem dumpfen Zusammenstoß von Metall und brechenden Knochen. Die Luft wurde von verbranntem Gummi und einem kurzen spitzen Aufschrei erfüllt, der mir einen eiskalten Schauer einjagte. Der unvergessliche Laut von zerberstenden Knochen und splitterndem Glas auf Asphalt hallte wie ein unangenehmes Rauschen in meinen Ohren. Danach war es sekundenlang vollkommen still auf der sonst so belebten Kreuzung der Manchester Road.

Bis auf meinen Herzschlag, der ausgesetzt hatte, und nun viel zu kräftig in meiner Brust donnerte. Mein Puls vibrierte, dröhnte in meinen Ohren, dabei war das unmöglich. Schließlich fühlte es sich gleichermaßen so an, als sei das Blut in meinen Adern zum Stillstand gekommen und völlig eingefroren. Ich blinzelte, nahm den Unfall wie durch Watte wahr. Ein schriller Ton vernebelte meine Gedanken. *Wie viele Sekunden stand ich schon hier?* Erstarrt. Bewegungsunfähig.

Nein. Das konnte nicht real sein.

Mein Gehirn hatte Probleme, die Schreckensbilder zu verarbeiten. Und mein Körper reagierte nicht. Ich stand völlig neben mir.

Der Fahrer des Lastwagens hatte bereits den Notruf gewählt und versuchte Erste Hilfe zu leisten. Er hatte die nötige Kraft, die ich in meiner panikgetränkten Reglosigkeit niemals aufgebracht hätte. Obwohl er den Wagen gefahren hatte, war er nun zur Stelle, um zu helfen. Geschickt und voller Konzentration beantwortete er binnen weniger Augenblicke die wohl notwendigen Fragen aus der Notrufzentrale, um schnellstmöglich den Rettungswagen zu rufen. In einem anderen Szenario hätte er wie ein Held auf mich gewirkt. Vielleicht war er das auch.

Ich stand noch immer auf dem Bürgersteig, unfähig, etwas zu tun. Meine Lungen zogen sich schmerzhaft zusammen. *Wann hatte ich vergessen, zu atmen?*

Ich schnappte nach Luft und zwang mich wegzusehen, doch meine Augen waren genauso wie der Rest meines Körpers erstarrt und brannten den blanken Horror, der sich mir bot, tief in mein Inneres. Das Grauen vor mir lähmte mich. Der Schrecken war jung und saß gleichsam bereits so tief.

Ich hatte noch nie einen Unfall aus nächster Nähe gesehen. In Filmen machten mir solche Szenen keine Angst. Schließlich war ich nicht betroffen. Anders als jetzt.

Ich befahl meinen Füßen, endlich in Bewegung zu kommen. Zittrig, taumelnd, als sei jede Faser meines Körpers in Schockstarre – nicht bereit, meinem Willen zu folgen. Da, endlich erwachte ich aus meiner Versteifung, setzte einen Fuß vor. Dankbar, nicht direkt das Gleichgewicht zu verlieren, wagte ich einen weiteren Schritt zum Schauplatz mitten auf der Straße.

Ich wich einem Stück Metall aus, das vor dem Zusammenprall ein wesentlicher Bestandteil eines Fahrzeugs gewesen war. Meine Sohlen trafen auf Splitter, die unter meinem Gewicht knirschten. Das Geräusch entlockte mir einen Schauer. Unliebsam breitete sich eine Gänsehaut auf meinen Armen aus. Ich bemerkte gar nicht, wie sehr mein ganzer Körper bebte und zitterte, bis ich meine Hand an meine Brust drückte.

O Gott. Trümmer. Scherben. Blut. So verdammt viel Blut.

Ich taumelte, versuchte den eiskalten Schrecken abzuschütteln. Lexi lag direkt vor mir. Sie war nach der Kollision mit dem Laster weggeschleudert worden. Der Fahrer hatte versucht, auszuweichen. Doch es ging alles viel zu schnell. Er hatte sie voll erwischt und kam in einem anderen Wagen zum Stehen.

Mein Hals fühlte sich staubtrocken und kratzig an. Der spitze Schrei, bevor der Wagen Lexi getroffen hatte, kam von ihr. Oder von mir. Oder von jemand anderen. Ich konnte es nicht sagen. In mir spürte ich den unbezwingbaren Drang, einen neuen Schrei aus meiner Kehle zu befreien, um all meinen verzweifelten Schmerz herauszulassen. Doch kein Ton kam über meine Lippen. Scheinbar war noch längst nicht jeder Teil von mir aus der Schockstarre erwacht.

Lexi bewegte sich nicht. Sie lag einfach da, regungslos, friedlich – verpackt in einem lebendigen Albtraum. Ihre dunkelblonden Locken waren durchzogen von frischem Blut. Es sickerte nach, tropfte in die rote Pfütze, die sich bereits unter ihrem Kopf bildete.

Ich versuchte den dicken Kloß, der mir das Atmen erschwerte, loszuwerden. Meine Kraft schwand, je länger ich sie ansah. All meine Energie war mit einem Mal verbraucht. Zuerst gaben meine Knie nach, bevor meine Hände den warmen Asphalt berührten. Ich stützte mich ab, spürte einen unaufhaltsamen Würgereiz, der durch das Gefühl von messerscharfen Nadeln, die mein Herz durchbohrten, jedoch in den Hintergrund rückte.

Eben erst war ich mit Lexi unterwegs. Sie war neben mir, alles war in Ordnung. Bis der plötzliche Migräneschub sie überrollte und es unerträglich machte. Sie stieß mich von sich, ich taumelte ein paar Schritte zurück. Bloß einen winzigen Augenblick, der alles veränderte. Lexi stolperte vor, direkt auf die Straße zu, blind vor Schmerz, um dem Grauen zu entkommen. Ich war zu langsam, um sie zu fassen.

Und nun lag sie hier auf dem Asphalt und rührte sich nicht. Ich tastete mit zittrigen Fingern nach ihr, berührte ihre Hand. Mein Sichtfeld wurde verschwommener. Schnelles Blinzeln machte es wieder klar. Etwas Nasses lief meine Wangen herunter. Tränen voll Kummer und Fassungslosigkeit. Unumgänglich wuchsen die ersten Zweifel in mir, genährt von der bohrenden Frage – Warum?

Warum habe ich Lexi nicht aufgehalten? Warum habe ich nicht schneller reagiert? Warum habe ich meine Cousine nicht beschützen können?

Die Wahrheit schmeckte bitter. Sie war verrucht, hässlich und grausam. Denn ich kannte die Antwort.

Nein, ich hätte nichts ändern können. Es musste so kommen, denn wir können nicht fliehen. Nicht hier, in dieser verfluchten Stadt. Nicht vor dem, was uns erwartet. Ich hätte nichts tun können, um ihren Unfall zu verhindern. Schließlich bin ich keine Heldin.

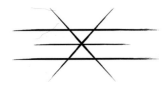

Ein Tag vor der Auswahl

Metallischer Geschmack legt sich plötzlich auf meine Zunge und reißt mich völlig aus meinen Gedanken. Vorsichtig berühre ich meine Unterlippe, die ich aufgebissen habe. Ich ertappe mich dabei, wie ich versuche, die Erinnerungen durch ein müdes Kopfschütteln abzuwerfen. Dabei weiß ich nur zu gut, dass ich diese Bilder nie ganz aus meinem Gedächtnis verbannen kann.

Ich atme laut aus und lege meine Hand zurück auf Lexis. Die Schwestern haben ihr heute ein hellgrünes Nachthemd angezogen. Ihre Haare sind unter einem dicken Kopfverband versteckt. Nur einzelne dunkelblonde Locken lugen glanzlos unter dem Wickel hervor.

Ihr rechtes Bein ist zertrümmert. Es hängt in einer Ummantelung aus Gips in einer erhöhten Konstruktion, die für mich alles andere als bequem aussieht. Durchsichtige Schläuche der Nasenbrille versorgen Lexi zusätzlich mit Sauerstoff. Das Gluckern des Gerätes beruhigt mich, denn es führt mir vor Augen, dass sie überlebt hat. Die Wunden auf Gesicht, Armen und Beinen sind gut versorgt und würden mit nötiger Ruhe heilen können. Einzelne gebrochene Rippen und innere Quetschungen machen es ihr schwer, schmerzfrei zu atmen. Das würde dauern. Es ist aber weitaus weniger schlimm als das, was ich am Unfallort dachte. Denn Lexi lebt. Obwohl es auf mich ganz anders gewirkt hat. Der Zusammenprall war einfach viel zu heftig.

Ich streichele mit dem Daumen über ihren Handrücken, bis sie schläfrig die Augen öffnet. Augenblicklich erhellt sich ihr Blick.

»Hey.« Meine Stimme hört sich fremd an – viel zu zerbrechlich und getränkt voll Mitleid. Dabei will ich nicht, dass sich Lexi Sorgen macht. Sie soll nicht sehen, wie sehr ich unter ihren Verletzungen leide. Schließlich muss sie selbst diesen Scheiß verarbeiten.

Ich räuspere mich, obwohl ich mir sicher bin, dass das nichts ändern wird.

Lexi versucht ihre müden Glieder zu strecken und zuckt zusammen. Sie zieht scharf die Luft ein. Ich kann nicht verhindern, dass ich mit ihr leide und meine Miene verziehe. Ihr Anblick zerreißt mir das Herz.

Als die Schmerzwelle abklingt, entspannt sich ihr Gesicht wieder, doch sie wirft mir einen strengen Blick zu.

»Elena, sieh mich nicht so an.«

»Entschuldige«, gebe ich kleinlaut zu. Ich kann Lexi nichts vormachen. Wir verstehen uns wortlos. Sie weiß, wie es in mir aussieht.

»Ich habe gedacht, du bist hier, um mich aufzumuntern«, neckt sie mich. »Du könntest etwas sagen wie: *Wow, du siehst schon viel besser aus.*«

»In Ordnung. Wow, du siehst ehrlich schon viel besser aus. Dein Schönheitsschlaf bringt wahre Wunder. Wahnsinn, richtig erholt«, bestätige ich, obwohl wir beide wissen, dass es nicht wahr ist.

Wenigstens bringe ich sie damit auf andere Gedanken und lenke sie von den Schmerzen ab. Ihre Mundwinkel heben sich belustigt. »Na danke. Jetzt fühle ich mich fast geheilt. Du weißt echt, wie man Patienten aufheitert.«

Ich verbeuge mich vor ihr und lächle. »Jederzeit wieder.«

Lexi dreht ihren Kopf etwas zur Seite. Dabei streicht ihre Halskrause über das weiche Kissen und verursacht ein kratzendes Geräusch. »Krass, es ist ja schon fast dunkel.«

Ich folge ihrem Blick und nicke.

»Elena, du musst nicht ständig so lange hier sein«, erklärt sie mir.

Dabei wissen wir beide, dass ich es trotzdem tun werde. Lexi ist schließlich wie eine Schwester für mich. Wir sind unzertrennlich. Seit dem Tod meiner Eltern lebe ich bei ihr und meinem Onkel. Sie kümmern sich seit Jahren um mich. Wie sie stets für mich da sind, bin ich es für sie. Ich kann ihnen niemals das zurückgeben, was sie für mich getan haben und jeden einzelnen Tag tun, denn sie haben mich aufgenommen und gerettet. Wir sind eine Familie, doch gerade sie sind meine persönlichen Helden.

Meine Familie ist nicht sonderlich groß, dennoch hatte ich bereits vor dem Tod meiner Eltern den engsten Kontakt zu Lexi und Onkel Gerry. Weniger dagegen mit meinen anderen Verwandten.

Lexi und Onkel Gerry sind für mich die, auf die ich zählen kann. Umso schrecklicher ist es, dass ich Lexi nicht vor dem Unfall bewahren konnte. Aber für mich ist klar, dass ich sie nicht isoliert hier im Krankenhaus lasse, sondern möglichst häufig und lange bei ihr bin.

Das ist nach meinem Gefühl wesentlich schöner, als aufzuwachen und dann ohne Gesellschaft in einem sterilen und unpersönlichen Krankenzimmer zu verbringen. So kann ich ihr wenigstens die Gewissheit geben, dass sie nicht allein ist.

Mein Handy klingelt. Die fröhliche Melodie ist wie ein Störenfried in dieser ruhigen Atmosphäre. Ich krame es umständlich aus meiner Hosentasche und werfe einen Blick darauf.

Das Kontaktbild meiner besten Freundin – neben Lexi – lässt mich schmunzeln. »Hey, Jules!«

»Wo steckst du?«, empfängt mich ihre barsche Begrüßung. Ihr Temperament ist beeindruckend. Manchmal wünsche ich mir, etwas mehr Feuer zu haben, so wie sie. Vielleicht wäre ich dann hartnäckiger gewesen. Vielleicht hätte ich Lexi dann vor dem Unfall beschützen können.

Meine Cousine nimmt ihren Becher in die Hand und trinkt einen Schluck Wasser. Ihr Gesicht verzieht sich, während die kühle Flüssigkeit ihre Kehle hinunterfließt.

»Ich bin noch bei Lexi.«

»Dann hole ich dich in zehn Minuten ab, komm runter.« Die Sicherheit in ihrer Stimme lässt keine Zweifel zu.

Ich wische mir meine schwitzige Hand an der Jeans trocken und seufze kopfschüttelnd. »Vergiss es, Jules. Ich bin raus.«

Bereits in der Schule hat sie mich zu überreden versucht und all meine Bemühungen, mich vor dem heutigen Abend zu drücken, im Keim erstickt.

Ich klemme mir das Smartphone ans Ohr, um Lexi neues Wasser einzuschenken. Jules kichert am anderen Ende der Leitung.

»Das glaubst du doch selbst nicht. Du kannst dich nicht drücken. Es ist schließlich dein Fest«, gibt sie zu bedenken.

Jules ist das komplette Gegenteil von mir. Mit ihrer quirligen, spontanen Art versucht sie auch mich anzustecken. Ich liebe ihre Lebensfreude, ihre Sturheit ist dagegen echt anstrengend. Dennoch schätze ich Jules Frohnatur sehr, sie ist wie die Mischung aus warmen Sonnschein und feurigem Energiebündel.

Mir ist klar, dass sie mich ablenken will von dem, was Lexi passiert ist, von dem, was uns allen bevorsteht. Jules hat Glück, denn ihre Familie ist nicht betroffen. Ich rechne es ihr hoch an, dass sie gerade in dieser Zeit versucht, mich aufzubauen und zu stützen. Auf ihre Art. Ich an ihrer Stelle hätte vermutlich nicht weniger getan. Ein Funken Neid keimt auf, doch ich schiebe dieses Gefühl beiseite. Wenn ich könnte, würde ich sofort das Schicksal beeinflussen, um dem, was uns bevorsteht, zu entfliehen. Aber schließlich ist mein Leben kein Märchen.

»Lass uns das gemeinsam durchstehen, Elena.«

Ich nicke stumm, was Jules natürlich nicht sehen kann.

»Keine Panik, alles wird gut. Bis gleich.«

Laut ausatmend schiebe ich das Handy zurück in die Hosentasche und sehe in die vertrauten grünen Augen meiner Cousine, die meinen so ähnlich sind. Wir gehen tatsächlich fast als Schwestern durch.

Sie sieht müde aus. Die Medikamente machen ihr deutlich zu schaffen. Obwohl sie die letzte Stunde tief geschlafen hat, wirkt sie erschöpft.

»Jules?«, errät Lexi die Anruferin.

Ich nicke und gehe zu den Fenstern hinüber. »Sie will mit mir zu der Feier«, sage ich lustlos.

Ich beobachte, wie die Straßenlaternen nacheinander angehen. Sie erfüllen gewissenhaft ihre Pflicht. Dagegen bin ich eine Rebellin des Systems. Denn ich will am liebsten vor dem, was bevorsteht, weglaufen.

»Elena, ich weiß, das ist schwer, aber du hast keine Wahl«, erinnert mich Lexi unnötigerweise.

Ich kenne mein Schicksal. Das von meiner Familie, von dieser verdammten Stadt.

Ein Pochen drückt gegen meine Schläfen. Ich massiere mir die Stelle und versuche, Lexis besorgtem Blick auszuweichen.

Die Kopfschmerzen gehören dazu. Sie sind wie grauenvolle Vorboten, die einen nicht vergessen lassen, dass wir unsere Bestimmung nicht verhindern können. Ich atme hörbar aus, um vermeintlich auf diese Weise den spitzen Schmerz abzuschütteln. Dabei liegt es nicht in meiner Macht, diese Zeichen zu kontrollieren. Zwei weitere Atemzüge lang hält das unangenehme Ziehen noch an, das mich an mein Los erinnert. Dann hört es auf. Wie durch Zauberei. Noch eine Sache, vor der ich nicht weglaufen kann.

»Migräne?«

Ich bemühe mich um ein Lächeln. »Geht schon.«

»Es tut mir so leid, dass ich dir und euch solchen Kummer bereite.«

Besorgt drehe ich mich zu Lexi um. Sie wirkt nahezu hilflos in ihrem Krankenbett, umgeben von Schläuchen und eingepackt in Wundverbände.

»Du kannst da nichts für«, versuche ich sie aufzumuntern.

Es ist nicht einmal gelogen. Schließlich kann man sich seine Familie und Herkunft nicht aussuchen. Lexi und ich gehören zu einer der sieben Gründungsfamilien dieser Stadt. Doch das ist kein Privileg, sondern eine Bürde.

Ich bin eine Parker – bloß ohne Spinnenbiss, übernatürlichen Kräften oder Freunden aus dem Marvel-Universum, die bestimmt mit Leichtigkeit diesem Schrecken ein Ende bereiten könnten. Mein Leben könnte so anders sein, so verdammt viel besser, wenn ich nicht in diesem Albtraum gefangen wäre. Ein böser Traum der schlimmsten Sorte, denn alles ist echt. Die Sorgen und Ängste verfolgen mich nachts wie auch am Tag. Meine Stärke, mein Lebensmut, meine Unbeschwertheit, meine Hoffnung, meine Freiheit – alles schwindet dahin und wird mir geraubt. Es ist ein Albtraum ohne Erwachen.

Der dunkle Zauber, der die Stadt schon seit Jahrhunderten in seinen Fängen hält, fordert einen hohen Preis. Nicht irgendeinen und nicht von irgendjemandem. Morgen ist es wieder so weit. Der Tag der Auswahl steht an. Alle müssen sich auf dem Ratsplatz versammeln, denn dann sind weitere zehn Jahre um, in denen der Fluch bloß vor sich hin schlummerte, wie mein Onkel immer sagt.

Die neue Chance, ihn zu brechen, beginnt und die Ehre gebührt einzig den Nachfahren aus den Reihen der Gründerväter. Die Ehre, an den kranken Rätseln einer verzweifelten Hexe teilzunehmen. Dabei ist allen klar, dass diese Aufgaben tödliche Opfer fordern.

Es wäre schön, eine Wahl zu haben – ohne grausame Konsequenzen erwarten zu müssen. Aber dafür ist der Fluch zu mächtig. Die Gründungsfamilien sind an diesen Ort gefesselt, damit sich niemand von ihnen dieser Last entziehen kann. Zur Belustigung der Hexe vermutlich.

Oft genug habe ich versucht, die Grenze zu passieren, aber der Zauber hindert mich und alle anderen aus den Reihen der Verfluchten daran, meinem Schicksal zu entkommen.

Heute ist das *Gnadenfest*, wie ich es nenne. Schließlich sollte die Stadt beisammen sein und feiern, bevor die hilflosen Kandidaten in die höllischen Live-Escapes gebracht werden, um für ihr Überleben und die Lösung des Fluchs zu kämpfen.

Lexi schüttelt entschieden den Kopf. »Ich hätte stärker sein müssen. Trotz der Schmerzen«, entschuldigt sie sich.

Dabei ist das völliger Unsinn. Ich kann nur allzu gut nachempfinden, dass Lexi Angst hat. Angst um ihr Leben. Das haben wir alle. Doch das Tückische an dem unheimlichen Zauber ist, dass er uns nie vergessen lässt, was uns bevorsteht.

Es hat alles mit Kopfschmerzen angefangen, leicht und völlig harmlos. Jedes Kind aus den Gründungsfamilien bekommt sie, wenn es zehn Jahre alt wird – ein Zeichen, dass es in den Lostopf der Hexe gehüpft ist. Wenn auch unfreiwillig und machtlos. Von da an bangt es darum, ob es bei der nächsten Auswahl von der Hexe ausgesucht wird, um die eigene Familie in den unheilvollen Spielen zu vertreten. Die Schmerzen werden schlimmer, je mehr man gegen sein Schicksal ankämpft oder davor fliehen will, bis die unaushaltbare, stechende Migräne einsetzt, ein lästiger Begleiter.

»Wir kriegen das hin«, höre ich mich die leeren Aufmunterungsworte aussprechen, die Jules mir eben erst selbst gesagt hat.

»Ich will nicht gewählt werden.« Lexis Stimme bricht und mit ihr etwas in meinem Herzen. Ich wünsche, dieser Fluch wäre vorbei und wir können ein normales Leben führen, fernab von diesem Gefängnis aus Angst und Schmerz.

»Du wirst es nicht«, beteuere ich, obwohl ich weiß, dass niemand die Gewissheit hat, vom Fluch verschont zu werden.

Alle zehn Jahre wiederholt sich die Geschichte und aus jedem Gründungshaus wird ein Kind zwischen zehn und achtzehn Jahren erwählt, sich den tödlichen Fallen auszusetzen, in einem Spiel, das eigentlich keines ist. Es ist uns in die Wiege gelegt, wenigstens einmal an der Auswahl teilnehmen zu müssen, in der Hoffnung, verschont zu bleiben.

Lexi nickt, doch ich kaufe ihr nicht ab, dass sie meinen Worten glaubt. Die Anzahl möglicher Kandidaten aus unserem Familienstammbaum für die diesjährigen Escapes ist überschaubar. Das weiß sie, das weiß ich.

Ich hole meiner Cousine eine wärmere Decke aus dem Krankenhausschrank, um sie über ihre Beine zu legen. Abends friert sie immer schnell.

Sie lächelt mich dankbar an und greift nach meiner Hand. »Das reicht jetzt aber. Geh auf den Gründungsabend und habe Spaß, feiere, tanze, genieße es.«

Solange es noch geht – füge ich in Gedanken hinzu.

Meine Augenbraue wandert vielsagend nach oben. Der Tanz vor dem Beginn der Escapes gehört dazu. Die Stadt feiert den letzten Abend vor der Auswahl – bevor sich alles verändert, zumindest für die Gründungsfamilien. Ich will nicht dorthin. Vor allem nicht ohne Lexi.

»Ich bestehe darauf, dass du hingehst, Elena. Du kannst nicht ständig hier im Krankenhaus abhängen und dabei vor lauter Grübeln vergessen, zu leben.«

Das ist leichter gesagt als getan. »Lexi ...«, setze ich an, doch sie unterbricht mich direkt.

»Bitte, Elena. Vergiss für diesen Abend all die Sorgen und lass dich von Jules ablenken. Okay? Wenn du es nicht für dich tun willst, dann wenigstens für mich.«

Der Drang, ihr zu widersprechen, ist groß, aber ich verzichte auf die verlockende Gelegenheit. Ich will mich nicht mit ihr streiten. Besonders nicht in den letzten ruhigen Stunden, die wir haben.

»Okay«, willige ich ein und ergattere sogleich ein ehrliches Lächeln von ihr. »Dann ruh dich weiter aus.«

Am liebsten würde ich Lexi umarmen, allerdings fällt es mir mit den vielen Verkabelungen und Schläuchen nicht leicht, in denen ich mich verheddern kann. Trotz täglichem Training kann ich meine Ungeschicktheit noch immer nicht gänzlich bezwingen. Stattdessen umschließe ich mit beiden Händen Lexis und drücke sie sanft.

Da spüre ich plötzlich neue Hoffnung in mir wachsen. Hoffnung auf ein Happy End, auf einen Ausweg aus dieser grauenvollen Bestimmung. Ein Lichtblick, all den finstern Magien zu entkommen, die das Leben meiner Familie, das der anderen Gründer und der ganzen Stadt so sehr beeinflussen. Zauber, die auch mein eigenes Leben voller Angst und Kummer beherrschen. Es ist bloß ein kleiner Funke, aber mir ist bewusst, dass jeder große Brand mit einem Funken beginnt. Ja, das wäre schön. Eine Möglichkeit, dieser düsteren Zeit und meinem Schicksal zu entkommen, um neu anzufangen. Ein Neustart. Für mich ist unzweifelhaft klar, wie dieser aussehen würde: Ein Leben ohne Hexen, ohne mystische Rätsel, ohne blutige Flüche – stattdessen ein Leben voller Licht.

KAPITEL 2

Vierzehn Stunden vor der Auswahl

Stockfinster. Die Dämmerung hat all die warmen Sonnenstrahlen verschluckt und Mistwick in ihr nächtliches Gewand gewickelt. Auf dem Parkplatz erwartet Jules mich bereits. Lässig baumeln ihre Beine aus dem Fahrerfenster. Als sie mich entdeckt, hüpft sie aus dem Auto und umarmt mich überschwänglich. Der Duft eines blumigen Parfums steigt mir in die Nase. Es ist erfrischend und passt zu Jules. Ich dagegen rieche mit Sicherheit nach Desinfektionsmittel und Krankenhausmuff – perfekt für eine festliche Party.

Ihre Lebensfreude tut mir gut. Besonders jetzt merke ich, welche starke Stütze sie für mich ist. Sie lässt mich los und strahlt von einem Ohr zum anderen. Ihre rosigen Wangen heben sich von ihrer goldbraunen Haut ab und lassen meine Freundin schüchtern und zugleich elegant wirken. Ihre blonden Haare fallen ihr glatt über die Schultern. Sie sieht beinahe unschuldig aus. Aber auch nur fast. Jules knallroter Pick-up leuchtet mit ihrem engen Kleid um die Wette.

»Das glaube ich nicht«, sage ich ehrlich entsetzt und deute auf ihr gewagtes Sommerkleid – oder besser Kleidchen. Offensichtlich hat sie nicht vor, auf dem Fest ungesehen zu bleiben. Und mit dieser Garderobe wird ihr Wunsch garantiert erfüllt.

Jules Grinsen ist anzüglich, während sie sich um die eigene Achse dreht, damit ich sie in ihrer Auswahl begutachten und bestätigen kann.

»Hammer, oder?« Ihre Begeisterung kann ich selbst ohne rhetorische Frage deutlich sehen.

»Je nachdem, was du mit dem Kleid erreichen willst«, antworte ich vorsichtig. »Es ist ein wenig aufreizend.«

Meine Freundin lacht auf und öffnet die Beifahrertür für mich. »Dann ist es absolut perfekt für die Party! Los jetzt, es ist schon spät.«

Ich lasse mich auf den Beifahrersitz fallen und warte, bis meine Freundin hinterm Steuer sitzt. Ihr entgeht meine betrübte Stimmung nicht. *Wie auch?*

Jules greift über die Mittelkonsole und nimmt meine Hände in ihre. »Kann ich etwas tun?«

Ich nicke erst, schüttele dann jedoch heftig mit dem Kopf. Das spornt meine Kopfschmerzen an, wieder lästig zu pochen, doch ich kann nicht anders. Jules hat Glück, denn ihre Familie ist von dem Fluch verschont worden. Ihr steht ein Leben fernab von Mistwick bevor. Ich werde für immer hier festsitzen oder früher sterben, als mir lieb ist. Meine Aussichten sind nicht grundlos trist.

»Ich weiß, dass das alles scheiße ist«, antwortet Jules, als hätte sie meine Gedanken gelesen. »Aber du wirst diesen Mist überstehen und morgen nicht gewählt werden. Alles wird normal weitergehen. Glaub mir, Elena.« Sie schließt die Augen und atmet tief durch. »Aufgeben ist nie eine Option. Lass diese blöde Hexe nicht dein Leben bestimmen. Du bist der Boss, schon vergessen?«

Ich kann nicht verhindern, dass sie mich mit ihren Worten tatsächlich aus der negativen Gedankenschlaufe holt. »Der Boss?«

Jules nickt zufrieden und schnallt sich an. »Aber sicher doch.

Du bestimmst über dein Leben. Basta. Und kein Fluch kann das je ändern. Also, bereit für deine Party?«

Etwas genervt verdrehe ich die Augen und schnalle mich ebenfalls an. »Es ist nicht meine Feier, sondern ein stinknormales Stadtfest – also mehr oder minder.«

»Du bist Ehrengast, Ms Parker, du musst schließlich deine Familie vertreten.«

Aus ihrem Mund klingt es tatsächlich fast wie eine Ehre, zu den Gründungsfamilien zu zählen.

»Am liebsten will ich bloß nach Hause und mich verkriechen«, gebe ich zu. Der morgige Tag wird mir schon genug Energie rauben. Auf den partygetränkten Abend vor der gefährlichen Entscheidung kann ich getrost verzichten. Meine Freundin dagegen zeigt mir mit einem eindeutigen Blick, was sie von Spaßbremsen hält.

»Schenk uns diesen Abend. Du und ich gehen dahin. Gib mir wenigstens die Chance, dich von dem ganzen Hexenkram abzulenken. Sieh es als kleinen Freundschaftsdienst, wenn ich schon nicht mehr tun kann, um den beschissenen Horror zu verhindern.«

Jules bemüht sich, ihre aufkommenden Tränen zu verbergen. Es rührt mich, dass sie unter diesem Fluch so sehr leidet, obwohl ihre Familie nicht direkt betroffen ist. Sie kann mir nicht dabei helfen, dieses Schicksal abzuwenden. Aber ich kann den Abend mit ihr verbringen, mit ihr tanzen und sie das tun lassen, wofür ich sie liebe: Sie versuchen lassen, mich mit ihrer Lebensfreude anzustecken.

Ich drücke mich enger in den Sitz und überkreuze die Arme in einer bockigen Haltung. »Na fein«, gebe ich mich geschlagen. »Du lässt eh nicht locker.«

Jules Blick ist voller Dankbarkeit. Vermutlich deshalb, weil ich den Abend vor der Auswahl mit ihr verbringe anstelle mich meinen negativen Gedanken hinzugeben und mir die Decke über den Kopf zu ziehen. Es ist vielleicht unser letzter gemeinsamer Abend, bevor sich alles ändern kann. Wenn auch auf dem *Gnadenfest*. Wir fahren über die holprige Straße in Richtung Stadtkern. Die Straßenlaternen sind zusätzlich mit Lichterketten geschmückt, an den Hauswänden hängen sogar die Banner der Stadt. Es scheint, als hätte sich Mistwick extra für die Gründungsfeier in Schale geworfen. Neun Jahre in Folge gibt es beinahe auch einen Grund, die Gründung der Stadt zu feiern. Bloß jedes zehnte Jahr ist von Schrecken geprägt. So wie dieses.

»Es wird mit Sicherheit super! Außerdem werden alle da sein. All die Kinder der Gründungsfamilien. Auch die von der Privatschule. Das ist so aufregend!«

Ich riskiere einen Seitenblick, der Jules nicht unbemerkt bleibt. »Siehst du, ich wusste doch, dass dich das interessieren könnte.«

Prompt schießt mir die Röte ins Gesicht. Ich hasse es, dass ich meine Körperreaktion nicht besser im Griff habe. »Nein, das ist nicht wegen …«

»Bleib locker. Jeder ist neugierig auf die Leckerbissen aus den Gründungsfamilien. Vor allem, weil man so wenig von ihnen mitbekommt. Die meisten werden ja direkt in die blöde Privatschule gesteckt. Ich freu mich schon so!« Begeistert hopst Jules auf dem Sitz auf und ab. Sie ist wahrlich unverbesserlich.

In Mistwick gibt es neben der High School, auf die Jules, Lexi und ich gehen, auch eine Privatschule aus den Gründungszeiten. Dieses Eliteinternat können bloß auserwählte Kinder besuchen, meist von den betuchteren Einwohnern oder von den Gründungsfamilien. Die *St. Romy Meyro* liegt etwas abseits am Waldrand von Barrow Hill. Die Privatschüler sind schon immer eine Gruppe gewesen, die gern unter sich bleibt und zu der ich nie gehören wollte. Zumal ich meinem Onkel nicht zumuten wollte, den Besuch einer solchen Schule zu finanzieren. Er ist seit dem Tod meiner Eltern schließlich für Lexi und mich verantwortlich. Auch finanziell. Meine Tante hatte ihn und Lexi damals verlassen. Der Spuk um den Fluch war ihr zu viel geworden. Anders als wir konnte sie fliehen, denn ihre Blutlinie war nicht direkt mit den Gründern verbunden. Somit musste sich Onkel Gerry allein um Lexi kümmern – und obendrein um mich.

Heimlich haben Lexi und ich uns vorgestellt, wie es wäre, auf die Privatschule zu gehen, doch wir waren uns schnell einig, dass das nichts für uns ist. Von Jules weiß ich, dass sie sich gänzlich anders entschieden hätte, wenn ihre Eltern die nötigen Mittel hätten, um sie auf das Internat zu schicken. Sie liebt das Besondere. Und hat eine Vorliebe für Privatschüler. Mit der Ausbeute, die die städtische High School zu bieten hat, ist Jules nämlich nicht ganz so zufrieden.

Lexi behält recht: Jules kann mich tatsächlich ablenken – wenn auch für den Moment bloß mit Jungs und Partys. Ich sehe an mir herab und zupfe an meinem blauen Hoodie.

»Kann ich denn überhaupt so dahin?«, frage ich plötzlich ehrlich verunsichert. Ich habe nicht vorgehabt, nach dem Krankenhausbesuch auf das *Gnadenfest* zu gehen. Mit meinen kurzen Jeans und dem schlabbrigen Hoodie sehe ich neben meiner Freundin völlig underdressed aus. Zurückhaltend schiebe ich meine Uhr ein Stück hoch und kratze die juckende Stelle an meinem rechten Handgelenk.

Doch Jules winkt ab. »Du siehst super aus, Elena. Mach dir keine Gedanken. Außerdem bist du Ms Gründungsfamilie. Jeder wird dich feiern, ganz gleich, was du trägst.«

»Neben dir sehe ich eher aus wie Rose aus *Hay Day*«, entgegne ich ernst.

»Du meinst aus dem Spiel? Ich bitte dich! Du hast keine Ähnlichkeit mit der Bäuerin. Ich mag deinen Look, er ist lässig, wild und unterstreicht, dass du dich mit erhobenem Haupt zeigst – trotz der Umstände meine ich«, versucht Jules mir meine Nervosität zu nehmen. »Außerdem gibt es keinen Dresscode für dieses Stadtfest, bleib also entspannt. Ich will lediglich mein neues Schmuckstück ausführen, damit man mich in Begleitung der umwerfenden Elena Parker nicht gänzlich übersieht«, neckt sie mich und streicht eine imaginäre Falte an ihrem Kleid glatt.

Ich ziehe eine lose Haarsträhne vor und spiele unruhig mit der dunklen Locke. Am liebsten möchte ich nicht auffallen. Es ist schlimmer, negativ aufzufallen als gar nicht. Und neben Jules in ihrem engen Sommerkleidchen sehe ich eher wie ein verkleidetes Anhängsel aus.

Ein leichtes Pochen drückt hinter meiner Schläfe. An die regelmäßigen Kopfschmerzen habe ich mich zwar über die Jahre gewöhnt, aber für den heutigen Abend hätten sie ruhig eine Pause einlegen können. Medikamente helfen zwar, aber nicht dauerhaft. Vor allem nicht gegen die Macht der Hexe.

»Hast du wieder Kopfschmerzen?«

Mein Pokerface ist echt für die Tonne. Nicht einmal vor Jules gelingt es mir, die Schmerzen zu verbergen. Sie kann mich direkt enttarnen.

»Das geht noch«, bestätige ich ausdrücklich. Einen Rückzieher will ich nicht machen, schließlich könnte dies der letzte Abend sein, den ich mit Jules verbringe.

Wenn die Schmerzen stärker werden, kann ich immer noch nach Hause gehen. Aber ich werde ihr erst einmal den Gefallen tun und sie auf den Gründungsabend begleiten. Feiern, lachen und für den Moment den Horror ausblenden. *Ja, das ist ein guter Plan.*

Jules fährt vorsichtig und ich bin ihr insgeheim dankbar dafür, dass sie sich seit Lexis Unfall ein umsichtiges Fahren antrainiert hat. Trotz Führerschein ist das nicht so selbstverständlich für Jules. Wir kommen dem Stadtkern immer näher. Je mehr Menschen ich beobachte, desto angespannter werde ich. Obwohl ich Mistwick stets für eine äußerst kleine Stadt gehalten habe, bin ich doch erstaunt, wie viele Einwohner sie hat.

Der Marktplatz ist überfüllt. Jules parkt ihren Pick-up an der High School, sodass wir ein ganzes Stück zu Fuß gehen müssen. Mir macht es nichts aus, denn ich mag Spaziergänge. Ganz anders sieht es Jules, die mit ihren hochhackigen Schuhen alle paar Meter laut flucht, während wir über das unebene Kopfsteinpflaster laufen.

»Die könnten die Wege ruhig mal teeren«, beschwert sie sich.

Ich gehe etwas näher an ihrer Seite, als die Massen dichter werden. Das gibt nicht nur mir ein sicheres Gefühl.

»Ich habe dich noch gar nicht nach Lexi gefragt. Entschuldige. Gibt es was Neues?«, wendet sie sich an mich.

Ich wünsche es mir so sehr, dass sich eine Besserung einstellt, die Ärzte etwas tun können und Lexi weniger leidet, aber ich kann die Frage bloß mit Nein beantworten. Gegen einen Fluch und seine Auswirkungen gibt es kein bewährtes Heilmittel. »Sie sah heute gut aus, entspannt. Aber sie hat natürlich Schmerzen.«

Jules hakt sich bei mir ein. »Ich bin mir zu absoluten zweihundert Prozent sicher, dass es ihr bald besser geht.«

Das aufkommende Lachen kann ich nicht unterdrücken. »Zweihundert Prozent?«

Meine Freundin nickt so heftig, dass ihre goldenen Flamingo-Ohrringe wild tanzen. »Na logo. Schließlich seid ihr beide unzertrennlich, wie ein Doppelpack. Also auch doppelt so viel Prozent«, grinst sie, stolz auf ihre eigene Erklärung. Dann wird sie jedoch wieder ernster. »Haben diese Flashbacks denn aufgehört?« Ihre Stimme gleicht einem verängstigten Flüstern.

Ich kann verstehen, warum. Denn diese plötzlichen Erinnerungssequenzen sind grausam und angsteinflößend. Dabei muss Jules keine Angst haben. Sie wird sie nie erhalten. Anders als wir Verfluchten.

Ich schüttele den Kopf. »Nein.«

Die blitzartigen Rückblenden haben vor einer Woche angefangen. Der Tag der Auswahl machte Lexi furchtbare Angst, sodass sie immer mehr daran zweifelte, dem Ganzen standhalten zu können.

Das ist eine weitere hinterlistige Falle des Fluchs. Je stärker man versucht, sich ihm zu entziehen, desto mehr wird man bestraft. Lexi kennt ihr Schicksal. Doch sie ist von Natur aus ein größerer Angsthase als ich. Je näher der morgige Tag rückte, desto unruhiger und nervöser wurde sie. Sie bekam diesen Albtraum, dass sie erwählt wurde, und erzählte mir, wie real sich alles anfühlte, als sei es eine Vision, ein dunkles Omen ihres Schicksals.

Ich versuchte, sie zu beruhigen, doch Lexi war völlig außer sich. Sie hatte furchtbare Panik vor dem, was in den *Mystic Rooms* passieren könnte, und plante ihre Flucht vor dem Unausweichlichen.

Die grauenvollen Erinnerungsbilder sind nicht grundlos da. Sie warnen uns davor, dass unser Schicksal, an den tödlichen Spielen teilzunehmen, nicht abwendbar ist. Jedweder Zweifel, Angst oder Fluchtversuch wird bitter bestraft mit diesem Höhepunkt der Grausamkeit: Flashbacks, die einem all das zeigen, was geliebte Menschen vor ihrem Tod ertragen mussten. Auf furchtbare Weise durchlebt man all das Leid, jeden Schmerz und die letzten Atemzüge, als wären es die eigenen. Denn jeder, der versucht, vor seiner unausweichlichen Rolle zu fliehen, erhält qualvolle Einblicke in die Erinnerungen all jener aus seiner Ahnenreihe, die vor den Escapes fliehen wollten oder sogar bei der Teilnahme in den mystischen Räumen starben. Mit jeder einzelnen Folterqual. Es ist blanker Wahnsinn, der uns daran hindern soll, zu fliehen.

Für Lexi war es zu viel. Die stechenden Kopfschmerzen, die Migräne und die Flashbacks, getränkt mit den Schmerzen und Erinnerungen aus der Vergangenheit.

Wir kennen die Gefahr, die es mit sich bringt, wenn man zweifelt oder entkommen will. Doch Lexi war so voller Furcht, dass sie nicht anders konnte. Ihre Kopfschmerzen, das baldige Auswahlverfahren für die Spiele machten sie verrückt. Und dann bekam sie ihre Flashbacks. Ich habe noch nie erlebt, wie jemand bei vollem Bewusstsein bis aufs Mark gequält und schließlich gebrochen wird. Lexi hielt die Schmerzen und Bilder nicht aus. An dem Tag ihres Unfalls wurde sie von ihrer eigenen Furcht übermannt und entschied sich für ihren selbst geschmiedeten Fluchtplan, der niemals funktioniert hätte.

Ich weiß noch, wie sie schrie, mich heftig von sich stieß und der stechenden Migräne zu entkommen versuchte – und damit auch all den unerträglichen Verletzungen, die sie durch die Flashbacks selbst miterleben musste. Es ging so furchtbar schnell. Geblendet von der Qual lief sie auf die Straße, beide Arme an den Kopf gepresst, schrie, dass der Schmerz aufhören solle. Bis der Lastwagen kam und sie vom Boden riss.

Die Erinnerungen an den Unfall rufen die Bilder hervor, die ich verdrängen will. Ihre Schreie … die quietschenden Reifen … die erdrückende Stille … all das Blut. Ich schüttele die Gedanken an den Tag ab, an dem ich Lexi nicht beschützen konnte.

Die Flashbacks werden nicht aufhören, solange man sich wehrt. Der einzige Weg daraus ist, nach den Spielregeln des Fluches zu agieren.

»Also kann man die nicht abschalten oder verhindern? Das ist doch krank!«

»Nein, das wird nie aufhören, Jules.« Die Wahrheit lässt sich nicht verdrehen. Lustlos ziehe ich die Schultern hoch. »Solange man versucht zu entkommen, erlebt man durch die Rückblenden all die qualvollen Folterungen am eigenen Leib. Erst wenn wir zu alt sind, um ausgewählt werden zu können – dann hören sie auf.«

»Oder wenn der Fluch gebrochen wird«, versucht mich Jules wieder aufzumuntern. Sie streichelt mir über den Arm, es fühlt sich gut an. Eine Welle der Geborgenheit vertreibt die Gänsehaut, die sich durch die grauenvolle Erinnerung längst gebildet hat.

Wir überqueren den überfüllten Rathausplatz, der voll mit Ausstellungen und Fotografien aus Zeiten der Städtegründung ist, und gehen einen schmalen Stichweg entlang, um endlich unser Ziel zu erreichen.

Die Ausstellung interessiert uns nicht. Schließlich kenne ich die Geschichte und Jules mag es sowieso lieber wilder. Sie hat das Kleid nicht ausgewählt, um damit Fotografien zu bewundern, sondern um selbst bewundert zu werden.

Vor uns erstreckt sich die große Festwiese. Ringsum sind alle Bäume mit Lichterketten und bunten Lampions geschmückt. Fahnen mit dem Stadtwappen zieren den Platz. Getränkewagen umrahmen eine große Bühne, auf der gerade eine Band performt, die ich von den Plakaten kenne. Zu einer anderen Zeit, unter anderen Umständen hätte dies mit Sicherheit ein fabelhafter Schauplatz für ein Fest sein können.

Die Menschen tanzen und singen lautstark mit der Liveband, sogar dann, wenn sie mit Überzeugung einen völlig eigenen Rhythmus anstimmen und alles andere als textsicher sind. Wobei Letzteres vielleicht auch an den Nebenwirkungen der Getränkewahl liegen könnte.

Die Stimmung ist ausgelassen und fröhlich, sodass ich mich darauf einlassen kann. Für einen kurzen Moment bin ich froh, dass ich auf Lexi gehört und mich von Jules habe überreden lassen. Die Scheinwerfer rund um die Festwiese erhellen die Dunkelheit und werfen einen sanften Lichtschimmer auf die Feiergesellschaft.

Wir quetschen uns an einigen Leuten vorbei, die bereits deutlich angeheitert sind. Je näher wir der Bühne kommen, umso drückender wird die Luft. Obwohl wir draußen sind, verwandeln die Nebelmaschinen und der dröhnende Laut der Bässe die Atmosphäre in eine dichte Wand aus Schweiß, guter Laune und wilder Musik.

»Warum bin ich noch mal hier?«, frage ich mit lauter Stimme, um das Wummern der Lautsprecher zu übertönen.

»Weil du die beste Freundin auf der Welt bist und ich will, dass du diesen Abend in vollen Zügen genießt«, ruft Jules, während sie auf direktem Weg den Getränkewagen ansteuert.

Plötzlich legt sich eine Hand auf meine Schulter und ich schrecke hoch. »Elena, Julia. Schön, dass ihr hier seid.«

Mein Onkel Gerry trägt seine Polizeiuniform und freut sich sichtlich, uns zu sehen.

»Hallo, Mr Parker«, begrüßt Jules ihn höflich.

»Ihr Mädels passt doch gut auf euch auf, oder?«, fragt er lautstark und deutet vielsagend zum Wagen hinter uns. Ich spüre, wie mir die Röte in die Wangen steigt. Jules lacht zwar über seinen Kommentar, doch ich stoße ihn seitlich an.

Es ist schön, dass mein Onkel sich bemüht, auch bei mir die Vaterrolle deutlich raushängen zu lassen. Damit gibt er mir das Gefühl, auf ihn zählen zu können – sowohl als Onkel als auch in der Vaterfigur. Natürlich kann es auf der einen Seite etwas unangenehm und peinlich sein, aber er passt auf mich auf. Fast so, als sei ich seine leibliche Tochter und nicht seine Nichte. Und ich verhalte mich auch nicht einseitig in unserem Rollenmix. Ich beherrsche die Rolle der niedlichen Nichte und der rebellischen Tochter zugleich.

»Wir gehen jetzt«, entscheide ich für uns.

»Mr Parker, wir passen immer auf, Sie kennen uns doch«, versichert Jules, dabei bin ich mir nicht sicher, ob ihn das beruhigt.

»Wir sehen uns morgen nach meinem Nachtdienst. Wenn etwas ist, melde dich. Ich bin erreichbar«, lässt er mich wissen.

Seine Nachtschichten sind wichtig, vor allem finanziell gesehen. Es kommt sogar vor, dass wir uns an manchen Tagen gar nicht über den Weg laufen, obwohl wir in einem Haus leben, uns aber durch seine Schichten und meine Unterrichtszeiten ständig verpassen. Mir macht es nichts aus, dass ich heute Nacht wieder allein das Haus hüte. Ich weiß, dass er nur einen Anruf weit entfernt ist. Außerdem ist Mistwick abgesehen von dem teuflischen Fluch eher ein harmloses Pflaster. Ich glaube, die größten Verbrechen, die in den letzten neun Jahren hier begangen wurden, sind Fahrraddiebstahl und Busfahren ohne gültige Fahrkarte.

»Nicht übertreiben, Elena«, zieht er mich auf. Ein flacher Witz, denn er weiß genauso gut wie ich, dass Alkohol und Partys nicht meine Welt sind. Vermutlich wundert es ihn, dass ich überhaupt hier bin und nicht die Nacht wieder einmal im Krankenhaus verbringe.

Sicherlich ist er Jules mehr als dankbar, dass sie mich aus der Komfortzone lockt. Dennoch rolle ich mit den Augen und schiebe Jules in Richtung Getränkewagen.

Es ist meine Schuld, dass wir spät dran sind. Aber immerhin konnten wir die lästigen Ansprachen verpassen. Die Feier ist bereits in vollem Gange, die Partygäste haben die bevorstehenden

Prüfungen für die Gründerfamilien gekonnt ausgeblendet. Zeit für mich, es ihnen gleich zu tun.

Am Bierwagen angekommen, bestellt Jules ein Bier für sich und eine Cola für mich – schließlich bin ich hart im Nehmen.

Es ist kein Problem, am Gründungsfest vor der Auswahl Bier an Schüler auszuschenken. Jeder weiß, dass dies für einige der letzte Abend sein wird. Wie ein Gnadenmahl. Nicht zum ersten Mal frage ich mich, warum keiner außer mir diese Veranstaltung als *Gnadenfest* betitelt.

Ich beobachte die tanzende Menge vor der Bühne und nippe an meinem Getränk, als Jules mir unsanft ihren Ellenbogen in die Seite rammt.

»Sieh mal da! Der ist ja süß«, quietscht sie und deutet auf einen Jungen mit roten Stehhaaren. Ihn habe ich zuvor noch nie gesehen.

»Kennst du ihn?«, fragt Jules völlig aufgeregt. Ich schüttele den Kopf, was sie dazu veranlasst, noch aufgedrehter zu sein als ohnehin schon.

»Das muss ein Privatschüler sein«, ruft sie begeistert und bekommt ein diabolisches Leuchten in die Augen.

Ich verstehe den Wirbel um die Internatsschüler der *St. Romy Meyro* nicht. In Mistwick zählt die Privatschule am Barrow Hill zu den Attraktionen schlechthin. Doch ich war stets froh, dass Onkel Gerry weder Lexi noch mich dorthin geschickt hat. Vor allem konnte ich so ein bisschen von dem Familienleben genießen, das mir geblieben war. Ohne Eltern aufzuwachsen und dann dazu in einem alten Internat statt bei Verwandten, war und ist für mich eine grausige Vorstellung.

Mich interessiert das Elitegebäude nicht. Es ist auch bloß eine Schule. Der Hype um die Privatschüler, die eher für sich bleiben, zieht an mir vorbei. Jules dagegen gehört zu den Mädchen, die sich mit den geheimnisvollen Eliteschülern ihre Träume versüßen.

Das Exemplar ein paar Meter vor uns scheint gerade ihr Abendhighlight zu sein. Jules jetzt zu tadeln, wäre allerdings zwecklos. Sie soll ihren Auftritt genießen. Der Kummer, den sie wegen Lexi und mir mit sich trägt, würde schon schnell genug wieder vollends präsent sein.

Jules strafft ihre Schultern und kramt mit perfekt manikürten Fingernägeln einen auffälligen Lippenstift aus der winzigen Umhängetasche.

Ich besitze neben meinem Schulrucksack nicht mal eine Handtasche. Vermutlich, weil ich den Sinn nicht ganz durchschaut habe. Das, was ich für unterwegs brauche, passt doch bequem in meinen Hoodie oder die Hosentaschen.

Jules dagegen hat für jede Farbkombination die passende Tasche parat, so wie diese feuerrote Ausgabe.

»Den schnapp ich mir«, lässt mich die Jägerin wissen.

Geschickt malt sie mit dem rosafarbenen Stift ihre schmalen Lippen aus. Ganz ohne Spiegel. Das ist mehr als beeindruckend, muss ich feststellen. Ich an ihrer Stelle würde vermutlich eher aussehen, als hätte ich den *Joker* imitiert – bloß mit ungeschickter Handführung.

Noch bevor ich begreifen kann, was sie vorhat, zieht mich Jules bereits siegessicher hinter sich her. Gefühlt innerhalb eines Wimpernschlags stehen wir am Tresen neben dem rothaarigen Fremden. Er scheint in unserem Alter zu sein, doch mehr finde ich auf den ersten Blick nicht heraus.

»Schön, dich kennenzulernen«, beginnt Jules das Gespräch und hält ihm ihre Hand hin.

Au weia. Auf einer Peinlichkeitsskala von eins bis zehn hat Jules locker eine zwanzig erreicht und damit soeben den Rekord gebrochen. Sie ist direkt und weiß, was sie will. Das ist schön, aber mir ist es doch lieber, bei solchen spontanen Aktionen eher am Rand zu stehen und höchstens zuzugucken.

Ich vermeide es, mir mit der Hand gegen die Stirn zu schlagen. Wie kann Jules nur so selbstbewusst sein und einen Fremden auf die Art ansprechen?

Der Typ dreht sich tatsächlich zu uns um. Sein Blick wandert zwischen uns beiden hin und her, ehe er Jules Outfit begutachtet. Ein verschmitztes Lächeln huscht über sein Gesicht.

»Seid ihr auf Beutejagd?«, durchschaut er Jules offensichtlichen Plan. *Peinlich!*

Ich ziehe die Ärmel meines grauen Hoodies länger, um meine Hände darin zu verstecken. Gegen die Hitze, die mir in die Wangen schießt, kann ich nichts tun.

Jules dagegen scheint die Konfrontation in keiner Weise zu verunsichern. »Bei so einer beachtlichen Auswahl bin ich immer vorne mit dabei. Außerdem bist du hier in meinem Jagdgebiet.«

Erneut wandert sein Blick zu ihrem Kleid. Sie wirft ihr Haar lässig über die Schulter und genießt es wohl, sein Interesse geweckt zu haben. Der Rothaarige lächelt.

»Mit wem habe ich das Vergnügen?« Er nimmt ihre Hand und schüttelt sie. Ich kann den aufgeregten Herzschlag von Jules beinahe hören. Innerlich feiert sie vermutlich gerade diesen glorreichen Moment.

»Ich bin Julia, du kannst mich aber gern Jules nennen. Das ist Elena, ihr gebührt heute das Fest. Und du bist?«

Für einen winzigen Augenblick ändert sich etwas in seinem Blick. Doch so schnell, wie ich diesen Ausdruck wahrnehme, ist er wieder vorüber.

Jules nimmt dem armen Kerl provokant seinen Drink aus der Hand und trinkt einen großzügigen Schluck daraus. Bei dem Tempo muss ich noch aufpassen, dass sie nicht in den nächsten

Minuten einen sitzen hat.

Der Fremde lächelt und scheint sich an Jules mangelnden Manieren nicht zu stören. »Josh Forney.«

Augenblicklich spitzt Jules verzückt die Lippen. »Forney, so so. Du gehörst also auch zu den Gründungsfamilien. Interessant. Dann ist es auch dein Fest?«

»Wenn du es so sagen willst.«

»Schöne Feier«, flirtet Jules und ich komme mir allmählich wie der Elefant im Raum vor.

Josh bestellt ein zweites Bier und überlässt seins Jules. »Und zu welcher Familie gehörst du?«, wendet er sich nun direkt an mich.

»Elena ist eine Parker. Sie ist die Cousine von Lexi. Vielleicht kennst du sie ja«, antwortet meine Freundin für mich.

Mir wird mulmig bei der Art, wie er mich mustert. Es gefällt mir nicht, weder sein Blick noch dessen Intensität.

»Ich kenne Lexi, aus den Nachrichten.«

Das ungute Gefühl klingt nicht ab. Klar, dass er von Lexi gehört hat. Seit dem Unfall vorgestern wird ständig von ihr und dem Zusammenprall mit dem Wagen berichtet. Schockierende Meldungen machen schnell die Runde. Ganz besonders in einem Ort wie Mistwick.

Josh trinkt einen Schluck aus seinem Becher und deutet auf die tanzende Menge hinter uns. »Ein paar Freunde von mir warten dort hinten. Wollt ihr mitkommen?«

Noch bevor ich etwas antworten kann, quietscht Jules neben mir vergnügt: »Auf jeden Fall!«

Obwohl es mir nicht recht ist, mit Josh Forney mitzugehen, weiß ich, dass ich streng genommen nichts zu verlieren habe. Ab morgen wird sowieso alles anders. Schlimmer. Und so kann ich wenigstens meiner Freundin die Möglichkeit geben, noch etwas Zeit mit ihrer Beute zu verbringen.

Überschwänglich hakt sich Jules bei Josh und mir ein. Er bahnt uns einen Weg durch das Gedränge. Die Musik dröhnt unangenehm und das Pochen hinter meiner Schläfe kehrt direkt zurück. Kein Wunder, dass ich solche Veranstaltungen lieber umgehe. Obwohl wir an der sonst so frischen Luft sind, schwebt eine unsichtbare Wolke aus Schweiß und Alkohol über dem Partyvolk. Das Atmen wird unangenehmer und die Kopfschmerzen deutlicher, während wir uns an den Gästen vorbeidrängen. Wir passieren die Bühne, auf der die Band wahrlich ihr Bestes gibt, und gehen wenige Meter abseits des Getümmels.

Unter einem beleuchteten Baum steht ein Picknicktisch mit Holzbänken, um die sich eine kleine Gruppe scharrt. Ich kenne niemanden von ihnen und bin mir sicher, dass sie alle auf Joshs Schule gehen, denn sonst wären wir ihnen auf der High School schon einmal begegnet. Nein, das hier sind alles Internatsschüler von *St. Romy Meyro*.

Ein Junge mit kurz rasierten Haaren und breitem Kreuz steht von den Bänken auf und stellt sich direkt vor Josh. Er wirkt älter und ein Stück weit einschüchternd. »Was soll das werden?«

Seine unfreundliche Reaktion verunsichert mich. Erneut ziehe ich die Ärmel meines Pullovers länger, um meine Hände darin zu verstecken. Ich spüre, wie der Typ uns beide entschieden mustert. Fast schon komme ich mir wie ein Eindringling auf einer Privatparty vor. Dabei ist das völliger Unsinn. Dennoch halte ich seinem Starren nicht länger stand. Mein Blick brennt sich auf einen hoch interessanten, imaginären Punkt auf meinem Sneaker. Ich ertappe mich dabei, dass ich die ungeplante Bekanntschaft mit Josh bereue. Es fällt mir nie leicht, neue Leute kennenzulernen. Aber nach solch einer Begrüßung ist mehr als deutlich, dass Jules und ich hier nichts verloren haben. Am liebsten würde ich auf dem Absatz kehrtmachen. Doch Joshs plötzliches Lachen lässt mich stutzend aufsehen.

»War ja klar, dass du direkt einen Aufstand machst, Micah.«

»Ist auch klar. Du hast gesagt, dass du nur schnell Getränke besorgst«, ergänzt der Junge und nimmt Josh seinen Becher aus der Hand. Nach einem ersten Schluck deutet der Fremde mit den kurz rasierten Haaren in unsere Richtung. »Du wurdest wohl aufgehalten.«

Josh legt Jules seinen Arm um die Schulter und ich spüre, wie sie innerlich dahinschmilzt. Dass sie nicht gleich laut seufzt, wundert mich beinahe.

Ein weiterer Junge mit hellbraunen Haaren kommt zu uns und schiebt Micah zur Seite. Seine leuchtend grünen Augen sind so sanft, dass ich mich direkt ein wenig entspanne. »Entschuldigt ihn. Micah hat keinen Anstand, wenn er durstig ist. Ich bin Aiden. Setzt euch gern.«

Jules lässt sich von Josh zu den Bänken führen.

»Danke«, antworte ich kleinlaut, weil ich nicht so recht weiß, was ich sagen soll. Ich folge den beiden still.

»Josh, wo ist das Bier?« Ein Mädchen mit eng anliegenden Jeans stemmt beleidigt die Arme in die Hüften. Dabei klirren ihre Armreife gegeneinander. Das lange, dunkle Haar reicht ihr fast bis zum Bauchnabel. Die eindrucksvollen Rastazöpfe sind mit kleinen Steinchen geschmückt und erinnern mich an funkelnd schimmernde Kohlen. Sie hat einen tiefbraunen Hautton und trägt ein bauchfreies Top, das den Blick auf ein glänzendes Piercing freigibt. Auf mich wirkt sie einschüchternd selbstbewusst. Vermutlich würde sie sich mit Jules prächtig amüsieren. Die beiden haben eine starke Präsenz.

»Hab keins geholt«, antwortet Josh unbeeindruckt.

Das Mädchen schnalzt mit der Zunge. »Du bist echt zu nichts zu gebrauchen.«

»Reg dich ab, Nazmi«, wendet sich Josh wieder an sie. »Dafür habe ich Julia und Elena mitgebracht.«

»Jules, nennt mich einfach Jules«, korrigiert meine Freundin ihren neuen Fang.

Nazmi scheint erst jetzt auf unsere Anwesenheit zu reagieren, denn sie beäugt uns nun von oben bis unten. Während sie mir einen fast desinteressierten Blick zuwirft, mustert sie stattdessen auffällig Jules Kleid.

Mittlerweile bin ich heilfroh, dass ich meine Klamotten nicht gewechselt habe. In meinem übergroßen Pullover scheine ich so harmlos zu sein, dass ich nicht von fremden Blicken durchbohrt werde. Anders als bei Jules. Wobei sie es auch darauf abgesehen hat. Sie genießt sichtlich die Aufmerksamkeit, die man ihr und ihrem Outfit schenkt.

»Habt ihr auch andere Drinks?«, fragt Jules unbehelligt in die Runde.

Ich kann es nicht verhindern, dass sie mich mit ihrer selbstsicheren und gleichsam entspannten Art beeindruckt. Kein Wunder, dass sie meine Freundin ist. Sie verkörpert all das, was ich nicht bin.

Josh trommelt begeistert auf dem Tisch. »Ha! Ich wusste, dass ich einen guten Geschmack habe«, verkündet er.

Jules gefällt sein Kommentar offensichtlich, denn ihre Mundwinkel erreichen fast schon ihre Ohren.

»Micah, hol mal die Kiste mit dem Likör«, kommandiert Josh.

Nazmi neben mir verschränkt demonstrativ die Arme vor der Brust. »Nein.«

»Komm schon, Nazmi, das hast du nicht zu bestimmen«, erwidert Josh, doch sie lächelt bereits.

»Ich glaube kaum, dass deine neuen Freundinnen für das Zeug bereit sind.«

Es klingt wie eine Warnung. Eine gut gemeinte Warnung. Zumindest für mich. Jules hat wohl auf Durchzug gestellt, denn bei ihr kommt es nicht an. Sie deutet mit der Hand auf den leeren Platz vor sich.

O Gott, was macht sie nur? Meine stummen Gedanken kommen nicht über meine Lippen. Ich kann nur zusehen. Doch ich schwöre, mein Herz schlägt mir bis zum Hals. Ich bin für Spannung und Adrenalin nicht gemacht.

»Finde es heraus«, wendet sie sich herausfordernd an Nazmi.

Bumm-bum. Bumm-bum.

Ich zähle die Sekunden, in denen sich beide anstarren.

»Challenge excepted?«

KAPITEL 3

Dreizehn Stunden vor der Auswahl

»Mit Sicherheit.«

Anerkennende Pfiffe lockern die Stimmung auf. Auch ich kann mir ein Lächeln nicht verkneifen. Jules macht keine halben Sachen. Nazmi scheint ihre direkte Art zu gefallen, denn sie nimmt den Platz vor Jules ein und reicht ihr die Hand. »Du bist taffer als du aussiehst.«

»Schön, dass ich dich überzeugen konnte.«

Micah stellt eine Holzkiste auf den Tisch und öffnet den Deckel. Neugierig recke auch ich meinen Hals. Er zieht ein paar kleine Falschen mit einer rötlichen Flüssigkeit hervor.

»Wehe, einer macht schlapp«, warnt Micah und verteilt die Getränke.

»Was ist da drin?«, höre ich mich fragen. Meine Stimme hat sich selbstständig gemacht und einen Weg über meine Lippen gefunden, bevor ich es hätte verhindern können. Alle drehen sich zu mir um, dem Mädchen, das bislang bloß ein stummes Anhängsel war. Augenblick spüre ich erneut die lästige Hitze, die meine Wangen färbt. Ich hasse diese Aufmerksamkeit.

»Darin findet ihr eine neue Geschmacksexplosion. Es ist eine Eigenkreation«, verkündet Micah. Vor Stolz schwellt seine Brust an.

»Riecht nach Waldbeeren, schmeckt aber schlimmer«, sagt ein Mädchen, das ich bisher nicht wahrgenommen habe. Sie trägt ein kurzes Blümchenkleid und hat ihre wasserstoffblonden Haare an den Seiten geflochten. Einzelne Glitzersteinchen zieren ihre Frisur und geben ihrer Erscheinung etwas Edles. Ihr heller Hautton erinnert mich an die Oberfläche eines Mondsteins. Er passt zu ihren weiß lackierten Nägeln, mit denen sie den Verschluss des Fläschchens wieder zuschraubt.

»Sag schon, Isis, wonach schmeckt die Brühe, die dein Bruder da gebraut hat?«, wendet sich Aiden an das Mädchen.

»Ich falle Micah nicht in den Rücken. Wenn du es wissen willst, musst du in den sauren Apfel beißen und selbst kosten.« Sie lächelt und entblößt dabei ihre perfekte Zahnreihe.

Der Gedanke, dass sie und Micah verwandt sein könnten, war mir bisher nicht in den Sinn gekommen. Doch jetzt erkenne ich, dass beide von der Augenpartie und den Gesichtszügen her sehr ähnlich sind.

Ich schüttele den Kopf, als mir Micah eines der ominösen Fläschchen hinstellt.

»Auf meinen Beerenmix!« Micah kippt die Flüssigkeit hinunter und verteilt sofort eine zweite Runde, bei der ich ebenfalls raus bin.

»Micahs und Isis' Familie gehört die Brauerei«, klärt Aiden uns auf. Jules reißt interessiert die Augen auf. »Das heißt, du bist der Erbe des Mistwick-Bieres?«

Micah fühlt sich sichtlich geschmeichelt. »Ich will mich nicht auf den Lorbeeren ausruhen, sondern was Eigenes schaffen.«

»Möchtest du etwas anderes trinken?« Aiden stellt sich zu mir.

»Nein, danke. Ich bin noch versorgt.«

Nervös umklammere ich meinen Becher mit der warmen Cola. Aiden bleibt neben mir stehen und überfordert mich damit ein klein wenig.

»Geht ihr alle auf die *St. Romy Meyro*?«, frage ich, um die drückende Stille zu umgehen.

Aiden nickt bloß, statt ein Gespräch zu beginnen. Anders als Jules taue ich gegenüber Fremden nicht gleich auf. Ich trete von einem auf das andere Bein, bevor ich einen weiteren Versuch starte.

»Wie ist es da? Gefällt es dir?«

Einen kurzen Moment überlegt er. »Es ist, wie es ist«, antwortet er kryptisch. Anders als bei anderen ist es mir nicht unangenehm, dass er mir in die Augen sieht. Erst jetzt erkenne ich, dass seine grüne Iris von hellblauen Sprenkeln durchzogen ist. Ohne dass ich es erklären könnte, wirkt sein Blick äußerst beruhigend auf mich.

»Außerdem kenne ich nur wenige Menschen, die gerne zur Schule gehen.«

»Der Punkt geht an dich«, stimme ich ihm zu.

Auf der Bühne hinter uns spielt die Band einen mitreißenden Song. Augenblicklich springt Jules kreischend auf und zieht ungeduldig an Joshs Arm. »Das ist der absolute Wahnsinn! Lass uns tanzen«, fordert sie ihn wenig charmant auf.

Josh nimmt Aiden im Vorbeigehen den Likör aus der Hand und trinkt ihn in einem Zug leer. »Ich muss mir Mut antrinken«, entschuldigt er sich.

Etwas unruhig sehe ich den beiden nach, wie sie in der tanzenden Menschenmenge verschwinden. Aiden entgeht meine plötzliche Anspannung nicht. »Hättest du Lust, zu tanzen und deine Freundin im Blick zu behalten?«

Ich nicke und bin dankbar, dass er mich versteht. »Aber wehe, du lachst mich aus«, warne ich ihn.

Zögerlich nehme ich seine Hand, als wir den Rand der tanzenden Masse erreichen. Seine warmen Finger umschließen meine. Es ist fast eine vertraute Berührung, obwohl wir uns eben erst begegnet sind. Er hält meine Hand nicht zu fest, aber auch nicht zu locker. Es fühlt sich angenehm an, mich von ihm führen zu lassen. Da entdecke ich Josh und Jules, die sich an dem fetzigen Lied nicht weiter stören, sondern eng umschlungen hin- und herschaukeln.

Wir sind ziemlich vorne an der Bühne, sodass mein Herz im Rhythmus der donnernden Bässe schlägt. Mein Körper vibriert nahezu von den Musikwellen, in denen wir stehen.

In einer fast schon sanften Bewegung legt Aiden seine Fingerspitzen auf meine, um anschließend unsere Hände zu verschränken. Erstaunt über mich selbst lasse ich es zu. Lächelnd über die Erkenntnis, dass ich gegen seine geänderte Handposition nicht rebelliere, holt Aiden unerwartet tief Luft und grölt einen Jubelschrei. Ich spüre, wie heiß meine Wangen sind, und kann mir bloß wünschen, dass er meinen knallroten Kopf in dem schummrigen Licht nicht genau sehen kann. Es ist albern und kindisch, dennoch fühle ich mich auf seltsame Weise gut. Ich kenne die Blicke der Jungen, wenn sie um Jules Aufmerksamkeit buhlen. Aber ich selbst habe es noch nie erlebt, dass sich jemand für mich interessiert. Obwohl ich Aiden nicht kenne, bin ich ihm im Stillen dankbar dafür, dass er mir einen kleinen Moment das Gefühl gibt, begehrt zu sein.

Ich schiele wieder zur Bühne und entdecke Jules und Joshs Lippen, die offenbar verknotet sind. Unmerklich schüttele ich den Kopf und sehe Aiden an. Seine leuchtenden Augen weiten sich plötzlich, als bunte Scheinwerfer ihr Lichtspiel über die Menge werfen. Der unmittelbare Wechsel des Lichteinfalls löst einen Kurzschluss meiner Nervenenden aus. Sofort kehrt das Pochen hinter meinen Schläfen zurück – stechend und schmerzhafter als noch vorhin im Auto. Ich kneife beide Augen zusammen, als mich der unerwartete Schmerz überrollt.

»Alles okay bei dir?«, fragt Aiden besorgt.

Ich versuche den Druck hinter meinen Augen zu ignorieren. Die Luft ist erschlagend, stickig, und das kann nicht nur dem Schweiß und Alkohol geschuldet sein. Das qualvolle Pochen verstärkt sich. Die grelle Lichterschau wird durch ein aufflackerndes Stroboskop erweitert. Um uns herum bricht die Menge in triumphierendes Geschrei aus. Meine Ohren schrillen. Die Party hat offensichtlich ihren Höhepunkt erreicht. An meine Kopfschmerzen bin ich zwar seit sieben Jahren gewöhnt, aber mit dieser schnellen Wendung habe ich nicht gerechnet. Das ist mehr als ungewöhnlich, denn normalerweise schleicht sich die Migräne eher schrittweise an.

Durch das flirrende Licht flimmert meine Sicht. Ich kneife die Augen zu – viel zu rasch – und bereue es direkt. Ein stechender Pfeilregen jagt mir wie Blitze durch meinen Kopf. Ich lasse Aidens Hand los, um mir die Augen zusätzlich mit den Händen zuzuhalten und von den Lichtern abzuschirmen.

Verdammt! Das ist neu. Und es ist beschissen! Derart plötzlich kommen die Migräneschübe nicht. *Was ist nur los mit mir?*

»Elena, was hast du?« Er beugt sich zu mir und hält mich an den Schultern fest. Die Signale meines Körpers sind eindeutig. Es ist zu viel.

Die Menge feiert schrill die Lichterschau und tanzt im vibrierenden Einklang von Stroboskoplicht und Bässen. Mir wird schlecht.

»Entschuldige mich«, antworte ich knapp und versuche, mich zusammenzureißen. Stolpernd bahne ich mir einen Weg zu Jules. Man hätte meinen können, ich hätte Micahs Beerenlikör allein gekippt, so sehr wanken meine Beine unter dem flirrenden Licht.

Kurz bleibe ich auf der Stelle stehen und atme ruhig ein und wieder aus. Mein Magen muss sich dringend beruhigen, denn ich will auf keinen Fall mitten auf der Tanzfläche zusammenbrechen. Mein Handgelenk beginnt schlagartig zu jucken. *Nein, es ist mehr.* Es brennt förmlich. Die prickelnde Stelle an meinem Handgelenk erweist sich als wohlige Ablenkung für meinen krampfenden Magen, weshalb Grund zu der Hoffnung besteht, dass er sich nicht durch den aufkommenden Schwindel direkt in der Menschenmenge entleeren wird. Das langsame Atmen hilft mir zusätzlich und ich zwinge mich, meinen Blick nach vorn zu richten.

Durch die Gruppe hindurch entdecke ich plötzlich einen Jungen, der lässig außerhalb des tanzenden Partyvolkes an einem Baum lehnt. Ich bin mir sicher, ihn noch nie zuvor gesehen zu haben – mit Sicherheit ebenfalls ein Internatsschüler. Er streicht sich seine pechschwarzen Haare aus den blaugrauen Augen, die mich elektrisierend durchbohren. Je länger ich seinem Blick standhalte, desto schwerer fällt es mir, wegzusehen. Etwas fesselt mich an seinem Ausdruck.

Auf einmal wird eines der Stroboskoplichter direkt durch mein Sichtfeld gezogen.

Scheiße! Ich zucke zusammen und beiße mir schmerzerfüllt auf die Unterlippe. Für Sekunden rücken die Kopfschmerzen in den Hintergrund, nur um mich nun in doppelter Geschwindigkeit um den Verstand zu bringen. Mein komplettes Nervensystem liegt brach, mein Magen krampft, doch ich lasse ihn nicht gewinnen. Ich versuche meinen Puls mit gleichmäßigen Atemzügen zu beruhigen. Es gelingt mir, sodass mein Sichtfeld nicht mehr ganz so sehr verschwimmt. Vergessen ist der Typ mit dem eindrucksvollen Blick. Ich muss hier schnellstens weg.

Vorsichtig setze ich einen Fuß vor den anderen und bin unglaublich stolz auf mich, dass ich es bis zu Jules schaffe, ohne den Halt zu verlieren. Sie tanzt allein, vermutlich besorgt Josh ihnen neue Getränke, denn ich kann ihn gerade nicht entdecken. Ich greife nach ihrem Arm und drehe sie zu mir.

»Elena, du bist richtig blass. Scheiße, was ist los?«

»Ich muss weg. Migräne«, bringe ich zähneknirschend hervor. Der Schmerz sitzt überall und vernebelt mir die Sinne.

Verständnisvoll greift Jules meine Hände. »Komm mit, ich fahre dich sofort nach Hause.«

Ich rechne es ihr hoch an, dass sie mich retten will, aber sie hat bereits genug getrunken, um offiziell längst nicht mehr fahren zu dürfen.

Aiden schiebt sich neben uns. »Besser nicht. Ich kann euch auch nicht mehr fahren. Micahs Likör kann ordentlich reinknallen. Aber ich kann euch zu Fuß begleiten«, bietet er seine Hilfe an.

Ich massiere vorsichtig meine Schläfe, doch allein die sanfte Berührung verursacht einen neuen Schmerzreiz. So schlimm war es lange nicht mehr. Der Migräneanfall würde bald seinen Höhepunkt erreichen. Ich muss dringend von der Festwiese runter. Weg vom Lärm, den Lichtern, der Luft. Die Kopfschmerzen werden immer unerträglicher. Wie tausend kleine messerscharfe Blitze schießen sie durch meinen Schädel und hinterlassen spitze Risse.

Aiden taucht wieder vor meinem Blickfeld auf. »Ich begleite euch, damit ihr sicher zu Hause ankommt, okay?«

Ich kenne Aiden nicht, das ist mir klar. Aber meine Kraft lässt nach. Die Schmerzen werden immer heftiger und ich mache mir langsam Sorgen, dass ich es mit Jules, die bereits auf wackeligen Beinen ist, nicht sicher nach Hause schaffen könnte. Zeit für Zweifel gibt es nicht. Wir stehen noch immer inmitten der Tanzmeute. Das Dröhnen der Musik mischt sich mit einem Surren in meinen Ohren.

Ich nicke rasch, was ein Fehler ist. Die Bewegung schießt mir einen weiteren Stoß durch den Kopf. Aiden nimmt meine Hand, um Jules und mich aus der Menge zu führen.

Die Luft scheint mit einem Mal so viel besser zu sein. Ich nehme gierig einen tiefen Atemzug. Meinen Augen entspannen sich ein kleines bisschen, als wir den grellen Festplatz hinter uns lassen.

»Hast du öfter diese Kopfschmerzen?«, fragt Aiden, als wir die Straßen überqueren.

»Ja. Aber heute ist es ziemlich schlimm.«

Obwohl ich seit Jahren mit Migräneschmerzen vertraut bin, sind die heutigen Schübe völlig anders. Ein neuer Schmerz durchfährt mich und ich muss mich an der Straßenlaterne festhalten, um nicht das Gleichgewicht zu verlieren.

Jules neben mir schreit auf. »Elena! Wir sollten einen Krankenwagen rufen«, schlägt sie fürsorglich vor.

Dabei weiß ich, dass es nichts nützen wird. Diese Schmerzen gehören zu dem Fluch. Nach dem morgigen Tag wird es wieder besser. Muss es werden.

»Schon gut, Jules. Ich muss mich nur hinlegen. Es ist nicht mehr weit.«

Aiden legt meinen Arm um seine Schulter, um mich zu stützen. Das hätte Jules nicht geschafft. Sie ist selbst schon schwankend unterwegs. Daher bin ich froh, dass Aiden dabei ist. Ein unangenehmes Stechen zieht von meinem Nacken bis hinter meine Schläfen. Mit aller Kraft kämpfe ich gegen die nächste Schwindelwelle an, die mich umzuwerfen droht. Gedanklich konzentriere ich mich einzig aufs Atmen. Das ist beruhigend – für meinen Magen, die Krämpfe und mich. *Einatmen ... ausatmen. Und von vorn. Einatmen ... ausatmen.*

Keine Ahnung, wie viele Atemzüge es insgesamt sind, bis ich meine Übelkeit hinunterschlucken kann. Für diese Meisterleistung in purer Selbstkontrolle kann ich mir fast schon einen Orden verleihen.

Aiden und Jules stützen mich weiter. Mit ihrer Hilfe schaffe ich es, einen Schritt vor den nächsten zu setzen. Mein Orientierungssinn fühlt sich benebelt. Die Festwiese ist bereits weit hinter uns, sodass ich die Musik gar nicht mehr hören kann. Dennoch pulsiert das unangenehme Rauschen der Bässe in meinen Ohren, als wären wir noch direkt vor Ort.

Da, endlich erkenne ich die Umgebung wieder. Wir biegen in meine Straße ein. Das Licht der Laternen beißt so grell, dass ich schmerzerfüllt die Augen zusammenkneifen muss.

Was zur Hölle?! Mit seiner Intensität raubt dieser Migräneanfall meinen Muskeln jegliche Festigkeit. Mein Körper wehrt sich, will den Schmerzen nicht länger standhalten.

Dabei habe ich es fast geschafft. Ich muss mich hinlegen. Mein Körper will liegen. Im Dunkeln. *Wenn bloß dieser verdammte Schwindel endlich weg wäre!*

Ich bekomme kaum mit, dass Jules mir aus dem Hoodie den Haustürschlüssel abnimmt. Benommen kralle ich mich am Geländer fest, während sie mir über den klammen Rücken streicht. »Es wird alles gut«, verspricht sie mir.

Der Geruch von Micahs Beerenlikör setzt sich deutlich durch. Ich muss mich beherrschen, nicht zu würgen. Dabei liegt es nicht an dem Likör, sondern einzig an dem Schwindel.

Aiden schließt die Tür auf und – zögert. *Warum?* Mit einem überraschten Ausdruck dreht er sich zu mir um und schenkt mir einen irritierten Blick. Noch bevor ich deuten kann, was das war, legt er meinen Arm wieder um seinen Hals und begleitet mich die Stufen hinauf. Beide lassen das Licht ausgeschaltet. *Halleluja,* bin ich ihnen dankbar!

Kaum setze ich den Fuß über die Schwelle, werde ich von einer neuen Welle überrollt. Der Schwindel kehrt mit einer solch stechenden Intensität zurück, dass ich mich an der Flurwand abfangen muss.

Auch meine Übelkeit macht sich nun stärker bemerkbar. Mein Magen zieht sich zusammen und ich spüre den scheußlichen Geschmack aufsteigender Galle.

O Gott.

Es ist zu spät, ich kann den Sog nicht mehr aufhalten. Blindlings stolpere ich ins angrenzende Badezimmer und sinke auf die Knie. Mir ist so übel, dass ich es nicht mehr in mir behalten kann. Mein Magen leert sich binnen weniger Sekunden. Sanfte Hände streichen mir die Haare aus dem Gesicht. Jules gibt sich wahrlich Mühe, mir beizustehen, dabei weiß ich, dass sie bei den ekeligen Würgegerüchen am liebsten selbst spucken würde.

Endlich! Der Druck in meinem Kopf lässt angenehm nach. Ich wische mir den Mund sauber und lasse mir von Jules direkt die Zahnbürste reichen.

Ich sage kein Wort und bin froh, dass sie ebenfalls taktvoll den Mund hält. Mir ist die Situation so verdammt peinlich. Nicht nur mein Zusammenbruch, sondern auch, dass es gerade vor Jules passieren musste – und Aiden!

Darüber kann ich mir später noch Gedanken machen, wenn mein Kopf endlich aufhört, meine Umgebung in einen Dauerkreisel zu verwandeln. Für den Moment lässt der Schwindel nach, aber wer weiß, für wie lange. Sogar mein Magen fühlt sich zufrieden an, wenn auch leer.

»Kannst du aufstehen?« Jules wirkt weder angewidert noch belustigt. Zumindest kann sie es gut verbergen.

Sie hilft mir hoch und ich klammere mich an das Waschbecken.

Das Spiegelbild jagt mir einen Schrecken ein. Meine Haut ist bleich, die Lippen spröde und meine Augen beinahe von den dunklen Ringen darum verschluckt. Der Schweiß perlt mir nur so von der Stirn, als hätte ich einen Marathon hingelegt. Verwirrt über meine grausige Erscheinung drehe ich den Wasserhahn auf und spritze mir das kühle Nass ins Gesicht.

Das tut gut! Für einen Moment, der viel zu schnell vorüber ist. Denn das unnachgiebige Pochen kehrt zurück und erinnert mich daran, dass meine Kräfte ihr Limit längst überschritten haben.

Auch Jules entgeht das nicht. »Elena, komm. Du musst dich hinlegen.«

Plötzlich sind da wieder Aidens Arme, die mich sicher durch den Flur in mein Zimmer begleiten. Fürsorglich wird das Licht auch hier nicht eingeschaltet. Während ich auf mein Bett plumpse, zieht Aiden die Vorhänge vor dem Fenster zu, um es noch angenehmer für meine lichtempfindlichen Augen zu machen. Er hilft mir dabei, meine Füße von den lästigen Sneakern zu befreien, als Jules bereits mit einem Glas Wasser zurückkehrt. Dabei habe ich nicht mitbekommen, dass sie kurz weg war.

Aidens kühle Hand landet auf meiner schwitzigen Stirn. »Du hast Fieber«, stellt er fest.

Ich schaffe es, ihm kopfschüttelnd zu widersprechen. Er sollte es als Nachfahre der Gründungsväter am besten wissen. »Migräne.« Meine Augen werden immer schwerer und ich merke, wie sehr sich mein Körper nach Ruhe und Schlaf sehnt. Der Schweiß rinnt mir in Strömen den Rücken hinunter. Und vermutlich nicht nur dort. Der Druck in meinem Kopf hat zwar etwas nachgelassen, aber das Pochen macht sich erneut bemerkbar. Es hämmert. Und donnert. Unaufhörlich.

»Aiden, hol mal ein nasses Handtuch. Und du, Arme hoch«, befiehlt Jules, um mir beim Ausziehen zu helfen. Als ich die kühle

Luft auf der Haut spüre, seufze ich auf. Das ist erfrischend und gut. Mir ist nicht klar gewesen, wie überhitzt mein Körper tatsächlich ist.

Vermutlich zeichnen sich ganze Niagarafälle auf meinem Top ab, doch ich schenke dem Gedanken keine Beachtung. Nur noch hinlegen. Ruhe. Schlaf. Dunkelheit.

Ich kämpfe gegen meine unerträgliche Müdigkeit an, während Jules die Bettdecke zurückwirft. *Endlich!*

Ich krabbele unter den weichen Stoff. Da kommt Aiden zurück. Er legt mir das nasse Handtuch auf die Stirn und kühlt damit die pochende Stelle.

»Ich rufe eben meine Eltern an, dass ich heute bei dir schlafe«, lässt mich Jules wissen.

Sie huscht aus meinem Zimmer, sodass ich mit Aiden allein bin. Unter normalen Umständen wäre jetzt der perfekte Zeitpunkt, um im Erdboden zu versinken. *O Gott, das ist niemals passiert*, rede ich mir gut zu. Dabei weiß ich, dass ich mich nicht belügen kann.

Tolle Aktion. Da treffe ich mal einen neuen Jungen, tanze mit ihm, kriege einen Anfall und übergebe mich, während mein Körper in Eigenschweiß badet. *Peinlich. Peinlich. Peinlich. Ach ja, danke Fluch für dieses miese Timing!*

Meine Lider werden schwerer. Ein Glück, dass ich so zumindest eine Ausrede habe, nicht länger über meine beschämenden Reaktionen nachzudenken.

Aidens grüne Augen rücken in meinen Blick, fürsorglich und besorgt. Auf eine angenehme Weise beruhigt es mich ein wenig, dass er sich so verständnisvoll zeigt. Und das, obwohl wir uns gar nicht richtig kennen. Dennoch kann ich das, was den Ausklang des Abends verkürzt hat, nicht schönreden.

»Das ist alles so peinlich«, entschuldige ich mich kläglich.

Aidens Hand legt sich erneut auf meine Stirn, die vermutlich immer noch schwitzig ist. Doch er stört sich nicht daran. Ich für meinen Teil würde am liebsten meinen Zusammenbruch sofort ungeschehen machen, wenn ich könnte.

Aiden scheint dagegen taktvoll und schüttelt mit dem Kopf. Er streicht sanft zu meiner Wange und lässt seine Hand dort einen Moment ruhen. Mein Körper ist längst am Limit, ich kann nicht verhindern, dass mir die Augen vor Erschöpfung wieder zufallen. Ich atme tief ein und will mir erlauben, einfach einzuschlafen, bevor es sich mein Magen oder die Migräneschübe anders überlegen und von vorn ihre Spielchen mit mir spielen. Ein Atemzug lang ist es tatsächlich friedlich und ruhig um mich, bevor mich Aiden aus der wohligen Stille reißt.

»Halte dich von uns fern.«

Was? Ich öffne die Augen, weil mich seine strengen Worte irritieren. Sein Blick ist hart und anders als zuvor. Ich verstehe nicht, was er meint. *Woher kommt auf einmal diese Schärfe?*

Schon steht er auf und verlässt stampfend das Zimmer. Mein Kopf dröhnt so sehr. Dennoch kann ich hören, dass die Haustür laut ins Schloss fällt.

Meine Gedanken überschlagen sich, neue Krämpfe in meinen Nervenbahnen kündigen sich an. Ich schaffe es nicht länger, gegen die Kraftlosigkeit anzukämpfen. Da umschließt mich die Finsternis und ich falle in einen traumlosen Schlaf.

KAPITEL 4

Fünfunddreißig Minuten vor der Auswahl

Ein Traum, ein richtiger Albtraum. Bloß, dass ich bei diesem hier nicht aufwachen kann. Der Tag der Auswahl ist angebrochen. Der Tag, an dem der Fluch wieder zuschlägt und seine nächsten Kandidaten für den höllischen Kampf erwählt.

Ich bin auf dem Weg zum Ratsplatz, wo sich die ganze Stadt versammelt hat. Jules wird mit ihrer Familie dort sein.

Auch Lexi wird da sein, sie muss und hat keine Wahl. Kein Mitglied aus den Reihen der Gründungsfamilien ist von der Anwesenheitspflicht ausgenommen.

Meine Beine schleppen mich Schritt für Schritt voran, sie sind träge und müde. Der gestrige Zusammenbruch sitzt mir noch in den Gliedern. Nach den wenigen Stunden Schlaf bin ich kein bisschen erholt. Der Blick heute in den Spiegel war schrecklich, aber immerhin ein klein wenig besser als vor der nächtlichen Ruhe. Hitze und Aufregung lassen meine Wangen rot werden. Ich kann es genau spüren. Die tiefen Ringe unter meinen Augen sind wahrscheinlich immer noch da. Dagegen kann ich nichts tun. Sie lassen mich vermutlich älter erscheinen, als ich es bin. Kummer, Sorgen und stetige Angst haben ihre Dienste erfüllt. Mir steht die Erschöpfung sicherlich ins Gesicht geschrieben. Meine Hände werden feucht. Das schwere Hämmern meines Herzens beruhigt mich keinesfalls. Ich fühle mich nicht wohl in meiner Haut.

Der Platz ist wie schon beim *Gnadenfest* überfüllt mit Menschen. Doch keiner wagt es, die bedrückende Stimmung zu ändern. Trotz der bunten Banner und Fahnen, die ringsum das Rathaus schmücken, herrscht eine verzweifelte, traurige Atmosphäre. Schweigend betreten die Einwohner den Platz.

Zusammengesetzte Holzbretter bilden eine erhöhte Plattform für uns Gründer. Mich erinnert sie an eine bühnenartige Richtstätte. Sieben Bereiche sind am Rand gegenüber der Menge abgesteckt. Ich erkenne die Hauswappen der Gründungsfamilien. Die Angehörigen stehen hinter ihren Schützlingen und halten sich fest an den Händen. All die, die vom Fluch nicht betroffen sind, mischen sich unter die Menge. Je mehr Leute eintreffen, desto enger wird es. Wie gut, dass ich keine Platzangst habe. Nachzügler werden in die angrenzenden Straßen geführt. Sie verfolgen das Ereignis stumm und spenden so ihre Anteilnahme.

Ich laufe an mehreren Gründungsfamilien vorbei, die mit ängstlichen Blicken ihre Kinder ein letztes Mal voll Zuversicht umarmen, bevor die Entscheidung fällt.

In dem abgesperrten Bereich, der für meine Familie reserviert ist, warten bereits mehrere Menschen. Vor der Art Tribüne nehmen die Unbeteiligten ihre Stehplätze ein. Dieser Bereich bleibt mir jedoch verwehrt. Onkel Gerry und Lexi sind auch schon da. Meine Cousine liegt in einem Krankenbett, das scheußliche Beingestell schnürt mir die Kehle zu. Dass sie trotz ihrer Verletzungen heute hier sein muss, ist barbarisch.

»Elena!« Ihr Blick weitet sich, als sie mich entdeckt. Ich drücke ihr einen sanften Kuss auf die Wange und halte ihre Hand. Sie zittert wie meine.

Lexis Stimme hört sich rau und verzehrt an. Sie hat offenbar die Nacht über geweint. Ich will sie nicht darauf ansprechen, denn ich weiß, dass die nächste Zeit schrecklich für sie sein wird. Es ist die erste Auswahl, an der sie als Kandidatin teilnimmt. So wie bei mir. Zum Glück wird es unsere letzte sein, denn in zehn Jahren, wenn der Fluch erneut seine Opfer wählt, werden wir zu alt sein, um ein weiteres Mal in den Lostopf für die Live-Escapes zu geraten. Ob wir die nächste Auswahl erleben werden, steht auf einem anderen Blatt geschrieben. Unser Leben ist von dem Fluch und den Ausgängen in den *Mystic Rooms* abhängig.

Vor zehn Jahren waren Lexi und ich sieben, zu jung, um an den tödlichen Rätselfallen mitzumachen. Zuschauen ist grausam, aber dabei zu sein, ist viel schlimmer. Lexi zittert so sehr, dass ich mich zu ihr beuge und ihr sanft über den Arm streichele. Tröstende Worte bleiben mir im Hals stecken. Es gibt keine, die es erträglicher machen könnten.

Je ängstlicher Lexi wird, desto mehr keimt die Erinnerung an den Tag auf, an dem ich sie nicht beschützen konnte. Vor dem Lastwagen. Vor den Flashbacks. Vor den Schmerzen.

Lexi ist meine Familie. Sie und Onkel Gerry sind die einzigen Personen, die ich noch habe. Ich beschütze sie, doch gegen die Regeln des Fluchs bin ich machtlos.

Unser Bereich ist verglichen mit denen anderer Familien recht klein. Neben Lexi und mir gibt es bloß noch die vier Kinder meiner Tante, die Schwester von Onkel Gerry, zu der wir kaum Kontakt haben. Das Verhältnis zu ihnen ist anders. Sie sind da, aber streng genommen sind sie es auch nicht. Und das ist in Ordnung, denn Familien sind nicht immer gleich oder unkompliziert.

Die Zwillinge sind im Alter von elf, meine anderen beiden Cousins fünfzehn und achtzehn. Die sonst lebhaften Raufbolde sind heute sehr still. Ich sehe einzelne Tränen in den Augenwinkeln der Jüngeren aufblitzen.

Niemand von uns will hier stehen. Niemand will gewählt

werden.

Vor dem Rathaus sind Stühle aufgebaut. Auf einem sitzt die Bürgermeisterin Waterloo, neben ihr Vertreter aus verschiedenen Gremien. Mir wollen ihre Namen nicht einfallen, denn die sind belanglos.

Mit dem Glockenschlag erhebt sich die Bürgermeisterin und beginnt, ihre Rede vorzulesen. Sie erzählt aus der Geschichte von Mistwick, ihrer Gründung und dem dunkelsten aller Tage. Von dem schrecklichen Fluch einer rachsüchtigen Hexe und dessen Folgen. Wie tröstlich ihre Worte auch sein mögen, die Botschaft der dunklen Magierin ist unausweichlich und hallt wie ein Donnerschlag nach.

Die Bürgermeisterin beendet ihre Ansprache. Sie ist nervös und fahl im Gesicht. Welches Stadtoberhaupt wäre nicht gern an der Spitze einer verfluchten Stadt, in der unschuldige Kinder blutrünstige Rätselaufgaben lösen müssen?

Dann heißt es warten. Wir warten auf die Hexe höchstpersönlich und ihr Hexenmal, das Zeichen, das die unglücklichen Gewinner für dieses Jahr empfangen.

Die Bürgermeisterin wischt sich ihre Hände ab. Nicht sonderlich professionell, aber ich kann ihre Nervosität verstehen. Mir selbst schlottern die Knie. Ich bin erstaunt, dass ich es überhaupt schaffe, derart lange aufrechtzustehen. Meine Cousins sind unruhig. Doch kein Vergleich zu Lexi. Angst blitzt in ihren Augen auf. Aufmunternd drücke ich ihre Hand und komme mir albern vor, nicht mehr tun zu können.

Automatisch wandert mein Blick nach vorn. In der Menge mache ich Jules Gesicht aus. Sie bemüht sich, zu lächeln, dabei sehe ich ihr an, wie schwer es ihr fällt.

Die Sekunden verstreichen. Jede einzelne fühlt sich bereits nach purer Folter an. Diese Warterei.

Plötzlich verdunkelt sich der Himmel und gibt den Startschuss für die Auswahl. Ein Beben erschüttert den Boden. Es gleicht einem Erdbeben und ist doch um so viel schlimmer. Vor den Stufen des Rathauses geschieht es. Die Pflastersteine lockern sich, als würden sie von magischer Hand bewegt. Sie wackeln, ruckeln, zucken und sinken zum Teil in einen Riss, der sich unter ihnen bildet. Leuchtend grün schimmert es von dort. Blendend und gefährlich. Kreisförmig fallen die Steine in den grünen Schlund. Nebel steigt empor, und mit ihm eine Welle aus düsterem Dunst.

Niemand wagt es sich zu rühren. Meine Muskeln fühlen sich taub an, gelähmt. Wie gebannt starren wir auf den rauchigen Wirbel, der aus den Tiefen der Hölle zu kommen scheint. Es ist vollkommen still, totenstill. Ein paar Augenblicke geschieht nichts. Doch da sehe ich, was der verhexte Sturm hervorbringt. Ein kleiner Arm, dann die Füße, winzig, wie die eines Kindes. Bis sie vollständig aus ihrem Nebel gestiegen ist.

Meine Lungenflügel brennen, wollen neuen Sauerstoff, doch ich vergesse, zu atmen. Die Hexe wirkt nahezu unschuldig, friedlich. Zumindest auf den ersten Blick. In ihrer menschlichen Hülle erinnert sie mich an ein Nachbarskind, aber nicht an eine Wahnsinnige, die diese Stadt unterjocht. Seit Jahrhunderten. Immerhin kann man ihr ihr Alter nicht ansehen.

Sie trägt ein schwarzes Kleid, das längst nicht mehr modern ist. Ihre Fingerspitzen sind lang und schwarz gefärbt, als hätte sie sie in Teer getunkt. Die dunklen Verfärbungen ziehen sich beinahe bis zum Mittelhandknochen und wirken wie Handschuhe. Aber auch nur fast. Einzelne Verästelungen kann ich sogar bis zu ihrem Ellenbogen ausmachen. Ein rötlicher Schimmer zieht sich durch ihr welliges Haar. Es fällt etwas zerzaust auf ihren kleinen Rücken. Ihre Haut hat eine Leichenblässe angenommen. Tot und doch steht sie hier. Alizon Devine bewegt sich geschmeidig über den

Platz. Sie beachtet die anderen Einwohner nicht, sondern schenkt einzig uns Gründerfamilien ihre volle Aufmerksamkeit.

Sie sieht beinahe wie ein zehnjähriges Mädchen aus. Vermutlich genau wie bei ihrem Tod. Ihre Gesichtszüge sind kindlich, aber mit ihr ist nicht zu spaßen. Durch ihre schwarze Magie vermag sie mit einem Blick alles zu vernichten. Dass sie wie ein Geist am Tag der Auswahl dabei ist, gehört dazu. Dennoch fühle ich mich wie in einem schrecklichen Horrorfilm gefangen. Sie kann der Titelrolle von *Orphan* und *The Ring* Konkurrenz machen. Ihre Präsenz ist einschüchternd und beängstigend. Alizons Augen sind pechschwarz, seelenlos, umrandet von schwarzen Linien, die wie Verästelungen aussehen und ihrem kindlichen Aussehen teuflische Marmorrisse geben. Kein Zweifel, sie ist mir unheimlich und macht mir Angst. Ich behaupte, sie macht jedem hier auf dem Platz Angst. Egal, ob aus den Reihen der Gründungsfamilien oder nicht. Der Dämon bleibt vor den Absperrungen der Familien stehen und lächelt diabolisch.

Ein eiskalter Schauer erfasst mich und löst eine Gänsehaut aus. Die ganze Situation ist schon furchteinflößend genug. Selbst ohne ihre Anwesenheit. Die Hexe legt stumm den Kopf schräg, mustert uns mit ihren gespenstischen Augen. Schlagartig geht es los. Die Entscheidung ist gefallen. Von ihren schwarzen Fingern lösen sich auf einmal dunkle Rauchnebel, die sich wie giftige Fäden ihren Weg zu uns Gründungsfamilien bahnen. Für jede Familie einen, um sich als Mal unter die Haut ihrer Auserwählten zu bohren.

Einen Herzschlag lang passiert nichts. Die gesamte Stadt hält den Atem an. Man hätte eine Stecknadel fallen hören können. Die Nebelschnüre gleiten geräuschlos über das Kopfsteinpflaster und suchen ihre gewählten Ziele. Ich fühle mich elend, meine Nervenbahnen sind bis zum Äußersten gespannt. Zuerst beobachte ich die schwarzen Fäden, die sich in unsere Richtung bewegen, doch dann halte ich es nicht mehr aus. Mein Puls schlägt schwer und das Blut rauscht in meinen Ohren. Ich richte meinen Blick starr geradeaus und bereite mich auf den Schmerz vor, der mich erwartet, wenn der giftige Nebel mein Fleisch durchbohrt. Inbrünstig hoffe ich, dass ich das Zeichen der Hexe nicht bekomme. Dass dies nicht mein Schicksal ist.

Auf einmal kreischt jemand neben mir.

Es ist Lexi.

KAPITEL 5

Besiegeltes Los

Es darf nicht Lexi sein. Es muss sich um einen Irrtum handeln. Das kann nicht wahr sein.

Meine Gedanken können dem Geschehen nicht folgen. Onkel Gerry stürzt neben das Krankenbett, um seine Tochter zu beruhigen. Ihre kratzige Stimme hört sich wund an. Alles Blut ist aus ihrem Gesicht gewichen, sie hat ihre rechte Hand zur Faust geballt und brüllt vor Schmerz. Ein dunkler Tintenfleck zeichnet sich unter ihrer Haut ab, direkt am Handgelenk.

Nein, nicht sie. Nein, bitte nicht.

Mein Gehirn scheint die Informationen nicht verarbeiten zu können. Lexis verzweifelter Blick zerreißt mir das Herz. Ihre Knochen sind zertrümmert, ihr Kopf umwickelt von dickem Verband, die Wirbel durch die gepolsterte Krause gestützt, ihr gesamter Körper ist malträtiert. Und nun das?

Ich sehe, wie sie versucht, das Mal von ihrer Hand zu wischen. *Nein* – zu kratzen. Die Stelle wird bereits rot. Und ich stehe noch immer untätig da, in völliger Schockstarre.

»Nein, bitte nicht! Bitte! Ich kann nicht!« Ihre tränengetränkten Schreie lassen das Blut in meinen Adern gefrieren.

Sie ist nicht die Einzige, die auf dem Platz brüllt. Auch von den anderen abgesperrten Bereichen nehme ich Schreie wahr, doch ich blende sie aus. Irgendwie. Denn in erster Linie muss ich das begreifen und verarbeiten, was hier geschieht. Mit meiner Familie.

Solange der Fluch nicht gebrochen ist, müssen die Auserwählten in den Live-Escapes kämpfen – um ihr Leben und das Ende dieses Horrors. Keiner Gruppe ist es bislang gelungen, die *Mystic Rooms* mit allen zu verlassen und dazu den dunklen Zauber für immer zu beenden. Jeder weiß, dass die Live-Escapes meist kein gutes Ende nehmen. Zumindest nicht für alle Teilnehmenden. Doch Lexi in ihrem Zustand in die höllischen Rätsel zu schicken, ist vollkommener Irrsinn. Sie hat bei ihren Verletzungen keine Chance, dort lebendig rauszukommen. Die Spiele verlangen einem alles ab. Nicht nur vom Kopf her, sondern auch körperlich.

Meine Cousins haben sich weinend an meine Tante gedrückt. Eine Mischung aus Erleichterung und Verzweiflung steht ihnen ins Gesicht geschrieben. Niemand gönnt es Lexi. Oder einem anderen. Niemand will in die mystischen Escapes.

»Nein, ich kann nicht. Bitte! Bitte nicht!« Ihr Flehen schnürt mir die Kehle zu. Lexis Handgelenk blutet bereits, sie reißt an ihrer Haut, um das schwarze Mal loszuwerden und ihr Schicksal zu umgehen. Mein Onkel Gerry weint bittere Tränen. Noch ein Verlust. Noch ein Todesfall. Ich kann nicht tatenlos danebenstehen.

Meine Füße setzen sich in Bewegung, führen mich vor die Absperrung genau in den Mittelweg, in dem die Hexe sich aufhält.

»Alizon!« Ein erstickter Schrei löst sich aus meiner Kehle. Ich erschrecke mich selbst. Irgendwo in der Menge höre ich unglückliche Stimmen, getränkt in Mitleid und Schock.

»Alizon!«

Alle halten den Atem an, als sich die Hexe zu mir umdreht. Ihr dämonischer Blick durchbohrt mich.

»Bitte verschone meine Cousine. Wähle jemand anderen, bitte!«

Eisig läuft es mir den Rücken herunter, während ich in ihre tiefschwarzen Augen starre. Woher ich diesen Mut nehme, weiß ich nicht. Er ist plötzlich da. Vielleicht bin ich auch schlichtweg lebensmüde. Lexi würde die Spiele keinen einzigen Tag überleben. Sie kann sich nicht einmal allein bewegen und wäre eine Last für die anderen, die sie vermutlich so schnell wie möglich loswerden müssen, um weiterzukommen. Ihre Auswahl ist wie eine Todeserklärung an Lexi. Sie darf es nicht sein.

Mein Flehen ist kläglich, denn wir haben keine Wahl. Einer aus jeder Familie muss an den tödlichen Rätseln teilnehmen. Ich sehe zu meiner Tante, die panisch ihre Arme um ihre Kinder schlingt. Sie will sie schützen, und ich verübele es ihr nicht. Auch wenn wir uns nicht sehr nahestehen, würde ich niemandem ein Messer in den Rücken rammen. Keiner sollte dieses Grauen erleben. Doch einer muss es sein.

Mein Herz wummert in meiner Brust. Alizon sieht mich noch immer an, hört mein Flehen. Vielleicht belustigt meine Verzweiflung sie sogar.

»Bitte, sie ... kann nicht teilnehmen.«

Onkel Gerry hat sich weinend vor das Krankenbett gekniet und versucht, seine Tochter zu beruhigen. Meine Familie hat schon so viel Leid erfahren.

Auf einmal wird mir klar, wie ich Lexi beschützen kann. Nach allem, was die beiden für mich getan haben, ist dies vielleicht das Mindeste, was ich für sie tun kann. Wenigstens auf diese Weise kann ich sie vor dem Tod bewahren.

»Nimm mich. Lass mich anstelle von Lexi gehen.«

Ich konzentriere mich nicht auf das entsetzte Flüstern der Menge. Mir ist klar, dass ich etwas tun muss. Ich kann sie nicht von Onkel Gerry trennen. Unmöglich, das geht nicht. Sie haben bloß noch einander. Meine Eltern sind tot, Lexis Mutter hat die zwei verlassen. Wenn meine Cousine die Spiele mit ihren Fallen betritt, würde sie mit Sicherheit nach Minuten zurückgelassen werden – oder wäre bereits tot.

»Ich möchte für meine Familie antreten«, meine Stimme hört sich fremd an, als gehöre sie gar nicht mir.

Alizon mustert mich einige Sekunden lang. Etwas wie ein Lächeln huscht über ihr Gesicht. Es ist skurril. Ich biete mein Leben an und verhandele mit einer verfluchten Hexe über mein Schicksal. Von außen wirkt sie wie ein verwunschenes kleines Mädchen. Dabei weiß ich, wie gefährlich und mächtig sie ist. Dennoch lege ich es darauf an, sie herauszufordern, um ihre Auswahl zu ändern.

Mein Herz pocht so stark, dass ich meinen Puls in meinen Ohren spüre. Ich nehme wahr, dass Lexis Schreie nachlassen, und drehe mich um. Tatsächlich schlängelt sich eine Spur aus schwarzen Fäden von ihr auf mich zu. Ich will zurückweichen, dabei ist es zwecklos. Mein Todesurteil habe ich selbst unterschrieben. Gerade eben. Und offensichtlich ist Alizon mit meinem selbstlosen Wunsch zu sterben und dem Tausch einverstanden. Die Fäden schlängeln sich wie gierige Würmer an meinem Bein hoch, wandern zu meinem Arm und fressen sich durch mein Fleisch.

Scheiße! Kurz schreie ich auf. Es brennt und juckt genau an der Stelle, an der ich mich sonst am Handgelenk stets kratze. Es dauert ein paar Sekunden, dann lässt der Schmerz nach. Ich sehe auf mein Handgelenk. Die Ränder sind gerötet, aber kein frisches Blut ist zu sehen.

Magie. Verfluchte dunkle Magie.

Unter der Haut schimmert das schwarze Mal, um das ich freiwillig gebeten habe. Es wirkt nahezu wie ein Tattoo. Drei schwarze Linien liegen parallel zueinander, die mittlere ist kürzer als die beiden anderen. Durch alle drei führen zwei weitere, die in der Mitte ein Kreuz bilden. Der Verlauf ist genauso, dass sich fünf Schnittpunkte ergeben.

Vorsichtig berühren meine steifen Finger das Mal, meine Eintrittskarte für mörderische Rätsel. Ich zucke zusammen. Die Haut fühlt sich weich an, schmerzt und ist äußerst empfindlich. Es erinnert mich schlagartig an das Gefühl, wenn man eine frische Verbrennung berührt. Das ist mir schon oft genug passiert, wenn ich mich am Kochtopf verbrüht habe.

Alizon lässt mich stehen und steigt in den aufkommenden neuen Rauch aus schwarzen Nebeln. Wie sie gekommen ist, verschwindet sie. Die Pflastersteine kehren an ihren Platz zurück, als sei nichts gewesen. Auch die dunklen Wolken verschwinden wie von Zauberhand.

Ich blinzele, merke nicht, wie sich meine Fingernägel in meine Handflächen krallen. Meine Muskeln zittern, ich spüre das Beben meiner Schultern, das Wanken meiner Knie. Die Tränen lassen sich nicht bändigen. Eine erste findet ihren Weg und läuft mir über die Wange. Dabei will ich stark sein. Für meinen Onkel. Für Lexi. Am meisten für mich. Es dauert ein paar Sekunden, in denen wieder alles totenstill um mich herum ist. Niemand spricht. Niemand rührt sich.

Doch auf einmal scheint sich der Schock zu legen. Die Menschen flüstern, geraten in Aufruhr. Während der Auswahl die Hexe darum zu bitten, freiwillig den Platz eines anderen anzunehmen, ist nicht der Normalfall. So etwas gab es noch nie. An diesem Tag sind die meisten vor Angst gelähmt.

Hände berühren mich an der Schulter, ich zucke schreckhaft zusammen. Da erkenne ich Jules. Sie nickt, mit Tränen in den Augen. Ich will ihr Mitleid nicht. Das weiß sie. Meine beste Freundin reckt das Kinn, will mir Mut machen. Es fällt ihr schwer. Ihre Unterlippe bebt. Sie kämpft mit sich, nicht vor mir zusammenzubrechen. Wir wissen, dass es nun kein Zurück mehr gibt.

»Denk daran. Du bist der Boss, Elena. Du kannst da rauskommen.«

Ich nicke automatisch, dabei kommen ihre Worte nicht vollends bei mir an. Insgeheim kenne ich meine Chancen, die mystischen Rätsel zu überleben. Aber immerhin sind sie höher als bei Lexi. Ein kleines bisschen.

Jules umarmt mich und schenkt mir Kraft. Ich lasse sie ihre Arme um mich schlingen und mich anschließend zurück zur Absperrung führen, in der meine Familie wartet. Onkel Gerry stellt sich vor mich, er wirkt hart und bedrohlich in seiner Erscheinung. Wären da nicht die feuchten Augen.

»Wie kannst du nur?!« Sein Brüllen ist verzweifelt.

Augenblicklich verliere ich meine letzte Kraft und weine. *Nein.* Ich heule wie eine Verzweifelte, weil ich freiwillig sterben werde und meine Familie nichts dagegen tun kann.

Der Mund meines Onkels zuckt, dann verliert er seine Härte. Weinend liegen wir uns in den Armen. Machtlosigkeit, Dank, Erschütterung – alles mischt sich mit dem Gefühl völliger Erschöpfung.

»Es tut mir leid«, flüstere ich mit belegter Stimme.

Er hält mich fest in seinem Arm. Wieder einmal bin ich unendlich dankbar, dass er Onkel und Vater zugleich für mich ist. Zwei Rollen, die mir doppelt so viel Halt geben können. Er sagt kein Wort. Was würde es auch nützen? Ich sehe seinen Schmerz. Ich spüre ihn.

Allmählich löse ich mich aus seiner Umarmung und gehe zu Lexi, die vollkommen fassungslos im Krankenbett liegt.

»Elena«, drückt sie tränenerstickt hervor.

»Bitte vergib mir. Ich musste das tun.«

Lexi bedeutet mir alles.

»Du rettest mir mein Leben, indem du deines opferst«, weint Lexi. »Und dafür bittest du mich um Vergebung? Elena, du hast ein reines Herz, aber manchmal bist du ein dummer, idiotischer Vollpfosten.«

Sie bringt mich zum Schmunzeln. Es erinnert mich ein wenig an Galgenhumor.

Ihr Blick huscht zu meinem Handgelenk. »Es muss nicht so sein. Ich möchte nicht, dass du gehst. Lass uns eine andere Lösung finden. Bitte, es muss einen Weg geben«, fleht meine Cousine.

Sie strahlt Entschlossenheit und pure Verzweiflung zugleich aus. Es trifft mich, sie so zu sehen. Aber an meiner Entscheidung ist nichts zu ändern. Das weiß sie, das weiß ich. Die Hexe hat meinen Tausch akzeptiert.

Das Pochen an meinem Handgelenk stört und geht in ein unangenehmes Brennen über. Ich ziehe die Luft scharf ein, bemühe mich darum, den Schmerz auszublenden. Und damit mein unausweichliches Schicksal.

»Ich versuche zu überleben. Und den Fluch zu brechen.«

Dieser Horror muss endlich aufhören. Mistwick muss wieder saubere Luft atmen können, ohne die Verpestung eines immerwährenden Fluches, der alle zehn Jahre Kinderleben fordert.

»Du wirst es! Du musst«, beteuert sie nickend. Lexi sieht müde und erschöpft aus. Neue Tränen wollen sich ihren Weg bahnen, doch sie hält sie zurück. Schließlich gibt es keine weitere Chance, dem Unausweichlichen zu entkommen.

Ich wünschte, ich kann ihr so glauben, wie sie es meint. Dass ich selbst daran glaube und davon überzeugt bin. Aber für den Moment ist es mir zu viel. Alles ist zu viel.

Mein Blick schweift zu den anderen Menschen auf dem Rathausplatz. Die sieben Unglücklichen stehen fest. Ich habe nicht verfolgt, wer aus welchem Haus dieses Jahr die verfluchte Ehre hat. Zu den Absperrungen zu schauen, wühlt mich bloß weiter auf. Familien weinen, liegen sich in den Armen und müssen sich der unveränderlichen Aussicht stellen, eines ihrer Kinder an die tückischen Escapes zu verlieren.

Niemand will das kranke Spiel einer Hexe spielen, die seit Jahrhunderten ihren kindlichen Verstand mit schwarzer Magie nährt. Aber der einzige Ausweg führt über den Sieg. Dabei können nicht alle gewinnen. Schließlich fordert Magie ihren Preis. Und dieser wird bekanntermaßen mit dem Leben bezahlt.

Ich möchte gerade wegsehen, als ich etwas entdecke, was meine Aufmerksamkeit auf sich zieht. Schwarze Haare. Mittelgroßer, sportlicher Körperbau. Und stechend blaugraue Augen, deren Farbspiel mich nervös macht. Oder ist es sein Blick? Vielleicht sogar beides.

Es ist der geheimnisvolle Typ, den ich gestern Abend bei der Festwiese gesehen habe. Dort war es bloß für einen Wimpernschlag. *Für einen heftigen und nachwirkenden*, gestehe ich mir ein. Er sieht mich direkt an und für einen Augenblick vergesse ich den Trubel. Ich verstehe nicht, wie er es schafft. Noch immer weiß ich nicht, wer er ist. Spätestens nach meiner bedeutungsschweren Meldung für die Rätselaufgaben wird er wissen, wer ich bin.

Es sind bloß einige Meter, die uns trennen. Da erkenne ich das schwarze Mal an seinem Arm. Unzweifelhaft gehört er zu den Gründungsfamilien. Er ist also auch ausgewählt, um die mystischen Escapes zu lösen. Sein Blick ist durchdringend und auf erschreckende Weise kühl und warm zugleich. Mir ist nicht klar gewesen, dass so etwas möglich ist.

Der Bruchteil des Moments endet, denn mein Onkel legt mir

seine Hand auf die Schulter. »Lass uns nach Hause. Es gibt noch viel vorzubereiten.«

Ich wende den Blick ab. Der mysteriöse Gründernachfahre sieht mich noch immer an. Es ist unheimlich und tröstend, faszinierend. *Auf jeden Fall merkwürdig*, entscheide ich. Dabei sollte er mich nicht so ansehen. Ein äußerst schlechtes Timing, um mich abzulenken.

Onkel Gerry hat recht. Wir sollten gehen. Die nächsten Stunden möchte ich mit meiner Familie verbringen. Ab morgen fängt die Reise erst richtig an. Dann werde ich zu dem Ort geschickt, an dem wir Auserwählten unterkommen. Ein Quartier für die furchtbaren Spiele. Das Internat *St. Romy Meyro* ist scheinbar der perfekte Ort. Kein Wunder, dass ich diese Privatschule mein Leben lang gemieden habe.

Als hätte ich tief in mir gewusst, dass sie mein Verderben sein wird.

Zumindest gibt es zwei Dinge, die gewiss sind, wenn auch weniger tröstlich. Erstens hängt mein Leben am seidenen Faden der verfluchten Rätsel. Zweitens kenne ich zumindest den Ort, an dem ich sterben werde.

KAPITEL 6

Zeit der Ankunft

»Du kommst da lebend raus, klar?«

Onkel Gerry macht mir den Abschied nicht sonderlich leicht. Ich weiß, dass es schwer ist. Für ihn, für uns alle. Dies ist schließlich das letzte Mal, dass wir uns sehen. Nach Antritt an der *St. Romy Meyro* beginnen die Spiele und damit der Kampf ums Überleben. Es ist so wenig Zeit, um Lebewohl zu sagen. Ich will nicht weinen. Wenn ich in der Privatschule ankomme, will ich ernst genommen werden. Der erste Eindruck zählt. Geschwollene Augen, ein verheultes Gesicht und eine leuchtend rote Rotznase sind da nicht gerade hilfreich. Vielleicht ist es taktisch gut, wenn ich nicht jämmerlich und wie ein Schwächling wirke.

Doch streng genommen kann es den anderen Auserwählten kaum anders gehen wie mir. Schließlich sind wir alle in einer verzweifelten Situation, in der wir nicht sein wollen. Wie die anderen damit umgehen, kann ich nicht einschätzen. Der Überblick, wer neben mir noch erwählt wurde, fehlt mir. Sicher ist aber, dass niemand dort sein wird, den ich wirklich kenne. Ich bin trotz der Gruppe auf mich gestellt. Und das macht es kein bisschen leichter.

Gestern habe ich mich trotz der Müdigkeit dazu entschlossen, ins Krankenhaus zu fahren. Ich wollte zu Lexi, nach ihr sehen und bei ihr sein. Wenigstens ein letztes Mal.

Meine Nacht war viel zu kurz. Nach dem Packen und dem letzten schweigsamen und bedrückenden Abendbrot habe ich mich in der stillen Hoffnung ins Bett gelegt, einfach einzuschlafen. Aber das Adrenalin hat mich wachgehalten, so wie es auch das brennende Zeichen an meinem Handgelenk tat. Dabei gibt es keinen Grund, mich auf diese Weise zu quälen. Schließlich habe ich keine Wahl. So oder so werde ich an den Rätseln teilnehmen. Und sterben. Warum gönnt die grausame Kindshexe mir nicht die letzten Stunden Schlaf in meinem eigenen Bett?

»Du musst da drin vorsichtig sein. Alles könnte zum Spiel gehören und eine Falle sein«, warnt mich Onkel Gerry.

Es stimmt. Ich hoffe, seine Warnung umsetzen und die Gefahren rechtzeitig wahrnehmen zu können. Denn woran genau erkennt man eine Falle? Die Hexe kann jeden Raum mit ihrem Zauber belegen, Gegenstände verhexen und womöglich Menschen. Es wird sicherlich nicht leicht sein, den Unterschied zwischen Realität und Trugbild zu erkennen. Ich habe keine genauen Vorstellungen davon, was mich erwartet. Es kann alles sein.

Im letzten Durchgang gab es Räume, die sich nach Ablauf einer bestimmten Zeit veränderten. Damit konnten Teile des Gesamträtsels verschwinden und man steckte fest. In jeder Aufgabe kann eine Tücke verborgen sein. Eine tödliche Antwort auf den Versuch, die Herausforderung zu lösen. Bei den Rätseln gibt es kein geradliniges Muster. Kein Durchgang gleicht dem anderen.

»Wie soll ich denn wissen, was eine Falle ist?« Meine Stimme ist zittrig, dabei will ich keine Schwäche zeigen. Jeden Moment werden sie mich abholen und zum Internat bringen.

Jules greift nach meiner Hand und drückt sie. Ihre sonst unbeschwerte Lebensfreude hat sich hinter einer kummervollen Maske versteckt. Obwohl sie sich bemüht, sehe ich es.

»Du bist schnell und clever. Beides wird dir helfen.«
Mag sein.
»Elena, du wirst überleben. Daran hege ich keinen Zweifel. Du schaffst das! Und vielleicht brichst du sogar den Fluch!«

Ich kann nicht überleben. Mindestens genauso sicher ist, dass ich auch diesen Fluch nicht brechen kann. Das muss Jules eigentlich wissen, wenn sie ehrlich ist. Diesen Spielen bin ich nicht gewachsen. Aber ich weiß, dass sie mir Mut machen will. Ich würde es nicht anders machen. Denn welch anderen Trost gibt es in dieser Situation als zu hoffen?

In den letzten Jahren sind andere Auserwählte gescheitert, kluge, einfallsreiche Athleten mit einem charismatischen und selbstbewussten Auftreten – zumindest soweit ich mich an sie erinnere. Teils mit tödlichem Ende. Dabei haben sie im Vergleich zu mir wohl wesentlich größere Chancen gehabt, diesem schwarzen Zauber ein Ende zu bereiten. Wer mit mir in die Räume geschickt wird, weiß ich nicht. Ich habe jedenfalls keine Begabung, die mir helfen könnte, sondern bin eher durchschnittlich. In allem. Höchstens in Tollpatschigkeit und sozialer Verschlossenheit steche ich hervor. Mir fehlen zu viele Eigenschaften, um einen nützlichen Beitrag in diesen Spielen zu leisten. Da bin ich mir sicher.

»Vielleicht«, antworte ich zögerlich. Ich kann schlecht meinen Mut zusammennehmen, wenn ich innerlich bereits aufgegeben habe. Selbst wenn ich nicht so strahlend bin wie Jules oder so selbstbewusst wie Lexi, habe ich einen natürlichen Kampfgeist. Aufgeben ist keine Option. Wenn ich schon in den Spielen mein Leben lassen muss, dann mit wehenden Fahnen, niemals kampflos.

Die meisten werden sich von der Privatschule kennen. Klassenkameraden, Freunde. Und ich als Neuling. *Nein, fort mit den*

Zweifeln. Ich muss stark sein, rede ich mir gut zu.

Jules ist loyal und erdet mich. »Ihr dürft nichts mit in die Räume nehmen. Und dass du die nächsten Tage von uns abgeschnitten wirst, ist doppelt scheiße.«

Die Vergangenheit hat gezeigt, dass jeglicher Kontakt zur Familie oder zu Freunden unterbunden wird. Sobald die Schwelle überschritten ist, werden wir Auserwählten wie in einer magischen Blase völlig isoliert von unserer Außenwelt sein. Ohne Rückhalt, ohne Hilfe. Das Internat wird exklusiv für die Zeit der Spiele geräumt werden. Kein normaler Unterricht, keine Lehrer. Der Schulbetrieb ist komplett eingestellt. Fünf Tage lang bleibt sie geschlossen. Wir müssen es allein schaffen. Lediglich ein paar Helfern ist es gestattet, uns sieben Teilnehmer zu versorgen. Ein paar Leute in einem alten, schaurigen Internat – da kommt Freude auf. *Zauberhafte Magie.*

»Wir können zwar nicht telefonieren, aber vielleicht hilft dir das.«

Sie reicht mir ein Buch, ein Tagebuch. Es hat einen durchsichtigen Umschlag, in dem Fotos von glücklichen Momenten stecken. Aufnahmen von Lexi, Jules und mir. Von Zeiten, in denen sich das Lachen unbeschwert und echt anfühlte.

»Du kannst in das Buch all deine Gedanken schreiben. Dann ist es ein bisschen so, als würdest du mit mir reden. Wie ein Jules-Ersatz«, verkündet sie. Da ist ihre Lebensfreude wieder. Hell und sorgenfrei. Was für ein schönes Gefühl das sein muss, keine Angst um das eigene Leben zu haben. Bloß kann ich es mir nicht erlauben, so zu fühlen.

»Auf diese Art bin ich immer bei dir, Elena. Wenigstens im praktischen Taschenbuchformat.«

Vor Rührung bildet sich ein dicker Kloß in meinem Hals. »Danke«, bringe ich hervor und zwinge meine aufkommenden

Tränen zum Rückzug.

»Hör zu. Ihr werdet die Rätsel gemeinsam lösen müssen. Versuche, einen Verbündeten zu finden. Jemanden, dem du vertraust.«

»Und wenn es niemanden gibt, dem ich da drin vertrauen kann?«

Sie fasst mich an den Schultern, um ihren Ratschlag zu verdeutlichen. »Ihr steckt alle in der gleichen Lage. Gemeinsam ist man immer stärker. Versuch keinen Alleingang. Nutzt die Schwarmintelligenz. Alle zusammen.«

Das ist leichter gesagt als getan. Die Aufgaben fordern die Beteiligung aller. Aber manche müssen zurückgelassen werden, um den Weg für die anderen zu ebnen. Ganz im Sinne des tragischen Schicksals von *Hodor* aus *Game of Thrones*.

»Bis zu einem bestimmten Punkt.«

»Deshalb ist es gut, wenn du einen Partner, einen Vertrauten hast, mit dem du im Notfall weiterkommst.«

Ich atme laut aus. Meine Nervosität übernimmt langsam das Kommando über meinen Körper. Meine Finger sind schwitzig. Ein eiskalter Schweißfilm perlt an meiner Wirbelsäule herab. Dabei ist es nicht warm.

»Du kannst knobeln, raten. Elena, es ist nicht ausweglos.«

»Die anderen können das sicherlich auch. Es ist nichts Besonderes«, höre ich die Zweifel aus mir sprechen.

»Doch! Denn *du* bist etwas Besonderes.«

»Ich weiß nicht, wie man gewinnt, Jules.«

»Aber du weißt, wie man spielt.«

Die Uhr schlägt zehn. Es ist Zeit, zu gehen. An der Haustür umarme ich Onkel Gerry und Jules. Ich zwinge mich, ihren vertrauten Geruch in mein Gedächtnis zu brennen. Ein Stück Heimat, ein Stück zu Hause, das ich mitnehmen kann.

Es ist ein schwarzer Wagen, elegant und doch schlicht. Ein Anzugträger steigt aus und lotst mich ins Innere.

Während ich auf den weichen Sitz rutschte, übermannt mich plötzlich eine ungeahnte Welle Panik. Mein Impuls, aufzuspringen und einfach wegzurennen, wird direkt unterbunden. Ein stechender Schmerz schießt mir in den Kopf. Es fühlt sich grell an, wie spitze Nadelstiche. Ich muss mir meine Ohren zuhalten, denn die Schmerzen werden von schrillem Pfeifen begleitet. Mein Kopf scheint von einer Explosionsblase umhüllt und darin gefangen zu werden. Ich muss mich krümmen, sodass meine Nasenspitze fast meine Knie berührt.

Verfluchte Scheiße!

Alizon hat an alles gedacht. Es gibt kein Entkommen. Die Kopfschmerzen verhindern jeden Versuch. Ich atme ruhig, versuche meine Gedanken zu beruhigen. *Ich nehme teil. Ich nehme teil. Ich nehme doch teil!* Still gehe ich mein Mantra durch, um meine Entscheidung glaubhaft zu machen. Es hilft tatsächlich. Das Stechen lässt nach, sogar der unangenehme Druck verschwindet.

Magie.

Wenn meine Migräneschübe sonst so rasch verschwinden würden, hätte ich schon viel Lebenszeit sparen können. Die Hexe weiß zumindest, auf welche verstörende Weise man jemandem seinen Willen aufzwingt, damit es fast freiwillig aussieht. Wie die Teilnahme an den *Mystic Rooms*.

Ein weiterer Atemzug später ist es vorbei. Ich verspüre keine Schmerzen mehr, die Wellen ebben gänzlich ab. Eine Leichtigkeit umgibt nun meinen Kopf, der eben noch pochend zu platzen schien. Botschaft angekommen. Ich deute die Warnung richtig. Trotz meiner Panik kann ich nicht vor meinem Schicksal fliehen.

Ein letztes Mal sehe ich zu Onkel Gerry, Jules und meinem

Zuhause. Wir winken nicht zum Abschied, sondern sehen uns an und legen all unsere Gedanken, Schmerzen, Wut und Trauer in unsere Blicke. Ich hoffe, ich werde sie wiedersehen. Und gleichzeitig hoffe ich, dass ich einen Beitrag dazu leisten kann, diesen verdammten Horror für alle zu beenden.

Während der Fahrt möchte ich mir am liebsten einen Schlachtplan überlegen. *Wie kann ich vorgehen? Woran erkenne ich, wer wem in den Rücken fallen wird? Welche Rolle werde ich in diesem Spiel, was keines ist, tragen?*

Doch zu einer klaren Antwort komme ich nicht. Die Reifen des Wagens rollen über Kies. Es ergibt ein hässlich knirschendes Geräusch. Ein wenig erinnert es mich an das Brechen von kleinen Ästen – oder Knochen. Ein Schauer will mir eine Gänsehaut bescheren. Ich schüttele den aufkommenden Ekel fort und atme tief durch, bevor ich aussteige.

Die Spuren vergangener Jahre haften an der mit trockenem Efeu und Dornen überwucherten Gebäudefassade der *St. Romy Meyro* und lassen das Internat furchteinflößend wie einen Schauplatz aus einem antiken Film erscheinen. Spröde Risse, abschreckende Steinskulpturen und trübe Fensterscheiben. Hier wäre ich wirklich nie freiwillig zur Schule gegangen. Die Vorstellung, jeden einzelnen Tag hinter diesen Türen verbringen zu müssen und von all diesen schaurigen Vibes umgeben zu sein, hätte mich um den Verstand gebracht. Selbst ohne Fluch.

Es ist bloß eine große Sporttasche, die ich gepackt habe. Darin sind Wechselklamotten, belangloses Zeug, das mir in den Räumen nicht weiterhelfen wird. Aber mehr brauche ich nicht. Mit klammen Fingern schultere ich die Tasche und betrete mit klopfendem Herzen und gekünsteltem Mut feige das Gebäude.

Ich erwarte staubige Vorhänge, abgestandene Luft und eine marode Ausstattung. Doch zu meiner Verwunderung hat das

Innere nichts mit dem äußeren Schein zu tun. Es ist hell, geräumig und zeitlos eingerichtet. Funkelnde Kronleuchter verleihen dem Eingangsbereich einen royalen Schimmer. Ein burgunderroter Teppich dämpft jeden meiner Schritte. Anders als erwartet wirkt die Schule nicht wie ein verlassenes Geisterschloss, sondern wie ein prunkvolles Museum mit imposanten Schätzen. Die steinernen Wände sind mit Ölgemälden verziert, deren Wert ich nicht einschätzen kann. Hinten erkenne ich eine beeindruckende geschwungene Treppe, die in die obere Etage führt. So stelle ich mir in der Tat keine Schule vor. Nicht einmal eine Privatschule. Aber zumindest beweist die Einrichtung, dass das monatliche Schulgeld auch in Mobiliar und historischen Dekorationen angelegt wird. Es ist beängstigend still. Keine lauten Schüler, die herumlaufen, lachen oder Bücher durch den Flur werden. Alles hat einen unheimlichen Charakter.

Das Klackern hoher Absätze lässt mich aufhorchen. Eine hübsche Frau mit breiten Schultern tritt aus einem der seitlichen Räume und kommt auf mich zu. Ein freundliches Lächeln liegt auf ihrem Gesicht, sodass ich mich weniger wie ein Eindringling in dieser Halle fühle. Sie trägt eine weiße Bluse und eine dunkle Jeans. Ihre Haare sind kurz und schimmern in einem getönten Grauton, dabei schätze ich sie nicht älter als Ende vierzig.

»Hallo, ich bin Ms Gibbons, Vertrauenslehrerin an der *St. Romy Meyro*.«

»Hi, Elena Parker«, stelle ich mich kurz vor.

Ms Gibbons lächelt nickend. »Ich weiß. Schön, dass du hier bist. Es war sehr mutig, was du für deine Cousine getan hast«, fügt sie hinzu. Beinahe möchte ich ihr glauben, dass es mutig und nicht vollkommen hirnrissig, überstürzt und wahnsinnig ist.

»Ich kümmere mich um die Verpflegung und alles, was ihr während eurer Zeit zwischen den Aufgaben in der Schule braucht.

Zögere nicht, dich zu melden, wenn ich etwas tun kann.«

Sie gehört also zu den auserwählten Helfern, die uns durch diese höllischen Tage begleiten müssen. Wenn auch nicht direkt bei den Spielen, aber zumindest hier auf dem Schulgelände.

»Danke.«

Ms Gibbons verliert für einen Moment ihr professionell aufgesetztes Lächeln und wirkt mit einem Mal bedrückt.

»Das ist nichts im Vergleich zu dem, wo ihr Auserwählte durchmüsst.«

Mit Leichtigkeit schafft es die Vertrauenslehrerin, mir ein gutes Gefühl zu vermitteln. Sie ist nicht betroffen, weil sie zu keiner Gründerfamilie gehört. Gibbons, ihr Name passt zu keiner der Gründernamen. Aber ihre Anteilnahme ist schön. Selbst wenn es grundlegend nichts verändert. Die Umstände sind, wie sie sind. Dennoch nimmt sie mir die Anspannung.

Sie strafft ihre Schultern und deutet mir an, ihr zu folgen. »Bevor du dein Zimmer siehst, kannst du die anderen Erkorenen kennenlernen.«

Wie auf Knopfdruck kehrt meine Nervosität zurück. »Gehen sie alle auch hier zur Schule?« *Und kennen sich? Sind sie bereits ein Team?*

»Ich kann dich beruhigen«, beantwortet sie meine stummen Fragen. »Du bist nicht die Einzige, die durch die Escapes das erste Mal hier ist.«

Eine weitere Frage – unter Tausenden – brennt mir auf der Seele. Denn die unangenehme Stille hier erweckt den Eindruck einer ausgestorbenen Schule. »Ist es bereits so weit, dass kein Unterricht mehr stattfindet? Sind die anderen Schüler gegangen?«

Ms Gibbons nickt kräftig, sodass ihre grauen Haare im schummrigen Licht der Kronleuchter noch zarter gefärbt aussehen. »Mit der Auswahl wird die Schule geschlossen. Zumindest für die Tage der Live-Escapes. Ihr habt dann genügend Platz und Ruhe, um euch nach den Rätseln hier zu erholen.«

Sie biegt rechts vor der Treppe ab. Ein großer Raum, der auf Anhieb Wohnzimmerflair bereithält, erstreckt sich auf altem gräulichem Steinboden. Dicke, gemusterte Teppiche liegen aus. An den hohen Decken sind dunkelbraune Regale angebracht, um einigen Büchern einen Platz zu schenken. Eine einladende Sofalandschaft ist mittig zu finden. Die Polster sehen nicht neu aus, aber dafür äußerst bequem. Das Herzstück bildet für mich der eindrucksvolle Kamin. Trotz der sommerlichen Wärme brennt ein gemütliches Feuer darin, sodass die Holzscheite leise knacken.

Wir sind nicht allein. Augenblicklich spannt sich alles in mir an. Im Raum verteilt sind mehrere Leute. Kinder. Jugendliche. Auserwählte. So wie ich.

Es sind nicht mehr als sechs, das weiß ich, ohne nachzuzählen. Schließlich gibt es nur sieben Gründungsfamilien. Und damit auch exakt sieben Unglückliche, die an den verfluchten Spielen teilnehmen.

Am Kamin steht Aiden. Ich erkenne ihn direkt wieder. Seine Haare, seine freundliche Miene. Er lächelt mich an, offen, als wäre nichts gewesen. Als hätte er mich nicht direkt nach unserem Kennenlernen nach Hause begleitet, um mitzubekommen, wie ich mich übergebe. Als hätte er mir anschließend keine eindeutige Botschaft mitgegeben. *Nein*, keine Botschaft, sondern eine klare Warnung. Alles, was auf mich vorgestern Abend noch einladend wirkte, hat sich in ein Trugbild verwandelt. Ich kann ihn nicht einschätzen. Jetzt wirkt sein Verhalten wieder freundlich. Habe ich mich etwa so vertan? Sind seine Worte bloß eine böse Illusion meiner Hirngespinste gewesen? Habe ich mir alles nur eingebildet?

Halte dich von uns fern. In meiner Erinnerung kann ich es

deutlich hören.

Uns. Meinte er die anderen Gründungsnachfahren? Wollte er mich aus der Gruppe haben? Wie konnte er das wissen, bevor wir ausgewählt wurden?

Egal wie, ich muss diese Sache klären. Mit diesem unguten Gefühl brauche ich sonst gar nicht erst in einen Escape-Raum zu gehen. Nicht mit ihm. Nicht so. Ich strebe von Natur aus nach Harmonie. Viel zu sehr, als dass diese Sache unausgesprochen zwischen uns stehen kann. Bevor ich ihn zur Seite nehmen kann, klatscht jemand in die Hände und lässt mich zusammenzucken.

»Elena Parker. Ein Applaus für die mutige und selbstlose Retterin. Bravo, bravissimo.« Nazmi stolziert auf mich zu. Dem Abscheu in ihrer Stimme nach zu urteilen, freut sie sich sehr, mich zu sehen. Mindestens so sehr wie über Herpesbläschen kurz vorm Date mit ihrem heimlichen Schwarm.

Sie trägt hohe Schuhe und ein elegantes Glitzertop, das ihre schwarzen Schultern zart betont. Dazu eine enge Lederhose. Um ihr Handgelenk hat sie ein rotes Tuch gewickelt, um offenbar das Hexenmal zu verdecken. Sie wirkt einschüchternd. Dabei habe ich ihr nichts getan. Kurz vor mir bleibt sie stehen und mustert mich von oben nach unten. Vielleicht will sie sich davon überzeugen, dass ich keine Gefahr für sie darstelle. Oder mir deutlich machen, wer das Sagen hat.

»Nazmi, schalt mal einen Gang runter«, höre ich Aiden sagen. »Wir sitzen im selben Boot.«

Nun ist es Ms Gibbons, die in die Hände klatscht. »Setzt euch alle mal hin, damit wir anfangen können.«

Nazmi macht tatsächlich kehrt und geht hinüber zu einem der Sofas, um sich daran anzulehnen. Ihr Blick ist weiterhin auf mich gerichtet. Ich nehme in einem Ohrensessel Platz, während die anderen es sich auf den ausladenden Polstermöbeln gemütlich machen. Alle bis auf einen. Der mysteriöse Junge mit den schwarzen Haaren und gefährlichen Augen ist ebenfalls hier.

Natürlich ist er hier. Schließlich habe ich sein Mal bei der Auswahl gesehen, schelte ich mich für meine naiven Gedankengänge.

Um Nazmis abschätzigem Blick auszuweichen, sehe ich mir die anderen Kandidaten näher an. Zu meiner Überraschung sind viele dabei, denen ich zumindest auf der Festwiese bereits begegnet bin. Neben Nazmi sitzt Isis, die Schwester von Micah. Außerdem Josh und ein großer, muskulöser Junge mit breiten Schultern, den ich noch nicht kenne.

Eine große Flügeltür aus massivem Holz schwingt auf und ein Mann mit dunkelroten Haaren, kurzärmeliger Weste und hochgekrempeltem Hemd betritt den Aufenthaltsraum. Ich schätze ihn auf Mitte vierzig. Er trägt einen Dreitagebart, was ihn sympathisch wirken lässt. Außerdem erkenne ich eine Tätowierung direkt unter seinem Kehlkopf. Es sieht aus wie ein Strichcode.

»Mein Name ist Ridge Hanson. Ihr könnt mich Ridge nennen. Ich bin euer Ansprechpartner und Betreuer. Wie ihr sicher wisst, werden in jeden Durchgang neben euch Auserwählten auch Berater aus vergangenen Jahren erwählt, die euch während der fünf Tage begleiten und coachen. Das Glück ist auf mich gefallen.« Seine Stimme ist fest und hört sich freundlich an.

Der Name kommt mir bekannt vor. Und das nicht grundlos.

Ridge Hanson hat eine verblüffende Ähnlichkeit mit Josh. Das bleibt nicht aus, denn Ridge gehört ebenfalls zu der Blutlinie der Familie Forney. Vor dreißig Jahren gehörte er zu denen, die diese Spiele mitmachen mussten. Anders als die meisten seiner damaligen Mitstreiter hat er überlebt. Ohne dabei den Fluch zu brechen. Seine Tipps könnten uns helfen. Auch wenn jeder Raum anders aussehen wird, bin ich auf seine Ratschläge gespannt. Jeder Hinweis könnte uns da drin das Leben retten. Oder zumindest einzelnen.

»Lasst euch von meinem Namen nicht irritieren. Ich bin ein geborener Forney und Joshs Onkel. Ihr habt höchstens in Erzählungen von mir gehört, denn als ich vor drei Durchgängen teilgenommen habe, wart ihr alle noch nicht geboren. Ich habe meinen Namen geändert, den meiner Frau angenommen, weil ich nicht länger daran erinnert werden wollte. Und jetzt ...« Er breitet seine Arme aus. »... bin ich wieder hier. Ähnlich wie ihr habe ich mir diese Rolle nicht ausgesucht, dennoch hoffe ich, euch helfen zu können. Um euch vorzubereiten, will ich mit euch eure Geschichtskenntnisse auffrischen. Und genau deshalb fangen wir auch gleich an.«

Er drückt auf eine kleine Fernbedienung, sodass sich vor einem der Bücherregale eine weiße Leinwand von der Decke abrollt. An meiner Schule gibt es nicht einmal genug Geld, um vernünftige Spinde zu kaufen. An der *St. Romy Meyro* dagegen werden Beamer und Leinwand in einem gemütlichen Wohnzimmer angebracht.

Wer hat, der hat.

Eine alte Schwarz-Weiß-Fotografie mit den sieben Gründungsvätern wird auf der Leinwand eingeblendet.

»Zur Gründungszeit haben die sieben Väterfamilien Mistwick aus Trümmern erschaffen. Ein brutaler Krieg, der viele Opfer forderte, zwang die Menschen, wieder zusammenzuhalten und einander neu zu vertrauen. Allen wurde so viel genommen und dafür schreckliches Leid zugetan. Unschuldige starben, Häuser wurden verbrannt, Familien zerrissen. Nach dem Krieg sehnten sich die Leute nach Frieden, nach Sicherheit, nach Beständigkeit. Die sieben Gründer behaupteten, dass sie genau das tun wollten – ihre Bewohner zu beschützen und nie wieder Misstrauen und Verrat zulassen zu wollen. Sie versprachen, dass ein Leben in Mistwick niemals mehr an die dunklen Zeiten des Krieges und der Missgunst erinnern würde. Doch ihr Neid wuchs, als ihr Ansehen mit den magischen Künsten einer Hexenfamilie konkurrieren musste. Gelenkt von ihrer Eifersucht schürten die Gründer neuen Hass – inmitten ihrer Stadt, die voll Gnade und Güte geführt werden sollte.«

Ich kenne die Geschichte. Das haben wir mehr als einmal im Unterricht behandelt. Von Kindesbeinen an bin ich mit den Gräueltaten jener Zeit konfrontiert worden. Denn ich habe nicht das Glück, in eine gewöhnliche Familie geboren worden zu sein. Je früher ich auf den Fluch und mein Schicksal vorbereitet werden konnte, umso besser. Zumindest war das die Hoffnung meiner Eltern.

Ein neues Foto wird eingeblendet. Ich erkenne den Ort sofort. Es ist ein Teil von Barrow Hill. An einem dicken Ast baumeln leblose Körper. Zwei Erwachsene, drei Kinder. Sogar ein Rabe hockt auf der Schulter eines Leichnams und pickt in das verdorrte Fleisch. Eine der Leichen sieht verkohlt aus, eine andere trägt zerfetzte Stoffreste am Leib, der nächsten fehlen mehrere Gliedmaßen. Mehr kann ich nicht ertragen.

Mir steigt die Galle hoch. Ich blinzele und muss wegsehen. Ich kenne die entsetzliche Geschichte. Diesen Ausschnitt allerdings zu sehen, löst einen übergroßen Ekel in mir aus.

»Das jüngste Kind, Alizon Devine, musste jeden Tag vor ihrer eigenen Hexenprüfung miterleben, wie ihre Familie bis zum Tod gefoltert wurde. Es heißt, in ihrer Verzweiflung schuf Alizon einen Fluch, der bis heute die Gründerfamilien für ihre Schuld büßen lässt. Alle zehn Jahre aufs Neue.«

Endlich verschwindet das Foto und eine neue Folie wird angezeigt. Dieses Mal ist es kein Schnappschuss aus der Geschichte, sondern eine Übersicht der sieben Häuser. Darunter stehen die

Familiennamen. Auch meinen entdecke ich sofort.

»Jede Gründerfamilie hat ihren eigenen Haus-Spruch. Ich kann euch nicht sagen, was euch in den Escapes erwarten wird, aber in den vergangenen zwei Durchgängen gab es immer etwas, was mit den Gründerfamilien konkret zu tun hatte. Etwas mit ihrer Geschichte. Deshalb rate ich euch, euch noch mal in eure Familiengeschichte einzuarbeiten. Es könnte nützlich sein.«

Die Haus-Sprüche stammen aus der Gründungszeit und sind längst nicht mehr modern. Wäre ich wie Jules nicht vom Fluch betroffen, hätte ich mich mit meiner Familiengeschichte mit Sicherheit weit weniger auseinandergesetzt.

Ridge verschränkt die Arme vor der Brust und deutet in die Runde. »Stellt euch bitte kurz vor und nennt eure Haus-Sprüche. Es ist wichtig, dass ihr alle von euren Erfahrungen profitiert.«

Aiden ist der Erste, der spricht. »Aiden Clark, meine Familie hat zur Gründungszeit und in den folgenden Jahren die Bürgermeister von Mistwick gestellt. Unser Haus-Spruch lautet *Leben durch Taten*.«

Isis ist die Nächste, die sich meldet. Sie steht auf und dreht sich zu uns allen um. Das karierte Kleid, was sie trägt, lässt sie fast ein wenig schüchtern wirken in ihrer Erscheinung. Ihre hellen Haare fallen ihr glatt bis auf den Rücken. »Evans. Meine Familie ist wohl besonders bekannt für ihre Braukunst. Wir brennen die Liköre auf offener Flamme und erhitzen sie bis zu 800 Grad in besonderen Gefäßen. Daher kommt vermutlich auch der Spruch *Stimme der Lava*.«

»Ich dachte eher, der kommt daher, dass eure Liköre immer so scheiße in der Kehle brennen«, witzelt Josh. Er kassiert jedoch direkt einen deutlichen Blick seines Verwandten.

»Für alle, die mich nicht kennen. Ich bin Josh Forney. Meine Familie hat eigentlich den größten Beitrag zum Wohle von Mistwick geleistet, denn wir haben als Bäcker dafür gesorgt, dass niemand verhungert. *Orden der Ehre,* jawohl!«

»Nazmi Whitley, Richterfamilie. *Heldentum der Hierarchie*«, leiert Nazmi ihren Text gelangweilt herunter.

Jetzt wendet sich Ridge direkt an mich. Ich vermeide es, jemanden anzusehen, sondern begutachte die fein sortierten Teppichfransen.

»Ich bin Elena Parker. Meine Familie hat zu Gründungszeiten den Wachdienst übernommen. Heute würde man es eher als Polizei betiteln. Unser Haus-Spruch lautet *Chronik der Courage.*«

Ich spüre, wie mir die Röte ins Gesicht schießt. Es ist mir unangenehm, den anderen von dem Spruch zu erzählen. Für mich ist er ein Überbleibsel aus der Gründungszeit, nichts, womit man gerne als Teenager angibt.

Der Junge mit dem breiten Kreuz macht weiter, sodass ich nicht länger im Mittelpunkt der Aufmerksamkeit stehe. Er trägt ein hellblaues Hemd offen über seinem Shirt, was seine tiefbraune Haut betont. Ein makelloses Lächeln entblößt eine schneeweiße Reihe von Zähnen. Seine Attraktivität hat beinahe eine einschüchternde Wirkung auf mich.

»Ich heiße Caleb Greyson. Meine Familie gehörte zu den Heilern ohne magische Fähigkeiten aus der Gründungszeit. Sie haben damals das Krankenhaus errichtet. Durch uns konnten Krankheiten behandelt werden, mit reinem Können. Meine Urgroßväter waren Ärzte, Spezialisten der Medizin, und haben mit harter Arbeit und Gewissenhaftigkeit allen den Arsch gerettet. Unser Spruch ist *Staub und Asche.* Denn nach seinem Tod verfällt man zu Staub, zum Beispiel, wenn man nicht auf seinen Arzt hört.«

Ein selbstgefälliges Grinsen huscht über seine markanten Gesichtszüge, was ihn für mein Verständnis weitaus weniger attraktiv macht. Bei seinem arroganten Verhalten wundert es mich nicht, dass er aus der Reihe der Kittelträger kommt.

»Fehlt nur noch ein Haus.«

Interessiert drehe ich mich zu dem mysteriösen Jungen um. Er muss ein Erbe der Gründungsfamilie Coleman sein, alle anderen Nachnamen wurden genannt. Ich weiß aus den alten Geschichtsbüchern, dass diese Familie mit einer besonderen Aufgabe vertraut gemacht wurde, um während der Gründungsphase sämtliche Geschehnisse festzuhalten. Die Colemans haben dafür gesorgt, dass alle Schriftstücke und Zeugnisse jener Zeit gesammelt, dokumentiert und aufbewahrt wurden.

»Nickolas Coleman«, stellt er sich vor. Seine Stimme klingt weich und rau zusammen. Nicht nur ein bisschen kratzig, sondern gefährlich. Angenehm gefährlich.

Halt, Stopp!

Meine Gedanken driften in eine völlig falsche Richtung ab. Ich weiß nicht, wie Nickolas es schafft, mich derart durcheinanderzubringen. Aber zweifelsohne gelingt es ihm.

»Meine Familie verwaltete die Bibliothek.«

»Langweiler«, hüstelt Caleb, woraufhin ein paar andere lachen müssen. Doch Nickolas verunsichert es kein Stück.

Ich erinnere mich daran, dass die Bibliothek damals von den Colemans geleitet wurde, aber mittlerweile hat der Besitzer gewechselt. Das ist nicht ungewöhnlich. Schließlich sind die Aufgaben aus den Zeiten der Gründung nicht mehr zwangsläufig Familiensache oder müssten ausschließlich von den besagten Gründerfamilien bewältigt werden.

Onkel Gerry ist zwar Polizist, aber nicht allein. Das wäre auch Irrsinn. Genauso wenig ist die Familie von Aiden noch im Bürgermeisteramt vertreten. Deshalb ist es nicht verwunderlich, dass Nickolas Familie nicht mehr für diese Tätigkeiten verantwortlich ist.

»Unser Haus-Spruch ist …«

»*Stuss und Flausen*«, mischt sich Caleb wieder ein. Mir geht der Typ jetzt schon gehörig auf die Nerven.

»*Stahl und Feder*. Stahl für die unzweifelhafte Kraft von Worten, Feder für die Aufzeichnungen selbst«, korrigiert Nickolas mit einem sanftmütigen Lächeln, das mich ungeahnt nervös macht.

Die aufgeschlagene Folie wird mit einem Klick ergänzt. Zu den einzelnen Häusern ploppen nun unsere genannten Sprüche auf. Es ist eine schöne Übersicht, denn ehrlich gesagt sind mir die anderen Haus-Sprüche nicht so geläufig.

»Der Fluch der Hexe hat euch für die diesjährige Challenge getroffen.«

»Außer man ist raus aus dem Schneider und meldet sich freiwillig, weil man nichts Besseres vorhat«, höre ich einen bissigen Kommentar.

Ich kann mir denken, dass er von Nazmi kommt, doch ich schenke ihr keine Beachtung. Die Genugtuung will ich ihr nicht geben.

»Fünf Tage lang werdet ihr in die *Mystic Rooms* geschickt. Jeden Tag erwartet euch ein anderer Raum mit neuen Aufgaben. Eine kniffliger als die nächste.«

Oder tödlicher. Die nächsten Tage werden hart und mir alles abverlangen. Spielen ums eigene Überleben. Eine ruhige Nacht verbringen und kaum gestärkt am nächsten Morgen in den folgenden Escape gehen. Das klingt nach Spaß. Zumindest für die Hexe.

»Ich bin mit der Aufgabe betraut, euch morgens am Barrow Hill abzusetzen. Zurück müsst ihr selbst kommen. Die Regel kommt nicht von mir. Aber ein guter Rat: Haltet euch an Regeln. Ihr wollt nicht erleben, was sonst passiert. Sobald ihr gemeinsam ein Spiel erfolgreich gewinnt, könnt ihr den Raum verlassen.«

»Was heißt erfolgreich?«, fragt Isis.

Sie ist unsicher. Das sehe ich ihr direkt an. Wenigstens bin ich nicht die Einzige, die allmählich wieder von ihrer Angst heimgesucht wird.

Ridge blättert eine neue Folie auf. Darauf zu sehen sind Fotos von Schlüsseln. Ein jeder sieht anders aus, alt, neu, modern, antik. Sie haben verschiedene Bärte und Größen. Sogar das Material, aus dem sie sind, ist bei jedem Exemplar anders. Es sind alles Schlüssel mit Bart, Halm und Griff, aber ansonsten erkenne ich keine Muster oder weitere Ähnlichkeiten unter ihnen.

»Ihr kämpft um Schlüssel. Wenn ihr eine Rätselaufgabe löst, erhaltet ihr als Belohnung einen Schlüssel, den ihr für den nächsten Raum brauchen könnt. Ohne diese Werkzeuge verliert ihr.«

Sofort schießt Isis Hand fragend nach oben, doch Ridge schüttelt bedeutungsschwer den Kopf. »Ihr wisst, was das bedeutet.«

Isis senkt die Hand. Sie ist fast so bleich wie ihre Haare.

Unser Mentor bemüht sich um ein Lächeln. »Das reicht für den Moment. Wir machen eine Pause. Ich möchte, dass ihr erst einmal auf eure Zimmer geht. Ms Gibbons wird sie denen zeigen, die noch keines haben. Nach dem Abendessen treffen wir uns wieder hier, um die Regeln zu besprechen.«

»Regeln? Ich dachte, es gibt keine. Schließlich sterben wir doch sowieso.« Nazmi klingt verbittert und wütend. Das erste Mal, dass ich sehr gut nachempfinden kann, was in ihr vorgeht.

»Richtlinien, damit ihr euch das Leben in den *Mystic Rooms* nicht noch schwerer macht. Aber das gehen wir später durch. Nutzt die Zeit, um die ersten Eindrücke sacken zu lassen.«

Die anderen setzen sich in Bewegung, während Ms Gibbons mir auf die Schulter tippt.

»Komm mit, dann zeige ich dir deinen Rückzugsort.«

Sie erinnert mich mit ihrer Freundlichkeit ein Stück weit an Jules. Ich vermisse sie. Ich vermisse plötzlich alles. Umgeben von all diesen Menschen ist mir nicht klar gewesen, wie dermaßen einsam ich mich trotzdem fühle.

KAPITEL 7

Zeit für Regeln

»Wenigstens seid ihr nicht allein«, versucht Ms Gibbons mich aufzuheitern. Ich packe gerade meine Reisetasche aus. Viel ist nicht drin, ein paar Klamotten, meine Kosmetiktasche, das Tagebuch von Jules und mein Smartphone. Genervt atme ich aus, während ich es vom Stuhl am Fenster aus versuche. *Noch immer kein Empfang. Mist.*

»Ich habe dir erklärt, dass es nichts bringt.«

Ja, das hat sie. Dennoch will ich ihr nicht einfach glauben, sondern zumindest versuchen, das Gegenteil zu beweisen. Die nächste Zeit muss ich durch die Hölle. Neben der Tatsache, dass ich mit wildfremden Menschen in diesem Gemäuer eingesperrt bin, muss ich mit einem Großteil von ihnen auch in verfluchten Live-Escapes um mein Leben bangen. Da kann man ruhig Sehnsucht nach einem wahren Freund haben, oder?

Der Drang, mit Jules oder Lexi zu sprechen, ist groß. Doch selbst als ich meinen Arm aus dem Fenster strecke, will sich kein Balken auf meiner Handyleiste anzeigen lassen.

Ich schmeiße mein Handy achtlos aufs Bett und ärgere mich über mich selbst. Solche dramatischen Szenen passen nicht zu mir. Normalerweise bin ich gut darin, nicht weiter aufzufallen – oder aufzugeben. Ms Gibbons schenkt mir diesen Blick, der mir deutliches Mitleid entgegenbringt. *Frei nach dem Motto: Armes Ding. Ich habe es dir gleich gesagt.*

Sie legt den Stapel Handtücher in den weißen Einbauschrank. Ein Jammer, dass ich kein eigenes Badezimmer habe. Wieder ein Vorteil der staatlichen Schule gegenüber dem Internat.

»Denk daran, gleich gibt es das Abendessen. Findest du den Weg?«

Ich nicke, sodass Ms Gibbons mich in meinem neuen Zimmer auf Zeit allein lässt. Es ist für ein Internatszimmer erstaunlich geräumig. Vor allem das breite Brett sieht einladend aus. Rückwärts lasse ich mich auf die Federmatratze fallen – und sinke direkt darin ein. Das wird eine spannende Nacht. Hoffentlich habe ich morgen von dem viel zu weichen Polster keine Rückenschmerzen. Ich drücke das frisch bezogene Kopfkissen an mich und atme den sommerlichen Duft ein. Ein schweres Gefühl von Heimweh will mich daran erinnern, was mir bevorsteht und wen ich womöglich nie wiedersehen werde. Doch ich schiebe dieses bittere Gefühl beiseite und blinzele aufkommende Tränen fort. Schnell setze ich mich auf, schüttele das daunenweiche Kissen auf und lege es zurück.

Nervös trommele ich mit den Fingern auf dem Holz des Bettkastens, ehe ich unruhig aufspringe und mir den Rest des Zimmers genauer ansehe. Das Material der wertvoll aussehenden Kommode ist aus einem weichen Holz mit aufwändigen Verzierungen. Ich ziehe alle Schubladen auf – und schließe sie gleich wieder. Allmählich komme ich mir vor wie ein eingesperrtes Tier, was nur darauf wartet, zum Schlächter geführt zu werden.

An dem hellen Schreibtisch und in einer Ecke finden zwei Stühle ihren Platz. Beide haben gepolsterte Sitzflächen mit Armlehnen und Rückenlehnen aus einem hellgrauen Geflecht. Ich ziehe den Stuhl aus der Ecke und stelle ihn um. Die Füße kratzen über den alten Holzdielen, was ein hässliches Geräusch verursacht. Neben der Kommode findet das Mobiliar seinen neuen Platz. Zufrieden riskiere ich einen Blick auf die Uhr. Noch immer habe ich Zeit, bevor das Abendessen ruft. Mir gehen die Ideen aus, um mich vor meiner inneren Unruhe zu drücken. Das Highlight in meinem Zimmer ist die kleine Nische am Fenster. Die Fensterbank ist breit genug, dass ich mich dort hinsetzen kann. Ein kleiner Luxus für mich.

Es gibt viele Dinge, die ich verarbeiten muss. Ob ich will oder nicht.

Seit Tagen laufe ich am Limit und fühle mich kraftlos. Lexis Unfall, die Auswahl, die ständige Angst – all das hat mir so viel Energie geraubt. Doch bleibt mir jegliche Zeit zum Auftanken verwehrt.

Was würde Jules wohl tun? Vermutlich wäre sie an meiner Stelle schon längst bei Josh oder den anderen Jungs im Zimmer und würde jede einzelne Minute genießen. Zumindest ist der Gedanke nicht allzu abwegig.

Ich schnappe mir das Tagebuch und mache es mir auf der kleinen Fensternische gemütlich. Zunächst fahren meine Finger über die Erinnerungsfotos und lassen mein Herz einen Moment aufleben. Ich habe trotz Fluch gelebt. Das kann mir niemand mehr nehmen.

Mit zittriger Hand schlage ich die erste Seite auf und setze den Stift an. Den Tag über war ich stark. So wie gestern. Und den Tag davor. Und davor. Aber jetzt gönne ich mir den Augenblick, in dem ich all meine Emotionen befreien kann.

Während des Schreibens habe ich nicht bemerkt, wie spät es geworden ist. Der Himmel wird bereits dunkel. Mein Fenster liegt zum Osten hin. Den Stadtkern von Mistwick kann ich nicht sehen, doch dafür die unberührte Landschaft von Barrow Hill, die sich mir als Anblick bietet.

Über den Baumwipfeln schwebt eine pechschwarze Wolke. Ich setze mich weiter auf und kneife die Augen zusammen. Es ist unbestreitbar. Dort hinten in einem Waldstück geschieht etwas Merkwürdiges. Beinahe scheint mir die bedrohlich aussehende Wolke ein Vorbote zu sein. Das wird mit Sicherheit der Ort sein, an dem ich morgen mein Können unter Beweis stellen muss.

Es klopft plötzlich an meiner Tür und Aiden steckt den Kopf herein. Ausgerechnet er. »Kommst du?«

Ich lege Jules Geschenk beiseite und schwinge mich von der Fensterbank. Vielleicht ist es gut, dass er da ist. Dann kann ich dieses unangenehme *Etwas* ansprechen, das ich in seiner Gegenwart empfinde.

»Ich muss mit dir reden«, nehme ich all meinen Mut zusammen. Er ist offenbar irritiert. Mindestens genauso sehr wie ich. Denn normalerweise spreche ich keine Jungen an. Oder will mit ihnen etwas klären. Kein sonderlich verlockender Anreiz für eine Unterhaltung, wie ich finde. Dennoch ist es wichtig. Ich muss wissen, warum er mich so von sich und der Gruppe stoßen wollte, obwohl er nicht wusste, dass wir heute hier sein würden.

Aiden öffnet die Tür ein wenig mehr, sodass er hereinkommen kann. »In Ordnung. Was gibt es?«

Noch immer kann ich sein jetziges Verhalten nicht mit dem in Einklang bringen, das er während der Gründungsfeier an den Tag gelegt hat.

»An dem Abend … als wir uns kennengelernt haben …«, beginne ich zögerlich. Ich komme mir echt blöd vor. Aiden ist nett gewesen, hat mir geholfen, mich nach Hause begleitet und ich will ihn wegen eines Spruchs zur Rede stellen.

»Da habe ich mich galant verhalten«, will er mir weiterhelfen.

Ich stutze.

»Um dich zu beruhigen: Ich habe kaum etwas mitbekommen von den Würgegeräuschen.«

O Gott. Die Hitze steigt mir in den Kopf. Es ist unaufhaltsam. *Kann das Gespräch noch peinlicher werden?*

»Bis auf den Geruch von Erbrochenem«, scherzt er.

Ja. Es kann peinlicher werden. Das nächste Level ist erreicht und meine persönliche Schmerzgrenze längst überschritten.

»Ich mach bloß einen Spaß.« Sein Lächeln ist warm. Es erreicht seine hellgrünen Augen. Nervös streiche ich mir eine Strähne hinters Ohr. Ich mag es nicht, dass man mich so leicht verunsichern kann.

»Worum geht's?«

»Bevor du gegangen bist, hast du etwas zu mir gesagt. Erinnerst du dich?«

Seine Miene wird härter. Das ist Antwort genug. Ich warte, ob er von allein weiterspricht, und beobachte, wie er sich mit den Fingern durch sein dunkelblondes Haar fährt. Dabei blitzt das teuflische Hexenmal an seinem Handgelenk auf. Es ist wie meines. Drei gerade Linien, von zwei Diagonalen gekreuzt. Wie ein X.

Tatsächlich fährt Aiden von sich aus fort. »Ich wusste nicht, wer du bist. Auf der Festwiese habt ihr euch mit euren Vornamen vorgestellt. Erst an eurem Haus habe ich den Nachnamen gesehen und begriffen, dass du ebenfalls in den Lostopf fällst.«

Aiden atmet tief durch, die Härte ist aus seinem Gesicht gewichen. »Ich habe gehofft, dass du dich nicht einmischst. Deine Migräne hat mich an meine eigenen Schmerzen erinnert. Das wünscht man niemandem.«

Seine Erklärung ist lückenhaft. Da steckt mehr hinter. »Du hast nicht wissen können, dass ich mich einmische. Wieso die Warnung?«

Aiden sieht mich an und ich bemerke, wie erschöpft er auf einmal wirkt. »Das ist merkwürdig und ich kann es nicht richtig erklären, okay? Aber als ich dich auf der Festwiese gesehen habe und wir zusammen getanzt haben, da ... habe ich mich gut gefühlt. Normal und weniger wie ein Verfluchter kurz vor seiner Hinrichtung.«

Er läuft in meinem Zimmer auf und ab. Ein klein wenig erinnert er mich an ein aufgescheuchtes Kaninchen, das nach einer Fluchtmöglichkeit sucht. »All meine Freunde sind verflucht, ich bin es. Und dann kamt ihr beide an. Keine Ahnung, ich dachte einfach, ihr seid normal. Ich finde dich echt nett.«

Moment, was?! Nun werde ich wieder rot, aber aus anderen Gründen.

Aiden nickt. Offenbar kann er meinen schockierten Ausdruck direkt sehen. Ich bin nicht geübt darin, Komplimente von Jungen zu bekommen. Meistens bin ich die Freundin, das Anhängsel von Jules, wenn wir unterwegs sind. Und damit komme ich zurecht. Jetzt im Mittelpunkt der Aufmerksamkeit eines attraktiven Jungen zu sein, ist äußerst ungewohnt für mich.

»Ja, ich weiß, das klingt alles echt bescheuert. Aber dann habe ich gesehen, dass du als eine Parker auch vom Fluch betroffen bist und deine Migräne keine einfache Migräne ist, sondern ein Zeichen, dass die Spiele beginnen und du nicht entkommen kannst. Ich wusste nicht, ob du gewählt wirst, aber ich habe mir gewünscht, dass dem nicht so ist. Und dich fernhältst. Ich meine, wem würde man diesen Scheiß hier schon freiwillig wünschen?«

Ich bringe noch immer kein Wort über meine Lippen. Aiden nimmt es mit Gelassenheit. »Der Fluch macht einfach viel kaputt. Auf der Tanzfläche habe ich gedacht, du bist das Stück Normalität, das mir fehlen könnte. Es soll nicht so abgedroschen klingen. Mein Spruch am Ende war echt blöd. Ich wollte dich bloß beschützen. Keine Ahnung.«

Noch immer wollen mir keine vernünftigen Sätze einfallen. Mein Kopf fühlt sich leer an und weigert sich, Worte zu formen.

»Es war echt nicht böse gemeint. Entschuldige, wenn ich dich verwirrt habe. Dein Migräneanfall war echt heftig.«

Immerhin habe ich nun eine Erklärung für sein merkwürdiges Verhalten. »Warum war niemand von euch so hart betroffen? Also von den Kopfschmerzen?«

Aiden schmunzelt und wirkt dabei etwas verlegen. »Micahs Beerenlikör hat eine starke Wirkung. Und manchmal scheint es sogar gegen krampfanfällige Migräneschübe zu wirken. Zumindest für einen gewissen Zeitraum.«

Das erklärt, warum sonst keiner von ihnen solche Schmerzen hatte wie ich. Schließlich habe ich den Schnaps abgelehnt.

»Ist dann jetzt alles okay? Zwischen uns?«

Ich nicke. Das ist es.

»Wollen wir runter? Die anderen sind bestimmt schon da. Und ich wette, dass Ms Gibbons ein ordentliches Festmahl aufgetischt hat. Sie übertreibt gerne.«

Gemeinsam gehen wir hinunter in die Küche und folgen dem fantastischen Geruch. Es ist ein gigantischer Raum, der mich fast an eine Mensa erinnert. Allerdings mit einer integrierten Großküche, sodass dennoch eine gemütlichere Atmosphäre herrscht als in den Speiseräumen, die ich von meiner Schule kenne.

Aiden hat recht, denn Ms Gibbons hat tatsächlich mehrere Gänge für alle gezaubert. Ich bin beeindruckt. Ein frischer Salat macht den Anfang, gefolgt von einer dampfenden Lasagne, Rippchen und Rosmarinkartoffeln. An einem der Tische steht ein imposanter Obstkorb bereit und wartet auf seinen großen Moment. Sie hat sogar heiße Schokolade gemacht, die sie dampfend in große Tassen füllt und mit Sahne und Kakaopulver verziert. Ich liebe den süßen Duft davon.

Isis und Nazmi sind in ein Gespräch vertieft, während ich mich ihnen gegenüber auf die Bank fallen lasse. Aiden setzt sich neben Josh, der mit Caleb lautstark diskutiert. Es geht darum, wer mehr Gewichte stemmen kann.

Nick sitzt ebenfalls bei den Jungs, doch sein Blick ruht auf mir. Ich kann nicht verhindern, dass es mir erschreckenderweise gefällt.

Die anderen haben schon mit dem Essen begonnen, also nehme ich mir direkt etwas von den Köstlichkeiten und packe meinen Teller voll. Meine Manieren vergesse ich für den Moment, denn mir knurrt der Magen. Es riecht köstlich und schmeckt fabelhaft, so wie ich mir meine Henkersmahlzeit vorstellen würde.

»Die Jungen duellieren sich gerade in ihren Stärken. Welche besondere Fähigkeit hast du, Elena?«

Isis mustert mich interessiert. Sie klimpert mit ihren Wimpern und sieht beinahe niedlich aus. Ich wische mir den Mund mit einer Serviette ab und überlege.

»Was meinst du mit Stärken?«

Nazmi atmet genervt aus, als hätte ich eine völlig idiotische Nachfrage gestellt. »Worin bist du besonders gut? Was ist dein Talent, deine Stärke eben?«

Isis legt ihr eine Hand auf den Arm, sodass Nazmi sich tatsächlich etwas zurücknimmt. »Wir sollten voneinander wissen, was wir gut können, um das in den Spielen gezielt einzusetzen. Ich bin beispielsweise nicht sonderlich stark, aber habe eine ruhige Hand. Nazmi ist schnell«, zählt sie auf.

Ich zucke mit den Schultern. Es gibt keine einzigartige Stärke, die mir bislang aufgefallen ist. »Ich glaube, ich bin in keiner Disziplin besonders hervorragend«, gestehe ich ehrlich.

Klar, ich kann schnell rennen, aber nicht ausdauernd. Ich kann mit Sicherheit auch gut knobeln, aber das heißt nicht, dass ich die magischen Rätsel lösen kann. Keine meiner Fähigkeiten ist glanzvoll genug, um besonders hervorzustehen.

»Dann finden wir das gemeinsam heraus. Du bist unser Joker«, sagt Isis und lächelt mich freundlich an.

Es fühlt sich gut an, dass sie mir gegenüber so offen ist. Anders als Nazmi, deren zorniger Blick mich wirklich einschüchtert.

Ich schlage mir den Bauch voll und verputze selbst den kleinsten Krümel von meinem Teller, als Ms Gibbons neben der Obstschale auch eine Eispackung auf den Tisch stellt.

»Eigentlich sollt ihr ja vor dem Schlafen kein Eis mehr bekommen, aber wenn ich traurig bin, hilft Eis. Deshalb – langt ruhig zu!«

Isis nimmt einen großen Nachschlag und schiebt die Packung mit einem breiten Grinsen zu mir. »Das ist echt eine Ausnahme. Im normalen Schulbetrieb bekommen wir kein Eis.«

Ihre losgelöste Freude steckt auch mich beinahe an, doch Nazmi atmet genervt aus.

»Es gibt kein normal in unserem Leben. Wir sollten gar nicht hier sein.«

Ich kann ihre Verbitterung nur zu gut nachempfinden. Logisch, dass das Eis nicht verhindern oder es erträglicher machen wird, was uns allen bevorsteht. Dennoch ist es ein Versuch, ein klein wenig Trost zu spenden. Und scheinbar vermag das Ms Gibbons durch ihre Essenswahl auszudrücken. Als wäre es ein kleiner Schritt der Rebellion gegen den Fluch und die Regeln, die hier an der *St. Romy Meyro* sonst an der Tagesordnung stehen.

Mein Magen ist bis zum Rand gefüllt, trotzdem schaufele ich mir eine Portion Eis in eine kleine Schale. Für solche Leckerbissen muss irgendwo im Bauch noch Platz sein. Davon bin ich überzeugt.

Vorsichtig schiele ich zu Nick herüber, der mich verstohlen angrinst. Ich möchte nicht zu viel Aufmerksamkeit, indem ich die ganze Runde frage, sondern lehne mich etwas mehr zu Isis. »Besucht ihr alle die Privatschule?«

Sie nickt und schüttelt dann den Kopf. »Also fast. Nazmi, Aiden, Josh und ich sind in einem Jahrgang und kennen uns aus der Klasse. Caleb war mal hier auf der Schule, aber das ist schon etwas her. Ich glaube, er ist rausgeflogen, weil er so viel Unsinn gemacht hat. Ein richtiger Raufbold«, sie rümpft die Nase und gibt mir deutlich zu verstehen, dass sie ihm nicht sonderlich traut.

»Und was ist mit Nickolas?« Meine Frage gleicht wohl einem Flüstern. Ich fühle mich auch tatsächlich ertappt, dass ich Isis über ihn ausfrage.

»Nick Coleman? Er war nie auf der *St. Romy Meyro.* Aber süß ist er«, gesteht Isis und reckt ihren Kopf in seine Richtung.

Nazmi lacht auf. »Ich dachte, du stehst auf Aiden.«

Isis gibt ihr einen Klaps gegen den Oberarm. »Psst! Er hat doch noch keine Ahnung von seinem Glück. Außerdem ist es nicht verboten, sich umzuschauen.«

Ich sehe ihr nach und ertappe mich dabei, wie mein Blick am längsten bei Nick hängen bleibt.

»Elena?«

Meine Irritation ist nicht zu übersehen. Ich blinzele und versuche meine aufkommende Hitze zu unterbinden. Nazmi gefällt offenkundig meine Tollpatschigkeit. Ihre weißen Zähne strahlen mich an. »Haben wir dich beim Träumen erwischt?«

Ich schüttele den Kopf und lasse meine Haare absichtlich etwas mehr ins Gesicht fallen, damit meine hochroten Wangen besser verdeckt werden.

Isis ist so lieb und hilft mir aus der Patsche. »Wir haben

gefragt, ob du die diesjährige Auswahl vom Alter her auch merkwürdig findest.«

Meine Gedanken spulen automatisch die letzten Durchgänge durch. Sie hat recht. Bislang gab es immer einen Mix aus verschiedenen Jahrgangsgruppen, einige Teilnehmer waren elf, andere achtzehn Jahre alt. Aber unsere Konstellation aus relativ gleichaltrigen Auserwählten ist neu.

Ich zucke allerdings mit den Schultern. Warum die Zusammenstellung dieses Jahr so aussieht, kann ich nicht erklären.

»Es ist mit Sicherheit reiner Zufall. Die Hexe spielt nicht nach Regeln«, antwortet Nazmi.

Ms Gibbons klatscht wieder in die Hände, um unsere Gespräche zu beenden. »Ridge erwartet euch im Aufenthaltsraum. Auf, auf!«

Mit vollem Bauch fühle ich mich zwar gesättigt, aber gleichzeitig auch müde. Gegen ein Nickerchen hätte ich nichts einzuwenden. Das ist meistens bei mir der Fall. Nach dem Essen ein wenig zu schlafen, tut mir gut.

In dem Raum, der mich an ein gemütliches altmodisches Wohnzimmer erinnert, flackert noch immer das Feuer. Isis und Nazmi setzen sich auf eines der Sofas. Ich befürchte allerdings, dass ich prompt einschlafen könnte, wenn ich mich auf die weiche Polsterung fallen lasse. Daher bevorzuge ich einen Holzstuhl, der etwas abseits steht.

Ridge hat erneut die Leinwand heruntergefahren. Es gibt scheinbar eine weitere Präsentation. Ich hätte weniger essen sollen, vielleicht könnte ich mich dann besser konzentrieren.

Während Ridge wartet, bis alle Platz genommen haben, spüre ich einen Schatten direkt hinter mir.

Erschrocken drehe ich mich um und bin froh, nicht vom Stuhl zu fallen. Meine Schreckhaftigkeit gehört zumindest nicht zu meinen Stärken. Wieder etwas, das ich als Talent ausschließen kann.

»Hallo.« Nickolas Coleman lächelt mich an.

Er wirkt nahezu schüchtern. Ich habe nicht mit dieser plötzlichen Nähe zwischen uns gerechnet. Bislang waren es immer ein paar Meter, die uns trennten, doch jetzt handelt es sich um Zentimeter.

»Hi«, bringe ich mit viel zu heller Stimme hervor.

»Entschuldige, ich wollte dich nicht erschrecken.«

Seine eisig blaugrauen Augen schimmern wie der Ozean. Ich verliere mich direkt in seinem Blick und fühle mich an einen fernen Ort gezaubert.

»Ähm ... nein. Schon gut. Hast du ... ähm ... nicht.«

Grandios, Elena. Du bringst nicht mal vollständige Sätze zustande, gratuliere ich mir still.

»Darf ich?« Nickolas deutet auf den Stuhl, der noch frei ist. Direkt neben mir.

Ich versuche meine Gedanken zu beruhigen. Und mein wild klopfendes Herz, das offenbar in seiner Anwesenheit verrücktspielt.

Er zieht den Stuhl neben meinen und setzt sich. »Wir hatten noch nicht das Vergnügen. Ich bin Nick«, lächelt er und bringt damit meinen Puls zum Überkochen.

Wie perfekt kann ein Lächeln sein? Nicht nur, dass ich verflucht bin, offenbar benutzt Nick magische Fähigkeiten.

Ich greife seine ausgestreckte Hand. Irgendwie erscheint es mir altmodisch, sich noch die Hände zu schütteln. Dennoch passt es zu seiner mysteriösen Art.

»Hi. Elena«, antworte ich wieder in unvollständigen Sätzen.

»Tut mir leid, dass es dich getroffen hat.«

Seine Finger legen sich auf mein Handgelenk und umfahren

sanft die Konturen des schwarzen Mals. Die Berührung ist weich, unschuldig und löst ein prickelndes Feuerwerk auf meiner Haut aus. Nicks Augen sind magisch. Die Art von Magie, die mir keine Angst bereitet, sondern zauberhaft ist.

»Danke. Mir tut es ebenfalls leid für dich.«

Er löst seine Fingerspitzen von der schwarzen Tinte, die sich unter meiner Haut abzeichnet, und hinterlässt ein wohliges Kribbeln an genau dieser Stelle.

Ridge wartet auf unsere Aufmerksamkeit. »Leute, die Zeit rennt. Lasst uns über die Regeln sprechen, die ihr in den *Mystic Rooms* kennen müsst.«

Ich wende den Blick ab, um unserem Mentor meine Aufmerksamkeit zu schenken. Jeder Tipp ist ein nützlicher Vorteil, uns morgen vor einem bitteren Ende uns bewahren. In Nicks Augen kann ich mich später noch verlieren.

»Bislang war es so, dass die Teilnehmer jeden Tag gemeinsam die Hütte im Wald betreten haben, um die Aufgaben darin zu lösen. Seid ihr erfolgreich, bekommt ihr einen Schlüssel – das wisst ihr bereits. Diese benötigt ihr teilweise auch für weitere Rätselräume. Ihr dürft sie auf keinen Fall verlieren oder in einem Raum zurücklassen, außer das Spiel verlangt es so.«

Das klingt zunächst einmal verständlich. Schlüssel erspielen. Schlüssel behalten. Schlüssel nutzen.

»Es wird keine Möglichkeit geben, Gegenstände mit in die *Mystic Rooms* zu nehmen. Handys funktionieren nicht, nicht einmal hier auf dem Gelände, aber das ist nicht neu.«

Für mich leider schon. Völlige Abschirmung von der Außenwelt – die Hexe hat an alles gedacht.

»Und wenn ich trotzdem eine Taschenlampe mitnehme, was soll schon groß passieren?«, wendet Nazmi ein.

»Dann wirst du für diesen Regelverstoß die Konsequenzen

tragen. Wie immer die aussehen werden. Das entscheidet die Hexe. Aber ich würde sie nicht herausfordern. In meinem Durchgang hat jemand ein Messer mitgenommen, um es einzusetzen. Das Messer wurde brennend heiß und verschmolz mit der Hand der Person. Sie ist bei lebendigem Leib verglüht.«

Nazmi sinkt etwas tiefer in die Polster. Ich bin mir sicher, dass niemand wagen wird, einen Regelverstoß zu riskieren. Ridges Anekdote reicht vollkommen. Mir ist wieder schlecht.

»Ihr findet in jedem mystischen Raum Hinweise, die euch bei der Lösung der Aufgaben helfen. Denkt darüber nach, wie ihr sie bewältigt. Mal arbeiten alle zusammen, mal müsst ihr euch aufteilen. Es gibt keine feste Richtlinie. Die Mechanismen sind so konstruiert, dass sie nicht mit roher Gewalt zerstört werden können. Teilt euch eure Kraft besser ein.«

»Wenn wir also einen Schlüssel für eine Tür finden sollen und an der Tür ein Schloss ist, aber wir keinen Schlüssel erspielt haben, darf ich die Tür nicht einschlagen?«

Caleb scheint von seiner Muskelkraft überzeugt. Wenn ich den Umfang seines Nackens berücksichtige, kann ich verstehen, wieso er so denkt.

»Die Regel ist: keine rohe Gewalt, um einen Mechanismus auszutricksen. Es gibt bloß eine richtige Lösung. Und alles andere, was ihr versucht, wird bestraft.«

»Und wie?« Isis kaut auf ihren Fingernägeln. Offenbar will sie zwar die Antwort wissen, aber gleichzeitig auch lieber nicht.

Ridge blättert auf eine Folie in seiner Präsentation. Darauf ist das Foto eines Weckers. »Ihr bekommt für jeden Raum eine bestimmte Zeitvorgabe. Sobald ihr einen Raum betreten habt, sollte jemand die Uhr im Blick behalten. Wenn ihr einfach blinde Zahlenkombinationen eingebt oder ratet, dann wird euch kostbare Zeit abgezogen. Denn man kann Magie nicht austricksen.«

»Und nach Ablauf der Zeit? Was passiert, wenn wir keine Zeit mehr übrighaben?«

Ridge senkt den Blick und klickt weiter. Ein spitzer Schrei erfüllt den totenstillen Aufenthaltsraum. Lebensgroße Marmorstatuen werden angezeigt. Eine stellt ein junges Mädchen dar. Ihre Haare sind so fein gemeißelt, dass es erschreckend lebendig aussieht. Das zarte Gesicht hat sie zu einer schmerzerfüllten Fratze verzogen. Auf der Haut ragen pockenähnliche Geschwüre hervor. Und da entdecke ich das Zeichen an ihrem Handgelenk. Es ist das Hexenmal, so detailliert und genau, wie es nur in echt aussieht.

Eine weitere Figur ist wesentlich größer und zeigt einen jungen Mann, dessen Körper von eisernen Ranken umwickelt ist. Dort, wo seine Augen sitzen sollten, sind dunkle Höhlen zu sehen. Eine Art Flüssigkeit läuft aus den Aussparungen seine Wange hinunter. Darunter sind zwei weitere Fotos eingeblendet. Mir kommt das Abendessen wieder hoch. Mühsam schlucke ich die aufkommende Galle hinunter.

Ridge muss nicht weitersprechen. Allen im Raum ist klar, dass diese Kinder Opfer der Spiele geworden sind.

Kein Problem, einfache Regel. In der Zeit die Rätsel lösen. Nicht schummeln, sonst werden uns Minuten abgezogen. Ohne Zeit verlieren wir und sterben qualvoll. Als Erinnerung errichtet die Hexe ein Denkmal von uns in Marmor – und verewigt so den Moment unseres Todes in höllischer Folterqual.

Okay, Elena. Okay. Du hast die Regeln verstanden. Jetzt atme verdammt noch mal endlich wieder.

Ich umschließe mit den Armen meine Taille. Mir ist speiübel. Neben mir zappelt Nick unruhig auf seinem Stuhl. Seine Beine stehen nicht still. Zumindest schafft er es, dass ich meinen Blick von diesen grotesken Fotos auf ihn lenke.

»Alles in Ordnung?«

Er nickt und schüttelt direkt danach den Kopf. »Nein, ehrlich gesagt nicht. Das ist heftig.«

Es macht ihn sympathisch, dass ihn diese Schreckensbilder in Panik versetzen. Caleb scheinen die Aufnahmen vergleichsweise kalt zu lassen. Auch Josh und Aiden wechseln bloß einen kurzen Seitenblick. Nick dagegen verbirgt seine Nervosität nicht.

Aus einem Impuls heraus greife ich zur Seite und drücke seine Hand. Ich bin geschockt über mich selbst. Aber das will ich mir nicht anmerken lassen. Nick sieht erst auf unsere Hände, meine, die auf seiner ruht, ehe er anschließend wieder zu mir schaut. Sein Blick ist warm, und voller Dankbarkeit.

Wir brauchen nicht zu sprechen, er versteht, was ich ihm sagen will. Ich ziehe meine Hand zurück und halte mich mit eisigen Fingern an meinem Pullover fest.

»Es gibt eine logische Lösung für die Spiele. Ihr müsst bedenken, dass die Hexe damals selbst ein Kind war. Sie spielt. Und alles läuft nach Regeln ab. Wenn ihr euch daran haltet, kann euch nichts passieren ... Also ... ihr wisst, wie ich das meine.«

»Was passiert, wenn einer es nicht schafft?« Nazmis Stimme klingt fest, aber mir entgeht das leichte Zittern darin nicht. Sie will stark sein, aber auch ihr steht die Angst auf der Stirn geschrieben.

»Die Rätsel sind so gestellt, dass ihr alle es schaffen könnt. Wenn ihr euch an die Regeln haltet und trotz der stressigen Räume einen kühlen Kopf bewahrt. Das wird schwerer, als ihr denken mögt. Unter dem enormen Druck kann man schnell Fehlentscheidungen treffen. Verliert ihr jemanden aus der Gruppe, können die anderen trotzdem weiterrätseln. Es wird allerdings schwieriger. Manche Aufgaben fordern Opfer aus euren Reihen, wenn etwas schiefläuft.«

Die nächste Folie wird eingeblendet. Es sind Gruppenfotos der Sieger aus den vergangenen Jahren. Sogar Schwarzweiß-Aufnahmen sind abgedruckt. Auf den ersten Blick kann ich erkennen, dass meist weniger als sieben lebend die *Mystic Rooms* verlassen haben. Mein Herz stolpert rückwärts.

Nicht jeder wird es schaffen.

Die Vorstellung, dass wir womöglich nicht alle überleben werden, jagt mir eine wahnsinnige Furcht ein. In fünf Tagen kann es sein, dass wir in dieser Konstellation nicht mehr zusammen sind. Mir ist es klar gewesen, ja. Aber alle Auserwählten kennenzulernen, mit ihnen zusammen zu Abend zu essen, Zeit zu verbringen und dann diese Gewissheit zu haben, ist etwas völlig anderes. Selbst wenn ich nicht die Person bin, die es nicht schafft und von der Gruppe geopfert wird, weiß ich nicht, wie ich es mit meinem Gewissen vereinbaren kann, dass ein anderer sterben muss.

»Ihr seht, dass einige die mystischen Spiele überlebt haben. Aber dafür haben sie mit einem hohen Preis bezahlt. Mit dem Leben anderer Auserwählter, mit der Niederlage in den *Mystic Rooms* und mit dem Versagen bei dem Versuch, den Fluch zu brechen.«

»Wie kann man denn den Fluch brechen? Gibt es in den Spielen Hinweise darauf?«, fragt Aiden.

Ridge schüttelt resigniert den Kopf. »Leider kann ich euch da nicht weiterhelfen. Es ist jeden Durchgang an eine andere Voraussetzung geknüpft.«

Er wartet einen Augenblick, bevor er seine letzten Folien aufschlägt. Verschiedene Symbole wie eine Hantel, ein Taschenrechner und auch Ketten sind zu sehen.

»Zuletzt noch ein paar Grundregeln für die Spiele. Sie werden euch vor gefährliche Herausforderungen stellen, die euch neben körperlicher Anstrengung und einem wachen Geist vor allem auch starke Nerven abverlangen. In einigen Räumen werdet ihr

Kraft brauchen, in anderen Ausdauer. Das werdet ihr anhand der Briefe oder Notizen feststellen, die ihr vorfinden werdet. Denkt daran, dass ihr ein Team seid. Manche von euch mögen vielleicht nie beste Freunde werden, aber das ist nicht gefragt. Stellt all euer gegenseitiges Misstrauen aus, sonst schafft ihr es nie. Ihr müsst euch konzentrieren und dürft nicht aufgeben.«

Wenigstens eine Sache, die ich gut kann, freue ich mich voll Bitterkeit.

»Morgen früh bringe ich euch zum Wald in Barrow Hill. Ihr werdet dort eine alte, unscheinbare Hütte finden. Das ist der Eingang zu den Räumen. Hinter der Tür wird sich eine magische Welt verbergen. Vielleicht ein riesiger Schlosspark, ein endloser Strand oder ein stinkender Keller. Die Hütte passt sich optisch jeder mystischen Rätselaufgabe an, sowohl von der Größe als auch von der Ausstattung her.«

»Scheißmagie«, zischt jemand leise. Ich tippe auf Josh, der seinen Kiefer fest aufeinanderpresst.

»Um hineinzukommen, müsst ihr euren Arm mit dem Mal in eine Öffnung an der Tür halten. Es sieht aus wie ein Maul. Der Eintrittspreis ist ein bisschen Blut von euch. Es ist nicht schlimm und tut kaum weh. Wie ein kleiner Nadelstich. Legt euren Arm so in die Öffnung, dass das Mal darin steckt. Wartet kurz. Wenn euer Tropfen Blut akzeptiert wird, könnt ihr eintreten.«

»Beschissene verkorkste Kackmagie!« Dieses Mal flucht Josh wesentlich lauter.

»Jeden Tag geht ihr in diese Hütte. Lasst euch von dem Zauber nicht verunsichern. Diese Hütte ist das Tor zu einem der mystischen Räume. Schafft ihr es, die Aufgaben zu lösen, gelangt ihr wieder zurück. Fünf verzauberte Escape-Räume, fünf Tage Zeit. Ihr tragt das Mal der Hexe. Ich denke, ich muss euch nicht daran erinnern, dass sie einen Weg finden wird, damit ihr die Räume betretet. Es ist besser, wenn ihr euch nicht dagegen wehrt. Denn mit Verbrennungen am Arm oder stechenden Migräneschmerzen seid ihr da drin den anderen keine große Hilfe. Ihr kämpft für euch und für die Gruppe. Im besten Fall auch für die Beendigung des Fluches und somit für alle Gründer, sowohl im Hier und Jetzt als auch in der Zukunft.«

Das erdrückende Schweigen ist ohrenbetäubend. Wir stehen wohl alle etwas unter Schock. Natürlich haben wir uns auf diesen Tag vorbereitet, doch nicht auf die Emotionen, die einen heimsuchen.

Ich will nicht sterben. Niemand soll sterben.

KAPITEL 8

Blut vor Dunkelheit

»Einer muss es sein«, erklärt Josh und sieht jeden von uns intensiv an.

Caleb, der auf dem Weg zu Barrow Hill eine große Klappe an den Tag gelegt hat, ist verblüffend still, wenn es darum geht, einen Freiwilligen zu finden. Die Unsicherheit aller schwebt in der Luft. Auch meine eigene kann ich nicht verbergen. Das entgeht der Hexe Alizon nicht. Das schwarze Mal an meinem Handgelenk zieht unangenehm und fühlt sich immer heißer an.

Ridge hat uns erklärt, dass wir uns nicht wehren sollen. Aber hier auf Barrow Hill scheint mein Mut spurlos verschwunden.

Die schwarze Gewitterwolke schwebt bedrohlich über den dichten Tannennadeln. Ein unheimlicher Wind fegt durch die Baumspitzen. Es ist düster, furchteinflößend. Die Luft ist erfüllt von einem schaurigen Brummen. Kein Lebewesen scheint sich in diesen Wald verirrt zu haben. Sie meiden ihn. Nicht grundlos. Wenn ich die Chance hätte, würde ich auch lieber woanders sein und keinen Fuß in dieses verfluchte Areal setzen. Die schwarze Magie, die hier waltet, ist gewaltig. Ich nehme es sicherlich nicht als Einzige so wahr. Jeder von uns kann sie vermutlich spüren.

Ridge hat uns vor dem Wald abgesetzt, weiter darf er uns nicht begleiten. Nun stehen wir hier, sieben Teenager mit panikgelähmten Gliedern vor einer maroden alten Holzhütte, die einem Horrorfilm entsprungen sein könnte.

Nazmi kratzt sich am Handgelenk. Offenbar scheint auch ihr Zweifeln der Hexe nicht zu entgehen und das allmähliche Brennen setzt an der Stelle ein.

»Ich stehe ja normalerweise voll auf Gleichberechtigung und so, aber den Anfang kann ruhig ein starker Mann machen.«

»Ladys first«, bietet Josh großspurig an und macht eine ausladende Bewegung.

Meine Haare peitschen mir um die Ohren. Der Wind wandelt sich allmählich zu einem Sturm. Ich deute es als Zeichen der Ungeduld des hexenden Kindes. Wir sollen uns endlich mal entscheiden. Ich habe mir meine dunkle, lockige Mähne mit einem Haarband streng nach hinter gebunden. Durch den stärker werdenden Luftstrom löst sich langsam der Zopf. Schnell ziehe ich das Band um meine sich verheddernden Haare fester. Zum Glück ist das hier kein Schönheitswettbewerb. Isis schreckt hoch und springt zur Seite, als ein großer Ast neben ihr auf den Boden kracht. »Leute ...«

Wäre ich vor Angst nicht bewegungsunfähig, hätte ich mich vielleicht bereit erklärt, die Vorhut zu bilden. Aber meine Rolle ist nicht die einer Heldin. Ich bin im besten Fall eine Mitläuferin, doch dafür muss erst jemand den Anfang machen.

»Ich gehe zuerst rein«, erklärt Nick.

Ich bewundere ihn für seinen Mut. Caleb scheint erleichtert, dass Nick sich meldet. »Nach dir, Alter.«

Die Öffnung, von der Ridge gesprochen hat, sieht gefährlich aus. Als hätte ein Monster seinen Schlund weit geöffnet. Spitze Zähne umranden die hölzern wirkende Vorrichtung.

»Sollen wir lieber noch mal die Regeln besprechen?«, schlägt Isis lautstark vor, um gegen den Wind anzukommen.

Sie will Zeit schinden, solange sie uns noch nicht zum Verhängnis wird. Schließlich läuft sie uns ab, sobald wir alle den *Mystic Room* betreten haben. Es ist keine schlechte Idee.

Aiden stimmt ihr zu. »Wir achten auf die Zeit, lesen die Hinweise, lösen die Rätsel gemeinsam mit Muskelkraft und Köpfchen. Lasst uns alle cool bleiben, zusammen rein, zusammen wieder raus. Keine Fehlversuche, die uns Zeit kosten. Alles klar?«

Es wundert mich nicht, dass er das Zepter in die Hand nimmt. Aiden ist bei den anderen äußerst beliebt. Und er scheint sich dazu berufen zu fühlen, ein Anführer zu sein. Ihm steht diese Aufgabe. Sie passt sogar zu seiner Familiengeschichte, denn die Clarks waren seit der Gründung von Mistwick die Entscheidungsträger der Stadt.

»Los jetzt, Bücherwurm.« Mit seiner muskulösen Pranke klopft Caleb Nick auf die Schulter und schiebt ihn dabei Richtung Eingangstür. Nick verzichtet auf Streit und folgt Calebs uncharmanter Geste, jedoch nicht ohne ihm einen warnenden Blick zuzuwerfen. Caleb sollte besser sein Temperament im Zaun halten. Niemand will schließlich freiwillig hier rein und den ersten Schritt wagen.

Mittlerweile fliegen aufgewirbelte Blätter, kleine Äste und Staub durch die Luft. Ich blinzele und versuche meine Augen etwas abzuschirmen.

Nick steht vor der Holztür und schiebt seinen Arm in den Schlund der Öffnung. Ich stehe zu weit weg, um genau sehen zu können, was passiert. Plötzlich leuchten die hölzernen Augen der eingeschnitzten Kreatur rot auf – die Tür öffnet sich. Nick zieht seinen Arm aus dem Schlund und dreht sich einmal zu uns um.

»Es ist nicht so schlimm, wie es aussieht«, erklärt er uns. Dabei sieht er mich direkt an. Fast, als wolle er mir damit etwas Mut zusprechen.

Nick schlüpft schnell in das schwarze Innere der Hütte. Das Leuchten in den Augen des Monsters verblasst und die Tür schnappt hinter ihm zu.

»O Gott, ich will nicht«, jammert Isis und kratzt sich energisch am Arm. »Das ist doch krank.«

»Los, Isis, du schaffst das«, ermuntert Aiden seine Freundin.

Diese schüttelt jedoch den Kopf und atmet hektisch. Scheinbar versucht sie gegen eine aufkommende Panikwelle anzukämpfen. Caleb schiebt Isis unsanft beiseite und geht vor.

»Ich bin dran«, verkündet er nun großspurig.

Das wird noch spaßig werden mit ihm. Caleb scheint von Natur aus kein Teamplayer zu sein. Seine Arroganz steht ihm nicht zu Gesicht. Hoffentlich täusche ich mich.

Es wird hier draußen immer ungemütlicher. Auch wenn die offizielle Spieldauer noch nicht begonnen hat, fühlt es sich an, als würde uns hier vor dem *Mystic Room* bereits die Zeit ablaufen. Wir rücken näher an die Hütte, nachdem auch Caleb darin verschwunden ist.

Nazmi drückt Isis' Hand. »Ich gehe vor, du kommst direkt nach, in Ordnung? Es kann nichts passieren.«

»Und ich gehe direkt nach dir«, erklärt Aiden mit einem warmen Lächeln auf den Lippen. Trotz der Umstände scheint Isis mit den Vorschlägen einverstanden. Und ich bin mir absolut sicher, dass es mit Aiden zu tun hat. Sie ist vernarrter in ihn, als sie verstecken kann. Wer weiß, in einem anderen Leben, zu einer anderen Zeit und ohne diesen verdammten Ort hätten die beiden sicher eine traumhafte Zukunft vor sich. Aber Mistwick ist kein verwunschener Märchenort. Hier gibt es keinen Platz für fantastische Träume, wenn man verflucht ist.

Dennoch gefällt mir die Vorstellung von den zweien. Es hat etwas Tröstliches an sich. Und Hoffnungsvolles.

Nazmi steckt ihren Arm in die Öffnung und zuckt kurz zusammen. Anschließend flitzt sie mit Tempo ins Innere. Ich kann verstehen, wieso. Was immer uns hinter der Tür erwartet, muss anders sein als das hier draußen. Und das ist erst mal gut. Mehr oder minder. Zumindest können wir uns vor diesem verfluchten Sturm in Sicherheit bringen. Die Hütte macht zwar keinen stabilen Eindruck, aber Ridge hat uns ja erklärt, dass wir uns nicht täuschen lassen sollen. Magie ist mächtig und kann unscheinbar sein. Aber ihre Kraft reicht ins Unermessliche.

Ich werde nicht den Fehler machen und sie unterschätzen. Weder die Magie noch den Fluch und erst recht nicht Alizon.

Isis schafft es tatsächlich, ihren Arm in den Monsterschlund zu stecken. Sie schreckt hoch, doch Aiden spricht ihr gut zu und lobt sie für ihren Mut. Es ist schon niedlich, wie zärtlich er mit ihr umgeht, um sie zu beruhigen. Zumindest ein Stück weit. Er ist wohl ein wahrer Freund, auf den Isis zählen kann. Direkt nach ihr betritt auch er den mystischen Rätselraum.

Zurück bleiben Josh und ich. Seine roten Stehhaare sind völlig zerzaust. »Ich bilde den Essenswaggon«, witzelt er. »Der ist immer zum Schluss dran.«

Sein Vorschlag scheint ihm selbst nicht zu gefallen. »Kein Problem, Josh. Du kannst auch vor mir ...«, biete ich an, doch er schüttelt vehement den Kopf.

»Ich kann schlecht ein Mädchen als Letztes durch das Horrorportal schicken. Dann kriege ich von Nazmi was zu hören. Und darauf kann ich echt verzichten.«

In Anbetracht der magischen Wetterverhältnisse überspringe ich die Möglichkeit, mit ihm zu diskutieren, und nehme den Vortritt. Der Mund des Biestes ist riesig und sieht erschreckend aus. Ich schiebe den Ärmel meines Hoodies hoch, sodass mein Unterarm freiliegt.

Keine Zeit für Angst oder Zweifel, rede ich mir gut zu. In Gedanken zähle ich blitzschnell bis drei, um meinen Arm in das finstere Nichts zu stecken. Es ist mir unangenehm, der verzerrten Darstellung in die leeren Augen zu schauen und darauf zu warten, dass etwas passiert.

Obwohl ich weiß, dass ein Piks folgen wird, zucke ich dennoch zusammen, als sich die eiskalte Metallspitze durch meine Haut bohrt. Es ist wie bei einer Spritze, die man vom Arzt bekommt. Mein Kopf weiß, dass der Einstich gleich folgt und es nicht sonderlich schmerzt, aber trotzdem erschrecke ich mich. Hier ist es nicht anders.

Ich beobachte, wie dunkelrote Flüssigkeit in die Augenhöhlen des hölzernen Monsters aufsteigt, fast als würde mein Blut dort hochgezogen werden. Da öffnet sich die Tür einen kleinen Spalt. Ich ziehe meinen Arm heraus und werfe einen kurzen Blick darauf. Der Einstich befindet sich direkt in der schwarzen Tinte des Hexenmals an einer der Schnittstellen zwischen den Linien. Dort, wo sich zwei Striche kreuzen, wische ich mir mit dem Daumen das Blut ab, das nachsickern will.

Wie die anderen vor mir, husche ich eilig ins Innere der Hütte, um dem gruseligen Sturm zu entkommen.

Zunächst sehe ich nichts. Meine Augen sind geblendet von schwarzem Nichts. Die Tür fällt hinter mir klickend ins Schloss und automatisch beschleunigt sich mein Puls. Die Dunkelheit macht mir Angst. Es ist so finster, dass ich nicht einmal meine eigene Hand vor Augen sehen kann.

»Josh? Elena?«, höre ich jemanden nach mir fragen. Es muss Nazmi sein. »Scheiße, Isis! Hör auf, mir meine Finger zu zerquetschen.«

Ja, kein Zweifel. Das ist Nazmi.

»Ich bin hier«, antworte ich ziellos in die Schwärze vor mir.

Meine Orientierungsfähigkeiten in einem völlig dunklen Raum haben nicht mal ansatzweise etwas mit denen einer Katze gemeinsam. Ich strecke hilflos meine Arme aus, um mich nicht zu verletzen.

»Elena? Folge meiner Stimme. Und nimm meine Hand«, höre ich Nick. Es klingt, als stünde er links von mir.

»Ich kann nichts sehen«, erkläre ich, während ich versuche, einen Schritt näher in seine Richtung zu schlurfen. Ich lasse meine Füße bewusst nah am Boden, damit ich bloß über keine Kante stolpere, sondern sie direkt spüre.

»Niemand kann gerade etwas sehen. Hab keine Angst, wir sind alle hier.«

Mein Herz wummert so heftig in meinem Brustkorb, dass mir schwindelig wird. Gefangen zu sein in reinster Finsternis gleicht einer makabren Foltermethode aus einem Horrorfilm. Ohne mein Augenlicht bin ich hier drin vollkommen hilflos.

Plötzlich ertaste ich etwas an meiner Hand und schrecke zurück.

»Schon gut, schon gut. Ich bin es. Nimm meine Hand«, spricht Nick weiter.

Trotz meiner fehlenden Sicht gibt es mir ein etwas sicheres Gefühl, nicht mehr gänzlich allein im Dunkeln zu tappen. Im wahrsten Sinne des Wortes. Nicks Hand ist warm und etwas größer als meine. Seine Finger umschließen meine mit sicherem und festem Druck.

Generell ist es eine enorme Herausforderung, in diesen teuflischen Spielen zu überleben. Doch wie sollen wir es schaffen, wenn wir nicht einmal etwas sehen können? Meine Angst fängt von neuem Feuer und will sich schlagartig ausbreiten. Noch bevor sie allerdings zum Aufmarsch bereit ist, höre ich ein dumpfes Geräusch, gefolgt von einem Klicken. Das kommt mir bekannt vor.

Keinen Augenblick später höre ich Joshs verängstige Stimme.

»Hallo? Scheiße! Hallo?!«

»Alles gut, wir sind hier, Josh.« Die Stimme kann ich Aiden zuordnen.

»Alter! Wo sind wir? Was ist das für ein Loch? Scheiße, was soll das?«

»Keine Ahnung, es ist alles duster.«

»Die will uns doch verarschen.« Josh brüllt beinahe. Dabei kann ich nicht ausmachen, ob er es aus Angst oder aus Wut tut. Vermutlich eine Mischung aus beidem.

»Komm zu uns, Josh. Hier rüber«, höre ich erneut Aiden sagen.

»Ich sehe nichts, Mann! Wo zum Henker ist denn *hier?*«

Auf einmal ertönt ein schrilles Signal. Es erinnert mich an eine Warnsirene beim Kampfeinsatz. Obwohl ich es nicht sehen kann, habe ich die starke Vermutung, dass sich alle erschrecken. Meine Ohren fühlen sich betäubt. Fünfmal geht der Sirenenalarm, ehe es wieder völlig still ist.

Mein Herz klopft so stark, dass mir direkt schwindelig wird. Da entdecke ich eine rote Kontrollleuchte, die an der Wand aufblinkt. Sie kann vorher unmöglich an gewesen sein. Das hätten wir mitbekommen. Ich bin nicht die Einzige, die sie sieht.

»Leute, da ist Licht.« Isis klingt furchtbar, als hätte sie ihre Stimme an Schmirgelpapier gerieben. Das Spiel hat nicht einmal richtig begonnen und Isis scheint bereits mit ihren Kraftreserven zu ringen.

Es ist gut, dass ich hier bin. Wenn ich an Lexi denke, wird mir ganz mulmig. Sie hätte es bettlägerig nicht einmal durch den Eingang der Hütte geschafft. Ich habe die richtige Entscheidung getroffen. Die, die ihr Leben vor einem schrecklichen Ende bewahrt. Trotzdem wünsche ich mir nichts sehnlicher, als woanders zu sein. Am liebsten weit weg. Nicht mal mehr in Mistwick.

Mehrere aufeinanderfolgende, klickende Geräusche ertönen und verleiten mein Herz dazu, einen Satz zu machen.

»Was passiert hier?« Es ist Josh, dessen Stimme ein paar Oktaven höher klingt, als ich es von ihm kenne.

Das beruhigt mich keineswegs.

Mit jedem Klick verschwindet die Dunkelheit ein kleines bisschen mehr, denn immer mehr Lampen werden eingeschaltet. Für mich ist der Twist von absoluter Finsternis hin zu Vollbeleuchtung zu schnell und zu heftig. Ich blinzele, schirme meine Augen mit der freien Hand vor den hellen Lichtern ab und gebe meinem Körper ein paar Sekunden, um alles wieder scharf zu stellen.

Der Raum, in dem wir stehen, ist riesig und völlig kahl. Beinahe kommt es mir vor, als würden wir in einer Industriehalle ohne Fenster stehen. Der Boden und die metallischen Wände haben dieselbe Farbe. Die rote Kontrolllampe blinkt nicht mehr, sie hat ihre Funktion scheinbar bereits erfüllt.

Endlich erkenne ich auch die anderen aus der Gruppe wieder. Alle sind hier – und halten teilweise Händchen. Ertappt blicke ich auf meine linke Hand. Nick hält sie noch immer. Oder ich seine. Ganz trennscharf kann ich das nicht definieren.

Ich räuspere mich und löse allmählich meine steifen Finger.

»Alles in Ordnung?« Er sieht mich direkt an und scheint besorgt.

Ich weiß nicht, warum es mir gefällt, dass er es tut. Vielleicht liegt es an seinem ruhigen Blick. Oder an seinen blaugrauen Augen, die zweifelsohne ein Spiegelbild des stürmischen Ozeans sind. Oder an diesem aufmunternden Lächeln, das meinen Puls ein klein wenig beschleunigt. Ich zwinge meine Gedanken zur Vernunft. Dies hier ist weder der Ort noch die Zeit, sich von

Nickolas durcheinanderbringen zu lassen.

Zumindest nehme ich es mir fest vor. Ich nicke, was sein Lächeln ein Stück weit vergrößert. Dadurch gewährt er mir einen kostenlosen Blick auf seine geraden und viel zu makellosen Zähne. Die Eckzähne sind sogar ein kleines bisschen länger und spitzer als die anderen. Nick erinnert mich fast schon ein an einen Vampir – düster, geheimnisvoll und er hat eine magische Wirkung. Zumindest auf mich.

Seine spitzen Eckzähnchen verleihen ihm zudem einen süßen Look. *Süß? Nein* – einen gefährlichen Look. Dabei ist mir längst klar geworden, dass ich aufpassen muss. Denn Nick kann mir ganz schön gefährlich werden, wenn es um mein Herz geht. Das spüre ich. *Ob er die Spannung zwischen uns auch bemerkt?* Es ist unerklärlich, aber die Art, wie er sich verhält, fasziniert mich.

»Elena, alles okay?« Aiden kommt zu uns und legt seine Hände unaufgefordert auf meine Schultern.

»Ja, alles bestens«, lüge ich.

Aber ganz ehrlich, was soll ich in so einer Situation schon sagen? Niemandem von uns geht es hier gut. Aber das bringt uns kein Stück weiter. Ich bin es nicht gewohnt, in der Gunst eines Jungen zu stehen, oder dass man sich so um mich kümmert. Das passiert mir mit Jules und Lexi sonst nie. Deshalb bin ich auch nicht sonderlich geübt darin, mit solchen Situationen umzugehen.

Ich will mich gerade dazu durchringen, nach Isis zu schauen, als sie sich schon von allein lautstark meldet.

»Seht mal! Da!«

Ihre plötzlichen Ausrufe sind zumindest nicht blutsenkend. Spätestens nach den mystischen Spielen werde ich hoffentlich nicht mehr allzu schreckhaft sein. Sofern es ein Nach-den-Spielen für mich gibt.

Aiden dreht sich direkt zu ihr um, auch Nick und ich folgen

seinem Blick. Isis knabbert an ihrem Fingernagel und deutet mit der anderen Hand zitternd auf den Fußboden. In der Mitte des Raumes liegt tatsächlich ein Umschlag.

Komisch, der war eben noch nicht da. Dessen bin ich mir absolut sicher. Nach der Sirenen- und Lichtershow der Hexe habe ich den Raum mit den Augen gescannt. Und hier lag kein Brief.

Aber Magie hat ihre eigenen Gesetze und spielt nach Regeln fernab jeglicher Vernunft, erinnere ich mich selbst.

Aiden, der selbst ernannte Anführer unserer kleinen Gruppe, übernimmt die Aufgabe und hebt den Umschlag nahezu andächtig auf. Wir lauschen alle gespannt. Aber keine Falle, kein Klickgeräusch oder Ähnliches ist zu vernehmen.

Aiden hält das Kuvert hoch, sodass wir einen Blick darauf werfen können. Vorne ist in pechschwarzer Tinte das Symbol aufgemalt, das wir an unserem Handgelenk tragen. Das Papier sieht alt aus.

»Alizon scheint wohl etwas altbacken«, sagt Caleb laut.

Plötzlich erfüllt ein Zittern den gesamten Raum. Es gleicht einem Erdbeben und sorgt dafür, dass Caleb die Augen voller Entsetzen weitet. Doch so schnell wie das Beben kam, ist es wieder verschwunden.

Nick hebt beschwichtigend die Hand. »Vielleicht sollten wir lieber *traditionell* sagen. Schließlich wollen wir niemanden verärgern.«

Tatsächlich warten wir alle gebannt, ob wir noch eine weitere Reaktion auf Calebs Beleidigung erhalten, aber es bleibt ruhig. Ihm selbst gefällt Nicks Vorschlag nicht, aber er widerspricht zumindest nicht laut.

»Scheinbar gibt es noch eine weitere Regel hier drin: Verscherze es dir nicht mit der Spielmacherin. Ich mach den Umschlag jetzt auf.«

Ich halte den Atem an und kann meine Nervosität nicht beruhigen. Schließlich weiß niemand von uns, wie es weitergeht oder was wir hier tun müssen.

Aiden faltet ein Blatt Papier auf und räuspert sich.

Auserwählte, herzlich willkommen in den diesjährigen Mystic Rooms. Mit Blut zahlt ihr den Eintritt. Den Lohn heißt es zu erkämpfen. Euer erster Tag fordert von euch, in den Spiegel der Vergangenheit zu blicken. Unter der Lampe findet ihr eine Klappe. Um den ersten Raum betreten zu dürfen, muss einer von euch jetzt die Gruppe verlassen und durch die Klappe schlüpfen. So ist der Weg frei für die anderen. Sobald der Rest von euch den Mystic Room betreten hat, läuft eure Zeit. Schafft ihr es, die Aufgaben zu lösen, werdet ihr mit eurer Wiedervereinigung belohnt.

– A. D.

»Hä? Was?«

Mir sackt der Puls in den Keller. Wir sollen uns jetzt bereits trennen? *O Gott.* Ich spüre den unaufhaltsamen Schauer, der mir eiskalt über den Rücken läuft, sodass es sogar bis in meine Fußspitzen kribbelt.

»Das ist nicht gut. Oje, das ist gar nicht gut«, stottert Isis und geht ein paar Schritte rückwärts. Trotz ihres ohnehin schon hellen Hauttons wirkt sie nochmal blasser und erinnert mich fast schon an ein Spukgespenst.

Josh nimmt Aiden den Zettel ab, um ihn erneut vorzulesen. »Ich kapier es nicht. Das macht doch keinen Sinn. Warum sollen wir uns trennen?« Er schmeißt den Brief wütend weg, sodass er auf den kalten Boden segelt.

»Die Hexe will uns auseinanderreißen. Wir sollten erst einmal etwas anderes versuchen. Außerdem läuft die Zeit noch nicht«, erklärt Isis nun mit wackeliger Stimme.

Ich hebe das Schreiben auf und lese den Text ebenfalls erneut durch.

»Mit Blut zahlt ihr den Eintritt ... Das haben wir schon getan. Mit dem Hexenmal«, erkläre ich laut und bin selbst überrascht von mir.

Wie auf ein stummes Kommando hin schauen alle auf ihre Handgelenke und bestätigen damit, dass sich dieser Teil der Botschaft bereits erfüllt hat.

»Okay ... was noch? Spiegel der Vergangenheit ... hm ... Vielleicht hat der Raum etwas mit unserer Vergangenheit zu tun?«, rätsele ich einfach drauf los. In Ratespielen wie *Tabu* oder *Scharade* bin ich gar nicht mal so unbegabt.

Nazmi zieht die Schultern hoch und wickelt sich ihr rotes Tuch, das mich stark an ein Bandana erinnert, um ihr Mal. »Kann sein. Aber erst mal müssen wir wen auswählen und ich bin ehrlich gesagt ganz Isis' Meinung. Das ist bestimmt eine Falle.«

Aiden hebt beschwichtigend die Hände. »Bevor wir zu schnell entscheiden, sollten wir vielleicht erst einmal ...«

Er kommt nicht mehr weit, denn plötzlich hören wir einen lauten Knall. Schon wieder zucke ich viel zu schreckhaft zusammen. *Scheiße.* Diese Räume werden mir nicht nur den letzten Nerv rauben, sondern dafür sorgen, dass ich einen Herzschrittmacher brauche, falls ich überlebe. Auf Dauer kann das ständige Poltern in meinem Brustkorb nicht gesund sein.

Hinter mir steht Caleb, direkt unter der Lampe. Ein kleiner Spalt hat sich unten an der Wand gebildet. Es sieht wie eine Fallklappe aus, die in einen anderen Raum führt.

»Was denn?!« Caleb scheint genervt, dass wir ihn alle anstarren. »Ich habe bloß nach der Luke geguckt. Da geht einer rein, wir können in den Rätselraum und weiter geht's.«

Er hat es offenbar eilig, diesen Ort so schnell wie möglich wieder zu verlassen. Kein allzu abwegiger Gedanke. Je schneller wir sind, desto eher können wir wieder das Tageslicht sehen. Sollten wir hier rauskommen, versteht sich.

Aiden geht vor, wir anderen folgen stumm. Wir sehen uns die Öffnung in der Wand etwas näher an. Dahinter verbirgt sich ein Schacht, der in warmes Licht getaucht ist. Anders als der Vorraum scheint die Luke um einiges freundlicher. Zumindest von den Lichtverhältnissen her. Der Eingang ist ziemlich niedrig. Generell erweckt der Schacht, dessen Ende man nicht erkennen kann, den Eindruck, nicht für breite Schultern gebaut zu sein.

Mir wird ganz mulmig bei dem Gedanken, dass ich dort hinein muss, um den Raum für die anderen freizuschalten. Ich habe zwar keine Klaustrophobie, aber ich traue dem Schacht nicht. Wer würde das schon freiwillig tun? Schließlich weiß niemand, was uns da drin erwarten könnte.

»Es ist recht eng da drin«, pflichtet Aiden meinen Gedanken bei. »Also jemand von uns muss in den Schacht klettern, die anderen können in den Raum, und wenn wir dort die Rätsel lösen, befreien wir denjenigen aus dem Schacht.«

»Ha! Freiwillige vor«, lacht Nazmi laut und kreuzt die Arme vor der Brust.

»Was passiert denn, wenn wir die Rätsel im anderen Raum nicht schaffen?« Josh fährt sich durch seine rötlichen Haarspitzen, an denen ich kleine Schweißtropfen erkennen kann.

»Diese Option gibt es nicht«, erklärt Nick. Es macht mir ein bisschen neuen Mut, dass er seiner Stimme solch eine Sicherheit verleiht. Als bestünde kein Funken Zweifel daran, dass wir es schaffen.

Caleb hat ein scheinheiliges Grinsen im Gesicht. »Ich würde ja in die Klappe steigen, aber ich passe da kaum rein. Wahrscheinlich kann ich nicht einmal bis zum Ende des Tunnels kriechen, sondern bleibe vorher stecken.«

Seine selbstlose Zurückhaltung lässt mich fast mit den Augen rollen. »Da sind wir wieder an dem Punkt, Ladys first.«

Er ist nicht witzig. Nicht einmal ansatzweise. Nicht einmal ein Mitleidslächeln erhascht er von den anderen oder mir.

»Ich werde auf keinen Fall da reingehen. Ihr spinnt doch wohl«, beschwert sich Nazmi und weicht sogar einen Schritt zurück.

»Caleb hat recht, es sollte jemand sein, der mit Leichtigkeit bis zum Ende des Schachts klettern kann.«

Zwar bemühe ich mich, Aidens Worten zu glauben, aber insgeheim bekomme ich es mit der Angst zu tun. Ich kann an einer Hand abzählen, wie viele Kandidaten durch ihre Statur für diese Aufgabe qualifiziert sind. Caleb und Aiden haben ein breites Kreuz, Nick und Josh sind recht groß. Isis, Nazmi und ich sind eindeutig die Kleinsten. Ein dicker Kloß bildet sich in meinem Hals und macht es mir zu dem ganzen Nervenkitzel schwer, ruhig zu atmen.

Ich gehe noch mal in die Hocke, um mir den Eingang aus der Nähe anzusehen. Er sieht unspektakulär aus. Wie ein gelb ausgeleuchteter Lüftungsschacht. Man kann hineinkrabbeln und sich vielleicht der Länge nach dort hindurchbewegen. Doch was uns am Ende des Ganges wartet, kann ich nicht erkennen.

Das mulmige Gefühl in meinem Magen wird stärker. *Nein! Ich will nicht da rein. Definitiv nicht.* Mein komplettes System schreit alarmiert auf.

»Elena, das könnte deine Prüfung sein«, reißt mich Aiden aus den Gedanken.

Er steht neben mir und wirkt wie ein schlechter Motivator, der seinem Schützling einen absolut hirnrissigen Vorschlag macht, an den er selbst nicht glaubt.

Meine Prüfung? Was soll das? Es kommt unerwartet – von ihm. Wieder einmal kann ich Aiden nicht einschätzen. Er spricht mit zwei Zungen. Auf der einen Seite will er helfen, auf der anderen mir ein Messer in den Rücken rammen.

Natürlich bin ich mit der Gewissheit in die *Mystic Rooms* gekommen, dass ich sie nicht lange überleben kann. Aber dass es so schnell geht, hatte ich nicht erwartet. Vor allem nicht, dass man so schnell bereit ist, jemanden aus der Gruppe zu opfern.

Ich bin nicht bereit. Ich kann nicht. Ich will nicht. Wenn ich ehrlich bin, werde ich vermutlich nie bereit sein, zu sterben. Zumindest nicht freiwillig.

KAPITEL 9

Wissen in Flammen

»Hör auf, sie zu drängen.«

Es ist Nick, der Aiden aus meinem Sichtfeld schiebt. Ich blinzele.

»Wie sollen wir sonst vorgehen? Keiner geht freiwillig da rein«, erklärt Aiden.

»Ihr könnt Lose ziehen«, schlägt Caleb vor und reißt den Umschlag mit der Botschaft der Hexe in kleine Fetzen. »Ihr zieht alle einen Streifen Papier und der oder die das Stück mit der Tinte drauf hat, muss rein.«

»Wir sind doch hier nicht im Kindergarten«, mischt sich Josh ein. Aiden geht allerdings direkt dazwischen.

»Das ist gar keine schlechte Idee von Caleb. Wir beide sind zu groß für den Schacht, das bringt niemanden weiter. Alle anderen ziehen nach dem Zufallsprinzip einen Zettel. Außer natürlich, wir finden einen Freiwilligen.«

Er sieht jeden von uns nacheinander an. Als sein Blick bei mir ankommt, stemme ich die Hände in die Hüften. »Wieso hast du gesagt, es ist *meine Prüfung?*«

Die anderen scheinen irritiert, anscheinend haben sie Aidens Kommentar zu mir nicht mitbekommen. Er kratzt sich nervös am Kopf.

»Das ... ist jetzt unwichtig.«

Ich bekomme direkt Rückhalt von den anderen. »Weißt du etwas, das wir nicht wissen?« Calebs Stimme donnert fast.

»Nein, Mann. Nicht viel. Mein Onkel hat mir erzählt, dass sie in seinem Durchgang damals bei jedem Rätsel einen ausgewählt haben, der sich der Prüfung stellen muss. Sodass jeder mal drankommt, um eine andere Rolle einzunehmen als der Rest der Gruppe. Meine Güte, es ist nicht wild. Ich wusste nicht, dass es wichtig ist.«

»Alles rund um die *Mystic Rooms* ist wichtig. Jedes noch so kleine Wissen, das uns hier drin helfen kann. Wir müssen uns vertrauen«, erklärt Josh, woraufhin Aiden einwilligend nickt.

Hoffentlich hat er nicht noch mehr Geheimnisse vor uns.

»Können wir dann loslegen?« Caleb öffnet seine Hände, sodass jeder reihum ein Stück zusammengefaltetes Papier ziehen kann.

Ich kann nicht leugnen, dass ich nervös bin. Meine Hände suchen automatisch die Stelle, an der ich sonst immer kratze. Da thront jetzt das Mal und ziert meine Haut mit der Gewissheit, dass ich in der Falle sitze.

Gut möglich, dass die Spiele so gestaltet sind. Dass immer einer von uns am besten für eine Disziplin geeignet ist, aber ich habe keine Ahnung. In meinem Kopf herrscht absolute Leere, während ich den Zettel ziehe.

Außer Aiden und Caleb falten wir die kleinen Streifen auseinander. Vermutlich bin ich nicht die Einzige, die dies mit zittrigen Händen tut.

»Fuck! Fuck! Fuck!« Josh zerknüllt den Zettel und schmeißt ihn mit einer dramatischen Bewegung weg.

Meine Erleichterung bleibt aus. Ich bin froh, dass ich es nicht geworden bin, aber das macht die Sache trotzdem nicht leichter. Weder für Josh noch für uns. Schließlich müssen wir alles geben, um ihn zu befreien.

»Josh, hör zu. Wir lassen dich nicht hängen. Keine Sorge, wir holen dich da raus. Zusammen rein, zusammen wieder hier weg. Okay?«

Josh nickt, obwohl sein Körper alles andere tut als zuzustimmen. Seine hängenden Schultern beben vor Aufregung. »Ich schwöre euch, ihr müsst mich da rausholen.«

Sein Blick jagt mir eine Heidenangst ein, als er auf allen vieren in den schmalen Schacht klettert. Josh ist groß und schlank. Er füllt mit seiner Größe den engen Gang beinahe vollständig aus.

»Wir sehen uns gleich wieder«, verspricht Aiden, kurz bevor die Klappe plötzlich hinter Josh ins Schloss fällt.

Keine Sekunde später hören wir ein weiteres Klicken vom anderen Ende des kahlen Raumes. Es scheint eine Tür zu sein, bloß ohne Griff.

»Leute, denkt daran. Sobald wir da drin sind, läuft die Zeit. Los jetzt, wir sollten uns beeilen – für Josh.«

Wir folgen Aiden, der es offenbar eilig hat. Der Raum, den wir betreten, entspricht keiner meiner Erwartungen. Nach dem kalten Vorraum, der einer leerstehenden Fabrikhalle ähnelte, und dem merkwürdigen Lüftungsschacht, bin ich auf den ersten Blick sprachlos. Der *Mystic Room* ist gigantisch. Hier zeigt sich zumindest mal die schöne Seite von Magie. Alles ist voll mit Büchern. Regale, die bis an die hohen Decken ragen, sind überfüllt mit literarischen Werken. Es gibt eine Treppe, die in eine zweite Etage mit kleiner Empore führt. Auch dort scheinen die Wände mit Büchern geschmückt. In der Mitte des Raumes steht ein Kamin, ein Feuer prasselt leise vor sich hin. Dicke Teppiche, gemütliche Ohrensessel und eine kleine Säule, auf der ein Umschlag liegt. Alles wirkt zauberhaft. Selbst der staubige Geruch macht diesen Raum zum behaglichen Traum eines jeden Bücherliebhabers.

Ich brauche ein paar Sekunden, um mich zu orientieren und wieder auf unsere Aufgabe zu fokussieren. Denn der äußere Schein trügt. Schließlich befinden wir uns nicht in einer märchenhaften Kulisse.

»Scheiße, wo ist die Uhr? Wir müssen wissen, wie viel Zeit uns bleibt.« Aiden sieht sich hektisch um, ich tue es ihm gleich.

Am Kaminsims entdecke ich eine überdimensionale Sanduhr. »Leute, das ist vielleicht keine Uhr, wie wir sie erwartet haben, aber sie zeigt trotzdem die Zeit an.«

Aiden, Nazmi und Isis kommen zu mir, um sich die Sanduhr näher anzusehen. Plötzlich lacht Caleb so laut auf, dass ich schon wieder zusammenzucken muss.

Ich hasse das.

»Wir haben Besuch.«

Ich folge seinem Blick und – tatsächlich! An einer der Wände ist eine Art Klappe mit Fenster eingelassen, die einen Ausschnitt des Schachtes zeigt. Und da ist Josh. Eingeengt hockt er da und grinst uns an.

»Alter, hörst du uns?« Caleb gestikuliert mit den Händen, doch Josh schüttelt bloß den Kopf. Immerhin kann er uns sehen. Und wir ihn. Damit ist er nicht gänzlich allein in diesem Ding. Er hebt etwas hoch und sein Grinsen wird direkt breiter. Es ist ein goldener Schlüssel. Unser erster Schlüssel, nach dem wir suchen müssen.

Kein Zweifel, wenn wir es nicht schaffen, Josh aus dem Teil zu rätseln, haben wir direkt verloren. Denn wir brauchen die Schlüssel.

Na toll. Bloß kein Druck. Ich ermahne mich zur Ruhe.

Caleb entdeckt ein Schloss an der Vorrichtung. »Die Klappe ist verschlossen.«

»Als ob das jetzt so einfach wäre. Ist doch klar, dass wir den

Schlüssel dafür finden müssen«, erklärt Nazmi trocken.

»Es ist kein Schlüssel, sondern ein Zahlencode, den man eintippen muss. Vierstellig.« Caleb rüttelt an dem Schloss, das zu dem Schacht und damit zu Josh und dem Schlüssel führt, aber es lässt sich nicht so öffnen. *Wäre auch zu schön.*

»Ich glaube, ich habe den Ausgang gefunden«, höre ich Nick, der am Ende des Raumes vor einer verschlossenen Tür steht. »Hier gibt es jedoch keinen Griff und keine Vorrichtung. Vermutlich wird sie so funktionieren wie die Tür, durch die wir eben gekommen sind. Sie wird aufgehen, wenn wir alles gelöst haben.«

Das klingt zumindest logisch. Isis nimmt den Umschlag von der Säule und öffnet ihn.

Auserwählte, willkommen im ersten Mystic Room. Um euren Freund zu retten, müsst ihr einen vierstelligen Code finden. Ein Blick in meine Vergangenheit wird euch helfen. Ihr solltet keine Zeit verlieren, denn das Feuer kann nicht gelöscht werden.
- A. D.

Plötzlich dreht sich die riesige Sanduhr neben mir wie von Zauberhand geführt um. *O Gott.* Ab jetzt läuft unsere Zeit. Ich kann nicht einschätzen, wie lange wir haben.

Auch das Feuer im Kamin beginnt auf einmal viel kräftiger zu flackern. Vielleicht bilde ich es mir aber auch nur ein.

»Lasst uns suchen«, ruft Aiden in die Runde. Nazmi und Isis stürmen direkt los.

»Wartet kurz«, höre ich Nick. Seine ruhige Art ist beeindruckend. »Wir müssen nach etwas Bestimmtem suchen.«

»Stimmt. Sonst finden wir in diesem Bücherchaos nie das Richtige.« Isis liest erneut das Schreiben durch. »Was soll das heißen, dass wir einen Blick in ihre Vergangenheit werfen sollen?«

»Wir suchen ein Buch, ein bestimmtes Buch«, erklärt Nazmi und tippt sich nachdenklich gegen das Kinn. Sie kneift die Augen etwas zusammen und lässt ihren grübelnden Blick durch den mystischen Raum gleiten, der einer beeindruckenden Bibliothek ähnelt. »Tja … die Qual der Wahl. Warum sollte man es uns auch einfach machen?«

»Dann suchen wir ein Buch über Hexen oder wie man zaubert, oder was?« Caleb zieht die Stirn in Falten.

Nick schüttelt den Kopf. »Es sollte etwas mit ihr zu tun haben. Nicht bloß mit Hexerei. Ich weiß, wonach wir suchen. Es gibt ein Buch mit Aufzeichnungen von der Hexenverfolgung in Mistwick. Darin sind alle Berichte über Alizon, ihre Familie und ihre Hinrichtung.«

»Ein Blick in ihre Vergangenheit«, wiederhole ich. »Das wird es sein. Nick, weißt du, wie das Buch aussieht?«

Er schüttelt den Kopf. »Seht euch um. Sucht nach Büchern über Geschichte, Stadtgeschichte, Biografien, Übernatürliches. Irgendwo da könnte es stehen.«

Wie auf ein unsichtbares Startsignal hin, nehmen alle die Beine in die Hand, um die Bücherregale nach diesem einen Buch abzusuchen. Ich fahre mit den Fingern an einzelnen Buchrücken entlang und suche wie die anderen nach einem Titel, der uns weiterhilft.

Immer wieder werfe ich einen nervösen Blick zur Sanduhr, in der sich die feinen Sandkörner in rasantem Tempo ihren Weg nach unten bahnen.

»Das ist doch scheiße. Ich sehe es nicht«, flucht Nazmi laut.

»Es muss hier sein«, erklärt Nick mit unerschütterlicher Sicherheit.

»Was ist, wenn du dich vertust?« Calebs Stimme klingt herausfordernd. Dabei haben wir für solch einen Mist keine Zeit.

»Du als Nachfahre der Bücherwürmer solltest wissen, was wir suchen. Oder führst du uns an der Nase rum?«

Ich glaube, ich spinne. Dass wir alle aufgeregt sind, heißt noch längst nicht, dass wir uns so anfahren müssen.

»Lass ihn in Ruhe, Caleb«, höre ich mich auf einmal sagen.

»Ach ja, sonst was? Ich sage, Coleman lügt.«

Auf einmal entdecke ich ein Buch mit einem dunkelgrünen Rücken und einer Aufschrift, die mein Herz stolpern lässt. »Tut er nicht. Ich habe es gefunden.«

Die Erleichterung steht allen ins Gesicht geschrieben. Bis auf Caleb. Vermutlich muss er noch verdauen, dass sein Vorwurf unberechtigt war.

Der Foliant ist alt und erinnert mich an antike Zauberbücher, wie man sie aus Filmen kennt. Der Umschlag blättert an den Kanten bereits und der Stoffeinband macht einen äußerst benutzten Eindruck. Die goldgeprägten Buchstaben des Titels treten deutlich hervor. »*Die Aufzeichnungen der Hexenverfolgungen aus Mistwick*, das ist es.«

Niemand widerspricht mir.

»Wow ... das ist ... unglaublich.« Nicks Stimme gleicht einem andächtigen Flüstern. Nicht nur ich mustere ihn interessiert. »Es ist so, dass diese Aufzeichnungen existieren sollten, aber streng genommen gelten sie seit Ewigkeiten als verschollen. Das Buch sieht aus wie das Original aus der Gründungszeit. Beinahe so ... als ... wäre es das auch. Aber das ist unmöglich ... oder?«

»Sieh dich um. Alles hier sieht echt aus, weil es verdammt nochmal echt ist durch die Magie.« Nazmi deutet auf den Raum und unterstreicht damit ihre Aussage.

»Ob das Ding echt ist oder nicht, ist mir scheißegal. Was sollen wir gefälligst machen, um Josh zu befreien?« Aiden scharrt buchstäblich mit den Hufen. Seine Anspannung erinnert mich daran, dass wir uns wirklich beeilen sollten. Ich schlage das Buch auf und bin erstaunt, in welch gutem Zustand es sich befindet.

Nazmi rückt näher an mich. »Und jetzt? Sollen wir den Schinken etwa lesen?«

Meine Fingerspitzen fühlen etwas, das an den Kanten absteht. Ich schlage die Seite auf. Ein gefaltetes Pergament liegt dort drin. Nick nimmt es mir ab und öffnet es. Zum Vorschein kommen zwei einzelne Seiten, auf denen kurze Kapitel und daneben Zeichnungen mit Symbolen und Buchstaben abgebildet sind. Die Überschrift lautet: *Der Feuerprobe entkommen.*

Abwechselnd begutachten die anderen die gefundenen Papiere. »Was sollen wir denn damit anfangen?« Nazmi reicht die losen Schriftstücke weiter.

Isis schüttelt stirnrunzelnd den Kopf. »Die gehören bestimmt zum Rätsel.«

»Oder zu einem magischen Ritual. Lasst besser die Finger davon, solange wir nicht mehr wissen. Nachher ist es die Formel eines Zauberspruchs, den man damit entfesseln kann oder irgendeine andere kranke Scheiße.« Aiden wirkt nervös, während er die Papiere zusammenfaltet.

»Ich glaube nicht, dass wir die Zettel grundlos gefunden haben. Die gehören offenbar zum Buch.« Ich nehme Aiden die Blätter aus der Hand und lese die Überschrift erneut. »Feuerprobe … Was ist damit gemeint? Sollen wir vielleicht noch mal im Buch nachlesen? Steht da etwas über eine Feuerprobe?«

»Bei Hexenverfolgungen wurde im Verlauf der Geschichte häufig mit der Feuerprobe überprüft, ob die angeklagte Person den Flammen mithilfe von Zauberei entkommen kann.« Nick fährt sich durch seine schwarzen Haare und nimmt mir das Buch aus den Händen. »Darf ich kurz? Ich weiß nicht, ob das bei Alizon auch der Fall war. Vielleicht gibt es hier eine Übersicht der Proben. Keiner weiß genau, was damals geschehen ist. Darüber gibt es keine Aufzeichnungen. Zumindest keine, die zugänglich sind. Bis auf dieses Buch, was längst als verloren galt.«

Das Buch fühlt sich komisch an, als ich es zuklappen will. Fast so, als sei noch etwas zwischen den Seiten. Und tatsächlich finde ich ganz hinten weitere Hilfen. Einen unspektakulären Stift und ein Stück Papier mit einer Tabelle darauf: die Zahlen von null bis neun in unterschiedlichen Farben. Die eins ist rot, die zwei ist violett und so weiter. Ich lege diesen Farbcode zur Seite. Schließlich brauchen wir für die Öffnung des Schlosses vier Zahlen. Zweifelsohne bin ich mir nun allerdings sicher, dass wir auf dem richtigen Weg sind. Das Buch und auch die Zettel sind Teil des Rätsels. Die Frage ist nur noch, wie sie zusammengehören.

»Fuck, was ist das denn jetzt?« Isis kreischt förmlich auf. Verängstigt zeigt sie zum Schachtfenster.

Wir drehen uns alle in die Richtung und mein Herz verliert seinen Halt. Wie bei einem defekten Aufzug sackt es mir weg.

Josh ist noch immer in dem Schacht, aber etwas hat sich verändert. An den hellen Flächen sind kleine Flammen entstanden. Er wirkt nervös und ist vollkommen hilflos da drin gefangen.

»Das ist kein Lüftungsschacht. Leute, das ist ein Ofen«, schlussfolgere ich.

»Über die Hälfte der Zeit ist bereits um«, erklärt Nazmi mit einem Hauch Panik in der Stimme. Sogar die Flammen im Kamin lodern höher. Und dieses Mal bilde ich es mir mit Sicherheit nicht ein. Es scheint, als spiegelten sie die Intensität der Hitze im Ofen wider.

Pergament Seite 1

KAPITEL 1:

Die Schnecke in diesem Kapitel ist gleich wie die Figuren oben in Kapitel 2 und Kapitel 5. Wenn es oben Weiß gibt, gibt es auch immer einmal Orange oder einmal Gelb.

|A|_____ 🐭

|G|_____ 🐢

|O|_____ 🐌

KAPITEL 2:

Wenn Ratten in einem Kapitel ganz oben aufgeführt sind, dann sind sie immer weiß.

|B|_____ 🐌

|H|_____ 🐭

|P|_____ 🐸

KAPITEL 3:

*Kröten sind von Natur aus immer grün. Die Schnecke in diesem Kapitel ist gelb.
So auch in Kapitel 6.*

|C|_____ 🐭

|J|_____ 🐌

|Q|_____ 🐸

Pergament Seite 2

KAPITEL 4:

*Spinnen sind in Kapitel 4
und Kapitel 5 braun.
Schwarz gibt es insgesamt
in allen Kapiteln nur einmal.*

D____ 🐢

K____ 🕷

R____ 🐌

KAPITEL 5:

*Spinnen sind niemals gelb.
Diese Schnecke dagegen schon.*

E____ 🐢

L____ 🐌

S____ 🐀

KAPITEL 6:

*Violett sind in Kapitel 4 die
Schnecke und in Kapitel 5
die Ratte.*

F____ 🐀

M____ 🐌

T____ 🕷

Findet die Zahlen für die Buchstabenfolge: **H-G-T-R**

1=rot	2=violett	3=gelb	4=orange	5=schwarz
6=grün	7=blau	8=pink	9=weiß	0=braun

Ich sehe mir die Pergamente auch noch mal an. Texte. Buchstaben. Symbole. Da entdecke ich den Hinweis unter dem zweiten Blatt.

»Wir sollen die Zahlen für die Buchstabenfolge H-G-T-R finden«, erkläre ich und endlich macht es *Klick* bei mir. »Aber natürlich! Wir müssen die Texte lesen und zuordnen. Da, schaut mal. Hier in Kapitel 5 steht, dass die Spinnen niemals gelb sind, diese Schnecke dafür schon.«

»Hä? Was ein kranker Scheiß. Außerdem gibt es sehr wohl gelbe Spinnen«, motzt Caleb.

»Es geht darum, dass wir die Texte lesen und alle Symbole mit ihren Farben zuordnen müssen. Seht ihr? Jeder Text als Kapitel gibt Hinweise auf die Symbole. Dadurch erhalten wir für die Buchstabenfolge H-G-T-R einen Farbcode. Den übersetzen wir mit der Tabelle hier in Zahlen und können den verdammten Ofen öffnen, um Josh rauszuholen.«

Ja, das ergibt Sinn. Ich fühle mich, als hätte ich selbst Feuer gefangen. Das Rätsel so zu lösen, ist einleuchtend. Ich lasse mich nicht beirren. Schnell hocke ich mich auf den Boden, um die fehlenden Farben neben den gesuchten Symbolen einzutragen. Nick leistet mir Gesellschaft, während Aiden und Caleb bereits zum Ofen gehen. »Sagt uns gleich die Zahlen, damit wir Josh da rauskriegen.«

Ich konzentriere mich, gehe die Texte Schritt für Schritt durch. Nicht alle Hinweise kann ich direkt nutzen, also beginne ich noch mal von vorn.

»Warte, da kommt schwarz hin.« Nick tippt auf ein Symbol und korrigiert mich.

»O Gott, er verbrennt«, ruft Isis auf einmal. Für einen kurzen Augenblick drehe ich mich zu dem Ofen, in dem ich Joshs panisches Gesicht erkennen kann. Die Flammen, die zunächst nur klein um ihn herum loderten, sind mittlerweile viel größer und umzingeln ihn zunehmend. Er hat einen hochroten Kopf. Wahrscheinlich ist es kochend heiß da drin. Jede Sekunde zählt. Jedes Sandkorn zählt.

Scheiße. Sofort blicke ich wieder auf das Pergament. *Ich muss das Rätsel lösen. Jetzt.* »Elena, beeilt euch! Josh!«

»Okay, jetzt nur noch die Buchstaben finden. H ... welche Farbe hat H? Schwarz! Und das ist ...«

Nick zieht die Tabelle mit dem Farbcode heran. »Schwarz ist die fünf!«

»Die anderen noch. G, T und R stehen für Orange, Grün und Violett. O Gott, haben wir das richtig gemacht?«

»Das haben wir. Alles gut. Warte, orange, grün ... das sind die Zahlen vier, sechs und zwei. Aiden! Wir haben den Code«, ruft Nick zu den anderen. »Gib folgende Zahlen ein: fünf, vier, sechs und zwei.«

Mein Herz wummert mir bis zum Hals. Das Adrenalin schießt durch meine Adern und macht mir das Atmen schwer. Wir dürfen uns nicht vertan haben.

Caleb gibt die Zahlen ein, doch das Schloss lässt sich nicht öffnen. »Es geht nicht«, brüllt er zurück.

Hinter Josh steigen die Flammen höher, Rauch zieht auf. Er wird verbrennen. Er wird vor unseren Augen verbrennen. Das darf nicht sein! Gerade will ich mir das Pergament nochmal ansehen, als Isis erneut aufschreit.

»Der Sand läuft viel schneller durch! Nein!«

Ich folge ihrem Blick und spüre, wie mein Blut gefriert, obwohl mir so heiß ist, als wäre ich selbst in dem Ofen gefangen. Sie hat recht. Die Zeit ist bald um. Sie vergeht viel schneller. *Weil wir einen Fehler gemacht haben*, schießt es mir durch den Kopf.

»Habt ihr die Zahlen in der Reihenfolge eingegeben, fünf, vier, sechs und zwei?«

Caleb nickt, doch Aiden überprüft das Schloss und stößt Caleb hart an der Schulter. »Du hast den falschen Code eingegeben!«

Augenblicklich schöpfe ich neuen Mut, zumindest für den Bruchteil einer Sekunde. Die Flammen sind hoch und bedecken die Wände des Schachtes. Vom Rand aus wandern sie weiter und haben bald ihr Ziel erreicht.

Josh will fliehen. Panisch und verzweifelt klopft er gegen das Glas, er schreit um Hilfe. Wir können ihn nicht hören, aber dafür sehen. Er kämpft ums Überleben. Josh drückt sich gegen die Tür und versucht, den züngelnden Feuerzungen auszuweichen. Aber da ist kein Platz mehr. Auch der Brand im Kamin breitet sich aus. Er wird größer, erreicht den Teppich und die ersten Möbel. Funken springen auf die alten Bücher über und setzen sie in Flammen.

Nicht nur Josh wird bald vom Feuer verschluckt, realisiere ich und wünsche mir gleichzeitig, ich würde es nicht begreifen. Denn die Angst um mein eigenes Leben meldet sich mit einem Posaunenschlag. Doch ich bin zu gelähmt, als dass ich mich rühren könnte.

Aiden schiebt Caleb von dem Schloss weg und gibt die Zahlenfolge ein, die Nick ihm zugerufen hat.

»Fünf, vier, sechs und zwei«, ruft er bestätigend zu uns.

Da öffnet sich der Verschluss. Ich fühle mich, als hätte ich soeben den Jackpot der Lotterie geknackt. Wir haben es geschafft!

Aiden öffnet die Klappe und wir laufen zu ihnen. Nick ist der erste, der sich in den flammenden Ofen lehnt, um Joshs Hände zu packen. Auch Aiden und Caleb stürzen los, um Josh herauszuholen. Gemeinsam schaffen sie es. Er fällt ächzend auf den alten Teppichboden. Ein Hosenbein hat Feuer gefangen, doch Aiden legt die Kante des Teppichs um, um die Flamme zu ersticken.

Josh hustet und ringt nach Luft. »Fuck. Ich bin fast geschmort worden.«

Mir stehen Tränen in den Augen. Das war knapp. Viel zu knapp.

»Caleb hat den verdammten Code falsch eingegeben«, beschwert sich Aiden.

Auch wenn Caleb und ich keine dicken Freunde werden, gefällt es mir nicht, wie Aiden über ihn spricht. Ich kann mir nicht vorstellen, dass er diesen Fehler absichtlich gemacht hat.

»Verdammt, das war ein Versehen. Ich habe drei verstanden, nicht zwei«, entschuldigt er sich.

»Leute, das Feuer breitet sich aus.« Nazmi deutet auf den Kamin, in dem die Flammen bereits einen Bogen schlagen und den ersten Teppich vollkommen in Brand stecken.

Unerwartet hören wir ein eindeutiges Klicken. Der Ausgang ist freigeschaltet. Die Öffnung in der Wand lässt mich aufatmen. Zumindest einen winzig kleinen Atemzug.

»Hast du den Schlüssel? Wir müssen hier sofort raus.«

Josh nickt, wir helfen ihm auf und gehen hinüber zu der Tür in der Wand. Hinter uns gerät der mystische Escape-Room völlig außer Kontrolle. Das Feuer aus dem Kamin und dem Ofen züngeln sich ihren Weg durch den Raum. Die Ohrensessel, Regale und Bücher fangen Feuer. Dichter Rauch steigt auf und die Hitze lässt meine Haut vor Wärme glühen.

Ich drehe mich ein letztes Mal um, um mir diesen Horror ins Gedächtnis zu brennen. All die Erkenntnisse, all das Wissen hier drin fällt dem Flammenmeer zum Opfer. Auch wenn es bloß aus Magie erschaffen ist, fühlt es sich real an. Es ist real. Das Feuer ist echt. Die Funken sind echt. Alles hier drin ist es.

Ich mag Bücher. Sie verbrennen zu lassen, ist schrecklich. Denn all das Wissen, das in diesem verzauberten Raum versammelt ist, wird verloren gehen. *All das Wissen ... Keiner weiß, was damals wirklich geschehen ist ...* Der Gedanke kommt mir, dass nicht alles zu Asche zerfallen sollte.

»Elena, komm schon«, ruft Nick mir zu.

Die anderen sind bereits entkommen. Ein brennendes Regal kippt um, sodass ich wie ein verschrecktes Reh im Autoscheinwerfer blinzelnd wieder aus meiner Starre erwache.

»Warte, ich hole bloß schnell etwas«, sage ich zu ihm.

Nick ruft etwas, aber ich höre ihn über das zischende Flammenmeer hinweg nicht mehr. Ich will nicht, dass er mich zur Vernunft bringt oder mich sogar von dem abhält, was ich vorhabe. Das Adrenalin treibt meine Beine voran. Die Gelegenheit muss ich nutzen, um nicht doch noch zu kneifen.

So schnell ich kann, laufe ich zurück zu der Stelle, an der wir eben noch gehockt haben, und schnappe mir das Buch mit den Aufzeichnungen der Stadt. Ich weiß nicht, ob es uns helfen kann, aber mein Bauchgefühl rät mir, es nicht den Flammen zu überlassen.

Das Feuer greift um sich und fackelt alles ab, was ihm in den Weg kommt. Das Rätsel ist gelöst, der Raum soll offenbar nun von den Flammen verschluckt werden. Und ich mit ihm, wenn ich mich nicht beeile. Die Brennherde Ofen und Kamin sind scheinbar auf volle Power eingestellt, denn ein riesiger Strahl formt sich und wird wie von einem Flammenwerfer direkt in den Raum geschleudert. Ich sehe es aus dem Augenwinkel und halte den Atem an.

»Elena!«

Der brennende Ball trifft donnernd auf eine weitere Reihe mit Regalen, die schmorend und zischend unter der Macht der Flammen einstürzen. Alles fällt dem Feuer zum Opfer. Und ich stehe noch immer hier drin. Mein Überlebensmodus aktiviert sich endlich. Ich muss sofort hier raus.

Mittlerweile ist es stickig und heiß im Raum. Das Atmen fällt mir schwer. Ich renne zurück, weiche den lodernden Bränden aus, die sich auf dem Boden bilden. Ein weiterer Schritt. Ich springe hoch, überwinde den brennenden Teppich. Endlich erreiche ich ihn. Er hat auf mich gewartet. Mein Herz hämmert, der überhitzte Puls treibt mich voran. Ich nehme Nicks Hand und schlüpfe zusammen mit ihm hinaus aus dem flackernden Licht, in dem sämtliche Bücher bereits in Flammen stehen.

Alle – bis auf ein Buch.

KAPITEL 10

Gewinn aus Erkenntnissen

»Ein verdammtes Buch? Hast du einen Vollknall?! Ein dämliches Buch dem eigenen Leben vorzuziehen – du bist doch wohl nicht mehr ganz klar im Kopf!« Nazmi tippt sich gegen die Stirn, während sie mich anmotzt und scheinbar ihrem Unverständnis Luft macht.

»Ich wollte bestimmt nicht verbrennen«, erkläre ich und japse weiter nach Luft. Schwarze Punkte blitzen vor meinen Augen auf. Meine Lunge schmerzt, ich huste und versuche, den Rauch aus ihr zu pressen.

Jemand streicht mir sanft über den Rücken. »Alles okay?« Nick hat auf mich gewartet, obwohl er wie die anderen auch aus dem Raum hätte fliehen können. Ich verstehe nicht, wieso. Sein Blick ist weder anklagend noch abwertend. Nicht so wie der von Aiden.

»Was hast du dir bloß dabei gedacht?« Ein wenig erinnert er mich an Onkel Gerry, der mir eine Standpauke für schlechtes Benehmen halten will.

Ich atme tief durch und realisiere, dass wir uns wieder im Wald befinden. Die kleine Holzhütte liegt unscheinbar hinter mir und wirkt in dem verrotteten Zustand wie ein Gebäude, was seine besten Zeiten bereits erlebt hat. Nicht jedoch wie das Tor zu verzauberten Rätselräumen, die einen um den Verstand bringen können. Der düstere Sturm, der uns in die Hütte getrieben hat, ist fort. Wir haben es offensichtlich geschafft. Zumindest für heute. Am liebsten würde ich aufatmen, aber innerlich fühle ich mich zu erschöpft, zumal mein Körper noch damit beschäftigt ist, das überschüssige Adrenalin zu verdauen, das noch in meinen Adern herumsaust. Es dauert, bis sich mein Puls wieder gänzlich an ein normales Tempo gewöhnt.

»Ich wollte das Buch mit den Aufzeichnungen retten. Vielleicht können wir mehr über Alizon und ihre Familie erfahren. Schließlich ist unsere Aufgabe doch gewesen, einen Blick in die Vergangenheit zu werfen. In ihre Vergangenheit.«

Ich stütze mich auf meinen Knien ab und sauge die frische Luft ein.

»Das ist gar keine schlechte Idee. Bisher weiß niemand etwas darüber. Dieses Buch hat niemand je wieder gesehen«, erklärt Nick sanft.

»Du hast uns alle gefährdet«, blafft Aiden mich an.

»Wenn einer was falsch gemacht hat, dann ja wohl Caleb«, motzt Isis. Die Stimmung gerät außer Kontrolle.

Ich habe keine Kraft für diese Kleinkriege. Es geht nicht um Schuldzuweisung. Vor allem hat sich gezeigt, dass Aiden sich selbst zwar als Chef der Gruppe fühlt, aber keinen kühlen Kopf bewahren kann, wenn es eng wird. Oder in unserem Fall heiß – wie in einem brennenden Ofen.

»Hört auf damit! Es reicht. Niemanden trifft eine Schuld. Wichtig ist, dass wir alle lebendig da rausgekommen sind.«

»Ich will gehen«, meldet sich Josh mit schwacher Stimme.

Er sitzt etwas abseits an einen Baum gelehnt. Seine Haut ist voll Ruß, an der Kleidung sind schwarze Brandlöcher zu sehen. Er blickt mit leeren Augen in die Runde.

»Bist du verletzt, Josh?« Ich schaffe es, meine Beine zu

bewegen, obwohl sie zittern und ich befürchte, meinen Halt zu verlieren. Irgendwie klappt es allerdings trotzdem.

Josh, der sonst so locker wirkt, ist gebrochen. Von all der Todesangst. Von den Flammen. Von der hilflosen Abhängigkeit unseres Erfolges, ob wir ihn rechtzeitig retten können. Ich kann es in seinem verlorenen Blick sehen.

»Nein, mir ist nichts passiert«, gesteht er. »Nicht mehr, als fast zu verbrennen.«

Er steht unter Schock. Wie wir alle. Mir schnürt es die Kehle zu. Das war viel zu knapp. Und hätte uns fast allen das Leben gekostet.

»Lasst uns endlich abhauen.« Nazmi hat Isis im Arm und drückt sie an sich.

Niemand hat Einwände. Wir wollen bloß von hier verschwinden. Zurück zur *St. Romy Meyro*. Und ich für meinen Teil will schlafen – sofern ich das nach den heutigen Erlebnissen kann.

Anders als bei unserer Ankunft müssen wir zurücklaufen. Ridge hat erklärt, dass er strikte Anweisungen hat, Regeln, an die er sich halten muss als Begleiter für diesen Durchgang, sodass er uns nicht mit dem alten Kleinbus der Schule einsammeln kann. Sicher wäre es schön, wenn wir nach den Strapazen nicht noch eine kleine Wanderung vor uns hätten. Aber das ist Jammern auf hohem Niveau. Wir haben überlebt, wir alle. Einzig das zählt. Und Spaziergänge mag ich ohnehin.

Der Wald ist totenstill. Unsere Schritte hören sich fremd an, als wären wir die einzigen Lebenden in diesem mystischen Wald von Barrow Hill. Doch verglichen mit all den unheimlichen Erfahrungen ist diese hier harmlos.

Für den Moment scheint jeder seinen eigenen Gedanken nachzuhängen, wofür ich äußerst dankbar bin.

Am Internat angekommen erwartet uns Ms Gibbons mit

dampfendem Tee und frischem Gebäck. Auch Ridge ist da. Aiden übernimmt das Reden und klärt die beiden über den Raum und die Rätsel auf. Es ist, als würde ich durch die Erzählung wieder zurück in den Raum geworfen. Zu den Entscheidungen. Den Rätseln. Dem Zeitdruck. Dem Feuer.

Ich bremse meine Gedankenflut. Für einen Tag sind sie bereits ausreichend beschäftigt. Da will ich es nicht noch mal durchspielen.

Ms Gibbons schiebt sich immer wieder einen Keks in den Mund. Sie erinnert mich glatt an Lexi, die bei jedem spannenden Film ständig das Popcorn verschlingt, als sei sie am Verhungern. Auch Ms Gibbons klebt an Aidens Lippen, während er von den Fallen und dem Rätsel berichtet.

Ridge wirkt ernst und angestrengt. Die Erzählung geht nicht spurlos an ihm vorbei.

»Und dann ging diese Tür auf. Wir sind alle raus und zack …« Er klatscht in die Hände, woraufhin Ms Gibbons prompt hochschreckt. Damit entlockt sie mir ein flüchtiges Lächeln. Ein bisschen drollig ist die Dame schon. Vor allem wie sie mitfiebert.

»… ging die Tür zu und hat das Feuer dahinter verschluckt. Nur so konnten wir uns retten. Wir haben es der Hexe ordentlich gezeigt.«

Aidens Rede erinnert mich an eine Siegeshymne, die vor lauter Eigenlob nur so trieft. Das gefällt mir nicht. Schließlich geht es nicht darum, dass wir die Rätsel lösen und die Hexe besiegen.

»Ich glaube nicht, dass wir bloß spielen sollen«, höre ich mich laut sagen. »Wenn die Hexe uns bestrafen will, könnte sie jeden einzelnen von uns direkt töten. Wozu die Rätsel?«

»Sie ist eine verrückte jahrhundertalte Frau gefangen im Körper eines Kindes. Sie hat Langeweile und spielt mit ihrer Macht.« Irgendetwas stört mich an Calebs Ansicht. Als gäbe es keine weiteren Erklärungen für Alizons Verhalten.

»Vielleicht steckt mehr dahinter«, gebe ich zu bedenken.

Caleb wirft theatralisch die Arme in die Luft, als hätte ich eine völlige Schnapsidee an den Haaren herbeigezogen. Allerdings lasse ich mich davon nicht beirren.

»Überlegt mal, Alizon hat die Möglichkeit, jeden von uns bereits am Rathausplatz vor der gesamten Stadt hinzurichten. Aber sie will es nicht. Sie will, dass wir diese Rätsel lösen. Und dazu gibt sie uns Hinweise, Tipps.«

»Tipps?« Nun ist es Aiden, der sogar lacht. »Elena, das sind keine Tipps. Die kleine Hexe will uns an der Nase herumführen. Aber wenn du unbedingt mehr über sie herausfinden willst, dann lies in dem alten Teil da.«

Sein Verhalten nervt allmählich. Mal benimmt er sich freundlich und dann wieder so abfällig. Ich drücke das Buch an meine Brust. »Werde ich.«

Nicht, dass ich seine Erlaubnis gebraucht hätte. Das Buch wollte ich mir so oder so ansehen. Schließlich habe ich es nicht grundlos vor dem Flammentod bewahrt.

Ridge richtet sich etwas auf. »Der *Mystic Room* hat nichts mit denen gemein, die wir damals lösen mussten. Da gab es keine Bücher. Aber Feuer kam schon mal vor. Nur nicht wie ihr es beschreibt.«

Alle horchen auf. Vielleicht gibt es doch einen Zusammenhang zwischen den verschiedenen Rätseln und Teilnehmerjahrgängen. Irgendetwas, das uns eventuell nutzen könnte.

»Die Zeit ist uns nicht nur einmal zum Verhängnis geworden.« Ridge geht zu dem runden Tisch, um den wir sitzen, und nimmt den kleinen goldenen Schlüssel in die Hand, um ihn im Licht zu betrachten.

»Die Zeit ist eine große Macht in den Spielen.«

Und die Beherrschung des eigenen Temperaments, füge ich in Gedanken hinzu und muss an Aidens widersprüchliches Verhalten denken.

»In meinem Durchgang haben wir durch Fehler in den Aufgaben kostbare Zeit verloren. Und damit auch andere Teilnehmer.« Ridge schüttelt eine aufkommende Erinnerung fort. »Denkt an meine Worte und haltet zusammen. Keine Alleingänge.«

Caleb fühlt sich offenbar direkt angegriffen. »Ich habe die verdammte Zahl nicht richtig gehört!«

Nazmi legt ihre Hand auf seine Schulter. »Das hätte jedem von uns passieren können. Aber wir sollten wirklich mehr zusammenarbeiten. Es sollte nicht wieder so knapp werden.«

»Morgen sollten wir jemanden bestimmen, der die Zeit für alle im Blick behält, was meint ihr?« Mir gefällt Isis' Vorschlag, wobei ich sicherlich trotzdem immer mal zur Uhr zu schauen werde, selbst wenn es nicht primär meine Aufgabe ist.

»Keine schlechte Idee.« Aiden nickt zustimmend und strafft die Schultern. »Wir müssen mehr miteinander reden. Aufeinander achten und keine Soloaktionen durchgehen lassen, wie noch mal in die brennende Hütte zu rennen, während alle anderen rausgehen.«

Ich kann seinen anklagenden Blick nicht mehr aushalten und schüttele den Kopf. »Ich habe das für die Gruppe getan, Aiden. Du kannst aufhören, mir das vorzuwerfen. Es ist nichts Schlimmes dadurch passiert.«

»Außer, dass du Nick gefährdet hast und dich. Wenn ihr beide da dringeblieben wärt, hätten wir direkt kapitulieren können.«

Damit nimmt er mir den Wind aus den Segeln. Es stimmt, dass ich sogar Nick in Gefahr gebracht habe, wenn auch unbeabsichtigt.

»Keine Alleingänge mehr«, betont er mit Nachdruck. »Also. Wenn wir das noch mal überdenken, haben wir den Anfang gut gemeistert durch das Auslosen im Vorraum. Auch wie wir als Gruppe das Rätsel gelöst haben, war super. Das sind gute Grundlagen. Lasst uns jetzt alle etwas schlafen, damit wir morgen gestärkt in die nächste Herausforderung starten können.«

Ridge nickt bekräftigend. »Das hast du gut gesagt. Ich schlage auch vor, dass ihr euch erst mal erholen solltet. Wer weiß, was euch morgen in dieser Hütte erwartet.«

Der Gedanke daran, schon morgen zurück in den Wald zu müssen, um die nächste Aufgabe zu bewältigen, macht mich fertig. Innerlich schreit alles in mir, dass ich mich in mein kuscheliges Bett zu Hause verkriechen soll. Für die nächsten Tage. Bis die Zeit der mystischen Rätsel vorbei ist.

Ich sehe auf mein Handgelenk und das Hexenmal. An einer der Schnittstellen der dunklen Linien hat sich eine kleine rote Kruste gebildet. Morgen wird erneut ein kleiner Tropfen meines Blutes genommen – als Ticket für den Eintritt ins Horrorhaus.

Bereit fühle ich mich längst nicht. Obwohl ich den ersten Tag überlebt habe, bringt mir dieses Wissen nichts für den morgigen Tag. Oder den danach.

Ich rappele mich auf und stiefele in mein Zimmer. Nach einer heißen Dusche – und ich bin sehr froh, dass ich zu der Zeit das Gemeinschaftsbad für mich habe – mache ich es mir unter der weichen Bettdecke gemütlich.

Ich denke an mein Zuhause. An Onkel Gerry. An Lexi, Jules. Mein Zimmer. Meine Eltern – an eine Zeit, bevor der Fluch mein Leben so zerstört hat. Als Vollwaise lebt es sich äußerst einsam. Obwohl Lexi und Onkel Gerry alles für mich tun und sie die beste Familie sind, fehlt in meinem Herzen ein Stück. Es ist winzig klein, aber der herausgebrochene Splitter, der mir durch den Tod meiner Eltern genommen wurde, lässt sich nicht so leicht durch andere Menschen ersetzen. Mir fehlen meine Mum und mein Dad. Sie als Personen, sie als Eltern vermisse ich. Ohne sie groß zu werden und diesen Albtraum mit dem Fluch zu erleben, ist nicht leicht.

Eine feige Träne rollt mir die Wange herunter. Ihr Verlust ist schon Jahre her. Und dennoch fehlen sie mir mit keinem Augenblick weniger. Sie würden mir jetzt nicht helfen können, aber es ist ein tröstlicher Gedanke, sich vorzustellen, dass die eigenen Eltern noch da sind. Vor allem in solch schweren Zeiten, wie ich sie gerade erlebe.

Ich wische mir mit dem Ärmel die Träne fort und atme tief durch. Die Dunkelheit, die das Zimmer eingeholt hat, beruhigt mich kein Stück. Sie erinnert mich an die Finsternis aus dem Vorraum. An meine Hilflosigkeit. An die ohrenbetäubende Sirene. An die stickige Luft. An das Flammenmeer.

Na super. Mein Puls rast wieder. So wird das nichts mit Schlafen. Ich schalte das Licht ein und überlege, was ich tun kann. Mein Körper ist müde, erschöpft, aber mein Geist ist es trotz der Erlebnisse nicht. Dabei müssten Kopf und Körper beide schlafen wollen.

Ich schwinge meine Beine übers Bett und gehe zur Fensternische, um einen Blick auf Barrow Hill zu werfen. Es ist stockfinster draußen. Dennoch kann ich die Baumwipfel erkennen. Dort, wo morgen die nächste Prüfung auf uns wartet.

Plötzlich höre ich ein leises Klopfen. Die Tür schwingt langsam auf. In dem Spalt erscheint Nicks Kopf. Er blickt vorsichtig, gar verlegen in mein Zimmer. »Hey.«

»Hi.« *Gehört diese helle Stimme etwa mir?*

Ich kann nicht verhindern, dass mich sein Besuch überrascht. Verräterisch steigt mir die Hitze ins Gesicht. Als Beweis färben sich vermutlich meine Wangen direkt. Zum Glück trage ich nicht meinen peinlichen Pyjama mit den vielen Schäfchen drauf, sondern ein schlichtes Exemplar mit blauen Streifen.

»Entschuldige, ich wollte dich nicht stören. Aber ich habe noch Licht gesehen und wollte kurz nach dir sehen.«

Mir gefällt, dass sein fürsorglicher Charakter seinem Badboy-Image derart widerspricht. Davon konnte er mich bereits heute überzeugen. Denn er war da, um auf mich zu warten, als ich das alte Buch mitnehmen wollte. Er ist auch jetzt hier, um nach mir zu sehen.

Ich räuspere mich und bin insgeheim froh, dass meine Sprechstimme wieder ihren natürlichen Ton annimmt. »Das ist lieb. Komm ruhig rein.«

Er bleibt hinter der Tür stehen und löst seinen Blick vom Boden, auf dem er bis eben ruhte, offenbar um nicht zu aufdringlich zu wirken. Dabei huscht ein beinahe schüchternes Lächeln über seine Lippen, bis sich unsere Blicke treffen. Dieser Ausdruck in seinen Augen lässt für den Moment alles um uns herum stillstehen und jagt mir eine Gänsehaut ein. Dabei hatte ich für einen Tag schon genügend schauriger Momente.

»Ähm ... ich weiß nicht. Das könnte komisch werden«, druckst er herum.

Ich verstehe nicht, was er meint. Nick hat keinen Grund, beschämt zu sein. Doch als er die Tür etwas weiter öffnet, erkenne ich die Ironie.

Nick trägt nahezu denselben Pyjama. Lange Hose, lange Ärmel. Bloß anstelle von blauen Längsstreifen sind die auf seinem Exemplar rot.

Ich muss mir die Hand vor den Mund schlagen, um nicht laut loszulachen. Er sieht richtig niedlich aus. Und wenn ich ehrlich bin, passt der Schlafanzug kein bisschen zu seiner sonst eher dunklen Kleidung.

»Der Partnerlook ist nicht beabsichtigt, ich schwöre.« Dabei hebt Nick beide Hände, als wollte er sich ergeben.

Ich trete hinter ihn und schließe die Tür, damit wir die anderen nicht wecken. Anschließend sehe ich ihn streng an.

»Ich glaube dir kein Wort.«

»Na gut, jetzt, wo die Katze eh aus dem Sack ist, kann ich dir ja sagen, dass ich dein Outfit wahnsinnig stylisch finde. Du hast einen unglaublich guten Geschmack.«

Ich mache einen andächtigen Knicks und drehe mich einmal um die eigene Achse. Eine sanfte Leichtigkeit umspielt mein Inneres. Ich weiß nicht wie, aber Nick schafft es, mich abzulenken und aufzuheitern. Mit ihm so zu albern, gibt mir neue Kraft.

»Du siehst ebenfalls gut aus. Unerwartet, aber gut.«

Er tut es mir gleich und verbeugt sich. Das veranlasst mich dazu, zu giggeln – fast wie ein verliebtes Schulmädchen.

Ein heller Blitz stört die unbeschwerte Atmosphäre. Ich drehe mich zum Fenster um. Über Barrow Hill ziehen dunkle Wolken auf. Der Donnergroll folgt dem Blitz mit gewohnter Verzögerung. Es scheppert, doch ich kann nicht ausmachen, ob das Wetter einen magischen Ursprung hat oder tatsächlich ein Gewitter aufzieht. Es klingt zu echt. Alles an diesem Ort ist echt. Auch der Fluch.

»Ist alles in Ordnung?«

Nick ist mein nachdenklicher Blick nicht entgangen. Ich ziehe die Schultern hoch und lasse mich auf mein Bett fallen. »Ehrlich gesagt, nein. Das war heftig heute. Und mir graut davor, an morgen zu denken.«

»Es war wirklich knapp«, bestätigt er und nimmt in der Fensternische Platz.

»Wir hatten Zeit und in Windeseile war sie um. Um ein Haar

hätten wir es alle nicht geschafft. Ich ... ich wollte mich noch bedanken, dass du am Ende auf mich gewartet hast. Ich wollte dich dadurch nicht in eine größere Gefahr bringen. Jedenfalls ... danke, dass du da warst.«

»Nichts zu danken.«

Schon wieder ist da dieses Lächeln, das Nick umso anziehender für mich macht. Es ist aufrichtig und erreicht seine strahlenden Augen.

»Glaubst du, wir schaffen das? Ich meine, wir alle?«

Sein Lächeln wird etwas kleiner und prompt bereue ich meine Frage. »Ridge hat uns erklärt, dass es möglich ist, aber bislang noch nie jemandem gelungen. Du hast die Bilder beim Vortrag gesehen, Elena. Die *Mystic Rooms* fordern Opfer. Je nach Gruppe und Durchgang variiert die Anzahl derjenigen, die es nicht lebend herausgeschafft haben. Dennoch glaube ich, dass wir die Rätsel lösen können und gleichzeitig überleben. Ja.«

»Aber?«

Er fährt sich durch seine dunklen Haare. Es ist eine lässige Bewegung, die meinen Puls gar nicht so zu beeinflussen hat, wie sie es dennoch tut.

»Ich denke, dass nicht immer alle auf das Gemeinwohl achten.«

Ich weiß genau, was er meint. Einige in der Gruppe würden im Zweifelsfall eher ihren eigenen Hintern retten als auf die anderen zu achten. Wieder ein Grund mehr, dass meine Entscheidung zur freiwilligen Teilnahme goldrichtig war. Lexi hätte es nicht geschafft. Keine von all den Teilprüfungen des heutigen Tages. Die Gruppe hätte sie der Hexe zum Fraß vorgeworfen. Und ich mache ihnen nicht einmal einen Vorwurf. Sie wollen überleben.

»Das könnte noch unschön werden, da stimme ich dir zu. Wir sollten mehr aufeinander achten.«

»Es liegt mit am Fluch, dass das nicht geht.«

Auf einmal werde ich hellhörig. Nick zieht ein Bein hoch, um seinen Arm auf dem Knie abzustützen. »Meine Familie ist mit Schriften und Aufzeichnungen vertraut gewesen. Das Sammeln, Archivieren und Abrufen von Wissen. Und nein, guck mich nicht so an – ich bin eher das schwarze Schaf der Familie und kein cleverer Quizmaster, bloß weil meine Familiengeschichte rund um die Buchwelt kreist.«

Er sieht aus dem Fenster und lässt seinen Blick über den donnernden Wald schweifen. »Es gibt Schriften, die von Urmächten sprechen. Jene, die einst das Walten auf der Erde bestimmten.«

Ich habe schon mal von einer solchen Legende gehört, aber genau erinnere ich mich nicht. Vor allem verstehe ich nicht, was das mit unserem Fluch auf sich hat.

»Die Mächte *Zeit*, *Emotion*, *Schicksal* und *Magie* können das Leben und die Menschen kontrollieren. Durch Alizons bösen Fluch wurden all die eigenständigen Mächte in einem Fluch vereint. Deshalb werden die Rätsel auch von ihnen beherrscht.«

»Warte, ich kann nicht ganz folgen. Die Rätsel haben doch nichts mit den Urmächten zu tun. Okay, alles ist verzaubert und geht auf Zeit, aber was ist mit den anderen Mächten?«

Nick scheint auf einmal aufgeregt. Er steht auf und tigert durchs Zimmer. »Genau! Also *Magie* beherrscht die Spiele durch all die Rätsel und den Fluch. *Zeit* spielt eine entscheidende Rolle. Und wie sind wir heute in die Bibliothek gekommen? Durch eine schicksalhafte Entscheidung. Wir haben es dem Zufall überlassen. Oder dem Schicksal. Auf jeden Fall ist auch das *Schicksal* involviert.«

Ich lasse seine Gedanken kurz wirken und muss gestehen, dass es schlüssig ist.

»Und *Emotion* hast du selbst gesehen. Aiden, Caleb, Isis sind völlig durch den Wind gewesen. Sie haben sich teilweise angeschrien, obwohl wir doch alle im selben Boot sitzen.«

»Deshalb wird es auch so kniffelig. Die Emotionen kochen hoch und bestimmen dann das Handeln.«

»Genau. Deshalb können sie ihr Verhalten nicht unbedingt kontrollieren. Oder besser gesagt wir. Scheinbar stehen vor allem Caleb, Aiden und Isis im Fokus ihrer Gefühle und sind ihnen ausgeliefert.«

»Hm ... und was schlägst du vor? Sollen wir mit ihnen reden?«

Nick schüttelt nachdenklich den Kopf. »Ich glaube nicht, dass es viel bringt, wenn man jemanden, der eh schon schnell in die Luft geht, auf sein Temperament anspricht. Das wird sicherlich nichts nützen.«

Wieder muss ich ihm zustimmen. Dieses Wissen kann uns da drin nicht helfen. Aber immerhin habe ich für mich selbst eine Erklärung, warum der Fluch so mächtig ist. Auch wenn die Begründung mit einer Legende zu tun hat.

»Meinst du, du kannst schlafen?«

Das Gewitter vor dem Fenster ist laut und beängstigend. Doch am meisten machen mir meine Träume Angst. Ich will nicht wieder an den Raum denken und an all das, was noch kommt.

»Ich will es versuchen. Ansonsten lese ich ein wenig in Alizons Geschichte.«

Das dicke Buch liegt auf dem Schreibtisch. Seit unserer Rückkehr habe ich noch nicht einmal darin geblättert. Dafür fehlte mir bislang die nötige Energie.

»Kennst du die Geschichte?«

Nick zieht belustigt eine Augenbraue hoch. »Bloß weil ich ein Coleman bin?«

Ertappt beiße ich mir auf die Unterlippe. »Erwischt, ich denke in Schubladen.«

Mein Kommentar entlockt Nick ein freies Lachen. Es klingt herrlich erfrischend und so losgelöst.

»Ich muss dich enttäuschen. Das Buch sagt mir rein gar nichts. Ich weiß zwar, dass Aufzeichnungen gemacht wurden, aber eine Kopie habe ich bislang nie gesehen.«

»Warte, du meinst, sogar in der Stadtbibliothek oder im Archiv gibt es das Buch nicht?«

Er schüttelt den Kopf. »So wie ich es schon im Raum gesagt habe, existiert dieses Buch hier gar nicht. Nur als Mysterium.«

Das ist wirklich merkwürdig. Denn dort bei der städtischen Bücher- und Urkundensammlung hätte ich ein Druckwerk aus den damaligen Zeiten über den Heimatfluch am ehesten erwartet. Zumindest eine Ausgabe davon.

»Wir haben es nie gefunden.«

»Offenbar solltet ihr es nicht finden«, schlussfolgere ich.

Und da ist der Gruß vom Schicksal wieder.

»Hey, mach nicht mehr zu lange«, verabschiedet sich Nick. »Und wehe, du erzählst wem von meinem grandiosen Outfit.«

»Ich werde mich hüten. Der Partnerlook bleibt unser Geheimnis.« Plötzlich erinnere ich mich an Jules Ratschlag. Die Spiele können heftig werden. Vor allem, wenn auch noch Emotionen einen Teil der Gruppe völlig bestimmen. Es ist nie verkehrt, an ein eigenes Backup zu denken.

»Nick, warte noch kurz. Das ist vielleicht etwas albern, aber hättest du Lust ... Also, wenn wir eh schon im Partnerlook sind, dass wir vielleicht auch in den Spielen ... eventuell ein bisschen aufeinander aufpassen?«

O Gott. Ich klinge ja erbärmlich. Und verzweifelt. Hoffentlich fällt es ihm nicht auf.

Mein Kurzgebet wird direkt erhöht, denn ein sanftes Lächeln umspielt seine Lippen. »Für mich war das sowieso schon klar,

Partner.« Er zwinkert mir zu. Es ist lässig, locker und gleichzeitig für mich aufregend. Die Empfindung lässt sich weder leugnen oder verhindern. Als könnte Nick mit Leichtigkeit meinem Körper Signale senden, auf die er direkt anspringt.

Schon wieder schafft er es, mich aus dem Konzept zu bringen.

Ich kann nicht anders als zu schmunzeln, während Nick leise in den Flur verschwindet und mich mit einem nervösen Flattern im Bauch und unaufhörlich kreisenden Gedanken zurücklässt. Wenn ich könnte, würde ich diesen Moment gern für immer aufbewahren, um ihn nie zu vergessen. Da kommt mir eine Idee.

Augenblicklich krame ich das Tagebuch hervor und zücke den Stift. Jules und Lexi sind nicht hier, sodass ich ihnen nicht von diesem leichten und gleichzeitig aufregenden Gefühl erzählen könnte, das Nick in mir auslöst. Aber immerhin habe ich so eine Möglichkeit, all das festzuhalten, was gerade in mir vorgeht.

Je mehr meine Hand über das Papier flitzt und je stärker das Bauchkribbeln durch diese kleine Flirterei mich antreibt, desto sicherer ist, dass meine Freundinnen niemals diese Zeilen lesen werden. Sie sind eher für meine eigene Erinnerung gedacht. Obwohl ich mir nicht vorstellen kann, diesen Moment je zu vergessen. Dafür sind sie eine gute Vorlage, um mir mit Sicherheit einen Schlaf ohne Albträume bescheren zu können.

Ich schlafe. Zumindest ein paar Stunden, bevor ein lauter Knall mich aus der Erholung reißt. Draußen schüttet es in Strömen. Der Regen peitscht gegen die Fensterscheiben und Blitze mit Donnerknall erhellen den Nachthimmel. Ich setze mich auf und binde meine Locken zu einem Dutt zusammen, damit sie mir nicht länger im Nacken kleben. Mir ist auf einmal viel zu heiß.

Am Fenster hole ich mir die nötige Abkühlung. Es riecht nach frischem Gras und einem warmen Sommerregen. Das Donnern hat sich mittlerweile verlagert und nimmt nicht länger den gesamten Nachthimmel in Beschlag. Über dem Wäldchen von Barrow Hill sehe ich die Gewitterwolken, die ein eindrucksvolles Schauspiel vollbringen. Egal, was uns da morgen erwarten wird, es wird spektakulär. Daran besteht kein Zweifel.

Obwohl das absolut nicht mein Wetter ist, bin ich dennoch fasziniert. Gewitter waren mir schon als Kind stets unheimlich, denn man ist ihnen völlig ausgeliefert. Sie sind gewaltig, laut und mächtig. Doch während ich die Lichter beobachte, muss ich feststellen, dass das Spiel der Wolken und Blitze schön ist. Es vertreibt die Dunkelheit und bildet einen Riss am Himmel, der gleichwohl wieder verschwindet.

Ausgerechnet auf Barrow Hill findet dieses Wetterspektakel statt. Unzweifelhaft hat es mit der Magie und dem Fluch zu tun, die dort walten.

Ich bestaune das Wirken vor dem Fenster für eine Weile, bis sich die Morgenröte allmählich am Horizont abzeichnet. Sie hat gegen den Zauber keine Chance. Dicke Wolken schieben sich unaufhaltsam vor das wärmende Licht der aufgehenden Sonne, um sie zu verstecken. Der Regen lässt nach, das Grollen der Blitze verstummt und hinterlässt bloß einen tiefschwarzen Dunstschleier, der über dem Wäldchen schwebt, als würde er von Zauberhand dort festgehalten.

Es ist noch viel zu früh, aber ich kann nicht länger schlafen. Ich denke an die Rätsel, an die Aufgaben, an unser Schicksal. Erneut schleicht sich der Gedanke ein, dass es bei den Spielen nicht bloß darum geht, dass wir sie spielen sollen. Es muss mehr dahinterstecken. Selbst wenn Aiden meinen Einwand abgetan hat, bin ich nicht davon überzeugt, dass er recht hat.

Ich schnappe mir das Buch, das ich vor dem brennenden Inferno gerettet habe, und mache es mir mit meiner Decke in der Fensternische bequem. Das Buch ist ein Sammelsurium von Aufzeichnungen, Berichten und Tagebucheinträgen. Ich stocke. *Halt ... Tagebucheinträge?* Das ist äußerst persönlich. Derartige Zeitzeugenberichte sind nie an die Öffentlichkeit gekommen. Tagebücher von Alizon. Ein Blick in ihre Vergangenheit. Ein Blick in die Wahrheit. Weg von all den Gerüchten und nüchternen Berichten der Täter.

Ich will wissen, was passiert ist.

Ich will wissen, warum Alizon diesen Fluch ausgesprochen hat.

Ich will wissen, warum sie uns in diese Rätsel schickt, uns Chancen gibt, mit uns spielt, statt uns gleich zu töten.

Wonach ich genau suche, kann ich nicht sagen. Aber mein Bauchgefühl verrät mir, es sollte gefunden werden. Was immer es ist.

KAPITEL 11

Alizon – 22. Juli 1612

»Was immer auch ist, wir bleiben zusammen«, sagt Mutter.

Ich sehe die Angst in ihren Augen. Die blanke Angst. Sie ist bleich um die Nase. Das passt nicht zu ihrer sonstigen Gesichtsfarbe.

Ich höre die Schreie, die Schritte. Die Wärter sind wieder da. Sie haben uns in den kalten Kerker geworfen. Als Bestrafung, dass wir den anderen geholfen haben. Die Salben von Mutter, die Kräutermischungen und Tees von Martha und Erin. Wir haben niemandem etwas Böses getan. Dennoch wurden wir verhaftet. Sogar Vater, dessen einzige Magie darin besteht, ein unfassbar toller Vater zu sein, der seine Frau und uns Kinder schrecklich liebt.

Meine Mutter wischt uns die Tränen fort. Ich habe nicht gemerkt, dass ich weine.

»Egal was sein wird, wir bleiben für immer vereint. Sie können uns niemals trennen.«

Ich sauge ihre Worte auf und halte mich an ihnen fest wie an einem Rettungsanker. Ihre roten Haare sehen stumpf aus, weil sie sie in diesem sonnenverlassenen Ort nicht bürsten kann. Mein Vater stellt sich vor uns, als die Gittertür aufgeschlossen wird. Er ist tapfer, ein wahrer Held. So wie ihn sich jedes kleine Mädchen in ihren kühnsten Träumen wünscht.

Dennoch kann ich nicht verhindern, dass ich aufschreie. Ihre Rüstungen glänzen aus poliertem Metall. Sie tragen Helme mit pechschwarzem Visier. Und sind bewaffnet. Einer von ihnen hält eine Fackel. Die Wachen sagen nichts, sie kommen herein und packen uns, alle nacheinander.

Einer von ihnen dreht mir die Arme nach hinten, bis es schmerzt. Ich brülle auf. Da sehe ich Vater, er stürzt vor, um mir zu helfen. Doch ein Stiefel trifft auf sein Gesicht. Dann noch ein Tritt. Vater liegt am Boden, er krümmt sich vor Schmerzen.

Ich weiß nicht, wer von uns am lautesten schreit. Denn alles geht so schnell. Sie hieven ihn hoch. Seine Unterlippe blutet. Auch eine Stelle am Auge ist aufgeplatzt. Blut quillt hervor. Der Kräutertee von Martha kann helfen. Das weiß ich. Der mit dem blumigen Duft von frischer Minze.

Doch Martha hat ihre Mischungen nicht hier. So auch meine Mutter nicht. Vater muss es allein schaffen. Obwohl wir helfen können. Mit Fähigkeiten. Heilenden Fähigkeiten.

Ich verstehe nicht, warum man uns hasst.

Die Straße ist dunkel, fast wie der Kerker. Bis zum Barrow Hill werden wir gebracht. Mitten im Wald fürchte ich mich. Ich habe Angst vor der Finsternis, vor den Tieren der Nacht. Aber am meisten fürchte ich mich vor den Menschen, die uns mit ihren griesgrämigen Fratzen beäugen, als hätten wir eine ansteckende Krankheit. Sie spucken auf uns, während wir zu den Bäumen geführt werden.

Ich spüre meine Arme nicht mehr. Wir stehen nebeneinander, als die Gründungsväter vortreten und eine Rede halten.

Sie reden von Hexerei – und die Leute stimmen mit bösem Gebrüll ein.

Sie reden von teuflischer Magie – und die Leute applaudieren.

Sie reden von bösen Versuchungen – und die Leute heben ihre Waffen.

Aber sie reden nicht davon, dass wir ihnen helfen. Ihnen allen. Keiner redet von unserer Gabe, wie Mutter es sonst tut. Von unserer wichtigen Aufgabe, den Menschen zu helfen.

Wir sind für sie alle ausnahmslos da und nutzen unsere Kräfte für das Wohl der anderen. Die Gründungsfamilien wissen von unseren Fähigkeiten und unserer Aufgabe. Auch sie brauchten immer wieder unsere Unterstützung. Sie alle waren bereits bei uns zu Hause, haben die heilenden Teemischungen verlangt und magische Arznei für ihre Beschwerden.

Sie alle stehen dort: Whitley, Evans, Greyson, Forney, Parker, Coleman und das Oberhaupt Clark. Seine Frau war letztes Jahr bei uns zu Gast und bat um Hilfe. Sie konnte keine Kinder bekommen. Mutter hat ihr eine Salbe zubereitet mit ausgewählten Kräutern, geschwenkt in klarem Heilwasser. Ms Clark sollte sie sich jeden Abend und jeden Morgen auf den Bauch schmieren. Nun steht sie am Rand. Trägt das Neugeborene im Arm und ist wieder in anderen Umständen. Ich sehe sie an und verstehe nicht. Ich verstehe es alles nicht.

Was haben wir ihnen bloß getan?

Die Rede der Gründungsväter wird hitziger, die Meute wilder. Ich erkenne den Zorn, der in ihren Augen aufblitzt.

Sie sprechen von Austreibung, von Proben, um unsere Seelen zu befreien und ganz Mistwick von den dämonischen Hexen zu erlösen, die unsere Körper befallen haben.

Auf einmal geht es los. Sie türmen die Holzscheite aufeinander und reihen sich mit ihren Fackeln darum. Alle sieben Gründungsväter. Sie haben eine unglaubliche Härte im Blick.

Der Wächter, der meine Mutter hält, tritt vor.

»Niemand kann uns trennen. Seid tapfer, ich liebe euch unendlich.«

Meine Augen füllen sich mit Tränen, Vater versucht sich zu wehren, aber wir haben keine Chance. Mutter wird an den Pfahl in der Mitte des Scheiterhaufens gebunden.

Sie sagen, sie solle sich mit ihren Hexenfähigkeiten befreien. Wenn sie es schafft, müsse sie hingerichtet werden. Denn Hexen dürfen nicht leben.

Sie sagen, wenn sie es nicht schafft, sich zu befreien, sei sie zumindest keine Hexe gewesen.

Mutter kann die Prüfung nicht bestehen. Weder ihre Salben helfen ihr noch ihre Fähigkeiten. Die Prüfungen sind so gestellt, dass sie nur verlieren kann. Wenn dies ein Spiel ist, verstehe ich die Regeln nicht.

Das Feuer wird entzündet. Rauch steigt auf. Es kokelt, brennt. Da, die ersten Funken gehen auf ihren Rock über. Die Flammen werden größer. Meine Mutter ist stark, sie versucht, nicht zu weinen. Ich will wegsehen, als die Flammen ihren Körper berühren. Sie kann nicht fliehen. Sie kann nicht entkommen. Wieso tun sie das?

Die Gründungsfamilien stehen daneben, ergötzen sich an dem brennenden Schauspiel. Auch die Schaulustigen der Stadt sind dabei. Niemand hilft ihr. Niemand hilft uns.

Der Wächter packt mich am Kinn und dreht meinen Kopf zurück zu den Flammen. Sie erlauben nicht, dass ich wegsehe.

Ihre Haare brennen. Lichterloh fackeln sie ab. Meine Mutter versucht, zu kämpfen. Aber ihre unterdrückten Schreie finden ihren Weg nach draußen. Ich brülle, mein Herz zerreißt. Sie schreit vor Schmerzen.

Nein! Mutter, wir haben Salben. Salben gegen Verbrennungen. Bleib bei mir! Wir schaffen das, höre ich mich stumm flehen. Wieso machen sie das mit ihr? Mutter hat niemandem je

Leid zugefügt.

Es ist so laut, dass ich meine Schreie kaum heraushören kann. Die Leute jubeln, während Mutter um ihr Leben kämpft. Meine Stimme überschlägt sich. Ich kreische voll Verzweiflung, voll Schmerz, voll Panik. Sie sollen damit aufhören. Mutter windet sich und versucht, den züngelnden Flammen auszuweichen. Doch dies ist kein fairer Kampf, sie hat keine Chance.

Ein letzter Schrei, dann verstummt sie. Vielleicht vom Rauch. Vielleicht vom Feuer.

Mein Herz setzt einen Moment aus. *Nein. Nein!*

Ich will meine Hoffnung nicht aufgeben. Sie darf nicht sterben. Es muss einen Weg geben. Ich will sie nicht verlieren! Wie kann das passieren? Sie wird einen Zauber anwenden. So wie es alle erwarten. Sie wollen eine Show sehen. Einen Beweis, dass der Dämon in ihr einen Weg gefunden hat, den Tod zu überlisten. Den Tod und die fintenreiche Falle, die sie Mutter gestellt haben.

Aber es bleibt aus. Meine Hoffnung auf Rettung stirbt mit ihr. Es gibt keinen zweiten Boden, keinen heimlichen Trick. Denn dort oben brennt kein Dämon.

KAPITEL 12

Entscheidungen treffen

Unmenschlich.

Das ist der erste Gedanke, der mir kommt. Meine Finger gleiten über die Seiten, die durch den Wandel der Zeit sicher längst verfallen sein müssten. Die geschwungene Schrift steht leserlich darauf geschrieben. Es hat nichts mit dem gemein, was ich von alten Schriftstücken und Überlieferungen aus der Schule kenne. Es kann kein Zufall sein, dass das Buch in einem solchen Zustand ist. Verschollen und dennoch liegt es in meinen Händen. Die Sprache, die Schrift, der Fund – Magie steckt dahinter. Oder Alizon selbst.

Die Wahrheit der getrockneten Tinte aus der Feder eines kleinen Mädchens erschreckt mich. Eine unangenehme Gänsehaut breitet sich entlang meiner Arme aus. Diese Beweise über die tatsächlichen Gegebenheiten rücken die Gründungsgeschichte und damit das Handeln unserer Vorfahren in ein anderes Licht. Ich schlage das Buch zu und atme durch. Die Aufzeichnungen schockieren mich.

Ja, ich wusste, was passiert ist. Jeder in Mistwick weiß von den schrecklichen Hexenverfolgungen der Familie Devine. Das dunkle Kapitel in der Geschichte der Stadt. Das, welches uns diesen Fluch eingebracht hat.

Dennoch ist es anders, ihre Worte zu lesen. Die von einem Kind, das zusehen musste, wie die eigene Mutter vor ihren Augen verbrennen musste. Die grauenvolle Wahrheit, die uns vorenthalten wurde. Ich schüttele einen Schauder ab, der sich anbahnt. Es ist grausig, unfassbar. Und ich schäme mich für die Taten der Gründer. Der Gründer und der Schaulustigen, die zugelassen haben, was passiert ist.

Ich weiß, dass es nicht nur hier in Großbritannien düstere Zeiten der Hexenverfolgungen gegeben hat. Unbegründete Angst hat in der Menschheitsgeschichte schon oft schreckliche Spuren hinterlassen und seine Opfer gefordert. Dinge, die man sich nicht erklären konnte, Nachbarn mit besonderen Fähigkeiten, unerklärliche Zustände … All das hat die Menschen dazu verleitet, finstere Mächte der Hölle bekämpfen zu wollen – denn was anderes könnte es ja nicht sein. Der Teufel, Dämonen, Hexen trieben sich auf den Straßen rum. Alles, was man nicht verstehen und beherrschen konnte, musste automatisch verhext sein.

Die simple und einfältige Logik von damals führe ich auf mangelndes Verständnis und fehlende Weltoffenheit zurück. Doch solche Zeitzeugenberichte zu lesen, sogar aus der Sicht eines Kindes verfasst, raubt mir den Atem. Ich bin schockiert und wütend. Es ist nicht so, dass ich den Fluch gutheiße, aber ich habe Mitleid mit Alizon. Mit der Version von ihr als Kind. Niemand sollte so etwas miterleben.

Ich lege das Buch auf mein Bett und mache mich fertig. Ein letztes Mal werfe ich einen Blick auf den düsteren Wald vor meinem Fenster am Barrow Hill und stelle mir vor, wie es damals dort ausgesehen haben muss.

Dann mache ich mich auf den Weg nach unten. Mein Körper ist nicht erholt, mein Geist noch weniger, aber dennoch schafft das Adrenalin Abhilfe.

Die Frühstückstafel ist reich gedeckt. Ms Gibbons ist fröhlich und gut gelaunt. Ein klein wenig komme ich in den Genuss, ihre unbeschwerte Art zu genießen. Sie tänzelt aufgeregt in der Küche herum, um jeden von uns mit Speis und Trank zu verwöhnen. Ich zwinge mich dazu, wenigstens ein bisschen was zu verputzen. Wer weiß, was uns heute erwartet. Ich will bei einer Kraftübung zumindest nicht direkt schlappmachen.

Nazmi scheint ein richtiger Morgenmuffel zu sein. Sie umklammert ihre Tasse Kaffee und wirkt damit mehr als zufrieden.

»Habt ihr das Gewitter gehört?« Isis dagegen sprudelt vor neuer Energie. Ihre fast weiße Mähne hat sie heute seitlich mit Klammern festgesteckt. Ähnlich wie ich trägt sie einen Kapuzenpullover. Anders als sie, die ihn scheinbar als Sportsdress gewählt hat, wenn ich ihr restliches Outfit ansehe, trage ich solche Pullis ständig. Groß, lang, kuschelig – ich meine, das sind drei gute Gründe.

»Ich habe es gehört«, antwortet Josh schmatzend. Die Müslischale vor ihm ist noch randvoll gefüllt, dennoch kippt er sich Milch nach, sodass ich fast fürchte, es könnte überschwappen.

»Nazmi hat erzählt, dass es gewittert hat. Ich habe nichts mitbekommen«, antwortetet Isis.

»Ja, du hast die Augen zugemacht und gepennt. Wie ein Stein, nix mitbekommen«, grummelt Nazmi und reibt sich die Augen.

Die beiden teilen sich ein Zimmer. Im Gegensatz zu mir gehören sie auch zur Schülerschaft des Internats, sodass es kein Wunder ist. Ich als Neuling habe ein Einzelzimmer abbekommen. Vermutlich wären Isis und Nazmi ebenfalls in solch einen Genuss genommen, schließlich ist das Gebäude riesig und wir haben es praktisch für uns allein. Doch wie unsere Spezies nun mal ist, wollten sie wahrscheinlich in ihrer gewohnten Umgebung bleiben und keine Zimmer wechseln. Das kann ich gut verstehen.

»Aber dafür war dein Schnarchen fast so laut wie der Donner. War mir 'ne ganze Weile nicht sicher, ob es tatsächlich draußen donnert oder im Zimmer«, ärgert Nazmi ihre Freundin.

Isis bekommt hochrote Wangen und hält sich die Hände vors Gesicht. »Gar nicht wahr. Ich schnarche nicht.«

»Zumindest nicht weniger als sonst«, ergänzt Aiden.

Die Stimmung am Tisch feuert meine Mundwinkel an, sich automatisch zu heben. Es fühlt sich gut an. Fast, als würde man mit Freunden am Frühstückstisch sitzen.

Ridge jedoch unterbricht das gelöste Gespräch. »Wir müssen los. Kommt«, drängt er uns und holt uns damit wieder in die Realität zurück.

Auf der Fahrt bleibt es trocken. Ridge machen die Spiele offensichtlich zu Schaffen. Obwohl er selbst kein Teilnehmer mehr ist, scheinen ihn Erinnerungen und seine eigene Vergangenheit wieder neu aufzuwühlen. Er wirkt zerstreut und nervös, während seine Finger durchgehend auf dem Lenkrad zappeln. Dunkle Ringe zeichnen sich heute unter seinen ruhigen Augen ab. Auf der gesamten Fahrt schweigen wir. Jeder hängt seinen Gedanken nach. Ich lausche der Stille, die sich im Wagen ausbreitet.

Ridge setzt uns wieder vor dem Waldstück ab, direkt am Barrow Hill. Den restlichen Weg müssen wir zu Fuß zurücklegen. Im Wald ist es etwas kühler als gestern. Einsam. Bedrohlich. Und stiller, denn kein Lüftchen weht. Alizon braucht ihren Trick mit dem Sturm scheinbar auch nicht mehr anzuwenden, denn nun wissen wir, was auf uns zukommt. Zumindest kennen wir den Ablauf.

Das ist ein großer Vorteil im Vergleich zu gestern. Von ihrer Seite aus gibt es somit keinen Grund, uns in die Hütte zu drängen, damit wir den heutigen *Mystic Room* betreten. Sie weiß, dass wir nicht mehr zögern werden.

Das heißt dennoch nicht, dass es leicht wird, den Schritt zu wagen, um in einen neuen magischen Raum von ihr eingesperrt zu werden. Wer hätte dabei schon ein gutes Gefühl? Ich für meinen Teil habe es jedenfalls nicht.

»Hey, Partner!« Nick schleicht zu mir und stupst mich mit seiner Schulter an. Er ist etwas größer als ich. »Konntest du noch schlafen?«

Ich drücke den Rücken etwas durch, um meine müden Knochen zu strecken. »Nicht sonderlich viel. Das Gewitter ...«

Er nickt. *Nick nickt.* Ich muss schmunzeln. Auch wenn es völlig unpassend ist. Aber mir gefällt die Wortspielerei.

Interessiert schielt er mich von der Seite an. Doch ich beiße mir auf die Zunge, um ihn vor meinen kindischen Gedanken zu bewahren. *Wirklich, sehr erwachsen, Elena*, tadele ich mich selbst für mein unreifes Verhalten.

Ich schiebe es auf den Schlafmangel. Wenn ich zu wenig schlafe, werde ich halt etwas komisch. Lexi zeigt ein ähnliches Verhalten, wenn sie hungrig ist. Und das ist sie ständig. Vielleicht liegt es in den Genen, dass wir in der Familie Parker dazu neigen, merkwürdige Verhaltensweisen an den Tag zu legen, wenn gewisse Grundbedürfnisse auf der Strecke bleiben. Beispielsweise eine Nacht durchzuschlafen, trotz actionreicher Tage, die einen um den Verstand bringen.

»Ich habe ein bisschen in dem Buch gelesen«, lenke ich mich und meine Gedanken ab. Und Nick, der nun aufhört mich amüsiert zu mustern.

Sein Blick wird wacher. »Und?«

»Fragst du, weil es ein Buch ist, das schon seit Ewigkeiten auf deiner heimlichen Want-to-Read-Liste steht?«, ärgere ich den Bibliotheksnachkommen.

Ebenso dieses Verhalten schiebe ich auf meinen Schlafmangel.

Sonst würde ich mich nicht so benehmen. Vor allem nicht in seiner Nähe. Glaube ich zumindest.

»Du stempelst mich ehrlich ab? Ich glaub es nicht.« Das Amüsement in seinen Augen verrät ihn. Es ist so einfach, mit Nick umzugehen. So unkompliziert.

»Du meinst, abstempeln wie bei einer Buchausleihe?«

Der Spruch sollte locker wirken, dabei bemerke ich gar nicht, dass vor mir ein Ast im Weg liegt. Ich gerate ins Straucheln und stolpere. Nick streckt seine Arme aus, um mich festzuhalten, aber meine Beine schaffen es auch so. Mithilfe eines kleinen Hopsala-Schrittes.

Au weia. Peinlicher geht es wohl nicht. Da will ich mal einen lässigen Satz fallen lassen und dann so etwas. Immerhin bin ich nicht ganz ungeübt drin, auch über mich selbst zu lachen.

»Alles gut, kein Problem. Tja, ich befürchte, du musst auf meine schmeichelnden Sprüche vorerst verzichten. Ich muss mich für die Folgen meines Schlafmangels entschuldigen.«

»Es gibt keinen Grund, sich zu entschuldigen.«

Nicks Augen leuchten ein klein wenig heller. Das Blau, das sich leicht von dem grauen Ton absetzt, schimmert kräftiger, glanzvoller. Heimlich freue ich mich, dass ich trotz tollpatschigem Verhalten eine gewisse Wirkung auf ihn habe und ihn damit ein klein bisschen ablenken kann, bevor uns das nächste Grauen erwartet.

»Dann klär mich mal auf. Was steht denn in dem Buch?«

Isis stößt zu uns. Sie ist wesentlich fitter und ausgeschlafener als ich. Direkt spüre ich eine kleine Welle Neid aufkommen. Ich würde gern meine Augenringe gegen ihre tauschen. Die, die sie nicht hat. Ihre helle Haut scheint makellos und im Wettstreit mit ihrem wasserstoffblonden Haar zu strahlen. »Was für ein Buch? Das von gestern?«

Ich nicke. »Genau. Neben ein paar Aufzeichnungen ist es gefüllt mit Tagebuchauszügen von 1612.«

Isis Augen werden groß und sie formt einen runden Mund. Dann jedoch mischt sich ein irritierter Ausdruck in ihren Blick. »Äh ... und was heißt das?«

»Das ist fünf Jahre nach der Städtegründung. 1612 wurde der Fluch ausgesprochen«, erinnert Nick.

Abermals weitet Isis die Augen und nickt – bevor sie wieder die Stirn in Falten zieht. »Und was haben wir von Tagebuchauszügen aus der Zeit?«

Ich muss mir ein Lächeln verkneifen. Es ist drollig, Isis dabei zuzusehen, wie sie die Gedankengänge ordnet.

»Du solltest eher fragen, von wem die Auszüge sind.«

»Von Alizon selbst«, kläre ich endlich das Rätsel. Nun ist ihr die Überraschung buchstäblich ins Gesicht geschrieben. »Vielleicht kann man mehr herausfinden. Über den Fluch und wie man ihn brechen kann. Steht dort ein Gegenzauber drin?«

Ich schüttele bloß den Kopf. »Bislang habe ich nichts gefunden. Wie gesagt ist es eher ein Tagebuch.«

»Wir könnten später gemeinsam lesen, wenn du magst«, schlägt Nick vor.

Isis jedoch winkt ab. »Ich glaube, das ist mir zu hart. Ich habe tagsüber schon genug Stress, da brauche ich nicht noch zusätzlichen Input, der mich um den Schlaf bringt.«

»Vielleicht ist es aber keine schlechte Idee, mit allen das Buch zu lesen«, wende ich ein. Schließlich sind Alizons Aufzeichnungen nicht einzig für mich relevant, sondern könnten uns allen helfen.

Isis schüttelt den Kopf und fährt sich mit ihren langen Fingern durchs glänzende Haar. »Die ticken wie ich. Der einzige Buchverrückte ist Coleman. Sonst findest du keinen. Aiden mag andere Dinge. Mehr so das, was ich auch mag. Wir haben echt viele Gemeinsamkeiten ...«

Ich folge ihrem sehnsüchtigen Blick und lächele über ihre abschweifende Bemerkung. Es ist schön, ihr beim Träumen zuzusehen. Fast, als wären wir nicht alle verflucht. Als könnten wir ein normaleres Leben führen, fernab von Angst und den Launen einer Hexe.

Da gelangen wir zum Ziel unseres Marsches. Vor uns steht die Hütte. Unscheinbar. Alt. Bereit für den Abriss.

Eine bedrückende Stille breitet sich über uns aus, als wir uns vor dem Eingang aufstellen. Josh sieht fahl aus im Gesicht. Er hat den Schock des gestrigen Tages wohl noch nicht verdaut. Vermutlich hätte ich an seiner Stelle längst einen Nervenzusammenbruch erlitten. Doch er meistert es souverän. Weitaus souveräner als ich es könnte.

Aiden fühlt sich wieder dazu ermuntert, das Wort zu ergreifen. »Es wird wie gestern sein. Jeder zahlt einen Tropfen Blut und wir treffen uns drinnen im Vorraum.«

»Wird es wieder dunkel sein?« Isis knabbert an ihren weiß lackierten Nägeln.

Mir macht die Dunkelheit ebenfalls Angst. Aber wenn man weiß, was einen erwartet, ist es immerhin ein klein wenig erträglicher, finde ich.

»Kann sein. Egal, was uns dahinter erwartet, wir sollten uns beeilen. Auch hier draußen. Damit die, die schon drinstecken, nicht so lange im Dunkeln warten müssen.«

Seine Erklärung leuchtet ein. Gestern beim erstmaligen Betreten der Hütte war jeder von uns verängstigt und traute sich nicht. Das sollten wir heute anders handhaben.

»Ich gehe vor und dann sollte es zack, zack, zack gehen.«

Ein paar von uns nicken im Takt. Bloß Josh scheint damit beschäftigt zu sein, eine aufkommende Panikattacke zu unterdrücken.

»Zusammen rein und zusammen wieder raus«, motiviert Aiden uns. Er könnte glatt als Trainingscoach anfangen. Wir stimmen mit ein und antworten mit demselben Schlachtruf.

Zusammen rein. Zusammen wieder raus.

Ich atme tief durch, als Aiden vortritt und seinen Arm in die Öffnung der Tür hält.

Beruhige dich, Elena. Wir gehen rein. Wir lösen das verzwickte Rätsel. Wir kommen wieder raus.

Jemand greift nach meiner Hand. Ich zucke zurück. Dabei ist es bloß Nick. »Ich lasse dich nicht hängen. Hab keine Angst.«

Seine flüsternden Worte sind beruhigend und ich will ihnen vertrauen. Wir sind sieben. Ich hoffe, dass niemand von uns heute wieder von der Gruppe getrennt wird. So wie Josh gestern. Ein ungutes Gefühl mischt sich dazu, dass ich unrecht haben könnte. Dass meine Hoffnung bloß der Glaube eines naiven Kindes ist. Wir haben gestern den Zufall entscheiden lassen. Oder besser das Schicksal, wie Nick meint.

Unzweifelhaft kann ich mich weder vor dem einen noch vor dem anderen verstecken. Daher ist es nicht verkehrt, einen Vertrauten in der Gruppe zu haben, der noch mal mehr auf einen achtet, bevor der reine Überlebenstrieb der anderen zu mächtig wird.

Ich bin dran. Das Maul in der Pforte sieht grausig aus. Unheimlich und gemein. Noch immer ist es komisch, meinen Arm dort in die Öffnung zu halten. An eine Stelle, an der ich nicht sehen kann, was passiert. Als würde man erwarten, dass der Arm auf der anderen Seite von einem Tier abgebissen werden würde oder sonst was. Der Stich trifft mich unvorbereitet, obwohl ich wusste, dass er kommt. Es zieht und die rote Farbe steigt in den Augen der Bestie an. Die Tür öffnet sich. Ich habe mein Ticket bezahlt für den heutigen Tag. Bloß, dass dies kein Freizeitpark ist.

Ich bin geblendet von Finsternis. Alles ist stockduster. Es klickt und nun bin ich wieder hier. Da, wo niemand sein will. Ich habe keine Orientierung. »Hallo?«

»Hier rüber«, höre ich Isis. Und schon spüre ich ihre eiskalten Finger, die nach meinen suchen. Es ist leichter, sich an den Händen zu halten. Zumindest für mich.

Ich höre es erneut klicken, da ist wieder jemand. Noch jemand. Wir sind vollständig. Mein Herz wummert rekordverdächtig schnell in meiner Brust. Erwartungsvoll stehe ich in Alarmbereitschaft, um mir die Hände an die Ohren zu pressen, sobald wieder die Sirene ertönt. Eine weitere Sekunde verstreicht. Und noch eine.

Endlich erschallt das erschreckende Geräusch, das mir die Ohren beinahe abreißt. Der Alarm ist schrill und lässt mich knapp vor einem Herzinfarkt dennoch überleben. Für den Augenblick. Ich will mir nicht vorstellen, wie der Film aussähe, wenn uns eine versteckte Kamera aufnehmen würde.

Obwohl ich darauf gewartet habe, bin ich dennoch viel zu heftig zusammengezuckt. Aber immerhin bin ich nicht allein mit meiner Reaktion. Auch Isis schreckt hoch und bricht mir dabei fast die Hand.

Endlich verstummt dieser Lärm, der all unsere Sinne auf *Reset* zurücksetzt. Vielleicht zählt es zur Taktik von Alizon, dass wir auf diese Weise geschwächt unsere Entscheidungen treffen und den *Mystic Room* betreten müssen.

Ich brauche wie schon gestern ein paar Sekunden, um mich an die allmähliche Helligkeit zu gewöhnen. Der Raum hat sich im Vergleich zu gestern kein Stück verändert. Kahle Betonwände, grauer Boden. Kein Ausgang, kein Entkommen.

In der Mitte steht eine Säule, darauf liegt ein Umschlag. Ich fühle mich gefangen in einem Déjà-vu aus einer Albtraumdauerschleife. Schon wieder diese Hütte, dieser Raum, diese Geräusche, dieser Umschlag.

Aiden nimmt die Zügel in die Hand und öffnet den Umschlag für uns. Er zieht die Botschaft hervor und atmet tief durch, bevor er sie uns vorliest.

Auserwählte, herzlich willkommen zu eurem zweiten mystischen Escape-Raum. Ihr spielt getrennt und doch zusammen. Zwei von euch haben einen ruhigen Platz und nehmen ihn in den Kisten ein, die anderen teilen sich auf. Wie ihr die Gruppen wählt, entscheidet ihr selbst. In diesen Teams knobelt ihr jeweils um den Inhalt einer Box. Eure Zeit läuft, sobald der Rest der Gruppe angekommen ist. Dann sollet ihr euch beeilen, die Aufgabe zu lösen. Nur mit den richtigen Lösungen öffnen sich die Deckel.
– A. D.

Wie aufs Kommando hören wir ein Knarzen, das mich an eine quietschende, alte Tür erinnert. Tatsächlich stehen nun zwei riesige Holzkisten mit geöffnetem Deckel in dem Raum. Sie sind groß genug, dass sogar Caleb gemütlich darin Platz nehmen könnte. Direkt hinter den Kisten entdecke ich zwei Streifen Licht. Es sind zwei Öffnungen in der Wand. Zwei Kisten. Zwei Eingänge in den *Mystic Room*. Heute werden wir als Gruppe vollkommen voneinander getrennt.

»Könnt ihr mir erklären, was die Nachricht heißt?« Nazmis dunkle Hautfarbe sieht fleckig aus. Sie umrundet nervös die Kisten und wirft skeptische Blicke hinein.

Plötzlich höre ich ein Plumpsen und drehe mich zu Josh um, der längst nicht mehr auf den Beinen steht. Er schwitzt ungeheuerlich und ist ganz bleich um die Nase. Blitzschnell hocken wir bei ihm. Aiden ist sofort zur Stelle und rüttelt seinen Freund an der Schulter. »Josh, Alter? Alles okay?«

Dieser schüttelt vehement den Kopf und kneift die Augen zusammen. »Nein. Nein, es nichts okay. Ich kann nicht wieder ... wieder in so ein Ding. Bitte.«

Es fühlt sich an, als stünde ein unsichtbares Band in mir auf extremer Spannung. Ihn so zu erleben, tut mir leid. Diese Spiele zerstören all das Gute in einem. All die eigene Stärke.

Aiden stellt sich vor Josh und hilft ihm, auf die Beine zu kommen. »Wir werden wieder auslosen, wer in die Kisten steigt. Das ist fair, was meint ihr?«

Ich wechsele einen flüchtigen Blick mit Nick. Wir denken dasselbe. Die Entscheidungen, die wir hier treffen, sind vom Schicksal beeinflusst.

»Aber wir wissen noch nicht, was uns erwartet. Vielleicht sollten wir schauen, wer von uns keine Angst in geschlossenen Kisten hat, und diese Leute reinschicken?«, schlägt Nazmi vor.

Caleb dagegen lacht auf. »Das ist gestern ja schon super gelungen. Keiner hat Bock darauf, in die Kisten der Ungewissheit zu klettern, oder?«

Niemand in der Runde reagiert. Aus gutem Grund. Freiwillige werden vergeblich gesucht. Daher ist Aidens Idee wieder einmal nicht allzu abwegig.

»Wir sollten Josh raushalten«, höre ich mich vorschlagen. Josh sieht mich an und für einen Moment bilde ich mir ein, Dankbarkeit und Erleichterung in seinen Augen aufblitzen zu sehen.

Doch Aiden zerstört es. »Nein, das sollten wir nicht.«

Dass er seinem Freund so in den Rücken fällt, schockiert mich wieder einmal. Als hätte Aiden eine gespaltene Persönlichkeit.

»Er wurde gestern bereits von allen getrennt. Für heute reicht es.« Nazmi sieht noch einmal zur Kiste und ergänzt mit leiserer Stimme: »Außer, Josh will in den Lostopf, dann nur zu. Ich bin nicht scharf auf diese Box.«

»Leute, die Räume erwarten immer mal wieder von jemandem von uns, als … Pfand zu dienen.«

Als Pfand? Ich glaube, ich habe mich verhört. Aiden hat wohl eher das Wort *Opfer* gemeint, denn das sind wir. In den Spielen und in den Entscheidungen. Niemand ist frei, sondern durch den grausamen Zauber gefangen.

»Wir sollten schauen, dass jeder mal an der Reihe ist, ja. Das sehe ich ein. Dennoch sollten wir alle gewählt werden können, wenn wir körperlich in der Lage wären, die Aufgabe zu übernehmen. Gestern ging es wegen der Größe des Schachtes nicht. Heute sollten wir alle an der Lotterie teilnehmen.«

Keiner widerspricht mehr. Ich ärgere mich, dass ich nicht mehr Biss habe. So wie Lexi oder Jules. Sie würden sicherlich anders mit der Situation und Aidens dominanter Art umgehen. Aber mir fehlt der Mut, den Mund aufzumachen.

Caleb zerreißt den Umschlag. Sieben Streifen werden gemischt und verteilt. »Auf zwei Zetteln ist wieder schwarze Tinte.«

Tinte von dem Abdruck auf dem Umschlag. Tinte, die das Hexenmal abbildet. Das, was unter meiner Haut brennt wie bittersüßes Gift eines dunklen Fluchs.

Ich blicke auf meinen Arm. Der Einstich ist tatsächlich an einer anderen Stelle als gestern. Erstaunlicherweise wurde wieder genau ein Schnittpunkt von den schwarzen Linien des Zeichens getroffen. Die Linien des Mals kreuzen sich an fünf Stellen. Heute wurde die zweite Schnittstelle für den Piks gewählt, sodass ich fast glaube, dass dies ein Muster sein könnte. Jeden Tag wird eine andere der Schnittstellen zwischen den fünf Linien am Eingang der Hütte durchbohrt, um ein paar Tropfen Blut von uns zu nehmen.

Caleb wartet und ich ziehe zögerlich einen der Zettel, bevor er die anderen verteilt.

»Hört mal«, lenkt der selbst ernannte Anführer die Aufmerksamkeit auf sich. »Keiner will hier sein. Das ist klar. Keiner will sich freiwillig von der Gruppe trennen. Aber wir haben keine Wahl. Heute ist es noch mal schwerer, weil wir uns alle trennen müssen.«

Laut der Botschaft werden nicht nur die beiden Teilnehmer in den Holzboxen von der Gruppe getrennt, sondern auch die übrigen fünf müssen sich aufteilen. In selbst gewählten Teams. Heute können wir uns nicht auf die Schwarmintelligenz verlassen, sondern müssen überlegen, wer in welcher Gruppe dabei ist. Ohne zu ahnen, worum es konkret gehen wird.

»Aber wir sollten das Ziel nicht aus den Augen verlieren. Wenn wir alle Rätsel lösen, können wir diesen verdammten Fluch brechen.«

Tatsächlich motiviert der Gedanke ein klein wenig. Die Vorstellung, dass man ein für alle Mal diesen Horror für die eigenen Familien und künftigen Generationen beenden kann, ist tröstlich und weckt das müde Kämpferherz.

Ich falte das Papier mit schwitzigen Fingern auf und sehe es mir von beiden Seiten an. Mein Stück hat keinen dunklen Tintenfleck. Nichts. Ich muss zumindest nicht in die Box klettern – voll Ungewissheit, was passieren wird und welche Mechanismen von Zauberhand aktiviert werden.

Dennoch weiß ich nicht, ob ich in den Genuss kommen sollte, aufzuatmen. Wenn ich nicht in der Kiste bin, wird es meine Aufgabe sein, die Leute aus den Kisten zu retten und den nächsten Schlüssel zu erspielen. Und das ist keine leichte Herausforderung. Im wahrsten Sinne des Wortes kann das Leben anderer davon abhängen, wie wir arbeiten, um die Aufgaben zu meistern.

O Gott. Ich schüttele meine Nervosität ab, die mich an extremes Lampenfieber erinnert. Mir ist schlecht und schwindelig. Alles auf einmal. Doch dafür ist hier kein Raum. Denn jemand anderes braucht Hilfe. Isis bricht zusammen, Tränen laufen ihr übers Gesicht. Nazmi ist direkt bei ihr und streicht ihr beruhigend übers hellblonde Haar.

Scheiße. Ich gehe ebenfalls zu ihr und lege meine Hand auf ihren Rücken.

»Du schaffst das, Isis«, bekräftigt Nazmi.

Sie versucht, tapfer zu sein, aber die blanke Panik steht ihr ins Gesicht geschrieben. »I-ihr müsst mich da rausholen. B-bitte«, fleht sie.

Aiden ist da und drückt sie fest an sich. Wir geben ihnen den Moment und ziehen uns etwas zurück.

Isis ist nicht die Einzige, die den Rückhalt der Gruppe braucht, denn die Entscheidung ist gefallen. Josh schüttelt den Kopf, ringt mit inneren Dämonen der Angst. Mir schnürt es die Kehle zu.

»Wir sollten beginnen«, erklärt Caleb. Er hat recht. Noch mehr Zeit zu verlieren, könnte für uns alle schwer werden.

Josh weicht instinktiv einen Schritt zurück. »Nein, ich gehe nicht. Ich will nicht«, ruft er, doch plötzlich zuckt er zusammen und schreit auf. Sein Handgelenk wird feuerrot, es brennt, ich kann es sehen. Den Schmerz in seinem Gesicht kenne ich. Wir dürfen uns nicht wehren, wir müssen das Schicksal annehmen, damit die Hexe uns nicht daran erinnert, dass wir ihren Launen ausgeliefert sind.

Augenblicklich passiert etwas Unerwartetes. Nick stellt sich vor Josh, beinahe schützend.

»Ich gehe für Josh.«

Meine Gefühle fahren Achterbahn. Von Erleichterung fehlt

jede Spur. Dass sich Nick für ihn einsetzt und sich freiwillig einsperren lässt, imponiert mir. Aber ein Teil von mir will nicht, dass er sich opfert. Dass er sich opfern muss. Denn noch immer gehöre ich zu denen, die dafür sorgen müssen, dass alle aus der Kiste wieder rauskommen.

»Nick«, hauche ich sanft. Er sieht mich an, aufmunternd und verzweifelt. Und schon stehe ich vor ihm. Ich weiß nicht, ob meine Beine den Abstand zwischen uns verringert haben oder seine. Oder vielleicht sogar wir beide.

Nick greift nach meinen Händen. Es fühlt sich schön an. Warm. Geborgen. Und geht zu schnell vorüber.

»Ich weiß, dass du das kannst«, flüstert er zurück. »Du musst nur selbst auch an dich glauben.«

Wieso schafft er es mit Leichtigkeit, mich zu motivieren? Dabei sollte es andersherum sein. Ich müsste ihm die Angst nehmen. Doch meine Zunge klebt bloß pappig an meinem Gaumen.

Ich habe Schwierigkeiten, dem Geschehen zu folgen. Es geht zu schnell. Meine Reaktionszeit scheint verzögert. Denn ich will Nick davon abhalten. Ich will nicht, dass er das macht. Aber auch Josh soll nicht in die Box. Am liebsten niemand. Meine Moral steckt in einer Zwickmühle.

Während ich damit beschäftigt bin, die letzten Eindrücke zu verarbeiten, klettern Isis und Nick in jeweils eine der Boxen. Die Kisten sind bloß Fassade, dahinter geht es weiter. Ähnlich wie bei dem gestrigen Schacht. Wohin der Weg allerdings führt, lässt sich von hier aus nicht sagen.

»Wir sehen uns nach dem Raum«, verspricht Aiden und drückt Isis einen Kuss auf die Wange. Sie beruhigt sich mit einem Mal und scheint nun rosigere Gedanken zu haben.

Beide setzen sich in das Holzgestell, als auch schon ein massiver Deckel über ihnen zufällt. Die Kisten sind zu. Und das Blut in meinen Adern beginnt zu glühen.

Der Spalt, durch den ein Lichtstrahl in den Raum dringt, öffnet sich nun etwas mehr. Es sind zwei Eingänge, die jeweils hinter den Kisten liegen. Ein Eingang pro Kiste.

»Wie sollen wir die Gruppen aufteilen?«, fragt Nazmi hektisch. Die Sorge um Isis ist ihr ins Gesicht geschrieben.

Aiden nimmt die Botschaft der Hexe wieder in die Hand. »Wir sollen Teams bilden. Also drei Leute und zwei zusammen. Was denkt ihr?«

Ich nicke, denn langsam werde ich ebenfalls von meiner Sorge um Nick übermannt. Je länger wir überlegen, desto länger müssen Isis und Nick in diesen Schächten verweilen.

»In Ordnung. Irgendwelche Vorschläge?«

»Vielleicht müssen die Teams untereinander zusammenarbeiten. Also jemand aus Team A mit jemandem aus Team B zusammen«, wendet Josh ein. Immerhin ist er nicht mehr völlig labil, jetzt, da er nicht mehr fürchten muss, hilflos in einem Schacht auf Rettung zu hoffen. Jedenfalls für heute.

»Okay, wie wäre es so. Caleb und ich bilden das Zweierteam. Wenn man teamübergreifend handeln muss, können Elena und ich und Nazmi und Caleb zusammenarbeiten. Josh, du bist dann der Joker bei den Mädels. Und wenn es doch um Kraft geht, kann Josh euch unterstützen.«

Ich lasse Aidens Vorschlag kurz sacken. Mein Kopf ist vernebelt, ich kann nicht klar entscheiden, ob diese Aufteilung eine gute Idee ist. Wir wissen schließlich nicht, was uns im *Mystic Room* erwarten wird. Körperlich sind Caleb und Aiden klar im Vorteil. Aber wer außer Alizon weiß schon, ob es um eine Aufgabe geht, in der wir unsere Kraft nutzen müssen?

»Ich weiß nicht.« Nazmi zuppelt an ihrem Bandana herum, das ihr Mal verdeckt. Offenbar hat es nicht bloß einen modischen

Hintergrund. Sie will es nicht sehen. Oder wahrhaben – so wie ich –, dass wir diesem Fluch zum Fraß vorgeworfen werden.

»Wie denn?«, fragt Aiden. Er wirkt ungeduldig, während er sich durch seine Haare streicht.

Caleb winkt ab. »Ehrlich, Leute. Schluss mit den Diskussionen. Lasst uns anfangen, *Barbie* und *Booknerd* aus den Dingern zu befreien und den dämlichen nächsten Schlüssel finden.«

Ich stimme ihm zu. Außerdem scheint es keine allzu schlechte Idee zu sein, wenn Nazmi, Josh und ich zu dritt zusammen in einem Team sind, denn ich kann mir vorstellen, dass wir alle gemeinsam einen Weg finden müssen, um die Aufgabe da drin zu bewältigen. Und daher kann der Mix von Vorteil sein.

»Wer will die Uhr im Blick behalten?« Zumindest wollen wir dieses Mal versuchen, die Aufgabe abzugeben, damit wir uns nicht verzetteln. Und wir wissen, wie kostbar Zeit für uns in den Spielen ist.

»Ich mache das«, antwortet Nazmi schnell. »Ich suche die Uhr und sage euch an, wie viel wir noch haben.«

»Okay. Seid ihr bereit?« Aiden und Caleb stehen vor dem Eingang, der direkt hinter Isis' Kiste ist.

Nazmi zieht eine Augenbraue hoch, doch sie meidet es, zu widersprechen. Sie würde sichtlich lieber direkt für ihre Freundin spielen, um sie zu retten, wenn man schon die Wahl hat. Ein drückender Gedanke schleicht sich für einen Wimpernschlag in mein Bewusstsein. Wie wäre es für mich, wenn Jules oder Lexi aus einer verzauberten Box gerettet werden müssten – und ich nicht im Team für ihre Rettung wäre? Nazmi gibt sich mit der finalen Aufteilung ab. Das ist stark. Ich an ihrer Stelle wüsste nicht, wie ich damit umgehen würde.

Für mich geht die Entscheidung gut aus. Auch wenn ich Isis gernhabe, ist Nick nun mein heimlicher Partner und Verbündeter in der Gruppe, falls es mal hart auf hart kommt. Er verlässt sich darauf, dass ich ihn nicht hängenlasse. Und das werde ich nicht tun. Zwar ist es mir jetzt noch ein Rätsel, wie wir Isis und ihn aus den Kisten befreien sollen, aber ich werde nicht aufgeben. Das ist keine Option.

Ich atme tief durch und beruhige mein wild schlagendes Herz. *Sei fokussiert. Sei zügig. Konzentrier dich.* Ich bemühe mich, meinen Mut hervorzulocken.

Ab jetzt heißt es, einen kühlen Kopf zu bewahren. Was immer uns hinter dem Durchgang erwartet – wir müssen bereit sein. Obwohl ich das für meinen Teil wohl nie sein werde.

Dann tauche ich aus dem Vorraum gemeinsam mit Josh und Nazmi in den *Mystic Room*, für den wir uns entschieden haben.

Es ist die richtige Entscheidung. Ich weiß genau, was ich tue.

KAPITEL 13

Berstende Särge

Ich habe keinen blassen Schimmer, was ich eigentlich hier mache. Ob wir den richtigen Eingang, die richtigen Teams gewählt haben, weiß ich nicht. Ob Nick die Kiste wieder verlassen wird, weiß ich nicht. Jede Entscheidung kann falsch sein. Die Auflösung werden wir nicht erfahren.

Der Raum sieht anders aus als der gestrige. Keine alten Bücher, kein wohliges Wohnzimmerflair erwarten uns.

Stattdessen ist es kühl, einsam. Links und rechts sind helle Markierungen auf dem dunklen Boden. Unsere Schritte hallen mit düsterem Echo von den kahlen Wänden wider. Ich brauche eine Atempause, um mich zu orientieren.

Dieser Escape-Raum ist riesig. Ich kann weder die Wände sehen noch die Höhe einschätzen. Beinahe wirkt es wie ein gigantischer Geheimraum unter der Erde – zumindest wie ich ihn mir vorstellen würde. Manche Filme spielen in solchen lagerähnlichen Hallen, die meilenweit im Untergrund zu finden sind. Tageslicht gibt es hier keines. So wie auch in diesem Gemäuer, in dem wir uns befinden. Alles ist alt, muffig und riecht sogar etwas feucht. Wenn ich es mir nicht einbilde.

Zumindest haben die mystischen Räume den Charakter eines waschechten 4D-Erlebnisses der Extraklasse. Durch die Illusion werden all meine Sinne beansprucht. Es fühlt sich echt an.

Nein, es ist *echt,* muss ich mich korrigieren. Wieder einmal ertappe ich mich dabei, dass ich die Ausmaße und Möglichkeiten des Fluches unterschätze. Nichts hiervon sieht aus wie Requisiten oder Kulisse. Dabei könnte jedes Detail einem renommierten Horrorstreifen entnommen sein.

Vor uns führt ein markierter Weg zu einem Podest. Die Halle, in der wir uns befinden, ist nahezu zweigeteilt. Caleb und Aiden stehen in einigen Metern Entfernung ebenfalls auf einem Weg. Mir läuft ein eiskalter Schauer den Rücken hinunter. Zwischen ihnen und uns ...

»Was für eine kranke Scheiße«, flucht Caleb.

Wir werden von einem Meer aus Bärenfallen und Nadeln getrennt, ganz bestimmten Nadeln. Unzählige Spritzen ragen bedrohlich hervor. Sie sind aufgezogen mit einer grünlich schimmernden Flüssigkeit. Ich will mir nicht vorstellen, was das für Zeugs ist. Es hat eine abschreckende Wirkung. Ich werde keinen Schritt über die Markierungen gehen. Nicht einen. Auf diesen Gräuel kann ich verzichten.

Auch der Ärztesohn scheint keine Freude bei dem Anblick der Spritzen zu haben.

»Meinst du, das ist deine Prüfung?«, wendet sich Aiden an Caleb.

Dieser stößt ihn hart an den Schultern. »Spinnst du jetzt völlig?«

Ich befürchte, wir haben eine falsche Entscheidung getroffen, die beiden zusammen in ein Team zu stecken. Eingreifen können Nazmi und ich von hier nicht.

»Jungs beruhigt euch. Dafür ist keine Zeit«, erinnert Nazmi.

Tatsächlich gehen sie nicht weiter aufeinander los. Zumindest vorerst. Wir folgen dem Pfad, der uns vor den Fängen der Bärenfallen und Spritzen bewahrt. Das schummerige Licht macht es nicht leichter. Aber das soll es auch nicht.

Dann enden die Wege, wir kommen nicht weiter. Rund dreißig Meter von uns entfernt befindet sich auf jeder Seite der Wege eine Art Plattform. Und darauf steht jeweils eine Kiste. Jedem von uns ist klar, wer darin steckt. Wir müssen über das Meer aus Tierfallen und Giftspritzen hinweg, ohne dabei über die Markierung zu treten. Ich sehe mich zu allen Seiten um. Das ist unmöglich. *Wie sollen wir nur diese Fallen umgehen?* Offenbar dürfen wir den abgetrennten Bereich nicht betreten. Das scheint die eindeutige Regel zu sein.

Plötzlich lacht Josh auf. »Seht mal!«

Er rennt zurück zum Eingang des Raumes und greift an die Wand. Dann zieht er ein langes Seil hervor. Es gleich einer Liane. Wo sie befestigt ist, vermag ich nicht zu sagen. Auch Aiden findet auf seiner Seite ein weiteres Seil.

»Wie soll das damit funktionieren?«, fragt Nazmi.

Ich will es nicht hören, denn mir ist bereits klar, was die erste Prüfung für uns sein wird.

Josh hängt sich etwas in das Seil und nickt zufrieden. »Wir müssen uns damit auf die Plattform zu den Kisten schwingen«, erklärt er mit einem nahezu erleichterten Lächeln auf den Lippen. Gefällt ihm das etwa? Mir wird schon angst und bange, wenn ich nur an die Gefahren auf dem Boden denke. Jetzt soll ich mich auch noch an einem merkwürdigen Seil wie *Tarzan* darüber schwingen?

Wäre ich doch lieber freiwillig in die Kiste gegangen, dann bliebe mir das jetzt erspart.

»Keine Sorge, das ist kinderleicht. Das Ende des Seils reicht nicht bis zum Boden, also könnt ihr euch mit Schwung festhalten und müsst auf der Höhe der Plattform loslassen. Ganz einfach, fast wie Schaukeln.«

Ganz einfach. Haha. Ich lache mich gleich schlapp. Scheiße, ich bekomme nasse Hände.

»Ich mache es vor und sage euch drüben, wann ihr loslassen müsst. Aber ihr müsst mir vertrauen. Einfach Hände wegnehmen, sonst kann es übel ausgehen.«

Das beruhigt mich kein bisschen. Aber welche Wahl haben wir? Nazmi und ich tauschen einen kurzen Blick. Sie ist mindestens genauso ängstlich wie ich. Außer Josh scheint niemand hier großes Interesse an einem Freiflug über Giftspritzen zu haben.

Bevor ich mich länger in meinen panikgetränkten Gedanken verlieren kann, macht Josh den Anfang. Er nimmt Anlauf, springt hoch und hält sich fest. Beinahe elegant schwebt er die kurze Distanz über den Boden. Über der Plattform lässt er einfach los und landet weich auf beiden Füßen.

»Seht ihr? Ein Kinderspiel. Nazmi, jetzt du.«

Das Seil segelt zurück zu uns. Nazmi zittert so stark, dass ich befürchte, sie kann die Leine nicht halten. Doch sie schüttelt sich und versucht so, ihre Nervosität abzuwerfen. Mit einem spitzen Schrei nimmt sie kurz Anlauf und springt an dem Seil hoch.

»Sehr gut, Nazmi! Noch ein Stück. Perfekt, lass jetzt los.«

»Ich kann nicht!«, brüllt sie auf einmal.

»Nazmi, lass los. Es passiert nichts!«

»Nein!«

Schon landet sie wieder bei mir und umklammert weiterhin das Seil. Sie hat genug Schwung drauf, dass sie gleich zurückschwingt.

»Komm, Nazmi. Du kannst das! Vertrau mir, ich fang dich. Achtung, jetzt! Lass los!«

Meine Nervenenden sind aufs Äußerste gespannt. Sie schreit und lässt tatsächlich die Leine los. Josh fängt sie auf, damit sie nicht über die Markierungen stolpert. Sie hat es geschafft.

Doch noch kann ich mich nicht freuen, denn nun bin ich an der Reihe. Ich sehe, dass Caleb und Aiden bereits auf ihrer Plattform angekommen sind. Es liegt nun an mir. Ein Fehltritt, und ich löse womöglich einen Mechanismus aus. Offenkundig sollen wir die Markierungen nicht übertreten. Das wäre somit eine neue Regel für genau diese Aufgabe. Und Regeln sollten befolgt werden, wie wir wissen. Ein falsches Aufkommen, ein Ausrutscher, und der Gruppe könnte kostbare Zeit gestohlen werden. Dabei haben wir mit dem Knobeln nicht einmal angefangen.

Ich atme tief durch und bemühe mich, meinen Puls zu beruhigen. Mir ist schwindelig und schlecht. Ich habe keine Kraft. Wie soll ich mich nur an dem Seil festhalten? Mir versagen jetzt schon die Beine. Wie ist es dann erst mit den Armen?

O Gott, o Gott, o Gott.

Ich muss mich konzentrieren. Nick und Isis sind in den Kisten. Sie brauchen mich. Ich muss es schaffen. Und auf einmal springe ich. Meine klammen Finger krallen sich an dem Seil fest. Während ich über dem tödlichen Meer aus Fallen unter mir schwebe, befreie ich einen schrillen Schrei, der in meiner Kehle steckt.

»Super, Elena! Und ... jetzt lass los!«

Es ist ein grauenhaftes Gefühl, seinen Halt zu verlieren und loszulassen. Ich will es nicht. Doch ich kenne mich gut genug, um zu wissen, dass ich kneifen werde, je länger ich darüber nachdenke. Also höre ich auf Josh und löse meine Finger vom Seil. Nicht, ohne dabei panisch zu brüllen. Ich falle in die Tiefe, es ist nicht sehr weit und dennoch glaube ich, nun sterben zu müssen. Bis mich Joshs Arme fangen. Ich lande auf den Füßen, taumele zurück, werde aber sofort wieder auf die sichere Plattform gezerrt. Es dauert einen Moment, vielleicht auch zwei, bis ich verstehe, dass ich es gemeistert habe. Meine Knie zittern, aber die Erleichterung über meine Leistung ist stärker. Ich atme tief durch und erlaube meinem Herzen, wieder ruhiger zu schlagen. Nun heißt es erneut volle Konzentration, denn das Spiel ist längst nicht vorbei.

»Leute, sehr gut. Wir sind alle angekommen.«

Ich drehe mich zu der anderen Plattform um. Wieder werden Caleb und Aiden von uns dreien durch die zuschnappenden Fallen getrennt, die auf dem Boden ausliegen. Jeder Schritt wäre schmerzhaft – oder tödlich. Wir sollten uns an die Regeln halten. Darin besteht kein Zweifel.

Vor uns steht eine Holzkiste. Ich erkenne die Form wieder. Es ist keine normale Kiste, sondern ein Sarg. Ein gigantisches Schloss ragt am Deckel hervor. Meine Befürchtungen, dass Nick und Isis darin stecken, wird durch ein Klopfen bestätigt.

»Seid ihr da? Ich kann euch hören.« Isis steckt in dem Sarg, der vor Caleb und Aiden steht.

»Wir sind alle hier, Isis«, erklärt Aiden und legt eine Hand auf das Holz.

Ich gehe zu dem Sarg, der auf unserer Seite steht. »Nick?«

»Elena? Ich bin hier drin. Alles okay.«

Irritiert laufe ich um das Gestell herum. Es kann nicht sein. »Das ist unmöglich ... Wie ... wie kommt ihr da rein?«

Es gibt keinen Anhaltspunkt für den Weg, wie sie vom Vorraum bis in diesen verschlossenen Sarg gelangen konnten.

Caleb und Aiden rütteln an der Kiste, woraufhin Isis aufschreit. »Was macht ihr da? Hey! Ich werfe bestimmt keine Früchte ab, wenn ihr an mir herumschüttelt wie an einem Baum.«

»Die Kiste ist zu.«

»Habt ihr ein Schloss? Schaut mal am Deckel«, helfe ich aus.

Auch an Isis Sarg hängt ein rostiges altes Teil. Vier Zahlen müssen eingegeben werden.

»Habt ihr da drin einen Schlüssel oder so was?«

»Nein, bei mir ist nichts. Glaube ich. Keine Ahnung. Es ist stockduster hier drin«, höre ich Isis zerbrechliche Stimme.

»Du steckst in 'nem verdammten Sarg. Ist doch klar, dass es da keine Festbeleuchtung gibt.«

»Was?! Ich bin in einem Sarg? O Gott, Aiden! Hol mich hier raus! Bitte!« Sie klopft gegen das Holz, hämmert, tritt, aber nichts tut sich.

Caleb hätte ruhig seine Klappe halten können, weil Isis jetzt völlig aus dem Häuschen ist. Dennoch verkneife ich mir jeden Kommentar, denn Streit ist nicht hilfreich. Ich wüsste nicht, wie es mir erginge, wenn ich an ihrer Stelle wäre. Man klettert in eine Kiste, krabbelt weiter und ist plötzlich in einem Sarg gefangen. Diese Magie ist teuflisch.

»Beruhige dich, Isis. Wir müssen erst mal nachdenken. Also, bei dir in dem Ding ist kein Schlüssel?«

»Bei mir ist einer«, meldet sich Nick zu Wort. Er geht vergleichsweise entspannt mit der Situation um.

»Leute …« Nazmi hat diesen warnenden Tonfall drauf, der einem eine Gänsehaut einjagt. Der, der deutlich macht, hier stimmt etwas nicht.

Ich folge ihrem Blick. Etwas liegt auf dem Boden. Nur auf unserer Seite. Caleb und Aiden recken die Köpfe. Josh, Nazmi und ich treten näher.

Unzweifelhaft hat es erschreckende Ähnlichkeiten mit einer Bombe. Einer gewaltigen Bombe. Verkabelungen und Schnüre sind um mehrere Sprengkörper gewickelt. Oben auf der Bombe klebt ein Umschlag, der mit einer Zündschnur verbunden ist.

»Ich glaube, ich habe die Uhr gefunden«, flüstert Nazmi leise.

»Lies den verdammten Umschlag«, ruft Caleb ihr zu.

»Hör auf mich zu stressen, Caleb! Ich brauche einen Moment.«

Nazmi läuft mit den Händen über dem Kopf um die Vorrichtung herum.

»Wir müssen diese Scheißschlösser aufkriegen! Und das geht nur, wenn wir wissen, was wir tun sollen. Mach den Umschlag endlich auf.«

»Ich habe gesagt, du sollst mich nicht so hetzen! Verdammt!«

Nazmi stellt sich vor die Bombe und zögert.

»Fuck … Okay …« Sie zieht den Umschlag ab und prompt wird die Bombe freigeschaltet. Der Timer läuft. Auf dem Feld für den Countdown werden fünfundvierzig Minuten angezeigt. Das ungnädige Piepen beginnt und animiert meinen Puls, in Flammen aufzugehen. Unsere Zeit läuft ab. Nazmi reißt den Umschlag hektisch auf. Es segelt eine Notiz heraus. Sie hebt sie auf und überfliegt die Nachricht.

»Wir sollen einen Code finden, um die Särge zu öffnen … Es gibt zwei verschiedene Codes, also brauchen wir zwei. Hier steht, wir finden die fehlenden Zahlen, wenn wir eine verschlüsselte Botschaft entziffern und die Rätselfrage darin beantworten. Wartet … Die Antwort müssen wir als Zahlenfolge eingeben. Jeder falsche Versuch zieht uns direkt Minuten von der Gesamtzeit ab.«

»Was passiert, wenn die Bombe hochgeht?«

»Hier … hier steht, dass wir uns verabschieden sollen. Wenn die Magie freigesetzt wird, gibt es kein Entkommen für die, die im Sarg sind.«

Meine Knie werden weich, ich spüre, wie all meine Kraft verschwindet. Niemand rührt sich. Wir versuchen, die Worte zu verstehen, die Aufgabe zu begreifen.

Nick und Isis sind in den Särgen gefangen. Wir müssen geschickt vorgehen, um sie da rauszuholen.

»Es ist schon eine Minute um«, lässt uns Nazmi wissen. Augenblicklich steigt meine Nervosität um eine weitere Stufe an. Unter

Zeitdruck entspannt zu bleiben, gehört offenbar ebenfalls nicht zu meinen Stärken.

Ich nehme Nazmi den Zettel ab und lese ihn erneut durch. »Wir brauchen also zwei Zahlencodes. Jedes Team sucht einen für jeden Sarg. Wenn wir Fehler machen, wird uns Zeit abgezogen. Und die brauchen wir, damit die Zauberbombe nicht hochgeht.«

»Was passiert, wenn ihr es nicht schafft?« Isis Stimme ist hauchdünn.

»Dann geht es äußerst unschön für euch aus«, bemerkt Caleb. Seine mürrische Art ist wenig motivierend.

»Caleb!« Joshs Stimme ist fest und tadelnd.

Doch dieser zieht bloß die Schultern hoch. »Ich würde wissen wollen, was passiert, wenn ich an ihrer Stelle wäre«, entschuldigt er sein treibendes Verhalten.

Isis klopft rufend gegen das Holz. »Bitte, holt mich hier raus! Macht schon! Ich will nicht sterben!«

Na fabelhaft. Isis wird auf diese Weise noch eine Panikattacke bekommen. Caleb versteht es offenbar nicht, in solchen Situationen dennoch einfühlsam zu sein.

»Ganz ruhig, Isis. Ich hole dich da raus«, verspricht ihr Aiden. »Wir haben noch Zeit.«

Wie aufs Kommando schreckt Nazmi neben mir hoch – und steckt mich damit an. Ich fasse mir an die Brust, obwohl ich weiß, dass mein Herz einen Moment braucht, um seinen Rhythmus zu finden. Meine Schreckhaftigkeit werde ich in diesem verfluchten Bootcamp wohl nicht ablegen.

Nazmi eilt zur Bombe. »Leute! Die Zeit läuft! Uns bleiben nur einundvierzig Minuten. Die ersten vier sind bereits um.«

Gerade will ich tief durchatmen, als Nazmi sich korrigiert. »Stimmt nicht! Jetzt ist schon eine weitere Minute verstrichen. Wir haben also noch …«

»Was? Was sagt sie? Schafft ihr das? Bitte, ihr müsst das hinkriegen«, fleht Isis.

»Schluss jetzt mit dem Durcheinander!« Aidens Stimme ist fest und für den Augenblick bekommt er die gewünschte Aufmerksamkeit. Sogar Isis hört auf, gegen die Sargwände zu treten.

»Nazmi, du behältst die Uhr im Blick, aber für den Anfang musst du uns nicht jede Minute daran erinnern. Mach es so, dass wir einen Überblick haben und Bescheid wissen. Okay?«

Sie nickt und scheint auf einmal ruhiger zu werden.

»Isis und Nick, ihr versucht, uns jetzt hier machen zu lassen, damit wir euch aus den Kisten rausholen.«

»Und was ist, wenn ihr das nicht schafft?« Isis Stimme klingt zittrig und verängstigt.

»Das wird nicht passieren«, verspricht Nazmi und strafft mit einem Mal ihre Schultern. »Also, wo sind diese verschlüsselten Botschaften, die wir lösen sollen?«

»Da!« Josh läuft zum Sarg, in dem Nick gefangen ist, und hält einen weiteren Umschlag hoch.

Magie. Der war vorher definitiv noch nicht da. Auch Caleb wird auf dem Deckel des Sarges fündig.

»Was zur Hölle ist das denn?«

Wir finden verkohlte Zettel in dem Umschlag. Auf dem einen stehen Buchstaben in diversen Formen. Da ist ein Raster, in dem neun Buchstaben ihren Platz finden, ein weiteres mit Punkten. Und noch zwei weitere. Die zweite Hilfe ist eine Botschaft, die tatsächlich aussieht, als wäre sie in einer Geheimschrift verfasst. Bloß Striche und Punkte sind dort abgedruckt. Immerhin kann ich behaupten, dass dies der Zettel ist, den wir entschlüsseln sollen. Die Frage ist bloß, wie?

»Was habt ihr in eurem Umschlag?«, ruft Josh seinen Freunden mit fester Stimme zu.

Ich bin froh, dass er nicht länger von seiner Angst gelähmt ist. Bisher ist er der Einzige, der weiß, wie es sich anfühlt, von den Rätselkünsten der Gruppe abhängig zu sein. Es spornt ihn womöglich an, zu helfen. Schnell zu helfen. Josh wirkt anders als im Vorraum des *Mystic Rooms*, stärker, selbstsicherer und damit ist er eine Stütze – zumindest für mich. Meine Nervenenden sind aufs Äußerste gespannt. Ich versuche, einen kühlen Kopf zu bewahren, aber innerlich brodelt alles in mir vor Anspannung.

»Ich verstehe das nicht. Hier sind voll die Hieroglyphen drauf.«

»Das ist gut, das haben wir auch. Den Text müssen wir entziffern.«

Aiden sieht sich den anderen Zettel genauer an und schüttelt den Kopf. »Was soll das sein? Ein Tipp? Wie sollen wir denn mit dem Muster hier den elbischen Text rauskriegen?«

»Wenigstens wissen wir, dass wir ähnlich vorgehen müssen. Also ein Zettel mit der Botschaft und einer mit dem Hinweis, wie wir das lesen können.«

Ich sehe mir den Text mit der Botschaft genauer an und versuche, einen Zusammenhang herzustellen. Irgendetwas, um die Hilfe zu begreifen. Auf dem Tippzettel sind Buchstaben, die wir kennen. Das muss also genutzt werden. Aber auf dem anderen Blatt gibt es keinerlei Buchstaben, bloß Striche und Punkte.

```
⊐ΛE⊐   C⊐L   VJΛLΛ⊐⊓LΓJΠ⊐
Λ<⊓.
C⊐L   ⊐ΛLΛ>⊟⊐Λ   ΓJΠ⊐
C⊐⊓⊓   ⊐⊓ΛEV<>⊟
⊐VVΛ   ΓΛ⊐CΛ⊓   ⊟Λ<VΛ⊓.
```

Sie bilden Sätze, alle Zeichen scheinen für einen Buchstaben zu stehen. Mein Hirn läuft auf Hochtouren. Auch Josh und Nazmi neben mir grübeln.

»Vielleicht müssen wir die Anzahl der Symbole zählen. Schau mal, das erste Zeichen da kommt im Text viermal vor. Vielleicht brauchen wir alle Zahlen daraus, wie oft was enthalten ist.« Josh zieht den Zettel näher zu sich und beginnt, die Zeichen zu zählen. Allerdings bringt uns dieser Ansatz nicht weiter. Am Ende haben wir einen Zahlensalat.

»Welche vier brauchen wir für den Sarg?«

»Das ist nicht richtig«, stelle ich fest. »Es muss eindeutig sein. Außerdem stand in der Nachricht, dass wir eine Rätselfrage beantworten sollen.«

»Ja, nämlich welche Zahlen wir von all den gesammelten eingeben müssen.« Nazmi scheint verärgert.

Ich schiebe es auf ihren Stresspegel. Ihre beste Freundin steckt auf der anderen Seite in einem Sarg fest. Uns läuft die Zeit davon und wir haben keine Idee, wie wir zur Lösung kommen sollen.

Ich nehme den zweiten Zettel zur Hand. »Wir müssen mit dem hier arbeiten. Die gehören zusammen. Irgendwie.«

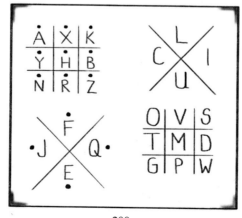

»Habt ihr was?«, ruft Aiden zu uns.

»Nein, noch nicht. Ihr?«

Er schüttelt den Kopf. »Vielleicht müssen wir was mit unseren Familiennamen machen. Ridge hatte doch erzählt, dass immer eine Aufgabe vorkam, wo der Hausspruch gebraucht wurde.«

Ich kräusele die Nase. Das kann ich mir bei diesem Rätsel nicht vorstellen. »Die Zettel sind nicht grundlos da. Wir müssen nur herausfinden, wie wir die Botschaft entziffern können.«

Das nervige Piepen der Bombe im Hintergrund hilft nicht, dass sich meine Gedanken besser fokussieren, sondern bewirkt genau das Gegenteil.

»Nick? Alles okay da drin?«

»Ja, alles okay. Die Luft wird langsam stickiger hier. Wenn ihr es also nicht ganz so spannend machen würdet, hätte ich nichts dagegen.«

Er versucht locker zu klingen, dabei will ich mir nicht ausmalen, wie furchteinflößend es in dem dunklen Sarg sein muss. Wenn die Luft knapper wird und man darauf wartet, dass endlich der Deckel entriegelt wird.

Erneut schnappe ich mir den zweiten Zettel. Buchstaben stehen wild in den Rastern verteilt. Da ist keine Regelmäßigkeit. Zumindest erkenne ich keine. Es gibt nicht ein einzelnes Raster mit allen Vokalen oder eine alphabetische Anordnung. Stattdessen wirkt die Aufstellung der Buchstaben willkürlich. Ich überfliege die Raster und gehe das Alphabet durch. Sechsundzwanzig. Es sind alle Buchstaben vertreten. Wenn auch durcheinander. Das System habe ich bislang nicht ganz durchblickt.

»Es sind sechsundzwanzig Buchstaben. Also alle aus dem Alphabet«, teile ich meine Entdeckung mit.

»Wartet! Ich habe eine Idee«, antwortet Nazmi und legt beide Notizen nebeneinander. »Das hier ist die Übersicht der Codierung für die Buchstaben. Jeder einzelne ist durch eine Form dargestellt. Da zum Beispiel ist der Buchstabe M umgeben von vier Strichen. Das heißt, wenn wir in der Botschaft dieses Symbol finden, also vier Striche wie ein Quadrat, dann steht das für den Buchstaben M. Versteht ihr?«

Ich nicke. *Ja, das ist die Lösung!*

»Das ist großartig«, lobe ich sie und ergattere glatt ein aufrichtiges Lächeln. Es ist das erste Mal, dass Nazmi mich dermaßen angrinst, völlig frei von dieser unausgesprochenen Spannung, die sonst zwischen uns zu schweben scheint.

»Dann wäre der Buchstabe A übersetzt das Zeichen mit dem Strich rechts und unten sowie einem Punkt obendrauf?«

»Genau! Elena, Josh, fangt an, den Text zu übersetzen. Ich erkläre es Aiden und Caleb. Dann schaue ich auf die Uhr. Wir schaffen das!«

Ihre Euphorie beflügelt mich. Schnell stecken Josh und ich die Köpfe zusammen und beginnen, die Symbole zu entschlüsseln. Allmählich entstehen erste Wörter. Dann der Satz. Er ist schlüssig und ergibt Sinn.

»Wir haben es«, jubelt Josh neben mir. Augenblicklich ist Nazmi bei uns. »Wir müssen uns nicht beeilen. Über eine halbe Stunde ist noch auf der Uhr.«

Das ist sehr gut. Ich jubele uns heimlich zu, weil wir so erfolgreich als Gruppe zusammengearbeitet haben. Doch bis jetzt sind Nick und Isis nicht außer Gefahr.

»Was steht im Text?«

»*Gebt das Lösungswort ein. Das gesuchte Wort kann angeblich alle Wunden heilen.* Vier Zahlen brauchen wir für das Schloss. Demnach kann unser Wort nur aus vier Buchstaben bestehen. Wir brauchen also lediglich das gesuchte Wort finden – und welches das ist, liegt auf der Hand«, erkläre ich.

»Zeit«, sagen wir drei wie aus einem Mund. Sogar Nick in der Kiste applaudiert unserer Schlussfolgerung.

»Ihr macht das super«, feuert er uns an. »Aber jetzt könnt ihr mich gerne befreien.«

Das Zahlenschloss am Deckel des Sarges ist vierstellig. Wir haben jetzt zwar ein Wort, das genau vier Buchstaben hat. Die Frage ist aber, wie man es eingibt.

»Manche Zahlen lassen sich in Buchstaben umformen. Zum Beispiel die fünf wäre auf dem Kopf herum gedreht fast wie ein S. Vielleicht sollen wir so was machen«, schlägt Josh vor.

Nazmi schüttelt den Kopf. »Das geht nicht. Nicht alle Buchstaben lassen sich in Zahlen schreiben. Wir brauchen etwas anderes. Wie kann man ein Wort in Zahlen angeben ... Aber natürlich!«

Sie streicht sich links und rechts über die Schulter, das Kinn voll Stolz gehoben. Fast hätte ich über diese losgelöste Geste gelacht.

»Denkt mal an eure Handys. Früher, wenn man eine Textnachricht geschrieben hat, hat man das Tastenfeld genommen. Es gab nur einen Ziffernblock, keine Tastatur. Jede Zahl steht für mindestens einen Buchstaben.«

»Außer null und eins«, korrigiert Josh. »Aber bei der zwei stehen die Buchstaben A, B und C drunter. Bei der drei dann D, E und F und so weiter.«

Ich folge ihrer Erklärung und glaube ebenfalls, dass es stimmt. Es ist logisch. Dennoch will ich auch Nick mit einbeziehen. Schließlich könnte jede falsche Eingabe kostbare Minuten abziehen. Wir haben laut Nazmi noch Zeit auf der Uhr ... immerhin fast eine halbe Stunde, bevor die Bombe hochgeht, aber ich möchte kein Risiko eingehen.

»Nick, was denkst du?«

»Ich glaube, es könnte funktionieren.«

Es gibt keinen Plan B. Wenn das nicht klappt, brauchen wir dringend einen neuen Ansatz. Eine neue Idee. Mein Adrenalinpegel erreicht das nächste Level.

»Was habt ihr raus?«, fragt Aiden über die Grenze zwischen uns hinweg.

»Die Antwort ist Zeit, also das Wort. Eure Antwort könnt ihr über die Buchstabenwahl als Zahl in das Schloss eingeben. Wie früher beim SMS-Schreiben«, antwortet Josh und hilft uns dann, die richtige Zahlenfolge zu finden.

»Z ist die neun, E ist zwei …«

»Nein! Das E ist die drei. Also neun, drei, dann vier und zum Schluss die acht. Das muss der Code sein.«

Ich habe die Ehre, die herausgefundene Zahlenkombination als Code für das Schloss einzugeben. Es hat einen Drehmechanismus. Jedes Rädchen wird wie bei einem Fahrradschloss so lange gedreht, bis die gewünschte Zahl sichtbar ist.

Meine Finger kleben, zittern. Dabei ist es der richtige Code. Wir haben keinen Fehler gemacht. Neun, drei, vier, acht. Ja, das ist richtig. Es muss richtig sein.

Alle vier Zahlen sind eingegeben. Nur noch bestätigen. Ein Knopfdruck, der alles verändern kann. Es rastet ein. Ein Klick, ein weiterer, als würden die eingegebenen Zahlen nun verarbeitet. Ich zähle die Sekunden und vergesse dabei zu atmen.

Endlich! Das Schloss springt auf. Es ist unspektakulär und lässt uns alle drei dennoch vor Freude aufjubeln.

Wir schieben den schweren Deckel vom Sarg und da ist er. Nick blinzelt und kneift die Augen zu. Er setzt sich auf und will gerade aus seinem Käfig entkommen, als ich von meinen eigenen Gefühlen überwältigt werde. Augenblicklich stürze ich vor und falle ihm stürmisch um den Hals. Die Erleichterung, dass wir ihn gerettet haben, übermannt mich vollkommen. Vor allem auch, weil ich mit dafür verantwortlich gewesen wäre, was aus ihm geworden wäre. Aber wir haben es geschafft. Es geht ihm gut.

Meine Freude ist nicht mehr zu halten. Selbst wenn es unpassend ist, brauche ich diesen Augenblick. Diesen kleinen Moment zwischen uns, in dem ich ihm zeigen kann, wie glücklich ich bin, dass er da ist, dass wir es zusammen geschafft haben.

Doch vielleicht ist meine Übersprungshandlung etwas daneben. Ich räuspere mich, als die Welle der übersprudelnden Hormone nachlässt, und löse mich von ihm. Auf seinem Gesicht zeichnet sich ein charmantes und warmes Lächeln ab, das definitiv verboten werden sollte. Es ist gefährlich, denn es scheint, als würde es heimlich mit meinem Herzen flirten. Zur Bestätigung macht es nämlich einen Satz in meinem Brustkorb. Oder zwei.

Wir helfen ihm aus dem Sarg. Als er vor mir steht, kann ich nicht anders. Ich grinse vor Schamesröte mit heißen Wangen. Oder es liegt an der Hitze und der Aufregung. Vermutlich eine Mischung aus allem.

»Hast du den Schlüssel?«

Nick zeigt Josh und mir das unscheinbare goldene Teil. Es hat einen etwas verbogenen Schlüsselbart. Auf mich wirkt es jedenfalls so. Aber vielleicht ist das typisch für die Schlüssel in diesem Jahr.

Nazmi bekommt von dem merkwürdigen Schlüssel nichts mit. Sie steht vor der Bombe und der Zeitschaltuhr. Ihrem Blick nach zu urteilen, stimmt etwas nicht. »Was zur Hölle geht denn hier ab? Leute, die Uhr …«

Blitzschnell stehen wir bei ihr. Sie hat recht. Die Zeit läuft schneller, viel schneller ab. Haben wir etwa was Falsches eingegeben? Nein, das ist unmöglich. Schließlich konnten wir Nick aus der Kiste befreien. Das kann nicht sein. Dennoch sind bereits weitere Minuten abgezogen von der Gesamtzeit, die wir für das Rätsel zur Verfügung haben.

Ein lautes Geräusch lässt mich aufsehen. Auf der anderen Seite stößt Aiden Caleb zur Seite.

»Was soll der Scheiß?«, fährt er ihn wütend an.

»Hey!«, brüllt Nick, um die Situation direkt zu entschärfen. »Was ist los?«

Aiden deutet mit ausgestrecktem Finger auf seinen Teampartner. »Caleb hat den Code falsch eingegeben.«

»Josh hat uns das Lösungswort genannt. Du warst einverstanden, also habe ich die Zahlen eingegeben.«

Das darf doch wohl nicht wahr sein. Ich wedele mit den Armen. »Leute, ihr habt ein eigenes Rätsel, das ihr lösen müsst! Für unser Schloss war das Wort Zeit richtig, aber bei euch ist es ein anderes Wort. Vermutlich auch eines mit vier Buchstaben.«

O nein, sie haben gar nicht erst mit dem Rätsel begonnen. Und nun rennt die Zeit davon. Sie müssen sich beeilen.

»Nazmi, wie lange noch?«

Sie wirft einen Blick auf die tickende Zeitbombe und ist um eine souveräne Stimmlage bemüht. »Zwanzig Minuten. Das geht locker. Wenn ihr das Rätsel übersetzt habt, können wir euch helfen.«

Sie hocken sich hin, grübeln, rätseln. Unsere Tipps helfen, aber den Text müssen sie allein dekodieren. Ich werde immer nervöser. Auch wenn wir noch Zeit übrighaben, muss es ja keine Punktlandung werden.

»Isis, alles okay bei dir?«, ruft Nazmi über die Grenze hinweg.

Wir hören ein Klopfen gegen Holz.

»Beeilt euch einfach, ja?« Sie klingt ängstlich. Ihre Stimme hat einen jammernden, fast flehenden Ton angenommen. »Es ist so dunkel hier drin.«

»Aiden und Caleb sind am Rätsel dran. Sie haben es bald«, antwortet Josh. Von seiner unsicheren Art noch zu Beginn des heutigen Raumes ist nichts mehr übrig. Als hätte er neue Kraft getankt, nachdem er verschont wurde und wir das Rätsel für den einen Sarg lösen konnten.

»Verdammt, wir haben bestimmt viel mehr Wörter als ihr«, flucht Aiden.

»Ihr schafft das. Geht einfach die Raster mit den Wörtern durch«, versuche ich zu helfen.

Es dauert. Eine weitere Minute verstreicht im viel zu schnellen Tempo der ablaufenden Uhr an der scharfen Bombe.

»Da! Wir haben es! Hä? Das ergibt keinen Sinn.«

»Was ist die Rätselfrage?«, ruft Nick hinüber. Er streicht sich immer wieder seine Hände an der Hose ab.

»Hier steht: *Durchs Verschlingen wird man satt, aber nicht dick.*« Caleb reibt sich durchs Gesicht und blickt genervt nach oben. »Was soll das? Ich kapier es nicht.«

»Hätte mich auch gewundert«, bemerkt Aiden streng.

Caleb sieht ihn böse an und baut sich vor ihm auf. »Hast du ein Problem, Clark? Sollen wir das direkt klären?«

Seine Frage ist eine eindeutige Drohung. Sie schaukeln sich hoch, denn auch Aiden stellt sich vor ihn.

»Sonst was?!«

»Hört auf mit dem Scheiß!« Josh brüllt beide an.

Die beiden Streithähne überhören den Rat ihres Freundes. Auch unsere Zurufe, damit aufzuhören, werden gekonnt ausgeblendet und ignoriert.

»Sag das *ihm*.« Calebs Statur ist einschüchternd. Seine dunkle Haut glänzt an manchen Stellen und beweist seine Anspannung. Aiden ist kaum ein Stück kleiner, aber wesentlich schmaler als Caleb.

»Ach ja?« Ohne Vorwarnung verpasst Aiden Caleb einen Stoß. Darauf ist er nicht vorbereitet, sodass er nach hinten taumelt. Ich sehe es an seinen Beinen. Er überschreitet die Markierung auf dem Boden.

Spritzen fliegen hoch und treffen auf die Plattform. Sie verfehlen ihr Ziel. Eine von ihnen landet in der Mitte einer Bärenfalle. Sie schnappt mit einem fiesen metallischen Geräusch zu. Ich halte die Luft an. Schreie auf. Caleb zieht den Fuß zurück. Er hat Glück und ist nur knapp den Metallfängen und giftigen Nadeln entkommen.

Doch Erleichterung ist ihm nicht ins Gesicht geschrieben. Stattdessen funkelt brodelnder Zorn darauf.

O nein, nein, nein!

Caleb stürzt vor und packt Aiden am Shirt. »Hast du einen Knall?!«

Nazmi läuft panisch zur Bombe. »Hört auf! Bitte! Die läuft immer schneller ab. Noch sechs Minuten.«

Das Blut rauscht durch meine Adern. Ich spüre meine Hände nicht – nichts mehr. Die Minuten, die wir hatten, laufen unbarmherzig ab. Noch eine weitere verstreicht, ohne, dass wir es aufhalten können. Durch unsere Fehler wird uns kostbare Zeit abgezogen. Dabei sind wir der Lösung so nah. Es muss bloß noch die Frage beantwortet und das Wort eingegeben werden. Wir sind fast am Ziel.

Caleb hebt Aiden leicht an und stößt ihn von sich. Aiden taumelt und übertritt ebenfalls eine Markierung mit der Hacke.

»Noch fünf Minuten. Nein, vier.«

Eine der Fallen schnappt ins Leere, als plötzlich Josh brüllt. »Schluss jetzt! Stopp! Aiden! Caleb! Es reicht!«

Die beiden funkeln sich an, bereit, aufeinander loszugehen. Aber nun halten sie sich schwer atmend zurück.

Scheinbar kommen sie wieder zur Vernunft.

»Drei Minuten ... Leute.«

»Was ist denn los?« Isis' Stimme rüttelt mich aus meiner Unfähigkeit, endlich einzuschreiten. Wir müssen sie verdammt noch mal da rausholen.

»Das Lösungswort! Denkt nach! Wir brauchen etwas, wovon man nicht dick wird, aber satt.«

»Brot! Das hat vier Buchstaben«, antwortet Josh. Aiden drängt sich zum Zahlenschloss, behält Caleb dennoch weiter im Auge.

»Nein, auch davon kannst du genug essen, um satt und dick zu werden. Es kann nicht irgendein Nahrungsmittel sein«, korrigiert Nick.

»Zwei Minuten.«

»Wie? Kein Essen? Was kann man denn sonst verschlingen?«, fragt Caleb, der sich scheinbar etwas beruhigt hat.

Das ist es! Die Erkenntnis ist mit einem Mal so glasklar vor mir.

»Bücher!«, rufe ich schnell. »Man kann Bücher verschlingen. Los, gebt das Wort Buch in der Buchstabenwahl ein.«

»Eine Minute ... Scheiße«, flucht Nazmi mit dem Blick auf den Timer gerichtet.

»Fuck, welche Zahlen sind das?« Aiden fummelt am Schloss herum. Ich höre Isis, die gegen das Holz hämmert. »Holt mich raus! Los, jetzt macht schon!«

Ihr Weinen zerreißt mir die Seele. In meinem Kopf herrscht ein völliger Blackout. *Bei welcher Zahl kommen welche Buchstaben vor?* Ich versuche zu helfen, aber das Ticken der Bombe zerreißt meinen Gedankenstrom.

»Zwei, dann acht, noch mal zwei und vier. Schnell!« Nick steht so dicht an der Markierung, dass bloß ein Windhauch ihn vor dem Übertreten bewahrt. Wir stehen alle unter Anspannung.

»Bitte! Bitte! Lasst mich raus!«

Caleb versucht, den Deckel aufzudrücken und bohrt seine Finger zwischen die Holzfurchen der einzelnen Latten. »Geh auf! Fuck, geh auf!«

Aiden gibt die Zahlen ein, er dreht am Schloss. Noch eine Zahl. Nun die dritte. Wie bei unserem Schloss muss er nach dem Drehen der Rädchen seine Eingabe bestätigen, damit die Zahlen angenommen werden können.

»Die Zeit ist um«, haucht Nazmi mit zitternden Schultern.

Da hören wir es. Das mechanische Klicken, als würde ein Zahnrad in ein anderes rutschen. Ich vergesse, meine Lunge mit Sauerstoff zu füllen. Sicher bin ich nicht die Einzige, die den Atem anhält.

Im Sarg ist es vollkommen still.

Aiden lässt sich von Nazmis Mitteilung nicht beirren. Er gibt hastig die vierte Zahl ein, dreht das Rad auf die korrekte Position. Doch bevor er auf den Auslöser drücken kann, um seine finale Zahlenfolge zu bestätigen, springt das Schloss automatisch auf. Wie durch Zauberei.

Bumm-bum. Bumm-bum.

Ein beklemmendes Gefühl erschwert mir das Atmen.

Die Zeit ist um. Dabei haben wir die Lösung.

»Isis?«

Keine Reaktion. *Bumm-bum. Bumm-bum.*

»Isis! Hörst du uns?«

Die Stille im Sarg ist unüberhörbar. Unsere Zeit ist um. Wir haben die Lösung – aber zu spät.

Die beiden Jungs entfernen das Schloss und reißen hektisch den Deckel des Sarges herunter. Aiden geht zu Boden, er sackt vollkommen zusammen und weint.

Etwas zieht sich in mir zusammen. Mir ist auf einmal eiskalt. Ich kann nicht sehen, was los ist, aber das muss ich auch gar nicht. Wir haben versagt. Die Zeit ist abgelaufen und wir zahlen den Preis für unser Scheitern.

Und dieser Preis ist hoch. Viel zu hoch.

KAPITEL 14

Wahrheit in Stein gemeißelt

»Niedriger! Halt sie verdammt nochmal nicht so hoch!«

Aiden und Caleb tragen die Steinskulptur von Isis aus der Hütte. Hinter uns fliegt die Tür ins Schloss. Zurück bleibt die ungnädige Erinnerung, die ein jeder hier aus seinem Gedächtnis verbannen will – aber nicht kann. Unsere Hoffnung lassen wir zusammen mit jeglicher Freude über das Entkommen aus dem verzauberten *Mystic Room* zurück. Denn wir haben es nicht geschafft.

All die Angst, die Räume nicht überleben zu können, keimt von Neuem auf. Und den Beweis dafür, dass diese Angst alles andere als unbegründet ist, tragen wir mit uns.

Beide legen Isis auf dem Waldboden ab. Vorsichtig und behutsam. Sie achten darauf, dass der Stein sanft vom Laub abgefangen wird. Dabei kann sie das nicht spüren. *Oder?*

Schwer atmend stehen wir vor der Skulptur, die wie eine lebensgroße Spielfigur wirkt – Isis als Figur eines kranken Spiels ohne Entkommen. Caleb blickt fassungslos auf die schreckliche Wahrheit vor unseren Füßen. Seine Hände sind etwas staubig, als wäre eine leichte Schicht des Kalksteins an ihnen zurückgeblieben. Er wischt sie sich an der Hose ab.

Niemand spricht. Jeder von uns versucht, das, was vor uns ist, zu begreifen. Zu verstehen, was geschehen ist. Und gleichzeitig diese Realität zu leugnen, denn sie ist zu schmerzhaft, zu grausam, zu schockierend.

Ich kann es nicht glauben, will es nicht. Da liegt sie. Die Figur sieht aus wie sie. Gleiche Größe, gleiche Statur, jede Wimper ist denen von Isis nachgebildet. Dieses Bildnis gleicht einem Denkmal – bloß in kranker Darstellung.

Isis' Hände sind schützend nach oben gerichtet, der Blick geweitet. Lose Haarsträhnen haben ihren Weg aus dem Zopf gefunden, als wollten sie fliehen. Ihr Gesicht ist von Furcht durchzogen. Nackte Angst steht darin geschrieben, die mir eine Gänsehaut einjagt. Ihr ganzer Körper ist versteinert. Jede einzelne Pore wirkt lebensecht. Auch der Tintenfleck an ihrem Handgelenk ist zu erkennen. Der Fluch in Stein gemeißelt als Zeichen, dass Isis ihm erliegen musste.

Ich muss wegsehen. Ihr Anblick zerstört etwas in mir. Und dennoch ist es wie bei einem Unfall, ich kann nicht wegsehen. Isis wurde in Stein verwandelt. Sie ist nicht länger unter uns. Jemand neben mir würgt. Es ist Josh. Er dreht sich weg und hockt sich hinter einen Baum.

Der Geruch von Erbrochenem lässt meinen Magen krampfen. Aber ich will mich nicht übergeben. Ich will einfach gar nichts mehr.

Eben noch waren wir sieben. Eben noch hat Isis uns angefleht, ihr zu helfen. Eben noch hat sie mit Aiden geflirtet. Eben noch war sie da.

Wie schnell das Leben vorbei sein kann, wird mir just in diesem Moment allzu schmerzlich vor Augen geführt. Selbst, wenn dies keine natürliche Ursache hat. Isis ist tot. Versteinert. Fort.

Wut mischt sich mit dem fauligen Geschmack unerträglicher

Trauer. Wir haben sie verloren. Aiden sitzt wie ein Häufchen Elend neben ihr, die Augen sind rot gerieben. Er wischt sich den Rotz mit dem Ärmel von der triefenden Nase. Seine Schultern zucken vor Traurigkeit mit seinen Nasenflügeln um die Wette. Aiden scheint kraftlos und geschlagen. Schock, und Hoffnungslosigkeit sind ihm ins Gesicht geschrieben. Er schüttelt leicht den Kopf, ehe weitere Tränen dem Gesetz der Schwerkraft folgen. Aiden will es nicht wahrhaben. Mir geht es nicht anders. Sein verzweifelter Blick schreit förmlich danach, endlich aus diesem Albtraum aufzuwachen. Etwas in ihm ist zerstört.

Caleb und Nazmi sitzen zusammen, Arm in Arm. Wie in Trance streicht Caleb ihr über den Rücken. Ihre Schultern beben, sie vergäbt ihr Gesicht in den Händen und weint vor Kummer und Schmerz. Es hört sich schrecklich an, all ihr Leid wird in ihrem Schluchzen gebündelt. Ich kann ihren Verlust spüren. Nicht nur meinen, sondern von allen anderen ebenso. Wir haben nicht nur Isis verloren, sondern eine Freundin, eine Vertraute, eine Tochter, einen geliebten Menschen, den man nicht ersetzen kann und dessen Fehlen einen Riss in den Herzen bildet, die zurückgelassen sind.

Calebs Blick ist leer, er starrt die versteinerte Skulptur an, die vor wenigen Augenblicke noch seine Freundin war – ein Mensch, ein lebendiger Mensch. Sie hat gelacht, geweint, gelebt. Und das soll alles vorbei sein? Ich will nicht – nein, ich will es nicht glauben.

Nachdem der Sarg geöffnet wurde und das Spiel vorbei war, wandelte sich der Boden vor unseren Augen. Die Bärenfallen und unzähligen Spritzen verschwammen – fast als seien sie bloß eine Illusion gewesen. Statt ihrer wurde der Boden gleichmäßig ohne Fallen oder Tücken. Die waren nicht mehr nötig, denn wir haben das Spiel der Hexe gespielt und verloren. Es gab keinen Grund mehr, unsere Kleingruppen voneinander zu trennen.

Nick, Josh, Nazmi und ich sind zu Caleb und Aiden gegangen, als der Weg sicher war. Ich erinnere mich an die Schwäche, die zittrigen Beine. Mir war klar, dass das, was uns erwartet, schrecklich sein würde, aber es zu sehen war hart. Der Anblick von Isis als Steinfigur hat mich taumeln lassen. Ich bin nach hinten gestolpert. Alles um mich herum fühlte sich an, als sei es in Watte gewickelt. Die Geräusche, die Gerüche – ich habe nichts mehr mitbekommen. Bis ich in Nick hineingestolpert bin. Er hat mich aufgefangen und gehalten. Mir gesagt, dass wir wegmüssen. Das stimmte, aber meine Kraft war wie weggeblasen. Nazmi hat gebrüllt, dass wir Isis mitnehmen sollten. Niemand widersprach oder sagte das, was wir alle dachten. Das in dem Sarg ist nicht mehr Isis.

Die Jungs haben sie vorsichtig hochgehoben und zum Ausgang getragen. Josh hat den Sarg abgesucht und einen zweiten Schlüssel gefunden. Den, den wir für die Ausgangstür brauchten. Ziel war es, dass wir beide Särge öffnen sollten. Der Schlüssel bei Nick scheint für ein nächstes Rätsel gedacht, der bei Isis öffnete die Tür und brachte uns aus dem Raum.

Nazmi war aufgelöst, klammerte sich an den Stein, der eben noch ihre Freundin war. Ich spüre ihren Schmerz, ihren Verlust, ihre Wut. Das alles ist so ungerecht.

Nun stehen wir hier, versammelt um die harte Tatsache, dass wir versagt haben. Ich stehe unter Schock. Keine Tränen wollen sich befreien. Kein wutentbrannter Schrei will einen Weg aus meiner Kehle finden. Nichts von alldem. Ich kann nicht begreifen, was uns passiert ist.

Mit meinen Gefühlen bin ich nicht allein. Nick beobachtet Isis – oder zumindest das, was sie mal war. Seine Hände ballen sich automatisch zu festen Fäusten zusammen. Er grübelt, sein Blick ist streng. Das sonst so unbeschwerte Lächeln ist verschwunden. Stattdessen gleicht sein Mund einer harten Linie. Plötzlich dreht er sich um und hebt einen heruntergefallenen Ast auf. Mit einem lauten Schrei wirft er ihn fort. Erschöpft sackt er mit hängendem Kopf auf die Knie. Er wirkt verloren. So wie wir alle.

Ich gehe zu ihm hinüber und lasse mich neben ihn fallen. Nick atmet tief durch. Es scheint fast so, als wollte er seine aufkommenden Emotionen beruhigen. »Das ist doch scheiße«, haucht er.

»Es tut mir leid«, entschuldige ich mich, auch für das Versagen der Gruppe. Die Schuld wiegt schwer auf meinen Schultern. Mit Sicherheit nicht nur auf meinen.

Nick sieht in den Nachmittagshimmel, der durch die Baumspitzen des Waldes zu entdecken ist. »Ich habe schon zu viel verloren. Das alles ... das mit Isis weckt die Schatten von Neuem.«

»Schatten?« Meine Stimme klingt fremd in meinen Ohren. Kratzig und gleichsam nüchtern. Einfach viel zu müde.

Ich lasse ihm Zeit, seine Gedanken zu sortierten. Er fährt sich mit den Fingern durch sein pechschwarzes Haar und lässt die Hand kurz im Nacken ruhen.

»Die Schatten meiner Vergangenheit. Die Schuld meiner Vergangenheit. Alles kommt wieder hoch. Ich hätte mehr tun müssen. Bei Isis, bei allen.«

Es stimmt nicht. Wir konnten nicht mehr tun. Vor allem nicht er. Schließlich war Nick selbst in einem der verzauberten Särge gefangen. Sein Glück war, dass wir ihn vor dem Hochgehen der Bombe da rausholen konnten. Er hätte nichts tun können. Er kannte die Rätsel nicht.

»Nick, das mit Isis ... Du darfst dir nicht die Schuld geben für das, was passiert ist.«

»Tun wir das nicht alle?«

Sein Blick ist von Trübsal und Wahrheit geprägt. Die hellgrauen Augen, die mir so weich und sanft vorkommen, wirken nun müde und trostlos. Am liebsten würde ich ihm diese Last von den Schultern nehmen. Er bricht den Blickkontakt ab und atmet schwer aus. Ich drehe den Kopf und sehe den Rest der Gruppe an. Alle sind in Schweigen und Trauer gehüllt. Ihr Kampfgeist ist erloschen, ihre Hoffnung ist weggeblasen, ihr Mut versteinert.

Die Erfahrungen von heute haben in Nick dunkle Erinnerungen wachgerüttelt. Dinge, die ihn offensichtlich belasten. Mein Herz wird schwer, wenn ich ihn so sehe.

»Von welcher Schuld aus deiner Vergangenheit sprichst du? Wen meinst du damit?«

»Meine Familie starb bei einem Unfall. Einem schrecklichen Unfall. Alle sind tot. Meine Eltern, mein Bruder. Sie sind die einzigen gewesen aus meiner Familie. Die anderen ... Tante Lou, Tante Beth und ihre Kinder sind ...«

... *verrückt*, beende ich gedanklich den Satz. Langsam dämmert mir, was ich über die Familiengeschichte der Colemans weiß. Nach den letzten Live-Escapes sind einige aus der Familie durchgedreht. Psychische Zusammenbrüche, sogar von Selbstmorden war die Rede. Aufenthalte in der Psychiatrie ohne Aussicht auf Heilung. Ich erinnere mich, dass ich etwas über eine Familie gelesen habe, die beinahe vollständig ausgemerzt wurde. Bis auf einen.

»... nicht mehr in der Lage, sich um sich zu kümmern. Sie erkennen niemanden mehr und leben in einem Gefängnis ihres Kopfes. Keiner weiß, was sie sehen oder erleben. Sie sind in der Hülle ihrer Körper gefangen. Bloß ich wurde verschont, um hier mitzumachen.«

Nick ist der einzige Erbe in der tragischen Familiengeschichte der Colemans. Der, der die Unfälle überlebt hat. Der, der nicht vom Wahnsinn heimgesucht wurde.

Und nun hat er die große Ehre, sein Leben zu riskieren, um an diesen mystischen Rätseln teilzunehmen. Mir kommt mein trauriges Schicksal mit einem Mal nichtig und klein vor. Denn verglichen mit Nick habe ich ein Leben an der Sonne geführt. Obwohl ich Vollwaise bin. Obwohl ich verflucht bin. Obwohl ich mich freiwillig für ein tödliches Spiel gemeldet habe.

»Was ist mit deiner Familie passiert?«

Nick schüttelt den Kopf, als würde er einen Gedanken fortschieben. »Ich erinnere mich kaum. Es ist passiert, als ich zwei Jahre alt war. Meine Eltern haben das Wasser geliebt und die Forschung. Sie haben eine Tauchexpedition unternommen, um die Fundorte am Grund des Barrow Lakes zu erforschen. Angeblich haben sie sich davon erhofft, Hinweise auf den Fluch zu finden. Sie wollten, dass er gebrochen wird. Weder mein Bruder noch ich sollten an diesen monströsen Spielen teilnehmen, die alle anderen aus der Familie um den Verstand gebracht haben.«

Nick macht eine kurze Pause und spielt mit den Schnürsenkeln seiner schwarzen Stiefel. »Es gab unter Wasser eine Art Erdrutsch. Und der hatte keinen natürlichen Ursprung. Das hätte nicht passieren können ... und dürfen.«

Sein Blick wechselt zwischen Schmerz und Wut. Die Magie hat Nick bereits von Kindesbeinen an eine harte Lektion fürs Leben gelehrt. Neugier kann tödlich sein. Seine Eltern wollten etwas finden, was helfen kann. Und mit dem Wissen den Fluch brechen, aber sie haben nicht nach den Regeln gespielt. Die einzige Möglichkeit liegt in der erfolgreichen Bestreitung in den *Mystic Rooms*. Alternativen gibt es nicht. Und jeder weitere Versuch wird teuer bestraft.

»Die gefundene Ruine stürzte über ihnen ein. Sie hatten keine Chance, zu entkommen. Scheinbar hatten sie die richtige Spur. Später haben andere Leute aus der Stadt versucht, die Ruinen zu erkunden. Doch nichts als bloßes Geröll war unter Wasser zu finden. Und drei Leichen.«

Es ist schrecklich, was Nick erleben musste. Und das noch als kleiner Junge. Er war auf sich allein gestellt und dem Walten des Fluches schutzlos ausgeliefert.

»Ich habe innerhalb eines Momentes alles verloren. Und das Gefühl, dass es meine Schuld ist, weil meine Eltern mich und meinen Bruder beschützen wollten, trage ich jeden einzelnen Tag mit mir herum. Diese Ungewissheit, das Was-wäre-wenn. Verstehst du?«

Ich nicke. Mir war nicht klar gewesen, dass wir eine ähnliche Vergangenheit haben. Eine schmerzliche, die ein tiefes Loch in unser Innerstes gerissen hat, das niemals vollständig gefüllt werden kann. Es ist eine Narbe, eine hässliche Wunde, die von Neuem aufreißt und keine Chance hat, je vollständig heilen zu können.

Mein Arm hat sich verselbstständigt. Ohne dass ich es mitbekommen habe, liegt er nun um Nicks Schultern. Es hat etwas Tröstliches an sich. Ich hoffe, er spürt es.

»Als meine Eltern starben, habe ich angefangen, mir immer und immer wieder diese Frage zu stellen. Was hätte anders laufen müssen? Wie hätte ich es verhindern können?«, versuche ich ihn an meinen Gedanken teilhaben zu lassen.

Sinnlose Fragen, die den Verlust kein bisschen erträglicher machen und deren Antworten ich niemals erhalten werde. Dennoch sind sie da. Auch heute noch.

Was wäre, wenn ein paar kleine Nuancen anders verlaufen wären? Wenn mein Vater nicht pünktlich von der Arbeit daheim gewesen wäre? Wenn meine Mum nicht sofort ans Telefon gegangen wäre? Wenn ich nicht auf die Klassenfeier gegangen wäre? Wenn ich sie nicht darum gebeten hätte, mich von dort abzuholen? Wenn sie nicht diese Straße genommen hätten? Wenn bloß dreißig Sekunden anders verlaufen wären ... Dann wären sie noch am Leben. Dann hätte ich nicht als Waise mit diesen Schuldgefühlen zurechtkommen müssen. Dann wäre vielleicht alles anders gelaufen. Aber auch nur vielleicht. Denn Gewissheit werde ich nie haben.

»Es ist schwer, mit allem allein klarzukommen. Die Vergangenheit wird immer ein Teil von dir sein. Einer, der wehtut, wenn du daran denkst. Der dich zweifeln lässt. Aber du musst die Schuldgedanken abwerfen. Denn du wirst die Fragen nach einem alternativen Ende nie beantwortet bekommen.«

Er seufzt und nickt allmählich. »Das ist wahr. Aber wenn es möglich gewesen wäre, wenn sie Antworten gefunden hätten, wenn sie gar nicht erst in den See gestiegen wären ... wäre mein Leben vermutlich besser gelaufen.«

Ich schüttele entschieden den Kopf. »Solange dieser Fluch nicht gebrochen ist, können wir nichts an unserem Schicksal ändern. Ich behaupte, dass es so kommen musste. Bei jedem von uns.«

»Tut mir leid mit deinen Eltern«, antwortet Nick nach einer Weile.

»Danke. Ich wusste das mit deiner Familie nicht«, gebe ich kleinlaut zu. Bislang habe ich mich nicht für die anderen Gründungsfamilien interessiert. Wir gehen nicht auf dieselbe Schule und ehrlicherweise hatte ich mit meiner Familiengeschichte schon genug um die Ohren, bis das mit der Auswahl anfing. Es klingt nicht nur egoistisch, sondern ist es vermutlich auch. Als wäre ich die Einzige, die von dem Fluch betroffen ist. Als könnte ich als Einzige jammern und über mein schweres Los klagen. Dabei sind die anderen Familien genauso betroffen. Oder sogar schlimmer. Denn Nick hat niemanden, der ihn auf diesen Horror vorbereiten konnte. Er ist vollkommen allein gewesen. Anders als ich konnte Nick nicht bei Verwandten unterkommen und in ihrem familiären, liebevollen Schutz aufwachsen. Und ich habe nicht eine Sekunde daran verschwendet, mir über ihn oder Nazmi, Caleb, Josh, Aiden oder Isis Gedanken zu machen.

Was weiß ich überhaupt von ihnen? Ich habe mich nur für mich und meine Familie interessiert. Das ist falsch. Absolut falsch. Immerhin kann ich es endlich erkennen.

»Wir teilen alle dasselbe Schicksal und sollten uns mehr vertrauen. Damit meine ich, wir alle untereinander. Komm mit.« Mit neu gewonnener Kraft stehe ich auf und helfe Nick auf die Beine.

Wir stellen uns zu den anderen. Ihr Kummer ist greifbar. Er durchzieht die negative Atmosphäre. Schluss damit jetzt. Wir brauchen neue Energie und sollten unseren Mut finden, der jedem von uns innewohnt. Der, der uns antreibt. Der, uns kämpfen lässt. Der, der uns siegen lässt.

»Wer ist Isis?«, frage ich die Gruppe. Sie sehen mich alle irritiert an, aber immerhin habe ich ihre Aufmerksamkeit und kann sie von den Tränen ablenken.

»Du meinst wohl eher: Wer *war* Isis«, will mich Caleb korrigieren.

Ich schüttele entschieden den Kopf. »Nein. Ich meine das, was ich gesagt habe. Sie ist und bleibt, wie wir sie kennen. Nichts kann das ändern. Wir behalten sie in Erinnerung. Und zwar so, wie sie ist.«

Ich bin sonst keine große Rednerin. Mir gefällt es nicht, im Rampenlicht der Aufmerksamkeit zu stehen, doch jetzt gerade ist es wichtig für mich, vor allen zu sprechen.

»Isis Evans. Wer ist sie? Was macht sie aus?«

Nazmi schnieft, aber ein kleines Lächeln umspielt ihre Lippen. »Sie ist die beste Freundin, die man haben kann.«

»Auf sie ist immer Verlass«, antwortet Josh.

»Sie ist ein verdammter Angsthase. Hat einen ständig verrückt gemacht mit ihrer quirligen Art.« Caleb wischt sich über seine Augen. »Sie war so verdammt nervig. Und mutig. Und stark.«

»Isis hat immer das gesagt, was sie denkt. Sie hat kein Blatt vor den Mund genommen«, erinnert Aiden. »Und sie ist wunderschön.«

»Ich habe Isis nicht gekannt. Nicht sonderlich gut, aber sie hat mich mit offenen Armen empfangen, hat sich mir zugewandt. Ihre Großartigkeit habe ich nicht rechtzeitig erkannt. Wir sollten mehr aufeinander achten. Bewusst auf uns achten.«

»Elena, wir haben es verbockt. Isis ist tot. Wir haben als Gruppe versagt«, wendet Josh ein.

»Wir haben bei dieser Prüfung versagt, aber bloß, weil wir nicht aufeinander geachtet haben. Das muss aufhören. Wie gut kennen wir den anderen wirklich? Wie gut kennen wir uns selbst?«

Ohne Vertrauen funktionieren diese Spiele nicht. Wir sind zwar an den Fluch gefesselt, aber wir sollten unsere Menschlichkeit nicht vergessen, uns nicht vergessen.

»Wir haben sie verloren«, jammert Nazmi schluchzend. »Sie ist tot.«

»Nein!« Die Festigkeit in meiner Stimme überrascht mich. Es fühlt sich wie ein Weckruf an. Ich fühle mich gestärkter. Stark für mich und für die anderen. Ich will sie an ihren Mut erinnern, an ihren Kampfgeist, daran, dass wir alles schaffen können. Denn ihr Verlust ist nicht umsonst gewesen. Wir müssen aufhören, uns selbst als Opfer zu sehen, und zeigen, wer wir sind.

»Isis wird weiterleben. In all unseren Erinnerungen und Herzen. Das kann uns der Fluch nicht rauben.«

»Wir haben Isis im Stich gelassen. Aiden und ich haben sie ihrem Schicksal überlassen«, beginnt Caleb. Ich sehe die Reue und

Schuld in seinen Augen aufblitzen. Aiden senkt den Kopf.

Dabei trifft sie keine Schuld. Die Gefühle kochten hoch. Und das liegt nicht einzig an ihnen, sondern an der Magie, die die Emotionen antreibt, um unser Handeln zu beeinflussen. Niemand wollte, dass Isis etwas zustößt. Oder sonst jemandem aus der Gruppe. Wir wollen überleben und den Fluch brechen. Darin sind wir uns einig.

»Es war nicht euer Fehler, sondern jeder von uns hat heute versagt. Weil wir nicht zuhören, weil wir kein Team sind. Und das können wir nicht sein, wenn wir nicht wissen, wer wir selbst sind. Das muss sich ändern.«

Fünf Augenpaare mustern mich. Ich nehme richtig Fahrt auf in meiner Ansprache. Dabei bin ich sonst eher die Stille, die sich vor jedem Referat in der Schule drückt. Anders als jetzt, denn ich weiß, dass ich nicht allein bin. Weder mit dem Fluch noch mit dem Schicksal. Wir stehen uns bloß selbst im Weg, schieben Schuldvorwürfe hin und her, stecken in Dauerschleifen von Selbstmitleid und Kummer fest, aber sehen nicht, was wir alles bereits geleistet haben. Was ein jeder von uns geschafft hat, um heute hier zu sein. Auch Isis.

»Wenn wir stark und selbstbewusst sind und als die großartigen Leute auftreten, die wir sind, dann werden wir das hinkriegen. Als Team. Mehr denn je. Dann sind wir unbesiegbar.«

Ich weiß nicht, woher dieser plötzliche Energieschub kommt, aber ich bin froh, dass ich die anderen damit anstecke. Bis auf Nazmi.

»Selbst wenn wir unsere innere Einstellung ändern, sind wir der Hexe ausgeliefert. Wir sind verflucht. Kapier das einfach, Elena.«

Auf einmal weiten sich Joshs Augen. »Da ist ein Umschlag.«

Tatsächlich! Unter Isis Statue lugt ein Brief hervor. Der war definitiv nicht dort, als Aiden und Caleb sie abgelegt haben.

Josh öffnet das Kuvert und liest für alle vor.

Auserwählte, ihr habt eure erste Lektion gelernt. Der Mystic Room hat einen hohen Preis gefordert, aber der Gewinn ist groß. In Stein gemeißelt steckt die Wahrheit – das Leben, das ihr gerettet habt. Für euch wird der Tod ausgetrickst, wenn ihr es schafft, die Spiele zu gewinnen. Bleibt auf dem Pfad, den ihr jetzt zum Teil bereits betreten habt.
– A. D.

»Alizon hat echt einen Schaden. Wer soll denn daraus schlau werden?« Aiden fasst sich laut zischend an die Schläfe. Kopfschmerzen stellen sich bei ihm ein. Ich sehe es an seinem Ausdruck. Der kommt mir nur allzu vertraut vor. Wir sollten die Hexe nicht beleidigen. Unter keinen Umständen. Aiden erkennt seinen Fehler. Die Schmerzwelle verebbt, aber seine Laune bleibt bedrückt.

»Was will sie uns denn damit wieder mitteilen?«

»Ein großer Gewinn, der den Tod austrickst … Vielleicht ist Isis gemeint«, beginnt Nick.

»Inwiefern? Sie ist tot«, antwortet Caleb und beugt sich über die steinerne Figur.

»Vielleicht können wir sie retten. Das war der erste Schritt! Aber natürlich! Leute, wir haben Isis aus dem Raum gerettet.«

Ich kann Nicks Gedanken folgen und fiebere mit. Das ist wahr. Wir haben sie nicht ihrem Schicksal überlassen, sondern an uns alle gedacht. An uns als Gruppe, an jeden einzelnen.

Bei dem ersten Raum noch hat Nick auf mich gewartet, während alle anderen die Flucht ergriffen haben, um dem brennenden Inferno zu entkommen. Zugegeben war es von mir keine coole Aktion, diesen Alleingang zu starten. Aber jetzt bei Isis haben wir zusammengehalten und nach unserem Scheitern im Raum ihren Körper mitgenommen. Es war das Mindeste, was wir tun konnten. Wir haben sie gerettet, obwohl sie augenscheinlich nicht mehr zu retten war. Dennoch haben Caleb und Aiden sie aus dem Sarg gehoben. Wir haben Isis nicht zurückgelassen, sondern konnten sie zusammen aus dem Escape-Raum befreien. Jetzt werden wir genau für diese selbstlose Tat, diese Bereitschaft, ihren verzauberten Körper zu retten, belohnt. Und zwar mit dem Hauptgewinn – ein neuer Lichtblick, die Aussicht auf ein Wunder!

»Das heißt, wir können sie retten? Sie wieder zum Leben erwecken?« Hoffnung schwingt in Nazmis Stimme mit.

»So sehe ich es. Wir werden belohnt«, erklärt Nick mit Blick auf die Botschaft. »Wir haben einen ersten Schritt in die richtige Richtung gewagt, indem wir sie nicht zurückgelassen haben. Wir haben sie gerettet, obwohl sie versteinert ist. Aber diese Versteinerung ist ein Zauber. Und jeder Zauber ...«

»... kann gebrochen werden«, antwortet Aiden mit neuer Sicherheit.

Wenn wir den Fluch brechen, wenn wir es schaffen, dann könnten wir nicht nur ganz Mistwick und unsere Familien von diesem Wahnsinn befreien, sondern auch die Verzauberung von Isis auflösen.

Wir könnten so viel mehr gewinnen.

Die heiße Schokolade tut gut. Wohlig warm breitet sich der tröstende Geschmack auf meiner Zunge aus. Ich sitze im Wohnzimmer vor dem flackernden Kamin. Nach unserer Rückkehr haben wir Ms Gibbons und Ridge von dem Raum berichtet, von Isis und von der Botschaft der Hexe.

Wir saßen nach dem Abendessen zusammen und haben endlich mal tiefgründige Gespräche geführt. Obwohl der Tag uns an unsere Grenzen gebracht hat, haben wir über uns gesprochen und einander zugehört. Über unsere Vergangenheiten. Über unsere Stärken und Schwächen. Dabei haben wir einander unsere Geheimnisse anvertraut und uns mit unseren Fehlern gezeigt.

Isis gehört weiterhin zu uns. Wir haben über sie gesprochen und ihre Statue direkt am Fenster abgelegt. So, dass sie immer noch mitten unter uns ist. Denn das wird sie bleiben.

Nun sitze ich hier eingekuschelt zwischen warmen Decken und mit neu gewonnenem Mut im Herzen. Das schwere Buch auf meinem Schoss ruht dort, bereit für seinen Einsatz.

Dieser Tag gehört zu den schlimmsten meines Lebens. Sekunden haben den Unterschied gemacht. Den Unterschied zwischen Leben und Tod. Doch ein Zauber kann aufgehoben werden. So wie jeder Fluch auch gebrochen werden kann.

Ich weiß nicht wie, aber ich will es mit den anderen gemeinsam schaffen. Wir müssen nicht untergehen. Ich glaube daran.

»Die anderen liegen im Bett. Sie sind völlig fertig. Das war heute ein harter Tag«, sagt Nick und lässt sich neben mich aufs Sofa fallen.

Wir haben beschlossen, gemeinsam das Buch über Alizons Vergangenheit zu lesen und den anderen von unseren Entdeckungen zu berichten. Alles, was in dem Tagebuch steht, könnte uns helfen. Vielleicht ist es nur eine Finte, aber das werden wir nicht herausfinden, wenn wir es nicht versuchen.

Nick sieht müde aus. Er bemüht sich um ein charmantes Lächeln, aber ich sehe, dass ihn dieser Tag viel Kraft gekostet hat.

»Wie geht es dir?«

»Es wird von Tag zu Tag schwerer. Aber die Nachricht, dass wir Isis befreien können, macht neuen Mut. Und wenn ich ehrlich bin, war deine Ansprache heute sehr beeindruckend.«

Er sieht mich an. Genau so, wie er es nicht tun sollte. Jedem Vater würde es den Blutdruck in die Höhe treiben, wenn ein Junge seine Tochter ansehen würde – auf diese Weise.

Den Grund für meinen schneller werdenden Puls kenne ich. Er sitzt direkt neben mir. Schaut mich an. Intensiv, charmant, gefährlich.

Erstaunlich, wie viel mein Körper so aushält. Ich müsste für diesen gefühlsduseligen Kram in meiner Lage überhaupt keinen Platz haben. Umso frustrierender ist es, dass das dem kleinen Schwarm Schmetterlinge in meinem Bauch völlig egal ist. Ich fühle mich wie ein hormongesteuerter Teenager, der die Kontrolle über seinen Körper völlig verloren hat. Und zwar immer, wenn Nick in meiner Nähe ist – und wir gerade nicht um unser Leben kämpfen. Meine Willenskraft reicht zumindest aus, dass ich mich räuspere. Ich konzentriere mich auf das Thema – und weniger auf seine Augen.

»Du glaubst also ebenso, dass wir es schaffen können, den Fluch zu brechen?«

Er zuckt mit den Schultern. »Ich *glaube* nicht, dass wir es schaffen können. Wir *werden* es schaffen. Wir werden einen Weg finden, um das alles zu beenden, Isis zu retten, Mistwick und uns allen Frieden zu geben. Sonst hätte es diese Botschaft nicht gegeben. Die Hexe hilft uns. Sie gibt uns die Möglichkeit, das Ganze zu beenden. Ihr ist etwas daran gelegen, meinst du nicht?«

Aus der Perspektive habe ich es bislang nicht betrachtet. Vielleicht hat sie den Fluch ebenfalls satt und kein Interesse mehr, all die Zeit über ihre tödlichen Fallen zu stellen. Ob der Gedanken abwegig ist, kann ich nicht beurteilen.

Entscheidender für den Moment ist, dass Nick trotz der Erlebnisse des Tages von Neuem überzeugt ist. Von uns als Gruppe und unserer Chance, den verfluchten Kreislauf zu durchbrechen.

Nick macht es sich etwas bequemer. Ich kann nicht leugnen, dass mir seine Nähe gefällt. Wir sitzen nebeneinander, die Polster sind weich und geben unter unserem Gewicht nach. Beinahe könnte man meinen, man säße in einem weichen Marshmallow. Vielleicht sorgt aber auch sein Lächeln dafür, dass sich meine Muskeln wie geschmolzene Butter fühlen. Dabei gehören solche abschweifenden Gedanken nicht hier hin. Schon wieder nicht. Ich schiebe es auf meine Müdigkeit.

Und Nicks Blick. Und auf alles, was er mit jeder Faser seines Körpers ausstrahlt. Und mit seinem Geruch, der ganz leicht an frische Mandeln erinnert. Von ihm geht genau solch ein angenehmer Duft aus. Es ist erfrischend und vitalisierend. Zumindest scheinen meine Hormone genau das darin zu sehen, denn sie jagen durch meinen Körper und lenken mich ab.

Diese Spannung, die zwischen uns liegt, bilde ich mir unmöglich ein. *Ob er es auch spüren kann?* Die Hitze, die mir in die Wangen steigt, ist verräterisch. Mein Körper, meine Gedanken und meine Gefühle weigern sich mir zu gehorchen, wenn Nick und ich zusammen sind. Ich kann mir beim besten Willen nicht vorstellen, dass ihm entgeht, welche Wirkung er auf mich hat.

Das darf doch wohl nicht wahr sein! Vielleicht unterliege ich einem Zauber, der mich in Nicks Nähe dazu bringt, wie ein verliebtes Schulmädchen seinen Schwarm anzuhimmeln. *Fort mit der Gefühlssteuerung*, feuere ich mich an und übernehme selbst das Steuer.

Räuspernd hebe ich das Buch an und wedele damit vor meiner Nase. Immerhin gelingt es mir so, seinem viel zu warmen Blick auszuweichen.

»Bist du bereit, in die Vergangenheit einzutauchen, Nick?«
»Mit dir lautet die Antwort Ja.«

Eine Horde Schmetterlinge tanzt vor Freude in meinem Bauch. Sie sind klein, aber es sind viele. Ihre Flügelchen kitzeln und verursachen eine Gänsehaut auf meiner Haut, die bis in die Fußspitzen reicht. Aufregung fegt durch mich hindurch. Es ist so albern, wie mein Körper reagiert. Ich kann die zweite Welle meiner aufkommenden Röte nicht verbergen. Und auch das schelmische Grinsen lässt sich nicht ausradieren.
Peinlich.
Die Situation überfordert mich, Nick dagegen ist kein bisschen belustigt.
Ich schlage das Tagebuch auf und er rückt etwas näher zu mir. Nah genug, dass ich das Gefühl habe, mich an ihm verbrennen zu können.

KAPITEL 15

Alizon – 23. Juli 1612

Verbranntes Fleisch riecht wie der Tod. So stelle ich ihn mir vor. Ummantelt mit dem Gestank von Verwesung treibt er sein Unwesen, um das zu rauben, was unbezahlbar ist.

»Denkt an die Worte eurer Mutter. Wir bleiben beisammen, für immer. Nichts kann unsere Liebe zerstören. Unsere Herzen schlagen im Takt. Ob in dieser Welt oder in einer anderen. Ich werde euch finden. Und dann wird niemand uns je wieder voneinander trennen können.«

Vater drückt uns. Es ist eine Umarmung aus Verzweiflung. Aus Schmerz. Aus Ohnmacht. Sein Gesicht ist geschwollen. Blutige Krusten an seiner aufgeplatzten Lippe erinnern mich an den wahr gewordenen Albtraum der gestrigen Nacht. Er kann sein rechtes Auge kaum aufhalten. Dafür ist es zu dick.

Wenn wir zu Hause wären, hätte Mutter ihm eine Salbe gegen die Schmerzen und die Schwellung geben können. Martha und Erin hätten ihm sicher Kräuter zusammengebraut, die beruhigen und die Wunden schneller verschließen. Ich mag die lila Blüten, die sie dafür verwenden. Hinter unserem kleinen Haus im Garten wuchsen ein paar. Bevor sie uns geholt und alles in Brand gesteckt haben. Vielleicht haben ein paar Kräuter überlebt, die Vater helfen können. Meine Fähigkeiten sind nicht so wundervoll wie die von Mutter oder meinen Schwestern. Ich muss noch üben und dachte, ich hätte genügend Zeit, dass sie mir helfen, meine Magie zu erlernen und zu beherrschen.

Neue Tränen bahnen sich einen Weg nach draußen. Ich kann sie nicht zurückhalten. Nichts kann ich dagegen tun. Erin schluchzt auf, während Vater Martha die Hand auf die Schultern legt. »Seid füreinander da. Die nächsten Tage werden schwer, aber das Schicksal lässt sich nicht austricksen.«

»Doch«, sagt meine älteste Schwester laut und sieht Erin und mich an. »Wir können es, mit Magie. Vater, wir müssen etwas tun können.«

»Meine schlauen Mädchen«, sagt er und wischt sich seine Wange trocken, die alsbald erneut von Tränen überdeckt wird. »Keine Magie kann den Hass vernichten, den Menschen empfinden.«

»Schwarze Magie«, haucht Martha und schlägt sich ertappt die Hand vor den Mund.

»Nein! Nein – Martha, Erin, Alizon, hört mich an. Eure Mutter hat euch vor dieser Magie gewarnt. Sie ist nicht für das Gute gemacht, sondern zerstört.«

»Kann sie den Hass zerstören?«, frage ich leise.

»Meine süße Alizon. Halte dich davon fern. Ihr seid besser als das, Hexen des Lichts. Mit eurer Güte und eurer Liebe könnt ihr die Magie nutzen. Es darf nicht aus Rache und Zorn sein. Jeder Zauber hat seinen Preis. Und je mächtiger er ist, desto höher der Einsatz.«

»Wir sind drei Hexen. Wenn wir gemeinsam zaubern, dann wird es nicht so schlimm. Wir können versuchen, Mutter und dich …«

Erin kommt nicht weit, denn wir hören schwere Stiefel, die sich unserem Kerker nähern.

»Nein, Kinder. Bitte, haltet euch von der schwarzen Magie fern. Habt keine Angst vor dem, was euch erwartet. Sie wollen uns trennen, aber sie werden es niemals ganz schaffen.«

Die Tür wird entriegelt, mein Herz peitscht das Blut durch meine Adern. Die Männer kommen, voll bewaffnet greifen sie nach uns. Zwei gehen direkt auf Vater los, treten ihm in den Bauch. Er krümmt sich, Martha schreit. Oder bin ich es? Ich will weglaufen, verkrieche mich in eine dunkle Ecke und jammere. Klobige Hände greifen nach meinen Füßen. Ich kreische auf und versuche, mich loszustrampeln. Doch ich bin zu klein, zu kraftlos. Ich verliere den Halt und lande mit dem Gesicht hart auf dem Steinboden. Für einen kurzen Augenblick sehe ich Sterne vor meinen Augen tanzen. Es tut weh. Ich hoffe, keinen Zahn verloren zu haben. Aber ich bin mir nicht sicher. Metallischer Geschmack legt sich um meine Zunge. Da ist Blut.

Der Mann zerrt weiter an meinem Bein wie ein wilder Hund, der nach einem Knochen schnappt und ihn nicht loslassen will. Meine Wange berührt noch den Boden, meine Hände ebenfalls. Ich will mich hochdrücken, werde aber mit Ruck über den Boden gezogen. Geschleift. Gezerrt.

Ich schreie auf, kann den Schmerz nicht ertragen. Meine Wange ist wund, halb aufgeschürft. Doch er zieht weiter an mir.

»Bitte, lasst sie gehen!«

Es ist Vaters Stimme, die da so fleht. Warum hört sie sich so dünn an? Endlich kann ich mich umdrehen und sehe es. Vater steht vor einem der Männer, der einen Schlagstock fest an seinen Hals drückt.

»Abmarsch«, bellt eine der Wachen, zischend und spuckend. Alle gehorchen. Sogar meine Beine, die fallen gelassen wurden und zitternd zum Stehen kommen. Einer greift unter meine Achsel, zieht meinen Arm unangenehm hoch. Seine andere Hand liegt in meinem Nacken. Fettig, schwitzig, dreckig.

Vater wird als Erster aus dem Kerker geführt, Erin und Martha dahinter, ich zum Schluss. Wenn ich zu entkommen versuche, wird der Mann mir den Hals umdrehen. Ich weiß es. Und ich will es nicht austesten.

Der eine hält Erin an ihren langen roten Haaren. Sie windet sich unter dem stechenden Schmerz, doch der Typ macht keine Anstalten, seinen Griff zu lockern.

»Aufhören«, flehe ich. Ich kann das Leid nicht länger ertragen. Plötzlich werde ich mit Wucht gegen eine der tropfend nassen Kerkerwände geschleudert. Mir bleibt die Luft weg. Bevor ich realisiere, dass der Wachmann mich an die Wand gepresst hat, hat er seine gierigen Finger bereits um mein Gesicht gelegt. Er drückt meine Wangen zusammen, zerquetscht die Haut und reißt die offene Schürfwunde weiter auf. Mein Kiefer schmerzt. Wenn er weiterdrückt, bricht er ihn mir. Daran hege ich keinen Zweifel.

»Schnauze, du Hexengöre!«

Er zieht Rotz durch die Nase und holt aus. Nasse, heiße Spucke trifft auf mein Gesicht. Ich fühle mich gedemütigt. Klein. Nutzlos. Ausgeliefert.

Der Moment ist vorbei, er hat mir gezeigt, wo ich stehe. In seinen Augen. Ich will mich nicht so fühlen. Ich will meine Familie beschützen. Ich will sie vor dem Unrecht bewahren.

Doch ich bin gelähmt, machtlos. Dabei habe ich Macht. Magie, Liebe, Hoffnung. Sie rücken in den Hintergrund. Die Angst ist vorherrschend, versteinert mich gänzlich.

Wir werden hinausgeschleppt. Es wiederholt sich. Die gaffende Meute steht im aufgehenden Mondlicht auf Barrow Hill. Der Wald ist ruhig. Es liegt eine tödliche Stimmung in der Luft. Ich kann die aufgeladenen Gemüter nahezu spüren. Sie wollen, dass Blut fließt. Wir werden aufgereiht, stehen den sonst freundlichen

Nachbarn und Stadtbewohnern gegenüber. Sie gaffen bloß, wollen eine Show sehen.

Die Gründungsväter haben sich in Schale geworfen. Für sie scheint es ein Tag zum Feiern. Ich verstehe es nicht. Liegt es an meinem Alter, dass ich nicht begreifen kann, was hier vor sich geht? Ihren Hass haben wir nicht verdient. Diese Grausamkeit lässt mich erstarren. Ihre Augen blitzen vor Gier auf. Sie sind hungrig nach Tod. Nach unserem Tod.

Einer von den Gründungsvätern hält eine Rede. Wie gestern. Er spricht von dem Start der Erlösung. Er spricht davon, dass die Gefahren nach und nach ausgelöscht werden. Er nennt unsere Namen. Meinen zum Schluss. Ich sei zu jung, unerfahren und die kleinste Gefahr für Mistwick.

Wut schäumt auf. Keiner aus meiner Familie ist eine Gefahr – wir helfen allen, die es wünschen. Was ist daran falsch?

Vater wird vorgeschoben. Seine Beine versagen, er sackt zusammen. Dann bemüht er sich, sich wieder hinzustellen. Die Leute lachen. Er wird vor allen gedemütigt. Er blickt in unsere Richtung, will der starke Vater sein, der er immer für uns sein wird. Auf einmal ändert sich etwas in seinem Blick. Er wird bleich, zittert, bebt. Er befreit einen markerschütternden Schrei, der mir die Luft abdrückt. Ich drehe mich um. Die Wachen erlauben es meinen Schwestern und mir. Direkt hinter uns. Da sehe ich es und bereue meine Neugier.

Von einem Ast hängt ein Körper, eine Schlinge liegt um den dürren Hals. Verkohlte, schwarze Knochen gemischt mit Überresten aus geschmorrtem Fleisch und Stofffetzen baumeln sanft im leichten Windzug des Waldes.

Der Anblick lässt das Blut in mir gefrieren. Meine Schwestern schreien auf. Bloß ich bin still. Der Schock lähmt mich. Sie haben den Körper meiner Mutter aufgehangen und zur Schau gestellt.

Der Geruch von Tod schwebt in der Luft, von verbranntem Fleisch. Von ihr – einem verbrannten menschlichen Körper, der den Tag über in der Mittagssonne hing und nun hier baumelt. Zur Abschreckung. Zur Belustigung.

Ich würge. Es kommt hoch. Der Wachmann hinter mir hält mich auf Abstand, damit ich ihm nicht die Stiefel vollkotze. Dann wird Vater auf die Beine geholfen. Sie haben es geschafft, die letzten Reste seiner Willensstärke zu brechen und ihn vor seiner Prüfung, die er nicht bestehen kann, seiner Kräfte zu berauben. Er wird auf eine Vorrichtung gesetzt und festgebunden. Ein Knebel wird ihm in den Mund gestopft.

Vater hat keine magischen Fähigkeiten. Das wissen sie. Das müssen sie doch wissen! Er hat nie darum gebeten und sie nie vermisst.

Martha, Erin und ich müssen zusehen. Mutter – ich meine den leblosen Körper von ihr – baumelt an dem dicken Ast. Ich kann den Schatten sehen, den er wirft. Mutter hinter uns. Vater vor uns. Sein Rumpf ist auf dem Holzbrett festgezurrt. Arme und Beine werden von den Wachen gestreckt und mit dicken Seilen strammgezogen. Er verzieht das Gesicht. Es sieht schmerzhaft aus. Die Menge um uns beginnt zu johlen. Sie feuern die Gründungsväter an, mit der unlösbaren Probe zu beginnen. Sie wollen, dass der Mensch vor ihnen stirbt.

Die Aufgabe ist anders als Mutters. Kein Feuer, dafür Seile, die an Rädern befestigt werden. Ich begreife nicht, bis sie die Räder in Bewegung bringen und damit die Gliedmaßen von Vater strecken. Sie ziehen.

Noch weiter.

Noch ein kleines Stück.

Ich höre es knacken. Nicht nur einmal. Immer wieder. Seine Schultern brechen, die Handknochen, die Knie. Alles schwillt an.

Ich kann nicht sagen, welche Gelenke zuerst vom Knochen getrennt werden. Es klingt grauenvoll. Furchtbar. Zerrissene Sehnen, zerfetzte Muskeln – doch sie hören mit der Quälerei nicht auf.

Vater wimmert und brüllt vor Schmerzen. Sie entstellen ihn. Es ist unnatürlich. Das verzerrte Bild von ihm brennt sich in meinen Blick. Ich sehe, wie seine Gliedmaßen länger werden. Überdehnt. Überstreckt. Bis nichts mehr geht.

Dann ist es so weit. Ein gesplitteter Knochen bohrt sich durch seine Haut. Martha schreit, ich schreie. Nur Erin nicht, sie liegt am Boden. Die Ohnmacht erspart ihr die grausame Folter.

»Er ist ein Mensch! Aufhören! Aufhören!« Martha brüllt, ihre Stimme wird heiser, doch sie lässt nicht locker. Ich helfe, schreie mit ihr. Aber ich bin längst nicht so laut wie sie. Sie hat mehr Kraft. Tränen verschleiern meine Sicht. Ich bin dankbar, dass ich es bloß verschwommen sehen kann. Und gleichzeitig auch nicht.

Die Räder drehen sich weiter. Da ist ein Riss auf der Haut. Sie hören dennoch nicht auf. Vater kollabiert gleich. Warum hören sie nicht auf? Warum tun sie uns das an?

Noch ein Stück. Sie drehen ein bisschen mehr.

Das reicht.

Ein ekelhaftes Geräusch erklingt. Es sorgt dafür, dass mein Magen von Neuem krampft. Er will sich wieder entleeren. Ich will es nicht sehen. Ich will ihn nicht sehen und das, was sie aus ihm gemacht haben. Doch dieser winzige Augenblick reicht. Er ist kurz und brennt sich dennoch in mein Herz. Es schreit, blutet. Ein Teil von mir stirbt. Ein großer, wunderbarer und liebevoller Teil stirbt in mir, als das Leben aus Vater gerissen wird. Arme und Beine sind nicht mehr an ihrem Platz. Das Blut läuft aus den offenen Wunden des leblosen Körpers. Das, was von ihm übrig ist.

Mein Puls stolpert. Ich bekomme keine Luft mehr. Alles um

mich herum verblasst durch schwarze Schatten. Punkte tanzen vor meinem Sichtfeld. Die Schwäche übermannt mich, raubt mir die Kontrolle über meinen Körper.

Die Jubelrufe der Leute werden lauter. Doch ich sehe nichts mehr, höre nichts mehr. Bis mich die Dunkelheit dankbar empfängt. Sie ist da, ich lasse es zu, um dem Grauen zu entkommen. Meine Kraft ist verbraucht. Ich sinke in die Ohnmacht und wünsche mir, niemals wieder zu erwachen.

KAPITEL 16

Befreiung des Bösen

Der Schock lässt mich nach diesem Kapitel nicht ohnmächtig werden. Dabei hätte ich nichts dagegen. Ich blinzele und lege das Buch vor mir ab. Nick hat seinen Kiefer aufeinandergepresst. Er sieht angestrengt aus. Und wütend.

Mir fehlen die Worte. Stattdessen ist mir übel von diesem Kapitel. Fassungslos sehe ich zu Nick, der bloß mit dem Kopf schüttelt und sich anschließend ins Polster sacken lässt.

»Das ist keine Gute-Nacht-Geschichte«, versuche ich es mit einem lahmen Spruch.

»Wie konnten sie so etwas nur tun?«

Sein Unverständnis kann ich nicht mindern, denn ich begreife es selbst nicht. Diese Tat ist furchtbar und übertrifft die Grausamkeit des Fluches. Nicht Alizon ist die schreckliche und rachsüchtige Hexe, die ihren Spaß mit uns Nachfahren hat. Alizon ist das Opfer, das mit ansehen musste, wie ihre Familie gefoltert wurde. Einer nach dem anderen. In einem Spiel, dessen einziger Sinn darin bestand, sie auf qualvolle Weise zu opfern.

»Ich habe immer Alizon für grausam gehalten«, gebe ich zu. »Dass sie uns das antut. Unseren Familien, obwohl wir alle nichts mit den Geschehnissen von 1612 zu tun haben. Aber wenn ich ihre Geschichte lese, ihre Sicht der Dinge, ihre ungefilterten

Wahrheiten, dann schäme ich mich für unsere Vorfahren.«

Nick steht auf und stützt sich am Kamin ab. »Menschen können so verdammt grausam sein. Kein Wunder, dass Alizon durchgedreht ist. Wer weiß, wozu ich getrieben worden wäre, wäre ich an ihrer Stelle gewesen. Ich kann immer mehr verstehen, warum sie so geworden ist.«

Ich nicke. Nicht, dass ich gutheiße, was Alizon mit uns treibt, aber ein gewisses Verständnis dafür, dass sie so durchgedreht ist und sich eines solch mächtigen Fluches bedient hat, kann ich aufbringen. Je mehr ich über ihre grauenvollen Erlebnisse erfahre, desto nachvollziehbarer ist ihr Werdegang – mit der Formung eines dunklen Fluchs. Diesen Einblick in ihr Leben zu bekommen, weitet tatsächlich meinen eigenen Blickwinkel.

»Alles hat seine Gründe. Sie war nicht immer so. Alizon war ein Kind, ein Mädchen mit einer liebenden Familie.«

»Und der Ausnahme, dass sie zaubern konnten.«

Nick kommt zurück zum Sofa und schlägt das Buch erneut auf. »Ja, aber sieh doch! Sie spricht davon, wie wundervoll die Magie war. Ihr Vater hat von *Hexen des Lichts* gesprochen. Ihre Magie war rein und gut.«

Ich kann nicht widersprechen. Die Fähigkeiten der Familie Devine waren großartig und konnten den Menschen helfen. Es lag einzig am Neid und an der Angst, die eigene Stellung und Anerkennung in der Stadt zu verlieren, dass die Gründungsväter so gehandelt haben. Und sicherlich auch an den anderen Hexenverfolgungen im Europa jener Zeit.

»Sie haben ihre Familie vor ihren Augen auf brutalste Weise hingerichtet und abgeschlachtet. Welches Kind würde da keinen Nervenzusammenbruch kriegen? Sie hat sich der schwarzen Magie hingegeben. Und mit den Aufzeichnungen ihres Tagebuchs wird das Ausmaß dessen deutlich, was die Gründer ihr damals angetan haben.«

Nick verzieht ein wenig das Gesicht. »Ich hätte tatsächlich nichts dagegen gehabt, wenn die Tagebücher zensiert wären. Das ... ist echt heftig. Sie war einfach allein. Jeden Tag aufs Neue sollte jemand aus ihrer Familie sterben. Alizon blieb als Letzte übrig. Was für ein kranker Scheiß ist das bitte?«

Nicks Wut ist berechtigt. Doch gleichzeitig spüre ich, dass er weitaus besser nachempfinden kann als ich, was Alizon erleben musste. Schließlich ist auch seine Familie gestorben und er blieb zurück. Mir graut es davor, die nächsten Kapitel zu lesen. Ich weiß, wie die Geschichte endet. Aber sich jeden Tod ihrer Familienmitglieder vorzustellen und dabei ein Stück mitzuerleben, was Alizon damals als kleines Mädchen erleben musste, ist eine Überwindung.

»Was haben wir denn herausgefunden?«, lenke ich meine Gedanken auf die wesentliche Frage.

Nick fährt sich durch seine Haare. Die schwarzen Strähnen fallen direkt wieder zurück. »Zunächst wissen wir, dass die Gründungsväter Schweine waren. Dass der Fluch die Stadt trifft, weil alle anderen Familien dieser Abschlachtung zugestimmt haben.«

»Zugejubelt«, korrigiere ich ihn und schlürfe den restlichen Kakao. Mittlerweile ist er beinahe kalt, aber das stört mich nicht. Denn egal welche Temperatur der Inhalt hat, die Schokolade schmeckt unverändert köstlich.

»Außerdem wissen wir, dass sie den Plan verfolgt haben, erst die Mutter, die mächtigste Hexe, zu töten, dann den Vater und scheinbar nach und nach die anderen, bis Alizon am Ende geopfert werden sollte.«

»Aber warum? Der Vater besaß keine Fähigkeiten«, erinnere ich ihn.

Nick blättert in dem Kapitel, das wir eben gelesen haben, und zeigt mit dem Finger auf die Stelle, die er meint.

»Alizon schreibt davon, dass die Gründer von einer gewissen Hierarchie ausgegangen sind. Ihre Mutter als Oberhaupt durch die Fähigkeiten, dann der Vater und schließlich die Kinder in der Reihenfolge ihres Alters. Sie dachten, Alizon sei als jüngste Hexe der Familie keine große Gefahr, sodass sie als Letztes eliminiert werden sollte.«

»Bloß haben sie sie unterschätzt«, wende ich ein.

»Das, was noch wichtig ist, ist die Tatsache, dass ihre Fähigkeiten an Bedingungen geknüpft sind. Bisher haben sie mit heller Magie gezaubert, Wunden geheilt und Gutes damit vollbracht. Aber Alizons Vater spricht von einem Preis, der für jeden Zauber beglichen werden muss. Was glaubst du, musste Alizon bezahlen, um diesen alten und dunklen Fluch auszusprechen?«

Das ist eine gute Frage. Welchen Preis mochte es haben, wenn man einen verzauberten Tee braute, um Gliederschmerzen zu verbannen? Welchen dagegen hat die Verdammung einer gesamten Stadt?

Nick scheint meine Gedanken lesen zu können, denn er deutet auf das Tagebuch. »Wir werden alles hier drin finden. All die Antworten, die wir gesucht haben. Warum es zu dem dunklen Zauberbann gekommen ist. Und vielleicht finden wir auch heraus, wie wir den Fluch loswerden.«

Immerhin haben wir allmählich eine nachvollziehbare Erklärung dafür, dass Alizon am Ende derart verrückt wurde. Das macht die Sache jedoch nicht erträglicher. Es zeigt, dass unsere Vorfahren grausame Sadisten waren, die Unschuldige hingerichtet haben, um in einem vermeintlich guten Licht dazustehen. Sie waren nie die Helden der Geschichte.

Nick wird ernster. Dabei mag ich es viel mehr, wenn er es nicht ist.

»Es war ein echt harter Tag.«

Unachtsam werfe ich das Tagebuch auf den Tisch. »Ich denke, ich habe genug von unglücklichen Ausgängen für heute.«

Der Nervenkitzel lässt nicht nach. Dafür sind die tödlichen Escapes berüchtigt. Doch mein Körper kommt mit dem Abbau des überschüssigen Adrenalins nicht zurecht. Eine Nacht reicht bei Weitem nicht aus, um den Horror zu verarbeiten.

Ich drehe mich etwas um, um auf Isis Statue zu sehen. Sie sieht wie ein Kunstwerk aus. Ein maßgeschneidertes, äußerst realistisches Kunstwerk obendrein. Der Moment ihrer Versteinerung wurde so lebensecht festgehalten, als wäre Isis in ihrer Bewegung eingefroren worden.

Von den Grausamkeiten übermannt und völlig erschöpft sitzen wir da. Nebeneinander, völlig allein und doch gemeinsam.

Nick legt mir eine Hand aufs Knie. Es fühlt sich warm an. Vermutlich soll es eine einfache, tröstende Geste sein, für mich ist es allerdings weit mehr als das. Nick schafft es, mir mit diesem simplen Zeichen Halt und ein Gefühl von Sicherheit zu geben. Ebenso sehr wie er meinem Körper Ruhe schenkt, löst er mit seiner Berührung ein Kribbeln auf meiner Haut aus. Mein Körper reagiert vollkommen drüber.

Nick ist ein Junge. Einer, der mich fasziniert. In einem anderen Leben, an einem anderen Ort, zu einer anderen Zeit. Ich mag es nicht, dass meine Hormone vollkommen durchdrehen. Aber seine Nähe lässt mich schwach werden. Sein Blick verändert sich, die Intensität, mit der er mich ansieht, wird stärker. Seine Augen konzentrieren sich auf meinen Mund, während ich mir auf die Unterlippe beiße. Bilde ich es mir ein oder sehe ich den Anflug eines Lächelns? Kein Zauber, keine Magie, sondern Realität. Er lächelt. Verschmitzt, verspielt – es macht mich verrückt. Mein Hals fühlt sich trocken an, als sei ich eine Verdurstende.

Ich bin nicht geübt darin, zu flirten. Aber das hier zwischen uns kann ich nicht leugnen. Es knistert. Ich spüre es, die Atmosphäre fühlt sich aufgeladen an.

Nicks Nähe berauscht mich. Dabei will ich es nicht. Ich will Abstand, um meine Gedanken wieder zur Vernunft zu bringen. Das gehört hier nicht her. Dafür stecken wir viel zu sehr in einem tödlichen Katz-und-Maus-Spiel fest. In einem Moment verlieren wir Isis, lesen die groteske Todesszene von Alizons Vater und dann sitze ich neben Nick und komme mir vor, als wäre ich ein pubertierender Teenager, von Armors Liebespfeilen mehrfach getroffen. Hier ist kein Platz für Mädchenträume und romantische Happy Ends.

Ich blinzele, wende den Blick von ihm und zerstöre den Moment. Es ist richtig, auch wenn es sich falsch anfühlt. Sogar das Flattern in meinem Bauch scheint gegen meine Entscheidung zu rebellieren.

»Es ist schon spät«, höre ich mich die klassische Aufforderung herunterleiern, die ganz klar das Ende des Abends einläutet. Es ist besser so, denn ich traue mir langsam nicht mehr. Mein Körper entzieht sich in Nicks Gegenwart immer stärker meiner Kontrolle und Vernunft. Und ich will keinen Fehler machen.

Er lächelt, als hätte er mich durchschaut und selbst gemerkt, dass die knisternde Stimmung zwischen uns dringend gelöst werden sollte.

»In der Tat.«

Nick steht auf und räumt unsere Tassen zurück in die Küche, ehe wir unsere Zimmer ansteuern. »Gute Nacht, Elena. Ich hoffe, du kannst schlafen.«

»Ich hoffe es auch.« Nach der gestrigen Nacht brauche ich wirklich einen erholsamen Schlaf, damit ich für den morgigen Tag fit genug bin. Für das, was uns bevorsteht.

Nicks Zimmer liegt im selben Flur wie meines. Vermutlich gehören die Einzelzimmer sonst dem Lehrpersonal oder vielleicht sind die Räume für diejenigen reserviert, die sich in der Schulgemeinschaft nicht benehmen können – als Strafe.

Nick folgt der Abzweigung des Flures und ich schlüpfe in mein kleines Zimmer. Es ist dunkel. Ich verzichte auf das nötige Licht. Mein Körper ist müde, mein Geist ist müde. Ich lege Alizons Tagebuch auf den Tisch, werfe mich in meinen Pyjama und kuschele mich unter die Decke.

Vor dem Fenster ist es ruhig. Bis auf die magische Gewitterwand, die über dem Wald von Barrow Hill schwebt. Wie schon in der gestrigen Nacht geschieht dort etwas, was sich mit Wissenschaft nicht erklären lässt. Auf mich macht es den Anschein, als würden dunkle Mächte sich dort sammeln, um den Raum vorzubereiten, der uns morgen erwartet.

Heute ist zu viel passiert. Das Buch, was ich von Jules habe, liegt auf dem Nachttisch. In mir tobt ein Sturm voller Verzweiflung, Angst, Ekel und Wut. Alles vermischt. Wären Jules und Lexi bei mir, könnte ich nicht eines meiner Gefühle in Worte fassen, um sie daran teilhaben zu lassen. Das Tagebuch ändert nichts daran. Es fühlt sich falsch an, über die Eindrücke des Tages zu schreiben – fast so, als könnte ich mit meinen Freundinnen darüber sprechen. Meine Gedanken überschlagen sich und gleichzeitig kommt es mir vor, als wären da keine – sondern einzig Leere in mir. Es gibt so viel, was mich beschäftigt. Und doch halten mich meine Fassungslosigkeit und der Schock davon ab, einen neuen Eintrag zu verfassen.

Noch immer kann ich nicht alles richtig begreifen. Eigentlich müsste ich vor lauter Panik und Entsetzen einen Nervenzusammenbruch bekommen. Aber das habe ich nicht – noch nicht. Innerlich fühle ich mich von den Eindrücken erschlagen. Gleichzeitig bin ich erstaunt über mich und meine Stärke. Dass ich trotz allem heute die Gruppe motivieren und stützen konnte, ohne durchzudrehen, beeindruckt mich. Normalerweise müsste ich vor Angst die Flucht ergreifen und völlig zerstört sein. *Isis ... der Raum ... das Tagebuch ...* Aber ich bin noch hier. Meine Gedanken ziehen dahin, lassen die Eindrücke Revue passieren wie in einem Kurzfilm, der mit doppelter Geschwindigkeit vorgespult wird.

Isis ist versteinert, aber wir konnten sie retten. Sie ist nicht gänzlich verloren. Wir haben sie mitgenommen. Wie den heutigen Schlüssel. Jetzt haben wir bereits zwei als Belohnung gesammelt. Und das Tagebuch aus dem ersten Raum. Die Gedanken ziehen weiter. Zu dem Kapitel über die Ermordung von Mr Devine. Seine Demütigung vor der gesamten Stadt. Seine Folter. Die Qual für die Töchter. Und die allmähliche Erkenntnis, dass Alizons Handeln nicht grundlos ist. Der Fluch, die Verzauberung hat einen Ursprung. Die grausame Vernichtung ihrer Familie hat das Böse in ihr befreit.

Und irgendwie verstehe ich sie. Zumindest ein bisschen, ein klein wenig mehr.

KAPITEL 17

Träumende Erinnerung

Viel zu viel. Meine Gedanken drehen sich. Ich sehe Blut, höre Schreie, fühle Tränen. Meine Träume halten mich gefangen. Erinnerungen an den Tag zerren an mir und reißen mich mit ihren Klauen in die Tiefen der Traumwelt.

Ein Schlüssel. Ein Sarg. Ich soll mich hineinlegen. Niemand hilft mir. Die Luft wird weniger. Ich fühle meine Schnappatmung. Es reicht nicht, um tief durchzuatmen. Alizons Vater will mir helfen. Er steht neben dem Sarg, sagt, es gehe ohne Magie. Ich verstehe nicht. Da entdecke ich Nick mit mehreren Bärenfallen, deren Zähne sich in seine Haut gegraben haben. Sein Gesicht ist ruhig, dabei müsste er vor Schmerzen schreien. Ich höre Schreie, aber sie kommen nicht von ihm. Wer schreit? Bin ich das? Ich schreie …

Ruckartig schrecke ich hoch. Mein Herz wummert, der Schweiß perlt von meiner Stirn. Ich brauche ein paar Sekunden, um mich zu orientieren. Das ist mein Zimmer, draußen donnert es. Ansonsten ist es friedlich im Haus. Ich habe bloß geträumt. Doch jetzt bin ich in Sicherheit. Zumindest für den Augenblick.

Die Tür fliegt auf und ich schrecke erneut hoch. Da steht Nick. »Elena, alles okay? Ich habe dich schreien hören.« Binnen eines Wimpernschlages steht er neben meinem Bett, sieht mich besorgt an.

Ich atme durch, will meinen Puls beruhigen, um wieder einzuschlafen. Am liebsten ohne Träume. Meine Hände zittern. Mein Körper sendet mir eindeutige Signale. Ich habe Angst, die Augen von Neuem zu schließen.

Albträume gehören zu meinem Alltag. Durch den Fluch lebe ich jeden Tag in einem. Aber ich gewöhne mich nicht daran, solche schrecklichen Szenen nachts zu durchleben. Mein Verstand weiß, dass es nicht real ist. Dennoch mischt sich alles zu einem Bilderbrei zusammen, der stets ein Fünkchen Wahrheit enthält. Und das ist gruselig.

Ich nicke ihm zu und wische mir den Schweißfilm fort. Nick scheint nicht überzeugt. Er mustert mich noch immer mit diesen unglaublich schönen Augen. Sie haben eine beruhigende Wirkung auf mich. Und gleichzeitig auch den gegenteiligen Effekt.

»Hattest du einen Albtraum?«, rät er goldrichtig.

Abwechselnd nicke ich und schüttele dann den Kopf. Mit einem Mal stürzt meine Mauer ein, die mich stark gemacht hat, um den heutigen Tag zu überstehen. Unaufhaltsame Angst überrollt mich, in die sich völlige Panik mischt. Meine Gedanken wirbeln auf, wecken versteckte Schatten in mir, die mich zweifeln lassen, mich schwach werden lassen. Mein aufgebautes System bricht in sich zusammen.

Die aufkommende Panik schleicht sich durch meinen Körper und lässt mich zweifeln. »Es ist kein Albtraum. Ich will einfach nur nach Hause«, höre ich mich kläglich jammern.

Sofort setzt sich Nick aufs Bett und zieht mich in seine Arme. Ich weine nicht, aber das ist gar nicht notwendig. Denn ich drehe durch. Bloß ohne Tränen. Ein dicker Kloß bildet sich in meinem Hals, den ich nicht loswerde.

»Ich kann nicht mehr. Ich will nicht mehr.«

Nicks Blick ist schmerzverzerrt. Er kann mir diese Bürde nicht abnehmen, aber es scheint, als würde er gerne. Ich rechne es ihm hoch an, dass er mich vor diesem Horror beschützen möchte. Dennoch habe ich einen gedanklichen Kurzschluss. Dabei möchte ich einfach nur entkommen. Die Angst vor dem, was mich erwarten könnte, und all die Erlebnisse, mit denen ich zurechtkommen muss, reichen vollkommen aus.

Mein panikgetränkter Entschluss ist gefasst. Doch plötzlich fühlt es sich an, als würde ich einen Schlag gegen die Stirn bekommen. Es passiert alles so furchtbar schnell. Das Mal an meinem Handgelenk wird heißer, es brennt. Ich kratze daran, will, dass es aufhört. Aber schlimmer sind die Schmerzen im Kopf. Wie ein Migräneschub erwischt es mich unvorbereitet. Das Ziehen hinter der Schläfe raubt mir den Atem. Schwindel macht sich bemerkbar und sorgt dafür, dass sich mein Magen umdreht.

Die Warnung der Hexe ändert nichts. Ich will einfach fliehen. Es reicht mir. Ich habe genug gesehen und erlebt. Wie ein aufgescheuchtes Huhn möchte ich aus der Falle entkommen, in die ich freiwillig gegangen bin. Ich komme mit Migräne zurecht, mehr oder minder. Es ist weitaus erträglicher, als hier zu sein. Die Bestrafung für meine Zweifel kommt deutlich.

Der Druck auf meinen Augen wird schwerer, die Kopfschmerzen stechend hell. Zuerst sehe ich verschwommen und dann wieder scharf. Aber die Umgebung hat sich geändert. Nicht mehr Nick oder das Zimmer sind in meinem Sichtfeld, sondern Mum und Dad. Ich sehe die Erlebnisse durch ihre Augen. Den Anruf, den sie entgegennimmt. Von mir. Wir reden, sie ist müde von der Arbeit. So wie Dad. Aber ich bitte sie, mich abzuholen. Die Klassenfeier der Unterstufe – ich erinnere mich genau. Mum nimmt die Schlüssel, Dad fährt. Es ist dunkel, sie fahren vorsichtig.

Nein, ich will das nicht sehen, nicht miterleben! Die Straße macht eine Abbiegung, direkt an der Brücke entlang. Es gibt keinen Grund, aber Dad verliert die Kontrolle. Meine Mum schreit, ich spüre ihren Herzschlag, ihre Angst. Alles geht so schrecklich schnell, der Wagen kommt von der Fahrbahn ab. Es ist wie Teufelei, sie stürzen den Abhang hinunter. Glas splittert, ich spüre einen stechenden Druck am Arm. Mum blinzelt – ich blinzele. Es tut weh. Mein ganzer Körper tut weh. Ein Ast steckt in ihrer Schulter. Dabei fühlt es sich an, als würde er in meiner Schulter stecken. *O Gott.* Ich bekomme keine Luft mehr. Mit einem Mal sehe ich alles durch die Augen meines Vaters. Der Schmerz überwältigt mich. Blut sickert aus seinem Hals. Scherben der Frontscheibe stecken darin. Ich spüre die Kälte, das Glas, die Splitter, die die Haut zerschneiden.

»Elena! Elena!«

Jemand rüttelt mich, aber ich spüre nur Schmerz. Ich fühle die Gedanken und Empfindungen meiner Eltern. Sie verbluten, sie sterben qualvoll. Und ich mit ihnen. Meine Kraft schwindet, als würde mir selbst Blut entzogen werden. Die Verletzungen tun mir weh, viel zu sehr. Ich spüre jede einzelne von ihnen.

»Elena!«

Dad hustet, spuckt Blut, aber sein Gesicht verändert sich. Ich sehe Nick. Der Schatten des Flashbacks wird lichter. Ich blinzele und bin zurück in meinem Zimmer. Im Hier und Jetzt.

»Sieh mich an! Was ist los?«

Ich atme, versuche es, aber mir wird die Luft abgedrückt. Augenblicklich schrecke ich hoch, taste nach meinem Hals. Keine Scherben stecken darin, dennoch spüre ich sie und den spitzen Schmerz, den sie verursachen. Meine Schulter zieht und fühlt sich leblos an, als seien die Nervenbahnen darin getrennt.

Nick ist überfordert, ich bin es selbst. Schweigend streicht er mir die nassen Haarsträhnen aus dem Gesicht. Ich brauche

Sekunden, Minuten, die er mir gibt. Es dauert seine Zeit, bis die Schmerzen nachlassen und nur noch der unangenehme Druck in meinem Kopf vorherrscht.

»Flashbacks«, wispere ich nach einer Weile. Bislang wusste ich nicht, wie es sich anfühlt. Jetzt kenne ich die Antwort.

Nick sieht mich ernst an. Er braucht nichts sagen, denn wir verstehen uns ohne Worte. Das war ein kleiner Vorgeschmack auf das, was mir widerfahren wird, wenn ich mich weigere und mich meinem Schicksal entziehen will.

Ich verstehe, wieso Lexi Panik bekommen hat. All die Gefühle und Schmerzen von geliebten Menschen selbst zu erleben und untätig dabei zusehen zu müssen, ist furchtbar.

Meine Hände zittern, mein Kopf fühlt sich an, als sei ein Lastwagen darüber gerollt. Alizons Warnung ist angekommen.

Mein Nervenzusammenbruch ist überstanden. Ich werde nicht fliehen, sondern hierbleiben. Ob ich will oder nicht. Ich muss mich damit abfinden und kann dieses Schicksal nicht umgehen.

»Ich kenne solche Flashbacks«, Nick knirscht mit den Zähnen, als würde ihm die Erinnerung an seine eigenen Rückblenden neue Schmerzen verursachen. »Deine Eltern?«

Ich nicke und atme tief durch. »Es hat sich so real angefühlt. Ich konnte ihre Verletzungen spüren, ihre Gedanken und Gefühle während der letzten Atemzüge. Es war, als würde ich es erleben und gleichzeitig nur eine Zuschauerin sein.«

Er nickt und greift nach meiner Hand. »Das liegt an dem Zauber. Wir dürfen uns ihm nicht entziehen, sonst werden wir mit den schlimmsten Folterungen bestraft, mit dem Leiden all jener, die uns etwas bedeuten.«

Ich war stark genug, um den Drang zur Flucht zu widerstehen. Noch vor dem Einschlafen habe ich mich selbst für meine Stärke gelobt. Dieser Rückschlag trifft mich hart, denn ich wollte nicht schwach werden und zweifeln. Ich wollte es durchziehen, um dem Zauber keine Angriffsfläche zu bieten – zumindest keine weitere.

»Scheinbar war es heute einfach eine Nummer zu groß«, bestätige ich kleinlaut.

»Es war für uns alle zu heftig. Und dann noch der Einblick in die Geschichte von Alizon.«

»Das Buch hilft uns, zu begreifen, warum sie so gehandelt hat. Wir sollten darin weiterlesen«, schlage ich kraftlos vor.

»Bist du sicher?«

»Ja. Egal wie grausam es ist. Es ist wichtig. Und ich bin mir sicher, dass wir so etwas über die Brechung des Zaubers erfahren können.«

An meiner Entscheidung ist nicht zu rütteln. Dieses Buch ist der erste richtige Einblick, den wir gewinnen können. Es ist ein ungemeiner Vorteil, den wir nutzen müssen.

Nick lächelt warm. »Ist gut, Partner. Aber für heute reicht es. Du musst schlafen.«

Die Angst, dass mich meine Träume wieder an die grausame Realität erinnern, lässt mein Herz stolpern. Ich will nicht wieder diese Bilder sehen, aber ich kann meine Träume nicht steuern. Wer kann das schon?

Nick will gerade aufstehen, als ich ihn am Arm halte. »Nick ... könntest du heute bei mir bleiben? Bitte ... Ich will nicht allein sein.«

Er sieht mich einen Augenblick lang an. Ich spüre seine Sorge um mich. Und das ist tröstlich, ein wenig beschützend, obwohl ich weiß, dass er mich nicht vor den Herausforderungen und Gefahren des Fluches beschützen kann.

»Ist gut«, bestätigt er. Er legt sich neben mich und legt seinen Arm um mich. So nah war ich ihm bislang nicht gewesen. Er schließt die Augen, sodass ich mich ganz auf seinen Herzschlag konzentrieren kann. Beneidenswert geht er viel zu ruhig. Ich beruhige mich immer mehr. Seine Hand streicht behutsam über meinen Arm. Es ist eine liebevolle Geste, die mich gleich etwas mehr entspannt. Der sanfte Geruch von feinem Mandelaroma und Vanille erreicht mich. Es erinnert mich an eine Tonkabohne. Onkel Gerry nutzt sie gerne beim Kochen. Ich liebe den Duft davon. Von ihm. Automatisch gibt mir Nicks Geruch ein sicheres Gefühl.

»Schlaf erst mal. Ich bin hier und passe auf.«

Seine Stimme ist warm, beruhigend. Ich liege in seinen Armen. Draußen donnert das Gewitter, mein Kopf dröhnt und wir sind gefangen in einem lebendigen Albtraum voller tödlicher Fallen.

Dennoch, in Nicks Armen zu sein, seinen Duft einzuatmen, sein rhythmisches Atmen zu spüren, das Schlagen seines Herzens zu hören, gibt mir eine ungeahnte Ruhe. Obwohl sein Herz ein bisschen schneller schlägt. Fast wie meins. Aber nur fast.

KAPITEL 18

Tinte auf Papier

»Fast? Ich bitte dich, du hast nicht mal ansatzweise getroffen.«

Caleb läuft neben Nazmi und versucht, kleine Nüsse mit dem Mund zu fangen, die sie ihm zuwirft.

»Du musst schneller sein.«

»Und du musst besser zielen«, zieht er sie auf.

Wir laufen durchs feuchte Laub des Waldes. Ich freue mich, dass Nazmi unbeschwerter ist und sogar wieder ein Lächeln auf den Lippen trägt. Ihren geschwollenen Augen nach zu urteilen, hat sie weniger geschlafen als geweint. Caleb und sie geben ein gutes Team ab. Er lenkt sie ab – oder sich. Wir versuchen alle das Beste aus der Situation zu machen.

Der gestrige Tag hat uns einiges an Kraft und Nerven geraubt, aber gleichzeitig auch neue Erkenntnisse gebracht. Nicht nur direkt nach dem *Mystic Room*. Die Gespräche abends haben uns als Gruppe enger zusammengeschweißt. Caleb, Nick und ich scheinen nicht länger bloß die Außenseiter der Auserwählten zu sein, sondern Teil der *St. Romy Meyro*-Clique – zumindest so wie ich das empfinde.

Obwohl wir uns erst so kurz kennen, ist die Zeit neben all den Erfahrungen hier intensiv. Beinahe schleicht sich das Gefühl ein, mehr über jeden einzelnen aus der Gruppe zu wissen als über manch andere aus meinem Umfeld. Wir kennen Ängste voneinander, sind mit einigen Eigenarten vertraut – sodass ich bereits weiß, wen ich ohne Frühstück besser nicht ansprechen sollte – und teilen schöne wie schmerzliche Erinnerungen miteinander. Für mich erweckt es den Anschein, als kennen wir uns schon viel länger.

Nach dem morgendlichen Marsch durch den Wald, erreichen wir die Hütte. Dichte Wolken stehen über ihr und begrüßen uns mit stummer Drohung.

Ich werde nicht kneifen. Die Nacht über habe ich meine Lektion gelernt. Lexi konnte sich den Flashbacks nicht entziehen, ebenso wenig ich, aber ich bin hier. Und die Hoffnung, den Fluch zu brechen, um Isis zu befreien, schwebt wie eine Siegesflagge über unserer ermüdeten und verängstigten Gruppe. Wir wollen es schaffen – aus so vielen Gründen. Und genau das gibt uns neuen Auftrieb.

»Wir haben gestern Fehler gemacht. Gravierende Fehler, die wir aber wiedergutmachen können«, sagt Aiden und tritt vor das Maul am Eingang der Hütte. »Lasst uns heute diesen Raum betreten und voller Mut für Isis die Rätsel lösen, den verdammten Schlüssel finden und mit allen Schlüsseln gemeinsam diesen verfluchten Zauberbann brechen.«

Seine Rede kommt gut an. Wir verfolgen alle dasselbe Ziel. Dass jeder von uns mit einem unterschiedlich dicken Gepäck an Impulskontrolle teilnimmt, ist unveränderbar. Nick, Josh und ich gehören wohl mehr zu denen, die etwas ruhiger mit den stressigen Situationen umgehen können. Dagegen können Caleb, Nazmi und Aiden schneller in die Luft gehen. Gestern bei der Zusammenstellung der Kleingruppen haben wir auf vieles geachtet, aber wir können es Caleb und Aiden nicht vorwerfen, dass sie so übersprunghaft reagiert haben. Es liegt mit an dem

Zauberbann. So wie Nick es bereits erklärt hat, haben die Urmächte einen Anteil an diesem Fluch.

»Egal, was da auf uns zukommt, wir werden es schaffen. Für Isis.«

»Ja, für Isis«, höre ich Josh laut sagen.

Wir alle haben Angst, aber niemand wird sich vor der Prüfung drücken. Mut treibt unsere Herzen an, eine Lösung zu finden, um Isis zu befreien. Es liegt in unserer Hand, wenn man der Botschaft von Alizon Glauben schenkt. Und das tue ich. Bislang sind die Rätsel hart, gefährlich und absolut nichts für schwache Nerven. Aber dennoch kann man sie lösen. Wenn wir uns an die Regeln halten, können wir alles schaffen.

»Zusammen rein ...«

»... zusammen wieder raus«, antworten wir auf Aidens Zuspruch.

Der Stich im Arm verfehlt sein Ziel nicht. Ich ziehe meine Hand zurück und entdecke den Einstich im dritten Schnittpunkt der Linien in dem Hexenmal. Es muss etwas bedeuten, aber ich bin noch nicht dahintergekommen.

Der Vorraum hat sich im Vergleich zu den letzten beiden Tagen nicht verändert. Dennoch kann ich mich an diesen Ablauf nicht gewöhnen. Nach wie vor bin ich nervös, ängstlich und schiebe gleichzeitig alle Sorgen fort, um von meinen Zweifeln und der Strafe nicht geschwächt zu werden.

Der Raum ist kühl, wie sonst auch. Alles ist in Finsternis gehüllt. Wir halten uns an den Händen, zählen die Sekunden, bis die Sirene ertönt und uns auf ihre Art willkommen heißt.

Meine Augen gewöhnen sich an das Licht, was nun die Dunkelheit vertreibt. Mir klirren die Ohren.

Dort liegt wieder ein Umschlag mit dem unverkennbaren Hexenmal-Symbol darauf. Caleb liest den Willkommensgruß für uns laut vor.

Auserwählte, im dritten Spiel seid ihr eine Person weniger. So schnell kann es gehen. Wählt zwei, die schnell sind, um den richtigen Weg zu gehen. Doch welcher das ist, sagen euch die anderen vier. Läufer können nur hören und müssen gehorchen. Die Lotsen können nur leiten. Aber wisset, dass jede falsche Abzweigung Böses anlockt und die Zeit verringert. Zwei Schlüssel müssen gerettet werden. Wählt weise den Pfad für die Läufer.
– A. D.

»Schon wieder müssen wir getrennt werden? Das ging gestern nicht sonderlich gut aus«, zögert Nazmi.

»Wir kennen das Risiko, brauchen aber dennoch zwei Leute. Also, wenn ich das richtig verstehe, brauchen wir welche, die schnell sind. Nazmi, du bist doch schnell«, wendet sich Aiden an sie.

Nazmi geht direkt einen Schritt zurück. »Das sollte hier nicht zur Diskussion stehen. Es muss einen Grund haben, schnell zu sein. Und ehrlich, wenn irgendwas hinter mir ist, dann kriege ich Panik und setze nicht einen Fuß vor den nächsten.«

»Gibt es denn Freiwillige, die sich für die Aufgabe berufen fühlen? Zwei Läufer, vier Lotsen – was auch immer das heißt«, antwortet Caleb und liest den Brief erneut.

Josh tritt zu ihm. »Ich denke, dass mit den Lotsen diejenigen gemeint sind, die Anweisungen geben. So wie am Flughafen, die Lotsen geben die Richtung vor.«

»Die Richtung wohin?«

»Wahrscheinlich zum Ausgang. Das heißt, wir brauchen zwei, die schnell sind, und vier, die sich um das Reden kümmern.

Anscheinend können die Lotsen mit den anderen sprechen, aber nicht hören, was die Läufer sagen.«

»Vielleicht sollten Elena und ich Lotsen sein. Frauen können ganz gut reden. Das kriegen wir locker hin«, wendet Nazmi ein und stellt sich plötzlich neben mich, als seien wir ein Team. Ich habe nichts dagegen, doch Aiden schüttelt den Kopf.

»Wir wissen nicht, woran sich das festmacht, wie man die Wege beschreibt. Was ist, wenn man dafür auch Aufgaben lösen muss, die mehr Körperkraft brauchen? Schließlich sind vier von uns in der Kommandozentrale oder was auch immer.«

Kein schlechter Einwand. Fakt ist, wir wissen rein gar nichts, bis wir in dem Rätselraum sind und die Zeit abläuft.

»Ich hätte nichts dagegen, wenn jeder mal eine Prüfung bestehen muss. Und nicht immer dieselben«, wendet Josh ein, der plötzlich nervös wirkt.

»Wir losen aus. Wie sonst auch, damit es fair bleibt«, schlägt Aiden vor. »Wir werden es hinkriegen. Klare Anweisungen von den Lotsen, damit die Läufer rasch wieder rauskommen.«

Wir ziehen jeweils einen der Schnipsel, die Caleb vorbereitet hat.

»Lasst uns für Isis spielen. Denkt dran, dass wir sie retten können.«

Aidens Augenringe machen deutlich, wie wenig Schlaf er in der gestrigen Nacht bekommen hat. Die Trauer um den Verlust seiner Freundin und die fragile Hoffnung, sie zu retten, sind anstrengend. Dennoch geht er wieder in seiner selbst gewählten Rolle als Anführer der Gruppe völlig auf.

Neben mir atmet Nazmi auf. Meine Hände sind viel zu schwitzig. Ich falte das Papier auf und entdecke den schwarzen Tintenfleck. Mir sackt das Herz in den Bauch. Ein ungutes Gefühl macht sich dort breit.

Nazmi neben mir atmet über ihren gezogenen Zettel erleichtert auf. Sie schielt zu mir und entdeckt den Fleck.

»Scheiße«, sagt sie betroffen. Es fühlt sich aufrichtig an. Sie wünscht niemandem dieses Schicksal. Keiner von uns tut es. Ich hebe den Zettel hoch, sodass die anderen sehen, dass dieses Mal ich die Unglückliche bin, die von der Gruppe getrennt wird.

Nick bemüht sich um ein Lächeln, es soll aufmunternd sein und beruhigend. Es verfehlt seine Intention nicht, denn dafür ist seine Gabe viel zu magisch. Aber es kann gegen meine Aufregung nichts tun.

»Wir gehen zusammen«, erklärt Aiden und zeigt uns seinen Zettel.

Ich weiß nicht, ob ich mich freuen soll oder lieber nicht.

»Bist du denn schnell, so als Mädchen? Kannst du laufen?«

Er stellt die Frage beinahe so, als wäre die Beleidigung darin beabsichtigt. Aiden ist und bleibt merkwürdig.

»Ja«, bestätige ich mit fester Stimme. Er soll nicht denken, ich wäre eine zusätzliche Last für ihn in dem Raum.

»Leute, ihr bleibt zusammen, klar? Ihr hört auf das, was wir sagen, und nehmt die Beine in die Hand. Gemeinsam.«

Eine Seitenwand springt auf. Das Startsignal für uns Läufer.

An der Seite zum Eingang hängt eine kleine Schnur. Daran sind zwei Ohrstecker. Nazmi zieht sie ab, begutachtet sie kurz und reicht dann jedem von uns einen.

»Das sind *CP-Rockets*, recht modern für die alte Hexe, euch damit auszustatten. Mein Bruder bastelt gern mit Elektrokram. Die Dinger kenne ich. Damit könnt ihr uns hören. Das funktioniert wie bei einem Funkgerät, bloß einseitig. Hier ist kein Mikro dran. Also ihr hört uns, aber wir euch nicht«, erklärt Nazmi.

Mir war nicht klar, dass sie sich mit Technik ganz gut auskennt. »Zack, einfach rein ins Ohr.«

Sie hilft mir damit und klopft mir auf die Schulter. Nazmi ist gar nicht mal so übel. Vielleicht hatten wir bloß einen schlechten Start hingelegt. Auf der Gründungsfeier bei unserem Kennenlernen war sie noch sehr abgeneigt von mir. Auch anschließend. Möglicherweise hat es was mit Isis' Versteinerung zu tun, dass sie nun netter zu mir ist.

Der Spalt in der Wand zum Vorraum sieht nicht gerade einladend aus. Streng genommen sieht nichts hiervon einladend aus. Anders als gestern kommt kein wärmendes Licht durch die Öffnung, sondern Nebel.

Unwillkürlich bildet sich eine Gänsehaut auf meinen Armen. Mit Nebel verbinde ich grundsätzlich keine Happy Ends. Es hat eher etwas Bedrohliches an sich.

Plötzlich zieht mich jemand in seine Arme. Ich schrecke für eine Millisekunde hoch, doch als ich begreife, dass es Nick ist, der mich festhält, atme ich auf. Seine Hände ruhen auf meinem Rücken, streichen beruhigend meine Wirbelsäule entlang. Seine Arme sind ein sicherer Hafen, ich fühle mich geborgen und gestützt. Meine Hände suchen Halt und finden ihn in seinem Shirt. Sie krallen sich daran fest, als wollten sie ihn stumm anflehen, mich vor dieser Aufgabe zu bewahren. Dabei geht es nicht. Das weiß ich. Aber die Angst will mich lähmen.

Ich atme seinen angenehmen Duft nach Tonkabohnen ein und brenne ihn mir ins Gedächtnis. Schließlich weiß ich nicht, ob ich ihn je wiedersehe, sobald ich durch diese Tür gehe. Seine schwarzen Haarspitzen kitzeln an meiner Wange.

Ich bemerke nicht, dass ich zittere, bis Nick meine Hände in seine nimmt und sie drückt.

»Ich hole dich da raus, Elena. Versprochen. Egal wie. So wie du mich gestern gerettet hast, werde ich dich nicht im Stich lassen.«

Auf einmal rückt er ein kleines bisschen näher und drückt mir einen liebevollen Kuss auf die Wange. Ich blinzele. Damit überrumpelt er mich völlig. Seine Lippen sind weich, es fühlt sich tröstlich an. Er gibt mir damit ein sicheres Gefühl.

»Bereit?«, unterbricht Aiden den Augenblick.

Ich nicke und wende mich von Nick und den anderen ab. Mein Puls rast wie bei einem Marathonlauf. Ich spüre es in meinem Hals und in den Ohren, so stark pulsiert das Blut in meinen Adern.

Ich werfe einen letzten Blick auf die Gruppe. Auf Nazmi, auf Josh, Caleb und auf Nick, die wir zurücklassen müssen und die wir vielleicht nie wieder sehen. Dann schlüpfe ich durch den offenen Türspalt und lasse mich von dem Nebel und der Dunkelheit verschlucken.

KAPITEL 19

Wege des Wahnsinns

Hier ist kein Licht. Das ist der erste Gedanke, den ich habe. Ein Klicken ertönt. Die Tür hinter uns ist ins Schloss gefallen. Der Nebel ist so dicht, dass es mir schwerfällt, überhaupt etwas zu erkennen. Meine Füße sind verschluckt, ich könnte nicht sehen, ob ich in eine Bärenfalle treten würde. Jeder unserer Schritte geht ins Nichts – zumindest aus unserer Perspektive. Wir sind völlig auf die Anweisungen der anderen angewiesen. Ich strecke meine Hände aus. Immerhin kann ich die sehen. Die Sicht ist jedoch zu sehr eingeschränkt, um mehr zu erkennen. *Wie sollen wir bloß in diesem Umfeld den Ausgang finden?*

»Aiden?«

»Ich bin hier«, antwortet er. »Dieser verdammte Nebel.«

Als wäre eine defekte Nebelmaschine in einer Zwei-Zimmer-Wohnung die ganze Nacht über tätig gewesen, so blind bin ich vor Nebelschwaden. Die Aufgabe, durch dieses Feld zu rennen, kann nicht stimmen. Ich hoffe, die anderen finden schnell den Zugang, um das Rätsel offiziell zu starten, denn ich will hier einfach nur raus.

»Wie sollen wir den Weg gehen, wenn wir nichts sehen?«, frage ich Aiden.

Plötzlich streift er meine Hand und ich schrecke laut zusammen. Er steht direkt vor mir. An den Füßen ist der Rauch dichter, dennoch kann ich nicht sonderlich viel von meiner Umgebung entdecken.

»Sorry. Du meinst wohl eher *rennen*. Warten wir ab, was die anderen herausfinden. Wir sollten zusammenbleiben.«

Ich nicke, denn ich hatte nichts Gegenteiliges vor. Auf einmal spüre ich etwas an meinem Schuh. Ich schiebe den Fuß weiter vor und höre ein metallisches Klirren.

»Was ist das?«, fragt Aiden und sieht sich um.

»Irgendetwas an meinem Schuh, warte.« Ich bücke mich und taste blind auf dem nebeligen Boden, bis meine Finger fündig werden. Das Metall ist kühl und glatt, die Form unverkennbar. Ich stelle mich wieder neben Aiden und halte den ersten Schlüssel hoch. Er ähnelt vom Aussehen her denen, die wir in den anderen Räumen gesammelt haben. Golden, etwas rostig. Der Schlüsselbart sieht merkwürdig aus: drei Zacken auf der einen und ein kleiner Kreis auf der anderen Seite.

»Eins von zwei«, bestätigt Aiden und nimmt ihn mir ab. »Ich habe tiefe Taschen, dann verlieren wir ihn nicht.«

Mir soll es recht sein.

Plötzlich höre ich Nicks Stimme in meinem Ohr. Ich erschrecke so sehr, dass ich Aiden gegen die Nase schlage.

»Fuck! Was soll der Scheiß?!«

Ertappt presse ich mir die Hände vor den Mund. »Es tut mir furchtbar leid. Alles okay?«

Aiden fühlt nach der Nase, sie scheint nicht gebrochen. Zum Glück habe ich ihn nicht schlimmer verletzt.

»Elena?« Nicks Stimme ist wieder da.

»Ich bin hier! Nick? Ich höre dich«, antworte ich schnell.

»Er kann dich nicht hören. Die Dinger funktionieren bloß in eine Richtung«, erinnert Aiden mich. »Warte, Nazmi redet mit mir.«

Das heißt durch jedes Funkgerät kann einer der Lotsen mit uns in Kontakt treten. In Ordnung, das könnte uns vor neue Herausforderungen stellen, denn auch die Lotsen, jetzt Nick und Nazmi, sollten sich einig sein, welche Hinweise sie uns geben, um uns aus dem Raum zu führen.

»Elena, hier ist Nick. Ich hoffe, du kannst mich hören. Nazmi spricht mit Aiden über das andere Gerät.«

Kurz blicke ich auf. Auch Aiden scheint angestrengt zu lauschen.

»Der Raum, in dem ihr steckt, ist riesig. Wir können euch von einem Pult aus sehen, das Ding schwebt einige Meter über dem Boden.«

Ich konzentriere mich auf Nicks wohlig klingende Stimme. Mein Körper spannt sich automatisch an, um bloß nichts zu verpassen. Jedes winzige Detail kann hilfreich sein und ich habe keine Chance, Nachfragen zu stellen, wenn ich etwas nicht verstanden habe.

»Elena, hör zu. Ihr seid in keinem normalen Raum, sondern in einem Labyrinth.«

O Gott. Meine Angst vor Labyrinthen habe ich bereits von Kindesbeinen an. Damals waren Lexi und ich in einem Maisfeldlabyrinth. Es war eine Attraktion bei einem der Herbstfestivals der Stadt. Ich habe wahnsinnige Panik bekommen, den Weg hinaus nicht mehr zu finden. Hohe Wände an den Seiten, kein freier Blick auf das Ende des Tunnels. Mich zu verirren und allein auf diesen verwinkelten Wegen festzustecken, sorgt direkt wieder dafür, dass meine Hände schwitzig werden. Dieser Raum, dieses Labyrinth ist kein Vergleich zu dem traumatischen Erlebnis, das ich als Kind mit dem Maislabyrinth habe. Dieses hier ist furchteinflößender.

»Momentan befindet ihr euch in einer Art Vorraum. Sobald ihr das Labyrinth betreten habt, dürft ihr nur die Wege gehen, die wir euch nennen. Gut, ihr sollt zwei Schlüssel finden. Beide Schlüssel müsst ihr aus dem Labyrinth bringen. Also wenn ihr welche findet, dann nehmt sie unbedingt mit.«

Ich nicke und strecke den Daumen hoch in die Luft. Hören kann er mich nicht, aber vielleicht zumindest sehen. Einen der Schlüssel haben wir immerhin schon durch Zufall gefunden. Wenn der zweite Schlüssel jedoch auch irgendwo auf dem Boden versteckt liegt und wir durch dieses Labyrinth hetzen müssen, ohne unsere Füße durch den Nebel zu sehen, wird das schwierig.

»Wir haben uns darauf geeinigt, dass ihr wisst, was wir machen müssen. Deshalb die kurze Erklärung. Also eure Aufgabe ist es, dass ihr durch das Labyrinth lauft und möglichst schnell dabei seid, denn die Zeit läuft bereits ab. Ihr müsst gemeinsam laufen. Wenn jemand einen falschen Weg wählt, wird die Zeit vermutlich schneller ablaufen – wie auch bei den anderen Räumen. Außerdem lockt ihr damit Böses an. Wir wissen nicht, was damit gemeint ist, aber ehrlich gesagt, wollen wir es nicht herausfinden.«

Ich höre etwas im Hintergrund, kann das Geräusch jedoch nicht genau zuordnen.

»Wir haben hier eine Karte bekommen mit dem Pfad durchs Labyrinth. Wir sehen den Startpunkt und das Ende. Es ist wie ein gigantisches Quadrat aufgebaut. In der Mitte sind viele Wege mit verschiedenen Symbolen. Wir müssen euch entlang der Pfade schicken, damit ihr jedes der dreizehn Symbole abluft. Dabei darf kein Symbol auf dem gesamten Weg doppelt vorkommen.«

Ich begreife nicht wirklich, was er damit meint. Eine Karte mit Symbolen auf den Wegen. Und jedes Symbol darf nur einmal vorkommen?

»Das wird jedenfalls unsere Aufgabe sein. Welchen Weg könnt

ihr gehen, weil ihr dieses Symbol noch nicht entlang gegangen seid? Welche Abzweigung ist möglich, ohne dass sich eines der Symbole wiederholt? Verstehst du?«

Allmählich dämmert mir, was er meint. Ich stelle mir eine Karte vor mit allerlei Symbolen, die teils mehrfach vorkommen. Sie müssen also einen Weg finden, der sich vom Startpunkt bis zum Ende ergibt, ohne dass ein Weg und damit ein Symbol doppelt vorkommt.

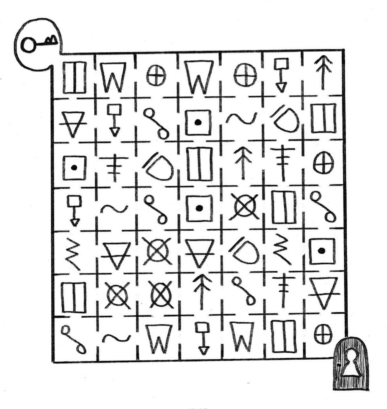

»Zwei von uns müssen kräftig in die Pedale treten, wie bei einem Hamsterrad. Durch die erzeugte Energie können wir Licht auf den Lageplan werfen. Caleb und Josh sitzen in diesen ... Dingern und geben ihr Bestes. Wenn ihr nichts von uns hört, dann wartet einfach kurz.«

Ich stelle mir vor, wie Caleb und Josh in einem Käfig stecken, um das ganze Teil in Bewegung zu bringen und damit Licht zu erzeugen. Vielleicht werden sich die vier auch mal abwechseln. Für den Augenblick bin ich aber froh, dass ich Nick höre. Seine Stimme, die beruhigend auf mich wirkt.

»Wir sehen das nebelige Spielfeld. Man kann keinen Mechanismus oder den korrekten Weg sehen, den ihr gehen sollt. Ich kann mir nicht vorstellen, wie es für euch sein muss.«

Beschissen, düster, gruselig, angsteinflößend, antworte ich stumm auf seinen Impuls.

»Jede Abzweigung bringt euch theoretisch ans Ende des Spielfeldes, aber das sollten wir nicht machen. Geht also bloß dahin, wo wir euch hin lotsen. Wartet auf unser Zeichen. Und Elena?«

Die Art, wie er meinen Namen haucht, löst eine Gänsehaut aus. Es wirkt locker, aber auch geheimnisvoll. »Ich hole dich da raus. Hab keine Angst. Ich bin die ganze Zeit bei dir.«

Es klingt wie ein Versprechen. Dabei wünsche ich bloß, es würde mir meine Nervosität nehmen.

Ich sehe zu Aiden, der im Vergleich zu mir keine Anspannung zeigt. Offenbar fühlt er sich sicher.

»Eigentlich ein geiler Raum für uns. Wir sind nicht eingesperrt, können uns bewegen.«

Ich verlagere das Gewicht aufs andere Bein, sodass ein paar kleine Nebelwölkchen aufgewirbelt werden.

»Mir machen Labyrinthe Angst.«

Aiden sieht mich mit großen Augen an. »Kein Scheiß?«

Als ob ich darüber Witze machen würde. In solch einer tödlichen Situation.

Ich schüttele den Kopf. »Nein, kein Scheiß«, antworte ich etwas bissiger als beabsichtigt.

Ich lockere meine Schultern und laufe auf der Stelle. Wir warten auf ein Zeichen, eine Anleitung, welchen Weg wir gehen sollen. Es wird einen Weg nach draußen geben. Nick hat gesagt, dass es wie ein Quadrat aufgebaut ist. Wenn ich mich genau hier an der Wand orientiere und immer nur weitergehe, dann könnte ich doch auch nach draußen kommen, oder?

Das würde uns nichts bringen, das ist mir klar. Und auf die freigeschalteten Mechanismen kann ich getrost verzichten. Dennoch muss ich mich innerlich etwas wappnen. *Dies ist kein Gefängnis, sondern die Wege führen wieder hinaus. Ein tolles Mantra*, lobe ich mich.

»Es geht los. Elena, seid ihr bereit? Geht ein paar Schritte vor, dann betretet ihr das erste Feld und damit auch das Labyrinth.«

»Wir können aber nichts sehen«, brüllt Aiden zurück. Nazmi kann ihn nicht hören, aber scheinbar ist ihm das egal.

»Was hat sie gesagt?«

Er macht eine wegwerfende Handbewegung. »Wir sollen losgehen. Aber nicht wohin.«

Ich bin mir nicht sicher, ob das stimmt, aber ich bin weise genug, meinen Mund zu halten. »Nick meint geradeaus. Sollen wir starten?«

Aiden und ich setzen uns in Bewegung. Durch den verdammten Nebel, der uns immer noch kein bisschen wohlgesinnt ist und stattdessen die Aktion erschwert. Einen Arm strecke ich nach vorne aus, um das Ende des Ganges zu ertasten. Erneut höre ich Nick über Funk. »Das sieht super aus. Ein paar Schritte weiter … Genau … Und jetzt stopp.«

Ich bleibe abrupt stehen wie ein dressierter Polizeihund.

»Elena, ihr steht beide in dem ersten Bereich. Rechts von dir ist eine Wand. Kannst du sie fühlen?«

Aiden hat wohl eine ähnliche Anleitung bekommen, denn er versucht, die Wand links neben sich zu ertasten. Zwischen uns entsteht eine größere Lücke, sodass es mir schwerfällt, ihn im Blick zu behalten.

»Aiden, geh nicht einfach weg.«

»Ich soll die Wand ertasten, sagt Nazmi.«

Seine Antwort beruhigt mich kein bisschen. Ich kann erkennen, wie er durch den Nebel immer mehr verschwindet. Beinahe befürchte ich, dass ich ihn gänzlich aus dem Sichtfeld verliere, als er stehen bleibt.

»Hier ist das eine Ende«, antwortet er und dreht sich wieder zu mir um. Tatsächlich kann ich ihn noch sehen. Es ist, als würde der Nebel wenigstens ein bisschen lichter.

Ich folge Nicks Tipp und ertaste hartes Gestein. Zum Glück sind die Wände und Begrenzungen nicht wie damals im Maisfeld aus Büschen oder Pflanzen.

»Elena?«, meldet sich Nick wieder. »Aiden steht an der einen Wand, du an der anderen. Jetzt habt ihr eine ungefähre Vorstellung davon, wie groß die einzelnen Abschnitte sind. Sie sind wie auch das ganze Labyrinth quadratisch. In diesem Quadrat könnt ihr euch für den Moment aufhalten. Wir suchen jetzt das nächste heraus.«

Ich bilde es mir nicht ein, der Nebel zieht sich zurück. Zwar kann ich nicht so weit schauen wie sonst, aber es wird besser. Der Bereich, in dem Aiden und ich stehen, ist etwa zehn Meter breit und lang. Die Wände kann ich nicht einschätzen, aber sie sind höher, als dass man sie hochklettern könnte. Je mehr ich durch den sinkenden Nebel sehen kann, desto weniger will ich sehen.

Links und rechts gibt es Abzweigungen, die in die nächsten dunklen Bereiche führen. Ich kann nicht erkennen, was uns dort erwartet, aber ein falscher Schritt wird ausreichen, um etwas Böses zu wecken, wie es in Alizons Botschaft deutlich war. Die Wand, an der ich stehe, ist von tiefen Kratzern gezeichnet. Sie lassen mich an schreckensvolle Kreaturen aus der Hölle denken, die mit ihren scharfen Klauen selbst Stein mit Leichtigkeit durchbohren können. Ein eiskalter Schauer erwischt mich. Ich schüttele meine Gedanken ab und hoffe, dass mein Kopf aufhört, mir solche Hirngespinste einzubläuen.

Aiden bekommt scheinbar eine Nachricht von Nazmi, er nickt, als ich bereits Nicks Stimme vernehme. »Geht nach links in den nächsten Bereich.«

Wir machen uns auf den Weg und betreten das nächste Feld. Der Nebel ist ein stetiger Begleiter in dem Spiel, aber wenigstens können wir uns innerhalb des Bereiches hier sehen und die Umgebung etwas näher betrachten. Auch wenn ich daran kein großes Interesse habe. Es ist mir zu düster, zu unheimlich und vor allem viel zu still. Nur an unseren Beinen ist der Nebel noch deutlich zu erkennen. Ansonsten hat er sich bereits verzogen. Fast als sei er bloß der Bote einer bösen Überraschung vor Betreten des Labyrinthes gewesen.

Wir scheinen in keine Falle getappt zu sein, denn nichts geschieht. Die vier machen ihre Arbeit großartig. Vermutlich wird es zum Ende hin immer leichter und schneller gehen, die Wege auszumachen, die wir betreten dürfen – nach einem sicheren Ausschlussverfahren. Hier gibt es nun drei Möglichkeiten: geradeaus, links und rechts. Wir warten. Aus Sekunden werden Minuten. Allmählich werde ich unruhig, bis ich endlich wieder Nick höre.

»Der Weg vor euch, der ist der sichere. Ihr müsst nur geradeaus gehen.«

Auch Aiden setzt sich in Bewegung, als Nick plötzlich in mein Ohr brüllt. »Nein! Nicht der Weg! Aiden soll sich drehen! Der Weg von dir aus gesehen geradeaus, das ist der Pfad.«

»Aiden, Stopp!«

Er bleibt wie angewurzelt stehen. Seine Fußspitze ragt über der Schwelle.

»Nazmi hat gesagt geradeaus. Das ist doch hier.«

»Von mir aus geradeaus. Hier geht es lang.«

Aiden zieht den Fuß zurück. Ein Rattern und Klicken ertönt. Etwas rastet ein. Ich halte für den Moment den Atem an. Da hören wir es. Ein grausiges Heulen lässt mich nach Luft schnappen. Auch Aiden wird bleich um die Nase.

Ein Mechanismus wurde ausgelöst.

»Was zur Hölle war das denn?«

Ich bin unfähig, zu antworten, denn ich möchte es gar nicht herausfinden. Bloß weg, einfach nur raus. Das Geräusch erinnert mich fast an einen Werwolf, einen Höllenhund oder eine andere menschenfressende Gestalt, von der man sich wünscht, ihr nie zu begegnen.

»Lass uns abhauen«, wispert Aiden, der offenbar die Ausmaße und Herausforderungen dieser Prüfung nun einsieht.

Mit dem unbekannten Verfolger im Nacken laufen wir in die Richtung, in die wir gelotst werden. Ab sofort heißt es, keine Zeit mehr verlieren. Wir haben den ersten Fehler begangen und damit nicht nur eine Kreatur befreit, die uns bedroht, sondern vor allem auch die Zeit angekurbelt. Wir flitzen möglichst leise in das nächste Quadrat. Innerlich flehe ich die anderen an, so schnell wie möglich den weiteren Weg für uns herauszufinden. Denn ich möchte die Bekanntschaft mit dem Besitzer zu der grausigen Heul-Stimme gern vermeiden.

Wieder bieten sich drei Optionen. Ich habe keinen blassen

Schimmer, welchen Weg wir gehen müssen. Alles sieht gleich aus. Bloß mit der Karte können wir hier lebend rauskommen. Mir ist viel zu heiß, mein Atem geht schneller. Ich komme mir vor, als würde hier drin die Heizung aufgedreht werden. Auf einmal herrschen tropische Temperaturen in dem *Mystic Room*.

»Gab es nicht mal ein Labyrinth in der griechischen Mythologie?«

Aiden reißt mich aus meinen Gedanken. Ich nicke. »Ja, es gibt die Sage vom Minotaurus, einem Wesen, das auf Kreta in einem Labyrinth eingesperrt wurde.«

Ein Wesen, halb Mensch, halb Stier, dessen Nahrung mitunter auch Menschen umfasste. Wieso mich Aiden genau jetzt auf diese Sage hinweist, liegt zwar nahe, ist aber wenig hilfreich. Keinesfalls will ich mir nicht vorstellen, dass wir von einem Geschöpf verfolgt werden, das uns als Snack verspeisen möchte.

Zum Glück meldet sich Nick. »Elena, wir haben es. Ihr müsst nach links.«

»Komm«, sage ich und fliehe mit Aiden weiter. Das Herz schlägt mir bis zum Hals. Wir sind im nächsten Quadrat. Ich habe keine Vorstellung davon, wie lange es dauert, bis wir dieses Labyrinth verlassen können, doch dann höre ich das Geräusch. Es jagt mir eine eiskalte Gänsehaut ein. Hinter uns bleckt ein Wesen aus purer Abscheulichkeit die messerscharfen Zähne. Sie sind lang und spitz. Es steht auf zwei Pfoten und ist riesig. Mit jedem Schritt wirbelt es den Nebel am Boden auf. Anstelle von Füßen erkenne ich Hufe. Da, wo seine dämonischen Augen liegen sollten, wurden die Höhlen mit dicken Fäden zugenäht. Eitrige Krusten kleben daran. Das Wesen ist über zwei Meter groß, hat neben den Hufen dichtes Fell an den Beinen, doch der Oberkörper wirkt wie ein ausgehungerter Zombie, der aus menschlichen Überbleibseln zusammengebastelt wurde. *Doktor Frankenstein* würde vor

Begeisterung entzückt sein. Mir für meinen Teil kommt beim Anblick der Kreatur mit den heraustriefenden eitrigen Sekreten die Galle hoch. Ein dicker Nacken wird von dunkelbraunem, zerzaustem Fell bedeckt. Anders als bei einem Löwen ist diese Mähne fies anzusehen. Der Kopf ist eine Missbildung aus bulligem Schädel mit knöchrigem Geweih und krummem Schnabel wie bei einem Aasgeier. Es hat lange Klauen, die *Wolverine* mit Sicherheit den Neid in die Augen getrieben hätten. Vergeblich suche ich eine Nase. Bloß ein dicker Knorpel ragt auf der Schnabelspitze hervor. Das Vieh wurde offenbar zwei seiner Sinne beraubt. Es kann nicht sehen und ich bezweifele stark, dass es gut schnüffeln kann. Dafür allerdings spitzt es die zotteligen Ohren.

Ich weiß nicht, wie ich es schaffe, aber meine Beine setzen sich in Bewegung. Ich reiße an Aidens Arm, damit er mir folgt. Er schafft es und wir stolpern weiter.

Bitte beeilt euch, sende ich ein Stoßgebet gen Himmel. Ich will nicht von dieser Bestie zerlegt werden.

Wir erreichen das nächste Quadrat, aber uns fehlt die Zeit. Unser Verfolger bleibt an uns dran. Ich höre, wie es sich langsam fortbewegt, das Scharren seiner Hufen, das Klirren seiner Klauen an den Steinwänden. Das Monster hinterlässt ein schlürfendes, schabendes Geräusch, dass mir einen Schauer einjagt. Es ist langsam, bedacht, lauscht unseren Schritten und womöglich auch unseren trommelnden Herzen. Und trotzdem habe ich das ungute Gefühl, dass es uns dicht auf den Fersen ist.

»Verdammt! Wo müssen wir lang?« Aiden brüllt in die düstere Umgebung des mystischen Labyrinths. Am liebsten würde ich ihn anzischen, still zu sein, doch mein System versagt. Ich weiß nicht, was wir tun sollen. Aber die Angst, von der Kreatur erwischt zu werden, treibt meine Muskeln an, bloß nicht stehen zu bleiben.

»Elena, lauft weiter! Haltet euch links. Los! Es ist bald bei euch.«

Sogar Nicks zauberhafte Stimme schafft es nicht, dass ich mich etwas beruhige. Ganz im Gegenteil, er klingt nervös, hektisch. Sie sehen die Zeit, die wir noch haben, sie sehen, ob es knapp ist oder wir es schaffen können.

Ich will nicht für immer hier drin gefangen bleiben. Mit diesem Wesen, das mich durch die Gänge hetzt. Die Angst droht mich zu übermannen. Aiden wimmert an eine der Mauern gepresst. »Fuck! Elena, wir sitzen fest.«

»Nein!«, sage ich streng. »Wir müssen weiter. Hoch mit dir.«

Ich bin erstaunt, dass ich erneut die Kraft aufbringe, die ich für mich selbst nicht mehr finden kann. Aber Aiden rappelt sich auf. Ich nehme seinen Arm und wir hetzen weiter.

Links. Schritt für Schritt mit zittrigen Beinen kommen wir in den nächsten Bereich. Alles sieht gleich aus. Mir scheint, es hat sich nichts verändert. *Sind wir etwa wieder am Anfang?*

Nein, das muss ich mir einbilden. Meine Angst von früher will an die Oberfläche schwappen, aber ich halte sie zurück.

Aiden deutet auf einen Gang. »Hier lang«, sagt er.

Ich traue ihm und höre auch rechtzeitig Nicks Bestätigung. »Genau, die Abzweigung vor euch. Sehr gut, ihr macht das super.«

Das bestialische Heulen kommt näher. Ich stolpere vor und verliere den Halt. Meine Hände treffen auf harten Beton. Der Schmerz macht mir nichts aus, dafür ist mein Adrenalin auf einem Höchstlevel. Aiden ist schon weiter, doch ich schaffe es, wieder auf die Beine zu kommen.

»Elena! Verdammt, alles okay?«, höre ich Nicks Stimme. Der beruhigende Tonfall ist gänzlich verschwunden. Irgendwie ist es ein schönes Gefühl, dass ich ihm nicht egal bin. Dass er sich sorgt. Vor diesem Spiel kann er mich nicht beschützen. Ich muss hier durch, mit seiner Hilfe.

»Okay, also es geht wieder links. Haltet euch erneut links. Wir suchen direkt weiter.«

Das Geräusch in meinem Ohr verstummt und damit auch seine Stimme.

»Aiden, los«, feuere ich ihn an, mit mir in das nächste Quadrat zu hetzen. Je schneller wir den Abstand zwischen uns und dem Monster vergrößern, umso besser.

Der Nebel ist immer noch da. Die Schwaden umspielen unsere Füße, doch wenigstens können wir den Rest überblicken.

»Elena, wir müssen hier lang«, feuert Aiden mich plötzlich an. Ich sehe, was er gefunden hat. In dem Raum vor uns blitzt etwas Goldenes auf. Es schwebt auf Augenhöhe und ist nicht zu übersehen. Der zweite Schlüssel, den wir suchen müssen. Er ist zum Greifen nah.

»Warte, Aiden. Wir müssen auf die Anweisungen warten.«

Er schüttelt den Kopf und deutet auf den Weg vor uns. »Wir brauchen den zweiten Schlüssel. Da ist er. Ohne den können wir den Fluch nicht brechen.«

»Vielleicht müssen wir auf einem anderen Weg dorthin gelangen. Warte auf Nazmi und Nick. Sie geben uns die Richtung vor. Die, die sicher ist«, beharre ich. Schließlich wissen wir nicht, welche Abzweigung die richtige ist. Wir kennen die Symbole nicht, die sich auf dem Plan abzeichnen.

Aiden wird zornig. »Ich lasse nicht zu, dass wir auf den Schlüssel verzichten.«

»Das hat niemand gesagt.«

»Wir retten Isis. Das sind wir ihr schuldig. Ich hole den verdammten Schlüssel und dann nichts wie raus hier.«

»Nein, Aiden, warte!«

Zu spät. Er läuft vor in das nächste Quadrat und schnappt sich den Schlüssel. Meine Befürchtungen bestätigen sich. Es klickt.

Ein weiteres Mal. Das Rattern beginnt und ein neuer Mechanismus wird freigeschaltet.

»Elena! Was macht ihr denn da?!«

Ich kann die Aufregung in Nicks Stimme nur zu gut verstehen. Am liebsten würde ich ihm erklären, was vorgeht, aber er kann mich nicht hören.

»Da, wo du stehst, von hier aus gehst du wieder links, danach sofort rechts. Und sag Aiden, er soll stehen bleiben. Er steht im richtigen Feld, aber der Weg dahin war falsch. Ich schicke dich zu ihm. Von dort geht es weiter.«

Plötzlich flimmert es vor meinem Sichtfeld. Ich reibe mir über die Augen. So schnell wie es kam, ist das Flackern wieder vorbei. Der Schreck allerdings bleibt.

Meine Beine schleppen mich weiter. Jetzt direkt nach links. Ich gehorche ihnen stumm. Sie hören auf die Anweisungen, die Nick gegeben hat. Der nächste Bereich wartet auf mich. Mein Fuß tritt über die Schwelle – verheddert sich. Dichte Fäden ragen von den Seiten und versperren den Zugang zu dem Feld, in das ich will. Das klebrige Zeug umhüllt meinen Schuh, sodass ich direkt zurückweiche. Nicht nur mein Körper stolpert rückwärts. Ich befürchte, mein Herz macht einen gewaltigen Satz, der mich schwindeln lässt.

Was auch immer das vor mir ist und den Zugang versperrt – das war eben noch nicht da. Ich trete vorsichtig an die Wand aus unzählig feinen Fäden und berühre die Oberfläche. Kühl und fast schon kleisterartig sind alle Schnüre dicht miteinander verwoben. Schnell wische ich mir die Hand an meiner Hose ab.

»Elena, was machst du denn da? Lauf endlich!«

Ich zucke hoch und deute auf den versperrten Weg vor mir.

»Würde ich ja gern«, antworte ich zurück, obwohl ich weiß, dass er mich nicht hören kann.

Vielleicht komme ich durch die Öffnung, wenn ich mich mit Anlauf gegen den verklebten Zugang werfe. Bevor ich jedoch einen weiteren Gedanken daran hegen kann, bewegt sich die Masse vor mir. Es wackelt, ruckelt an vielen Stellen und erinnert mich an ein Beben. *Was ist das?* Ich beuge mich etwas vor, um besser sehen zu können. Ein eiskalter Schauder voll Ekel bahnt sich an, als ich erkenne, was das vor mir ist.

Abertausend winzige Spinnen krabbeln hektisch über die Oberfläche. Klein und flink huschen sie über das gewobene Netz. Sie sind nicht mal ansatzweise so groß wie ein Stecknadelkopf, aber es sind enorm viele. Ihre weißliche Körperfarbe tarnt sie in dem gigantischen Netz vor mir.

O Gott. Ich hasse Spinnen – so sehr wie auch sämtliche Arten von Schnecken, Krabbeltieren und Insekten. Dass nun ausgerechnet eine Armee winziger Spinnen vor mir lauert, dämpft mein Fluchttempo ordentlich ein. Es gibt keine Alternative. Diesen Weg muss ich nehmen und danach rechts in das nächste Feld. Ich atme tief ein und bete, dass nicht eine oder gar ganz viele von diesen Winzlingen sich in meinem Haar oder Pullover oder sonst wo verfangen, wenn ich durch das Netz renne.

Ein dumpfes Geräusch lässt mich schreckhaft meinen Kopf in die Richtung schnellen, aus der ich komme. Teuflisch blitzen scharfe Zähne am Ende des Ganges auf. Ich sehe die zugenähten Augenhöhlen der bestialischen Gestalt. Lauschende Ohren wippen nervös, um die Richtung auszumachen, in der sie neue Beute vermuten. Ich habe die grausige Kreatur nicht kommen hören. Habe ich sie durch meine eigene Panik angelockt? War ich zu unbedacht oder zu laut, sodass sie uns finden konnte? Sie sitzt mir im Nacken und hat unsere Fährte wieder aufgenommen.

»Lauf endlich!«

Es ist Nick, der mich aus meiner Starre holt. Spinnen hin oder her, ich muss in Bewegung bleiben. Hastig drehe ich mich um und laufe mit anhaltendem Atem auf das dichte Netz mit den unzähligen Tierchen zu. Ich zwinge mich dazu, keinen Ton von mir zu geben. Selbst der spitze Schrei voll Ekel bleibt stumm in meiner Kehle gefangen, während ich in das nächste Feld vor mir stürze.

Obwohl ich nicht sehen will, ob die Bestie aufgeholt hat, blicke ich zurück – und stutze. *Wie kann das sein?* Die Spinnen sind verschwunden. Ebenso ist auch das Netz fort. Es dauert einen Wimpernschlag lang, ehe ich irritiert weitereile. Von diesem Quadrat aus muss ich nach rechts abbiegen, um zu Aiden zu gelangen. Meine Füße tragen mich schnell. Plötzlich höre ich eine mir allzu vertraute Stimme, die mich stolpern lässt. Ich bleibe wie angewurzelt stehen. An dem Weg zu meiner Linken sehe ich sie.

»Jules?«

Meine Freundin steht da, hat die Augen panisch geweitet. Sie trägt ihr Lieblingstop und die silberne Halskette mit dem blauen Anhänger einer Weltkugel, die ich ihr geschenkt habe. Sie ist es. *Warum ist sie hier?*

»Elena, hier lang«, winkt sie mich zu sich. »Beeile dich, das Monster ist hinter dir her.«

Ich verstehe nicht. Wurde Jules hier gefangen?

Meine Beine setzen sich automatisch in Bewegung. Ein paar Meter noch, dann habe ich sie erreicht. »Elena, schnell! Bitte, wir müssen uns beeilen.«

Ich höre, folge ihr. Sie ist es. Mein Verstand hat Schwierigkeiten dem Geschehen zu folgen. Ich begreife nicht, wie sie an diesen dunklen Ort gelangt ist, aber für den Augenblick scheint es nicht wichtig. Ein weiterer Schritt ...

»Elena! Elena! Bleib stehen! Stopp!«

Meine Ohren klingeln, jemand brüllt und reißt mich aus meiner Trance. Ist das Aiden?

Ich drehe mich um und entdecke ihn in dem Feld, in das ich gehen wollte. Er wedelt wild mit den Armen, damit ich ihm meine Aufmerksamkeit schenke. Es funktioniert. »Elena, das ist eine Falle! Komm zu mir. Du musst hier lang, bitte!«

Wieso lockt er mich von Jules weg? Zögernd bleibe ich stehen. Ich drehe mich wieder zu meiner besten Freundin um. Sie steht in einem anderen Bereich, ein Quadrat weiter und hebt den Arm, will, dass ich ihr folge. Da sehe ich es. Mein Herz poltert.

O Gott. »Jules!«

Ich schreie auf, vergesse dabei zu atmen. Ihre Hände und Arme sind blutverschmiert. Sogar von ihren Fingerspitzen tropft Blut, während sie mich zu sich lenkt. »Hilf mir. Bitte!«

Sie ist verletzt. Ich weiß nicht, wie und warum. Denn eben noch war sie unversehrt. Gehört es zum Spiel?

Auf einmal ist da wieder Nicks Stimme in meinem Ohr. »Elena, was machst du da? Du musst zu Aiden!« Die Dringlichkeit ist nicht zu überhören. Aber merken sie nicht, dass Jules meine Hilfe braucht?

Ein Jammern lässt mich aufhorchen. Es kommt aus einem anderen Bereich. Dort steht Onkel Gerry in seiner Uniform. Sein Körper ist durchlöchert, als sei er selbst die Zielscheibe in einer Schießanlage gewesen. Er weint und lacht im Wechsel. Das kann nicht real sein. Was ist hier los?

Jules steht plötzlich starr an der Schwelle zu dem Feld, in dem ich bin. Ihr Blick ist fest auf mich gerichtet. »Elena, warum hilfst du uns nicht?«

Mit jedem Wort, dass sie spricht, fließt ein Schwall dunkelroten Blutes aus ihrem Mund. Eine Leichenblässe hat den sonst so warmen Ton ihrer goldbraunen Haut vertrieben. Sie sieht mich aus dämonisch schwarzen Augen an. Meine Angst verpasst mir einen neuen Schlag. *O Gott.*

Die Bilder des Wahnsinns brennen sich in mein Gedächtnis. Ich taumele rückwärts, will weg von diesem Ort, in dem ich Dinge sehe, die ich mir in den schlimmsten Träumen nicht ausmalen könnte. Jemand packt mich an den Schultern. Ich falle zurück und lande auf dem Boden. Schreie auf, wehre mich und schlage mit den Händen um mich. Erst einen Moment später realisiere ich, dass es Aiden ist, der mich intensiv ansieht und schüttelt.

»Elena, beruhige dich. Was du siehst, ist nicht echt.«

Ich brauche einen Augenblick, um seine Worte zu begreifen. Er ist falsch gelaufen und damit haben wir eine neue Falle ausgelöst. Und zwar offensichtlich eine, die uns grauenvolle Sinnestäuschungen bringt. Aiden hat recht. Hier stimmt etwas nicht. Ich will den beiden helfen. Die Illusion ist perfekt. Sie sehen täuschend echt aus. Doch kann das, was ich vor mir sehe, nicht real sein. Ich muss mich beruhigen. Jules, Onkel Gerry und auch das Spinnennetz sind Halluzinationen. Kurz sehe ich auf, aber an den Wegen ist nichts zu sehen. Jules ist fort. Onkel Gerry ist fort.

»Komm schon. Wir müssen hier weg!«

Aiden will mir auf die Beine helfen, doch seine Haut ist so weiß wie Schnee. Ebenso sind es seine Augen. Leer und tot. Ich schreie auf, rücke von ihm ab und schlage die Arme über dem Kopf zusammen.

»Elena? Was ist los?«

Der Wahnsinn übermannt mich. Meine Kräfte schwinden. Dabei weiß ich, dass es nur einen Weg gibt, um dem Schrecken zu entkommen. Vorsichtig öffne ich mit wild schlagendem Herzen die Augen. Aiden wirkt besorgt – aber er ist nicht länger von dem Zauber verändert.

»Lass uns gehen«, hauche ich mit zittriger Stimme.

Aiden nickt und zieht mich hoch. Noch bevor ich stehe, verändert sich sein Blick. Er wirkt angestrengt, verzweifelt. Ich blicke in die Richtung und erkenne, was ihn erschüttert. Da steht Isis. Sie ist nicht länger in Stein verwandelt. Ihre Hände sind mit einer langen Kette am Boden befestigt. Ich hege keinerlei Zweifel mehr daran, dass die Falle mit all unseren Sinnen ein böses Spiel spielt.

»Aiden, bitte hilf mir. Du hast den Schlüssel, befreie mich. Ich brauche dich so sehr.«

Aiden wirkt wie in Trance. Er macht einen Schritt auf sie zu. In die falsche Richtung, in die ich bereits von der Illusion meiner Freundin gelotst wurde.

Isis ruft ihn mit lieblicher Stimme zu sich heran. »Lass mich bei dir sein.«

Endlich begreife ich vollständig den Wahnsinn, der hier vor sich geht. Der Schleier lichtet sich. Die Hülle, die Aiden zu sich ruft, müssen wir ausblenden. Ich greife nach seinem Arm und halte ihn zurück. »Nicht!«

Angestrengt blickt Aiden von Isis wieder zu mir. Wie schwer ihm diese Entscheidung fällt, ist ihm deutlich ins Gesicht geschrieben.

»Aiden, lass mich nicht zurück. Nicht wieder. Ich will bei dir sein. Bitte!« Die Vision von Isis legt sich ordentlich ins Zeug. Er kneift die Augen zusammen, atmet scharf ein und nickt mir entschieden zu. »Nichts wie weg.«

Auf einmal höre ich Nicks Stimme wie durch Watte.

»... was macht ihr ... schnell und ... ist bald bei euch ... endlich los ... rechts ...«

Es sind nur Bruchstücke, als würden die Halluzinationen uns von der Realität abschneiden. Die Wahrheit bleibt unverändert. Wir müssen fliehen, bevor das Grauen uns einholt. Der Nebel am Boden löst sich immer weiter auf, sodass ich meine Füße wieder sehen kann. Er wirkt fast bloß noch wie ein dünner Schleier. Wir sind auf dem richtigen Weg – will ich mich selbst ermutigen. Ich nehme Aidens Hand in meine, wir rennen los, weiter nach rechts.

Uns verfolgt ein markerschütternder Schrei. Ich drehe mich um und sehe Isis nicht mehr. Woher soll ich wissen, was echt ist und was nicht, wenn alles von der Magie verzehrt wird? Ich will nur noch hier raus. Hoffentlich hat Aiden den Schlüssel eingesteckt, ich sehe ihn nirgends. Wir haben keine Zeit für eine Standpauke. Diese Bestrafung für die falsche Abzweigung raubt mir die letzten Nerven. Wir werden nicht nur von einer Bestie verfolgt, sondern auch von Irrlichtern, die den schlimmsten Albträumen entflohen sind.

»Ich habe den zweiten Schlüssel«, liest Aiden meine Gedanken und zieht einen kleinen Schlüssel aus seiner Tasche.

Nicks Stimme wird deutlicher. Als würden wir den Zauber der Falle hinter uns lassen und zurück in der Realität ankommen.

»Elena, es wird leichter mit den Symbolen. Wir haben es bald komplett gelöst. Lauft weiter. Die nächsten zwei Quadrate müsst ihr geradeauslaufen. Ihr könnt direkt durchrennen. Los, ihr habt nicht mehr viel Zeit. Rennt!«

Während ich meine Beine vorantreibe, taucht eine weitere Gestalt in einem der Quadrate auf. Es ist Lexi. Sie ist nicht länger ans Krankenbett gefesselt, sondern steht aufrecht. Ihre blonden Locken fallen ihr verspielt ins Gesicht. Sie lächelt, streckt die Hand aus, will, dass ich ihr folge. Nein, eine Falle. Es gehört zum teuflischen Mechanismus. Ich blende es aus, versuche die Illusion meiner Cousine zurückzulassen.

Aidens Gesicht ist schmerzverzerrt. Ich spüre sein Leiden. Mir geht es nicht anders. Geliebte Menschen und ihren Schmerz zu sehen, ist selbst die größte Folter.

»Komm schnell«, sage ich.

Er schüttelt bloß den Kopf, will aufgeben. Aber das lasse ich nicht zu. Ich ziehe an seinem Arm – und schaffe es. Er rennt mit mir und wir fliehen den Weg entlang, den Nick mir beschrieben hat.

Ein Quadrat und noch eines. Dann sind wir beim nächsten Bereich angekommen. »Alles klar«, höre ich Nick wieder sprechen. »Links, rechts, links, rechts, dann seid ihr draußen. Los! Jede Sekunde zählt!«

Bevor wir losrennen können, stolpert Aiden. Etwas fällt aus seiner Hand und gleitet über die Grenze in den nächsten Raum. Durch den gelichteten Nebel kann ich es gut erkennen. Es ist einer der goldenen Schlüssel. Wir sehen uns einen kurzen Moment an. Er zögert.

»Ich hole den Schlüssel und wir rennen so schnell uns unsere Beine tragen. Wir lassen Isis nicht im Stich«, sage ich entschieden. Woher ich den Mut nehme, dass mein Plan funktioniert, weiß ich nicht. Vielleicht spricht einzig die Verzweiflung aus mir. Ich will endlich hier raus.

Er gibt mir zu verstehen, dass er dabei ist. Immerhin kneift er nicht. Ich stelle mich vor die Grenze zu dem Bereich, den wir nicht betreten sollten, um den Schlüssel einzusammeln. Aiden steht bereits vor dem Feld, was uns dem Ausgang ein Stück näherbringt. Da müssen wir lang. Wir dürfen keine Zeit verlieren. Ich will hier nicht feststecken.

Einmal erlaube ich mir tief Luft zu holen, greife über die Schwelle und hebe den Schlüssel auf. Aiden ist bereits losgestürmt. Das Monster ist zurück und viel zu nah. Plötzlich spüre ich seinen heißen Atem im Nacken. Es ist direkt hinter mir. Mit scharfen Klauen holt es aus. Ich ducke mich, krabbele zwischen seinen Beinen hindurch und komme zum Stehen. *O Gott, o Gott!* Es geht alles so schnell.

Ich folge Aiden, so schnell ich kann. Meine Lunge brennt,

doch ich treibe meinen Körper zur Höchstleistung an. Es klickt und klickt wieder. Die nächste Falle ist bereit zuzuschlagen. Ich habe einen neuen Mechanismus ausgelöst, um den Schlüssel mitzunehmen. Wieder links, das letzte Mal rechts. Die Räder rasten ein. Da sehe ich den Ausgang. Aiden springt und erreicht ihn. Ich bin dicht hinter ihm. Ein letzter Satz, ein Sprung, und ich stürze aus dem Labyrinth.

Es scheppert, prasselt wie Regen. Ich drehe mich mit wild schlagendem Herzen um und halte den Atem an. Pfeile regnen quer durch die Quadrate. Es hört für Sekunden nicht auf. Danach ist alles still. Es flimmert vor meinen Augen. Magie. Wie bereits vorhin. Als es aufhört, bin ich mir sicher, dass der Zauber der Halluzinationen fort ist. Vermutlich ebenso unser Verfolger.

Eine Träne läuft mir über die Wange. Das war mehr als knapp. Um ein Haar wäre ich durchbohrt worden. Die Tür an der Wand fliegt auf, dafür brauchen wir keinen Schlüssel.

Ich nehme alles wie durch Watte wahr. Jemand zieht mich heraus, raus aus dem *Mystic Room*, bis ich den weichen Waldboden unter meinen Händen spüre.

Und dann breche ich zusammen.

KAPITEL 20

Kampf gegen Folgen

Die Ohnmacht soll mich vor der Realität bewahren. Ich warte auf sie, bereit, von ihr in die Dunkelheit gezogen zu werden. Jedoch wird mein Gebet wird nicht erhöht.

Da sind die Bilder von Jules und Onkel Gerry, die meine Hilfe brauchen. Ihre Verletzungen, das Blut, die Verzweiflung ... Ich verziehe das Gesicht. Nein – ich schiebe die Erinnerungen des Illusionszaubers fort. Ich kann das nicht länger. Dabei sind es keine Foltersequenzen, die mich benebeln. Jemand redet mit mir, dennoch klingeln mir die Ohren. Es rauscht, dabei bin ich nicht am Meer.

»Elena! Scheiße, was ist da drin passiert?«

Ist das Nazmi? Ich sehe verschwommen. Warum werde ich davon abgehalten, einfach in die Ohnmacht zu sinken? Mein Körper reagiert nicht auf mein stummes Flehen.

Wieder taucht jemand vor meinem Gesichtsfeld auf, es ist Nick. Er sieht so gut aus. Aber auch furchtbar mitgenommen. Ich würde am liebsten über seine Stirn streicheln, damit die hässliche Sorgenfalte darauf verschwindet. Doch meine Hand ist zu schwach, mein Arm ist zu schwach. Ich sitze bloß da und starre ihn an.

Allmählich sehe ich mehr. Da sitzt Aiden, er hat es geschafft.

Wir sind aus dem Raum entkommen. Er lehnt an einem Baum, Josh und Caleb sind bei ihm. Er wirkt apathisch, völlig weggetreten. Die anderen reden mit ihm, aber er reagiert nicht, sondern starrt mit leeren Augen vor sich hin, die Hände an die Ohren gepresst. Er macht den Anschein eines Verrückten, dabei weiß ich es besser. Dieser Raum hat ihm keine andere Wahl gelassen.

Wieso sehen Caleb und Josh aus, als wären sie geschwommen? Ihre Kleidung klebt nass an ihren Körpern. Sogar ihre Haare haben einen kompletten Dusch-Look – man könnte sie bestimmt auswringen.

Es dämmert mir, wieso. Beide waren in dem Hamsterrad, um die Karte sichtbar zu halten. Sie sehen fix und fertig aus. Als wären sie frisch aus einem Bootcamp der Extraklasse gekommen.

»Nick, jetzt tu endlich was!« Nazmis Stimme ist laut, aber ich höre sie kaum. Meine Ohren, meine Sinne haben sich noch nicht daran gewöhnt, dass sie nicht länger vom Wahnsinn vernebelt werden. Alles klingt und wirkt so schrecklich verzerrt.

Ich spüre Hände, sie halten mich an der Schulter. Ich will wegzucken, aber schaffe es nicht, mich zu wehren.

»Bringen wir sie endlich hier weg.« Die Stimme kenne ich. Die, die ich im Ohr hatte. Die, die so wohlklingend ist.

Meine Umgebung verändert sich. Es ist, als würde ich schweben, denn ich berühre den Boden nicht mehr. Mein Kopf sackt zur Seite und da höre ich einen Herzschlag. Seinen Herzschlag, kräftig und stark in seiner Brust. Es fühlt sich wie ein pulsierendes Kissen an.

Meine Gedanken wirbeln durcheinander, reißen mich zurück in den Albtraum des Labyrinths. Ich will es nicht erneut durchleben. Den Pfeilregen, die Bestie, den Nebel, die Stimmen. Mein Körper und Geist sind überfordert, ich bin es ebenso. Überdreht, schwach und unendlich erschöpft. Der Schock sitzt zu tief, die

Bilder sind zu real.

Endlich, da ist sie. Die Ohnmacht kommt und will mich zu sich holen. Ich habe nichts dagegen. Einen Augenblick Ruhe, einen Augenblick, in dem alle Lichter ausgehen und ich nichts mehr spüre, höre und sehe.

Das Gefühl von Schwerelosigkeit umhüllt mich. Ich liege in Nicks Armen, fühle mich sicher, doch schwebend erst durch den Kontrollverlust. Ich kann nichts mehr steuern, nicht mal mehr meine Augen wollen offen bleiben. Es geschieht und für mich ist das in Ordnung, mehr als das. Denn es war einfach zu viel. Ich lasse los und gebe mich ihr hin. Die Dunkelheit heißt mich willkommen und lässt mich vergessen. Zumindest für diesen kurzen Moment.

Das ist viel zu kurz.

Mein Bewusstsein kehrt immer mehr zurück und entreißt mich der Ohnmacht. Dabei will ich mich der Realität noch entziehen. Bloß für einen Augenblick. Bitte. Nur noch eine winzige Sequenz, die von Ruhe und Pause gekennzeichnet ist. Ohne Gedanken, ohne Gefühle, ohne das ganze Chaos.

Ich habe zu viel durchgemacht, diese Auszeit würde mir guttun, das weiß ich. Aber scheinbar empfindet die Ohnmacht, dass ihre Arbeit hier getan ist.

Ich fühle etwas Weiches unter mir, ertaste Stoff und eine Decke. Langsam öffne ich die Augen. Ich bin in dem Aufenthaltsraum der *St. Romy Meyro*.

Ich erinnere mich nicht, wie ich hierher gelangt bin. Eben noch haben Aiden und ich den Raum verlassen, dann waren wir im Wald mit den anderen. Und jetzt bin ich hier.

Mein Kopf dröhnt. Ich fasse mir an die Stirn, als bereits Nazmi neben mir sitzt.

»Da bist du ja wieder.«

»Hey«, mehr bringe ich noch nicht zustande. Es dauert ein paar weitere Sekunden, bis ich mich wieder aufgerappelt habe. »Wo ist Nick?« Ich sehe mich um, aber nur Nazmi und ich sind hier.

»Josh holt ihn. Wie geht es dir?«

»Ich fühle mich gerädert«, gebe ich ehrlich zu.

Nazmi lächelt aufmunternd. »Das glaube ich. Es war übrigens sehr mutig, was du im *Mystic Room* getan hast, als du den Schlüssel geholt hast.«

Ich winke ab. »Das hätte jeder getan.«

Nazmi zuckt fragend mit den Schultern. »Da bin ich mir nicht sicher. Gerade in so einer stressigen Situation. Ihr habt um eure Leben gekämpft und du hast freiwillig eine weitere Falle ausgelöst, damit ihr den zweiten Schlüssel rettet. Du hast dein Leben riskiert, um Isis zu retten. Oder zumindest die Chance darauf zu erhöhen.«

Ja, es stimmt. Aber ich hätte es mir nie verziehen, wenn wir in dem einen Versuch, beide Schlüssel zu finden, versagen. Isis Schicksal hängt von uns ab. Ich musste etwas tun, sonst hätten wir direkt verloren.

»Das war wirklich selbstlos von dir. Danke.«

Nazmi, die sonst immer laut und temperamentvoll ist, wirkt mit einem Mal nachdenklich und schüchtern. Sie hat ihre langen Rastazöpfe zusammengeflochten, sodass eine interessante Frisur entstanden ist. Um ihr Handgelenk hat sie wieder ein Tuch gewickelt, heute ein Exemplar aus violettem Stoff.

Bisher haben wir kaum eine tiefere Unterhaltung geführt. Das hier ist nahezu eine Premiere. Ich deute auf ihr Tuch.

»Warum trägst du das?«

Sie lächelt das Tuch an und sieht wieder zu mir. »Ich drehe voll durch, wenn ich ständig das hässliche Hexenmal sehen muss. Es sieht furchtbar aus, grotesk.«

Sie wickelt das Tuch ab und wir sehen uns das Mal an. Es gleicht dem an meinem Handgelenk. An drei Schnittpunkten kann ich einen Einstich sehen. Alles wie bei mir.

»Mein Bruder trägt gerne Bandanas. Und als ich gefahren bin, hat er mir ein paar mitgegeben. Es ist, als würde er mich vor dem Hexenmal beschützen, wenn das Tuch darüberliegt. So können wir nicht getrennt werden. Ich bin hier und er ist es irgendwie auch. Ist vielleicht komisch, aber, ja ... so ist das halt.«

Meine Gedanken rasen mit plötzlicher Geschwindigkeit los, als hätten sie ein Startsignal erhalten.

Niemals getrennt ... Zusammen bleiben ... Fünf Linien ... Fünf Menschenleben ...

Ich nehme ihren Arm und drehe ihn so, dass das Mal sichtbar ist.

»He, was machst du da?«

Aber natürlich! Endlich setzen sich die Puzzleteile zusammen. »Es sind fünf Linien, Nazmi! Fünf Linien, sieh doch! Drei sind untereinander, eine ist kürzer als die anderen. Sie stehen für die drei Schwestern, Alizon und ihre Schwestern«, feiere ich meine neue Erkenntnis. »Und da, die beiden schrägen Linien stehen für die Eltern. Es entstehen genau fünf Schnittpunkte und damit sind alle miteinander verbunden. So wie es Alizons Mutter versprochen hat.«

Alles gehört zusammen. Besonders für Hexen, wenn man an Flüche in gereimten Versen denkt und magische Zahlen, die immer eine Bedeutung haben. Es gibt fünf Räume, die wir durchspielen müssen. Fünfmal wird unser Blut genau dort genommen, wo sich die Linien kreuzen. Fünfmal zahlen wir mit unserem Blut für den Eintritt und damit für das Schicksal, das der Familie Devine zugestoßen ist.

Die mystischen Escapes finden alle zehn Jahre statt. Alizon selbst war zehn Jahre alt, als ihre Familie und sie ermordet wurden. Die Hütte liegt im Wald von Barrow Hill. An dem Ort, wo der Schrecken damals begann und die Familienmitglieder selbst tödlichen Proben unterzogen wurden, die sie nicht bestehen konnten.

»Wir werden diesen Fluch brechen, ich weiß es. In dem Tagebuch von Alizon werden wir Hinweise finden«, beginne ich.

Nazmi sieht mich an, als hätte ich einen Knall. »Vielleicht solltest du dich erst mal ausruhen und nicht durchdrehen.«

»Nazmi, es hängt alles zusammen. Das haben wir von Anfang gewusst. Ich bin mir sicher, dass wir bloß genauer hinsehen müssen, dann können wir es schaffen.«

In ihren Augen lodert Hoffnung. Der Gedanke, dass wir die Stadt vor dem Fluch bewahren und zudem Isis von der Verzauberung befreien können, ist berauschend und spendet neuen Trost.

»Du bist gar nicht mal so übel, Elena Parker«, lobt sie mich. Ihr Kompliment schmeichelt mir. Dennoch möchte ich die Gelegenheit nutzen und klären, was da zwischen uns ist.

»Warum bist du so ... abweisend mir gegenüber gewesen?«

Sie denkt kurz nach und nickt. Offenbar weiß sie, was ich meine, und leugnet es nicht.

»Weißt du, wir alle haben am Tag der Auswahl gebibbert und gefleht, dass wir nicht gewählt werden. Niemand wollte hier mitmachen. Aber wir konnten nicht entkommen und uns unser Schicksal aussuchen. Bei dir war es anders. Du hättest gehen können, du wurdest nicht erwählt. Und dann, obwohl du dieses Glück hattest, meldest du dich freiwillig.« Sie schüttelt den Kopf. »Warum bist du nicht damit zufrieden gewesen, leben zu dürfen?«

Das ist es also, was sie so beschäftigt und an mir stört.

»Du bist neidisch?«

Nazmi winkt ab, als sei die Frage falsch, aber die Antwort ist eindeutig. »Ich sag mal so, ich an deiner Stelle hätte anders gehandelt. Du hättest frei sein können. Und ich hätte lieber die Wahl gehabt. Verstehst du? Wenigstens eine Wahl, diesem Scheiß zu entkommen.«

Ich kann nachvollziehen, was sie meint. Es ist mehr als belastend, nicht selbst bestimmen zu können, was aus einem wird. Aber ich musste es tun. Für Lexi, für meine Familie.

Ich lege meine Arme um sie und drücke sie an mich.

»Es tut mir leid. All das tut mir leid, für uns alle. Aber Lexi hätte es nicht geschafft, keinen einzigen Tag hier drin.«

»Du hast für die Gruppe entschieden und gleichzeitig für deine Familie. Dir kann niemand etwas vorwerfen. Du handelst völlig selbstlos, Elena.«

Ich freue mich über ihr Lob und mehr noch darüber, dass wir das klären konnten. »Ist denn alles okay zwischen uns?«

Sie nickt und lächelt mich mit ihren schneeweißen Zähnen an. Bei der Verteilung der Schönheitsgene sind die Whitleys an vorderster Front gewesen. Nazmi ist mit ihrer dunklen Haut und den langen schwarzen Haaren ein Hingucker. Ihre weichen Gesichtszüge lassen sie lieblich erscheinen. Nazmis Geschwister kenne ich vom Sehen her. Sie sind alle schön, fast schon eine perfekte Vorzeigefamilie, die einem Modemagazin entsprungen sein könnte.

»Ja, es ist alles in Ordnung«, bestätigt sie.

Auf einmal stürmt Nick in den Raum, seine Haare stehen wild durcheinander. Sein Lächeln wird breit, als er mich sieht.

»Hey«, bringt er hervor.

Nazmi macht ihm Platz. »Dein Dornröschen ist erwacht.«

Mir wird direkt etwas wärmer. *Dein Dornröschen* ... Au Backe. Meine Hormone werden von Neuem gezündet und feiern heimlich eine Party vor lauter kitschigen Glücksgefühlen.

»Wie geht es dir?« Seine faszinierenden Augen sind viel zu nah, ich befürchte, mich darin zu verlieren. Also wende ich den Blick ab. »Mein Kopf tut noch etwas weh. Aber ansonsten geht es schon.«

»Das ist gut. Brauchst du etwas?«

Seine Fürsorge gefällt mir, das kann ich nicht leugnen. Aber dennoch sollten wir nicht zu viel Zeit verstreichen lassen. »Wir müssen weiterlesen«, erinnere ich ihn.

Er sieht mich kurz an, als wollte er mir widersprechen. Doch er entscheidet sich offenbar dagegen. »Ich hole das Buch, wenn du dir sicher bist ... Es war heute hart für dich.«

Ich nicke. »Wir müssen erfahren, was passiert ist, damit wir daraus lernen können. Ich kann mich ausruhen, wenn das hier überstanden ist.«

Bevor er den Raum verlässt, dreht er sich noch mal zu mir um. Binnen Sekunden ist er wieder bei mir und zieht mich in seine Arme. Es fühlt sich gut an, aber ich spüre seine Verzweiflung, seine Angst.

»Ich bin so froh, dass dir nichts passiert ist.«

Abgesehen von einem Horrortrip. Aber ich weiß, was er meint. Ich habe überlebt. Und das ist unbezahlbar.

Nick lässt mich wieder los, dabei ist mir der plötzliche Abstand zwischen uns viel zu groß.

»Ich sage Ms Gibbons, dass sie uns heiße Schokolade machen soll. Das wird eine lange Nacht. Bist du sicher, dass du das willst, Elena?«

Nick hat recht. Eine lange Nacht steht uns bevor, aber ich weiß, dass es notwendig ist. Trotz der Erlebnisse von gestern, von heute. Wir müssen mehr erfahren.

Außerdem ist die Option, die Nacht wieder Seite an Seite mit Nick zu verbringen, nicht die schlechteste.

KAPITEL 21

Alizon – 24. Juli 1612

»Das ist keine Option.«

Martha ist streng mit mir, dabei will ich bloß helfen. Erin sagt nichts, sie mag es nicht, wenn wir streiten. Manchmal wirkt sie wie die Ältere, die sich aus jeder Diskussion raushält.

»Wenn die Magie uns hilft, dann sollten wir das nutzen. Mutter und Vater …«, beginne ich erneut, doch Martha schneidet mir das Wort ab.

»… sind tot. Alizon, hör auf mit diesen Gedanken. Wir können nichts dagegen tun. Unser Schicksal ist besiegelt.«

»Das weißt du nicht!«, beharre ich mit meinem kindlichen Zorn.

»Schwarze Magie ist mächtig und gefährlich. Mutter hat gesagt, wir sollen uns davon fernhalten. Außerdem können wir sie nicht von den Toten erwecken.«

»Aber wir können uns rächen für das, was sie uns angetan haben«, flüstert Erin auf einmal.

Martha und ich sehen sie überrascht an. Die sonst Stillere von uns ist meinem Plan nicht abgeneigt. Martha geht direkt auf sie zu und schüttelt sie an den Schultern. »Hast du den Verstand verloren? Ihr beide seid wahnsinnig! Keine schwarze Magie!«

»Denk doch mal nach, wir sind Hexen, wir können etwas verändern. Dinge geschehen lassen, die nicht möglich sind.«

Meine älteste Schwester ist wieder bei mir. Sie sieht Mutter zum Verwechseln ähnlich. Wir haben zwar alle rote Haare, aber ihre schimmern so viel weicher in den sanften Wellen, wie auch Mutter sie trug. Ihre Augenpartie, die Wangen, alles lässt sie wie ein junges Ebenbild von Mutter wirken.

»Unsere Kräfte sind dafür da, Gutes zu tun. Rache gehört nicht dazu.«

»Willst du denn nicht, dass wir etwas tun? Sie haben sie gefoltert, Martha«, schluchze ich nun.

Sogar Erin kann ihre Tränen nicht zurückhalten. Martha lässt die Schultern sacken. Dann breitet sie die Arme aus. Wir folgen ihrer stummen Einladung und drücken uns an sie.

»Natürlich will ich es ändern. Natürlich will ich sie zurückhaben und natürlich will ich, dass sie für das leiden, was sie uns antun. Aber ... alles hat seinen Preis. Schwarze Magie ist düster. Sie gelingt nur, wenn man einen Teil seiner Menschlichkeit opfert.«

»Was bedeutet das?«, frage ich mit dünner Stimme.

»Das bedeutet, du musst deine Seele verlieren.«

Mir ist auf einmal eiskalt. Mutter hat immer gesagt, dass wir gute Menschen seien, die anderen Gutes tun und ihnen das Leben erleichtern. Wir seien kleine Helfer des Lichts. Sie hat mir gesagt, dass wir eine reine Seele hätten, frei von Schuld und Bösem. Ich will meine Seele nicht verlieren.

Erin winselt vor Angst. »Sie kommen. Ich höre sie, sie kommen!«

Tatsächlich nähern sich die Wachen. Ich drücke mein Gesicht an Marthas Brust. Die Gründer haben einen Plan. Sie wollen uns nach und nach auslöschen. Ich will nicht, dass sie meinen Schwestern wehtun.

Die Tür wird entriegelt. Einer packt mich an den Haaren und reißt mich von Martha weg. Es brennt an meinem Kopf, ich kann nichts dagegen tun und muss ihnen folgen.

Am Barrow Hill hat sich das Schreckensszenario nicht gewandelt. Wieder sind alle Gründungsfamilien aufgereiht. Sie haben sich für diesen Festtag schick gemacht. Die anderen Bewohner sind ebenfalls da und lassen sich das Schauspiel nicht entgehen.

Die Frau vom Bürgermeister meidet meinen Blick. Vielleicht hat sie wenigstens ein schlechtes Gewissen. Aber selbst wenn, nützt es uns nichts. Sie wollen uns scheitern sehen. Sie wollen meine Familie vernichten.

Dabei haben wir reine Seelen, wir sind gute Menschen. Vater hatte vor unserer Festnahme davon gesprochen, dass wir fliehen sollten, denn die Einwohner von Mistwick veränderten sich. Sie sahen uns immer merkwürdiger an. Ein freundliches Lächeln wie einst empfingen wir bald schon nicht mehr. Etwas hatte sich geändert. Sie sahen uns an, als seien wir Dämonen, die ausgetrieben werden müssten. Dabei halfen wir bloß. Jedem, der es wollte. Vater wollte uns beschützen, uns aus Mistwick fortbringen, damit wir in Sicherheit leben konnten. Doch die Gründer waren schneller. Bevor wir die Stadt verlassen konnten, brachen sie ins Haus ein und verschleppten uns in das Gefängnis. Wie wildes Getier sperrten sie uns ein mit einer Scheibe Brot und einem Krug Wasser täglich. Für fünf Leute ist das bei Weitem keine Henkersmahlzeit. Sie wollen uns leiden lassen. Jeden Augenblick, den wir noch atmen.

Ich sehe die Schatten hinter mir und will mich nicht umdrehen. Die Schatten sind unverkennbar. Mutter ... Vater ... die Überreste seines Körpers baumeln hinter mir im Schutz des Waldes – und zur Belustigung der Stadt.

Einer der Gründerväter steht vor der Menge. Er spricht von

der Befreiung von dem Bösen, von der Vertreibung der Dämonen.

Ich begreife es nicht, werde es auch nicht mehr.

Er spricht davon, die Gefahr systematisch zu vernichten. Von der mächtigen Hexe über den verzauberten Hexer hin nur zur Ältesten der Hexenbrut. Er behauptet, sie sei die Stärkste, die noch lebt, weshalb sie heute ihre Prüfung haben wird.

Martha.

Sie wird zu ihm gebracht. Sie wehrt sich, strampelt mit Armen und Beinen. Da! Sie kommt frei! Gerade will ich ihr zujubeln, als sich ein weiterer Wachmann auf sie stürzt und Martha zu Boden drückt.

»Lasst sie gehen! Lasst sie los!« Mein Brüllen verstummt, denn der Mann hinter mir legt seine Pranke um meinen Hals und drückt zu.

»Schnauze«, bellt er mich mit fauligem Atem an.

Martha ist tapfer. Versucht es zumindest.

Neben ihr ist ein großes Gefäß aufgebaut, es sieht aus wie ein riesiges Becken, in dem man seine Wäsche waschen kann.

Martha werden die Hände zusammengebunden. Auch an den Füßen werden Seile befestigt.

Der Gründer spricht davon, dass sie aus dem Wasser auftauchen müsse, um die Probe zu bestehen.

Es klingt zunächst zu leicht. Mit verbundenen Armen und Beinen könnte Martha sicher an die Oberfläche schwimmen. Sie könnte es schaffen! Gerade will sich Hoffnung in mir breitmachen, als ich die Tücke sehe. Sie schleppen einen schweren Stein heran und befestigen ihn mit Metallketten an Marthas Fesseln.

Nein!

Eine Aufgabe, die sie nicht lösen wird. Wie schon bei den Prüfungen von Mutter und Vater wollen sie, dass es misslingt. Wieso geben sie uns nicht einmal eine Möglichkeit, diesem Wahnsinn zu entkommen? Ich verstehe nicht, warum sie uns vorführen müssen. Das würde ich nie machen. Warum sind die Aufgaben nicht so gestellt, dass man sie wenigstens überleben könnte? Immerhin mit einem Hauch einer Chance.

Martha kann schwimmen, das weiß ich. Ich will nicht an den Stein denken, ich will an der Hoffnung festhalten, dass sie lange genug die Luft anhalten kann. Vielleicht löst sich der Knoten von ihren Händen. Vielleicht kann sie die Kette anheben und den Stein von sich lösen. Vielleicht kann sie entkommen.

Der Gründer gibt ihr die Möglichkeit für letzte Worte. Martha blickt uns an. Erin ist völlig aufgelöst, auch mir läuft der Rotz aus der Nase. Aber das ist mir egal.

»Es ist bald vorbei. Unsere Seelen sind rein.«

Einer der Wachen schubst sie unsanft in das Becken. Wasser spritzt auf. Der Stein sinkt schneller und zieht meine Schwester unter die Wasseroberfläche. Ich halte die Luft an, bete, flehe, dass sie es schafft.

Das Wasser bewegt sich, Martha kämpft. Ich stelle mir vor, dass sie das Seil lösen kann. Jetzt ist sie sicher an der Kette zugangs. Vielleicht kann sie sie anheben und den Stein hochheben. Das könnte gehen.

Es blubbert. Die Oberfläche wird unruhig. Wieder ein Strampeln.

Komm schon, komm schon!

Sie ist schon so lange unter Wasser. Die Gründer stehen am Rand und grinsen sich an.

Ein letztes Blubbern, dann wird es still im Becken.

»Holt sie raus! Holt sie raus«, brülle ich.

Vielleicht kann man das Wasser aus ihrer Lunge drücken. Erin kann eine Suppe machen, die die Wunden schneller heilen lässt. Es ist noch nicht vorbei.

Plötzlich trifft eine Faust meine Wange und bringt mich zum Schweigen. Es tut weh. Aber es ist kein Vergleich zu dem Schmerz, den mein Herz erleidet. Einer meiner Milchzähne ist raus. Ich schmecke das Blut in meinem Mund und spucke den Zahn aus.

Ich weiß nicht, wie lange wir dort stehen, bis Wachen in das Becken steigen. Sie hieven Martha mit dem Stein wieder raus. Ihre Hände sind frei, sie hat wenigstens das geschafft. Sie lösen die Ketten und tragen sie zu dem Ast. Eine neue Trophäe in ihrem kranken Spiel ohne Entkommen.

Die Gründungsväter reichen sich die Hände, sie lächeln, freuen sich. Dabei ist das kein Erfolg. Das darf es nicht sein. Sie rauben mir meine Familie. All das Gute, das existiert. Sie nehmen es sich und wollen mich ebenfalls umbringen. Das können sie sich sparen. Nur noch mein Körper, meine Hülle ist lebendig.

Innerlich bin ich bereits tot.

KAPITEL 22

Neue Einblicke

»Sie lebt. Oder?«

Ich starre Nazmi an, die sich einen weiteren Löffel Eiscreme in den Mund schiebt.

Heute lesen nicht nur Nick und ich in den Aufzeichnungen, sondern auch die anderen sind dabei, sogar Ridge. Ms Gibbons dagegen verkraftet die Schauermärchen vor dem Einschlafen nicht und hat sich bereits zur Nachtruhe verabschiedet. Selbst Aiden ist anwesend und sitzt in einem Ohrensessel. Die Erlebnisse aus dem Labyrinth haben ihm zugesetzt, aber er bleibt tapfer, so wie wir alle.

»Da steht, dass Martha eine weitere Trophäe ist, also ist sie tot«, erklärt Josh.

»Es steht aber nicht wortwörtlich drin.«

Ich lege das Buch zurück auf den Tisch und schnappe mir stattdessen eine weitere Tasse heißer Schokolade, die Ms Gibbons für uns vorbereitet hat.

»Sie ist tot, kein Zweifel«, bestätigt Caleb, was die Mehrheit in dem Raum denkt.

»Echt? Eine Wasserleiche? Das ist ja widerlich«, Nazmi stellt den Eisbecher zurück und verkriecht sich unter der Decke.

Nick nimmt das Buch wieder in die Hand und geht die Seiten

erneut durch. »Welche neuen Erkenntnisse gewinnen wir aus den Aufzeichnungen?«

»Dass man stirbt, wenn man an einen Stein gefesselt auf Tauchgang geschickt wird und einem die Luft ausgeht?«

»Nazmi, jetzt mal im Ernst. Denkt nach. Wir haben in den anderen Auszügen immer wieder Neues erfahren. Dinge, die uns weiterhelfen könnten.«

Josh setzt sich auf. »Warum sollte die Hexe uns mit ihrem Tagebuch helfen? Wieso will sie, dass wir gewinnen?«

Ich rücke näher an Nick und blättere auf die gesuchte Seite. »Hier steht, Alizon hat bei Marthas Tod selbst reflektiert, dass sie solche Prüfungen nie stellen würde. Nichts, was chancenlos ist. Also hat sie die Rätselaufgaben für uns so gestellt, dass wir gewinnen können.«

»Ja, wenn wir so tanzen, wie der Marionettenspieler es verlangt«, antwortet Aiden verbittert.

Er hat sich noch nicht von dem heutigen Erlebnis und der Tatsache erholt, dass wir fast draufgegangen wären. Aber nur fast, denn wir haben es geschafft. Ich will nicht darüber nachdenken, was passiert wäre, wenn ich eine Sekunde zu spät abgesprungen wäre. Das bringt uns nicht weiter.

»Also wissen wir, dass jede Prüfung, die Alizon stellt, gelöst werden kann. Das ist keine Falle. Außerdem wurde Alizon vor der schwarzen Magie gewarnt, weil sie ihre Seele als Preis fordere. Das, was die Eltern bereits angekündigt haben, jeder Zauber würde etwas kosten, bekommt hier einen Namen. Es geht um ihre Seele.«

Ich sehe Nick an, der einen fantastischen *Sherlock Holmes* abgeben würde. Nicht nur optisch. Er ist ein richtiger Detektiv und hat ein Gespür für die Aufdeckung von versteckten Botschaften und Geheimnissen.

»Du denkst, das hängt zusammen?« Josh sieht skeptisch aus. »Für mich scheint es eher, als wollten Erin und Alizon gemeinsam etwas zaubern. Sie sind beide offen für dunkle Mächte. Hat die Schwester nicht von Rache gesprochen?«

»Aber ihr wisst, dass alle fünf gestorben sind«, erinnert Ridge. Er lehnt an einem der massiven Sideboards und wirkt nachdenklich.

Direkt schießt das Foto wieder in mein Gedächtnis, welches er uns am ersten Tag hier gezeigt hat. Die Gründungsväter, die sich vor einem Ast aufgereiht haben, an dem fünf leblose Körper baumeln. Sie sind alle gestorben.

»Das passt nicht zusammen, wenn beide gemeinsam zaubern. Wir kennen schließlich den Ausgang dieser Geschichte.« Ridge seufzt. Seine Augenringe lassen ihn alt wirken. Er geht zu Josh und klopft seinem Neffen auf die Schulter. »Es ist gut, dass ihr Informationen aus den Mitschriften zieht. Der Vorteil war uns damals nicht vergönnt.«

Es tut mir leid, ihn so zu sehen. Obwohl Jahre seit seiner Teilnahme vergangen sind, nimmt ihn diese Aufgabe, diese Bürde, uns bei unseren Prüfungen beizustehen, arg mit. Selbst nach den Escape-Rooms ist niemand außer Gefahr. Und nun muss er uns vorbereiten, obwohl er genauso wenig über das nächste Spiel weiß wie wir.

Damals konnte Ridges Gruppe diese Aufzeichnungen nicht bergen. Vielleicht haben sie das Buch nicht gesehen oder es war nicht da. Das lässt sich nicht sagen.

»Es ist nicht abwegig, dass Erin und Alizon gemeinsam den Fluch gesprochen haben. Sie wollten beide Rache üben, das ergibt Sinn«, ergreift Josh das Wort.

Nick jedoch schüttelt den Kopf. »Nein, das glaube ich nicht. Wir kennen bloß Alizon. Sie ist diejenige, die den Fluch gesprochen hat. Sie war es, die das Mal am Tag der Auswahl verteilt hat. Es geht um sie.«

»Aber ist es nicht egal, wer den Spruch aufgesagt hat? Wir wollen es einfach rückgängig machen. Wofür solche Recherchearbeit?« Nazmi greift wieder zum Eisbecher, Caleb ist allerdings schneller und nimmt ihn ihr ab. Sie versucht ihn zurückholen, aber er steht auf und rennt einmal hinters Sofa.

»Hol dir, was du willst.«

Der Schalk steht in seinen Augen und Nazmi steigt darauf ein. Sie wirft die Decke beiseite und hetzt hinter ihm her. Sie verfolgen sich einmal quer durchs Zimmer. Ich kann nicht anders als zu lachen.

So losgelöst und befreit war die Stimmung zuletzt noch am Morgen vor Isis' Versteinerung. Endlich erreicht sie ihn, doch er hält den Arm so durchgestreckt, dass sie den Eisbecher nicht erwischt.

Sogar Ridge und Aiden lächeln. Diese kleinen Albernheiten sorgen für eine befreite Atmosphäre, ein Stück Normalität, ein Stück Freiheit.

»Leg dich nicht mit mir an«, droht sie.

Gönnerhaft überreicht er ihr den Eisbecher und ergattert prompt buhende Rufe von Aiden und Josh. »Was denn? Ich weiß, wann ich verloren habe.«

Nazmi stampft zurück auf ihren Platz und tunkt den Löffel wieder in die cremige Masse. »Also, warum müssen wir so viel in der Geschichte stöbern?«

»Es liegt auf der Hand, dass die Geschichte uns helfen kann, die Gegenwart zu verändern.«

Alle sehen Nick an, dann lachen die Jungs allerdings laut auf. »War klar, dass der Bücherwurm so einen Spruch parat hat«, scherzt Caleb.

Nick nimmt es gelassen. »Was soll ich sagen? Ich erfülle scheinbar voll die Klischees.«

Ich würde widersprechen, aber ich beiße mir auf die Zunge. Denn ich möchte nicht vor allen zugeben, dass Nick keine der Vorstellungen erfüllt, die ich mir von einem Nachfahren aus der Bibliotheksahnenreihe gemacht hätte. Er ist viel zu geheimnisvoll, charmant und hat diese einzigartige Wirkung auf mich.

»Und was sagt uns der Text noch?«

»Ich finde, es wird wieder deutlich, was für Schweine die Gründungsväter damals waren«, höre ich mich plötzlich laut sagen. Dabei sollten diese Gedanken nur in meinem Kopf bleiben. Sechs Augenpaare sehen mich belustigt an. Scheinbar haben sie mit dieser ehrlichen Aussage nicht gerechnet. Vor allem nicht von mir.

Seit der Spiele, seit den letzten Tagen taue ich mehr auf, ich fühle mich stärker, ein wenig selbstbewusster. Hier kann ich mich nicht hinter Lexi oder Jules verstecken. In den Räumen muss ich funktionieren und das Beste geben, was ich kann. Ich kann mich nicht vor Gesprächen mit neuen Leuten drücken oder anderen das Reden überlassen. Nun kann ich zeigen, wer ich bin. Und das ist eine ungeahnt schöne Erfahrung.

Nazmi nickt und stellt den Eisbecher zurück auf den Tisch. »Elena hat recht. Das waren richtige Hornochsen. Wenn ich könnte, dann würde ich in die Zeit zurückkehren und denen ordentlich in den Hintern treten, bis ihnen die Ohren abfallen.«

»Das ist es ja. Diese Wut auf die Gründungsfamilien ist es, warum Alizon uns verflucht hat. Uns und ganz Mistwick.« Josh steht auf und legt alle bisherigen Schlüssel nebeneinander, die wir aus den Spielen gesammelt haben. Sie sind golden, aber eher stumpf als glänzend. Jeder Schlüsselbart sieht anders aus und besteht aus verschiedenen Formen. Ich kenne kein Schloss, in das sie passen könnten.

»Haben wir denn eine Ahnung, warum wir die Schlüssel brauchen?«

Ridge stellt sich neben den Tisch und begutachtet die gefundenen Exemplare. »Bei uns sahen sie alle anders aus. Sie waren schwarz und viel kleiner. Wir brauchten sie, um eines der Rätsel zu lösen. Mit den gesammelten Schlüsseln konnten wir eine Tür öffnen, die uns aus einem der Räume gebracht hat«, erinnert er sich.

»Wir haben drei Räume bereits gespielt und vier Schlüssel gefunden. Meint ihr, das hat auch was mit der Anzahl der gestorbenen Familienmitglieder zu tun?«, fragt Aiden nun.

Nick schüttelt den Kopf. »Ich denke eher, dass die fünf Räume für die fünf Menschen stehen. Wie viele Schlüssel wir brauchen und vor allem wofür, wird sich wohl erst noch zeigen.«

»Und wie sollen wir das herausfinden? Einfach warten, bis die Hexe uns eine neue Botschaft herzaubert?«, fragt Caleb und verschränkt die Arme vor der Brust.

Ich nehme das Buch mit den Aufzeichnungen in die Hände und halte es hoch. »Das ist der einzige Anhaltspunkt, den wir haben. Und der einzige Vorteil, den wir gegenüber den vorherigen Escapes hatten. Anscheinend haben die Gruppen vor uns dieses Wissen nicht gehabt. Also sollten wir es nutzen.«

KAPITEL 23

Alizon – 25. Juli 1612

»Wir lassen die Finger davon.«

Ich habe gehofft, dass Erin mir helfen würde, aber wir diskutieren nun schon seit gefühlten Stunden.

Die Nacht war kurz. Das Weinen und die Schreie meiner Schwester haben mich wachgehalten. Meine Tränenkanäle sind leer, meine Augen rot und dick. Ich kann nicht mehr weinen. Mein Herz blutet zu sehr, als dass eine ruhige Nacht voll Schlaf die Schmerzen lindern könnte.

Sie reicht mir die Reste der Brotkante. Wir haben sie uns aufgespart. Als wir sie heute früh mit dem kleinen Krug Wasser bekommen haben, war mein Appetit noch lange nicht da. Jetzt allmählich knurrt mein Magen.

Erin hat ihre Ration unter Tränen verspeist und immer wieder betont, dass es sinnlos sei. Alles, was noch kommt, was wir tun können, sei sinnlos. Ich sehe es anders, denn wir können etwas bewegen. Warum will sie es nicht einsehen? Gestern hat sie Martha doch auch gesagt, dass wir uns wenigstens rächen könnten für all den Schmerz, den sie verursacht haben.

Ich kaue auf der harten Kruste. Die neue Zahnlücke fühlt sich frisch und empfindlich an, aber es tut kaum weh, wenn sich die Kante in die Lücke schiebt.

»Wir könnten beide zusammen einen Zauber sprechen, der ...«

»Alizon, was bringt das schon? Es ist sinnlos. Sie sind alle tot und wir sterben ebenfalls.«

»Sie sollten für das bestraft werden, was sie getan haben«, beharre ich.

Meine Schwester fährt sich mit den dreckigen Fingern durchs verknotete Haar. Es ist stumpf und filzig. Letzten Sommer haben wir uns an der kleinen Mauer vorm Haus die Haare geflochten. Wir saßen alle voreinander. Mutter hat Martha, sie Erin und Erin mir die Haare gekämmt und zu wunderschönen Zöpfen gebunden. Wir haben einander kleine Blumen und Halme zwischen die Verflechtungen gesteckt.

Damals war alles einfach. Es war warm und wir waren glücklich hier. Nun herrschen Dunkelheit und Verzweiflung. Die Gründungsfamilien haben unser Glück für immer zerstört. Aber wenigstens bleibt die Erinnerung an eine Zeit, in der wir ohne Angst leben durften.

Wie mag es wohl sein, wenn man um sein Leben fürchten muss? Jetzt kenne ich das Gefühl, aber wissen auch die Gründer, wie es ist? Tag für Tag abwarten und dem Schicksal nicht entkommen zu dürfen, ist eine grausame Folter.

Hier im Kerker ist es muffig und dreckig. Wie gern würde ich mich waschen oder im See draußen baden gehen! Ich will den Schmutz und das Elend von mir schrubben. Kein Fleck soll mich je wieder daran erinnern, was sie mir geraubt haben.

Erin und ich sind noch übrig. Wir können es schaffen und sie für das büßen lassen, was sie tun. Wir müssen nur zaubern.

»Alizon, alles ist sinnlos.«

»Nein, das ist es nicht. Sie werden nie vergessen, was sie unserer Familie angetan haben«, verspreche ich.

Erin weint wieder. Ich nehme sie in den Arm und drücke mein

Gesicht an ihres. Die Schürfwunde auf meiner Wange ist weiterhin da, sie hat sich etwas entzündet, aber an manchen Stellen bilden sich bereits kleine Krusten. Weh tut es kaum mehr – und im Vergleich zu dem eigentlichen Schmerz, den sie meinem Herzen antun, hat es das auch nie.

»Du musst auf Mutter hören, auf Vater und Martha. Höre auf mich, wir dürfen keine schwarze Magie verwenden.«

»Ich verstehe nicht wieso.«

»Weil es nichts ändert, es macht alles nur schlimmer. Das Loch in deinem Herzen wird kein Zauber je wieder auffüllen können.«

Nun bin ich es, die weint. Dabei dachte ich, meine Tränen wären längst versiegt.

»Ich will, dass der Schmerz aufhört«, jammere ich.

In solchen Situationen würde Mutter mir tröstend übers Haar streichen und mich beruhigen – so, wie es nur eine Mutter kann. Aber sie ist nicht mehr da. Sie wurde mir geraubt, mir und meiner Familie. Mein Vater ist fort, weil auch er uns geraubt wurde. Und Martha.

»Willst du denn nicht, dass sie das fühlen, was wir fühlen? Willst du keine Rache?«

Erin nickt und schüttelt anschließend den Kopf. »Ich will schon, aber es ist nicht richtig. Das ist der falsche Weg.«

»*Sie* gehen doch den falschen Weg. Warum können wir nicht auch so handeln?«

»Weil wir gute Menschen sind.«

Ich begreife nicht, warum wir als gute Menschen leiden müssen. Warum wir von den perfiden Machtspielchen anderer abhängig sind. Warum sie so mit uns umgehen dürfen, ohne dass jemand etwas dagegen unternimmt.

»Alizon, wenn wir zaubern und uns rächen, dann sind wir nicht besser als sie, sondern genauso verdorben.«

Das möchte ich nicht, aber ich will sie auch nicht einfach damit davonkommen lassen. »Wie wäre es, wenn wir nur einen kleinen Zauber wirken? Einen, der sie bloß erschreckt?«

Meine Schwester hebt die Schultern. »Ich weiß nicht. Alizon, schwarze Magie ist unberechenbar. Und in unseren Händen kann sie grauenvolle Dinge anrichten. Unterschätze nicht, wie stark wir sind. Vor allem du.«

Ich weiß, dass sie auf meine Gefühle anspielt. Mutter hat es mir immer und immer wieder erzählt. Je jünger eine Hexe ist, desto gefährlicher kann sie sein, denn die Magie, die durch sie hindurchfließt, ist noch unkontrolliert und damit unermesslich stark. Insbesondere dann, wenn Gefühle mit im Spiel sind.

Es ist wieder an der Zeit. Das Stampfen der Stiefel durchbricht die Stille unseres Gefängnisses. Ihre Schritte hallen von den kahlen Wänden wider und kündigen die nächste Herausforderung an.

Wir schlingen unsere Arme umeinander, wollen nicht getrennt werden. »Erin, sie dürfen nicht ...«

Auch meine Schwester weint bittere Tränen. »Wir bleiben zusammen. Im Herzen und in der Erinnerung. Wie Vater schon sagte, wir sehen uns bald wieder.«

Die Tür wird entriegelt und die Männer grapschen nach uns, reißen uns auseinander.

»Niemand kann uns trennen«, brülle ich und vergrabe meine Hände in Erins Kleid. Ein Wachmann zerrt an mir, jedoch bin ich nicht gewillt, loszulassen. Ich will bei Erin bleiben. Sie ist die Einzige, die mir geblieben ist.

Auf einmal trifft etwas Hartes gegen meinen Arm. Es pocht an der Stelle. Einen Moment zucke ich, aber schnell fange ich mich und halte Erin nur noch stärker fest.

Wieder schlägt der Metallstab und landet auf meinem Ellenbogen und dünnen Unterarm. Ich schreie auf, er hat direkt einen Nerv getroffen. Oder gleich mehrere. Erin wird von mir gerissen, ich kann mich nicht länger an ihr festhalten. Verzweifelt versuche ich, wieder zu ihr zu gelangen, aber ich habe keine Chance.

»Erin! Nein! Erin!«

Der eine Kerl packt meine Schwester unsanft am Schopf. Die andere Hand legt er ihr um den Hals. Er flüstert etwas in ihr Ohr und schüttelt sie.

Sie sind alle blind vor Hass gegen uns, obwohl wir unschuldig sind. Niemand hat ihnen etwas getan. Erin läuft blau an.

»Aufhören«, schreie ich mit heiserer Stimme.

Er registriert, dass er zu fest drückt, und lockert seinen Griff. Erin hustet, um zu Atem zu kommen. Doch schon werden wir vorangetrieben. Sie bringen uns durch den dunklen Wald von Barrow Hill. Es wiederholt sich alles. Nur dass heute Erin diejenige ist, die vor die Gründerfamilien gezerrt wird.

Ich will nicht, ich kann nicht, es ist alles zu viel. Auf dem Boden erkenne ich den scheußlichen Schatten von dem dicken Baum hinter mir und allem, was daran befestigt wurde. Nach vorne zu sehen, bringt keine Erleichterung. Die Leute starren uns an, als seien wir Aussätzige.

»Bitte, bitte lasst uns gehen«, flehe ich. Ein Mann aus der vorderen Reihe sieht mich an. Zögernd, abwägend. *Ja, das ist es!* Die Leute müssen aufwachen und verstehen, dass sie einen Fehler machen. Meine Familie gehört nicht zu den Bösen, wir sind Menschen, die helfen.

Die Frau neben dem Mann sieht unseren Blickkontakt und schreit entsetzt auf.

»Die Hexenbrut versucht, meinen Sohn zu verführen! Sie verzaubert ihn!«

Mit ausgestrecktem Finger zeigt sie auf mich. Augenblicklich folgen alle Umstehenden der Geste und starren mich an. Sie rücken näher und heben drohend ihre Waffen.

»Die ist morgen dran! Haltet euch zurück«, beschwichtigt der Gründer auf dem Podest die aufgebrachte Meute. »Wir müssen uns an die Reihenfolge halten und die Hexen nach ihrer Stärke vernichten. Sie stellt kaum eine Gefahr dar, wenn erst mal alle anderen tot sind.«

Tatsächlich beruhigen sich die Menschen vor mir. Sie gehorchen den Gründern blind, stehen alle unter ihrem Bann – mit dem wir Hexen nichts zu tun haben. Das ist der Zauber einer uneingeschränkten Machtausübung, die später mal einen Namen bekommen wird, ganz sicher. Solche Ausbeutungen bekommen immer Namen, denn scheinbar lernen wir Menschen nicht, einander in Respekt und Würde zu achten, um so miteinander in Frieden leben zu können. Stattdessen drehen die, die mehr Macht haben als andere, durch.

Erin wird an einem dicken Stamm gebunden. Ihre Hände werden mit Ketten gefesselt. Wie an einem Marterpfahl wird sie mit dem Gesicht zur Menge hin drapiert. Jeder soll es sehen. Und Erin soll ebenfalls in die Gesichter ihrer Folterer blicken können.

»Bitte, lasst sie frei!«

Der Wachmann hinter mir stößt mich plötzlich zu Boden. Mein Gesicht landet im kalten Laub. Bevor ich aufstehen kann, spüre ich sein Gewicht auf meinem Rücken, meinen Schultern und meiner Hüfte. Er ist bestimmt fünfmal so schwer wie ich in seiner edlen Rüstung. Ich bekomme kaum Luft, werde unsanft in den weichen Matsch gedrückt, und zappele wie ein erstickender Fisch an Land.

»Noch ein Wort und ich sorge dafür, dass deine Schwester richtig leidet«, zischt er nah an mein Ohr.

Mit Nachdruck hievt er sich hoch und ich japse auf. Irgendetwas ist gebrochen. Vermutlich eine Rippe, denn jeder Atemzug sticht mir in die Seite.

Ich kann mich nicht wehren, als er mich hochhebt, sodass ich dem Grauen zusehen muss, was sie mit Erin vorhaben.

Der Gründer spricht von den bekannten Heilkünsten der Hexen. Dass meine Schwester beweisen solle, wie sie sich selbst heilen kann. Maskierte Henker reihen sich wie gierige Wölfe um den Pfahl. Sie warten auf das Startsignal.

Erin soll vor allen ausgepeitscht werden, damit sie sehen, wie schnell sie ihre Verletzungen heilt. Sollte sie ihren Wunden nicht erliegen, dann könne sie dies bloß durch ihre Hexenfertigkeiten vollbracht haben – und müsse sterben. Andernfalls sterbe sie ohnehin. Der Tod ist unabwendbar. Auf die ein oder andere grausame Art.

Erin richtet ihre letzten Worte an die Gründerfamilien. Mir schnüren sie die Kehle zu.

»Ihr werdet für das bezahlen, was ihr getan habt.«

Dann sucht ihr Blick meinen. Tränen rollen ihr übers Gesicht. Die Panik ist deutlich in ihren Augen zu sehen. Sie weiß, was sie erwartet, und kann nicht entkommen.

»Niemand trennt uns. Wir werden uns wiedersehen, Alizon!«

Es klingt wie ein Versprechen und ich lege all meine Hoffnung in diesen Gedanken.

Auf einmal geht es los. Die Wachen stürzen auf Erin und holen mit ihren Waffen aus. Ich schreie so lange, bis meine Stimme vor Heiserkeit versagt. Die Peitschenhiebe reißen ihr die Haut auf. Ketten mit Dornen zerfetzen ihr Fleisch. Es dauert nicht lang, da hört auch Erin auf zu schreien.

Ihr Anblick brennt sich in mein Gedächtnis. Alles ist voller Blut, ihr Kleid hängt nur noch in Fetzen. Die Arme, Beine, ihr Hals und ihr wunderschönes Gesicht sind von klaffenden

Wunden übersät.

Die Männer legen ihre Waffen beiseite. Doch ich gebe mich nicht der Hoffnung hin, dass Erin entkommen kann und dies das Ende ihrer Prüfung ist.

Ich liege richtig. Ihre Peiniger nehmen kleine Behälter in die Hand, die mich an Einmachgläser erinnern. Der erste holt aus und schleudert den Inhalt auf Erin. Dampf steigt auf, als die Flüssigkeit auf den geschundenen Körper trifft.

Erin schreit markerschütternd und versucht sich zu winden. Der nächste Wachmann kippt sein Glas mit der giftigen Masse über ihr aus. Der Inhalt trifft ihr Gesicht, ihre Augen. Sie kreischt, es zerreißt mich. Mein Herz setzt aus. Ich wünschte, es würde jetzt auf der Stelle aufhören zu schlagen.

Übergroße Blasen bilden sich, ihre Haut zieht sich zusammen, als schon ein Dritter die Säure über den verwundeten Körper kippt.

Meine Schwester brüllt und versucht, dem Schmerz zu entkommen. Ich leide mit ihr. Ihre blutige Haut bildet frische Narben, zieht sich zusammen und entstellt Erin auf furchtbare Weise. Ich kann mir nicht vorstellen, welche Schmerzen sie haben muss – und will es gar nicht.

Sie sackt zusammen, doch die Wachmänner gießen weitere Behälter über ihr aus. Die Haut dampft und zischt, aber Erin rührt sich nicht mehr.

Meine Stimme versagt, wie auch meine Kräfte.

Die Gründer lassen sich Zeit, Erin vom Pfahl zu binden. Man kann ihr Gesicht nicht einmal mehr erahnen. Alles ist weggeätzt. Ihr Kopf, ihre Augen, ihr Mund, der Hals, die Arme. Dicke eitrige Beulen entstellen ihren Körper. Die Peitschen haben tiefe Wunden verursacht, sodass die Säure in die unteren Hautschichten einsickern konnte. Sie haben Erin verunstaltet. Die äußere

Hülle stinkt nach Chemikalien und verwestem Fleisch. Mir ist schlecht, alles dreht sich, jedoch ist mir der Moment der Ohnmacht nicht vergönnt. Der lästige Wachmann, der mich hält, packt mich an den Wangen und dreht meinen Kopf in die Richtung, in die ich nicht blicken will. Da sehe ich den Ast. Mutter, Vater und Martha hängen dort. Ihre Körper baumeln daran wie ein groteskes Windspiel.

Erin wird am Saum ihres Kleides über den Boden gezogen. Sie hängen sie direkt neben Martha. Eine Schlinge wird um ihren Hals gewickelt, dann ziehen sie sie wie eine leblose Puppe am Ast hoch. Die Menge applaudiert, ich dagegen verliere meine Nerven. Es ist einfach zu viel.

»Hexen haben hier nichts verloren. Ihr gehört zurück in die Hölle. Dämonische Missbildungen, schau sie dir an. Das sind sie. Alle miteinander.« Er sieht ebenfalls zum Baum und wirkt … stolz. Mein Hals ist zu wund, ich kann nicht mehr sprechen. Alles tut weh. Ich sehe ihn bloß an. Ihn und den Ast, der meine geliebte Familie trägt.

»Da ist noch Platz für dich, gleich neben deiner hässlichen Schwester mit der zusammengeschrumpelten Haut. Oder willst du lieber neben der aufgedunsenen Wasserleiche hängen?«

Er will mich provozieren, aber es klappt nicht. Den Gefallen tue ich ihm nicht. Ein letztes Mal zwingt er mich, die Überreste meiner Familie anzusehen und mir vor Augen zu führen, wie mächtig die Gründerfamilien sind. Meine Tränen sind nicht aufzuhalten. Sie folgen einfach der Schwerkraft. Ich heule nicht laut. Dafür sitzt der Schock über diese Brutalität zu tief.

Der bewaffnete Mann neben mir lacht auf. »Morgen ist dein großer Auftritt, Gör. Ich werde in der ersten Reihe sein und dabei zusehen, wie du verreckst.«

Der Wächter spuckt mir ins Gesicht. Sein Speichel läuft an

meiner überhitzten Wange entlang. Und da fasse ich einen Entschluss. Wenn sie einen großen Auftritt von mir erwarten, dann bekommen sie auch einen. Ich soll mich von Magie fernhalten, weil sie ihren Preis hat. Aber ich kann mir keinen höheren vorstellen als den, welchen ich bereits bezahlt habe. Ich lasse mich nicht stillschweigend von ihnen foltern. Sie müssen erkennen, dass sie zu weit gegangen sind. Sie müssen erkennen, dass das Gute siegen muss. Mit diesem Verhalten dürfen sie nicht ungestraft davonkommen. Es soll ihnen eine Lehre sein.

Wenn ich schon sterben muss, dann werden sie meinen Tod nie vergessen.

KAPITEL 24

Lehrreiche Leichen

»Ich kriege die Bilder nie wieder aus dem Kopf.« Nazmi schüttelt sich und streicht sich danach über die Arme, als wollte sie sich wärmen. »Gruselig.«

»Noch eine Leiche. Das ist echt makaber«, gesteht Josh und sieht richtig blass um die Nase aus.

Nazmi dreht sich irritiert zu ihm um. »Ist Erin auch tot, oder was?«

Beinahe bringt sie mich mit ihrer naiven Frage zum Lachen. Ein belustigtes Schmunzeln kann ich allerdings nicht unterdrücken.

»Es steht nichts davon im Text, dass sie wirklich gestorben ist.«

»Ach Nazmi, das ist so eindeutig. Nach der Säure in den offenen Wunden ist sie schlicht draufgegangen. Das macht kein Körper mit.« Josh zieht die Ärmel seines Pullovers runter. Die Geschichte hat ihm scheinbar einen Schauder eingejagt, denn an der gemütlichen Zimmertemperatur kann es Dank des lodernden Kamins wohl nicht liegen.

Nazmi zieht die Beine eng an die Brust. Sie sieht nun wesentlich verängstigter aus. »Ich habe keine Lust mehr auf Horrorgeschichten.«

»Du kannst heute in meinem Bett schlafen«, schlägt Caleb grinsend vor. »Ich pass dann auf dich auf.«

Sie wirft eines der Sesselkissen auf ihn und schenkt ihm einen vielsagenden Blick. »Das kann ich selbst.«

Dann lächelt sie ihn an, mit diesem verspielten Ausdruck in den Augen. Ich bin mir nicht sicher, ob sie nicht doch auf sein Angebot eingehen wird.

»Kommen wir zurück zur Geschichte. Was haben wir Neues herausgefunden?« Nick setzt sich aufrechter hin. Er will die Details sammeln, um damit der Lösung rund um den Fluch ein Stück näherzukommen.

»Alizon ist ein richtiger Pechvogel«, schlussfolgert Caleb.

»Erin hat mit Alizon darüber gesprochen, dass alles sinnlos ist. Also hat Alizon versucht, das zu ändern und dem Ganzen einen Sinn zu geben«, antwortet Ridge.

Aiden sieht ihn fragend an. »Indem sie uns einen Fluch und unlösbare Aufgaben aufbrummt? *Das* ist sinnfrei.«

»Sehe ich auch so«, erklärt Nazmi. »Welchen Zweck sollte das erfüllen? Sie kann ihre Familie nicht zurückholen. Und unsere Rätsel sind alle zusammen brutal. So wie auch die Aufgaben der Gründungsväter.«

»Das stimmt nicht ganz«, mische ich mich ein. »Die Aufgaben damals waren unlösbar. Es gab kein Entkommen. Denn selbst wenn sie die Proben bestanden hätten, wären sie anschließend getötet worden. Bei unseren Escapes gibt es einen Ausweg.«

Die eine Chance, von der Alizon gesprochen hat. Wir können die Aufgaben meistern, wenn wir uns an ihre Regeln halten und zusammenarbeiten.

»Aber wo steckt da die Sinnhaftigkeit drin?«

»Wir können sie lösen. Alizons Familie hatte keine Wahl, sie wurde mit tödlichen Prüfungen konfrontiert, die allesamt unsinnig waren. Denn es gab keine Aussicht auf Gewinn. Bei ihren Rätseln ist das anders. Sie haben einen Sinn. Und welchen Zweck sie verfolgen, werden wir bald herausfinden«, antworte ich Nazmi.

»Fakt ist«, wendet sich Ridge an die Gruppe, »Alizon wollte sich rächen, denn sie schreibt, dass die Gründer nicht nachempfinden können, wie es ist, um sein Leben zu fürchten.«

»Daher der Fluch mit der stetigen Angst, dass sich alle zehn Jahre dieser Horror wiederholt und einen aus unseren Reihen trifft«, erklärt Josh und wirkt auf einmal wacher. Fast so, als hätte er ein weiteres Puzzlestück im Mysterium um den Fluch gefunden.

Durch den unheilvollen Zauberbann gibt es für uns kein Entkommen. Wir leben mit der Gewissheit, dass wir früher oder später am Tag der Auswahl bereitstehen, um von der Hexe für die Spiele erwählt zu werden. Mit dieser Angst aufzuwachsen, ist schrecklich. Sogar nach den Spielen gibt es keine Befreiung. Ridge ist trotz seiner Teilnahme vor Jahren an den Escapes immer noch Teil des Fluchs und der *Mystic Rooms*. Der einzige Ausweg besteht darin, den Kreislauf zu durchbrechen.

»Was wir ebenfalls neu wissen, ist, dass Alizon den Fluch nie sprechen wollte. Ihre Schwester ...«

Nick greift zu den Aufzeichnungen und findet die gesuchte Stelle. »... erklärt, dass der Einsatz schwarzer Magie alles schlimmer mache und Rache der falsche Weg sei, weil sie gute Menschen sind. Alizon will daraufhin keine dunklen Mächte nutzen. Also?« Er sieht uns nacheinander mit großen Augen an, als warte er auf fallende Groschen.

»Also hat sie ihre Schwester verarscht, weil sie trotzdem gezaubert hat«, schlussfolgert Aiden, der heute vergleichsweise ruhiger ist.

Ich kann mir nicht vorstellen, wie es für ihn sein muss, von der

Grausamkeit seiner Vorfahren zu erfahren. Zwar haben alle Gründungsfamilien zusammen den Entschluss gefasst, aber letztlich ist es doch Aufgabe des Bürgermeisters, die Reden zu halten und die Meute anzuführen. Jeden Tag war es die Familie Clark, die als treibende Kraft die Stadt gegen die Devines aufhetzte, um die Entscheidung der Gründer zu rechtfertigen und durchzusetzen.

»Nein.« Nick schüttelt den Kopf. »Also müssen wir herausfinden, was es bedeutet, ein guter Mensch zu sein. Denn das ist es, was sie aufgegeben hat.«

»Der Wink mit der Seele«, platze ich heraus, woraufhin Nick zustimmend nickt.

»Alizon war zehn Jahre alt, als das passiert ist. Ihre Schwester hat erklärt, dass gerade junge Hexen gefährlich sind. Die Gründer haben somit eine folgenschwere Entscheidung getroffen, ausgerechnet Alizon als Letzte zu ermorden. Denn sie war voller Emotionen, voller Schmerz, was einen dunklen Zauber nur verstärken dürfte.« Ridge steht auf und tigert durch den Raum. »Es ist genial. All das hätte uns vielleicht damals geholfen.«

Ich sehe die Trauer in seinen Augen. Er trägt die Schuld des Versagens nun ein Leben lang mit sich. Die einzige Möglichkeit, ihn von seinem Kummer zu erlösen, ist das, was uns allen hilft. Alizons Fluch muss gebrochen werden.

»Haben wir denn eine Ahnung, wie wir ihn brechen können?«

»Es heißt lediglich, dass Alizon die Nerven verliert, ihr Handeln nicht ungestraft bleibt und die Nachfahren vor allem nie vergessen sollen, was sie der Familie Devine im blinden Hass angetan haben«, zählt Nick auf.

»Wartet, da stand doch was davon, dass die Gründer erkennen sollen, dass sie einen Fehler begangen haben. Also sind die Rätsel eine Art Retourkutsche?« Josh bekommt langsam rote Wangen. Sie passen perfekt zu seiner Haarfarbe.

»Klar, es geht darum, dass sie die Familie umgebracht haben.«

Irgendetwas stört mich an Aidens Schlussfolgerung. Es ist zu banal. Alizon wollte, dass alle aufwachen und ihren Fehler erkennen. Aber dafür bräuchte sie die Spiele nicht. Sie müsste sich nicht selbst alle zehn Jahre diesem Brauch stellen. Warum hält sie immerfort daran fest, uns dermaßen zu quälen, obwohl unsere Generation und auch unsere Vorgänger nichts mit dem damaligen Verbrechen zu tun haben?

Auf einmal gähnt Nazmi laut und streckt ihre Glieder. Damit steckt sie sich gleich noch Josh und sogar Ridge an. Es ist schon spät und die Müdigkeit steht allen ins Gesicht geschrieben. Nazmi springt auf und beendet damit unseren Austausch.

»Leute, wir werden heute nicht auf die Lösung kommen. In dem Buch steht bislang nicht, wie man den verdammten Fluch bricht. Aber für ein weiteres Kapitel bin ich zu erledigt. Und ehrlich gesagt habe ich vor, morgen halbwegs fit zu sein für den nächsten kranken Mist, der auf uns wartet.«

Ich kann verstehen, dass irgendwann die Luft raus ist. Vielleicht hätten wir noch mehr Informationen aus dem Text ziehen können, aber Nazmi hat vollkommen recht. Eine Lösung für den Fluch haben wir nicht gewonnen. Denke ich.

Caleb erhebt sich direkt mit ihr. »Ich geh auch ins Bett.«

»Wir haben das heute gut gemacht. Morgen ist ein neuer Tag, eine neue Prüfung. Zumindest wissen wir etwas mehr. Jedes kleine Häppchen hilft – wobei genau werden wir sehen.« Aiden behält sich das Schlusswort vor. Niemand hat etwas dagegen.

Ich sehe auf meinen Arm und das Mal. Drei Punkte. Drei Eintritte in die Räume sind mit meinem Blut bezahlt worden. Morgen kommt der vierte Einstich. Der, der für Erins Tod steht. Ich streiche mit den Fingern sanft über die schwarzen Linien. Alizon hat geschworen, dass die Familie niemals getrennt sein wird. Mit diesem Symbol hat sie es tatsächlich geschafft und sie alle für immer miteinander verbunden. Vermutlich nicht nur in dieser Welt.

»Alles in Ordnung?« Nicks strahlende Augen suchen meine. Ihm kann ich die Anstrengung des Tages kaum ansehen. *Wie macht er das nur?* Sein Blick gefällt mir und lässt mich fühlen, wie ich es nicht tun sollte. Ich nicke ihm zu, als ich von einer Müdigkeitswelle gepackt werde. Mit meinem Gähnen bringe ich ihn zum Lachen.

»Zeit zum Schlafen.«

Ich kann nicht leugnen, dass meine Knochen schmerzen und mein Körper dringend Schlaf nachholen will. Am liebsten möchte ich in die Kissen sinken und die nächsten Tage überspringen.

Das Gewitter draußen kündigt die neue Prüfung bereits an. Wie gewohnt auf eine bedrohliche und angsteinflößende Weise. Aber immer mehr beschleicht mich der Gedanke, dass wir nicht alle Jubeljahre für die mystischen Rätsel ausgewählt werden, weil Alizon sich bis in alle Ewigkeit rächen will. Sie hat von dem Rachegedanken Abstand genommen, als sie erfuhr, dass sie als guter Mensch mit ihrer Seele bezahlen müsste. Dann jedoch verliert sie die Nerven, was in Anbetracht der abartigen Brutalität, die sie miterleben musste, nicht verwunderlich ist.

In einem Punkt hat Nazmi vollkommen recht: Für einen Tag reicht es. Eigentlich reicht es sogar für die nächsten Jahre.

KAPITEL 25

Eigene Wahl

»Sollen etwa Jahre vergehen? Zack, zack. Ich will hier draußen nicht alt werden«, animiert uns Aiden mit neuem Tatendrang vor dem Eingang der Hütte.

»Ihr kennt das Spiel. Hexenmal in die Öffnung, ein Piks und schon seid ihr drinnen. Jetzt beeilt euch, bevor wir uns hier den Tod holen.«

»Das wollen wir viel lieber da drin machen«, antwortet Josh sarkastisch und zieht seine Kapuze tiefer ins Gesicht.

Heute ist das Wetter grauenhaft. Es schüttet in Strömen. Ich fühle mich wie von einem Platzregen erfasst. Bloß, dass dies kein natürlicher Niederschlag ist, sondern er einen magischen Ursprung hat.

Wir reihen uns alle brav auf und ergeben uns der Notwendigkeit, den vierten *Mystic Room* zu betreten. Vor einer Woche noch habe ich daran gezweifelt, so lange in den Spielen zu überleben. Meine Fähigkeiten habe ich als so nichtig erachtet, dass ich glaubte, keinerlei Gewinn für die Gruppe zu sein. Das hat sich mittlerweile geändert. Ich habe mich geändert und erkenne durch die Spiele, wie wertvoll meine Ideen sind.

Allein die Tatsache, dass ich das Buch aus dem ersten Raum mitgenommen habe und wir damit neue Erkenntnisse über Alizon und den Fluch gewinnen können, ist fabelhaft. Und im Vergleich zu den vorherigen Jahren eine Besonderheit.

Ich stehe nicht länger im Schatten von Jules oder Lexi, was mir bislang nie merkwürdig vorkam. Ich werde von anderen wahrgenommen. Nicht als kleines Anhängsel, sondern mit all meinen Stärken.

Dieses Gefühl habe ich bislang nicht vermisst, denn ich wusste nicht, dass es existiert. Aber jetzt merke ich, wie gut es sich anfühlt, wenn man von anderen nicht nur bemerkt, sondern gesehen wird. So wie Nick es tut. Er sieht mich.

Auch jetzt schenkt mir sein Lächeln Mut und neue Kraft. Ich kann es nicht erklären und befürchte, dass dafür die stärkste aller Magien verantwortlich ist. Mein Bauchkribbeln bestätigt es nur allzu deutlich. Ich mag Nick. Viel zu sehr.

»Elena, jetzt du.«

Ich folge Aidens Appell und ziehe den Ärmel meines Hoodies hoch, sodass mein Arm freiliegt. Es schüttet immer noch, weshalb es gar nicht so einfach ist, den nassen Stoff hochzuschieben.

»Brauchst du Hilfe?« Joshs rote Haare wirken im patschnassen Zustand eher kupferfarben.

Ich schüttele den Kopf. »Das passt schon, danke.«

Der Schmerz kommt und vergeht direkt, nachdem die Spitze meine Haut durchbohrt hat. Rote Flüssigkeit sickert in das Maul der Kreatur am Hütteneingang, steigt in die toten Augen des Viehs auf und lässt sie dort rötlich aufblitzen. Da öffnet sich die Tür und ich schlüpfe in die Finsternis.

Es dauert nicht lange, bis alle im Vorraum sind. *Erst die Dunkelheit, danach die Sirene.* Ich bereite mich darauf vor, dass unser Seh- und Hörsinn nun wieder auf Null gesetzt werden.

Vielleicht hat auch das etwas mit Alizons Geschichte zu tun, denn Hexen handeln nach einem Muster, nach begründeten

Zusammenhängen. Wie die alle zehn Jahre wiederkehrenden Spiele, die daran geknüpft sind, dass Alizon damals zehn Jahre alt war. Oder die fünf *Mystic Rooms*, in Anlehnung an jeden Mord an den fünf Familienmitgliedern aus dem Haus Devine.

Dass sie uns im Vorraum die Sehkraft und unsere Hörfähigkeit herausfordert, könnte eine geheime Botschaft sein und keine willkürliche Laune eines wütenden Kindes.

Die Bewohner von Mistwick haben mitsamt den Gründerfamilien damals das Leiden gesehen. Bei jeder einzelnen Prüfung. Sie haben gehört, wie die Familie Devine um Gnade flehte und darum bat, verschont zu werden. Aber niemand von ihnen hat reagiert, obwohl sie die Ungerechtigkeit gesehen und ihr Flehen gehört haben. Niemand wollte sie schützen. Niemand setzte sich dafür ein, dass die Hexenfamilie überleben darf. Sie haben das Unrecht gesehen, ihr Leiden gehört, aber nicht gehandelt.

Mir fällt es schwer, an Menschen vorbeizugehen, die um Geld betteln. Ich sehe sie oft vor dem Supermarkt in zerrissenen Sachen hocken und darauf warten, dass jemand ihnen hilft. Mistwick ist mittlerweile eine kleine Stadt mit ihren knapp 20.000 Einwohnern. Aber der Anteil jener, die anderen wirklich helfen wollen, ist eher gering. Zumindest sind viele mehr an ihrem eigenen Leben interessiert und sehen das große Problem der Gesellschaft nicht, die immer stärker von Selbstbesessenheit geprägt ist. Dabei könnten wir viel erreichen, wenn wir mehr aufeinander achten und zuhören. Uns sehen, anstelle wegzusehen. Durch die Spiele merke ich allmählich, dass ich mehr tun kann, als ich tatsächlich tue. Für andere.

Der ohrenbetäubende Sirenenalarm geht los. Ich deute es als Zeichen der Warnung, endlich mehr zuzuhören, wenn es anderen schlecht geht oder sie um Hilfe bitten. Denn das hat Alizon getan. Sie und ihre Familien haben darum gefleht, dass man ihnen zur

Seite steht. Doch niemand hat auf die Hilferufe reagiert. Gesehen und gehört, aber dennoch ignoriert. Das möchte ich niemals so handhaben.

Endlich lässt der Schmerz in den Ohren nach. Es klingelt und rauscht, bis sich mein Körper wieder an die Umgebung gewöhnt hat. Der Vorraum ist wie zuvor unverändert. Kahle Wände, in der Mitte ein Umschlag mit den Anweisungen, wie wir den Escape-Raum betreten sollen.

Mein Herz wummert in meiner Brust, denn auch wenn dies der vierte Raum ist, bleiben Anspannung und Nervosität nicht aus.

Josh hat durch die Erlebnisse an Stärke gewonnen, denn er ist der Erste, der direkt nach dem Brief mit dem schwarzen Hexenmal greift. Er liest die Botschaft und wirkt ein wenig erleichtert.

»Heute muss nur eine Person von der Gruppe getrennt werden. Also können fünf von uns die eine Person vermutlich freispielen. Das ist doch gut, oder?«

Wir sehen uns alle an, unschlüssig, ob das wirklich gut ist. Zumindest haben wir keine zwei Aufgaben und sind mehr Leute, um einzuschreiten und zu rätseln. Das könnte tatsächlich eine gute Ausgangslage sein – in Anbetracht der Umstände natürlich.

»Wir sollen jemanden auswählen, der durch die Tür geht«, liest Josh aus der Nachricht hervor.

Tür? Ich drehe mich um und suche in dem tristen Raum nach der gesuchten Öffnung. Ein schmaler Lichtstrahl ist an einer der Wände unterhalb der Kontrollleuchte aufgetaucht. Er war vorher nicht da, dessen bin ich mir sicher. Indem wir eine Nachricht von Alizon lesen, schalten wir neue Mechanismen frei. Wie durch Zauberei öffnen sich Türen oder eine Kiste steht plötzlich im Raum.

Wir gehen zu der Tür und sehen hinein. Es ist hell darin, die Wände scheinen aus Glas zu sein. Es ist kein großer Raum, sondern hat eher die Ausmaße eines Zwei-Mann-Fahrstuhls. Ich bin erleichtert, dass es nicht so bedrohlich aussieht wie der gestrige Eingang, der Aiden und mich mit verschwörerischem Nebel begrüßt hat.

»Wir machen es wie immer und ziehen Schnipsel. Der Pechvogel mit Tinte geht da rein. Außer es gibt Freiwillige«, verkündet Aiden.

»Sollen vielleicht diejenigen ziehen, die bislang noch in keinem Raum waren, also getrennt von den anderen?«, schlägt Josh vor.

»Scheißidee. Aus mehreren Gründen«, bellt Caleb.

»Ja, weil du nicht gezogen werden willst. Dabei hat uns Aiden erzählt, dass jeder Raum für einen von uns bestimmt ist. Also ist es logisch, wenn wir nur von jenen einen schicken, die sich noch nicht für die Gruppe geopfert haben«, schlussfolgert Josh.

»Das sehe ich genauso«, antwortet Aiden.

Dabei bin ich mir fast sicher, dass er bloß selbst nicht wieder isoliert werden will.

Nick hebt beschwichtigend die Hände. »Wie wäre es, wenn wir alle einfach wieder in den Pott kommen. Jeder kann gezogen werden. Und dann sehen wir, was passiert. Ich bin sowieso der Meinung, dass Alizon ihre Hände im Spiel hat. Oder zumindest beeinflussen kann, wer von uns von der Gruppe getrennt wird.«

Das ist auf jeden Fall nicht auszuschließen.

»Nein, ich glaube, jeder hat hier die Möglichkeit, sich zu beweisen. Daher sollten nun diejenigen dran sein, die bislang noch nicht allein eingesperrt wurden.«

»Du willst mich wohl verarschen? Das ist eine Fifty-fifty-Chance, dass ich dran bin. Am Arsch«, beschwert sich Caleb.

Nazmi und er sind die Einzigen, die bisher immer gemeinsam mit der Gruppe die anderen geträtselt haben.

»Ich bin doch euer Zeitwächter«, versucht Nazmi es.

Aiden dagegen lacht laut auf, als hätte sie ihm einen Witz erzählt. »Du hast echt einen Knall. Das kann jeder machen. Du bist somit leicht zu ersetzen – in der Rolle.«

Ich sehe Nazmis Wut aufblitzen, jedoch schreitet Nick direkt ein. »Beruhigt euch mal. Vor allem du, Aiden. Keiner von uns will das hier wirklich. Aber wir müssen da durch.«

»Kapiert ihr es nicht? Jeder von uns bekommt einen Raum, um sich zu beweisen. Nur Caleb und Nazmi sind übrig.«

Aiden beharrt auf seine Meinung. Ich kann nicht sagen, ob etwas Wahres daran ist. Bisher scheint seine Theorie zu stimmen. Allerdings wäre Josh zweimal dran gewesen, wenn Nick nicht eingesprungen wäre. Also kann Alizon die Ausgewogenheit doch nicht so wichtig sein. Oder hat sie uns auch da testen wollen?

Ich sehe zu Nazmi, die sich eben noch herausreden wollte. Jetzt inspiziert sie den Eingang. Sie schüttelt sich und strafft die Schultern. »Ich mach es. Hört einfach auf, euch zu streiten.«

Ich bewundere sie für ihren Einsatz. Dennoch weiß ich, dass sie diese Entscheidung nicht gänzlich freiwillig getroffen hat.

»Bist du sicher?«, frage ich für die Gruppe.

»Elena, sei ruhig, sie will rein. Nazmi war noch nicht, dann lass sie gefälligst auch«, schnauzt Aiden mich plötzlich an.

Seine Gefühle hat er eindeutig nicht mehr im Griff. Er hat seine Freundin verloren, kämpft jeden Tag ums Überleben und für die Rettung der Gruppe. Das ist anstrengend und kann einem die Nerven rauben. Es ist jedoch noch lange kein Grund, mich so anzufahren.

Bevor ich etwas erwidern kann, stößt Nick ihn zur Seite. »Schön vorsichtig, wie du mit ihr redest.«

Offenbar hat Nick eine einschüchternde Wirkung, denn Aiden zieht es vor, lieber zu schweigen und keinen neuen Streit anzufangen, wie er es mit Caleb im zweiten Raum gemacht hat.

Ich fühle mich geschmeichelt, dass Nick sich für mich eingesetzt hat, obwohl ich meine eigene Stimme durchaus zu nutzen weiß. Er passt auf mich auf.

Es scheint, als wären wir durch unsere ähnliche Vergangenheit auf eine gewisse Art verbunden. Allein zurechtzukommen, ohne Eltern aufzuwachsen, immer mit der Angst zu leben, an den Spielen teilnehmen zu müssen, innerlich von Wut und Trauer gelenkt zu sein und hier, mitten im Horrorszenario, einen Verbündeten gefunden zu haben, dessen Leiden einem ähnelt – all diese Erfahrungen teilen wir. Dass mein Verbündeter auch noch so attraktiv ist, lässt mich kurz lächeln, ehe Nazmi mich an unsere Situation erinnert.

»Leute, ist schon gut. Ich mache es. Das Ding sieht immerhin nicht allzu bedrohlich aus, sondern ist aus Glas. Es ist hell da drin. Wird schon.«

Caleb scheint mit sich zu ringen. Offenbar will er weder Nazmi noch sich selbst in dem Kasten sehen.

»Mir gefällt die Sache nicht«, gibt er zu und ergattert von Nazmi gleich ein aufrichtiges Lächeln. Irgendetwas läuft zwischen den beiden, dessen bin ich mir sicher. Nur was es ist, müssen sie scheinbar noch selbst herausfinden.

»Holt mich einfach aus dem Ding da raus. Einverstanden?«

»Das machen wir«, verspreche ich.

Ich möchte, dass sie sich sicher fühlt. Auch wenn wir selbst keine Ahnung haben, was uns im Escape-Raum erwartet, werden wir keine weitere Steinskulptur hier raustragen. Gestern war es bei Aiden und mir verdammt knapp. Um Haaresbreite wären wir gestorben. Oder ebenfalls in Stein verzaubert worden – ich bin froh, dass wir nicht erfahren werden, wie es ausgegangen wäre.

»Du wirst vermutlich auch einen Schlüssel in dem Behälter finden«, erklärt Nick. »Und wir holen dich und den Schlüssel da raus.«

»Na hoffentlich liegt eure Motivation nicht bloß am Schlüssel«, scherzt sie.

»Keine Sorge. Wir werden alles geben, um dich zu befreien. Dich und das Teil, wenn du es findest.«

»Achtet auf die Zeit. Ich kann euch jetzt nicht mehr daran erinnern ... also passt einfach auf, in Ordnung?« Sie zittert und reckt dann das Kinn. Nazmi wirkt tapfer und will scheinbar stark sein. Ob für uns oder für sich kann ich nicht einschätzen. Vielleicht eine Mischung aus beidem.

Caleb nimmt sie in den Arm und drückt Nazmi fest an sich. »Ich werde dich befreien«, grummelt er.

Ein klein wenig erinnert er mich an ein Marshmallow, der zu lang über dem Feuer brannte. Von außen wirkt er hart und abweisend, aber innerlich hat er einen weichen Kern. Einen viel zu weichen, der sanft und sensibel ist. Insbesondere Nazmi gegenüber.

»Zusammen da rein ...«, ruft Aiden.

»... zusammen wieder raus«, antworten wir im Chor.

Nazmi schüttelt sich, um die Anspannung loszuwerden. Sie schlüpft durch die Öffnung in der Wand. Direkt hinter ihr fällt die Tür schnappend zu und auf der anderen Seite des Vorraums geht eine weitere auf.

Das ist unser Zeichen, dass das Spiel beginnt. Das Startsignal ist gefallen. Sobald wir die Schwelle überqueren, beginnt der Wettlauf gegen die Zeit. Von Neuem. Wieder einmal. Aber wir werden siegen.

KAPITEL 26

Stechendes Wasser

Wir werden verlieren. Keine Chance.

Das sind die ersten Gedanken, die mir in den Sinn schießen, als ich den unheimlichen Raum betrete. Er ist gigantisch und furchteinflößend. Ich fühle mich ein wenig verloren hier drin. Ängstlich und klein.

Eine frische Brise weht mir ins Gesicht. Zugleich ist es furchtbar heiß. Kein Vergleich zu draußen. Wir befinden uns in einer riesigen Tropfsteinhöhle. Der steinige Boden führt an feuchten Wänden entlang zu einer Art Plattform. Und dort finden wir einen großen Glaszylinder, in dem Nazmi steckt. Wie sie da reingekommen ist, lässt sich nur mit Magie erklären. Caleb schlägt gegen die Scheibe, aber das Glas ist viel zu dick und scheint undurchdringbar. Oben auf dem Zylinder entdeckt Aiden eine Schaltung, die zu einem Kasten neben dem Behälter führt. Hier müssen vier Zahlen eingegeben werden, wieder ein Code. Wenn wir also die richtige Kombination finden, wird der Deckel aufspringen und wir können Nazmi rausholen. Das ist schon mal gut zu wissen.

»Nazmi, alles okay da drin?«

Sie kann mich scheinbar hören, denn sie nickt und hält grinsend einen alten Schlüssel hoch. Wie auch bei den bisherigen

Spielen kommen wir an ihn, wenn wir Nazmi befreien. Es geht nie darum, bloß die Schlüssel zu sammeln, sondern sie und unsere Freunde zu retten.

An dem Schloss neben einer Digitaluhr klebt ein Umschlag, der mit einer Schnur verbunden ist. Nick will das Kuvert gerade in die Hände nehmen, als ich ihn davon abhalte. »Warte noch! Sobald du ziehst, wird die Zeit mit Sicherheit losgehen. Wir sollten uns erst einmal umsehen«, schlage ich vor.

»Leute, was zur Hölle ist das denn?« Josh steht etwas abseits von uns. Vor ihm klafft ein großer Abgrund. Wir folgen ihm bis zum Rand. Ich zucke unmittelbar zurück. Dunkle Tiefen liegen vor uns. Das ist viel zu hoch. So hoch, dass ich automatisch weiche Knie bekomme und meine Beinmuskulatur vor Angst zittert. Dies ist mein persönlicher Escape-Raum des Grauens. Ich bin keine Seiltänzerin, der schwindelerregende Höhe nichts ausmacht. Stattdessen teile ich wohl eher die Eigenarten eines Maulwurfs und genieße die Vorzüge, mich zu vergraben, schön unter sicherem und festem Boden.

Ich atme tief durch, schließe kurz die Augen, um meinen Kreislauf zu stabilisieren. Für die Gruppe muss ich mich zusammenreißen. Für Nazmi. Für Isis. Für uns alle. Zum Glück hilft das Einatmen des frischen Windes. Woher der kommt, ist mir ein Rätsel. Aber ich bin mir sicher, dass wir dieses nicht lösen müssen.

»Alles okay?«, fragt Nick, der scheinbar stets ein wachsames Auge auf mich hat.

Ich nicke vorsichtig. »Alles bestens. Ich bin nur nicht so für Höhe«, gestehe ich und wische mir die feuchten Hände am klammen Hoodie ab.

»Wir wissen ja noch nicht, was wir machen müssen. Vielleicht gehört es bloß zur Deko«, versucht er mich aufzuheitern. Zu meiner Überraschung klappt es fantastisch.

Ich schaffe es, meinen Blick wieder auf die grausige Schlucht vor mir zu richten, ohne gleich zitternd zusammenzubrechen.

Über mehrere Felsen gelangt man von unserer Plattform auf eine zweite. Diesen ›Weg‹ zu gehen, wird schon ein kleines Abenteuer. Jules Eltern haben in ihrem Garten eine wunderschöne Teichanlage. Als Kind habe ich gern mit ihr dort getobt. Der Teich war umgeben von Steinen, die einen eigenen Pfad gebildet haben. Wir haben daraus ein Spiel gemacht, bei dem wir auf keinen Fall das Gras berühren durften, und sind dann von einer Trittplatte aus Naturstein zur anderen gesprungen. Damals erschienen mir die Abstände kaum überwindbar. Doch das hat wenig mit den Distanzen zu tun, die sich hier vor uns auftun. Ein falscher Schritt, ein zu kurzer Sprung und man landet nicht auf dem weichen Rasen wie bei Jules Familie, sondern in einem tödlichen Krater.

»Ist da drüben was?«

»Sieht aus wie irgendeine Konstruktion mit Seilen«, antwortet Aiden und reckt das Kinn.

Was dort zu sehen ist, erkenne ich nicht genau, aber mir ist bereits schwindelig genug. Ich gehorche dem Drang meines Körpers und weiche einen weiteren Schritt zurück. Normalerweise bin ich schwindelfrei. Zumindest bis zu einer bestimmten, äußerst überschaubaren Höhe.

Den Dreimeterturm im Schwimmbad meide ich lieber. Das ist schlicht und ergreifend nicht so meins. Und drei Meter über dem Wasser auf einem wackeligen Brett zu stehen und sich freiwillig runterzustürzen, während andere unter einem im Wasser dümpeln oder gar in die Sprungbahn schwimmen, ist nicht sehr beruhigend.

Bislang dachte ich, dass es auch nicht tragisch ist. Man muss nicht immer alles können und beherrschen. Bis jetzt. Denn Nazmi braucht uns, jeden einzelnen aus der Gruppe.

Das Hexenmal an meinem Handgelenk beginnt langsam heiß zu werden. Eine nette Erinnerung von Alizon, dass ich nicht kneifen sollte. Ich habe es nicht vor, dennoch bereitet mir der Ausblick keinerlei Vergnügen. Vorsichtig kratze ich über meine Haut, um das unangenehme Gefühl wegzuzaubern. Das funktioniert natürlich nicht, denn ich habe keine heldenhaften oder magischen Fähigkeiten, die mir dieses Los ersparen.

Ich bemerke Nicks Seitenblick. Er greift zu meiner Hand und hält sie in seiner. Sein Daumen streichelt beruhigend über meinen Handballen. Ich vergesse das glühende Mal für einen Augenblick. Mit dieser sanften und unscheinbaren Geste schafft er es mit Leichtigkeit, dass ich bloß noch ihn sehe. Vergessen sind die Höhenangst und die Zweifel, ob ich der Gruppe bei diesem *Mystic Room* helfen kann. Da ist er und hält meine Hand. Beschützend, warm und stark. Ich habe nicht gewusst, wie schön es ist, an die Hand genommen zu werden. Und dann noch von einem Jungen, wie ihn. *Ob Nick ahnt, welche Wirkung er auf mich hat?*

Mein Handgelenk ist dankbar, dass er mich durch seine Handlung davon abhält, weiter an meiner Haut zu kratzen. Das Gefühl von Geborgenheit sucht mich heim. Und das ausgerechnet in diesem Raum, der meine schlimmsten Albträume wachrüttelt.

»Vermutlich müssen wir was mit der Plattform machen«, schlussfolgert Aiden.

Wir gehen zurück zu Nazmi und dem Behälter, in dem sie steckt. Nick hält meine Hand weiter in seiner und verschwendet offenbar keinen Gedanken daran, sie loszulassen. Ich habe nichts dagegen. Auch nicht, als Aiden uns einen merkwürdigen Blick zuwirft. Ich fühle mich bei Nick wohl und beschützt. Obwohl er mir hier in den verzauberten Escape-Räumen keinen sicheren

Schutz bieten kann, fühlt es sich dennoch so an. Er ist mein Verbündeter, mein Partner in den tödlichen Spielen und ein kleines bisschen ist da auch mehr zwischen uns.

Josh nimmt den Umschlag vorsichtig in die Hände. Ihn zu öffnen, lässt das Spiel beginnen. »Bereit?«

Ich möchte am liebsten den Kopf schütteln, denn mir graut es vor der Herausforderung hier drin. Mein Handgelenk beginnt wieder zu brennen. Offenbar bemerkt Nick meine neue Welle an Anspannung, denn er lässt seinen Daumen liebevoll über meine Hand streicheln. Es ist eine beruhigende und aufmerksame Bewegung. Ich schenke ihm ein schüchternes Lächeln. Mehr bringe ich nicht zustande, während ich meine Nervosität im Zaum zu halten versuche.

Caleb steht unter Strom. Er tigert aufgeregt vor dem Zylinder auf und ab. »Mach schon, damit wir sie da rausholen.«

Mit einem Ruck nimmt Josh den Brief an sich. Dadurch wird die Schnur gespannt und lässt ein mechanisches Rattern vernehmen. Etwas wird freigeschaltet und die Anzeigenuhr in Gang gesetzt. Er reißt den Umschlag auf und liest die Aufgabe vor.

Auserwählte, willkommen zu eurer vierten Prüfung. Ein Drahtseilakt von fünfen bringt euch durch die gefundenen vier Schlüssel zum richtigen Code. Von euch allen wird der Einsatz gefordert: Von dreien Kraft, von zweien Haltung, von einer einen langen Atem. Schafft ihr es, sie zu retten, bevor er ihr ausgeht? Die Seile bringen zwei zu den Safes. In jeder Himmelsrichtung findet ihr in den Tiefen je einen. Die drei anderen müssen für Balance sorgen, denn die Plattform braucht gleichmäßigen Halt. Beeilt euch, denn die Luft wird knapp.

– A. D.

»Die Hexe mit ihren verdammten Rätseln«, flucht Caleb. »Ich verstehe bloß Bahnhof. Kann sie nicht klipp und klar sagen, was Sache ist? Warum diese verkorksten Anweisungen?«

»Jeder von uns wird also gebraucht. Drei durch Kraft, zwei durch Haltung und mit der einen ist Nazmi gemeint«, erklärt Aiden.

Wie aufs Stichwort klopft sie gegen die dicke Scheibe, die uns trennt. Der Behälter füllt sich mit Wasser. Es ist nur wenig Waser, das reinfließt, und auch die Zeit scheint ausreichend. Aber ich weiß so gut wie alle anderen, dass sich das bei jedem kleinen Fehler drastisch ändern kann.

»Ha! Wasserprobe im Tank – ein Klassiker«, lacht Aiden auf. Er deutet unsere Blicke richtig und sieht direkt zu Boden. »Das war doch auch bei Alizons Schwester so ähnlich.«

»Halt die Klappe«, schnauzt Caleb. Ihn beruhigt Aidens Vergleich kein bisschen.

»Drahtseilakt ... Die Seile bringen euch zu den Safes. Wir müssen also auf die andere Plattform, die scheinbar ziemlich instabil sein muss, denn hier steht, dass wir Halt brauchen.«

Ich stimme Josh zu. Bloß bei einer Sache bin ich noch verwirrt.

»Steht da nicht was von den vier gefundenen Schlüsseln? Brauchen wir etwa die aus den letzten drei Spielen?«

Das wäre fatal. Wir wissen von Ridge, dass wir nichts mit in die Rätselräume nehmen dürfen. Die vier Schlüssel haben wir zwar gefunden, aber nicht mitgenommen. Brauchen wir sie etwa für die heutige Aufgabe?

Josh sieht an mir vorbei und reißt überrascht die Augen auf. Dann eilt er zurück zu der Schlucht. Vor dem ersten großen Stein, der zu der nächsten Plattform führt, bückt er sich und hebt etwas auf. Anschließend kommt er lachend zurück zu uns. »Seht mal, was die Hexe uns dagelassen hat. Das nenn ich mal einen zuverlässigen Lieferservice.«

»Ich nenne das teuflische Hexenmagie. Kein Grund, sie in ihren Zauberkünsten zu bestärken«, fährt Aiden ihn an.

Die Emotionen sind vor allem bei Aiden wieder voll im Gange.

»Also, die Zeit läuft uns davon. Wir sind uns einig, dass wir auf die andere Plattform müssen. Dort sehen wir weiter, teilen uns in drei und zwei Leute auf und finden den Code heraus, um Nazmi aus dem Bottich zu holen«, schlägt Nick für alle vor.

Caleb stellt sich vor das Glas und drückt seine Nase platt. »Keine Angst, wir holen dich raus. Zur Not schlage ich die Scheiben ein«, verspricht er ihr.

Sie hat ihn scheinbar verstanden, denn sie nickt ein wenig erleichtert. Ich zweifle nicht daran, dass er alles daransetzen wird, um sie zu retten. So wie wir alle.

Wir laufen zurück zu dem Steinweg, der uns zu der nächsten Plattform bringen soll. Die Höhe macht mir Angst, ich zucke zusammen. Mein Körper schlottert. Ich weiß nicht, ob vor Aufregung, von dem kalten Wind oder von beidem.

»Hey, du schaffst das« Nick dreht sich zu mir und streicht an meinen Armen entlang, als würde er sie durch seine Berührung wärmen wollen. Wenn er bloß wüsste, wie gut ihm das gelingt. Mein Körper scheint automatisch auf seine Hände zu reagieren. Und auf seinen Blick. Auf alles an ihm. Uns ist beiden klar, dass ich es schaffen muss, diesen steinigen Weg zu überwinden. Die Anweisung war eindeutig, Nazmi braucht jeden von uns.

Caleb ist der Erste, der sich mutig auf den Weg macht. Aiden und Josh folgen ihm. Ich bekomme jedoch nicht mit, wie sie den Pfad überwinden, denn schon bin ich an der Reihe.

»Ich springe vor und du folgst mir, einverstanden?«

Ich nicke. *Wieso klebt bloß meine Zunge an meinem Gaumen fest?* Mein Körper will sich weigern, sich vor der Aufgabe drücken. Dabei ist es noch gar nicht die eigentliche Rätselaufgabe, sondern bloß der Weg dorthin, der mir Angst macht. Ich drehe mich noch einmal zu Nazmi um. Das Wasser tropft reichlich entspannt in den Zylinder. Sie steht nicht einmal in einer Pfütze. Wir haben genug Zeit. Dennoch sollte ich es nicht ausreizen.

Mein Nicken scheint spastischer Natur zu sein, denn ich habe keine Kontrolle über das Zucken, das durch mich hindurchfährt.

Nick geht vor. Immerhin habe ich einen schönen letzten Ausblick, falls ich draufgehe. Für ihn ist es wohl ein Leichtes, über die Abstände zu springen. Ich sehe bis zum ersten Stein hinüber, von einer Felskante zur anderen. Es ist ein großer Schritt vonnöten. Eigentlich kein Problem. Wäre da nicht das schwarze, grausige Loch darunter.

Okay, Elena, reiß dich zusammen, mache ich mir neuen gedanklichen Mut. Es ist wie damals am Teich. Einfach springen. Ich bin kein Elefant, der Schwierigkeiten hätte, zu springen oder zu hüpfen.

Mein nächster Atemzug ist tief und lang. Jetzt oder nie. Ich nehme etwas Anlauf, obwohl es bei dem Abstand nicht nötig sein dürfte. Aber ich will lieber auf Nummer sicher gehen.

Es dauert den Bruchteil einer Sekunde und schon landen meine Füße wieder auf festem Grund. Nick strahlt mich an. Er ist sichtlich stolz auf mich und motiviert mich damit zusätzlich.

Auch den nächsten Abstand meistert er mit Leichtigkeit und Eleganz. Bei mir sieht es sicherlich kläglich aus, aber immerhin scheitere ich nicht. Sieben Steine gilt es zu überwinden, bevor wir an der zweiten Plattform ankommen. Ich bin mir sicher, dass die Zahl nicht grundlos gewählt wurde, sondern wie bei anderen Gemeinsamkeiten Alizon auch hier eine Botschaft hinterlässt. Symbole und Zahlen werden von Hexen nicht willkürlich gewählt, jedenfalls war das bei ihr bisher nie der Fall. So könnten sieben

Steine für die sieben Gründungsfamilien stehen. Mein Kopf arbeitet auf Hochtouren, damit ich abgelenkt bin, um diesen Weg zu beschreiten.

Ich überwinde die Felsen und lande mit dem letzten Sprung auf der zweiten Plattform. Nick greift nach meinen Armen und hält mich. Offenbar wollen meine Beine vor Erleichterung über die zurückgelegte Distanz nun zusammensacken.

»Du hast es gepackt«, freut sich Nick für mich.

Diese Augen ... dieses Lächeln ... Vielleicht ist ihm nicht bewusst, dass er mich damit verhext.

Ich rappele mich auf, stütze meine Arme kurz auf den Oberschenkeln ab, um durchzuatmen. Nick bleibt in meiner Nähe und streicht mir fürsorglich über den klammen Rücken. Hoffentlich denkt er, dass der Stoff noch immer vom Regen draußen so nass ist. Er braucht nicht zu wissen, dass mir der Schweiß in Strömen über den Körper rinnt – vermutlich sogar mehr als Wasser die Niagarafälle hinabstürzt.

»Geht es wieder?«

Ich stelle mich aufrecht hin und bin froh, keine Sternchen zu sehen, die vor meinen Augen tanzen. »Alles bestens.«

Wir gehen zu den anderen Jungs, die sich bereits mit den Sachen vor sich auseinandergesetzt haben. Es liegen zwei schwere Seile zusammengerollt in der Mitte. Sie stecken in je einer Führung, die hoch über der Plattform schwebt, fast als sei dort eine zweite Platte. Es sieht aus wie ein Flaschenzug, das kenne ich aus der Schule. Neben den Seilen erkenne ich Gurte – Komplettgurte für den ganzen Körper. Caleb entdeckt einen weiteren Zettel mit dem Hexenmalsymbol.

»Hier steht, dass der Balanceakt beginnt, sobald die zwei an den Seilen hängen. Sie sollen sich fallen und von den anderen Stück für Stück abseilen lassen. Die Safes sind da unten zu finden.

Sie müssen gleichzeitig geöffnet werden, also immer zwei zusammen. Hm, das ist merkwürdig. Es hieß doch, dass die vier Safes in jeder Himmelsrichtung sind ... aber das geht mit dieser Konstruktion nicht.«

Josh geht zu einem der Seile und zieht es nach rechts. Tatsächlich dreht sich die obere Platte mit der Vorrichtung. »Ach, geil! Also dann ergibt es Sinn. Okay, die Platte oben dreht sich, das heißt, dass die drei, die oben die Kletterer sichern, sich dann hier um je neunzig Grad drehen müssen, damit jeder Kletterer einen Safe erreichen kann.«

Seine Worte sind bestimmt sehr hilfreich, aber meine Aufregung unterbindet das aktive Zuhören.

Josh ist der Erste, der sich an den Rand der Plattform stellt und die Tiefe begutachtet. Plötzlich zeigt er mit dem Finger in das schwarze Nichts. »Da vorne sind Kästen.«

Er wechselt die Seite und freut sich über seinen Fund. »Alle vier sind da, in jeder Himmelsrichtung einer. Das sind die Safes. Wir müssen also zwei in die Tiefe schicken, die dort die richtigen Schlüssel in die Safes stecken. Und die anderen drei halten sie.«

»Scheiße«, brüllt Caleb, der auf dem Bauch liegt und den Rand begutachtet. »Die Plattform steht auf einem kleinen Pfahl. Das Ding wird kippen, wenn wir nicht gleichmäßig die Kletterer abseilen. Deshalb muss alles im Gleichgewicht sein.«

Warte, was? Die Plattform wird kippen? Heilige Scheiße. Das soll wohl ein mieser Scherz sein?

»In Ordnung. Elena klettert und wer noch?« Aiden sieht die Jungs an. Ich dagegen befürchte, gleich in Ohnmacht zu fallen. Ich kann nicht klettern.

»Sie muss nicht runter, ich mach das«, bietet sich mein Held an.

Aiden allerdings schüttelt den Kopf. »Nick, Mann. Das ergibt keinen Sinn. Es müssen drei von hier oben zwei andere bei dieser

Aufgabe halten. Das Teil, diese Platte dreht sich womöglich oder kippt. Es sollten die Leichtesten runter, da stimmst du mir doch zu, oder?«

Warum habe ich mich nicht freiwillig für den Wasserbehälter geopfert? Nazmi wäre eine bessere Wahl für diese Prüfung.

»Sie kann da nicht runter. Sie hat Höhenangst, verdammt«, erklärt Nick.

Anhand seiner Anspannung merke ich, dass er eigentlich Aidens Einwand nachvollziehen kann. Er verzweifelt an dem Versuch, mich zu schützen. Denn das funktioniert jetzt nicht mehr. Es liegt auf der Hand. Ich komme um meine Rolle in diesem Spiel nicht herum.

»Elena muss da runter. Oder glaubst du, sie kann Caleb oder mich halten, wenn wir klettern?«, funkelt Aiden ihn wütend an.

O Gott. Das darf nicht wahr sein. Ausgerechnet ich soll in eine solche Schlucht klettern? Höhe und ich werden in diesem Leben keine Freunde werden – wie kurz oder lang meines auch sein mag. So viel steht fest. *Seile ... Tiefen ...* Meine Angst will mich lähmen.

Plötzlich spüre ich das heiße Brennen des Mals. Über meiner linken Schläfe pocht es. Die Zeichen sind glasklar. Ich kann nicht davonlaufen. Dieser *Mystic Room* stellt mich vor eine persönliche unüberwindbare Herausforderung. Wie soll ich mich meiner Höhenangst stellen, wenn ich bereits jetzt schon zitternd zusammenbrechen könnte? Alles in mir schreit danach, die Flucht zu ergreifen. *Ich will nicht, ich will einfach nicht!* Das Ziehen wird stärker. Ich reibe über meine Haut am Handgelenk, die vermutlich schon rot ist.

Doch da bemerke ich, wie viel ich gerade bloß an mich selbst denke. Als hätte ich Nazmi vergessen. Oder Isis. Oder die Gruppe, meine Eltern, Nicks Eltern, die verdammte Stadt. Sie alle bringen Opfer – oder haben es getan. Sie versprechen sich von unserer Teilnahme, dass wir unser Bestes geben.

Wir sind schon weit gekommen. Während ich vor dieser Aufgabe fliehen will, setzt Nazmi all ihre Hoffnungen in uns, um sie zu retten. Es geht nicht einzig um mich. Ob ich bereit bin oder nicht, ich muss mich meiner Angst stellen.

Vielleicht scheint es so, als hätte ich eine Wahl. Aber auch unabhängig von Alizons verzauberten Warnzeichen muss ich Aiden beipflichten. Es stimmt, ich habe keine Wahl.

Einatmen ... Nerven beruhigen ... Ausatmen. Elena, beruhige dich. Ich werde nicht sterben ... Also wenigstens werde ich vermutlich *nicht sterben.* Meine Gedanken fahren Karussell als hätten sie eine Dauerkarte für das Fahrgeschäft. Ich nehme den letzten Rest Mut beisammen, der noch übrig ist – mein vermeintlich mutiges Kämpferherz hat sich bei der Aussicht in die Tiefe schon längst verabschiedet.

Für die Gruppe muss ich da runter. Vor allem sollten wir keine kostbare Zeit verschwenden, indem wir etwas diskutieren, was nicht zu ändern ist. Ich bücke mich und hebe einen der Klettergurte auf. Sie sollen Sicherheit bieten, aber mir jagt die Ausrüstung eher einen Schauer ein.

Josh stellt sich vor mich. »Schon mal geklettert?«

Ich schüttele den Kopf und kämpfe mit den aufkommenden Tränen, die sich vor lauter Angst bilden.

»Ich helfe dir. Hier kommen die Beine rein. Genau. Dann kommt das um die Schulter.«

»Woher kennst du dich so gut aus?« Small Talk ist gut, merke ich. Das lenkt mich wenigstens davon ab, dass ich mich gleich mehr oder minder aus freien Stücken in einen Abgrund fallen lassen muss.

»In der Stadt gibt es diese Kletterhalle. Dort bin ich gerne. Wenn der Fluch gebrochen wird, dann möchte ich unbedingt raus und an richtigen Wänden klettern. Zuerst würde ich zu den *Brimham Rocks* und zum *Cheddar Gorge Somerset*. Wenn ich noch ein wenig übe, dann gehe ich auch zum *Huntsman's Leap* in Pembrokeshire. Schon mal davon gehört?«

Das sagt mir alles nichts. Ich schüttele abermals den Kopf. Die Vorstellung, als meine erste Amtshandlung nach dem Brechen des Fluchs freiwillig durchs Land zu ziehen, um mich bei wagehalsigen Kletteraktionen auf extrem verwinkelten und zerklüfteten Felsen erneut in Lebensgefahr zu begeben, liegt mir vollkommen fern.

»Ich liebe das Klettern. Damit fühle ich mich so frei und grenzenlos.« Joshs Augen strahlen, wenn er von seinen Träumen erzählt. »So.« Er zieht an dem Gurt und prüft die Sicherheit. »Perfekt. Es kann dir nichts passieren.«

Aiden hält den zweiten Klettergurt in die Mitte. »Caleb und ich sind die Schwersten. Wir bleiben hier oben und halten euch. Josh oder Nick, wer will?«

»Ich mache das«, freut sich Josh und greift schon zum Gurt, doch Aiden zieht ihn ihm weg.

»Ich weiß nicht. Du bist groß, Nick und Elena haben fast dieselbe Größe. Meint ihr nicht, dass es besser wäre, wenn Nick geht? Wegen dem Gleichgewicht und so.«

Ich kann nicht einschätzen, ob es eine Masche ist, dass er ständig Leute ausbremst und andere vorführt. Aber ich bin mir sicher, dass er sich durchaus bewusst ist, was er da macht.

»Kein Problem«, antwortet Nick, sieht aber noch mal Josh an, dem die Enttäuschung ins Gesicht geschrieben steht. »Wenn alle dafür sind.«

»Ich kann echt gut klettern und in der Höhe Haltung bewahren, aber Aiden hat recht. Wir sollten hier auf das Gleichgewicht achten. Also geh ruhig.«

Nick schlüpft in die Ausrüstung, während ich an dem Ende des Seils ziehe, das bereits an meinem Gurt am Rücken befestigt ist. Es scheint stramm zu sein, aber genau kann ich es nicht prüfen, denn meine Kraft lässt allmählich nach. Es ist die richtige Entscheidung für die Gruppe, dass ich am Seil hänge. Ich könnte keinen der Jungs halten, während sie in der Tiefe die Safes öffnen und sich von einem zum nächsten hangeln müssen.

Caleb steht bereits in der Mitte der Plattform und hält das Seil, das mich eher an ein dickes Tau erinnert, hoch. Er hat sein T-Shirt ausgezogen. Offensichtlich weiß er, wie anstrengend das jetzt für ihn sein wird. Für uns alle. Aiden reicht Nick zwei Schlüssel, Josh mir die anderen beiden. Ich stecke sie mit schwachen Fingern in die Hosentasche.

Josh legt mir eine Hand auf die Schulter und sieht mich mit ruhigem Blick an. »Es kann dir nichts passieren. Wir halten euch.«

Ich werfe noch einen Blick zurück auf die andere Plattform, auf der Nazmi gefangen gehalten wird. Eine kleine Pfütze bildet sich an ihren Füßen, die gerade ihre Schuhe bedeckt. Das Wasser ist noch nicht so hoch, dass es bedrohlich sein könnte. Immerhin ein kleiner Trost.

Nick zieht seinen Gurt stramm, als der Boden plötzlich wackelt und schwankt. Das Startsignal. Es geht los.

»Okay, Leute, gleichmäßig. Nick, Elena, ihr müsst im selben Abstand zum Rand gehen und euch runterhängen lassen.«

Josh und Aiden laufen zur Mitte und wickeln sich das Seil um den Arm. Caleb steht zwischen beiden und hält alles zusammen. Er sichert Nick und mich gleichermaßen, während Josh und Aiden uns Stück für Stück in die Tiefe lassen.

»Elena«, höre ich Nicks Stimme. »Wir gehen zum Rand. Einen Schritt vorwärts.«

Ich weiß nicht, warum meine wackeligen Beine ihm gehorchen, aber sie tun es. Vollkommen lebensmüde und im Selbstmordwahn steuere ich im gleichen Tempo wie Nick den Rand der wackeligen Plattform an.

»Setz dich hin. Gut so, und jetzt rutschst du weiter, hältst dich mit den Händen fest und lässt deinen Körper runterbaumeln. Es wird alles gut.«

Ich folge der Anweisung und umklammere den Rand mit meinen schwitzigen Fingern. Ein Wimmern löst sich aus meiner staubtrockenen Kehle. *Jetzt bloß nicht heulen*, ermahne ich mich.

»Du schaffst das, Elena«, feuert mich nun auch Josh an, der bereits mit Spannung das Seil festhält.

Ich würde ihm am liebsten widersprechen. Ihm und allen anderen, die echt glauben, ich kann meine Höhenangst mal eben ausschalten und mich so in die Tiefe eines verhexten Horrorraumes stürzen. Das ist nicht so leicht, wie es für andere aussieht oder sogar ist. Dagegen ist der Dreimeterturm im Schwimmbad ein lächerlicher Witz.

Vorsichtig rutsche ich auf den Knien bis zum Rand. Da ist nichts mehr, die Plattform endet hier. Meine Muskeln zittern wie bei einem Anfall. Ich atme tief durch, doch mein Herz rast so sehr, dass ich kaum zu mehr als einer Schnappatmung fähig bin. Bloß ein Stück weiter, bevor ich mich seitlich abstützen muss. Mein linkes Bein baumelt in die Tiefe, das rechte hängt noch schlotternd am Rand der Plattform. Ich schaffe es, dass meine Finger sich in den Boden rammen, um irgendwie Halt zu gewinnen.

Ich sehe Nick, der mir gegenüber am Rand hängt. Zunächst stützt er sich an seinen Händen ab, sodass ich nur noch seinen

Kopf sehen kann. Er lächelt mich an, will mir Mut machen. Aber meine Nervosität hat mich längst komplett eingeholt.

»Noch ein kleines Stück runter, Elena«, antwortet mir Josh. »Halt dich an den Händen fest, lass deinen Körper einfach runter. Wir haben dich. Und schon hast du es geschafft. Das Loslassen ist immer schwer, aber du packst das!«

Ich will mutig sein, für Isis und Nazmi. Ich will den Fluch brechen, damit Josh außerhalb von Mistwick klettern gehen kann, damit wir alle ein freies Leben führen können. Ich will es für alle – aber ich stehe mir selbst im Weg. Meine Muskeln bibbern so extrem, dass ich den Halt verliere, als ich vorrutsche. Auch mein rechtes Bein verlässt die sichere Plattform und rutscht über den Rand. Es geht alles schnell und hat nichts mit Grazilität oder Körperkontrolle zu tun. Die habe ich längst verloren. Zumindest was meine Muskelkraft angeht. Meine Beine und Arme wollen mir nicht länger gehorchen. Das Adrenalin jagt durch meinen Körper, doch zu weiteren Eigenleistungen scheine ich vor lauter Angst nicht länger im Stande zu sein.

Mein Knie schlägt gegen die Steinkante. Ich kann mich nicht festhalten. Als wären meine Arme aus Pudding, ratschen meine Handflächen über den Rand und greifen ins Leere.

Ein spitzer Schrei entfährt mir. Ich kippe vor, hänge mit dem Gesicht zum Schlund. Dann spüre ich den festen Ruck im Rücken. Das Seil spannt direkt am Rand und hält meinen Körper, der in dem Gurt steckt. Ich brauche eine Sekunde oder gar mehrere, bis ich den Schock überwunden habe. Ich bin nicht tot … *noch nicht*. Mein Leben hängt am Seil.

Die Jungs machen es gut, denn sie halten mich sicher und retten mich damit. Nun liegt es an mir, Nazmi zu helfen. Das dunkle Schwarz unter mir sieht bedrohlich aus. Ich will nicht hier heruntergelassen werden. Mein Seil dreht sich etwas und damit drehe auch ich mich. Verhindern kann ich es nicht. Da entdecke ich Nick auf der anderen Seite. Er baumelt ebenfalls mit dem Bauch nach unten. Ähnlich wird es auch bei mir sein. Immerhin kann ich mir nun vorstellen, wie mein Abhängen hier aussieht.

»Alles klar, soweit?«

Das Brennen meiner aufgeschürften Haut spüre ich nun viel deutlicher. Ich meide es, mein Knie zu begutachten, dafür müsste ich mich viel zu sehr bewegen. Und ich will die Strapazierfähigkeit des Seiles nicht ausreizen. Ich bin mir sicher, dass ich es aufgeschlagen habe. Aber es ist nichts gebrochen. Meine Handflächen sind aufgeschürft. Es tut weh, aber ist erträglich.

»Geht schon«, antworte ich mit zittriger Stimme, die so hauchdünn ist, dass ich nicht sicher bin, ob Nick mich überhaupt gehört hat.

Plötzlich bewegt sich etwas – nein, *ich* bewege mich.

»Sie lassen uns Stück für Stück weiter runter«, antwortet Nick, der den Schrecken auf meinem Gesicht wohl trotz der Entfernung deutlich sehen konnte.

Ich versuche zu atmen, mich irgendwie zu beruhigen, aber so einfach ist es nicht, wenn man fast kopfüber in eine verzauberte Schlucht abgeseilt wird.

Da bemerke ich etwas Glänzendes, es funkelt in der Tiefe. Sie lassen uns immer weiter herab. Es ist kühl hier. Zu meiner Rechten entdecke ich einen kleinen schwarzen Kasten, darauf ist mit silberner Tinte ein Schlosssymbol gekritzelt. Als hätte ein Kind dieses Zeichen gemalt. Daneben steht der Buchstabe A. Zum Glück reagiere ich endlich.

»Stopp«, rufe ich hoch. Das Seil ruckelt und ich bleibe mitten in der Luft hängen. »Hier ... hier ist ein Safe.«

Nick kann ich auf der anderen Seite nicht mehr sehen, aber immerhin kann ich ihn hören.

»Elena, bist du an dem Kasten?«

Seine Stimme klingt wie ein Echo hier in der Schlucht.

»Ja … da ist ein A drauf gemalt«, rufe ich zurück in die Dunkelheit.

»Bei mir ist ein B. Das muss die Reihenfolge der Zahlen sein. A bis D. Wir müssen die richtigen Schlüssel probieren.«

Ich will gerade einen der alten Dinger aus meiner Hosentasche fischen, als mein Blick auf die Ursache für das Glitzern unter mir fällt. Ein Meer aus messerscharfen Klingen und unendlichem Stacheldraht breitet sich unter mir aus.

Wenn sie das Seil loslassen, bin ich so was von aufgespießt. *O Gott. O Gott! Ich werde sterben. Ich werde grausam sterben!* Eiskalte Angst überrollt mich und verursacht einen plötzlichen Schweißausbruch. Mir ist viel zu kalt und dabei viel zu heiß. Die Schockwelle trifft mich.

Nein, nein, nein!

Ich schrecke hoch, zappele los. Die Panik hat mich voll erfasst.

»Fuck«, höre ich Aiden oder Caleb von oben rufen. Offenbar hat mein Strampeln keine sonderlich angenehme Wirkung auf ihre Bemühungen.

»Elena, was soll der Scheiß?«, brüllt mich jemand an. Ich bin mir sicher, dass es Aiden ist.

»Hier sind kantige und verdammt scharfe Gesteinsspitzen. Und Stacheldraht«, jammere ich mit absolut peinlich schriller Stimme.

Mein Körper wackelt und damit auch das instabile Seil, an dem ich baumele.

»O Gott«, klage ich tränenerstickt.

Mittlerweile rauscht das Blut in meinen Ohren und mein Herzschlag steht kurz vor einem Weltrekord. Das ist niemals gesund. Entweder werde ich wie ein Hähnchen auf dem spitzen Gestein aufgespießt oder von Draht durchbohrt. Oder ich schaffe es zu überleben, wenn ich aufhöre, so wild zu wackeln.

Verdammt, mein Körper will nicht reagieren.

»Elena! Elena, ganz ruhig.«

Endlich dringt der beruhigende Klang von Nicks Stimme an mein Ohr. Dabei ist er so weit entfernt, dass ich ihn nicht sehen kann. Der wackelige Pfahl, auf dem die Plattform im Gleichgewicht gehalten wird, versperrt mir die Sicht.

Ich schließe die Augen, doch alles um mich herum dreht sich weiter. Eine erste Träne bahnt sich ungewollt ihren Weg und folgt den Gesetzen der Schwerkraft. Dabei will ich nicht heulen oder schwächeln. Aber inmitten einer Panikattacke bleibt die Vernunft auf der Strecke.

»Elena, das Seil hält dich. Du wirst keine Bekanntschaft mit den Steinen oder dem Draht machen. Versprochen.«

Ein weiteres mitleiderregendes Wimmern lässt sich nicht länger unterdrücken. Dann allerdings ebbt die Welle der Angst ab und mein rasendes Herz beruhigt sich ein klein wenig.

»Konzentrier dich. Einer der Schlüssel wird passen. Du musst den Safe öffnen, damit wir die erste Zahl finden. Wir brauchen dich. Meinst du, du schaffst das?«

Ich nicke und unterdrücke den Wunsch, wieder wild zu strampeln, damit mich die Jungs nach oben ziehen. Der Drang, festen Boden unter den Füßen zu spüren, ist übergroß.

»Okay, okay, okay«, antworte ich, mehr zu mir selbst als zu Nick.

Ein weiteres Mal atme ich tief durch. Es hilft tatsächlich. Dann richte ich den Blick einzig auf den Kasten vor mir. Er ist zu weit weg, ich komme nicht direkt an ihn dran.

»Nick ... das ist so weit.«

»Ja, ich weiß. Du musst ein wenig schaukeln, vor und zurück, dann kannst du dich an dem Safe festhalten. So habe ich es gemacht. Stell dir vor, du würdest schaukeln. Es ist fast nichts anderes.«

Fast ... beinahe hätte ich gelacht. Aber die Angst lähmt mich zu sehr.

Ich schüttele mich, doch meine Nervosität haftet an mir wie eine zweite Haut. *Vor und zurück. Einfach schaukeln. Komm schon, das ist machbar. Tu es für Nazmi, für Isis, für alle.*

Meine Gedanken sind überfüllt von Motivationsmantras. Und da gelingt mir der Versuch. Ich behalte den Safe im Auge, wackele vor und zurück. Die Bewegung wird größer und der Abstand zwischen mir und dem Safe kleiner.

Schon bin ich da. Der Kasten ist mein Rettungsanker. Ich schlinge meine zittrigen Arme darum. Mit klammen Fingern taste ich die Vorderseite ab und stutze. Ich fühle nichts weiter als die glatte Oberfläche des Safes. Kein Schlüsselloch. Meine eigene Angst hier in der Tiefe übernimmt die Kontrolle. Ich greife im Dunkeln viel zu hastig die anderen Seiten des Kastens ab, aber bleibe erfolglos.

»Nick, ich finde das Schlüsselloch nicht.«

Dass meine Stimme so nervös klingt, ist eher unbeabsichtigt. Es dauert, bevor er antwortet. »Bei mir fehlt es ebenfalls. Da ist aber ein Knopf an der unteren Seite.«

Ich konzentriere mich und taste erneut blind alle Seiten des Kastens entlang. Tatsächlich werde ich fündig. »Und jetzt?«

»Wir drücken gleichzeitig.«

»Warte! Wir sollen einen mysteriösen Knopf drücken? Meinst du, das ist richtig?«

»Etwas anderes können wir nicht tun. Bereit? Jetzt!«

Meine Gedanken haben vor lauter Adrenalin keine Möglichkeit, um den Plan zu überdenken. Ob wir damit richtig liegen, werden wir schon bald erfahren. Ich drücke die Taste und augenblicklich wird es hell um mich. Schnell schirme ich mir mit einer Hand die Augen ab und blinzele gegen das Licht. Sie brauchen einen Moment, bis sie sich an den Wechsel von Dunkelheit zu dem Lichtkegel gewöhnt haben.

Auf der oberen Platte des Kastens leuchtet ein Feld auf. Es ist eine kleine Platte, die von unten beleuchtet wird. Sie erinnert mich an das Zeichenbrett mit Licht, was Jules besitzt und worauf sie gerne malt.

Ich sehe mich um, doch zu meiner Enttäuschung kann ich trotz der kleinen Helligkeit kaum mehr hier unten erkennen. Meine Finger berühren vorsichtig die Oberfläche, als sich ein Schriftzug durch Zauberhand dort bildet. Ich zucke zurück und bemühe mich, vor Schreck nicht zu sehr zu wackeln.

»Elena, bei mir ist eine Lichtplatte eingeschaltet worden. Und da steht eine Botschaft von Alizon. Hast du das auch?«

Ich schwitze mit einem Mal so stark, dass mir ein Schweißfilm die Stirn herunterläuft. Schnell wische ich mir mit der Hand über die Schläfe und fange die Tropfen auf. »Ja.«

»Was steht bei dir?«

Mein Mund fühlt sich trocken an. Eine neue Welle Angst erfasst mich. Botschaften von Alizon bereiten uns auf die Prüfungen vor. Wenn wir also hier unten in der Tiefe neue Notizen erhalten, kann das nur bedeuten, dass wir eine weitere Herausforderung bewältigen müssen. Ich lockere meine Zunge, die scheinbar an meinem Gaumen klebt, bevor ich den Text in die Dunkelheit spreche.

Auserwählte, die Tiefe erreicht, fehlt euch der Zugang zur Lösung. Von A bis D findet ihr die gesuchten Zahlen, die ihr braucht, um eure Freundin zu retten. Ein jeder Kasten hat eine neue Aufgabe für euch. Die Hölzer sagen die Wahrheit,

wenn ihr eines von ihnen verschiebt. Nicht mehr dürft ihr bewegen. Habt ihr es raus, werdet ihr das finden, was ihr sucht.

– A. D.

Ich lese ihre Botschaft direkt ein weiteres Mal. Meine Konzentration leidet unter diesem Nervenkitzel. Umso dankbarer bin ich, als Nick die Notiz entschlüsselt.

»Wir werden an jedem der Safes irgendeine Aufgabe lösen müssen, um das Schlüsselloch freizuschalten. Denn das ist, was wir suchen. Die Hölzer ... Warte! Auf der Leuchtplatte verändert sich was.«

Ich sehe von der Nachricht auf und entdecke das, was neu entstanden ist. Mitten auf der Platte liegen auf einmal kleine Holzstücke. Durch Magie. Sie erinnern mich glatt an stumpfe Zahnstocher. Alle liegen in einem bestimmten Muster aneinandergereiht. Sie bilden Zahlen und zusammen eine Mathematikaufgabe, die nicht stimmen kann.

$$1 + 7 = 11$$

Erneut lese ich die Notiz durch, bis ich es begreife.

»Nick! Ich weiß, was wir machen müssen. Die Hölzer sind Terme. Wenn wir ein einzelnes verschieben, können wir die Zahlen so verändern, dass die Gleichung die Wahrheit sagt und korrekt ist.«

»Super! Den Gedanken hatte ich auch. Lass es uns probieren.«

Ich versuche alles andere auszublenden und mich einzig auf die Hölzer zu konzentrieren. Drei Zahlen, zwei Rechenzeichen. Vielleicht würde ich schneller auf die Lösung kommen, wenn ich nicht an einem Seil in der Tiefe voll spitzer Fallen hängen würde. *Das Ausblenden klappt schon mal nicht,* ermahne ich mich still.

»Bei mir hat es funktioniert«, freut sich Nick, der offenbar schon sein Rätsel lösen konnte. »Das Schlüsselloch ist für den Safe sichtbar. Wir machen es genau richtig.«

Das ist zumindest gut zu wissen. Ich sehe wieder auf die Zahlen vor mir. Eins plus Zwei gleich Acht. Ein Holz muss verschoben werden. Es gibt nicht viele Optionen, damit die Gleichung aufgeht. Mein visuelles Vorstellungsvermögen arbeitet daran, sich die neuen Zahlen vorzustellen, die ich bilden kann, wenn eines der Stücke verändert wird. Und endlich komme ich auf das Ergebnis. Ich nehme von der Acht das untere linke Holz und setze es bei der Eins oben an das Stück an, sodass aus der Zahl eine Sieben wird. Sieben plus Zwei gleich Neun. Innerlich führe ich einen Freudentanz auf.

Kaum liegt das Holzstück an seiner veränderten Stelle, höre ich ein leises Klicken. Zur Bestätigung erlischt die helle Platte. Auch die Holzstücke verschwinden. Stattdessen ertaste ich vorne am Safe die gesuchte Öffnung. Meine Augen wollen sich nicht gleich an die erneute Finsternis gewöhnen. Nach ein paar Atemzügen ist es besser und ich kann wieder mehr von meiner Umgebung ausmachen.

»Bin soweit«, lasse ich Nick wissen.

Das Schlüsselloch sieht eigenartig aus. Vorsichtig krame ich die Schlüssel raus, die sich in meiner Hosentasche befinden.

»Woher weiß ich, welcher passt?«, rufe ich in die Dunkelheit.

Nick antwortet mit einem Lachen. »Keine Ahnung, ich nehme einfach einen.«

Ich hoffe, dass wir sie nicht gänzlich falsch aufgeteilt haben. Denn jeder missglückte Versuch wird uns Zeit stehlen und Nazmi immer schneller in eine Nixe verwandeln.

Durch das schummerige Licht kann ich kaum etwas erkennen. Meine Finger tasten die Umrisse des Schlüssellochs nach, um einen Anhaltspunkt zu bekommen, welcher Schlüssel passen könnte. Aber ich finde keine aussagekräftigen Anhaltspunkte.

»Bereit?«

Wir müssen die Schlüssel gleichzeitig umdrehen. So heißt es in den Regeln. Ich habe keine Ahnung, welcher der richtige für diesen Safe ist. Einer von meinen oder der, den Nick noch in der Hand hält. Daher lasse ich mein Bauchgefühl entscheiden und stecke einen der Schlüssel in die Vorrichtung.

»Bereit.«

»Zusammen bei drei. Eins, zwei, drei«, höre ich Nicks Countdown.

Tatsächlich kann ich meinen gewählten Schlüssel drehen und wage kaum zu glauben, dass ich richtig liege. Doch der Safe lässt sich nicht öffnen. Ich ziehe an der Öffnung des Kastens, aber nichts passiert.

Stattdessen höre ich ein mechanisches Klicken in der Ferne. Es kommt von der Plattform. Von hier unten kann ich jedoch nichts erkennen.

»Nick?«, rufe ich leicht panisch.

»Mein Schlüssel passt anscheinend, denn ich kann ihn nicht mehr herausziehen. Der Safe ist aber noch zu.«

Josh bemüht sich um eine gelassene Tonlage. »Was ist passiert?«

»I-ich habe den falschen Schlüssel gewählt«, rufe ich zurück.

Es dauert einen kurzen Augenblick, bis Josh sich wieder meldet. »Kein Problem. Die Zeit läuft schneller und der Zylinder füllt sich mit mehr Wasser, aber es ist bis jetzt alles im grünen Bereich.«

Er will mich beruhigen und zu meiner Überraschung klappt es so weit, dass ich nicht länger zögere. Schnell ziehe ich den falschen Schlüssel aus dem Loch und stecke den zweiten hinein. Erneut erweckt es zunächst den Anschein, als würde er passen.

»Was machen wir nun?« Meine Frage wird von der Dunkelheit verschluckt. Einen Moment lang bin ich unsicher, ob Nick mich überhaupt gehört hat, bis er endlich reagiert.

»Ich glaube, dass mein Schlüssel hier passt. Wir probieren den anderen von dir aus. Bist du bereit?«

Mein Nicken kann er natürlich nicht sehen. Ich muss jedoch erst tief durchatmen, bevor ich ihm antworten kann. Meine Aufregung will sich nicht legen. Ich habe Angst vor einem weiteren Fehler. Vielleicht gibt es einen Anhaltspunkt an den Schlössern, welcher Schlüssel zu welchem Safe gehört. Doch hier unten, umgeben von tödlichen Fallen inmitten einer finsteren Schlucht, wage ich nicht, mir die Kästen oder die Schlüssel genauer anzusehen. Meine Finger sind schon zittrig genug. Ich will es vermeiden, dass mir einer der Schlüssel abhandenkommt, bloß weil ich ihn im Dunkeln näher inspizieren will. Es muss ohne genaueren Blick funktionieren. Mut für einen zweiten blinden Versuch – im wahrsten Sinne des Wortes.

»Okay«, rufe ich zurück.

»Wir drehen sie zusammen um. Eins, zwei, drei«, wiederholt Nick. Ich bin froh, dass er die Führung übernimmt.

Der Schweiß tropft mir von der Stirn, aber ich lasse mich davon nicht ablenken. Zitternd drehe ich den alten Schlüssel um. Ein Klicken ertönt, dieses Mal allerdings direkt vor mir. Der Deckel springt auf und lässt mich aufatmen. Flink schiebe ich ihn beiseite und entdecke im Inneren des Safes – nichts. Kein Papier, keine Notiz kann ich ertasten. Es ist so dunkel, dass ich nicht sehen kann, wenn etwas an den Seitenwänden des Kastens geschrieben wäre. Gerade will ich die anderen über meinen ausgebliebenen Fund informieren, als ich plötzlich etwas an meinen Fingern spüre. Erneut stecke ich meine Hand in den Safe. Auf dem Boden des Kastens fühle ich Kratzer ... ganz bestimmte Kratzer, die nicht grundlos dort sind. Ein V und daneben zwei senkrechte Striche. *Römische Zahlen!*

»Ist deiner offen?«

»Ja, es hat geklappt. Hast du auch eine römische Zahl?«, freue ich mich und würde am liebsten applaudieren. Es ist, als fiele ein Brocken von meinen Schultern.

»Habe ich. Super gemacht, Elena! Wir müssen jetzt weiter.«

Die Erleichterung hält allerdings nicht lange an, denn uns fehlen noch zwei weitere Zahlen.

»Leute, wir haben die ersten beiden Zahlen. Wir müssen zu den anderen Kästen«, ruft Nick mit kräftiger Stimme nach oben.

Es dauert einen Augenblick, in denen sich die drei anscheinend besprechen.

»Wir machen es so. Caleb, Aiden und ich werden uns zusammen auf der Plattform um neunzig Grad drehen und euch damit mitdrehen. Dann solltet ihr direkt vor den anderen Safes ankommen.«

»Aber das Seil? Es darf nicht reißen«, höre ich mich wieder völlig ängstlich nach oben rufen.

»Wir haben beschlossen, möglichst langsam zu sein, damit ihr nicht zu schnell durch die Führung rast. So kann der Abrieb des Seils geringgehalten werden, wenn wir euch in gleichmäßigen Schritten drehen«, erklärt Josh.

Für mich ergibt das keinen Sinn. Insbesondere gefällt mir die Aussicht nicht, dass sich das Seil an der spitzen Kante der Plattform abreibt, so wie meine Handflächen es bereits vorgemacht haben.

Am liebsten möchte ich widersprechen, aber mir fällt kein anderer Vorschlag ein, wie wir zu den zwei anderen Safes gelangen können. Und vor allem rennt uns die Zeit davon.

»Haltet euch fest, es geht in den Freiflug.«

Ich zähle die Sekunden und warte darauf, dass es losgeht. Mein Wunsch wird erhöht. Es ruckelt an dem Seil, an dem ich hänge, und plötzlich werde ich weggezogen. Zuerst traue ich mich nicht, den Safe loszulassen, denn er ist momentan mein einziger Halt hier in der Tiefe. Doch der Druck wird größer, sodass ich nicht anders kann. Schon hänge ich wieder schutzlos an der Leine. Es fühlt sich an, als gäben die drei Jungs oben Vollgas, denn wir drehen uns für meinen Geschmack recht rasant. Ich fliege für einen Moment mit dem Gefühl von Schwerelosigkeit durch die schwarze Tiefe, als ich realisiere, dass die Gesteinsspitzen unterschiedlich hoch sind und mir in der Flugschneise entgegenkommen.

»Nein!«, kreische ich, doch ich kann nicht ausweichen. Meine Seite prallt gegen den Stein, ich japse auf und werde über die spitze Kante hinweg weitergezogen.

Endlich drehen sie mich langsamer, denn wir haben das Ziel erreicht. Ich fasse an meine Seite und zucke zusammen. Es brennt und sticht. Wackelig nehme ich den Arm zurück und entdecke frisches Blut an meinen Fingerspitzen.

»Elena? Alles in Ordnung?«

Ich kann Nick nicht antworten. Mir ist zu schlecht und schwindelig. Ich baumele noch immer vornüber mit dem Sicherungsseil am Rücken. Die gefährlichen Drähte und Stacheln sind nur eine Armlänge von mir entfernt. Allerdings nicht alle.

Das Meer aus stechenden Waffen ist unterschiedlich hoch und wirkt hier in der Tiefe wie eine tödliche Gebirgslandschaft. Das haben wir nicht bedacht. Und ich habe darauf nicht geachtet. Zu sehr war ich mit meiner Panikattacke beschäftigt. Das hätte weitaus schlimmer ausgehen können, wie mir nun bewusst wird.

Ich hole tief Luft und versuche den Schmerz wegzuatmen. Wie üblich gelingt es mir nicht. Es zieht, aber der Schnitt ist weder sehr lang noch sehr tief. Ich werde nicht verbluten. Also heißt es, Zähne zusammenbeißen.

»Ich bin mit einer Steinsäule kollidiert. Aber … es geht schon.«

»Was?! O Gott, bist du verletzt?« Seine Fürsorge ist wohltuend. Würde ich nicht in diesem Todestal hängen, würde ich glatt meine errichtete Mauer einreißen und mich von ihm umsorgen lassen. Mir entgeht allerdings nicht, dass seine Stimme verändert klingt. Ein wenig gedämpfter und angestrengter. Möglich, dass mir das bloß so vorkommt, schließlich rauscht mir das Blut in den Ohren. Bevor ich weiter darüber nachdenken kann, werden wir unsanft an unsere Aufgabe erinnert. Auf einmal ist es Aiden, der uns anschreit. »Verdammte Scheiße, hört auf zu zappeln. Fuck … beeilt euch endlich!«

Er gehört definitiv nicht zu den Leuten, die man um Rat fragt, wenn man selbst schon ein Nervenbündel ist.

»Geht schon«, versichere ich Nick und ziehe scharf die Luft ein, während ich mich vor und zurückschaukele.

Wir müssen hier raus. Ich bin nicht außer Gefecht gesetzt, sondern kann weitermachen. Zeit zum Ausruhen habe ich hinterher.

»Schaffst du es bis zum Safe?«

»Ja, das geht«, bestätige ich und zucke zusammen, als ich meine Arme ausstrecke, um nach dem Kasten zu greifen.

Knapp verfehlt.

Noch einmal lasse ich mich nach hinten fallen und bemühe mich, weit nach vorne zu schaukeln.

Unter mir ragt ein Stacheldraht viel zu weit empor. Ich entdecke ihn rechtzeitig und ziehe rasch die Beine hoch, um ihm auszuweichen. Dadurch verliere ich jedoch den Halt und wedele hilflos mit den Armen. Mir ist klar, dass dadurch das Seil von Neuem beansprucht wird, aber mir bleibt keine Wahl.

»Elena! Was immer du tust, hör verdammt noch mal damit auf«, höre ich das wütende Schnaufen von Aiden.

Als ob ich das mit Absicht mache. Wenn ich aus diesem Loch gezogen werde, dann kann er sich warm anziehen. Zumindest nehme ich mir vor, meine übrigbleibenden Kräfte für ihn zu verschwenden.

Ich grapsche in die Luft und da erwischen meine Hände den Safe. Hastig halte ich mich daran fest. Dass mir das gelingt, grenzt an ein Wunder. Die Schweißperlen laufen mir ins Gesicht, mein Atem geht stoßweise, aber ich habe den Kasten erreicht.

»B-bin da«, stottere ich.

»Sehr gut, ich auch. Es ist wieder eine Rechenaufgabe.«

Ich habe keine Zeit, um Luft zu holen. Schnell taste ich den Kasten nach dem kleinen Knopf ab. Schon wird das Feld oberhalb beleuchtet. Anstelle einer weiteren Notiz von Alizon wartet eine weitere Knobelaufgabe darauf, gelöst zu werden. Immerhin weiß ich nun, was ich machen muss. Ich sehe mir die Zahlen näher an, die aus den Holzstücken dargestellt sind. Bloß ein Holz darf verändert werden. Das ist die Regel.

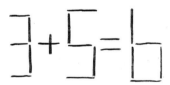

Wie zuvor kann diese Aufgabe so nicht stimmen. Drei plus Fünf gleich Sechs. Plötzlich erkenne ich die Lösung. Warum ich so schnell auf die Antwort komme, weiß ich nicht. Aber das ist nicht wichtig. Mit vibrierenden Händen versuche ich mein gewähltes Holzstück anzuheben, doch das Zittern ist viel zu stark. Ich schüttele meine Hand aus, schließe kurz die Augen und atme ruhig durch. Aus Schwäche will ich nicht versehentlich mehr bewegen als gedacht. Vorsicht ist geboten.

Ich schaffe das.

Mein Adrenalinpegel muss sich etwas beruhigen. Und mit ihm mein rasender Puls. Erneut versuche ich mein Glück und greife nach dem linken Holz aus der Zahl Fünf, um es rechts anzulegen, sodass aus der Zahl eine Drei wird.

Halleluja – es gelingt mir! Damit stimmt die Gleichung. Wie bei dem Kasten A erlischt auch hier das Licht der Platte und ein klickendes Geräusch öffnet den Zugang zum Schlüsselloch für diesen Safe.

»Ich habe es«, rufe ich mit dünner Stimme. Allmählich schwächelt mein Körper. Die Energiereserven sind bereits angebrochen. Meine Beine beben und meine schwitzigen Händen können sich kaum mehr am Kasten festhalten. Ich habe bald keine Kraft mehr.

»Okay, ich auch. Hast du den Schlüssel? Bereit?« Nick hört sich schwerfällig an. Irgendetwas stimmt doch da nicht.

»Beeilt euch! Nazmi ...«, höre ich Caleb beinahe flehen.

Ich will mir nicht vorstellen, wie weit das Wasser bereits reicht, denn ich habe einen Fehler begangen und damit die Zeit beschleunigt.

Ich verschwende keine weitere Sekunde und hole mit klebrig schwitzigen Fingern den Schlüssel heraus. Betend hoffe ich, dass unsere zufällige Aufteilung richtig war. Noch eine Drehaktion überstehe ich nicht. Und wie es mit Nazmi aussieht ... Ich bremse meine Gedankenflut und hoffe einfach, dass alles klappt. Vielleicht ist Alizon uns wohlgesinnt. Schließlich spielen wir nach ihren Regeln. Sie kann mit Sicherheit auch die Safes austauschen, ohne dass wir es mitbekommen, und damit die richtigen Kästen zu uns zaubern.

Ihr ist daran gelegen, dass wir spielen und gewinnen. Sonst würde sie uns nicht solche hilfreichen Tipps geben und uns bei den Aufgaben helfen.

»Hab ihn.«

Bitte sei der richtige Schlüssel. Bitte, bitte sei richtig!

Ich schiebe den Schlüssel in die Öffnung. Er passt zunächst. Erst durchs Drehen wird sich zeigen, ob wir einen Fehler gemacht haben oder nicht.

»Eins ...«

Bitte pass!

»... zwei ...«

Bitte, bitte!

»... drei!«

Ich drehe zeitgleich mit Nick meinen Schlüssel um. Mein Herz setzt aus. Dann klickt es und der Deckel springt auf.

»Jaaaaa!«, rufe ich jubelnd aus. »Er passt! Der Schlüssel passt!«

Schnell ziehe ich den Deckel vom Kasten mit dem Buchstaben D ab und taste nach den Kratzern, die mir die gesuchte Ziffer verraten. Da fühle ich sie. Eins ... zwei ... drei Striche. Zur Sicherheit taste ich erneut nach der Zahl, komme aber zum selben Schluss. Die vierte Zahl ist Drei.

»Wir haben die Zahlen! Sollen wir ... sie euch zurufen?« Nick klingt komisch. Wieder schleicht sich das Gefühl ein, dass etwas nicht in Ordnung ist. Aber ich kann ihn nicht sehen.

»Es geht nicht. Wir müssen euch erst hochziehen. Zwei von uns reichen nicht aus, um euch zu halten«, antwortet Josh. Er klingt wahnsinnig angestrengt.

Also gut, zuerst wieder nach oben, dann schnell den Code eingeben. Ich habe nichts dagegen, möglichst zügig wieder aus dieser

Tiefe befreit zu werden.

»Es geht los«, bekräftigt Josh nun. Sofort bemerke ich den Ruck an meinem Rücken. Dann wieder einen. Ihm folgen weitere, die mich durch die Luft wieder in Richtung Plattform ziehen. *Halleluja!* Es geht bergauf – wahrhaftig.

Es sind nicht mehr viele Meter, die mich von der sicheren Plattform trennen. Dagegen wird der Abstand zum tödlichen Tal unter mir wesentlich größer. Bald schon kann ich die funkelnden, messerscharfen Spitzen und Drähte nicht mehr sehen. Die Jungs leisten Knochenarbeit. Sie stöhnen und ächzen, während sie uns im Wechsel hochhieven. Die Geschwindigkeit, in der sie mich hochziehen, wird langsamer, als würden sie ihre Kraft verlieren. Der Rand zur Plattform ist fast auf Griffhöhe. Endlich umschließen meine schlappen Finger die Steinkante. Ich versuche mein Bestes, um mich aus eigener Kraft darüber zu rollen. Das ist schwerer, als ich gedacht habe, denn mein überschüssiges Adrenalin verabschiedet sich und nimmt all meine Energiereserven mit sich.

Plötzlich zerrt mich jemand an meinem Sicherheitsgurt hoch. Ich lande ächzend auf dem Bauch. Caleb sieht mich mit hochrotem Kopf an. Der Schweiß perlt nur so an ihm herunter.

»Zahlen?«, japst er nach Luft ringend.

»Zuerst die Sieben und die letzte Zahl ist die Drei«, teile ich meine gefundene Lösung.

»Nick! Deine Zahlen«, ruft er nun über die Plattform und erhebt sich schnaufend.

»Ich habe die mittleren zwei Zahlen. Eins und die Neun«, höre ich Nicks Stimme.

»Also sieben, eins, neun und drei. Okay!« Caleb verschwindet aus meinem Sichtfeld und rennt los. Ich stütze mich auf den Ellenbogen ab und komme mir vor wie in einem Film. Vor der

Aufgabe waren wir noch fit und bei Kräften. Es scheint, als hätte sich nun alles gewandelt. Aiden liegt auf dem Rücken, alle Viere von sich gestreckt. Sein Brustkorb hebt und senkt sich hastig. Er braucht Zeit, wieder zu Atem zu kommen. Josh ist auf den Knien, er schleppt sich zu Nick, der auf der anderen Seite zusammengekauert liegt.

Ich versuche aufzustehen, aber meine Beine wollen noch einen Moment Ruhe.

»Sieben, eins, neun, drei. Sieben, eins, neun, drei«, brüllt Caleb und erregt damit meine Aufmerksamkeit. Mein Blick huscht zu ihm. Er ist auf der ersten Plattform angekommen. Das Blut gefriert in meinen Adern. Nazmi steckt noch immer in dem Zylinder, doch anders als zuvor steht ihr das Wasser bis zur Stirn. Sie kann keine Luft mehr bekommen. Dafür ist es zu weit angestiegen. Nazmis Augen sind geweitet, sie klopft und hämmert gegen die Scheibe. Ich kann ihre Panik sehen, ihr Flehen. Caleb ist da und tippt den Code ein. Aber im selben Moment verändert sich Nazmis Blick, er wird starr, sie schließt die Augen.

O mein Gott, sie ertrinkt. Wir sind zu spät.

Da höre ich ein Klicken, das Schloss springt auf. Caleb gibt alles und zerrt Nazmis Körper aus dem Wasser. Sie liegt auf dem Rücken, Caleb ist über ihr. Er drückt ruckartig auf ihren Brustkorb. Endlich schießt Nazmi hoch, sie hustet, spuckt Wasser, hustet wieder.

Sie lebt! Wie schnell man von Panik zur Freude wechseln kann, wird mir wieder klar. Mein Körper ist mit diesen Extremen völlig überfordert.

Ich sehe zu Nick, doch er liegt noch immer unverändert auf der Seite. Josh ist bei ihm. Sein Blick ruht auf mir und ist alles andere als beruhigend. Fast schon mitleidig. *Wieso?* Ich begreife nicht.

Ich will zu Nick, sehen, was los ist. Meine Muskeln in den Knien sind zu weich, sie können mich kaum halten. Irgendwie schaffe ich es aufzustehen und zack – falle gleich wieder um.

Ich überschätze mich, denn der Sprung in die Tiefe hat alles von mir abverlangt. Dennoch will ich zu Nick.

Aiden rappelt sich auf und ist binnen Sekunden bei Josh. Er nimmt Nicks Arme, während Aiden seine Beine hochhebt. *Ist er ohnmächtig? Was ist da los?*

Plötzlich ist Caleb neben mir. Er stützt Nazmi und schiebt seinen Arm unter meine Schultern.

»Raus hier, Parker«, antwortet er mit einer Dringlichkeit, die keinen Widerspruch duldet. Er führt uns zu einem Ausgang, der sich scheinbar neu gezeigt hat. Direkt an der Plattform steht eine offene Tür. Wir haben es geschafft. Nazmi ist frei und lebt, wir haben den letzten Schlüssel gefunden, ich habe mich meinen Ängsten gestellt. Doch ich weigere mich, mich zu freuen.

Da sehe ich Nick.

Genau seinetwegen. Denn dies ist kein Sieg.

KAPITEL 27

Draht und Tee

»Wir haben gewonnen«, lacht Aiden und lässt sich ermattet auf den feuchten Waldboden fallen. Die Erschöpfung ist allen ins Gesicht geschrieben.

Er hat Nick an einen Baum gelehnt und scheint mit seiner Verantwortung fertig zu sein.

Die Tür schließt sich hinter Caleb, Nazmi und mir, sodass nichts mehr von dem verfluchten Escape-Raum zu sehen ist. Einzig sechs Teenager, die hinter einer vermeintlich verlassenen Hütte im Wald um Atem ringen.

Ich stolpere vor und löse mich von Caleb. Vor Nick bleibe ich stehen und falle auf die Knie. Seine Atmung geht stoßweise, er hat die Augen geschlossen. Und das mit Recht. Mehrere Stacheldrähte haben sich um seinen Körper gewickelt und stecken in ihm fest. Seine Kleidung ist an vielen Stellen gerissen, aus denen nun Blut sickert. Einer der Drähte liegt auf seinem Gesicht und hat sich an seinem linken Auge in Braue und Schläfe gebohrt.

Ich kann nicht einschätzen, wie schlimm es ist. Doch sein Anblick reicht mir vollkommen.

Caleb ist auf einmal neben mir und hockt sich vor Nick. Ich bin mir sicher, dass Caleb die beste ärztliche Alternative ist, die wir haben. Er kennt sich durch seine Familie zumindest ein klein wenig in dem Fach aus, auch wenn er keinen Doktortitel trägt – ich vermute *noch* nicht. Durch die Spiele können wir nicht weg und ihn in ein Krankenhaus bringen. Das Mal macht es unmöglich, die *St. Romy Meyro* oder das Gelände rund um Barrow Hill zu verlassen. In diesen fünf Tagen haben wir keine andere Wahl, als unsere Fähigkeiten unter Beweis zu stellen. Wir haben keinen Kontakt nach außen und sind auf uns gestellt. Das gehört zu den Prüfungen. Wir müssen es als Gruppe schaffen. Gemeinsam – und doch auch allein. Vorsichtig berührt er den Draht, woraufhin Nick zusammenzuckt.

»Ich kann die Drähte hier nicht entfernen, weil ich nicht richtig sehe, wie tief die Schnitte sind. Ich brauche Handtücher und frisches Wasser. Er muss zurück in die Schule«, erklärt mir Caleb mit einer wahnsinnigen Ruhe in der Stimme. Diese Seite an ihm habe ich noch nicht kennengelernt. Der sonst so impulsive und laute Ärztesohn zeigt sich empathisch, fürsorglich und schenkt mir eine professionelle Gelassenheit in Anbetracht der Ereignisse, dass es erschreckend schön ist.

»Wird er ...«, stottere ich wenig hilfreich.

Caleb sieht mich direkt an. Schweißperlen laufen ihm übers Gesicht. Sein Körper glänzt vor Anstrengung, aber er spricht ruhig und gefasst.

»Er wird überleben. So schlimm ist es nicht. Aber wir sollten gehen, Elena. Ich kann ihn unmöglich allein tragen.« Caleb wischt sich nun mit der flachen Hand über die Stirn. »Aiden und Josh müssen mir helfen. Nick hat Schmerzen, und je länger wir hier draußen warten ...«

Caleb muss nicht weitersprechen, denn ich habe nicht vor, herauszufinden, was sonst mit Nick passiert. Ich sehe es ihm an und bin gleichzeitig froh, dass Calebs Einschätzung positiv ist. Dennoch braucht Nick dringend unsere Hilfe, damit wir ihn von diesen Stahldrähten befreien.

Ich drehe mich zu den anderen um, die ihre Kräfte aufgebraucht zu haben scheinen.

»Wir müssen ihn sofort hier wegbringen! Nick muss versorgt werden«, höre ich mich kommandieren.

Josh dreht sich auf den Bauch und rappelt sich allmählich hoch. Auf ihn ist wahrlich Verlass.

»Immer mit der Ruhe«, ächzt Aiden und atmet durch. Er scheint offenbar entspannt zu sein. »Wir sind total erledigt. Lass uns erst mal ein paar Minuten Luft holen.«

Erst mal? Ein paar Minuten? Will er mich verarschen?

Die Wut brodelt in mir und braut sich mit der Sorge um Nick zu einem gefährlichen Tornado zusammen.

»Nick muss sofort zurück. Wir dürfen keine Zeit verlieren und Caleb braucht Hilfe beim Tragen.« Ich knirsche mit den Zähnen und bemühe mich um eine kontrollierte Stimme.

Aiden allerdings legt sich der Länge nach mit dem Rücken auf den Waldboden und streckt seine Glieder. Er will mich provozieren oder sein Macho-Gehabe raushängen lassen. »Hör auf zu stressen, Elena. Wir gehen, wenn ich es sage.«

Das reicht. Mit einem Satz bin ich auf den Beinen und stehe direkt über ihm. Scheinbar ist er von meiner Fähigkeit, mit Puddingbeinen so aufrecht zu stehen, weniger beeindruckt, als ich es bin. Schön, soll er mich unterschätzen.

Aiden grinst mich an und stützt sich auf die Unterarme. »Ich diskutiere nicht mit dir. Fünf Minuten, basta.«

Ich kann das Brodeln in mir nicht länger im Zaun halten. Ohne genauer nachzudenken, packe ich Aiden und drehe ihn mit geschickter Bewegung auf den Bauch. Er rechnet nicht damit, genauso wenig wie ich mit meiner plötzlichen Stärke, die von Adrenalin genährt wird. Aiden jault auf, während ich seinen Arm ein Stück weiter nach hinten drehe. Onkel Gerry hat Lexi und mir verschiedene Polizeigriffe gezeigt. Zur Verteidigung, zur Beschäftigung von quengelnden Kindern, wie wir sie waren. Niemals im Leben habe ich gedacht, ich müsste mal einen von ihnen anwenden.

Mein gesundes Knie bohrt sich in seinen Rücken. Aiden winselt plötzlich voller Schrecken.

»Schluss mit der Scheiße. Wir gehen. Jetzt sofort. Und du hilfst, Nick heil zurück zum Internat zu bringen.«

Er nickt und gibt sich geschlagen. Ich lasse ihn los und plumpse müde nach hinten. Aiden dagegen steht auf und geht zu Josh herüber. Vorsichtig heben die beiden Nick hoch.

»Endlich hat mal jemand dem Großmaul die Leviten gelesen. Gut so.« Nazmi streckt mir die Hand entgegen, um mir aufzuhelfen.

Meine Beine zittern, meine Arme beben. Alles an mir ist von Anstrengung gezeichnet. Auch Nazmi sieht ziemlich erledigt aus. Ihre schwarzen Haare hängen triefend herunter. Tiefe Ringe umrahmen ihre müden Augen.

»Wie geht es dir?«

Sie winkt ab. »Ich bin weiterhin im Rennen. Alles okay.«

Wir bilden einen müden Trupp. Aiden und Josh tragen Nick zuerst. Caleb folgt uns auf wackeligen Beinen. Ich möchte meine Hand nicht dafür ins Feuer legen, aber kann mir sehr gut vorstellen, dass Caleb die schwerste Aufgabe hatte. Er stand in der Mitte und musste nicht nur das Gleichgewicht, sondern auch uns halten und ausbalancieren. Dazu mit dem Wissen, dass Nazmi ertrinken könnte. Ich sehe zu Nick, der noch immer seine Augen geschlossen hat.

»Keine Sorge, er wird wieder gesund«, versichert mir Caleb, der meinen besorgten Blick bemerkt hat. »Das wird wieder.«

Ich will ihm glauben. Mehr als alles andere im Moment.

Endlich erreichen wir nach einem anstrengenden Fußmarsch die Stufen zur Schule. Ms Gibbons begrüßt uns mit einem entsetzten Schrei, während Ridge sofort jegliches Geschirr vom Tisch fegt, damit die Jungs Nick auf die Platte legen können.

»Um Himmels Willen, was ist denn passiert?«, klagt Ms Gibbons aufgebracht.

Nazmi geht zu ihr und hält sie an den Schultern. »Wir brauchen frische Handtücher und saubere Schüsseln. Eine davon mit klarem Wasser. Können Sie die Sachen holen?«

Ich bin froh, dass Nazmi die Aufgaben verteilt, damit Ms Gibbons trotz Schrecken weiß, wie sie handeln soll, um zu helfen.

»Er ist komplett eingewickelt. Wie ist das möglich?«, fragt Ridge.

Ich räuspere mich und stelle mich ebenfalls an den Tisch. »In dem Graben war überall Maschendraht gespannt und spitzes Gestein. Wir wurden in die Tiefe gelassen, aber es war unten alles unterschiedlich hoch. Das haben wir nicht gesehen. Beim Drehen ... hat er sich vermutlich verheddert.«

Die Vorstellung, dass Nick keine Möglichkeit hatte, sich aus den Drahtfängen zu befreien, weil er weitergedreht und durch die nächsten spitzen Fallen gezogen wurde, ist grausam.

Ms Gibbons ist schnell wieder da und stellt mit hochrotem Kopf die benötigten Dinge parat. Ihr steht der Schock ins Gesicht geschrieben.

»Ein Draht hat das Auge knapp verfehlt«, bestätigt Caleb, während er einen der Drähte vorsichtig abwickelt und Nick ein Stück weit befreit. Voller Ehrfurcht sehe ich, wie der für mich unnahbare Caleb völlig immun gegen die Angst ist, einen verletzten oder gar sterbenden Menschen nicht retten zu können. Er gießt kochendes Wasser aus einem Kessel, den Ms Gibbons gebracht hat, in eine der Schüsseln und lässt Josh aus seinem Zimmer heimlich gebunkerte Medikamente holen. Es sind getrocknete Kräutersalben und Flüssigkeiten in kleinen Flaschen.

Nick zuckt und windet sich unter Schmerzen. Ihn so zu sehen, zerreißt mich. Ich will helfen, etwas tun, aber ich bin völlig gelähmt. Caleb dirigiert die anderen, die Flüssigkeit auf die Wunden zu träufeln, während sie den Draht abwickeln.

Auf einmal steht Nazmi neben mir und sieht mich streng an. »Du bist verletzt. Setz dich.«

Ich will nicht, denn es gibt weitaus Wichtigeres als mein offenes Knie oder meinen aufgeschürften Arm.

»Wird er es schaffen?«

Sie sagt nichts, während sie eines der Tücher auswringt und es in der Luft kurz abkühlen lässt.

»Keine Sorge, Elena. Caleb weiß, was er tut.« Nazmi wirft ihm einen unschuldigen Blick über die Schulter zu. »Er wird mal ein großartiger Arzt. Caleb hat heilende Hände«, schwärmt sie und legt den heißen Wickel auf mein offenes Knie. Es zwiebelt und brennt, doch dann lässt der Schmerz allmählich nach. Mir fehlt die Ruhe, um zu sitzen. Ich stehe auf und laufe wie ein gefangenes Raubtier im Käfig auf und ab.

»Geht schon«, versichere ich Nazmi, die mir einen tadelnden Blick zuwirft. Offenbar gefällt es ihr nicht, dass ich mich nicht setze und meinem Knie eine Pause gönne. Aber in mir tobt ein Sturm, der es mir unmöglich macht, jetzt an Ruhe zu denken.

Ich beobachte, wie Caleb behutsam und mit ruhigen Händen Nicks zerfetzte Haut und die offenen Wunden säubert. Dabei fühle ich mich elend und nutzlos.

Es dauert, bis alle Metallhaken und Drahtspitzen entfernt, die Wunden gereinigt, die kühlende Salbe aufgetragen und frische Verbände umgelegt sind. Ich habe kein Zeitgefühl. Nazmi, Josh und Caleb sind unglaublich. Auch Ridge hilft tatkräftig. Bloß Aiden und ich stehen eher im Weg rum, als dass wir wirklich nützlich sind. Auch Ms Gibbons scheint mit der Situation überfordert.

Endlich sickert kein neues Blut mehr aus den Wunden, die die Haken verursacht haben. Nun kann ich allerdings all die Stellen sehen, an denen der Draht in seinen Körper schnitt. Das Pochen in meinem Knie lässt etwas nach, als würde die Tinktur bereits mit ihrer heilenden Wirkung beginnen. Ich kann bloß hoffen, dass es Nick möglichst schnell hilft.

Josh, Aiden und Ms Gibbons ziehen sich zurück. Sie müssen ihre Energiereserven auftanken – und in Josh und Aidens Fall nach der schweißtreibenden Aufgabe heute erst mal duschen. Ridge räumt mit Nazmi die nicht mehr benötigten Utensilien auf. Ich fühle mich nicht in der Lage, das Zimmer zu verlassen. Und will es auch nicht. Caleb und ich bleiben mit Nick allein zurück.

Er hat die Augen geschlossen, aber ruhig schläft er nicht. Vermutlich hat er Schmerzen. *Vermutlich ... natürlich hat er die*, fahre ich mich gedanklich an.

Ich bin rastlos, laufe im Zimmer auf und ab. Caleb wirft mir einen beinahe belustigten Blick zu. Dass er solch eine Gelassenheit hat, nimmt mir meine Aufregung allerdings kein bisschen.

»Möchtest du vielleicht ...«

»Nein! Ich bleibe bei ihm!« Meine Antwort ist barsch, ein wenig zu laut und macht nur allzu deutlich, dass ich ein reines Nervenbündel bin. Jeder meint es gut und will helfen.

Elena, ruhe dich etwas aus.
Elena, willst du nicht versuchen, etwas zu schlafen?
Elena, mach dir keine Sorgen, alles wird wieder gut.

Mein Körper braucht Schlaf, das bezweifele ich nicht, doch daran ist im Moment nicht zu denken. Als könnte ich mich ausgerechnet jetzt in mein Zimmer legen und friedlich schlafen. Ich bin genau dort, wo ich sein will. Jeglicher Versuch der anderen, mich davon abzubringen, lässt meine Gereiztheit die Oberhand gewinnen, die dann aus mir spricht. Der heutige Tag hat all meine Kräfte aufgebraucht. Und das mit Nick lässt mich nicht aufatmen. Ich stehe nun seit Stunden unter vollkommener Anspannung … und Angst. Dennoch gibt es keinen Grund, dass ich Caleb so über den Mund fahre. Immerhin hat er ebenfalls heute seinen Körper an seine Grenzen gebracht – und ist trotz der Umstände weiterhin konzentriert und ruhig.

Entschuldigend fahre ich mir durch die Haare. »Sorry, ich wollte dich nicht anmotzen. Es ist einfach so viel. Was wolltest du sagen?«

Caleb zieht einen Stuhl heran und bietet ihn mir an.

»Ich wollte dich einfach fragen, ob du dich lieber setzen willst.«

Ein schlechtes Gewissen will in mir aufkommen, doch selbst dazu fehlt es mir an Kraft. Automatisch nehmen meine Beine die willkommene Einladung an. Vermutlich plumpse ich wie eine Marionette mit gerissenen Seilen auf den Stuhl.

Ich habe das Gefühl, dass meine schlappen Muskeln in dem Mobiliar versinken wollen. Wie gemütlich ein Holzstuhl sein kann, wird mir erst heute klar.

Caleb grinst mich an, als hätte er geahnt, dass es mir besser geht, sobald mein Körper etwas zur Ruhe kommt.

»Danke, dass du das alles machst.«

Er winkt ab. »Kein Problem. Meine Familie würde mir nie verzeihen, wenn ich nicht helfen würde.«

Sein Blick wird etwas ernster und sehnsüchtiger. Fast erinnert mich der Ausdruck in seinen Augen an Heimweh. »Wir haben das schon immer so gemacht und waren stark, wenn andere unsere Hilfe brauchten. In meiner Familie kenne ich es nicht anders. Das ist für mich selbstverständlich. *Helfen und heilen* – das hätte eher unser Hausspruch sein müssen.«

Ich lerne Caleb gerade von einer neuen Seite kennen, einer verletzlichen, hilfsbereiten und charmanten Seite. Die, die er in den letzten Tagen vor mir und den anderen verborgen hat.

»Oder vielleicht *Heimliche Helden*.«

Sein Blick huscht zu mir. Ein warmes Lächeln zieht über sein Gesicht. Es ist ehrlich und breit. »Elena Parker, du solltest lieber ihm hier schöne Augen machen und nicht mir«, zieht er mich auf.

Augenblicklich schießt eine peinliche Hitze in meine Wangen und lässt mich mit Sicherheit rot werden. Ich spüre es genau und kann es nicht verhindern. Bevor ich jedoch kontern kann – sofern mir etwas eingefallen wäre – lacht Caleb auf.

»Bloß ein Witz. Du hättest mal dein Gesicht sehen sollen. Apropos Gesicht. Du hast Aiden im Wald einen schönen Einlauf verpasst«, gratuliert er mir nahezu. »Danke, dass ich das miterleben durfte.«

»Ich danke eher dir. Dafür, dass du gerade so viel für Nick tust.«

»Kein Problem.«

Ich sehe zu Nick, der unruhig atmet und immer wieder sein Gesicht verzieht. Die Minuten verstreichen. Aber anders als im *Mystic Room* gibt es hier keinen Ablauf der Zeit, bis der Wahnsinn vorüber ist.

Da kommt ein Stöhnen über seine Lippen. Ich springe direkt auf und streiche ihm über sein schwarzes Haar. Einzelne Blutkrusten hängen darin, als wollten sie diesen Albtraum präsent halten, jetzt, da die schlimmsten Wunden versorgt sind.

Meine Hände fahren automatisch durch sein Haar. Ich achte darauf, den frischen Verband nicht zu berühren. Anscheinend helfen die Salben, denn Nick öffnet langsam die Augen. Das Linke ist stark angeschwollen.

»Hey«, presst er hervor.

»Hey, Nick.«

»Ist es sehr schlimm?«

Ich schüttele den Kopf und bemühe mich um ein aufrichtiges Lächeln. »Du siehst fantastisch aus.« Immerhin ist es keine Lüge, denn trotz der Verletzungen ist Nick wunderschön.

»Wir sollten ihm etwas Ruhe geben«, antwortet Caleb und wischt sich mit einem Tuch den Schweiß von der Stirn. »Damit die Medizin wirken kann.«

Auf einmal räuspert sich jemand. Es ist Ridge, der mit einem Umschlag in den Händen wieder im Raum steht.

»Elena, der ist für dich.«

Caleb und ich stocken. Auch Nick scheint den Atem anzuhalten, denn das ist mehr als ungewöhnlich.

»Er lag direkt im Flur«, antwortet Ridge mit beinahe ängstlicher Stimme. Ich weiß auch wieso. Direkte Botschaften für einzelne Spieler gibt es nicht grundlos. Ridge hat einen Umschlag erhalten, um als Mentor für die nächsten Durchgänge den Teilnehmenden zu helfen, wenn sie in die tödlichen Escapes gelangen. Er hat klare Anweisungen erhalten, was er tun darf, wie uns bis zum Rand von Barrow Hill zu fahren, und was er nicht tun darf. Spielregeln, die es einzuhalten gilt. Auch als Überlebender der Spiele bleibt Ridge ein Gefangener des Fluchs.

Ich lasse Nicks viel zu weiches Haar los, um mit zittrigen Händen den braunen Umschlag anzunehmen. Das Hexenmal prangt unverkennbar auf der Rückseite. Vorne dagegen steht mein Name. Er sticht mit schwarzer Tinte hervor und lässt mich vergessen, zu atmen.

Für einen Tag habe ich genug überstanden, warum jetzt dieser Brief? Welche Botschaft ist speziell für mich bestimmt? Habe ich gegen eine Regel verstoßen? Steckt in dem Umschlag nun meine

Bestrafung?

Mich davor zu drücken, wird mir keine Antworten liefern. Ich wechsele einen Blick mit Caleb und Nick, die beide ratlos scheinen. Damit hat niemand gerechnet.

Vorsichtig öffne ich den Umschlag und ziehe ein Pergament heraus. Die verschnörkelte Schrift und die schwarze Tinte sind das Markenzeichen der Hexe. Alizon will also, dass ausgerechnet ich diese Zeilen lese.

»Was will sie?«, fragt Caleb vorsichtig.

Ich falte das Blatt auseinander und lese die Nachricht laut vor.

Elena Parker, ihr seid in die Falle geraten. Das hätte vermieden werden können. Du hast dich deiner Angst vor Höhe gestellt und bist weit über dich hinausgewachsen. Dieser Einsatz soll nicht ungesehen bleiben. Daher gewähre ich euch einen Tipp meiner Schwestern, um die Schmerzen zu lindern und die Wunden zu verschließen. Gießt etwas von dem Tee auf die offenen Stellen. Der Zauber wird im Nu seine Kraft vollbringen.

– A. D.

Ich blinzele und bin anscheinend nicht als Einzige irritiert. Hier steht nichts von einer Bestrafung oder einem Fehlverhalten. Stattdessen werden wir belohnt. Doch von welchem Tee ist die Rede?

Ridge lacht auf und eilt zur Fensterbank. Dampf steigt aus einer ausgefallenen Teekanne empor, die mit gläsernen Blumenranken und kostbar aussehenden Steinen verziert ist – und die vorher definitiv nicht hier im Raum stand.

»Sie will helfen«, erklärt er mit einem Strahlen im Gesicht.

Ich kann seine Euphorie noch nicht wirklich teilen. Es

erscheint mir alles merkwürdig. Ridge öffnet den Deckel der Kanne. Der Duft frischer Kräuter weht mir entgegen. Ich kann nicht sagen, welche Kräuter hier zusammengemischt wurden, aber solch einen bunten Mix habe ich bislang bei keinem Tee gerochen. Es ist magisch.

Und genau davor schrecke ich auf einmal zurück. »Was ist, wenn es eine Falle ist?«, sage ich laut.

Darauf weiß niemand eine Antwort. Caleb ist es jedoch, der Worte findet. »Vielleicht hilft es. Wir sollten es probieren.«

»Aber wenn Alizon uns bloß testen will ...«

»Dann würde sie uns draufgehen lassen, einfach so. Oder?«

Womöglich. Eigentlich ja. Zumindest habe ich das immer gedacht. Aber plötzlich den Zaubertrank einer Hexe in der Hand zu halten, den man blindlings auf blutige Wunden tropfen soll, ist etwas anderes und lässt meine Zweifel aufkommen.

»Ich habe bloß leichte Sachen hier. Mein Dad hat mich ausgestattet mit Mullbinden, Schmerztabletten, aber nichts, was direkt bei solchen Verletzungen hilft«, wendet er ein.

»Ich will es«, krächzt Nick auf einmal. »Bitte.«

Er zieht die Brauen zusammen. Scheinbar überrollt ihn eine neue Schmerzwelle.

Ich hadere mit mir. Natürlich will ich, dass Nicks Wunden heilen und er wieder gesund wird. Auf der anderen Seite graut es mir jedoch davor, dass dies nur ein Test ist, in Versuchung geführt zu werden. Mein Kopf bemüht sich, die Zusammenhänge zu beleuchten, ob es ratsam ist, eine mysteriöse Flüssigkeit über die Verletzungen zu gießen. Doch irgendwie scheine ich den Kampf um eine plausible Entscheidung verloren zu haben, denn ich drehe mich im Kreis. Und je länger ich darüber nachdenke und abwäge, desto unsicherer werde ich.

»Also gut«, beschließe ich. Dabei hat Nick längst für sich selbst entschieden, dass er die Zaubermischung auf seinen Wunden haben will. Wir lösen die Verbände. Die Einschnitte sind tief, es sieht nicht gut aus. Vor allem der Schnitt, der quer über Braue und Schläfe bis in die Wange hinein verläuft.

Caleb greift zu einem Löffel und gibt vorsichtig eine kleine Menge des Kräutertees darauf. »Bereit?«, fragt er Nick.

»Kann losgehen«, bringt er angestrengt hervor.

Caleb gibt die Tropfen zuerst auf die Wunden im Gesicht. Nick zuckt zusammen und presst die Zähne aufeinander. Es dauert jedoch bloß einen Moment, dann entspannen sich seine Züge und wir werden Zeugen eines Wunders.

Die Tropfen finden ihren Weg in den fleischigen Schnitt und beginnen diesen zu verschließen. Stück für Stück zieht sich die Haut zusammen, als wollten unsichtbare Kräfte alles rückgängig machen. Mir klappt die Kinnlade herunter. Caleb und Ridge neben mir lachen vor Freude auf. »Das ist der Wahnsinn! Nick, wie fühlt es sich an?«

»Es tut fast gar nicht mehr weh«, bestätigt er, was wir sehen.

Ich traue meinen Augen nicht, denn dies ist Magie. Wundervolle, schöne, heilende Magie.

Caleb macht weiter und verschließt mit dem Tee die offenen Wunden auf Nicks Haut. Ich kann nicht wegsehen. Alle Wunden verschließen sich. Zurück bleiben lediglich kleine rote Striemen, die an Narben erinnern. Ich bin völlig überwältigt. Ebenso ergeht es Nick.

»Kannst du aufstehen?«

Tatsächlich scheinen Nicks Kräfte von Neuem geweckt worden zu sein, denn abgesehen von den rötlichen Rückständen auf der Haut wirkt er frisch und fit.

»Ich sage den anderen Bescheid«, freut sich Ridge über diese Wendung im Spiel und stürmt aus dem Raum.

»Elena, jetzt du«, sagt Caleb und drückt mich auf einen Stuhl hinter mir. Er hebt mein Bein hoch und tröpfelt den Zaubertee auf mein offenes Knie, den Arm und meine Handinnenflächen. Es tut kein bisschen mehr weh, denn die Haut zieht sich automatisch zusammen, so wie ich es bei Nick beobachtet habe. Es ist ein Wunder, es ist Magie, es ist alles in einem.

Plötzlich fällt mir auf, dass Caleb seine Hände bandagiert hat. Er bemerkt meinen irritierten Blick und zuckt mit den Schultern. »Das Seil hat mir ordentlich ins Fleisch geschnitten.«

Ich helfe ihm und muss beinahe einen Würgereiz unterdrücken, als ich die Hautfetzen in seinen Handflächen entdecke. Alles ist blutig und muss höllisch wehtun. Caleb ist echt hart im Nehmen. Ich muss mich schließlich allein bei dem Anblick fast übergeben.

»Scheiße, Caleb«, hauche ich entsetzt und nehme ihm die Kanne mit dem Tee ab.

Vorsichtig versorge ich seine Hände mit der magischen Flüssigkeit. Er verzieht kurz das Gesicht, dann jedoch wirkt er entspannt. »Es hilft«, freut er sich.

Auch bei ihm zieht sich die Haut zusammen und heilt, bis kaum noch Spuren der Verletzung zu sehen sind.

Ich gehe zu Nick herüber und berühre vorsichtig den feinen roten Streifen, der über seine Braue bis hinunter zu seiner Wange führt. Er zuckt leicht zurück.

»Tut es etwa weh?«, frage ich besorgt.

»Nein«, antwortet er. »Es ist bloß etwas empfindlich und fühlt sich wie ein Kitzeln an.«

Meine Erleichterung, dass es Nick wieder gut geht, ist riesig. Ich weiß gar nicht, wohin mit all den aufkommenden Gefühlen. Mir fehlen die Worte, mein Kopf fühlt sich leer an. Ich sehe bloß ihn und möchte mich am liebsten in seinem Blick verlieren.

Plötzlich jedoch poltert jemand in den Raum. Es sind Aiden und Josh, die ihren Sprint offenbar im Türrahmen beendet haben.

»Heilmittel?«, japst Aiden.

Caleb hilft den beiden und gibt ihnen ebenfalls etwas von der Flüssigkeit auf die aufgeschürften Handflächen.

»Das ist unglaublich!« Jubelnd springt Josh auf und lässt seine Freude raus. Die beiden wirken wie frisch aufgetankt. All die Müdigkeit und Erschöpfung aus dem *Mystic Room* scheinen wie weggeblasen. Unsere Gruppe schöpft neuen Mut, denn die Euphorie über die Stärkung durch Alizons Hilfe ist ansteckend.

Auf einmal greift Aiden nach der Kanne und läuft quer durch den Raum. Mit Anlauf gießt er den Tee über die Steinskulptur von Isis aus.

Zunächst halten wir den Atem an, aber heimlich schleicht sich die Hoffnung ein, dass das Wundermittel auch Isis retten könnte. *Es ist einen Versuch wert*, muss ich Aiden still zustimmen.

»Komm schon. Komm schon«, bittet Aiden mit zusammengepressten Zähnen.

Wir warten, während die magische Flüssigkeit über den Stein hinunter auf die Holzdielen tropft. Josh übernimmt die Aufgabe, Aiden von der unausweichlichen Wahrheit zu überzeugen. Er legt beschwichtigend einen Arm um seinen Freund. Zuerst will Aiden ausweichen und es nicht wahrhaben, dann jedoch gibt er sich geschlagen.

»Wir können Isis retten. Aber nicht durch einen Tee.«

»Wie dann?«, fragt Aiden. Ich höre die Verzweiflung in seiner Stimme. Er will Isis zurückholen. Um jeden Preis, dessen bin ich mir sicher.

»Hiermit«, antwortet Nazmi und zieht einen goldenen, alten Schlüssel hervor. Er ähnelt sehr den vier Schlüsseln, die wir bereits gefunden und heute eingesetzt haben.

»Morgen steht der finale Raum an. Und wir werden die Rätsel lösen, um Isis zu retten«, verspricht Nazmi.

»Eines ist mir nicht klar. Warum hat Elena die Botschaft bekommen? Warum nicht wir alle?«, fragt Aiden, während er den Umschlag mit meinem Namen in die Hand nimmt. Dabei klingt er beinahe beleidigt, dass er keine Sonderstellung der Hexe bekommen hat.

Ich habe darauf keine Antwort. In dem Brief steht, dass Alizon meinen Einsatz belohnen will. Dabei haben heute alle ihr Bestes gegeben. Wir haben zusammengehalten und gemeinsam die Aufgabe gemeistert. Es fühlt sich nicht richtig an, dass bloß mir eine solche Botschaft gewidmet ist. Schließlich hat jeder hier im Raum gekämpft und ist an seine Grenzen gestoßen. Aber vielleicht ist es nur Willkür gewesen, dass mein Name auf dem Umschlag steht, denn wir haben den Tee für die Verletzungen von uns allen nutzen können. Dabei schleicht sich der Gedanke ein, dass bei Hexen nichts reiner Zufall sein kann.

»Vielleicht weil Elena die Einzige ist, die vollkommen selbstlos bereit ist, sich für andere zu opfern. Egal, um wen es geht. Sie hat sich für ihre Cousine geopfert, heute wieder für mich, indem sie trotz Panik in die Tiefe kletterte. Das ist beeindruckend. Vielleicht deshalb.«

Ich bin erstaunt, dass Nazmi solch große Stücke auf mich hält. Sie hat es mir zwar schon bei unserem Gespräch erklärt, aber dass sie diese Gedanken auch mit der Gruppe teilt, freut mich.

»Wichtiger ist doch, warum Alizon uns hilft, obwohl sie der Feind ist«, wirft Josh die nächste Frage in den Raum.

»Sie hilft, weil wir gewinnen sollen.« Nick kommt auf die Beine. Seine Verletzungen scheinen nur noch vage Erinnerungen zu sein. Er wirkt so viel erholter, obwohl er sich nicht wirklich ausgeruht hat. Doch der magische Tee vollbringt wahre Wunder.

Wenn die Leute damals nicht so sehr gegen die Familie Devine gewesen wären, hätte diese so viele Krankheiten in der Stadt besiegen können. Mit Magie gibt es keine Grenzen mehr. Selbst wenn sie gefährlich sein kann, ist das, was die Familie ursprünglich angewandt hat, rein und gut. Sie sollte den Menschen in ihrer Not helfen und sie gesund machen.

»Warum? Wieso will Alizon, dass wir die Spiele gewinnen?«

Ich spüre, dass dies mein Stichwort ist. Das Buch mit den Aufzeichnungen habe ich auf dem Kaminsims zurückgelegt. Dort liegt es seit gestern und wartet auf seinen Einsatz. Ich hole es und wedele mit neuer Entschlossenheit damit.

»Das werden wir herausfinden.«

»Und wenn wir das wissen, dann werden wir nicht nur die Escape-Räume gewinnen, sondern auch den Fluch brechen«, antwortet Nick weiter.

Trotz der Erlebnisse des heutigen Tages müssen wir uns der Vergangenheit von Alizon stellen. Immerhin sind wir nicht länger ermüdet oder geschafft. Dafür hat der Zaubertrank seine ganze Magie entfaltet. Das sollten wir nutzen.

Wir machen es uns auf den Sofalandschaften bequem. Ich bemerke, wie Nazmi sich eng an Caleb kuschelt, und muss lächeln. Das mit den beiden ist wirklich niedlich.

Als alle bereit sind, schlage ich das Buch auf, von dem wir uns die nötigen Antworten versprechen. Wir müssen die Wahrheiten erfahren.

Es ist Zeit.

KAPITEL 28

Alizon – 26. Juli 1612, sechs Stunden vor der Prüfung

Keine Zeit.

Ich habe keine mehr übrig, um alles, was geschehen ist, zu verarbeiten oder einen Plan zu schmieden. Der Kerker ist feucht. Es stinkt. Nicht einmal die Ratten kommen zu Besuch. Ich bin völlig allein in der Dunkelheit. Allein und verzweifelt. Das sind keine guten Voraussetzungen für eine Hexe.

Meine Augen sind geschwollen von all dem Kummer, den mein blutendes Herz nicht länger ertragen kann. Ich liege seit Stunden wach, ohne Kraft und ohne Plan. Doch das muss sich ändern. Wie schnell kann sich ein Leben derart wandeln?

Vor sieben Tagen haben wir im Garten das junge Gemüse geerntet. Wir waren auf dem Markt, haben dort die großen Salatköpfe und frischen Zwiebeln für kleines Geld verkauft. Vater sagte immer, dass wir teilen sollen, was wir haben, wenn wir es im Überfluss haben. Nur ein kleiner Verdienst war vonnöten, damit wir uns Brot kaufen konnten. Das war es, was wir nicht selbst herstellten. Viele Leute kamen an den Stand, den Mutter, meine Schwestern und ich aufgebaut haben. Es war fast wie immer. Zu dem Zeitpunkt sind mir die merkwürdigen Gesichter und verängstigten Leute nicht aufgefallen, die einen Bogen um unseren

Stand machten. Denn es gab genug zu tun. Und ich rechnete nicht mit solcher Ablehnung.

Vor sechs Tagen waren wir wieder auf dem Markt, doch es änderte sich alles. Die Nachfrage nach frischem Gemüse aus eigenem Anbau war plötzlich gedeckt. Niemand wollte etwas haben. Dabei war unsere Ernte segenreich. Wir hatten genug, um die Nachbarschaft zu versorgen. Aber niemanden interessierte es. Nicht einmal, als wir es verschenken wollten. Da realisierte ich allmählich, dass etwas vor sich ging.

Vor fünf Tagen stritten Mutter und Vater. Sie wollten Haus und Hof verlassen, um mit uns zu flüchten. Die Angst, die ihnen in den Augen stand, war erschreckend. Martha hat mich in den Arm genommen, mir über den Kopf gestrichen und gesagt, dass alles wieder gut werden würde. Es war bereits zu spät. Wachen schlugen gegen die Tür, packten uns und schleppten uns vor unser Haus. Ich habe nicht verstanden, warum. Es ging viel zu schnell. Sie fesselten uns und steckten unser Haus in Brand. Für die sieben Gründungsväter, die dabei zusahen, schien es ein erster Erfolg zu sein. Sie grinsten uns an, als hätten sie ein Spiel gewonnen, an dem wir gar nicht teilnahmen. Wir wurden in Kerker geworfen, die mir Angst machen. Sie sind dunkel und furchteinflößend.

Vor vier Tagen waren wir noch alle beisammen. Bekamen eine Scheibe Brot und einen Krug mit Wasser. Vater und Mutter waren so schlau, sie wussten, was geschehen würde. Nur ich hatte keine Ahnung und verstand nicht, warum uns das widerfuhr. Sie holten uns und ermordeten Mutter.

Vor drei Tagen wurde Vaters Leben von den Gründungsfamilien ausgelöscht.

Vor zwei Tagen wurde meine älteste Schwester getötet.

Gestern quälten sie Erin, bis das Leben sie verließ.

Heute ist also der Tag, an dem ich sterben muss. Nicht, weil ich will oder meine Zeit gekommen wäre, sondern weil sie mich töten. Aus Neid, aus Hass, aus Angst.

Was alles in einer Woche passieren kann ... Wie viel Kummer und Leid einem zugefügt werden kann ... Ich ertrage den Schmerz nicht, der sich wie Gift um all das Gute in mir legt.

Die Gründer lassen sich von ihren Emotionen leiten, der mächtigen Urmacht, um solch eine unentschuldbare, grauenvolle Tat durchzuziehen, wie eine ganze Familie zu ermorden. Sie wollen in unlösbaren Prüfungen auf Zeit spielen. Dass ein Körper nach solchen Folterungen irgendwie aufgeben muss, ist menschlich. Und unausweichlich.

Bisher habe ich mir nie Gedanken darüber gemacht, wie es wäre, zu sterben. Mutter hat versucht, tapfer zu bleiben. Sie wollte nicht schreien, aber irgendwann hat sie es nicht länger ertragen. Vater wollte seinen Peinigern ebenfalls keinen Grund liefern, über ihn zu lachen oder gar zu siegen. Er musste durch ihre Hand sterben, aber er wollte nicht klagen und schreien – wie sie es vermutlich erhofften. Martha war die Stillste. Sie hat lange durchgehalten, bis ihre Lungen den natürlichen Weg suchten und schließlich das tödliche Wasser einatmen mussten. Erin war wütend bei ihrem Tod. Sie wollte die Gründer am liebsten für all das bestrafen. Im Kerker hatte sie mir noch etwas anderes gesagt, aber kurz vor ihrem Tod schien sie ihre Meinung schlagartig geändert zu haben.

Wie soll mein Tod sein? Werde ich stark sein wie Vater oder wütend wie Erin? Wird mein Tod laut oder eher leise und still sein wie bei Martha?

Ich kann mir nicht vorstellen, welche Prüfung sie heute für mich gewählt haben. Jede einzelne, durch die meine Familie sterben musste, war so schlimm, dass ich davon Albträume bekommen würde – wenn ich heute nicht sterben müsste.

Die kümmerliche Scheibe Brot liegt in einer nassen Pfütze am Gitter. Ich habe sie nicht angerührt. Es ist mein kleiner Sieg gegen ihre vermeintliche Nettigkeit, mich am Leben zu halten, damit ich ihre kranken Spielchen mitspiele.

Wie haben sie reagiert, als das Leben aus den Körpern meiner Familie wich? Alle miteinander sind schuldig. Sie haben dieses selbstgefällige Grinsen im Gesicht. Jeder einzelne von ihnen. Das Sprachrohr der Gründergruppe, Clark, der in seinem Amt als Bürgermeister völlig versagt hat. Der arrogante Arzt Greyson, Evans, Whitley, Forney, Parker und natürlich auch Coleman. Sie alle haben es zu verantworten, was hier geschehen ist. Nicht nur sie, auch die ganze Stadt, die Schaulustigen, die durch die Ermordung von Eltern und ihren Kindern eine unterhaltsame Show geboten bekommen haben. Alle tragen eine Mitschuld an diesem Elend. Direkt am Barrow Hill, in diesem Wald.

Mein Zorn keimt auf. Ich habe die ganze Nacht geheult, bis ich vor Erschöpfung eingeschlafen bin. Doch nun scheinen meine Tränen versiegt, ich vergieße keine mehr vor Trauer oder Angst. Mutter hat mich gewarnt, sie haben mich alle gewarnt, dass ich mich von schwarzer Magie fernhalten soll. Aber dennoch will ich nicht, dass die Gründer als Helden mit dieser Tat davonkommen. Sie sollen aufwachen und ihre Fehler erkennen. Wenn ich die Magie nur einsetze, um die Gründer dazu zu bringen, endlich das Richtige zu tun, dann wäre es keine schwarze Magie, oder?

Martha wüsste Rat. Sie würde mir meine Frage beantworten können. Ich bin zu unbeholfen, zu ungeübt, um alles über die Magie zu wissen.

Wenn ich mich selbst opfere, damit die Gründer eine Chance haben, endlich zu begreifen, was sie ändern müssen, dann macht es mich zu keinem schlechten Menschen. Ich hoffe es.

Mein Herz stolpert vor Aufregung. Das könnte funktionieren.

Ja, es muss funktionieren. Meine Familie kann ich nicht mehr retten, mich selbst kann ich nicht retten, aber vielleicht kann ich dadurch verhindern, dass die Gründer die Monster bleiben, als die sie sich geben. Ihre Menschlichkeit muss hervorgelockt werden. Und dafür brauche ich mehr als nur eine der Urmächte. Sie alle haben Schuld daran, was hier passiert ist. Die Gründer wurden gelenkt, haben Entscheidungen getroffen und Spielregeln festgelegt.

Unterschätze nicht, wie stark wir sind. Vor allem du, erinnere ich mich an die Worte meiner Schwester. Die jüngsten Hexen sind die gefährlichsten mit ihrer unkontrollierten Macht. Ich kann meine Magie nutzen. Sie steigt empor aus Wut und Trauer, doch sie hat eine Aufgabe, die es zu lösen gilt.

Mein Opfer wird groß und ich werde mich selbst nicht mehr erkennen, aber je mehr ich darüber nachdenke, desto fester ist mein Entschluss. Die Magie wird dunkel sein, denn sie fordert einen Preis, um das Gute der anderen hervorzulocken. Aber ich vertraue darauf, dass sie es schaffen. Irgendwann wird es ihnen gelingen, aus ihrem Muster herauszufallen und neue Wege zu gehen. Welche, die für Mistwick und alle Nichtmagier bedeutsam wird.

Ja! Das ist es! Ich habe keine Wahl. Weiße Magie wird ihnen nicht zeigen können, dass sie sich ändern müssen. Das gelingt nur durch stärkere Kräfte, die die Menschen an ihre Grenzen bringen. Jene, die ein hohes Opfer fordern. Und das bin ich bereit zu zahlen. Denn ich werde so oder so heute sterben. Aber meine Seele wird ihr gehören, der Magie.

Der Einsatz ist hoch, aber der Gewinn, die Reinigung ihrer menschlichen Seelen, ist unbezahlbar. Das ist es wert, ich muss es wagen. Dadurch kann ich die schwarze Magie nutzen, um Gutes zu tun. Wäre Mutter stolz auf mich und meinen Einfall? Ich stelle mir vor, wie sie auf mich schaut und wachend ihre schützenden Hände über mich hält. Bald schon bin ich bei ihr. Zumindest mein Körper. Meine Seele hat noch eine wichtige Aufgabe.

Ich glaube fest daran, dass es nicht umsonst sein wird.

KAPITEL 29

Alizon – 26. Juli 1612, neunzehn Minuten vor der Prüfung

Teuer. Teuer waren schon immer kostbare Dinge. Leinen, Milch, ein Federkissen. Nichts davon steht im Vergleich zu dem, was ich opfere. Aber ich tue es für sie. Für uns alle, denn das Gute muss siegen – trotz aller Dunkelheit und bösen Gefühle, die die Menschen in den Abgrund stürzen wollen.

Ich höre die schweren Schritte. Und bin bereit, obwohl ich es nie sein werde. Sie kommen mich holen, ich kann nicht fliehen. Nach dem Zauber bin ich furchtbar erschöpft und wünsche mir eine kurze Pause. Nur bloß einen Moment, in dem ich meine Augen schließen und diesem Albtraum entfliehen kann. Es wäre schön, wäre dies bloß ein Traum. Wenn es einer sein sollte, dann wäre jetzt der späteste Zeitpunkt, mich endlich zu wecken.

Das Gittertor wird entriegelt. Einer der Wächter in strahlender Rüstung betritt mit schweren Schritten meine einsame Zelle. Die, in der ich vor vier Tagen noch mit meiner ganzen Familie eingesperrt war.

Ich atme durch und unterdrücke den winselnden Ton, der meinem kindlichen Ich in der Kehle feststeckt. Es steht fest, ich habe mich dazu entschieden, wie ich sterben werde: Mit Würde – wie Mutter, mit Stärke – wie Vater, mit Mut – wie Martha, mit

Zorn – wie Erin, und vor allem mit Güte, die mehr von Liebe und Vergebung geprägt ist als von Rache.

Ich tue es für sie. Auch wenn sie alle noch nichts davon wissen. Aber sie werden es, früher oder später, und dann wird mein Opfer ihnen allen die Augen öffnen. Ich hoffe es zumindest.

»Bereit für die große Show?« Der Wärter leckt sich über seine fauligen Zähne. Ein paar der Kräuterpasten, die Mutter zubereiten kann, würden das sicher wieder geradebiegen.

Er packt mich unsanft an den Haaren, ich wehre mich nicht. Für den Weg, den ich bestreiten muss, will ich tapfer sein, mutig und mit reinem Gewissen.

Der Wächter und sein Gefolge führen mich in den Wald von Barrow Hill. Es ist bereits dunkel, wie schon an den vergangenen Tagen, an denen sie uns hier hochschleiften. Es ist voll, als wäre die ganze Stadt anwesend, Alt und Jung haben sich versammelt, um meinen Tod zu zelebrieren. Für die Gründer ist es wohl ein besonderer Festtag, sie sehen schick aus und wirken heiter, als wäre ihnen ihr persönlicher Sieg längst sicher.

»Vorwärts«, blökt mich der Wachmann an und stößt mich hart in den Rücken. Ich taumele vor und stolpere. Mit dem Gesicht zuerst lande ich auf dem matschigen Boden.

Ein dreckiges Lachen ertönt. Nicht nur er scheint mein Fallen äußerst lustig zu finden. Auch Umstehende stimmen in sein Gegacker ein, als wäre ich absichtlich zu Boden gegangen und alles gehörte zu einem Bühnentrick.

Wie schön das wäre, sinne ich bitter nach.

Irgendwie rappele ich mich auf und schaffe es mit meinen müden Beinen, neuen Halt zu finden. Erneut schubst er mich unsanft vor. Ich glaube, er hofft darauf, dass ich wieder zusammensacke und stolpere. Doch ich schaffe es und muss ihn leider enttäuschen. Noch einmal lasse ich mich nicht in den

Matsch werfen.

Die Leute stehen mit brennenden Fackeln um uns herum. Niemand will etwas verpassen, schließlich bin ich heute die Hauptattraktion. Die Familien der Gründerväter tragen tatsächlich ihre wohl teuersten Roben und Kleider. Zumindest sieht es für mich so aus. Keine Frage, für sie ist es heute ein richtiger Feiertag. Vielleicht werden sie diesen Tag immer wieder zelebrieren, den vermeintlichen Sieg der Gründer, an dem sie mit meinem Tod die Magie vertrieben haben – denken sie sicher. Dabei kann Magie nie ganz verschwinden. Sie steckt in jedem von uns. Manchmal reicht es aus, um Zaubersprüche zu sprechen oder heilende Tees zuzubereiten. Manchmal dagegen kommt die Magie über eine freundliche Geste oder gar ein sanftes Lächeln. Ihre Macht wohnt allen Menschen inne. Die meisten wissen es bloß nicht und sind sich ihrer nicht bewusst.

Augenblicklich wird es still im Wald. Nur das Prasseln der Flammen ihrer Fackeln durchbricht die nächtliche Ruhe. Die Gründerväter stehen vorne auf dem Podest, an dem das Blut meiner Familie klebt. Dort, wo ich meine letzten Sekunden verbringen werde. Während der alltäglichen Ansprache höre ich kaum zu. Mein Herzschlag ist viel zu laut und wummert in meinen Ohren. Obwohl ich mich darauf vorbereitet habe, heute hier mein Leben zu lassen, fühle ich mich kein bisschen bereit dafür.

Ich bin zehn Jahre alt.

Ich bin ein Mensch, der anderen durch Kräuterkunst helfen kann.

Ich bin eine Vollwaise, die allein in Trümmern aus Angst und Hass gefangen gehalten wird.

Der Gründer, der spricht, deutet mit dem Arm zur Seite. Alle drehen sich zu der Stelle, auf die er zeigt. Auch mein Kopf wird von dem Wächter unsanft dorthin gedreht. Ich weiß, welcher Anblick mich erwartet, und doch trifft es mich wie ein Schlag.

An dem Baum hängen vier Gestalten, die vor so wenigen Tagen noch voller Leben und Liebe waren. Verkohlt, verstümmelt, ertränkt, verätzt. Mir wird schlecht. Viel zu schnell und viel zu heftig. Ich blinzele die Tränen fort, als ein sanfter nächtlicher Windzug mir von Osten her direkt den Geruch der verwesenden Körper entgegenweht.

Mein Kopf dreht sich wie ein Kreisel, mein Magen folgt diesem Gefühl und ich würge. Das meiste, was rauskommt, ist bloß Magensäure. Es wundert mich kaum, denn ich habe heute sogar die klägliche Tagesration aus dem Kerker verweigert.

Nacheinander treten die Gründungsväter vor. An diesem Abend ist es anders als an den letzten. Jeder von ihnen scheint eine kleine Rede vorbereitet zu haben. Sie feiern ihren Triumph über die Teufelei, das mutige und ehrenhafte Handeln eines jeden in Mistwick, die Reinigung ihrer Stadt vom Bösen. Dabei ist ihnen nicht klar, dass das Böse längst unter ihnen weilt, in ihren Herzen verborgen.

Ich spüre einen heftigen Tritt in meinem Rücken und schreie auf, während ich vornüberkippe. Der Wachmann johlt und schnauzt mich anschließend an, ich solle mich nicht so anstellen. Die Rippe, die sie mir gestern gebrochen haben, schmerzt und pocht. Ich habe keine Heilpflanzen gehabt, um den Schmerz zu lindern. Auch die Wundersalbe von Mutter, mit der sie jede Verletzung im Nu wegzaubern kann, habe ich nicht bei mir. Ich atme flach und versuche diese stechende Schmerzwelle zu überstehen.

Sie können nicht anders, entschuldige ich kläglich ihr menschenunwürdiges Verhalten. Dabei ist es unentschuldbar. Ihr Vergehen an meiner Familie wird Wellen schlagen und sie hoffentlich zur Vernunft bringen. Sie und alle, die nach ihnen kommen.

Meine Beine zittern, während ich nach Luft ringend auf das Podest stolpere, auf dem ich gleich sterben werde. Ich sehe in die Gesichter der Familien. Die Väter mit ihrem selbstgefälligen Grinsen, die schweigenden Mütter in ihrem Moralzwiespalt, die nachäffenden Kinder, die glauben, es sei alles richtig, was hier geschieht, die Nachbarn, die später angeblich nichts gewusst haben werden. *Ist es nicht immer so?*

Ich halte mir die Seite, das Ziehen wird immer unangenehmer. Doch ich weiß, dass es nicht mehr lange wehtun wird. Auf dem Podest gibt es keinen Wasserbehälter und auch keinen Scheiterhaufen. Stattdessen ist dort ein Stuhl, der beinahe unscheinbar wirkt. Noch immer spricht der Gründer, aber ich höre seine Worte nicht. Alles fühlt sich dick an, wie durch Watte nehme ich kaum wahr, dass er mich etwas gefragt hat. Die Menge lacht auf einmal und amüsiert sich. Beleidigungen fallen, ich sei einfältig, dumm, schwerhörig.

Ihnen würde es sicher nicht anders ergehen, wenn sie mit gebrochener Rippe, aufgeschürfter Wange, Blutergüssen an der gesamten Wirbelsäule und einer in den Wahnsinn getriebenen Psyche hier an meiner Stelle stünden – kurz vor ihrem Ableben durch grausame Foltermethoden.

Einer der Wachen stößt mich hart gegen die Schulter. Es sticht und schmerzt, ich jaule auf.

»Du sollst gefälligst antworten!«

»Ein paar letzte Worte?«, wiederholt sich offenbar der Gründer mit dem gekräuselten Schnäuzer.

Diesen letzten Wunsch halten sie scheinbar in Ehren. Trotz ihrer makabren Handlungen. Als würde die letzte Möglichkeit für den Gefangenen, sich mitzuteilen, etwas daran ändern, was sie den zu Tode Verurteilten antun. Als könnten sie damit ihre Hände in Unschuld waschen. Als könnten sie damit wieder gutmachen, was sie für immer zerstören.

Mein Herzschlag geht viel zu schnell, dabei will ich tapfer sein. Ich sehe in die Augen der Menschen, in die Bewohner von Mistwick. Manche ertragen es nicht, dass ich sie direkt ansehe, andere halten meinem Blick stand. Ich blicke seitlich zu meiner Familie, die dieses schreckliche Schicksal nicht verdient hat. Dieses Mal sehe ich freiwillig zu ihnen, ohne gezwungen zu werden. Ich möchte sie ansehen. Das, was mit ihnen getan wurde, das, was mir angetan wird. Und zugleich will ich mir das Lächeln meiner Mutter vorstellen, die warme Stimme meines Vaters, das Lachen meiner Schwestern.

Die Tränen lassen sich nicht mehr wegblinzeln. Sie laufen mir stumm und voller Entsetzen über die Wange. Ich lasse es geschehen. Meine Bemühungen, stark zu bleiben, werden dadurch nicht beeinträchtigt. Ich kann stark sein und trotzdem weinen. Das schließt sich nicht aus.

Und dann wähle ich meine letzten Worte, die alles verändern werden für die Täter, deren Wandlung ich noch immer erhoffe. Sie müssen es bloß finden.

»Ihr werdet euren Fehler erkennen, in Spielen, die grausam und doch gerecht sind. Ich gebe euch die Möglichkeit, zu siegen, wenn ihr auf das Gute hört. Mein Blut wird geopfert für etwas, was ihr noch nicht erkennt. So lange sollt ihr gefangen sein in Angst und Sorge, bis der Zauber durch eure Güte gebrochen wird. Besiegelt wird der Fluch durch meinen Tod.«

Während meine Worte die Realität verändern, um den Zauberspruch zu vollenden, wandelt sich die Magie vereint mit allen Urmächten zusammen in einen Fluch, der bitterer und süßer nicht sein kann. Es gibt kein großes Feuerwerk, keine Posaunen und auch keinen Sturm, die den Fluch begleiten. Er liegt wie ein düsterer unsichtbarer Schleier in der Luft und benetzt die Stadt und ihre Einwohner. Sie spüren es, sie fühlen es, aber sie können nicht sehen, was hier geschieht.

Das war alles, denn schon ist der Moment vorbei. Ich habe mein Schicksal heraufbeschworen. Das, was sie blind vor Stolz und Eigenlob ändern können, wenn sie erkennen, welche Kraft ihnen innewohnt.

Der Gründer spricht von meiner Prüfung, von hungerndem Getier, das ich mit meinen Hexenfähigkeiten überleben soll, während sie ums Überleben kämpfen. Ich verstehe nicht, was er meint oder was meine Probe sein wird. Aber ich bin mir sicher, dass es wie bei den anderen Aufgaben keine Chance gibt, sie zu meistern. Sollte ich siegen, würde ich wegen Hexerei gehängt. Sollte ich scheitern, würde ich meinen Schmerzen erliegen. Ich sterbe. So oder so.

Er gibt das Startsignal und nickt kaum merklich. Es geht los. Sie packen mich, zerren mich auf den Stuhl. Dabei müssen sie nicht so grob sein. Ich kenne meine Chancen. Mein Tod ist unausweichlich. Die Gründer müssen mich hinrichten, damit sie bei ihrem Plan und der Ausrottung meiner Familie bleiben. Erst wenn mein letzter Atemzug getan ist, werden ihre Seelen für das hohe Opfer, das ich erbringe, im Fluch gefangen.

Feste Seile schnallen sie um meinen Hals, meine Hüfte und meine Waden. Die Arme werden mir auf dem Rücken zusammengebunden, fester als es nötig wäre. Ich weiß nicht, wie man sich selbst aus Fesseln befreit.

Mein Rücken, der vermutlich an allen erdenklichen Stellen blau ist, wird dermaßen kräftig nach hinten gedrückt, dass ich beinahe aufschreie. Vor allem das Seil um meine Rippen verursacht einen neuen, stechenden Schmerz, der mir die Tränen in die Augen treibt. Sie zurren die Fesseln noch enger, bis meine Hände fast taub sind und ich beinahe keine Luft mehr bekomme.

Einer der Wachmänner zückt eine rostige Schere und schneidet mein Gewand auf. Zuerst denke ich, dass er mir alles vom Leib reißen will, doch dem ist nicht so. Ich heule nicht, sondern lasse geschehen, was für mich nicht zu ändern ist. Sie sind alle gefangen in einem Wahn. *Wenn sie nur wüssten, welcher Wahnsinn sie nach Vollendung ihrer Schuld erwartet.*

Ich spüre den kalten Windhauch auf meinem Bauch und meinem Halsausschnitt. Jemand zerrt an meinen Schuhen und reißt sie mir von den Füßen.

Ich sehe an mir herunter. Der Schmutz ihrer Tat haftet an mir. Am liebsten möchte ich ihren Dreck von meinem Körper waschen und jede Pore gründlich sauber schrubben, bis nichts mehr mich an diesen Moment erinnert.

Das schöne Kleid, das Mutter mir genäht hat, ist in Fetzen geschnitten. Meine flache Brust wird von dem Stoffrest und dem stinkenden Seil bedeckt, was mich wie einen Gurt fest an den Stuhl presst. Vater hat mir die Schlappen gemacht, die jetzt irgendwo im Matsch des Waldbodens liegen.

Meine Füße liegen frei und ich fühle mich vollkommen schutzlos. Dieses Gefühl der Machtlosigkeit ist scheußlich. Ich kann mich nicht wehren, kann nicht verhindern, dass sie ihre Machtgier an mir auslassen. Ich bin das Opfer, das sie brauchen, um sich selbst zu erheben. Mein Körper zittert, das können selbst die gestrafften Stricke nicht verhindern.

Lähmende Angst steigt in mir auf. Eine ungeahnte Panikwelle erfasst mich, als man mir einen Knebel gewaltsam in den Mund presst. Mein Herz ist zu klein und zu schwach. Es hält diesen Nervenkitzel, diesen blanken Horror nicht aus.

Warum töten sie mich nicht einfach? Warum haben sie nicht jeden von uns einfach getötet? Nur, um sich vor anderen zu behaupten? Bloß, um die eigene Macht zu demonstrieren? Wie arm müssen ihre Seelen, wie leer muss ihr Leben sein, wenn sie so etwas tun müssen? Erkaufte Loyalität aus Mistwick, damit sich Einzelne erheben.

Wissen sie nicht, dass ihr Leben auf einer Lüge basiert? Haben sie etwa keine Angst davor, dass all ihre Schandtaten Spuren hinterlassen werden, die ihnen früher oder später zum Verhängnis werden?

Sie wissen es nicht. Wollen es nicht wahrhaben, dass ihre größte Angst, die sie noch nicht erahnen können, bald alles verändern wird und sie mit dem höchsten aller Opfer dafür zahlen müssen.

Doch ich hoffe, diesem Spiel entkommen zu können, hoffe, dass wir alle siegreich sein werden. Nicht durch Macht, sondern durch das, was man so schwer lernen kann in einer Welt, die von Macht gezeichnet ist.

Durch den Stoffballen im Mund kann ich schlechter atmen. Verzweifelt versuchen meinen brennenden Lungen mehr Luft zu erhalten, aber es geht nicht. Ich muss mich beruhigen. Wenigstens ein Stück weit. *Atme, Alizon.*

Einer der Männer kommt mit schiefem Grinsen auf mich zu. Er hat einen kleinen Eimer aus Metall in der Hand. Dort, wo er ihn herhat, stehen noch mehr. Sie sind unterschiedlich groß. Keiner von ihnen ist aus Holz. Das ist merkwürdig. Viele erinnern mich von der Größe her an einen Krug.

Meine Ohren dröhnen, das Blut steigt mir in den Kopf. Ich rechne damit, dass eine ätzende Säure über mich geschüttet wird – wie bei Erin, und versuche mich darauf vorzubereiten, als der Wachmann ausholt. Ich schreie vollkommen in Panik und kneife die Augen zu. Allerdings muss ich feststellen, dass mich kein Schmerz trifft, wie ich ihn erwartet habe.

Vorsichtig öffne ich die Augen und sehe in sein grauenvolles schadenfrohes Gesicht. Der Eimer ist mit der offenen Seite an meinen freiliegenden Bauch gedrückt. Eine eiserne Kette ist darum gewickelt, sodass der Eimer nicht verrutschen kann.

Ich begreife nicht, was passiert. Plötzlich spüre ich ein leichtes Kitzeln und schrecke hoch. Ein feuriger Schmerz wird durch meine Rippe ausgelöst und lässt mich um Atem ringen.

Jede Bewegung ist schmerzhaft, aber die plötzlichen sind dafür so viel schlimmer.

»Hat die Hexengöre etwa Angst vor Ratten?«

Ich sehe dem Wachmann an, wie lustig er die Situation findet. Dabei ist er bloß ausführende Kraft der eigentlichen Spielmacher – der Gründer. Sie stehen bei ihren Familien, stolz auf ihren Einfall, wie sie mir das Leben aus dem Körper jagen wollen.

»Ratten tun nichts, außer wenn sie denken, sie würden verbrennen. Dann suchen sie sich einen Ausgang. Denn niemand will verkohlt werden – außer deiner verfluchten Hexenmutter, dem teuflischen Weib.«

Der Wachmann verschwindet aus meinem Blickfeld. Stattdessen werden die Ketten strammer gezogen. Er steht vermutlich hinter mir und sorgt dafür, dass sie nicht an Spannung verlieren und der Eimer mit der Ratte somit am gewünschten Ort bleibt – direkt an meinem nackten Bauch.

Ich habe keine Angst vor Ratten. Sie sind wie jedes andere Tier wertvoll. Sie kitzelt mich erneut mit ihren nervös zuckenden Barthaaren und den kleinen tapsigen Füßchen.

Dann allerdings sehe ich eine lodernde Fackel, die ein anderer Wachmann drohend auf mich richtet. Gerade will ich schreckhaft zurückweichen, als ich realisiere, dass er mich nicht in Brand stecken will, sondern die heiße Flamme an den Metalleimer hält. Ich spüre die Hitze des Feuers, aber es ist nicht so heiß, dass ich mich verbrenne. Dennoch ist es unangenehm. Mit einem Mal kommt allerdings Bewegung ins Spiel. Die Ratte im Inneren des Metalleimers wird nervöser, als sie ohnehin schon in dieser Gefangenschaft ist.

Sie will fliehen und der Hitze entkommen. Für sie ist es, als würde sie verbrennen. Ihr Instinkt treibt sie dazu an, einen Fluchtweg zu finden.

Allmählich begreife ich, welche Art von Folter mir widerfahren soll. Es ist widerlich. Tierquälerei und Kinderschändung. Alles paart sich in dieser abartigen Prüfung, die ich nicht überleben kann. Mir tut die Ratte leid, die gezwungen wird, sich aus Angst vor dem Tod einen Weg zu bahnen, den sie sonst nicht gehen würde. Das Tier wird sich durch meine Haut und durch mich hindurch fressen, um dem Feuer zu entkommen.

Meine Angst nimmt mich nun völlig ein. Ich wollte tapfer und mutig sein, wenn ich sterben muss, aber jetzt will ich einfach nur heulend wegrennen. Ich strampele und versuche, die schmerzhaften Gurte von mir zu stoßen, doch es klappt nicht. Nichts von meinen Versuchen wird etwas nützen. Die Gründer haben ihre Aufgabe gut durchdacht. Es gibt nur die eine Lösung, die sie sehen wollen. Sie werden schon bald merken, dass es auch anders hätte sein können. Dass man Prüfungen stellt, die gelöst werden können, obwohl sie furchtbar sind.

Es dauert Sekunden, vielleicht Minuten, dann ist die Ratte in ihrem Überlebungstrieb. Ich kann es ihr nicht verübeln. Sie kratzt mit ihren Füßen am Rand des Metalleimers und versucht, sich einen Ausweg zu buddeln. Das Metall ist nicht so nachgiebig wie Menschenfleisch, durch das man sich fressen kann.

Mein Herz schlägt mir bis zum Hals. Der Puls ist drückend und dröhnend. Mir tut alles weh, gleichsam ist jede Faser meines Körpers auf Hochspannung.

Ein weiterer Wachmann trägt den nächsten Krug zu mir und

setzt ihn auf meinen Fuß. Der Behälter ist klein, sodass er genau darauf passt. Ich höre das panische Quieken der nächsten Ratte, die darin gefangen gehalten wird. Eine Kette wird fest um den Krug gelegt und seitlich strammgezogen.

Meine Tränen schmecken bitter, nach Verzweiflung, nach Angst, nach Hilflosigkeit. Ich wünschte, ich wäre schon längst tot. Ich will einfach nur sterben. *Bitte!*

Da spüre ich die Zähne, die an meiner Bauchdecke knabbern. Es zieht und brennt, denn die Zähne der Tiere sind spitz und scharfkantig. Ich jaule auf mit einem Schrei, der mir durch den Knebel im Hals stecken bleibt.

Ich denke an Mutter, Vater, Martha und Erin. An eine Zeit, in der wir glücklich waren. An ihre letzten Worte. *Wir werden für immer vereint sein.* Ich meide die schwarze Magie aus Rache und dennoch brauche ich sie, um das Gute zu erreichen.

Die nächsten Metallbehälter werden mit den verängstigten Tieren darin an die freien Stellen meines Körpers gebunden. Meine Kräfte schwinden, als eine weitere Ratte ihre Zähne in mein Fleisch jagt und sich durch mich hindurchfrisst.

Ich habe es gleich geschafft, dann bin ich tot. Mein Körper wird bei denen meiner Familie hängen. Meine Seele dagegen wird gefesselt sein, als größtes Opfer, was ich geben kann. Doch wenn sie es schaffen, werde ich frei sein.

Wir alle. Für immer.

KAPITEL 30

Angst und Vertrauen

»Für heute reicht es mir«, entscheidet Aiden und steht auf. »Diesen kranken Scheiß kann man sich doch nicht antun.«

Nick springt vom Sofa und hält ihn auf. »Warte wenigstens, bis wir zusammen überlegt haben, inwiefern uns diese Informationen nützen können.«

Aiden lacht auf. »Ach, halt die Klappe, *Scar*.«

Er spielt auf Nicks neue Narbe an, die quer über sein Auge verläuft. Ich schnappe nicht als Einzige nach Luft. Aiden blickt in die Runde und stockt einen Augenblick. Offenbar scheint er selbst gemerkt zu haben, dass sein Kommentar vollkommen unnötig und geschmacklos war.

»Ich meine, dass da ist irre.« Er deutet auf das Buch mit den Aufzeichnungen und schüttelt den Kopf. »Ich höre mir so einen Mist über solche bestialischen Kindesfolterungen nicht an. Und ich habe absolut kein Interesse daran, die Details der Misshandlungen mit euch durchzukauen.«

»Dieses Buch ist womöglich unsere einzige Fahrkarte, um den Fluch zu brechen. Wir sollten uns die Zeit nehmen, zu begreifen, wie es zu alledem gekommen ist«, erklärt Nick mit sanfter Stimme. »Wenn es dich beruhigt: Ich bin mir sicher, dass niemand von uns scharf darauf ist, die Vergangenheit neu aufzuwühlen.

Vor allem dann nicht, wenn man feststellt, dass sie grausamer ist als die Lüge, an die wir stets glaubten. Aber welche Alternative haben wir?«

Die Antwort ist uns allen klar. Aiden sieht von Nick wieder zu dem Tagebuch. Er stößt einen kleinen Fluch aus und schnauft, während er sich zurück auf seinen Platz fallenlässt. Aiden ist anzusehen, wie nachwirkend diese Erkenntnis für ihn ist. »Wenn man der Hexe glauben will, dann waren die Gründer völlige Wahnsinnige, die echt weggesperrt gehören! Und keine ... vorbildhaften Helden, wie ich immer dachte.«

Ich bin überrascht, wie betroffen Aiden ist. Bisher habe ich angenommen, er würde Alizons Rätselfallen als Racheplan eines bockigen Kindes mit Zauberfähigkeiten verbuchen, aber anscheinend rührt ihn die Geschichte der Familie.

Es ist das erste Mal, dass wir die wahren Begebenheiten erfahren. Nicht das, was man uns in der Schule oder zu Hause lehrte. Von Generation zu Generation wurde die Gründung Mistwicks als Sieg gepriesen, allen voran die tapferen Gründungsfamilien, die sich der Gefahr einer teuflischen Hexe und ihrer Brut bewusst waren und ihnen die Möglichkeit boten, sich mittels Prüfungen zu stellen. Dass es sich um Aufgaben handelte, die nicht gelöst werden konnten, wurde verschwiegen.

Grauenhafte Hexenverfolgungen waren damals gang und gäbe im jungen Europa und weltweit. Die Gründer haben sich gewehrt – vermeintlich gewehrt – gegen die angeblich dämonischen Machenschaften von Hexen und Hexern, deren Kräfte nicht einzuschätzen waren. So soll es laut den zensierten Geschichtsbüchern bei Familie Devine der Fall gewesen sein.

Die Gründer sahen sich als Beschützer der Stadt, die diese Dämonen vertrieben haben. Es ist nicht verwunderlich, dass wir als Kinder glaubten, die Hexe sei der eigentliche Feind unserer

Familie und der Stadt. Schließlich hatte sie den Fluch gesprochen, während die Gründer stets im Fokus standen, im Heldenfokus. Doch all das ist bloß die eine Seite der Medaille, eine trügerische, die nicht alles preisgibt, was der grauenhaften Realität entspringt. Endlich allerdings bekommen wir einen unverfälschten Einblick in die letzten Tage von Alizon Devine, bevor sie den Fluch sprach, der alles für jeden veränderte.

»Lasst uns zusammen überlegen, was wir Neues herausgefunden haben. Morgen wird unsere letzte Prüfung sein. Die wichtigste, denn da entscheidet sich alles«, motiviert Nick die Gruppe, die die Wahrheit sicherlich erst noch verkraften und verarbeiten muss. Mit all den furchtbaren Bildern, die die Aufzeichnungen heraufbeschworen haben.

Aiden stützt sein Kinn in seine Hände. Sorgenfalten bilden sich auf seiner Stirn. Er scheint den ersten Schock über die neuen Erkenntnisse der Gewaltakte unserer Vorfahren noch nicht überwunden zu haben. Ich kann verstehen, dass er mit sich ringt. Auch, dass das alles viel ist. Viel zu viel. Einfach wegzulaufen und die Wahrheit auszublenden, wäre wesentlich leichter und weniger schmerzhaft. Doch wir müssen uns genau dieser stellen, um eine Chance zu haben, diesen Zauber zu brechen.

»Es ist einfach krank«, bestätigt Josh. Seiner Gesichtsfarbe nach zu urteilen, steht er kurz davor, sich zu übergeben. »Aber Nick hat recht. Wir sollten uns die Aufzeichnungen genauer ansehen, um herauszufinden, wie wir überleben.«

Aiden fährt sich mit beiden Händen durchs Gesicht, unschlüssig, was er tun soll. Dann jedoch setzt er sich laut fluchend auf, als würde er sich wappnen wollen. »Also gut. Ich kann später immer noch was zertrümmern. Diese miesen Scheißkerle«, motzt er.

»Bevor ihr mich gleich blöd anmacht ... Sie ist auch tot, richtig?«, fragt Nazmi behutsam.

Josh reißt die Hände in die Luft und rauft sich die Haare. »Ja, Nazmi! Sie ist tot, die ganze Familie wurde abgemurkst, bloß weil unsere Vorfahren verteufelte Schweine waren.«

»Aber ... wenn Alizon gestorben ist, was im Übrigen gar nicht so deutlich da steht«, verteidigt sie ihre aufkommenden Zweifel. »... dann muss jemand hinterher all das aufgeschrieben haben. Ihre Memoiren können ja nicht einfach so notiert werden. Da stimmt somit was nicht.«

»Magie ...«, erkläre ich vorsichtig.

Nazmi schenkt mir einen bösen Blick, der alsbald jedoch weicher wird. »Oh ... stimmt.«

»Was wissen wir?«, frage ich in die Runde.

»Alle vier Urmächte wurden mit dem Fluch vereint.« Ridge wirkt nachdenklich. »Das erklärt, warum der Zauber derart gewaltig ist. *Zeit, Magie*, Gefühle ... also *Emotion* und ein Hauch *Schicksal* haben ihren Anteil daran.«

Ridge kann nicht wissen, dass Nick und ich bereits zu diesem Schluss gekommen sind. Für ihn scheinen all die neuen Informationen langsam ein Bild zu ergeben, welches wir bereits bruchstückhaft erschlossen haben.

»Sie spricht in den Aufzeichnungen davon, dass alle schuldig sind, die Gründer und die Stadt«, ergänzt Josh. »Das erklärt, warum der Fluch auf die Nachfahren der Gründungsfamilien übergegangen ist und gleichzeitig, wieso die Stadt verflucht wurde.«

»Mit dem Unterschied, dass jeder andere, der nicht zu den sieben auserwählten Familien zählt, nicht an einen Ort gebunden ist, den er durch einen verdammten Fluch nicht verlassen darf.« Caleb wirkt nahezu verbittert.

Ein jeder von uns hat Träume und Wünsche, die fernab von der Stadt und dem Fluch liegen. Dinge, die wir erleben und sehen wollen. Doch diese Erfahrungen bleiben uns verwehrt.

Wir können durch die Magie Mistwick nicht verlassen. Es ist wie ein unsichtbares Band, das uns abhält. Dadurch können wir die Grenzen der Stadt nicht passieren, weder zu Fuß noch in einem Fahrzeug. Als läge eine magische Glocke über Mistwick, die uns zwingt, hierzubleiben. Es gibt keine Möglichkeit, zu entkommen oder gar unserem Schicksal auszuweichen.

»Die Gründer tragen die Schuld an den Ermordungen. Sie sind nicht die Helden, für die wir sie gehalten haben. In den Aufzeichnungen heißt es, dass sie aufwachen und ihren Fehler erkennen sollen. Sie sollen nicht die Monster bleiben, die sie sonst wären, sondern ihre Menschlichkeit zurückerlangen. Deshalb hat Alizon den Fluch gesprochen«, fasst Nick weiter zusammen.

»Also ist sie jetzt eine Heilige, die uns mit diesem beschissenen Fluch einen Gefallen getan hat?« Aiden brodelt vor Zorn.

Ich kann nicht sagen, auf wen er eigentlich wirklich wütend ist. Vermutlich ergeht es ihm wie uns allen. Nach vier Tagen puren Adrenalins, den Sorgen um Isis und dem ständigen Kampf ums Überleben in grotesken Spielen ist die Wahrheit darüber, dass die eigenen Vorfahren rein aus Machtgier Unschuldige geopfert haben, eine Nummer zu groß. Für jeden von uns.

Er atmet genervt aus und lockert seine Nackenmuskulatur. »Fein. Also die kleine Hexe will das Richtige tun und spricht einen Fluch aus, der mit allen vier Urmächten zusammen eine mächtige Waffe wird. Und wie können wir den Mist jetzt verhindern und ein für alle Mal brechen?«

»Ich weiß es!« Nazmi springt auf. »Es geht um Alizons Seele. Die Spiele, die zwar echt schräg sind, sind trotzdem lösbar. Sie hilft uns mit ihren Botschaften und mit dem Zaubertee. Alizon will, dass wir die *Mystic Rooms* gewinnen, denn nur dann retten wir auch sie.«

Es fügt sich zusammen und macht auf einmal Klick. *Natürlich!* Alizon hat den höchsten aller Preise dafür gezahlt, die dunkle Magie anzuwenden. Doch sie wollte sich nicht rächen, sondern brauchte die schwarze Magie, um ein höheres Ziel zu erreichen. Sie wollte mit dem Zauber die Seelen der Gründer und ihrer Familien befreien, die vor lauter Schuld in die Dunkelheit gezogen wurden. Mit dem Fluch sollten sie zur Vernunft gelangen.

»Aber ja!«, schließe ich mich Nazmi an. »Durch die Rätsel zeigt sie, dass man auch andere Prüfungen stellen kann. Sie ist zum Zeitpunkt des Spruchs zehn Jahre alt und weiß selbst nicht, ob es ihr gelingt.« Ich suche die Stelle im Buch, die wir eben vorgelesen haben. »Da! Sie hätte den Rat ihrer Familie gebraucht. Der Fluch mit diesen Ausmaßen war nicht ihre Absicht.«

»Also hat sie sich verzockt?«, fragt Josh skeptisch.

Nazmi nickt so heftig mit dem Kopf, dass ihre schwarzen Rastazöpfe mit den kleinen Glitzersteinen wild auf und abwackeln. »Genau! Sie wollte das Richtige tun, um die Seelen der anderen zu reinigen und von den bösen Gedanken zu befreien. Sie wollte ihnen helfen, den Pfad des Hasses und Neides zu verlassen. Dafür hat sie ihre Seele eingesetzt, denn wie sagte die Mutter von ihr gleich noch mal? *Jeder Zauber hat seinen Preis.* Und dieser gewaltige, der alle Urmächte bündelt, verlangt ihre Seele als Einsatz.«

»Warum ist sie denn selbst derart böse? Ihr habt die Hexe am Tag der Auswahl gesehen. Auf mich hat sie nicht den Eindruck erweckt, als wollte sie freundlich sein und uns die Spiele so leicht wie möglich machen«, wendet Josh wieder ein.

»Das liegt am Fluch. Je dunkler die Magie, die eine Seele gefangen hält, desto schwerer ist es, sie davon zu lösen. In dem Buch steht, dass ihr Opfer groß ist und sie sich selbst nicht mehr erkennen wird. Denk mal nach, der Fluch liegt bereits seit Hunderten von Jahren auf der Stadt. Das heißt, ihre Seele ist seit Hunderten von Jahren in den Fängen der schwarzen Magie.« Nick sieht alle ernst an.

Die Bedeutungsschwere in seinen Worten ist erdrückend. So lange quält sich ihre Seele in der Dunkelheit. Ihr Körper wurde getötet, aber ihre Seele hat sie selbst geopfert, in der Hoffnung, die Gründer würden aus ihrem Muster fallen und ihren Fehler erkennen. Seit viel zu langer Zeit wartet Alizon auf die Erlösung und Rettung ihrer Seele.

Nicht nur die Tatsache, dass die vergangenen Durchgänge – jeder verdammte einzelne Durchgang zuvor – an den Rätselaufgaben scheiterte ist erschreckend und schockierend zugleich. Die Wahrheit über die Ausmaße des Fluches kommen endlich ans Licht.

Nazmi schüttelt entsetzt den Kopf. »Sie hilft uns, weil sie hofft, dass wir es schaffen, den Fluch zu brechen, der nicht nur uns gefangen hält, sondern auch sie selbst.«

»Sie will einfach endlich Frieden, nach all der Zeit«, flüstere ich.

Mir kommen fast die Tränen. Welch grauenvolle Erlebnisse musste Alizon bereits als junges Mädchen ertragen. Dann hat sie in der Verzweiflung der letzten Stunden ihres Daseins den Einfall, mit ihrer Magie etwas Gutes zu schaffen, das selbst die verdorbenen Herzen der Gründungsfamilien retten kann, wenn sie nur ihren Fehler erkennen. Sie hat sich selbst geopfert für das Heil der anderen, in der Hoffnung, sie würden sich ändern. Doch bislang hat es keine Gruppe der nachfolgenden Generationen geschafft, den Fluch zu beenden und damit ihrer armen Seele endlich Ruhe zu geben.

»Wie können wir den Fluch brechen? Steht denn da irgendetwas drin, was uns dabei hilft? Eine Zauberformel, einen Hokus-Pokus-Spruch oder so?« Caleb schnappt sich das Buch mit den

Aufzeichnungen und blättert wild darin rum.

Es wäre zu leicht. Denn der verzweifelten Alizon von damals war es wichtig, dass die Gründerfamilien selbst auf die Lösung kommen. Nicht durch einen Zauberspruch, sondern durch eine Änderung in ihrem Verhalten.

Nazmi nimmt Caleb das Buch aus der Hand und drückt sich an ihn. »Da steht nichts, Cal. Wir sind auf uns gestellt.«

Aiden sieht plötzlich Joshs Verwandten voller Hoffnung an. »Ridge, wie war der finale *Mystic Room* bei eurem Durchgang? Vielleicht entdecken wir ein Muster, das uns hilft.«

Ridge seufzt laut auf und kratzt sich über den Kopf. »Ich wünschte, es wäre so einfach. In all den Jahren hat sich keines der Spiele wiederholt. Nicht mal ansatzweise. Es kam immer mal wieder eine Art Wasserprobe vor oder Feuer, wie ihr es bereits hattet, aber es lässt sich keine Gesetzmäßigkeit erkennen.«

»Es gibt also keinen Anhaltspunkt darauf, was uns erwarten wird? Komm schon, gib uns wenigstens einen Tipp«, bittet Josh ihn.

Anstelle unseres Mentors kommt tatsächlich mir ein Gedanke. »Es gibt etwas, was ein Muster ergibt. Ridge, du hast erzählt, dass bisher in jedem Durchgang die Haussprüche der Familien vorkamen.«

Er nickt. »Ja, bei uns mussten den Sprüchen Bilder zugeordnet werden, die in einer bestimmten Reihenfolge den Code ergaben. Bei anderen sollte die Herkunft der einzelnen Wörter entschlüsselt werden, die dann einen eigenen Code gebildet haben. Es war immer anders.«

»Aber die Sprüche kamen vor. In welcher Form auch immer.«

»Das bringt uns aber nicht weiter, Elena«, korrigiert mich Aiden. »Das wussten wir bereits und es hat uns nichts genützt.«

»Weil wir auch noch nicht mit den Sprüchen rätseln mussten,

Clark. Die werden also vermutlich morgen im finalen Raum drankommen«, antwortet Caleb streng.

»Es gibt noch etwas«, führe ich meine Idee weiter aus. »Die Sprüche gibt es nicht grundlos. Sie existieren, weil ...?«

»Weil sie schön klingen?«, versucht Josh zu raten.

»Weil sie sich von den anderen Familien abgrenzen.«

Ich nicke Nazmi zu, die sich sichtlich freut, auf die Antwort gekommen zu sein.

»Niemand außer den Nachfahren der Gründer hat solche Sprüche, die für das Haus stehen. Es ist ein Privileg, das vielleicht heute in der Zeit nicht mehr in Mode ist. Damals allerdings kamen die Sprüche genau deshalb auf, um diese Sonderstellung zu zeigen.«

»Aber ja! Die Sprüche waren das Aushängeschild der Gründerfamilien, um ihre Stellung deutlich zu machen«, lacht Nick. »Es geht Alizon darum, dass man in den Spielen siegreich ist, aber nicht durch Macht. Nicht so, wie die Gründer sich ihren Sieg über die Devines erschlichen haben.«

»Sollen wir dann die Haussprüche gar nicht erst nutzen?« Josh scheint irritiert.

»Ich denke, das müsst ihr. Bisher waren die Sprüche notwendig für die Codes.«

Einen Moment hängt ein jeder von uns seinen Gedanken nach. Es sind viele Eindrücke für einen Tag. Vor allem nach den gruseligen Schauermärchen gibt es einiges zu verdauen. Draußen sind bereits die düsteren Wolken über Barrow Hill aufgezogen und verbreiten eine unheimliche Atmosphäre.

Morgen ist es so weit. Dann gehen wir in den letzten *Mystic Room*, um die Stadt von dem Fluch zu befreien und gleichzeitig Alizons Seele endlich die Ruhe zu geben, die sie nach all der langen Zeit verdient.

»Schlaft euch aus.« Ridge und die anderen verabschieden sich.

Caleb und Nazmi halten Händchen, während er sie aus dem Aufenthaltsraum führt. Sie dreht sich nochmal zu mir um und deutet auf Nick, der gerade das Feuer im Kamin löscht.

»Süße Träume«, flötet sie vielsagend.

Ich laufe direkt rot an, woraufhin sie bloß kichert. Nick bemerkt ihre Andeutung und kann sich ein Schmunzeln nicht verkneifen.

Ich klemme mir eine Haarsträhne hinters Ohr und fühle mich plötzlich wieder unbeholfen und unsicher. Jetzt, wo die anderen Nick und mich allein gelassen haben, reagiert mein Körper wieder so stark auf ihn, dass es mich unruhig werden lässt. Unangenehm und gleichzeitig wahnsinnig angenehm.

Ich lasse mir unendlich viel Zeit, die Kissen unnütz aufzuschütteln. Zufälligerweise brauche ich genauso lange wie Nick mit seiner Aufgabe.

Er schleicht auf einmal auf mich zu, den Blick gesenkt. Fast schüchtern und nervös. *Wieso macht mich dieser Anblick nur dermaßen verrückt?*

Wir stehen uns gegenüber. Viel zu nah. Ich halte noch immer das Samtkissen in den Händen und vergesse, es zurückzulegen. Seine Iriden haben diesen sanften Ton an sich, der mich völlig einnimmt. Wenn mich jemand fragen würde, was meine Lieblingsfarbe ist, hätte ich eine klare Antwort darauf. Sein lieblicher Duft steigt mir in die Nase und lässt mich Geborgenheit fühlen, wie ich sie vor Ewigkeiten zuletzt gespürt habe.

Seine Augen, die mich an einen stürmischen Ozean erinnern, mustern mich, als würde er mich zum ersten Mal sehen. Es ist ein intensives Gefühl, vor allem intim, jemandem so lange in direkt anzusehen. Aber bei Nick ist es nicht unangenehm, sondern fühlt sich richtig an. Fast so als könnten wir einzig durch unsere Blicke kommunizieren und den anderen sehen, wie er wirklich ist.

Die Narbe über seinem Auge hat einen leichten Rosaton angenommen. Die Linien verlaufen quer durch die Braue, an der Schläfe entlang und enden auf der Mitte seiner Wange. Er hatte so verdammt viel Glück, dass die Drähte ihn nicht schlimmer verletzt haben. Vor allem mit Alizons Kräutertee konnten die offenen Stellen gut heilen.

Auf einmal hebt Nick die Hand und stiehlt sich eine meiner welligen dunklen Haarsträhnen. Er spielt sanft mit den Locken und lässt sie zwischen seine Finger gleiten.

»Ich habe mein Leben lang gelernt, mich allein durchzuschlagen. Und genau das Gefühl, stets irgendwie zurechtzukommen, war einsam. Das ...«

Er lächelt. *O Gott, wieso kann er das so verdammt schön?*

»... hat sich durch dich geändert.«

Sein Blick ist durchdringend. Ich befürchte, meine Beine zittern. Denn das Stehen fällt mir zunehmend schwerer.

»Ich fühle mich von dir verstanden wie von niemandem sonst. Und das ist sehr schön. Ich möchte dir bloß danken, dass du mir gezeigt hast, wie warm es ist, nicht allein zu sein.«

»Geht mir genauso«, hauche ich mit zittriger Stimme.

Die Atmosphäre ändert sich auf einmal. Wie durch Magie, dabei sind wir es, die das tun. Alizon hatte geschrieben, dass die Magie in jedem von uns steckt. Ich wusste nicht, dass ich zaubern kann. Doch seinem Zauber bin ich scheinbar verfallen. Es knistert, ich spüre die Spannung, die in der Luft und zwischen uns liegt. *Merkt er es ebenfalls?* Er muss es spüren.

Mein Mund ist plötzlich viel zu trocken. Ich ziehe meine Unterlippe ein und bohre meine Zähne darauf. Irgendwas muss ich tun, denn die Stimmung lässt mir keine Wahl, gleichzeitig will ich keinen Fehler machen.

»Weißt du, ich habe das hier nicht geplant«, antwortet er. »Aber, wenn wir es überstehen und morgen alles vorbei ist ...«

Er fährt sich mit der freien Hand durch sein dunkles Haar. Niedlich, wie unsicher er plötzlich ist. Dabei muss er es nicht. Ich bin es doch bloß.

»Hättest du dann vielleicht Lust, dass wir mal zusammen ausgehen?«

Ich kann nicht anders und muss lachen. Darauf bin ich nicht vorbereitet. Kurz vor unserem möglichen Ende fragt mich Nickolas Coleman nach einer Verabredung.

Entschuldigend schlage ich mir die Hand vor den Mund, aber auch Nick muss lächeln.

Ich schaffe es, mich wieder zusammenzunehmen, und räuspere mich. »Du bittest um ein Date?«

Er zieht die Schultern hoch. Bei ihm sieht es lässig aus. »Ein stinknormales Date ohne Flüche, Zaubersprüche, tödliche Fallen und mysteriöse Rätsel. Ich würde mich freuen, dich näher kennenzulernen, Elena Parker.«

»Wenn wir das morgen überleben«, ergänze ich.

»Das werden wir.«

»Ich denke drüber nach«, antworte ich mit dem Schalk in den Augen. Damit bringe ich ihn erneut zum Schmunzeln. Es gefällt mir, dass er so auf mich reagiert.

»Gut, das klingt zumindest nicht nach einem direkten Korb. Mein Männerstolz dankt dir«, scherzt er.

Dann wird er wieder etwas ernster, lässt meine Locke los und streicht dafür mit dem Daumen über meine Wange, bis zum Kinn. Ich habe das Gefühl, dass mein Körper in Flammen steht. Jeder Zentimeter, den er berührt, sehnt sich nach mehr von ihm. Und jeder Teil, den er in seiner sanften Berührung auslässt, wirkt dagegen neidisch.

»Gute Nacht, Elena.« Seine Stimme ist kaum mehr ein Flüstern. Gefährlich, sexy und so verdammt verlockend. Ich bin von meinen Gefühlen und der heimlichen Sehnsucht überwältigt, die er in mir auslöst. Es ist vielleicht nicht der richtige Ort, nicht der richtige Zeitpunkt und nicht die richtige Situation, in der wir uns befinden, aber genau jetzt will ich meinem Herzen folgen, das mir so eindeutig die Richtung vorgibt. Und die kann nicht falsch sein, niemals.

»Nick«, sage ich viel zu laut, als er gerade dabei ist, den Raum zu verlassen. Ich lasse das alberne Kissen endlich fallen und stürme auf ihn zu. Ohne weiter darüber nachzudenken, falle ich in seine Arme und schalte meinen Kopf aus. Für einen unvergesslichen Augenblick gebe ich die Kontrolle ab und überlasse sie meinem Körper. Er weiß anscheinend, was er tut – und will. Mein Mund trifft auf Nicks. Er ist von meiner hastigen und vor allem eher tollpatschigen Aktion nicht abgeneigt, denn er stößt mich nicht fort, sondern schlingt seine Arme fester um mich.

Diese Bestätigung habe ich gebraucht. Nichts hält mich mehr zurück. Seine Lippen sind weich und schmecken nach Verbundenheit, Vertrauen und Heimat. Ich stecke all meine Sehnsucht, meinen Schmerz, meinen Kummer der letzten Wochen in diesen Kuss. Und Nick ist es, der dies aufnimmt, mir wegnimmt. Als hätte sein Kuss eine heilende Wirkung, vergesse ich alles um mich herum. Es gibt nur ihn, mich und diesen Kuss, der mir meine Sinne raubt.

Zielsicher findet seine Zunge meine. Er spielt mit ihr, in einem unvergleichlichen Tanz, der mich schwindeln lässt. *Wie macht er das nur?*

Seine Hände fahren meine Schulterblätter entlang. Ich brenne. Brenne vor Lust und all den Flammen, die er in mir entzündet. Verzweifelt presse ich mich noch enger an ihn, bis ein kehliger

Laut seinen Mund verlässt. Ich seufze auf, stöhne unter den gierigen Küssen, die wir teilen.

Wir drehen uns oder er dreht mich, das kann ich nicht genau sagen. Plötzlich ist da eine Wand hinter mir, an die mich Nick sanft, aber dennoch entschieden drückt.

Meine Hände finden ihren Weg und landen in seinem Nacken. Er raunt leise meinen Namen. Zumindest glaube ich es. Während unser Kuss an Leidenschaft und Tempo zulegt, finden seine Hände beinahe gemächlich meine und verflechten sich mit ihnen. Nick führt sie an der Wand bis auf Kopfhöhe und drückt sie gegen das schwere Holz. Ich beuge mich ihm entgegen, woraufhin ein Stöhnen über seine Lippen gleitet, was mir eine neue Gänsehaut einjagt.

Allmählich jedoch wird unser Kuss ruhiger und schlägt mit sanften Wellen meinen Puls voran. Meine Knie sind zu weich, um mich aufrecht zu halten. Daher bin ich froh, dass mich Nick und die Wand im Rücken halten. Sonst würde ich vermutlich umkippen.

Zärtlich haucht er mir einen weiteren Kuss auf meine brennenden Lippen. Dieser Kuss ist perfekt. Mehr als das. Zumindest für mich.

Ich blinzele und sehe in seine atemberaubenden Augen. Ein feuchter Glanz spiegelt sich in ihnen. Seine Atmung ist unregelmäßig, seine Haut erhitzt. So wie bei mir. Als hätten unsere Körper einen Rhythmus angeschlagen, dessen Melodie nur sie kennen.

»Wow«, lächelt er. »Das war wunderschön.«

Die Ehrlichkeit in seiner Stimme ist überwältigend. Nick ist gutaussehend, verboten gutaussehend. Dass er Gefallen an unserem Kuss hatte, freut mich nicht nur, sondern beflügelt mich. Denn obwohl mein Startversuch etwas überrumpelnd war, habe ich ihn dadurch nicht in die Flucht geschlagen. Ich spüre die Hitze in meinen Wangen und kann nicht sagen, ob sie von dem Kuss kommt oder Nicks feurigem Blick. Vielleicht liegt es auch bloß an seiner Nähe. Mein Kopf kommt nicht mehr hinterher, um das eben Geschehene zu realisieren.

Liebevoll streicht er mir eine Locke hinters Ohr und lässt sich Zeit damit, meine Wange zu streicheln.

»Ich weiß nicht, ob ich jetzt noch schlafen kann«, gestehe ich fast verlegen.

»Wenn du möchtest, kannst du in meinem Arm liegen«, schlägt Nick vor. So wie er mich bereits in der Nacht gehalten hat, als ich von dem Albtraum aufschreckte. Er tröstete mich und war für mich da, gab mir das Gefühl von Sicherheit. So, wie nur Nick es kann.

Ich beiße mir unsicher auf die Unterlippe. »Ich glaube, dass ich dann erst recht nicht schlafen kann.«

Allein die Vorstellung, dass er mich in seinen Armen hält, ich seinen Duft einatme, seinen Herzschlag hören und ihn fühlen kann – jetzt, nach diesem Kuss – macht mich etwas nervös. *Wie sollte ich denn da an Schlafen denken?*

Er lächelt auf eine Weise, die verboten sein müsste. Denn mein Herz macht einen Satz und mein ganzer Körper kribbelt vor Aufregung und Sehnsucht zugleich.

Morgen ist der finale Escape-Raum an der Reihe. Die letzte Möglichkeit, den Fluch zu brechen. Da kann ich doch nicht mit solch einem Drama anfangen. Ich muss fokussiert bleiben. Aber Nick scheint der einzige Fokus zu sein, den ich habe und den mein Körper will.

»Vielleicht sollten wir wirklich versuchen, zu schlafen«, gebe ich mich geschlagen.

»Und in welcher Form?«

»In deinem Arm fühle ich mich wohl, beschützt«, gestehe ich ehrlich. »Zusammen finde ich schön.«

Nick verschränkt seine Finger mit meinen. Sein Daumen streicht in beruhigenden Kreisen über meinen Handballen.

»Gefällt mir sehr. Zusammen.«

KAPITEL 31

Letzter Weg

Zusammen aufzuwachen ist schön.

Ich weiß nicht, wie lange wir tatsächlich geschlafen haben, aber ich für meinen Teil fühle mich ein klein wenig wohler. In den Spielen haben wir als Verbündete begonnen, aber jetzt scheinen wir mehr zu werden. Nick und ich sind verbunden, auf einer tieferen Ebene.

Es war kein bisschen merkwürdig, neben ihm wach zu werden. Ich habe noch immer genau so in seinem Arm gelegen, wie ich eingeschlafen war. Dabei bin ich sonst ein richtiges Strampelwesen und wälze mich eher hin und her, als in einer Position zu bleiben. Doch heute Nacht war es anders. Als hätte Nick mir die nötige Ruhe geschenkt, die ich brauche, um mich wieder zu erden. Oder es lag daran, dass wir bis spät in die Nacht hinein alle zusammen in Alizons Aufzeichnungen gelesen haben.

Das Frühstück ist von bedrückender Stille ummantelt. Josh versucht zwar mit albernen Sprüchen, die Stimmung aufzuhellen, aber scheitert kläglich. Die Angst vor dem Finale, die Angst vor dem Scheitern haftet an jedem von uns. Ms Gibbons meidet es, sich zu verabschieden. Sie sagt, das wäre nicht nötig, weil sie uns alle gesund und munter in ein paar Stunden wiedersehen würde. Die Tränen in ihren Augen verraten sie und ihre Angst um uns.

Auch wir bemühen uns, keine Abschiedsszene zu machen. Denn das soll es nicht werden. Auf der Fahrt zum Waldstück in dem nostalgischen Acht-Sitzer der Schule macht Ridge uns Mut. »In all den Jahren ist noch keine Gruppe so weit gekommen wie ihr. Ihr habt viel mehr Wissen über Alizon, den Fluch und die Hintergründe. Das sind Einsichten in die Vergangenheit der Gründungsgeschichte, die uns allen bislang verborgen waren. Ich habe ein gutes Gefühl für diesen Durchgang – mit euch.«

»Wir haben Isis verloren«, antwortet Aiden bitter.

»Aber ihr habt die Chance, sie zurückzuholen. Wenn ihr den Fluch brecht, ist sie wieder da.«

»Deine Euphorie in allen Ehren, aber dafür müssen wir erst die Rätsel lösen. Was ist, wenn sie dieses Mal noch schwerer sind? Ich weiß nicht, welcher der Räume der schlimmste bisher war, aber ich habe die Befürchtung, dass es der heutige sein wird«, antwortet Nazmi.

Caleb nimmt ihre Hand in seine und drückt sie.

»Ihr werdet es schaffen«, motiviert Ridge unsere müde Truppe, bevor wir aussteigen.

»Warte! Ridge, was ist mit dem letzten Schlüssel, den wir gefunden haben? Wir brauchen ihn bestimmt für das Finale«, fragt Nazmi aufgebracht. »Er liegt jetzt in der *St. Romy Meyro.*«

Ridge wirkt gelassen. »Das ist immer so. Wie auch in den Rätselräumen zuvor. Ihr dürft nichts mitnehmen in den *Mystic Room*. Alles, was ihr für das Escape-Spiel braucht, wird da sein.«

Ridge hat recht, bei dem gestrigen Rätsel war es ebenfalls so. Wir haben die vier bereits gefundenen Schlüssel gebraucht, um den neuen Code und damit den fünften Schlüssel zu bekommen. Durch Magie waren sie da, ohne dass wir sie mit in die Hütte gebracht haben. Falls wir also den letzten Schlüssel brauchen, werden wir ihn dort finden.

»Noch ein letzter Rat?«, fragt Josh ihn.

Ridge lächelt, will weiterhin unbeschwert sein – für uns. »Arbeitet zusammen und haltet die Zeit im Blick. Oh, und seid zum Abendessen bloß pünktlich.«

Ridge scheint um die richtigen Worte zu ringen. Er will uns den Abschied nicht zu schwer machen.

»Ms Gibbons und ich warten auf euch, auf jeden von euch. Also ... ihr wisst schon ... seht zu, dass ihr alle zurückkommt.«

Er blinzelt mehrfach hintereinander, als könnte er auf diese Weise die aufkommenden Tränen wegzaubern. Mich rührt es, dass es ihm offenbar genauso schwerfällt, uns in die Hütte zum finalen *Mystic Room* gehen zu lassen. Wir müssen stark sein und unser Bestes geben.

Ein wenig gefällt mir die Vorstellung, dass wir zum Abendessen zurück sein sollen, um Ms Gibbons' reichliches Dinner zu uns zu nehmen. In den letzten Tagen – so furchtbar anstrengend sie auch waren – hat mir das gemeinsame Essen mit allen gut getan. Es war ein Stück Normalität in diesem Wahnsinn, vertraut und sogar schon ein wenig familiär. Der Gedanke, dass wir später wieder an dem langen Tisch sitzen werden, ist motivierender als die Vorstellung, den Escape-Raum heute nicht zu überleben. *Nein!* Ich schüttele die finsteren Überlegungen ab. *Alles wird gut gehen – es muss!*

Wir verabschieden uns und machen uns auf den Weg durch den Wald. Es ist heute trocken, weder windig oder gar zu heiß. Die Sonne versteckt sich hinter den dicken Wolken, die dunkler werden, je tiefer wir in den Wald marschieren.

»Hey«, lächelt Nick.

In seiner Nähe fühle ich mich wohl und beschützt. Aber in Anbetracht der Tatsache, dass wir den letzten Raum betreten werden, der alles entscheiden wird, ist seine geheime Superkraft machtlos.

»Hey, Partner.«

»Ich habe auch Angst«, sagt er ruhig. »Aber ich stelle mir vor, wie alles gut werden wird. Sonnenschein, grenzenlose Freiheit, nie wieder in Angst ein verfluchtes Leben führen.«

Das sind schöne Gedanken. Selbst wenn der Weg dahin noch weit ist. Zumindest ein paar Stunden Nervenkitzel trennen uns von dem Ziel.

»Ich hätte gestern besser auf dich aufpassen müssen.«

Sein Blick verändert sich. Sogar seinen Mund verzieht er zu einer harten Linie.

»Nick, du machst dir nicht ernsthaft irgendwelche Vorwürfe wegen eines verzauberten Raumes, auf den du keinen Einfluss hast, oder?«

»Du hättest sterben können. Und deine Höhenangst. Jemand anderes hätte da runtergemusst«, erklärt er.

Ich bleibe stehen, damit er mich ansehen kann. »Es war unausweichlich. Ich musste es machen. Wenn wir Aiden glauben, dann war das definitiv meine Prüfung«, versuche ich ihn aufzuheitern.

»Du hättest nichts daran ändern können.«

Nick sieht zu Boden, wird unerwartet viel zu ernst. Eine Erinnerung holt ihn ein. Ich sehe es in seinem Blick, der sich für einen Moment verschleiert.

»Ich möchte nie wieder jemanden verlieren«, haucht er.

Die Intensität, mit der er mich ansieht, ist fesselnd. Ich fühle seinen Schmerz, seinen Verlust, seine Angst. Automatisch schlinge ich meine Arme um seinen Rumpf und drücke mich an ihn. Es ist gleichsam ein schönes, vertrautes Gefühl, dass Nick mir diese verletzliche Seite von sich zeigt.

Auf einmal lacht er und wischt sich über seine Augen, die einen feuchten Glanz bekommen haben. »Sorry ... das ... liegt mit

Sicherheit an der Anspannung.«

Ich will nicht, dass es ihm unangenehm ist, auch mal eine sensible und verwundbare Seite offen zu legen oder zu zeigen, wenn er bedrückt und ängstlich ist. Vor allem nicht vor mir. Dafür haben wir schon zu viel erlebt, dafür bedeutet er mir bereits zu viel.

»Es gibt keinen Grund, warum du dich entschuldigen müsstest.«

»Ich möchte einfach der Held sein, der andere beschützt«, antwortet er und strafft die Schultern.

»Das bist du doch schon längst.«

Auf jeden Fall für mich und für sich. Seine Familie konnte Nick nicht vor dem Tod retten. Er war zu klein. Von da an war er auf sich gestellt und musste im Waisenhaus aufwachsen, ohne Eltern, ohne Geschwister, ohne Familie, ohne Halt – und obendrein verflucht. Über all die Jahre musste er lernen, auf eigenen Beinen zu stehen. Trotz der Migräne, trotz der Flashbacks. Aber er hat gekämpft, obwohl ihm klar war, dass er in die mystische Arena geschickt werden würde.

Er drückt meine Hand und ich merke, wie dankbar er ist. Mir geht es genauso.

»Hast du dich schon entschieden?«, wechselt er das Thema und wirkt beinahe wieder so unbeschwert wie sonst. »Ob wir mal ausgehen nach alledem hier.«

Obwohl ich heute Nacht wieder in seinem Arm eingeschlafen bin und wir einen verdammt heißen Kuss hatten, an den zu denken mir jetzt noch ein wohliges Kribbeln bis in die Zehenspitzen jagt, macht er mich mit der Frage nach einem Date nervös. Dabei sollte das gar nicht so sein. Wir sind uns schon viel nähergekommen. Normalerweise könnte eine Verabredung mit einem Kuss enden, aber bei uns kam erst der Kuss – ein verdammt heißer und perfekter – und dann später die Aussicht auf ein gemeinsames Date.

Meine Mundwinkel heben sich, ich kann es nicht verhindern. Augenblicklich beginnen die kleinen Schmetterlinge in meinem Bauch aufgeregt mit ihren Flügeln zu schlagen, als er mich fragt.

»Noch nicht«, ärgere ich ihn.

Er zieht überrascht die Brauen in die Luft, was mich automatisch kichern lässt.

Auf einmal holt uns Nazmi aus unserer kleinen Wolke. »Kommt endlich, ihr Turteltauben«, ruft sie uns zu.

Ihrem Blick nach zu urteilen, denkt sie das, was auch Jules in dem Moment über mich denken würde. Oder Lexi.

Normalerweise bin ich nicht diejenige, die mit geheimnisvollen und gutaussehenden Jungs flirtet, die sich in wagehalsige Tiefen stürzt und sich bedrohlichen Prüfungen stellt, ohne kreischend wegzurennen. Die Spiele haben mich verändert. Oder ich habe es selbst getan. Vielleicht liegt es nicht an dem Fluch und den mystischen Rätseln. Vielleicht war ich schon immer stark. Nur wusste ich es nie, weil ich meine Stärke neben Jules und Lexi nie gebraucht habe.

Wir schließen zu den anderen auf. Ich bemühe mich, meine Gefühle für Nick an den Rand meiner Aufmerksamkeit zu schieben, damit ich mich besser auf das konzentrieren kann, was uns erwartet.

Die Hütte erscheint wie schon an den letzten Tagen unscheinbar und unheimlich. Als Schauplatz für einen Horrorstreifen reicht sie allemal. Das grausige Maul des Monsters, das in die Tür eingelassen ist, wartet auf unser Blut.

Aiden stellt sich in die Mitte der Gruppe. Seinen Posten als vermeintlichen Sprecher hat er nicht aufgegeben. »Dies ist der letzte Tag, an dem wir rätseln müssen. So oder so endet es heute. Wir werden danach vom Fluch befreit sein.«

»Werden wir das?« Josh sieht furchtbar aus. Er ist bleich um die Nase und ein nasser Film haftet an seiner Stirn.

»Jetzt mal ehrlich, Leute. Wenn wir da reingehen, dann endet es nicht. Wir können die verdammte Stadt nicht verlassen. Das geht nicht. Nur wenn wir den Fluch brechen«, erinnert er uns.

»Wir brechen den Fluch«, antwortet Nick und geht behutsam auf Josh zu, doch dieser weicht instinktiv zurück, sodass Nick stehen bleibt.

»Ist das so? Was ist, wenn wir es nicht schaffen?«

»Josh, jetzt reiß dich mal zusammen. Wir kriegen das hin«, versucht nun Aiden seinen Freund zu beruhigen.

»Also, du denkst, wir kommen da raus?« Er nickt und erinnert mich fast an eine dieser wackelnden Hundefiguren fürs Auto. Bis hierhin hat alles mehr oder minder irgendwie geklappt, aber nun steht Josh kurz vor einem Nervenzusammenbruch.

»Ihr denkt, dass es danach vorbei ist? Wenn wir den Fluch nicht brechen, dann wird sich die Geschichte wiederholen. Immer und immer wieder. Einer von uns wird dann als Ratgeber und Motivator für die nächsten armen Schweine da sein müssen, ihnen beistehen und mit Wissen helfen wollen, das ihnen nichts nützen wird, weil sowieso jeder Durchgang und jeder verdammte Raum anders sein werden.«

»Josh …«, versucht es Aiden erneut. Der Angesprochene schlägt ihm die Hand aus.

»Kapiert ihr das nicht? Wir werden niemals frei sein!«

»Doch, Josh«, höre ich mich plötzlich sagen. »Denn es gibt einen Unterschied. Wir werden den Fluch brechen. Wir werden Isis, uns und die Stadt retten und Alizons Seele aus der Dunkelheit befreien. Wir alle werden endlich frei sein.«

Joshs reibt sich hektisch über das Handgelenk.

»Verdammte Scheiße«, brüllt er und kratzt an dem brennenden Mal. Seine Haut wird feuerrot. Die Tinte verbrennt ihn Stück für Stück, je mehr er sich gegen seine Bestimmung wehrt.

»Josh, du musst es glauben«, antwortet Nick. »Glaub daran, dass wir es schaffen. Verbirg deine Zweifel. Stell dir vor, was du als Erstes tun wirst, wenn du frei bist. Was wäre das?«

»Wie heißt noch mal der Berg, auf den du klettern willst?«, frage ich, damit er sich auf etwas anderes als seine Furcht konzentriert.

Es hilft, denn Josh sieht auf und blickt mich direkt an. »Du meinst die *Cheddar Gorge Schlucht?*«

»Ja! Genau die! Willst du dorthin? Dann gibt es nur einen Weg, den du gehen kannst, um dein Ziel zu erreichen.«

»Und der führt geradewegs durch die Hölle«, nuschelt Nazmi wenig hilfreich.

Ich schenke ihr einen bösen Blick. Sie hebt entschuldigend die Hände, aber anscheinend hat ihr Kommentar Josh nicht verunsichert.

»Es soll da herrlich sein, nicht wahr?« Ich habe keine Ahnung, wie diese Felsspalte aussieht, die er unbedingt erklimmen will. Meine Motivation soll allerdings nicht abreißen. Wir brauchen Josh, nicht nur für die Prüfungen. Er muss nur sehen, was er erreichen kann. All das, wovon er geträumt hat, kann sich erfüllen, wenn wir den Fluch brechen. Er ist bloß noch einen *Mystic Room* davon entfernt.

»Du möchtest die Schlucht mit eigenen Augen sehen, den Wind in deinen Haaren spüren und mit deiner Kraft den Gipfel erklimmen. Ist es nicht so? Stell dir genau dieses Ziel vor. Das, wofür du kämpfen wirst, Josh.«

Er nickt zustimmend. Die Schmerzen an seinem Arm scheinen abzuklingen, denn er kratzt nicht mehr über die Stelle.

»Einverstanden. Zeigen wir der Hexe, wie Freiheit schmeckt.«

Nick klopft Josh auf die Schulter und holt ihn zurück in unseren kleinen Kreis. Aiden richtet sich auf und ist sichtlich bereit für seinen Siegesruf.

»Zusammen da rein ...«

»... zusammen wieder raus«, antwortet sein Chor.

Ich kann nicht verhindern, dass mein Herzschlag schneller geht, während ich mich einreihe und darauf warte, dass mein Blutopfer den Eingang für mich öffnet. Nick ist vor mir dran. Er dreht sich noch einmal zu mir um und lächelt mich aufmunternd an.

Dann ist mein großer Auftritt. Es ist die gleiche Prozedur wie an den vergangenen Tagen. Fünf Tage, fünf Prüfungen, fünf Stiche, die mein Blut fordern. Fünf Leben wurden von den Gründern beendet. Mit dem letzten Einstich scheint das Hexenmal an allen Berührungspunkten der Linien vollendet. *Für immer vereint, nichts kann uns je trennen* – schießen mir die Worte aus dem Buch in den Sinn. Im Zeichen des Zauberbanns, des Hexenmals wird mit den fünf Strichen und fünf Schnittpunkten ein jeder aus Alizons Familie dargestellt und mit den anderen verbunden. Sie gehören zusammen. Wenn Alizons Seele befreit ist, dann werden sie es auch endlich für immer sein.

Ich halte meinen Arm in die grausige Öffnung und warte mit klopfendem Puls darauf, dass der Stich erfolgt. Daran werde ich mich nie gewöhnen. Darauf zu warten, dass einem eine Nadel in den Arm gerammt wird, ohne Vorwarnung.

Da spüre ich den Stich und zucke zusammen. Es tut kaum weh, aber dennoch erschrecke ich mich. Die rote Flüssigkeit sickert in die Augen der Bestie, als sich bereits die Tür öffnet. Ich befreie meinen Arm und atme noch einmal tief durch, bevor ich ein letztes Mal die Hütte betrete.

Die Dunkelheit erwartet uns. Ich bin heilfroh, dass dies der letzte Marsch durch diesen grausigen Vorraum ist. Ein letztes Mal tappen wir in der Finsternis umher, während unsere Sinne, das Sehen und das Hören, von den Reizen überrollt werden.

Alizons Barriere aus Finsternis und Sirenenklang ist nicht grundlos so gewählt. Für mich ist die Botschaft allzu deutlich. Wir sollen mehr aufeinander achten, uns zuhören, genau hinsehen.

Jemand berührt meine Hand, doch ich zucke wieder einmal zurück. Meine Schreckhaftigkeit hat sich kein bisschen gebessert. Es ist Nazmi, ihre zarten Finger sind unverkennbar. Außerdem ist ihre Haut etwas glitschig von der fruchtigen Handcreme, die sie regelmäßig benutzt.

Wir warten, bis auch alle anderen den Vorraum betreten haben. Es dauert für gewöhnlich ein paar stille Augenblicke lang, bis der ohrenbetäubende Krach beginnt. Die Kontrolllampe leuchtet auf. Als der Alarm verstummt, ist diese Hürde am Anfang des Raumes geschafft.

Ich bin die Erste, die den braunen Umschlag mit der verräterischen Tinte entdeckt. Dass ein einfaches Kuvert solch Herzklopfen verursachen kann, ist schon erstaunlich. Schließlich ist es bloß Papier. Mit einer Botschaft. Und den Spielregeln für diese Runde.

Würde mein Leben verfilmt werden, wäre das sicher eine Momentaufnahme, die in Zeitlupe abgespielt würde. Es kommt mir vor, als würden alle im Raum den Atem anhalten und gespannt auf die Worte warten, die ich gleich vorlesen werde. Mit feuchten Händen öffne ich den Brief. Das Symbol mit den Linien, das Hexenmal, ist deutlich auf dem Umschlag abgedruckt. Das, was ein jeder von uns Auserwählten unter seiner Haut hat. Ein Zeichen, eine Erinnerung daran, dass fünf Menschenleben geopfert wurden. Und wir die Schuld dafür begleichen müssen. Meine Gedanken überschlagen sich.

Fünf Blutstropfen, fünf Prüfungen – für fünf Menschen. Drei Striche untereinander, drei Schwestern. Alizon als jüngste, der kleinere Strich in der Mitte. Zwei Striche, die durch alle drei anderen führen und in der Mitte ein Kreuz bilden – zwei liebende Eltern, die ihre Kinder mit aller Macht beschützen wollten.

Fünf Schnittpunkte der Linien – alle fünf aus der Familie für immer vereint ... mit den fünf Tropfen Blut ... für jedes ihrer Opfer ...

Meine Zunge klebt pappig am Gaumen, auch mein Kiefer wirkt völlig angespannt. Ich lockere ihn und ziehe das Pergament aus dem Umschlag.

Auserwählte, willkommen zu eurer letzten Prüfung. Wird es leichter oder schwerer, wenn ihr gemeinsam startet? Finden wir es heraus.
– A. D.

Ich blicke in irritierte Gesichter. Aiden rümpft die Nase und reißt mir den Brief aus den Händen. »Mehr steht da nicht?«

Er ist nicht sonderlich hilfreich, wenn sein Stresspegel steigt. Obwohl er selbst das garantiert anders sieht.

Ich nehme ihm den Zettel wieder weg und sehe ihn vielsagend an. »Bevor wir das Rätsel lösen, will ich, dass du aufhörst, so herrisch zu sein.«

Jemand zieht scharf die Luft ein. Vermutlich Nazmi. Mir ist es egal, ob das gerade ein passender oder unpassender Moment ist. Aber mir reicht es, dass Aiden sich so viel herausnimmt. Wenn wir als Team zusammen funktionieren wollen, dann muss er mehr auf sein Temperament achten und nicht gleich so ruppig sein.

»Was soll der Scheiß denn? Elena Parker will mir sagen, wie ich mich verhalten soll?«

Nick stellt sich neben uns, dabei brauche ich seine Hilfe nicht.

»Ich möchte genauso sehr wie du, dass wir alles hier drin schaffen. Aber du kannst mir nicht einfach den Zettel aus der Hand reißen. Zügele dein Temperament. Wir stecken hier gemeinsam drin. Als Team.«

»Wir sind ein Team«, motzt er mich an.

Die Festigkeit seiner Stimme lässt ihn unnahbar wirken. Aidens Rolle in der Gruppe wirkt festgelegt, obwohl er diese selbst gewählt hat. Er will gesehen werden. Und vielleicht will er damit ein besseres Vorbild sein als seine Vorfahren, die im Amt als Oberhaupt der Stadt ihre Macht missbraucht haben. Doch diese Verantwortung muss er nicht allein auf seine Schultern laden. Er ist nicht vollkommen auf sich gestellt. Niemand von uns ist es.

Ich lege meine Hand auf seinen Arm, die Geste scheint ihm den Wind aus den Segeln zu nehmen. »Du musst nicht allein stark sein. Das verlangt niemand von dir.«

Er blinzelt plötzlich. Anscheinend habe ich einen wunden Punkt getroffen, denn seine Anspannung löst sich und er lässt die Schultern sacken.

»Niemand von *euch* vielleicht.«

Ich weiß nicht, wie es in der Familie Clark aussieht, wie Aiden großgeworden ist oder was die letzten Worte seiner Eltern an ihn waren. Aber er scheint nicht nur hier zu sein, um zu überleben, sondern um es ihnen zu beweisen. Beweisen zu müssen. Das ist eine Last, die ihn nicht niederdrücken sollte. Niemand von uns ist freiwillig hier, doch wir geben alle immer unser Bestes.

Automatisch umarme ich Aiden. Das erste Mal seit dem Tanz auf der Festwiese sind wir uns so nah. Er lässt dieses sanfte Zeichen zu. Ich hoffe, ich kann ihm Trost und Halt geben. Bald bemerke ich ein warmes Gefühl, jemand legt seine Arme um mich – um uns. Es ist Nick. Der Druck wird mit einem Mal stärker, denn auch die anderen stimmen in die Umarmung ein.

»Gruppenkuscheln«, nuschelt Nazmi zufrieden, während sie sich an uns drückt.

Ich weiß nicht, wie lange wir so dastehen. Aber ich spüre eine Magie, die nicht von dieser Welt zu kommen scheint. Die Magie von Liebe, bedingungsloser und grenzenloser Liebe, voller Reinheit, Güte und Wärme. Die Liebe, die Hoffnung spendet, die Trost gibt und neue Stärke schenkt. Sie ist da und empfängt uns, hüllt uns in ihren Glanz ein.

Allmählich lösen wir uns voneinander, Stück für Stück und um so viel reicher als zuvor. Wir haben schon längst gewonnen. Es geht nicht um die Spiele, sondern um das, was wir in uns tragen, was uns ausmacht, wer wir sind.

»Du bist schon in Ordnung«, lächelt Aiden mich an.

Nicht nur er ist dankbar für diesen kleinen Moment, in dem wir uns gegenseitig neuen Halt geben konnten. Von uns ist niemand hier allein. Das erste Mal habe ich das Gefühl, dass wir wirklich ein Team sind. Es geht nicht länger um Verbündete, feste Cliquen oder Freunde aus dem Sandkasten, sondern um ein Team, vereint durch Schicksal und angetrieben von dem Willen, den Fluch zu brechen.

»Leute …« Nazmi deutet mit dem Kopf auf eine der Wände. Die Tür, die uns zu dem finalen Raum führen wird. Dem Raum, den wir alle betreten werden. Zusammen. Noch eine Runde in diesem Spiel. Es wird die letzte sein. Ein allerletztes Mal.

KAPITEL 32

Gefrorene Steine

Es ist das erste Mal, dass ich in meinem Leben so viel Schnee sehe. Die Winter in Mistwick sind meist eher mild. Häufig fällt etwas Schnee, der aber nicht allzu lange liegen bleibt, sondern bald schmilzt, sodass der weiße Grund schnell matschig und dreckig wird. Es reicht für kleine Schneemänner und Schneeballschlachten. Aber länger als ein paar Tage haben wir nichts von dem winterlichen Wetter.

Das hier ist kein Vergleich zu dem, was ich kenne. Oder die anderen, denn wir starren alle voller Staunen in die vermeintlich unendlichen weißen Weiten der Schneelandschaft, die sich vor uns erstreckt.

Die Magie kann Wundervolles schaffen. Wie das hier. Ich bin ergriffen und lasse mich einen Augenblick von all dem Zauber in diesem vermeintlichen Zimmer einnehmen. Tannen säumen eine freiere Fläche in der Mitte und in der Ferne stehen weitere Bäume, die allesamt weiße Spitzen zieren, als trügen sie einen pulvrigen Schneehut.

Der Raum ist riesig und hoch. Ich kann das Ende nicht gleich erkennen, doch es scheint, als würden Winterwolken dafür sorgen, dass möglichst gleichmäßig neuer Schnee vom Himmel fällt. Caleb neben mir reißt den Mund weit auf und lässt neue Flocken auf seiner Zunge schmelzen.

»Das ist echter Schnee«, jubelt er und streckt seinen Kopf noch weiter in den Himmel.

»Es ist wunderschön«, haucht Nazmi und breitet die Arme aus. Mein Staunen gleicht ihrem. Es hat etwas von einem kindlichen Weihnachtszauber, der hier geschieht, dabei ist es längst nicht Dezember.

Plötzlich spüre ich etwas Hartes an meiner Schulter abprallen und drehe mich erschrocken um. Nick lächelt mich schelmisch an und formt einen weiteren Schneeball.

Wie lange ich schon keine Schneeballschlacht mehr mitgemacht habe, will mir nicht einfallen. Es muss viele Jahre her sein, denn ich erinnere mich kaum.

Gerade will ich ebenfalls einen Ball formen, als Josh uns wieder in die unnachgiebige Realität katapultiert.

»Leute ... da hinten ist die Zeit.«

Wir folgen seinem Blick und entdecken eine Uhr, die mich fast an die Sanduhr aus dem ersten Raum erinnert. Keine Ziffern sind zu sehen, sondern kleine Kristalle, die in der unteren Hälfte der Sanduhr liegen. Offenbar läuft diese anders ab und die Kristalle wandern vermutlich der Schwerkraft trotzend in den oberen Teil. Sie läuft zumindest noch nicht, sondern wartet auf ihren Einsatz.

»Lasst uns den Umschlag suchen, damit wir wissen, was genau wir machen müssen«, erklärt Aiden und reibt sich die Hände warm. Sogar die Temperaturen sind an die magisch erschaffene Winterwunderwelt angepasst. Caleb ist heute der Einzige, der ein T-Shirt trägt. Aber noch scheint ihm nicht kalt zu sein.

Nazmi schreit auf einmal spitz auf und lässt meinen Puls stolpern. Da entdecke ich, was sie gefunden hat.

Zwischen den Tannen sind sie aufgereiht, Skulpturen aus vereistem Stein, die täuschend echt aussehen. Wir gehen näher dorthin, beinahe gemächlich, als könnten die Figuren plötzlich zum Leben erwachen und auf uns zu stürmen. Manche verziehen ihr Gesicht, andere halten schützend ihre Hand davor – sie erinnern mich an Isis, die in ihrer letzten Bewegung versteinert wurde.

»Fuck«, höre ich Caleb auf einmal rufen. Er prescht vor und bleibt vor einer der Skulpturen stehen. Vorsichtig berührt er sie. »Das ... das ist mein Cousin. Er war vor zehn Jahren in den Spielen. Es hieß, er sei gestorben.«

Überrascht und verwirrt steht Caleb vor dem Abbild seines Cousins. Dessen Hände sind angriffslustig zu Fäusten geballt, der Mund ist geöffnet, als würde er schreien. Doch sein Kampf ist gegen die Magie in diesen Räumen nicht siegreich gewesen.

Nick bleibt vor einer anderen Statue stehen.

»Das ist Anthony Coleman«, flüstert er voller Staunen. »Er war mein Urgroßonkel.«

Der Stein ist wie der der anderen, weiß und glatt. Anthony hat kurze Haare, aber ich erkenne eine gewisse Ähnlichkeit mit Nick, vor allem die spitzen Eckzähne scheinen in der Familie zu liegen.

»Er hat damals in der Bibliothek gearbeitet, als er noch jung war, und seinen Eltern dort geholfen. Ich habe mal ein Foto im Archiv gesehen. Das ist er, eindeutig.«

Ich greife nach Nicks Hand und halte sie. Es muss furchtbar sein, sein Leben lang allein zu sein und dann auf einmal inmitten dieser rätselhaften Schneelandschaft den eigenen Verwandten versteinert vorzufinden.

»Da ist Isis«, ruft Aiden und deutet auf eine der Figuren. Wir haben ihre Statue mit ins Internat genommen. Dort müsste sie stehen. Aber scheinbar will Alizon, dass wir sie hier sehen, um die Sammlung der Versteinerungen aus den letzten Jahren zu vervollständigen.

»Es sind genau sieben Figuren hier. Von jeder Familie eine«, erklärt Josh und steht vor einer Skulptur in Gestalt eines jungen Mädchens. Sie kann zum Zeitpunkt ihrer Versteinerung nicht älter als vierzehn gewesen sein. »Das ist Sophia, Ridges Tochter.«

Mein Atem stockt, als ich das höre. Josh sieht seine versteinerte Cousine mit Tränen in den Augen an. »Sie wollte Pilotin werden, wenn sie mal groß ist. Aber sie ist nie älter geworden als zwölf.«

Ich fröstele und das liegt nicht nur an den kalten Temperaturen. Joshs Geschichte, die Geschichte eines jeden von uns, berührt mich. Menschen, die man liebt und verloren glaubte, stehen hier in Stein gehauen als Zeichen ihres Scheiterns. Das Scheitern der Gruppe, die zu ihrer Zeit in die Rätselräume geschickt wurde und sie nicht retten konnte.

Ich will nicht sehen, wer aus meiner Familie hier aufgestellt wurde, denn es ändert nichts daran. Dennoch zieht es mich zu den anderen Statuen, als Nazmi plötzlich meine Aufmerksamkeit auf sich lenkt.

»Der Umschlag.«

Ich blinzele, drehe mich erst weiter zu den harten Figuren um, die im Tannendickicht versteckt stehen, dann allerdings folge ich den anderen zu Nazmi, die am Rand des kleinen Nadelwaldes mit der Botschaft auf uns wartet.

»Wenn wir den Brief lesen, wird es für uns losgehen, richtig?« Josh sieht ziemlich mitgenommen aus.

Selbst Nick scheint völlig in Gedanken verloren. Ich nehme seine Hand, drücke sie und hoffe, er spürt, dass ich bei ihm bin.

»Lasst uns noch einen Moment warten. Ich will bloß einmal ... wenigstens kurz ...« Beinahe bittend deutet Josh zurück auf den Wald mit den Statuen, unseren Familienangehörigen aus vergangenen Zeiten. Sogar aus Zeiten, in denen wir teilweise noch nicht geboren waren, und aus denen unsere Angehörigen hier stammen, die wir lediglich aus Erzählungen kennen, so wie Nick.

»Das können wir später machen. Wir sollten uns beeilen«, klappert Nazmi mit den Zähnen. »Wir müssen mit der Prüfung beginnen, bevor wir hier drin erfrieren.«

Der Punkt geht an sie. Auch wenn ich selbst lieber noch dort verweilt wäre, hat sie vollkommen recht. Ein Blick auf die versteinerten Körper bringt uns nicht schneller hier raus.

Der Schnee fällt unaufhörlich weiter. Es bleibt zauberhaft und wunderschön, aber zugleich ist eine Tücke darin verborgen. Damit der Schnee liegen bleiben kann, muss es kalt sein. Und niemand von uns hat passende Wintersachen angezogen.

Auf einmal sieht Aiden blinzelnd an uns vorbei. »Ist da hinten eine Tür?«

Ich folge seinem Beispiel und schirme meine Augen vor dem Schneetreiben ab, um den möglichen Ausgang zu entdecken. Er liegt auf der anderen Seite des Raumes. Nazmi möchte gerade den Umschlag öffnen, als Nick aus seiner Erinnerungswelle erwacht.

»Warte! Lasst uns wenigstens schauen, was sich da hinten verbirgt, bevor die Zeit anfängt, abzulaufen.«

Nazmi seufzt auf. »Ja gut. Aber beeile dich.«

Nick löst seine Hand von meiner und steuert die freie Fläche an, die mit pulvrigem Schnee bedeckt friedlich vor uns liegt. Fast malerisch wird sie von den Tannen links und rechts umrahmt. Ein lautes Knacken wie brechende Knochen ertönt. Nick weicht augenblicklich zurück.

»Die Fläche scheint ein zugefrorener See zu sein«, schlussfolgert er. Er zittert am ganzen Körper. Ich bin direkt bei ihm und streiche beruhigend über seine Schulter.

»Alles in Ordnung?«

Er schluckt schwer und nickt, ehe er das Gesicht verzieht. »Ich bin nicht so für Wasser«, gesteht er.

Aiden hat unser Gespräch mitbekommen und geht bis zum

Rand der Fläche. »Wir müssen schließlich nicht darin schwimmen. Das wäre bei den Temperaturen echt krank.«

Sein Taktgefühl hat Aiden in der Schule vergessen. Nick schlottert noch immer.

»Hey«, sage ich, sodass er den Blick von der Eisfläche abwendet und mir in die Augen sieht. »Was macht dir solche Angst?«

»Ich bin als Kind in einen See gefallen und fast ertrunken.«

Diese Erklärung kommt unerwartet. Damit meint er den Barrow Lake. Andere Seen können nicht in Frage kommen, denn diese liegen außerhalb von Mistwick und sind damit unerreichbar für ihn. *Barrow Lake ... der See, in dem Nicks Familie ertrank.* Ich kann mir nicht vorstellen, welche Todesangst er gehabt haben muss, als er dachte, er würde ertrinken. *Angst genauso zu sterben, wie es dem Rest der Familie ergangen ist ... und das als kleiner Junge ...* An meinen Armen bildet sich eine Gänsehaut, die nicht einzig von der Kälte in dem Raum kommt.

Es gibt so viel mehr, was ich nicht von ihm weiß. Die schmerzhafte Erinnerung treibt ihm den Schweiß auf die Stirn. *Was musste Nick denn noch alles ertragen?* War es nicht schon schlimm genug, dass er ohne Eltern und Bruder aufwachsen und in einem Waisenheim großwerden musste, ohne das Gefühl zu haben, jemandem etwas zu bedeuten – und Teil einer Familie zu sein? Seine Eltern mussten ertrinken und im Wasser sterben. Er selbst beinahe auch. Wie traumatisierend dieses Erlebnis sein muss, kann ich mir kaum ausmalen.

Meine Hand streicht über seinen Rücken. »Das tut mir schrecklich leid.«

»Es hat geknackt.«

Das habe ich laut und deutlich gehört. Mich beschleicht jedoch das ungute Gefühl, dass dies der Weg ist, den wir gehen müssen, um zur Tür zur gelangen.

»Vielleicht sollten wir das Eis erstmal nicht betreten. Das scheint sicherer. Nazmi, mach auf.« Aiden deutet auf den Umschlag in der Hand seiner Freundin.

Sie öffnet ihn und liest unsere Aufgabe vor.

Auserwählte, wählt weise einen aus. Der Stein zerfällt und lässt Figuren als Lohn am letzten Ende erwachen. Nur dann darf sich der Stein bewegen, sobald alle von euch stehen. Kein menschlicher Schritt mit Statue wird vom Eis gehalten. Der Stein darf weder Eis noch Wasser berühren. Wen wollt ihr retten? Bloß einen Stein dürft ihr wählen. Beeilt euch lieber, um schnell aufzutauen.

– A. D.

»Wir sollen eine der Steinfiguren auswählen und diese über das Eis auf die andere Seite bringen, ohne uns zu bewegen«, antworte ich direkt.

»Wen nehmen wir mit?«

Die Frage liegt mir schwer im Magen. Ein jeder blickt in den Waldabschnitt mit den Gestalten, die wir retten können. Eine einzige davon.

»Es ist doch klar, dass wir Isis retten«, sagt Aiden mit einer deutlichen Stärke in der Stimme. Für ihn scheint es keine andere Möglichkeit zu geben.

»Die Sache sieht jetzt anders aus«, beginnt Caleb vorsichtig. »Familienmitglieder sind hier. Wir können sie retten.«

Aiden wird wütend, seine Halsschlagader tritt hervor. »Das ist mir egal. Wir nehmen Isis. Ende der Diskussion.«

»Warte, Mann. Was ist mit Forney? Josh ist mit uns hier gefangen, Ridge muss uns anleiten. Seine kleine Tochter ist hier –

wir können sie mit nach Hause nehmen.«

»Und Isis, hm? Stell dir vor, du hättest in dem verdammten Sarg gelegen und wir hätten es verkackt, dich zu befreien. Und jetzt gäbe es die Möglichkeit, diesen beschissenen Fehler wieder auszuradieren, dann würdest du doch wollen, dass wir es machen, oder? Dann würdest du gerettet werden wollen, nicht wahr?« Aiden klingt bereits verzweifelt.

Die Tatsache, dass Isis versteinert wurde und er sich daran die Schuld gibt, lässt mich mit ihm fühlen. Die Verantwortung, die er sich in dieser Angelegenheit gibt, obwohl wir alle daran beteiligt sind, muss sehr schwer wiegen. Er will sie retten. Und niemand kann es ihm verübeln.

»Aiden hat recht«, höre ich mich mit klappernden Zähnen sagen. Wir müssen hier dringend raus, um nicht zu erfrieren. »Isis hat sich für die Gruppe geopfert. Wir sind es ihr schuldig, sie zu retten.«

»Warum können wir nicht alle mitnehmen? Sie alle sind unschuldig«, klagt Nazmi und kickt einen Haufen Schnee mit dem Schuh weg. Er wirbelt kräftig auf.

»Die Zeit läuft.« Nick deutet auf die merkwürdige Sanduhr, die verkehrt herum läuft. Anstelle von Sandkörnern sind es kleine Eiskristalle, die von unten in den oberen Glasbereich schweben. Sanduhren sind eh schon schwer abzulesen, aber dieses Exemplar ist eher ein liebreizender Anblick, denn eine sichere Zeitangabe. Zumindest für mich.

Es ist unnötig, etwaige Eventualitäten durchzuspielen. Das bringt uns nicht weiter. Und die Frage nach den Möglichkeiten, wen wir durch unsere Wahl zurücklassen, ist schmerzlich.

Die Entscheidung ist gefallen. Caleb, Nick und Aiden holen die Statue von Isis aus dem dichten Nadelwald und tragen sie bis zum Rand der Fläche. Die Gewissheit, dass der Untergrund bedrohlich knackt, sobald man ihn berührt, lässt mich innerlich erschaudern.

»Wie sollen wir bloß eine Steinskulptur über eine dünne Eisschicht tragen, wenn wir uns nicht bewegen sollen?« Nazmi reibt ihre Hände aneinander und tippelt auf der Stelle, um sich warm zu halten.

»Abwechselnd«, schlägt Josh vor.

Ich schüttele direkt den Kopf. »Auf keinen Fall kann ich die Figur heben.«

Der Stein wiegt weitaus mehr als Isis' Körper. Ich werde mich vor der Herausforderung nicht drücken, aber es ist offensichtlich, dass ich nicht die Muskelkraft habe, um eine lebensgroße Statue zu tragen.

Nick schnippt plötzlich mit den Fingern, als hätte er einen Einfall.

»Wir sind sechs Leute. Wenn wir uns immer zu zweit gegenüberstellen, dann können je zwei Leute die Statue tragen. Wir bilden eine Kette und reichen den Stein einfach weiter«, erklärt er.

»Dann würden wir uns selbst mit der Figur nicht bewegen. Das könnte funktionieren«, stimmt Josh ein.

»Ohne Statue dürfen wir uns aber auf dem Eis bewegen, richtig?« Caleb schließt Nazmi in seine Arme, um beide ein klein wenig zu wärmen. Unsere Haare sind bereits nass vom andauernden Schneefall, der mich mehr und mehr unruhig werden lässt.

»Und was ist, wenn wir einbrechen? Das Eis ist so dünn«, bibbert Nazmi und drückt sich enger an Caleb.

Ich selbst habe meine Arme um mich geschlungen und reibe sie mir warm. Es wird immer kälter. Ob das am Schnee oder an der ablaufenden Zeit liegt, kann ich nicht beurteilen. Magie ist im Spiel und das sollte Erklärung genug sein. Im ersten *Mystic Room* wurde die Hitze aus dem Kaminfeuer immer stärker. Jetzt ist es das komplette Gegenteil, denn anstatt zu verbrennen, könnten wir hier erfrieren.

»Das ist ein guter Plan, Nick«, bekräftigt Aiden. Immer paarweise stellen wir uns in zwei Reihen auf. Nazmi und Caleb wollen die Figur gemeinsam tragen, dann Josh und Aiden, schließlich Nick und ich zusammen. Anderes hätte mich auch etwas gewundert.

»Es kann nichts passieren«, muntere ich ihn kläglich auf.

Seine Angst vor dem See ist schließlich nicht unbegründet. Sich dieser zu stellen und sich zudem mit einer tonnenschweren Steinskulptur über eine zerbrechliche Eisplatte zu wagen, ohne einzubrechen, ist eine Überwindung. Das ist es selbst für mich.

»Wir dürfen die Figur nicht absetzen. Das steht in der Botschaft«, erinnert Josh uns und macht ein paar Hampelmänner, um seine Muskeln zu wärmen. Gar keine schlechte Idee, wie ich finde. Aber wie so oft in stressigen Situationen bin ich eher gelähmt, als dass ich jetzt ein kleines Workout zustande bringen könnte.

»Wir machen es so, dass wir nah beieinanderstehen, damit kein Team die Figur zu lange halten muss. Sobald zwei den Stein sicher abgegeben haben, reihen sich die beiden direkt wieder hinten an.«

Ich sehe noch mal auf den See vor uns. Das sind mit Sicherheit fünfzig Meter, die wir auf diese Weise zurücklegen müssen.

»Warum können nicht zwei direkt mit dem Stein übers Eis rennen? Das ist viel schneller«, hakt Caleb nach.

Nazmi verdreht die Augen und boxt ihn in den Bauch. »Da stand, dass man mit dem Stein nicht laufen darf. Sobald wir das tun, kracht das Eis ein. Die Statue darf bewegt werden, wenn wir nicht laufen. Wir dürfen uns bewegen, aber nicht zusammen mit dem Stein.«

»Ach so«, antwortet er schließlich und lacht auf. »Meine Gehirnzellen frieren ein. Ja, lasst mal loslegen.«

Ich stimme ihm zu. Wir sollten endlich anfangen. Nick ist

furchtbar nervös. Ich kann es vollkommen verstehen. Wir stehen in der Mitte, vor uns sind Aiden und Josh, die mit dem Betreten der dünnen Platte beginnen.

Bevor wir beginnen, umarme ich Nick überschwänglich und drücke ihm einen frostigen Kuss auf die Lippen.

»Du bist nicht allein. Zusammen schaffen wir das«, flüstere ich und nehme ihm ein Stück seiner Angst. Sein Blick ist überrascht, offen und warm.

»Zusammen klingt schön.«

Ich stimme zu. Das klingt nicht nur schön, es fühlt sich auch genauso schön an.

Wir machen uns bereit, um keine Zeit zu verlieren. Aiden und Josh stellen vorsichtig einen Fuß auf das Eis. Es knackt und knarzt. Unabsichtlich halte ich die Luft an. Ich bin mit Sicherheit nicht die Einzige, die befürchtet, dass die Platte gleich bricht. Aiden stellt seinen zweiten Fuß aufs Eis. Erneut hören wir dieses knackende Geräusch – kein gutes Omen. Mit angehaltenem Atem warte ich darauf, dass etwas passiert. Dass sich ein Loch in der Eisschicht bildet. Dass sie in das gefrorene Wasser einbrechen.

Doch die Sekunden verstreichen. Kleine weiße Wölkchen bilden sich durch unseren Atem. Aber sonst geschieht nichts.

Behutsam betritt auch Josh den See vollständig. Sie stehen bereit. Nick und Caleb übernehmen den Start und reichen den beiden die versteinerte Isis. Ab jetzt dürfen sie sich nicht mehr bewegen. Nur noch die Skulptur darf gereicht und über das Eis geführt werden, ohne es selbst zu berühren.

Nun sind wir an der Reihe und folgen Aiden und Josh aufs Eis. Ich habe nicht so sehr mit meiner Angst zu kämpfen wie Nick, aber mir geht dennoch der Arsch auf Grundeis – und ja, die Ironie daran ist mir durchaus bewusst. Aber in Anbetracht meiner steigenden Nervosität, die ich besonders für Nick etwas im Zaun halten will, fällt mir auf die Schnelle keine treffendere Redewendung ein.

Ich halte die Luft an, als würde ich dadurch weniger Gewicht mit aufs Eis bringen. Dabei ist das lächerlich. Es knackt gefährlich, ich bleibe in Alarmbereitschaft, als ich den zweiten Fuß auf die Eisplatte setze. Langsam atme ich aus. Noch immer geschieht nichts weiter. Wir halten uns an die Spielregeln, sodass uns streng genommen keine Gefahr droht. Das ist auf jeden Fall etwas, was ich durch Alizons Spiele gelernt habe. Wer nach den Regeln spielt, kann gewinnen. Wer sie herausfordert, muss dafür zahlen.

Ich stelle mich neben Josh, dessen Muskeln bereits zittern. Ob vor Kälte oder Anstrengung weiß ich nicht. Nick hat es geschafft. Er steht mir gegenüber, mit wackeligen Knien. Aber er steht aufrecht. Ich hoffe, er spürt, wie stolz ich auf ihn bin, dass er sich dieser Angst stellt.

Aiden und Josh reichen uns die Steinskulptur. Sie ist weitaus schwerer, als ich dachte. Ich ächze unter dem Gewicht des Steins. Nick kann die Figur weitaus höher halten. Meine Armmuskulatur hat sich in Wackelpudding verwandelt. Ich kann schnell laufen, aber meine Arme versagen bei den kleinsten Challenges.

Lexi und ich haben mal versucht, so lange wie möglich eine volle Flasche Wasser über dem Kopf zu halten, ohne die Arme fallen zu lassen. Sie hat schneller gewonnen, als ich *Muskelkrampf* rückwärts buchstabieren kann.

Josh wartet noch geduldig, bis er sicher ist, dass ich nicht gleich unter dem Gewicht zusammenbreche. Dann flitzt er los und reiht sich wieder in der Schlange an.

Verfluchter Mist, die Skulptur ist so furchtbar schwer! Wie sollen wir bloß die Strecke zurücklegen – und dazu noch in der Zeit?

Immerhin haben wir uns perfekt aufgeteilt. Nazmi steht neben

Nick, er kann ihr helfen, den Übergang zum Halten zu sichern. Sie und ich teilen offenbar eine schwache Armmuskulatur. Und das, obwohl sie ziemlich durchtrainiert wirkt.

Neben mir steht Caleb und schafft es beinahe mühelos, mir aus meiner tiefen Position den Stein abzunehmen. Sobald meine Arme frei sind, fühle ich mich um Tonnen leichter. Das Gefühl hält jedoch nicht lange an, denn ich muss mich beeilen, um mich wieder in der Reihe anzustellen. Jeder Schritt auf dem Eis knackt, als würde es uns warnen, bloß keine falsche – regelverstoßende – Bewegung zu machen.

Zu meinem Glück habe ich das nicht vor. Und mit Sicherheit auch sonst niemand in der Gruppe. Gerade stelle ich mich wieder an, da wird mir der Stein erneut auch schon übergeben. Es geht alles viel zu schnell, sodass ich keine Zeit habe, richtig durchzuatmen.

Meine Hände sind eisig und die Finger taub. Feuerrot sind sie, während ich sie erneut an den kalten Stein presse und hoffe, ihn zu stabilisieren.

»Hast du sie?«, fragt mich Josh. Seine Haarspitzen sind voller Eiskristalle. Ich bilde mir nicht ein, dass es kälter geworden ist. Je länger wir brauchen und dadurch Zeit vergeht, desto niedriger die Temperaturen. Genau das sagt die Uhr aus. Die Eiskristalle werden immer mehr, je mehr Zeit verstreicht. Mehr Eiskristalle stehen auch für mehr Frost im Raum. Als sei die Uhr ein eigener Temperaturregler für diesen *Mystic Room.*

Alizon hat die Räume wahrlich durchdacht. Das ist schon beeindruckend, wenn man bedenkt, dass sie streng genommen zehn Jahre alt ist. Also schon seit einer ganzen Weile.

»Ja«, bibbere ich.

Meine Zähne klappern aufeinander und während Josh sich erneut einreiht, beginnen meine Arme plötzlich vor Kälte zu zittern.

»Elena, hältst du noch durch?« Auch Nick hat kleine Eiskristalle in seinem schwarzen Haar. Sie haften neckend an seinen Haarspitzen. Seine Hände sind wie meine, feuerrot vor Anstrengung und eisiger Kälte.

Ich nicke, während ich meine Zähne aufeinanderpresse. Diese Prüfung können wir nur gemeinsam bestehen. Alle zusammen – oder wir verlieren. Keiner darf schlappmachen, sonst kann die Gruppe die Statue nicht weitertragen.

Caleb ist da und nimmt mir die schwere Last wieder ab, während ich über das Eis tapse, um mich erneut anzustellen. Dabei ziehe ich meine Hände für einen Moment in die langen Ärmel meines Hoodies. Doch es bringt nichts. Weder Wärme noch Schutz vor Kälte bietet mir der feuchte Stoff. Mir schlottern die Knie.

»Wir haben es gleich geschafft«, höre ich Nick. Er will mich aufmuntern, dabei wollte ich doch diejenige sein, die ihm bei dieser Prüfung Halt und Mut gibt. Scheinbar sind diese Vorsätze durch das Schneechaos eingefroren.

Ein seitlicher Blick bestätigt mir, dass wir schon gut die Hälfte geschafft haben. Zumindest will ich das so sehen, denn alles andere wäre nur frustrierend.

Nazmi stöhnt auf, während sie sich jammernd neben Nick aufstellt. »Fuck, es ist verdammt kalt. Meine Hände … ich spüre meine Hände nicht mehr!«

Ich fühle ihren Schmerz so deutlich. Schon bin ich wieder am Zug und nehme die Skulptur entgegen. Meine Arme wehren sich gegen die wiederholende Übung und kämpfen gegen den neuen Schmerz der Last an.

»Wird der Stein immer schwerer?«, fragt Josh in die Runde. Sein Gesicht ist rot, seine Lippen färben sich bläulich. Wir müssen uns wirklich beeilen.

»Immerhin bleiben wir so warm«, antwortet Aiden. Er ist hoch konzentriert und will sich die Anstrengung nicht anmerken lassen. Sein Fokus ist klar. Er will Isis retten, aus vielen Gründen. Seine Motivation fährt auf Hochtouren.

Das erste Mal, seit ich ihn kenne, ist er wirklich ein Vorbild mit seinem Antrieb. Ich sehe, wie er für das kämpft, was richtig ist. Aufgeben ist keine Option. Er arbeitet wie eine Maschine. Statue anheben, sicher halten, weitergeben, vorsichtig rübergehen und alles von vorn. Es ist beeindruckend.

»Leute, wir schaffen das«, ruft er laut. Ich stelle mir vor, ich sei in einem Bootcamp und er der Trainer, der einen darauf drillt, bloß nicht aufzuhören.

»Weiter! Los! Nicht schlappmachen! Haltet die Arme stramm. Gleich sind wir am Ziel. Hochhalten!«

Nein, wir lassen den Stein nicht fallen.
Nein, wir halten die Spannung in den Armen.
Nein, wir flitzen vorsichtig rüber und reihen uns neu ein.
Nein, wir geben nicht auf.
Wir retten Isis!

Es hilft tatsächlich, dass Aiden uns antreibt. Das gibt mir einen neuen Schub an Kraft, von dem ich nicht ahnte, dass er existiert. Auch auf die anderen scheint Aiden eine ähnliche Wirkung zu haben. Wir halten zusammen, stemmen die Last und teilen das Gewicht auf. Ich fühle mich in der Gruppe stark, im Team mit Nick und vor allem fühle ich mich selbst stark. Meine eigenen Leistungen habe ich längst übertroffen und einen neuen Rekord aufgestellt, auf den ich mächtig stolz sein kann.

Ein letztes Mal sind Nick und ich an der Reihe, das Ende ist nah. Ich reiche den Stein weiter, Caleb nimmt ihn an. Das war es!
Ich habe es geschafft, geschafft, geschafft!

Einen Moment muss ich durchatmen, wenigstens kurz. Nick, Aiden und Josh sind bereits vom Eis gegangen. Teilweise jubelnd, teilweise nur erschöpft. Ich stütze mich auf meinen Oberschenkeln ab und hoffe, dass sich mein Kreislauf wieder beruhigt.

»Elena, brauchst du Hilfe?«

Nick ist charmant und aufmerksam. Das gefällt mir an ihm. Obwohl er selbst gerade durch die Hölle gegangen ist, achtet er auf andere – in diesem Fall auf mich. Als würde er die Bedürfnisse anderer in den Fokus rücken. Sein Beschützerinstinkt funktioniert einwandfrei. Und ich muss gestehen, dass es mir gefällt, wie er mich dadurch fühlen lässt: umsorgt, beschützt und vor allem gesehen.

Dann jedoch schreit Nazmi plötzlich auf. »Ich kann nicht mehr!«

Der Stein gleitet ihr aus den Händen. Aiden wäre wieder an der Reihe gewesen, den Stein anzunehmen, aber er ist selbst völlig geplättet und hat nicht mehr damit gerechnet, noch einmal den Stein entgegenzunehmen. Die Skulptur rutscht, sie gleitet hinab und trifft kurz vor dem Ende der Platte auf das Eis.

Ich weiß nicht, ob Caleb ebenfalls schreit. Vielleicht ist es auch jemand anderes. Nazmi sackt zusammen, ihre Knie sind noch auf dem Eis. Anscheinend haben alle Kräfte sie verlassen. Caleb steht bereits auf dem sicheren Ufer und umklammert den Stein, der in das Wasser zu sickern droht. Es passiert alles so schnell. Bevor ich richtig begreife, was geschehen ist, und wieder auf meine wackeligen Beine komme, reagieren die Jungs blitzartig. Während Aiden und Josh zu Caleb stürzen, um die Steinstatue zu retten, hilft Nick Nazmi, vom Eis zu kommen. Es knackt, laut und bedrohlich. Doch das hat nichts mit dem Geräusch zu tun, was uns auf dem Eis begleitet hat.

Schlagartig werde ich hellhörig, denn das Knacken erinnert

mich an etwas, was mir hier in den *Mystic Rooms* bereits ausreichende Schauder eingejagt hat. Das sollte nicht sein. Das darf einfach nicht sein. Habe ich mir das nur eingebildet oder war das tatsächlich ein Klicken?

Mein Kopf ist zu kalt. Ich nehme alles bloß wie durch Watte wahr. Doch ich bin mir unzweifelhaft sicher. Ein neuer Mechanismus ist ausgelöst worden. Es rattert, knackt und dann geht es viel zu schnell. Um mich herum brechen die Eisplatten ein. Aber nicht irgendwie. Hinter und neben mir schießen einzelne Platten in die Luft, als würden sie explodieren. Eine Fontäne steigt in die Höhe und reißt alles mit sich in den Grund des Sees. Unter meinen Füßen vibriert es. Ich fühle eine aufkommende Druckwelle direkt unter mir.

»Spring!«, brüllt mich jemand an. »Elena, spring!«

Der Überlebenstrieb muss es sein, der meine Beine antreibt, mich zu einem gewagten Sprung ansetzen lässt. Ich bin in der Luft, keine Sekunde zu spät, denn hinter mir kippt die Platte, auf der ich eben noch stand, und wird anschließend in die Tiefe gezogen. Ich springe, bin in der Luft und falle. Jemand fängt mich auf. Mein Körper landet weich, mein Bein allerdings sticht auf einmal und wird von einem messerscharfen Schmerz heimgesucht. Abertausende Nadeln brennen sich durch meine Schuhsohle. Ich habe die Kante erreicht, aber mein Fuß nicht. Er ist ein Stück im Wasser gelandet und bekommt nun die eisige Quittung für dieses Missgeschick. Sofort spüre ich den Schmerz. Es ist so furchtbar kalt. Sie ziehen mich weiter hoch, weg von dem stechenden Wasser und an das feste Ufer. Dann bin ich außer Gefahr.

Ich atme schwer, vor Anstrengung, vor Panik. Erst nach ein paar Atemzügen bemerke ich, dass ich auf Nick gelandet bin. Er war es, der mich aufgefangen hat.

Wer sonst?

»Danke«, bringe ich hervor.

»Jederzeit.«

Ich rappele mich auf. Aiden und Josh ziehen mich auf die Beine, um anschließend auch Nick hoch zu helfen. Der Kick puren Adrenalins in meinem Körper hinterlässt seine Spuren. Meine Knie zittern und ich fühle mich leicht überfordert nach diesem Sprung. Der See sieht anders aus. Durch den Mechanismus, den wir ausgelöst haben, ist die glatte Fläche nun von Löchern durchzogen. Wieder einmal bin ich mit einem blauen Auge davongekommen. Oder besser gesagt mit blauen Lippen. Nick legt seine Arme um mich. Er wärmt mich. Bis eben habe ich gar nicht bemerkt, wie sehr ich schlottere.

Nazmi liegt im Schnee und flucht vor Schmerz. Ihre Finger sind feuerrot.

»Wir müssen hier endlich raus«, bestimmt Aiden. Auf der anderen Seite angekommen, eilt Josh zur Tür, die nach einem Ausgang aussieht. Er versucht, sie zu öffnen, aber sie ist versperrt. »Da ist kein Griff, auch kein Schloss. Sie wird vermutlich aufspringen, wie bei den anderen Prüfungen.«

Die Uhr mit der Zeit ist uns scheinbar gefolgt, denn sie steht nun im Schnee. Kristalle sind im unteren Bereich noch vorhanden, aber mehr als die Hälfte der Zeit haben wir verbraucht.

»Ich verstehe das nicht. Wir sind doch hier. Mit der Steinfigur. Wieso geht die Tür nicht auf?«, flucht Josh.

Die Nerven liegen blank – gefroren blank.

Da entdecke ich den Umschlag im Schnee. Caleb sieht ihn ebenfalls und schlägt die Hände über den Kopf zusammen.

»Was?! Nein! Das soll wohl ein Witz sein! Noch eine Prüfung? Wir haben den Scheiß hier gerockt! Lass uns raus!«

Er hebt den Kopf und ruft, als wären irgendwo Kameras

installiert, an die er sich wenden könnte. Dabei bin ich mir sicher, dass Alizon ihn auch so sieht und versteht. Selbst wenn er nicht dermaßen brüllen würde.

Meine Finger sind viel zu kalt, ich kann den Umschlag nicht öffnen, ohne gleich das ganze Papier aufzureißen. Caleb hat ruhige Hände. Vielleicht liegt diese Eigenschaft in der Familie.

Auserwählte, ihr habt euch entschieden, wen ihr am Ende retten wollt. Doch der Weg ist noch lang. Könnt ihr trotz Kälte und Anstrengung euer Köpfchen nutzen? Nehmt den Stein mit euch, wenn ihr die Tür geöffnet habt.
– A. D.

»Wir können Isis nicht mitnehmen, wenn wir hier nicht rauskommen«, Aiden ist wütend und tritt gegen die feste Tür. Nichts tut sich. »Verdammt!«

Mir ist viel zu kalt, ich zittere am ganzen Körper. Selbst warme Gedanken helfen dagegen nicht.

»Wir werden hier drin erfrieren«, jammert Nazmi.

Die Motivation der Gruppe ist auf einem Tiefpunkt, wenn wir nicht sogar den absoluten Gefrierpunkt ansteuern. Bei dieser Kälte kann ich nicht nachdenken.

Aiden stockt auf einmal und schiebt mit der Handfläche den Schnee vor der Tür weg. »Leute, hier ist etwas. Ein Gullydeckel.«

»Sollen wir etwa den Schnee schmelzen und das Wasser abfließen lassen?« Calebs sarkastischer Vorschlag kann unmöglich stimmen. Zumindest kann ich mir nicht vorstellen, dass wir solch eine Aufgabe bekommen. Alizons Rätsel sind bisher immer lösbar gewesen. Diesen Raum vom Schnee zu befreien, wäre absoluter Wahnsinn.

»Da«, Nazmi deutet auf die Wand neben der Tür. Aus einem

aufgetürmten Haufen Schnee ragt etwas hervor. Nick hilft ihr und zieht mit zitternden Händen zwei Plastikkanister heraus. Auf dem einen steht die Zahl Fünf, auf dem anderen eine Drei.

»Hier, auf dem Boden neben dem Abfluss oder was das auch sein soll, da ist eine Vier zu sehen.«

Drei Zahlen. Die Reihenfolge erschließt sich mir noch nicht gleich, aber immerhin haben wir drei Zahlen, die uns bisher gut bei den Schlössern helfen konnten.

»An der Tür ist kein Tastenfeld.«

»Irgendein Zahlenschloss oder so?«, fragt Josh seinen Freund, Aiden jedoch schüttelt den Kopf.

»Hier ist verdammt noch mal nichts. Bloß dieses Loch im Boden und die Zahl.«

Auf einmal reckt Nick das Kinn und dreht sich zum See um. Dann begutachtet er die Kanister und läuft zu Aiden, um sich anzusehen, was er gefunden hat.

»Aber ja! Ich weiß, was wir machen müssen! Das ist ein Knobelrätsel. Um die Tür aufzubekommen, müssen wir Wasser aus dem See hier in dieses Abwasserrohr kippen, und zwar genau vier Liter.«

»Mithilfe von den beiden Kanistern«, stimmt Aiden nickend zu. Die beiden scheinen sich einig zu sein. »Den Scheiß hatten wir mal in der Schule.«

In meinem Kopf rattert es. Denkaufgaben habe ich immer geliebt. Es ist nicht unwahrscheinlich, dass ich diese Aufgabe auch schon einmal gelöst habe. Doch ich erinnere mich nicht. Die eisige Kälte macht es kaum besser, meine Erinnerung leidet an Gehirnfrost.

»Wir sollen vier Liter abmessen und haben dafür die Kanister mit drei und fünf Liter Kapazität. Das heißt …« Nick überlegt. Aiden und Josh scheinen sich ebenfalls auf die Denkaufgabe zu konzentrieren. Nazmi und ich sind raus. Sie hat ihr Kinn fest auf ihre Brust gelegt und schlottert am ganzen Körper. Caleb deutet auf die Uhr mit den Kristallen. »Beeilt euch, Leute.«

Die Kristalle, die im unteren Bereich übrig sind, bilden keine beeindruckende Anzahl. Unsere Zeit ist bald um. Vor allem durch den Fehltritt am Wasser haben wir wie zuvor in den anderen Räumen mehr davon verloren. Und bei dieser speziellen Sanduhr ist es schwer einzuschätzen, wie viel uns noch genau bleibt.

»Ich hab es! Das ist ein klassisches Umfüllrätsel.«

Am liebsten würde ich Nick beglückwünschen, dass er trotz dieser Kälte einen klaren Gedanken fassen kann.

»Oh, wie in *Stirb Langsam*«, erinnert sich Josh.

Einen Moment lang sieht ihn Nick verständnislos an, dann schüttelt er lächelnd den Kopf. »Vielleicht kam es da vor, aber ursprünglich stammt dieses Rätsel aus der Weltchronik *Annales Stadenses*. Ein Abt hat damals eine Reise nach Rom dokumentiert, aber zudem gleichermaßen Denksportaufgaben hinzugefügt. So auch das Umfüllrätsel.«

Aiden lacht auf. »War ja klar, dass Coleman als Bibliotheksgenie weiß, woher der Scheiß kommt.«

»Wir füllen zuerst den Fünf-Liter-Kanister und geben den Inhalt in den Drei-Liter-Kanister. Dann haben wir jetzt den vollen Drei-Liter-Kanister und in dem Fünfer sind noch zwei Liter.«

Die Jungs füllen Wasser aus dem gefrorenen See in die Behälter. Ich bin keine große Hilfe, denn ich spüre meine Hände nicht einmal mehr.

»Alles aus dem Drei-Liter-Gefäß kippen wir aus. Dafür werden die zwei Liter dort umgefüllt. Also haben wir in dem Fünf-Liter-Kanister nichts mehr und in dem Dreier dann die zwei Liter.«

Caleb zischt auf einmal mit Blick auf die Uhr. »Schneller, Leute. Die Zeit.«

Ich traue mich gar nicht nachzusehen. An Calebs Stimme merke ich auch so, wie knapp es wieder ist.

»Okay, wir füllen wieder den Fünf-Liter-Behälter und dann kippen wir das Wasser in den Drei-Liter-Kanister, bis dieser voll ist.«

Die Jungs arbeiten und füllen Wasser um, schütten es aus – sie folgen Nicks Anleitung.

»Der Drei-Liter-Kanister ist voll und in dem Fünf-Liter-Gefäß haben wir genau vier Liter. Fertig!«

»Macht schon«, drängelt Caleb.

Müde schleppen sie den Behälter zum Abfluss und gießen das Wasser in das Rohr. Es klickt und rattert. Gerade befürchte ich, dass ein neuer Mechanismus ausgelöst wird, weil wir einen Fehler begangen haben, als die Tür vor uns aufspringt.

»Isis«, brüllt Aiden, als wir schon aus der Kälte flüchten wollen. Er schafft es nicht ohne Hilfe. Wir sind alle zu ausgelaugt, aber Isis lassen wir nicht zurück. Ich packe mit an, obwohl ich kaum eine Unterstützung sein kann. Nazmi folgt meinem Beispiel, jeder von uns findet irgendwo Halt an der Statue. Wir kippen sie und tragen sie durch den breiten Ausgang. Kaum, dass wir über die Schwelle getreten sind, höre ich, wie die Tür hinter uns zuschnappt.

Ich lasse mich voller Erschöpfung fallen. *Geschafft!* Meine Erleichterung bleibt noch aus, denn mein Körper arbeitet gerade daran, wieder aufzutauen. Der plötzliche Temperaturwechsel lässt meine Finger glühen. Es brennt und beißt, während die Haut und meine Muskeln sich langsam von der Kälte erholen. Jemand stöhnt vor Schmerzen auf. Offenbar kämpfe ich gerade nicht allein mit dem Versuch, Frost und Kälte aus meinen Gliedern zu vertreiben.

Es ist schon so viel besser als im Raum voll vermeintlicher

Winterschönheit. Kein Neuschnee und keine bittere Eiseskälte fegen mir länger um die Nase. Die Schmerzen stechen an meinen Armen, Beinen, sogar an meinem Kopf. Ich bemühe mich, meinen viel zu hektischen Puls zu beruhigen und konzentriere mich auf das, was ich anstelle des brennenden Auftauens wahrnehme. Weicher Blätterboden empfängt mich. Der Duft des Waldes umgibt uns, und ich atme den wohligen Geruch ein.

Ich drehe mich auf den Rücken und sehe die anderen. Sie alle wirken erschöpft, haben sich voll Müdigkeit auf dem Grund ausgestreckt. Ein jeder von uns versucht offensichtlich nicht nur aufzutauen, sondern dazu zu Atmen zu kommen.

Die Sonne kitzelt mich und ich blinzele hinein. Meine Fingerspitzen kribbeln, der Schmerz lässt immer mehr nach. Das ist ein gutes Zeichen, sie tauen auf. Hier ist es viel wärmer. So verdammt viel wärmer. Mein Körper braucht einen Augenblick, um wieder klarzukommen. Wir wären fast erfroren. Noch ein paar Atemzüge lang fülle ich meine Lungen mit der frischen Luft, um allmählich zu realisieren, was in dem winterlichen Escape-Raum fast passiert wäre.

Meine Lider heben sich schwer, am liebsten würde ich sie geschlossen halten und hier verweilen. Zumindest noch ein wenig. Dann allerdings sehe ich etwas über mir. Es leuchtet knallig grün und zieht meine Aufmerksamkeit auf sich.

Ich kneife die Augen etwas zusammen, um meinen Blick scharf zu stellen. Mein Herz sackt mir in die Hose, als ich begreife, was ich da entdecke. Kein Zweifel – ich täusche mich nicht.

Nein, bitte nicht!

Ich schrecke hoch und sitze plötzlich kerzengerade.

Da ist eine weitere Uhr. Das hier ist nicht der Wald von Barrow Hill. Wir sind nicht frei.

KAPITEL 33

Blätterrauschende Buchstaben

Wir sind gefangen.

In einem weiteren Raum. Einem Raum, der verblüffende Ähnlichkeit mit dem Wald hat, in den wir sonst nach den Spielen zurückkehren. Raus aus der Hütte und zurück an die frische Luft. Dort, wo wir scheinbar außer Gefahr sind. Und zwar deshalb, weil der Horror vermeintlich vorbei ist, zumindest vorerst. Doch anders als in den vergangenen Tagen sind wir noch immer in dem Spiel gefangen.

Ich will meinen Augen nicht trauen und hoffe, dass die Uhr bloß ein Trugbild ist, eine Illusion wie schon die perfekten Täuschungsbilder aus dem Labyrinth. Selbst starkes Blinzeln nützt nichts. Es ist wahr. Ich lasse den anderen kurz einen Augenblick, in dem sie sich in Sicherheit wiegen, um neue Kraft zu schöpfen.

Sekunden verstreichen, bis Caleb ebenfalls die Uhr entdeckt. »Fuck! Was soll der Scheiß denn? Sind … sind wir etwa immer noch im *Mystic Room?*«

So beruhigend die Stille vor der Sichtung war, umso panischer wird sie nun von den hektischen Stimmen der anderen durchbrochen. Sie stehen auf, jammern, fluchen und regen sich über das Schicksal auf, das wir nicht ändern können.

»Ridge hat uns gesagt, dass der finale Escape-Raum schwerer

ist als die restlichen. Offenbar besteht er nicht nur aus einem Raum, wie wir es von den letzten Malen kennen«, versuche ich die anderen – und mich selbst – zu beruhigen. Es bringt uns nicht weiter, wenn wir jetzt voller Zorn sind. Wir brauchen einen klaren Kopf.

Die Anzeige auf der Uhr ist bislang nicht in Bewegung.

»Sucht nach einem Umschlag«, feuere ich die Gruppe an.

»Ja, suchen wir das Ding«, stimmt Aiden mit ein.

Nazmi allerdings lässt sich auf den Hintern fallen. Sie stülpt beide Arme um ihren Kopf und schluchzt. »Ich kann nicht mehr.«

Aidens Geduldsfaden ist äußerst gespannt. »Ach ja? Wir können alle nicht mehr, Nazmi! Trotzdem müssen wir weitermachen. Oder willst du hier drin gefangen bleiben?«

Caleb schiebt Aiden von ihr. »Hör auf, sie so blöd anzumachen.«

Einen Moment funkeln sie sich an. Es erinnert mich an die Szene in dem Raum, wo sie durch ihre Reiberei kostbare Zeit vergeudet haben. Aiden atmet tief durch. Ihm gelingt es, seine aufbrausende Wut wegzuschieben.

»Sorry, Nazmi«, nuschelt er. »Bin einfach am Limit.«

»Das sind wir alle.« Caleb klopft ihm auf die Schulter, ehe sie sich dann in diesem verzauberten Wald umsehen.

Ich dagegen hocke mich vor Nazmi und halte ihre Arme.

»Hey.«

Sie zieht die Nase hoch und wischt sich die Tränen fort.

»Wir haben es bald geschafft. Nur noch ein kleines bisschen, dann sind wir hier raus«, lenke ich sie ab. Sie muss das Gute sehen, das Licht am Ende des Tunnels, das wir fast erreicht haben.

»Du hast echt so einen Vollknall«, lacht sie auf einmal. »Dass du dich freiwillig hierfür gemeldet hast.«

Ich stimme in ihr Lachen ein. Es ist verzweifelt, bitter und doch tut es gut. »Bist du etwa nicht mehr neidisch, dass ich mir dieses unglaubliche Abenteuer nicht entgehen lassen konnte?«

Sie schüttelt den Kopf, sodass ihre Zöpfe um ihr Gesicht fallen. »Nein, nicht mehr länger.«

Dann tut sie etwas, was mich überrascht. Sie schließt mich in eine Umarmung, die warm und ehrlich ist. »Du bist gar nicht mal so übel, Parker.«

Josh versammelt alle, er hat den Umschlag gefunden. Ich helfe Nazmi auf die Beine und wir schließen zu den anderen auf. Anscheinend sind wir alle zwar erschöpft, aber immerhin wieder aufgetaut. Bis auf die furchtbaren Erinnerungen an unseren Nahtod, die nassen Haare vom Schneefall und die geröteten Hautstellen gibt es keine Hinweise mehr auf den *Mystic Room* voller Eis und Schnee.

Josh atmet durch, öffnet den Umschlag und liest vor.

Auserwählte, willkommen im zweiten Teil. Was ihr braucht, findet ihr in den Blättern. Die Schule ist nicht das, was sie scheint. Denn ein Name muss nicht gleich ein Name sein. Legt alles auf das Brett, dann öffnet sich die Tür. Interessante Wörter gibt es. Wie ihr es nennt, geht auch anders – mit zwei Nomen. Und merkt euch dieses Rätsel gut, denn es könnte euch noch weiter nutzen.
– A. D.

»Ich mache drei Kreuzzeichen, wenn ich nie wieder in meinem Leben so eine vermurkste Scheiße hören muss«, mault Caleb. »Ehrlich, wer soll denn daraus schlau werden?«

»Wir«, antwortet Aiden und scheint auf einmal viel motivierter und weniger genervt als zuvor. »Erst einmal müssen wir in den

Blättern nach etwas suchen, was uns hilft. Und auf irgendein Brett legen.«

»Unsere Zeit läuft bereits ab«, verkündet Nazmi kläglich.

»Wonach sollen wir denn suchen? Nach Blättern? Inmitten eines Laubwaldes?«

Ich folge Joshs skeptischen Blick in die Baumwipfel. Das Blattwerk ist dicht, das Laub saftig grün und nicht erreichbar für uns.

»Sollen wir da etwa hochsteigen?« Mir wird bei dem Gedanken an Höhe direkt wieder flau im Magen.

»Ich habe das Brett gefunden«, lässt uns Nick wissen. Er ist am anderen Ende des Raumes. Hier verbirgt sich eine weitere Tür, die sich ähnlich wie in dem Raum zuvor nicht einfach öffnen lässt. Davor ist ein Brett im Boden eingelassen. Es hat mehrere Felder, ich zähle elf.

»Also suchen wir etwas, was wir in die Felder legen können«, schlussfolgert Nick. »Elf Teile, wie bei einem Puzzle.«

»Wir sollen also elf Blätter suchen?« Nazmi bückt sich und hebt eine Handvoll Laub vom Waldboden auf. Sie streut es über das Brett. »Hier sind sie. Gefunden.«

Caleb zieht sie am Arm zurück. »Jetzt beruhige dich, Nazmi. Wir kommen hier schon raus. Alles wird gut«, verspricht er ihr mit beruhigender Stimme.

Auf einmal dämmert es mir. »Das war gut!«

Ich verstehe, dass mich alle irritiert ansehen, doch Nazmis Handlung hat mir den nächsten Anhaltspunkt verschafft. »Wir haben keine Chance, auf die Bäume zu klettern. Aber auf dem Boden hier liegen Tausende von Blättern. Wir müssen die fehlenden ... Puzzlestücke nicht in den Baumkronen, sondern direkt auf dem Waldboden finden.«

Die Erkenntnis sprudelt in mir hoch. Ich bin sicher, dass es richtig ist. *Die Aufgaben sind so gestellt, dass sie lösbar sind,* schießt es mir in den Sinn. Sonst gab es Seile oder Vorrichtungen, um an die Hinweise zu kommen. Das ist hier nicht der Fall. Es gibt keine Gurte, mit denen wir sicher auf die riesigen Bäume klettern könnten. Es wäre reine Zeitverschwendung, das auszuprobieren.

Augenblicklich bücken sich alle und fangen an, den Boden abzusuchen. Auch ich wühle in dem Untergrund.

Es erinnert mich an eine Schatzsuche, die ich als kleines Mädchen mit Lexi unternommen habe. Anders als jetzt mussten wir im Sand nach Schokoriegeln suchen. Lexi hat die Aufgabe gehasst, aber ich habe generell weniger Probleme damit, Sand aufzuwühlen.

»Ich habe was!« Aidens Jubel lässt mich innehalten. Er hält ein Stück Holz hoch. Das kommt mir aus alten Hotels bekannt vor. Die haben an jedem Schlüssel ein dickes Stück Holz mit den Zimmernummern darauf. Es wirkt wie ein massiver Schlüsselanhänger.

»Da ist ein Buchstabe drauf, ein E.« Er legt das Stück vor die Tür, bevor er sich wie wir anderen weiter darum bemüht, die fehlenden Teile zu finden.

»Ich habe auch einen«, ruft Nazmi.

Auch ich selbst finde eines der fehlenden Teile. Wir sammeln die Stücke neben dem Brett und suchen direkt weiter.

»Leute, ich befürchte, dass wir für diesen Raum weniger Zeit haben«, bemerkt Josh und deutet auf die Uhr.

Er hat recht. Verglichen mit den bisherigen Räumen haben wir in diesem deutlich weniger Zeit, um die Aufgabe zu lösen und rauszukommen.

Neun Teile haben wir, zehn. Ich durchkämme weiter die Blätterhaufen und fühle mich fast wie in einem Rausch. Das letzte Teil fehlt noch. Da ist etwas. Es ist fester als das lose Laub. Das ist der Klotz, den wir brauchen!

Plötzlich spüre ich einen stechenden Schmerz an meinem Finger und schreie auf. Als ich die Hand unter den Blättern hervorziehe, entdecke ich den Grund. Ein dunkler, großer Splitter steckt in meinem Zeigefinger, genauer gesagt fast zu einem Drittel unter der Nagelplatte. Mir wird schlecht, als der erste Tropfen Blut aus dem verletzten Nagelbett sickert.

Im Prinzip ist es eine kleine Verletzung, die meine Knie dennoch weich werden lässt. Gerade solche Wunden sind schrecklich. Bei Verletzungen an den Fingern und den Nägeln bin ich sowieso sehr empfindlich. Schon allein, wenn ich mir den Nagel zu tief einreiße, lässt mich das prompt würgen.

Ich kippe nach hinten und werde weich aufgefangen. Der Duft ist mir ganz vertraut.

»Caleb, wir brauchen deine Hilfe«, ruft Nick hinter sich. Dann wird seine Stimme wieder sanfter, dabei kann ich seinen viel zu hastigen Herzschlag genau hören. »Kein Problem, Elena. Wir kriegen dich wieder hin«, versichert er.

Dass mich nach all den Strapazen ausgerechnet ein kleiner Splitter aus den Latschen haut, ist fast schon ein bisschen peinlich.

»Da ist der Buchstabe«, deute ich auf die Blätter, die ich eben noch durchwühlt habe. Nick greift vorsichtig rein und zieht den letzten fehlenden Buchstaben heraus. Caleb hockt sich neben uns und begutachtet meine Hand.

Jeder sollte wohl einen Mediziner oder angehenden Arzt bei sich im engeren Freundeskreis haben. Das ist wahrlich hilfreich. Vor allem in solchen Situationen.

»Okay, der Splitter steckt zum Glück nicht im Knochen ...«

Gibt es nicht sogar Foltermethoden, die mit der Verletzung der Fingernägel arbeiteten, um ihre Gefangenen zu quälen? Ich muss meine Gedanken ablenken, um mich nicht zu übergeben.

»... und auch nicht im Nagelmond.«

Nagelmond, das klingt schön. Ich mag den Mond. Sonne, Mond und Sterne. Gott, ich muss mich beruhigen. Aber ehrlich, wer würde bei so etwas nicht leicht durchdrehen?

»Ich ziehe dir den Splitter raus, bereit?«

Ich schüttele den Kopf und drücke ihn gegen Nicks Brust. Unmöglich kann ich hinsehen. Nick streicht mir behutsam über die Wange.

Dann geht es schnell. So schnell, dass ich vor Schreck nicht einmal aufschreien kann, während Caleb das Holz entfernt. Der Splitter ist draußen, aber ich spüre die Stelle allzu deutlich. Es pocht und sticht.

»Nimm mein Tuch«, bietet Nazmi ihr Bandana an. Ich habe nicht mitbekommen, dass sie ebenfalls bei mir ist. Caleb allerdings schüttelt den Kopf. »Das ist zu dick.«

Ich tue es ihm gleich, denn das Bandana ist von Nazmis Bruder. Sie soll es mir nicht geben, damit ich es vollblute. Nick bewegt sich hinter mir und ich höre ein reißendes Geräusch.

»Das passt perfekt, danke«, antwortet Caleb und nimmt Nick den Stofffetzen ab, den er sich aus seinem Shirt gerissen hat.

Wäre ich nicht völlig durcheinander und von dem Schock mit dem Splitter so mitgenommen, würde ich das sicherlich sexy finden.

»Geht es?«

Ich habe keine andere Wahl, als zu nicken. Mein Kreislauf hat sich wieder stabilisiert. Er hilft mir auf und wir gehen zu den anderen, die bereits um das Brett knien und die elf gefundenen Holzstücke betrachten. Auf die Schnelle scheinen wir alle überfragt. Es sind nur wenige Vokale drin, dafür aber mehrere Buchstaben doppelt: R, Y, M, O. Dazu noch drei, die bloß einmal vorkommen, nämlich ein E, ein T und ein S. Ich sehe mir den Buchstabensalat an. Das ergibt doch keinen Sinn.

Ich muss mich konzentrieren. Wir müssen etwas mit den Buchstaben machen. Sie in der richtigen Reihenfolge auf das Brett legen.

Aiden zieht die Botschaft heran. »Die Schule ist nicht, wie sie scheint ...«

Die Schule ... Da macht es Klick. Ich nehme die Klötze und schiebe sie nebeneinander. Meinen verbundenen Zeigefinger halte ich aus der Sache raus, der hat sich nach dem Splitterereignis eine Schonfrist verdient. Die anderen lassen mich machen und bestaunen mein Ergebnis.

»St. Romy Meyro«, haucht Nazmi. »Elena, du bist ein Genie!«

Gerade wollen sie sich auf die Hölzer stürzen, um sie auf das Brett zu legen, als ich sie aufhalte. »Stopp! Es geht nicht darum. Das soll bloß der Anfang sein. Aiden, was steht da noch?«

»Ein Name muss nicht gleich ein Name sein ... Wie ihr es nennt, geht es auch anders ... mit zwei Nomen«, liest er vor und atmet schwer aus. »Müssen wir jetzt was über die heilige Romy rausfinden, oder was?«

Ein Name muss kein Name sein ... Es geht anders ... Mein

Gehirn läuft auf Hochtouren und wird endlich wieder wach. Allmählich fühle ich mich in meinem Element. Rätsel, bei denen man nicht von teuflischen Fallen verfolgt wird oder vor körperlicher Anstrengung nicht mehr klar denken kann, gefallen mir.

Namen, die dann kein Name mehr sind. Es anders machen – wir müssen die Buchstaben verändern, mit ihnen etwas Neues formen.

»Es muss ein Anagramm sein!«

Alles andere wäre unschlüssig. Ich lehne mich etwas zurück, um all die Buchstaben noch einmal zu betrachten.

»Anagramm?«

»Du weißt schon, Caleb. Das ist, wenn man die Buchstaben eines Wortes hin und herschiebt, sie vertauscht, damit sie ein anderes Wort bilden«, erklärt Nazmi und sieht ebenfalls auf das Wirrwarr.

Ich sehe mir zuerst die Vokale näher an, denn jede Silbe muss schließlich einen enthalten. *Zweimal das O, ein E ... damit komme ich nicht weiter. Das heißt ... das heißt ... Die beiden Y müssen als I gelten. Ja!*

Ich lasse meine Gedanken ziehen und von dem Chaos einnehmen. Meine Hände schieben die Plättchen, die anderen lassen mich ausprobieren. Es ist wohl offenkundig, dass ich einen Plan habe und weiß, was ich da tue, sodass sie mir nicht dazwischen pfuschen wollen.

Aus dem S und dem T kann man sicherlich etwas anderes machen. Ein SCH geht nicht ... Ich wähle die einzelnen Buchstaben und versuche sie an den Anfang eines Wortes zu setzen.

»Die Zeit läuft bald ab«, höre ich jemanden flüstern, doch ich kann die Stimme fantastisch ausblenden, um mich weiter auf das zu konzentrieren, was vor uns liegt.

Zeit ... TIME kann man nicht bilden, denn das I fehlt. Ein wenig fühle ich mich wie *Sherlock Holmes* oder gar *Monk*, denn ich will das Muster erkennen, das, was dahinter verborgen liegt, und Ordnung schaffen. *Wo kommt welcher Buchstabe hin? Was macht Sinn?* Anagramme kann man lösen. Es geht nur darum, seinen Geist flexibler einzusetzen.

Die anderen reden, ich schnappe immer wieder Ideen und Wörter auf und prüfe, ob sie mir bei der Lösung weiterhelfen, während ich die Buchstaben im Kopf verschiebe und drehe.

»Da hat sich Alizon echt was einfallen lassen.«

Alizon ... ALIZON ... nein, das geht nicht. HEXE ... FLUCH ... CURSE ... geht auch nicht.

»Für den finalen Escape-Raum hat sie echt was rausgehauen.«

FINALE ... ESCAPE ... RAUM ... ROOM – das geht! Was bleibt übrig?

»Immerhin ist es der letzte *Mystic Room*.«

Die Botschaft auf dem Brief fällt mir wie Schuppen von den Augen. *Wie wir es nennen ... es geht auch mit zwei Namen.*

»Ich hab es«, sage ich laut und sammele die Klötze auf.

»Elena, was hast du raus?«

Ich setze die Buchstaben auf das Brett. Es geht genau auf. »*MYSTERY ROOM*, das ist es. Seht ihr?« Ich bin stolz darauf, die Lösung tatsächlich gefunden zu haben. Es passt exakt.

»Wenn wir alle Buchstaben tauschen, dann entstehen zwei Nomen. Wir sagen immer *Mystic Room* zu den Spielen, aber hier führen uns beide Nomen zur Lösung, nämlich *Mystery* und *Room*.«

Als ich den letzten Holzbuchstaben auf das Brett lege, rastet etwas ein. Es klickt, fast zur Bestätigung. Jeder einzelne Buchstabe sackt etwas in dem Brett ein, als würde er eingeloggt werden. Einen Moment halten wir den Atem an, allen voran ich, denn wenn ich falschliege, habe ich unser Schicksal besiegelt.

Doch ich kann nicht falschliegen. Es muss richtig sein. Schließlich ergibt alles einen Sinn.

Da springt die Tür vor uns auf. An sich völlig unspektakulär, für uns dagegen bedeutet es die Rettung. Ich kann mein Glück kaum fassen und mache voll Euphorie sogar einen Satz in der Luft. *Geschafft! Wir haben es überstanden! Es ist vorbei!*

»Los, los, los! Rennt«, ruft Josh, die Uhr im Blick, die unsere letzten Sekunden anzeigt.

Schnell schlüpfen wir mit der Steinskulptur von Isis aus dem Wald – aus dem mystischen Rätselraum hinaus. Ich habe nicht mehr auf die Zeit geachtet, aber ich muss gar nicht hinsehen. Ob es knapp oder knapper als zuvor war, will ich nicht wissen. Wichtig ist nur, dass wir es gemeistert haben und hier raus können.

KAPITEL 34

Verschachtelter Haussegen

Wir stecken fest.

Abermals ist die Freiheit wie weggeblasen, als wir nicht das Ende der heutigen Spiele erreichen, sondern uns in einem weiteren Raum wiederfinden. Ich habe keine Vorstellung davon, wie viele uns noch erwarten, aber wenigstens bin ich mit meiner Unwissenheit nicht allein.

»Scheiße, schon wieder? Ich will endlich hier raus«, meckert Nazmi laut.

Jemand stellt sich neben mich, während ich noch versuche, mich hier drin zu orientieren. Es ist Nick.

»Das war klasse«, lobt er mich und deutet mit dem Kopf auf den verschlossenen Zugang hinter uns.

Ich stecke mir eine Strähne meines Haares hinters Ohr, zucke allerdings gleich zusammen. Ein pochender Schmerz erinnert mich an den widerlichen Splitter und daran, dass ich dem Finger noch mehr Zeit zum Auskurieren geben sollte.

Zum Glück ist der Nagel nicht vollständig ab oder musste gezogen werden. Ich glaube, dann wäre ich nicht mehr im Stande gewesen, der Gruppe zu helfen, sondern einfach gestorben. Vor Schmerz. Vor Angst. Vor Ekel.

Ich schüttele mich bei der Vorstellung. Am liebsten wäre es

mir, den Schmerz an der verletzten Stelle einfach auszublenden, damit ich nicht länger an diese scheußliche Erfahrung erinnert werde.

»Wie geht es deiner Hand?« Nick nimmt sie in seine und streichelt ganz sanft über den Ballen. Berührt mich nur dort, wo es nicht wehtun kann.

»Ich hasse es, wenn etwas an den Fingern ist«, gebe ich zu.

Der Anflug eines Schmunzelns ist deutlich auf seinem Gesicht zu sehen. Pikiert stemme ich die gesunde Hand in die Hüfte. »Lachst du mich etwa aus?«

»Nein, das würde ich nie tun. Es ist nur ... unerwartet.«

»Unerwartet?«

»Na ja, nach allem, was du durchmachen musstest. Du hast dich sogar deiner Höhenangst gestellt und bist in die Tiefe geklettert. Aber ein Splitter im Finger reißt dir den Boden unter den Füßen weg. Das ist ...«

»... unerwartet.« Wir beenden seinen Satz gleichzeitig.

»Ja, ich weiß, was du meinst. Aber was soll ich sagen? Ich bin immer für eine Überraschung gut.«

Aiden stört den Moment der Normalität und Unbeschwertheit, den wir uns hier drin nicht erlauben sollten. »Coleman, sieh dir das an. Kannst du damit was anfangen?«

Nick geht zu Aiden hinüber und ich sehe mich endlich um. Die Wände sind düster, beinahe schwarz. Der Raum ist so viel kleiner als der letzte. Es riecht muffig und ist feucht – ein bisschen wie in einem dreckigen und verwahrlosten Kellerraum. Bloß, dass es hier drin sogar noch zieht.

Auf dem Boden entdecke ich einen Krug und eine Scheibe Brot, die bereits schimmelt. Mich überkommt eine Gänsehaut.

»Wir sind in einem Kerker. Wie Alizons Familie damals.«

Alles ist finster, riecht modrig. Da war mir die magische Ausstattung aus dem letzten Raum mit wärmendem Sonnenlicht und sanften Waldklängen um einiges lieber. Ich fühle mich in diesem Kerker nicht wohl. Es ist nicht nur deprimierend, sondern bedrückend und beängstigend. Mein Blick bleibt an der fauligen Henkersmahlzeit haften. So wie sie die Devines bekommen haben, damit sie mit dieser spärlichen Ration gerade noch am Leben gehalten wurden, um ihre Folterungen erleben zu können. Hier zu sein, in dieser Nachbildung von Alizons Gefängnis, lässt mich augenblicklich die verzweifelte Aussichtslosigkeit empfinden, die sie gehabt haben muss.

Nazmi hält sich die Nase zu. »Das erklärt auf jeden Fall den Geruch. Aber … wir sollen doch nicht diese ekeligen Überreste eines Brotes essen, oder?«

Jemand zerrt an einer Tür, die genauso massiv ist, wie man es sich bei einem Kerker vorstellt. Josh ruckelt erneut daran, aber lässt dann resigniert die Arme fallen.

»Hätte ja sein können, dass wir einmal Glück haben.«

Aiden und Nick stehen vor einer der Steinwände. Es ist skurril, dort gerahmte Bilder zu sehen, die die kahle Kerkerwand zieren. Ich schließe zu beiden auf.

»Nein, keine Ahnung. Ich kenne mich etwas mit Geschichte aus, aber nicht mit Fotos.«

»Worum geht es?«, frage ich.

»Aiden wollte wissen, ob ich was mit den Darstellungen anfangen kann. Ob ich mehr weiß als das Offensichtliche«, erklärt Nick.

Ich gehe an der Wand entlang und sehe mir jedes Bild genau an. Es sind fünf. Sie alle sind alt, aber gut erhalten. Mich wundert, dass sie farbig sind. Das ist nicht möglich, vollkommen ausgeschlossen. Zu Alizons Zeit gab es keine Farbaufnahmen. Der Moment der Verwunderung hält allerdings nicht lang an. Denn der Beweis liegt direkt vor meiner Nase. Natürlich ist es möglich. *Durch Magie.*

Ein Mann, eine Frau, drei Mädchen. Es sind großformatige Portraits. Sie alle wirken stolz, zufrieden. Die Kleinste lächelt sogar. Etwas, was zur damaligen Zeit eher untersagt war, wie ich mir vorstellen kann. Mir will kein Bild einfallen, auf dem die Leute gelächelt haben oder sich losgelöst gezeigt haben. Völlig unvorstellbar, wenn man die heutigen Selfies betrachtet, die ein jeder ständig von sich selbst mit dem Smartphone schießt.

Das Offensichtliche, von dem Nick spricht, ist auch mir schnell klar. Das ist die Familie Devine. Der Vater trägt einen lustigen Bart, etwas länger und gut in Form, wie es um 1600 wohl in Mode war. Er strahlt eine angenehme Ruhe aus, friedlich und erfüllt.

Alizons Mutter sieht schön aus, ihre roten Locken sind zu einem eleganten Zopf zusammengebunden. Sie trägt Spangen im Haar, nein – es sind Blumen. Ihr Blick ist von Dankbarkeit und Sorglosigkeit gezeichnet. Sie scheint glücklich zu sein. Wie auch die anderen der Familie.

Martha ähnelt ihrer Mutter vom Aussehen her sehr. Ihre Gesichtszüge sind genauso weich und die Augenpartie beinahe identisch. Sogar die Sommersprossen scheinen sich an denen ihrer Mutter orientiert zu haben. Die Gelassenheit, die sie ausstrahlt, wird von einer Stärke und Entschlossenheit begleitet. Es ist beeindruckend.

Erin dagegen wirkt schüchterner als ihre ältere Schwester oder gar ihre Mutter. Ihr ruhiges Wesen, das wir in den Aufzeichnungen kennen lernen durften, spiegelt sich in der Fotografie wider. Ihr Haar ist ebenfalls rot, aber nicht so intensiv in der Farbe wie bei Martha.

Bei Alizons Portrait bleibe ich länger stehen. Ihre Haare sind schick nach hinten geflochten. Das Lächeln auf ihren Lippen wirkt verspielt und zuckersüß, unbeschwert und frei. Nichts an diesem kleinen Mädchen erinnert an die Hexengestalt, der ich am Tag der Auswahl gegenüberstand. All die Morde an ihrer Familie haben sie zu dem Fluch getrieben, der sie nun schon seit Jahrhunderten gefangen hält und ihre Seele daran hindert, endlich Frieden zu finden.

»Hier sind ein Umschlag und Kisten«, höre ich Caleb, der in der Mitte des Raumes steht. Die Sachen waren vorher noch nicht da. Das Gemäuer ist nicht groß oder verwinkelt genug, als dass wir so etwas hätten übersehen können. Wie auf ein unsichtbares Zeichen hin setzen wir uns in Bewegung und stellen uns um die drei Kisten in einem Kreis auf. Sie sind alle aus Holz, jede hat ein verriegeltes Schloss. Ich nehme eines in die Hand. Sie sehen nicht so aus, als könnte man sie gewaltsam aufschlagen. Auf dem Deckel der Kisten befindet sich noch etwas. Drei verschiedene Symbole sind in das Material gebrannt. Ein Brunnen ziert den einen Kasten. Auf dem nächsten sind Bäume zu erkennen, die vermutlich einen Wald darstellen sollen. Auf der letzten Holztruhe entdecke ich das Symbol in Form eines Gebäudes, was mich an eine Burg oder ein Schloss erinnert.

»Wir müssen wieder Zahlen suchen. Jede Kiste braucht drei, um geöffnet zu werden«, spreche ich meine Gedanken laut aus und prüfe die dicken Zahlenschlösser.

»Müssen wir alle Truhen aufmachen oder nur eine?«

»Ich denke, dass bloß eine richtig sein wird. Wir müssen uns entscheiden, welche wir nehmen«, antwortet Aiden Josh, der jedoch direkt mit dem Kopf schüttelt.

»Wir entscheiden uns doch nicht einfach so blindlings. Wenn es lediglich eine Kiste ist, die wir öffnen sollen, dann werden wir herausfinden müssen, welche das ist.«

Nazmi schlägt mir gegen den Arm und deutet dann auf die

Decke des höhlenartigen Raumes. Messerscharfe Spitzen ragen herunter wie bei aufregenden Tropfsteingebilden – mit dem Unterschied, dass diese hier sicherlich nicht natürlichen Ursprungs sind und wahrscheinlich auch keine reine Zierde. Wieder einmal überrascht mich die Magie, obwohl ich längst daran gewöhnt sein sollte, dass plötzlich etwas da ist wie durch Zauberhand. Ich vermute, die gefährlichen Spitzen werden eine Aufgabe erfüllen, die mit Ablauf der Zeit und unserem Scheitern beim Rätseln zu tun hat. Ebenso an der Decke befestigt entdecke ich eine Uhr, die uns die übrige Zeit einblenden wird, sobald es los geht.

»Meint ihr, die fallen runter, wenn wir was falsch machen?« Josh stellt sich auf Zehenspitzen, um einen der Stalaktiten vorsichtig zu berühren. Er kommt jedoch nicht daran.

Aiden stößt ihn zur Seite. »Spinnst du? Willst du etwa alle umbringen? Verdammt, Josh! Halt deine Finger bei dir.«

»Im besten Fall finden wir es nicht heraus«, beantworte ich seine Frage.

Caleb sieht jeden von uns an, wartet darauf, dass wir bereit sind für die nächste Aufgabe. Dann öffnet er den Umschlag.

Auserwählte, willkommen zum nächsten Teil. Namen sind bloß Namen, nicht wahr? Ihr alle habt gleich sieben – doch nicht eure Namen sind gefragt, sondern einzig das, was ihr damit verbindet. Nehmt die Anfangsbuchstaben von Wort eins und drei. Lest dann von oben nach unten, so findet ihr die Truhe mit ihrer Lösung.
– *A. D.*

»Das heißt, dass wir danach nicht durch sind?« Nazmi stöhnt auf. »So eine Scheiße.«

»Was meinst du?«, stellt Nick die Frage, die wir wohl alle im Kopf haben.

»Da steht was vom nächsten Teil der Prüfung, aber nicht von der letzten Aufgabe oder so. Hiernach ist es also nicht vorbei.«

Die Erkenntnis hinterlässt tatsächlich einen bitteren Geschmack. Allerdings sollten wir uns nicht darauf konzentrieren. Wenigstens ist dieses Rätsel wie das letzte zu lösen, indem wir unseren Kopf anstrengen. Mein Körper würde es auch nicht aushalten, wenn ihm eine weitere anstrengende Prüfung alles abverlangt. Noch immer sitzt mir der Einsatz aus dem Frostraum in den Knochen. Ganz zu schweigen von meinem Finger.

»Das wissen wir nicht. Es steht bloß ein Willkommensgruß zu diesem nächsten Teil in der Botschaft. Versteht ihr? Ich bin mir sicher, dass es so ist. Nur noch diese eine Aufgabe hier in diesem *Mystic Room* und dann ist es vorbei. Ganz sicher. Wir sind bald zu Hause.« Josh schafft es tatsächlich nicht nur Nazmi mit seinem Optimismus anzustecken.

Die Räume haben uns verändert. Josh, der bei der ersten Prüfung zusammengebrochen ist, findet nun im finalen Escape die Stärke, um unsere müde Truppe neu zu motivieren.

»Namen ... Unsere Namen! Habt ihr alle einen Zweitnamen?«, fragt Caleb und sieht uns alle nacheinander an. »Mein zweiter Vorname ist Rudolph.«

Meine Mundwinkel heben sich, doch vor allem Aiden lacht laut auf. »Dein Vorname ist Caleb Rudolph? Kein Scheiß?«

»Hä? Ja, Mann.«

»Das ist echt urkomisch. Passt so gar nicht zu dir.«

»Also, wie sind eure?«

Nacheinander schütteln wir die Köpfe. Das ist die falsche Fährte. Caleb flucht. »Verdammt. Ich dachte, wir brauchen unsere Namen. Dann wären es drei Wörter, wenn jeder einen zweiten

Vornamen hat. Also Vorname plus Vorname plus Nachname.«

»Das, was wir damit verbinden …«, grübelt Josh. »Aber ja! Die Gründungssprüche! Das muss das Rätsel sein, bei dem wir unsere Sprüche brauchen.«

Er freut sich über die Erkenntnis. Es könnte stimmen. Ridge meinte ebenfalls, dass die Gründungssprüche bisher bei jedem Durchgang in irgendeiner Form vorkamen.

»Wir sollten alle Haussprüche sammeln und sie dann in eine Reihenfolge bringen«, schlage ich vor.

»*Leben durch Taten*«, zitiert Aiden seinen Hausspruch prompt. Er deutet meinen skeptischen Blick vollkommen richtig. »Was denn? Meine Familie gehört zu den Bürgermeistern. Das muss an erster Stelle kommen.«

»Ich glaube nicht, dass wir weiterkommen, wenn wir jetzt eine Hierarchie innerhalb der Berufsgruppen aufstellen«, beschwichtigt Nick direkt, als Caleb Luft holt, um direkt etwas darauf zu erwidern.

»Lasst uns einfach alle Sprüche erst einmal zusammentragen. Es geht um die Anfangsbuchstaben vom ersten und dritten Wort. Vielleicht könnt ihr die passenden Buchstaben von der Nachricht herausreißen, damit wir eine Übersicht machen können?«, schlage ich vor und deute auf die Botschaft von Alizon.

Ohne Stift und Papier wird es schwer, sich all die Buchstaben zu merken und dann noch zu sortieren.

»Elena, sieh mal.« Nazmi reicht mir einen Stein.

Ich ziehe die Stirn in Falten, sodass sie ihn mir abnimmt und zu einer der Wände geht.

»Wir haben als Kinder oft mit Steinen auf dem Asphalt gemalt, wenn wir keine Kreide mehr im Haus hatten. Hier.«

Sie zieht mit dem Stein einen Strich auf der dunklen Kerkerwand und hinterlässt tatsächlich einen hellen Streifen darauf. Das sollte genügen.

»Perfekt, Nazmi! Okay, am besten schreiben wir die Buchstaben vom ersten und dritten Wort der Sprüche getrennt voneinander auf. Oder was meint ihr?«

»Das ist gut. Wir sollen von oben nach unten lesen. Also ergibt sich die Lösung, wenn wir alle Anfangsbuchstaben vom ersten Wort untereinander zusammenfügen und dann die vom dritten Wort. Wir lesen somit nicht von links nach rechts«, ergänzt Nick zufrieden.

»Jeder sagt seinen Hausspruch, Nazmi du notierst links auf der Seite die Anfangsbuchstaben des ersten Worts und rechts die vom zweiten. Danach sortieren wir sie.«

»Ich schreibe vielleicht doch lieber die ganzen Sprüche auf und im Anschluss kreisen wir die Buchstaben ein. Würde mir mehr helfen.«

Das soll mir recht sein. Ein Blick auf die Zeit verrät, dass wir Stand jetzt nicht hetzen müssen. Von daher sollte es nicht zu fatal werden, wenn Nazmi alle Wörter notiert, um hinterher die gesuchten Anfangsbuchstaben einzukreisen. Die können wir anschließend noch immer geordnet aufschreiben, um die richtige Reihenfolge herauszufinden.

»Ich fang an«, meldet sich Aiden direkt wieder. »*Leben durch Taten*, also L und T.«

Nazmi verdreht die Augen, notiert dann aber den Spruch und kreist die jeweiligen Buchstaben ein.

»*Staub und Asche*«, antwortet Caleb. Nazmi schreibt mit und kreist S und T mit dem Stein an der Wand ein.

Als wir alle artig unsere Sprüche aufgesagt haben, stehen wir vor einem neuen Chaos. Dreimal kommt der Buchstabe S vor, aber auch ein C und ein H. Es liegt nahe, dass es sich um ein SCH handeln könnte. Ansonsten haben wir noch ein O und ein L.

Leben durch Taten   *Stahl und Feder*

Heldentum der Hierarchie

Orden der Ehre

Stimme der Lava

Staub und Asche

Chronik der Courage

Wir probieren in Gedanken und spielen mit den eingekreisten Buchstaben. Ich sehe sie mir näher an und hoffe, irgendein Muster, eine Lösung zu finden. *Buchstaben ... Von jedem ersten und dritten Wort den Anfang.*

Irgendwas davon muss Sinn ergeben. *L-O-S-C-H ... nein. S-O-L-S-C-H ... auch nicht.* Vielleicht liegt es daran, dass ich allmählich echt matschig bin. Dieser Tag fordert einfach so viel Kraft. Mein Kopf arbeitet auf Sparflamme.

Auf einmal jubelt Josh auf. »Schloss! Da kommt Schloss raus! Und seht, auf den Kisten gibt es Wald, Brunnen und ein Schlosssymbol. Wir haben es! Diese Kiste muss es sein!«

»Super gemacht«, lobe ich Josh für die Lösung. Es ist schlüssig und passt mit den Symbolen auf den Holztruhen. Wir sind auf dem richtigen Weg. Eine neue Welle Euphorie und Hoffnung mischen sich zusammen, die mir neue Kraft schenken.

Josh begutachtet erneut die Wand mit den Gründungssprüchen vor uns. »Den ersten Teil haben wir. Uns fehlt noch der Zahlencode. Die Buchstaben vom dritten Wort aus dem Hausspruch müssen in derselben Reihenfolge stehen, wie auch zuvor die gefundenen aus dem ersten Wort.«

Das erweist sich jedoch etwas schwieriger, weil wir dreimal den Anfangsbuchstaben S haben.

Wir knobeln, raten, tauschen die Konstellationen – endlich finden wir die korrekte Lösung.

»Calebs Hausspruch muss vorne stehen, Staub und Asche. Also müssen wir mit A weitermachen.«

Aiden scheint über meinen Vorschlag nicht erfreut zu sein. Doch für sein gekränktes Männerego ist hier kein Platz. Die Reihenfolge der Sprüche hat in unserem Fall nichts mit einer Stellung zu tun.

»Wenn wir mit dem A anfangen und dann nacheinander das C, H, T von den anderen Wörtern nehmen, kommen wir auf die Zahl Acht!«

»Sehr gut, Elena.« Nazmi lächelt mich aufmunternd an und sieht sich die Wandkritzelei an. »Dann steht hier acht und elf. Das muss der Code sein, also acht, eins, eins.«

Wir stolpern zurück zu den Kisten. Wie bei einer Schatzsuche freuen wir uns auf die Belohnung für die Lösung des Rätsels. Wir sind bereits so weit gekommen. Ich wundere mich nicht, dass dieser Raum eine vergleichsweise leichtere Prüfung für uns bereitgehalten hat. Denn wir haben schon bei dem Schneeraum unsere körperlichen Fähigkeiten unter Beweis gestellt. Das ist eine angenehme Ablenkung.

Josh gibt den Zahlencode ein und vergewissert sich, dass niemand von uns widerspricht. »Bereit, nach Hause zu kommen?«

»Aber so was von«, freut sich Aiden und nimmt Josh in den Schwitzkasten, um ihm durch die Haare zu wuscheln. Die losgelöste und freudige Stimmung ist wohltuend. Wir haben es geschafft. Wir können heim. Und da wir jedes einzelne Rätsel erfolgreich lösen konnten, haben wir gewonnen. Der Fluch muss gebrochen sein.

Wir brauchen bloß den Schlüssel, der in der Kiste sein wird. Den Schlüssel für die letzte Tür, damit wir endlich gehen können.

Alle anderen Gedanken werden beiseitegeschoben. Denn wir haben es richtig gemacht. Die Zahlenkombination stimmt. Wir stehen vor der korrekten Kiste. Alles passt zusammen. Mein Herz klopft vor neuer Aufregung. Ich kann die Freiheit fast schon spüren.

Josh bestätigt seine Eingabe und wir warten, dass das Schloss einrastet. Zahl für Zahl wird eingeloggt und verarbeitet. Acht, eins, eins.

Unspektakulär springt das Schloss auf, die Kiste ist offen. Aiden brüllt laut auf, der Siegesruf sei ihm gegönnt. Dennoch zucke ich bei der Lautstärke zusammen. Er reißt die anderen mit seiner Freude mit. Die Jungs führen sich etwas affig auf, als sie im Kreis die Arme umeinander legen und grölend auf und ab hüpfen.

Dennoch bringen sie mich zum Lächeln. Während sie in ihrem Männerfreudentanz völlig aufgehen, entferne ich das Vorhängeschloss, um den benötigten Schlüssel aus der Kiste zu nehmen.

Ich spüre das kühle Metall, aber ... etwas passt nicht. Die Form ... die Kälte ... Das kann nicht das gesuchte Objekt sein. Irritiert hebe ich den Deckel, damit meine Augen den Beweis für das haben, was ich gefühlt habe.

Mein Herz sackt zusammen. Eine plötzliche Kälte erfasst mich und lässt mich erschaudern.

In der Kiste ist kein Schlüssel, der uns nach Hause bringt. Stattdessen liegt dort ein messerscharfer Dolch. Auch ein Umschlag ist im Deckel zu finden. Und damit bestätigt sich, dass es keinen Grund zur Freude gibt. Es ist noch lange nicht vorbei.

KAPITEL 35

Finales Blutopfer

»Es ist vorbei!«

Aiden grölt lautstark und steckt die anderen mit seiner guten Laune an. Ich werde diejenige sein, die ihm diese Illusion rauben wird. Ihm und allen anderen.

Dazu bedarf es keiner Worte. Nick sieht meinen viel zu ernsten Blick und löst sich von den anderen. »Elena, was ist los?«

Der Kloß in meinem Hals will nicht weggehen. Ich schlucke schwer, aber er bleibt hartnäckig. Meine Füße gehorchen, treten beiseite, um den Blick in die Kiste freizugeben.

Nick erstarrt, dann kommt er zu mir und nimmt mich in den Arm. Ich weiß nicht, ob er es bloß braucht oder ob er direkt merkt, wie sehr ich gerade den Halt benötige, um nicht durchzudrehen. Ein Dolch verspricht nichts Gutes.

»Fuck, was soll der Mist?!« Caleb schimpft und tigert nun in dem Raum auf und ab. Nazmi steht der Schrecken ins Gesicht geschrieben, auch Aiden flucht und tritt gegen die Kiste.

Wohl einzig Josh kann noch klar denken.

»Haben wir etwa die falsche Kiste geöffnet?« Nazmis Stimme gleicht einem Wimmern.

Das kann ich nicht glauben. Von den drei Kisten hat nur die mit dem Burgsymbol gepasst. Wir haben uns an all die Anweisungen gehalten und das Rätsel gelöst. Andernfalls würden uns mit Sicherheit die Spitzen der Raumdecke und ebenso die Zeit darauf hinweisen, dass wir etwas falsch gemacht haben. Das ist kein Fehler.

»Im Deckel ist was.«

Ich blicke auf. Wie alle anderen auch. Caleb greift an das Holz des Deckels und zieht daran. Zum Vorschein kommt das, was ich zuvor kurz gesehen und dennoch nicht wahrhaben wollte. Es dämpft meine aufkommende Panik kein bisschen ein.

»Nein, nicht noch ein Umschlag. Ich will keine Prüfung mehr«, jammert Nazmi. »Wir haben genug für einen Tag. Ich will endlich raus hier.« Sie läuft zu der verschlossenen Tür und rüttelt daran. »Bitte! Lass uns endlich gehen.«

»Nazmi, ganz ruhig. Wir haben es fast geschafft.«

Caleb geht zu ihr und tröstet sie. Gerade noch voll Euphorie und Freude, dass wir die mystischen Aufgaben bewältigt haben, werden wir nun direkt wieder in die grausame Realität katapultiert. Die Spiele sind nicht vorbei.

Nicks Umarmung gibt mir Trost. Ich atme seinen angenehmen, herben Geruch ein und lasse meine innere Unruhe und Aufregung von seinem kräftigen, aber gleichmäßigen und ruhigen Herzschlag etwas bändigen.

Wir können mächtig stolz auf uns sein, dass wir hier stehen. Anders als in den Jahren zuvor haben wir das Buch mit den wertvollen Erkenntnissen über die wahren Zusammenhänge der Ermordung von Familie Devine retten können. Außerdem bleibt die Chance, Isis aus der versteinerten Hülle zu befreien. Und das gab es noch nie. Zumindest nicht, soweit mir bekannt ist. Bislang sind in den Durchgängen immer Kandidaten versteinert worden. Nicht jeder überlebt die *Mystic Rooms*. Ich muss nur an den Pfeilregen und das grauenvolle Monster im Labyrinth denken, um zu wissen, dass sich Alizon schreckliche Tode einfallen lassen hat.

Wie es in den anderen Jahren war und warum dort nicht alle lebend rauskamen, wie sie gestorben sind, weiß ich nicht. Doch scheinbar gab es immer den Verlust durch eine Versteinerung. Im Raum voller Schnee haben wir im Schutz der Tannen eine Auswahl der versteinerten Familienangehörigen gefunden. Wie viele es noch sein mögen, ist unvorstellbar. Aber Alizon gewährt uns die Möglichkeit, Isis von dem Zauberbann zu erlösen.

Unsere Prüfungen sind eine Aneinanderreihung von glücklichen Fügungen. Dieses Glück haben wir auf unserer Seite. Bislang hat es uns durch die Proben gelenkt. Und genau an diesem Gedanken sollten wir festhalten. Wir haben alle Aufgaben gelöst, sind immer noch hier. Sogar Isis, wenn auch in Stein gehauen.

»Wir schaffen das. Leute, jetzt atmet mal tief durch. Wir sind alle ziemlich am Ende unserer Kräfte, aber wir müssen durchhalten. So kurz vorm Ziel gibt es keinen Rückzieher, keine Zeit für Schwäche. Wir sind ein Team«, animiert Aiden uns, wieder neue Energie zu schöpfen. Es scheint auch bei den anderen zu funktionieren.

»Das hast du gut gesagt«, stimmt Nick ihm zu.

Caleb und Nazmi kommen zurück zu uns. Was auch immer in dem Umschlag steht, auch diese Aufgabe werden wir meistern. Wir haben uns körperlichen, psychischen und strategischen Knobelaufgaben gestellt, haben als Team und einzeln gekämpft und das Beste herausgeholt, was in uns steckt. Jeder Herausforderung hier drin haben wir die Stirn geboten und sind noch immer am Leben. Ein Team. Das sind wir.

Josh öffnet den Umschlag und zieht das Blatt Papier heraus.

»Auserwählte, willkommen zum großen Finale.«

Nazmi springt aufgeregt auf. »Yes! Die letzte Prüfung! Wir sind gleich hier raus.«

Josh räuspert sich, um mit einem Lächeln weiter vorzulesen. Doch es entgleitet ihm sofort wieder.

Auserwählte, willkommen zum großen Finale. Ihr habt es bald geschafft. Für den Ausgang fehlt euch ein Schlüssel. Es passen zwei. Ihr wählt, welchen ihr nehmen wollt. Einer, bereits gefunden, führt euch hinaus in den Wald und beendet die Spiele für jeden, der atmet. Doch für den hohen Preis der Lösung jenes Zaubers zahlt ihr teuer. Einst wurde die Unschuld vergossen. Blut wird wieder gefordert, um den anderen Schlüssel zu erhalten. Ist genug geflossen und die Schuld beglichen, so wird die Schale im Gleichgewicht sein. Lasst euch von der Magie nicht täuschen. Der Schlüssel kommt zu euch, wenn die Schale steigt. Die Schuld auf den Schultern eures Familiennamens muss beglichen werden. Nutzt den Dolch. Geschickte Schnitte, damit das Leid nicht zu groß wird. Jedes Mysterium braucht seine Opfer. Wessen Blut soll vergossen werden für die Freiheit aller?
– A. D.

Meine Schultern beben. Oder sind es meine Beine? Mir ist furchtbar kalt. Fast schon wie in dem ersten Raum. Niemand sagt ein Wort, die Angst ist zu groß, die Stille zu durchbrechen und damit das Unausweichliche real werden zu lassen. Auch ich nehme das Pergament in die Hände, um die furchtbare Nachricht selbst mit eigenen Augen zu lesen. Die Buchstaben tanzen und ich sehe verschwommen.

Wenn dies die finale Prüfung ist und schon immer solch ein Opfer gefordert wurde, ist es leichter zu verstehen, warum nicht alle aus den Spielen glücklich heimgekehrt sind. Sie mussten sich opfern, jemanden aus der Gruppe.

Mir ist übel. Ich taumele und setze mich hin. Nick ist bei mir und streicht mir über den Rücken. Aber so richtig aufmuntern kann er mich nicht.

Wir sehen uns an, in seinem Blick steht dieselbe Verzweiflung geschrieben, die wohl auch in meinem liegt.

Ein Dolch ... Jeder Zauber hat seinen Preis ... Blutopfer ... Für die Freiheit aller ... Mein Kopf dreht sich und dann schleicht sich die Angst heran. Sie kriecht in mir hoch und lässt mich misstrauisch zu den anderen sehen. Aiden beäugt mich merkwürdig. *Schätzt er ab, wen von uns er opfern würde?*

Ich wende den Blick ab und sehe wieder zu Nick. Entschlossenheit und Sicherheit funkeln in seinen Augen auf. Er war mein Verbündeter, mein Partner, auf den ich mich verlassen konnte. Von ihm habe ich nichts zu befürchten. Das ist gut. Gut zu wissen – und dennoch gibt es mir keine absolute Sicherheit. Niemand kann sich gerade in Sicherheit wiegen.

»Wir können doch keinen von uns opfern«, jammert Nazmi mit hauchdünner Stimme. Ihre Festigkeit ist der Angst gewichen.

Caleb hastet plötzlich auf mich zu. Ich zucke zusammen, aber er läuft an mir vorbei. Überrascht drehe ich mich um und entdecke, warum. Eine Metallschale hängt an einem hauchdünnen Seil. Sie ist riesig, fast wie eine goldene Badewanne und scheint zu schweben. Wie schon bei vielen Dingen zuvor, war dies vorher nicht im Raum, sondern haben wir scheinbar magisch freigespielt, als wir das nächste Level dieses grauenvollen Live-Escapes erreicht haben. Das Band, an dem die Schale hängt, führt nach oben zu einer Vorrichtung aus Bronze. Die Decke ist dort weitaus höher als hier. Ich kneife die Augen etwas mehr zusammen, als Caleb bereits spricht.

»Da oben ist ein Schlüssel, seht ihr? Das wird der zweite sein, den wir freispielen müssen.«

»Müssen? Nein, wir können!«, korrigiert Nazmi.

»Leute, in dem Umschlag ist noch was.« Josh schüttet den Inhalt aus. Ein goldener Schlüssel kommt zum Vorschein. Er begutachtet ihn, ehe sein Mund sich zu einer harten Linie verzieht. »Das ist der, den wir in dem letzten Spiel gefunden haben. Kein Zweifel.«

»Es heißt, dass beide Schlüssel passen. Also, warum sollten wir jetzt jemandem die Kehle durchschneiden, wenn wir einfach rauskönnen? Wir nehmen den und hauen endlich ab.« Nazmi greift sich den Schlüssel aus Joshs Hand und rennt in Richtung Ausgang. Ich glaube, dass ich noch nie so schnell aufgesprungen bin wie jetzt.

»Nein, Nazmi, nicht!«, rufen Josh und Nick.

Bevor sie die Tür erreichen kann, wird sie von Aiden an der Hüfte gepackt und weggezogen.

»Aiden, verdammt, lass mich los!«

»Schluss mit dem Scheiß, Nazmi. Wir werden hier nichts überstürzen. Gib mir den Schlüssel, sofort.«

Sie sieht sich um, aber für ihre Aktion scheint sie keinen Rückhalt zu haben. Sogar Caleb findet ihr Verhalten offensichtlich nicht gut.

»Ihr wollt mich doch verarschen. Lasst uns einfach abhauen.«

Aiden reißt ihr den Schlüssel aus der Hand, sie schreit auf, aber realisiert, dass es besiegelt ist. Wir gehen nicht einfach überstürzt aus dem Raum.

»Lasst uns durchatmen und nachdenken«, versucht es Nick.

»Dafür haben wir keine Zeit.« Josh deutet auf die Tür, durch die wir den Kerkerraum betreten haben. Eine ablaufende Uhr. *Natürlich müssen wir auch bei dieser Entscheidung die Zeit im Nacken haben.*

»Was wissen wir? Zwei Schlüssel passen für die Tür, die uns aus dem Spiel bringt. Der eine ist der, den wir bereits gefunden haben, und der andere hängt über der Schale«, erklärt Nick mit ruhiger Stimme.

Ich bewundere ihn fast ein bisschen dafür, dass er dermaßen gelassen wirken kann. Innerlich muss er mindestens genauso nervös sein wie wir alle.

»Sammeln wir vielleicht einfach mal, welche Vorteile es hat, den da zu nutzen.« Er deutet auf den Schlüssel in Aidens Hand. Dieser dreht und wendet ihn, als würde er dadurch eine neue Erkenntnis gewinnen.

»Wir haben bisher immer die gefundenen Schlüssel gebraucht. Also wäre das ein Indiz, dass der Schlüssel richtig ist«, erklärt Nazmi noch immer bockig und verschränkt die Arme vor der Brust. »Außerdem sind wir dann sofort hier raus. Lebendig.«

Josh allerdings widerspricht. »Beide Schlüssel sind richtig, Nazmi. Das steht in der Nachricht. Wir müssen bloß mit den Konsequenzen leben. Aber beide passen für die Tür.«

»Aber der, den wir haben, beendet die Spiele. Da steht es doch!«

»Ja, die Spiele enden für alle, die atmen.« Aiden stellt sich neben die Figur von Isis. »Und das heißt, Isis bleibt versteinert.«

Nazmi weicht einen Schritt zurück, ehe sie verzweifelt die Arme auf den Kopf zusammenschlägt. »Verdammte Scheiße!«

Sie sagt es. Anders kann man diese Patt-Situation nicht beschreiben. Nehmen wir den Schlüssel, können wir entkommen, aber die Chance, Isis zu retten, wäre vertan.

»Hätten wir den zweiten Schlüssel, könnten wir damit also Isis retten?« Meine Stimme ist viel zu leise, verängstigt, doch Aiden hat mich deutlich gehört. Er nickt mir zu.

»Das steht da so nicht wortwörtlich drin«, bemerkt Josh, Aiden deutet allerdings mit dem Finger auf den Text darauf.

»Mit dem zweiten Schlüssel kommen wir raus und sind frei. Alle werden es sein! Wir können damit den Fluch brechen. Auch den von Isis Versteinerung.«

Es ist ein verlockendes Angebot, das kann ich nicht leugnen. Wenn wir den zweiten Schlüssel wählen, können wir den Fluch brechen, den Zauber, der auf Isis liegt, aufheben, Alizons Seele retten und uns selbst befreien. Die einzige Motivation, die mich angetrieben hat, ist es, den Fluch zu vernichten. Endlich frei sein, raus aus Mistwick, keine Migräne mehr, keine Hexen, keine Angst, keine Flashbacks, die einen um den Verstand bringen. Es wäre ein Lottogewinn. Bloß, dass wir hierfür keinen Schein ausfüllen müssen, sondern jemanden opfern sollen.

»Wie kommen wir an den Schlüssel?«

Caleb drückt an der Schale und versucht mit Gewicht, sie herunterzudrücken, aber nichts rührt sich. Der Schlüssel dort oben ist für uns nicht erreichbar. Nach den Gesetzmäßigkeiten der Schwerkraft müsste die Schale absinken, wenn man sie füllt, und damit den Schlüssel noch höher ziehen. Aber wie es bereits in der Botschaft hieß, wird es hier den gegenteiligen Effekt haben. Sobald wir etwas in die Schale geben, wird sie uns den Schlüssel näherbringen. Magie kann so grenzenlos sein.

»Sie ist groß genug, dass ein Mensch hineinpasst«, spricht er das Grauen aus, das wir alle sehen.

»Vielleicht reicht ein bisschen Blut. Wir … wir müssen doch niemanden umbringen, nicht wahr?« Nazmi kann die Nervosität in ihrer Stimme nicht verbergen.

»Ich bin mir sicher, dass es so nicht funktioniert. Unsere Vorfahren haben diesen Mist verbockt und wir müssen dafür geradestehen. Einer kann sich opfern, damit die anderen befreit werden. Isis, die Stadt. Das ist ein guter Deal. Einer, der zum Wohle aller stirbt. Also, wer will hier und heute Geschichte schreiben?«, erklärt Aiden mit einer neuen Motivation.

»Du willst doch wohl nicht allen Ernstes nach Freiwilligen suchen«, presst Caleb zwischen den Zähnen hervor.

»Leute, denkt mal nach. Wir retten alle. Wir können Helden sein, leben. Endlich frei sein. Alle – bis auf eine Person. Denkt an das, wofür man sterben würde.«

»In Ordnung«, ergreift Nick das Wort. Mir sackt fast das Herz in die Hose, als er aber direkt weiterspricht. »Das sind gute Argumente dafür, den zweiten Schlüssel zu wählen und zu versuchen, ihn von dort oben zu holen. Die Frage ist, was machen wir?«

»Egal wie wir uns entscheiden, wir sollten uns ranhalten«, bemerkt Josh wieder mit wachsamem Blick auf die Uhr.

Unter Zeitdruck eine Entscheidung zu fällen, ist nicht meine Stärke. Vor allem, wenn davon so dermaßen viel abhängt wie bei dieser hier.

»Wir stimmen ab. Wer dafür ist, dass wir den ersten Schlüssel nehmen und unseren eigenen Arsch retten, ohne Isis und ohne den Fluch zu brechen, der hebt jetzt die Hand.« Aiden sieht jeden von uns an und wartet auf unsere Entscheidung.

Nazmis Arm schießt nach oben. Auch Joshs Hand geht hoch. Die Entscheidung gegen das Leben ihrer Freundin, nagt an ihnen.

Aiden ist sauer. »War ja klar, dass ihr Isis in den Rücken fallt.«

»Hör auf uns zu verurteilen«, wehrt sich Josh. »Keiner von uns will hier so eine miese Entscheidung treffen, aber wenn wir ehrlich sind, ist Isis irgendwie bereits tot. Wir dagegen leben noch, wir haben eine Chance, zu entkommen. Die sollten wir nutzen. Ich ... bringe doch niemanden von euch um.«

Aiden atmet tief durch, seine Nasenflügel beben. Er kämpft schwer damit, sich zu kontrollieren. »Also gut, zwei Stimmen sind für den ersten Schlüssel, um ihre feigen Ärsche hier rauszubringen. Ihr seid keine Freunde.«

Nazmi stößt Aiden gegen die Schulter. »Spinnst du?!«

Caleb geht direkt dazwischen und zieht Nazmi zu sich. »Ich lass mich von ihm sicherlich nicht so beleidigen. Clark, du bist ein Verräter, weißt du das? Wir sollen uns entscheiden und ich entscheide mich zu leben. Was zur Hölle ist daran falsch? Einen Scheiß kannst du mir vorwerfen. Du bist nicht besser!«

»Schluss jetzt damit, wir müssen uns entscheiden«, greift Nick ein. »Also, wer ist für die Variante, dass wir den zweiten Schlüssel wählen? Hand hoch.«

Ich kann mich nicht entscheiden. Beides hat gravierende Nachteile. Ohne weiter darüber nachzudenken, wandert meine Hand langsam nach oben. Ich bin hier, damit der Fluch gebrochen wird, damit die Stadt von all dem Zauber befreit wird und auch Alizons Seele endlich Frieden finden kann. Es wird ein hohes Opfer gefordert, aber wenn es sein muss, dann muss es sein. Zum Wohl für alle. Für die Leben aller. Selbst, wenn ich es sein muss.

Es ist entschieden, was wir machen.

»Die Mehrheit ist für den zweiten Schlüssel. Wir müssen also darankommen. Lasst uns noch mal überlegen. Gibt es keine andere Möglichkeit, die Schale zu bewegen?«

Auch Nick stützt sich auf den Rand der goldenen Schale.

»Die Schale muss nach oben wandern. Das steht in der Notiz«, erinnert Josh an die Umkehrung der Gesetzmäßigkeiten für diese magische Aufgabe. Ist die Schale ausreichend gefüllt, wandert sie hoch und erst dadurch gelangen wir an den Schlüssel.

Nick bückt sich und stemmt sich mit vollem Gewicht gegen das Metall, um die Schale nach oben zu drücken. Caleb hilft, aber selbst mit vereinten Kräften können sie das Teil kein Stück verrücken.

»Nick«, sage ich und erhasche damit seine Aufmerksamkeit. »So wird das nichts. Die Schale wird erst runtergehen, wenn Blut darin ist. Es heißt ganz klar, dass wir den Dolch nutzen müssen. Geschickte Schnitte für weniger Leid.«

»Immerhin ist es kein wildes Gemetzel«, lächelt Aiden vollkommen fehl am Platz.

»Blut wird gefordert, um die Schuld zu begleichen. Alles wegen der kranken Vorfahren.« Nazmi wirft die Botschaft auf die Erde. »Und? Wie wollen wir jetzt entscheiden, wer den Löffel abgibt?«

»Ich hätte einen Vorschlag. Jeder Raum ist doch praktisch für einen von uns gemacht. Jeder hat sich bereits für die Gruppe geopfert, hat sich einsperren lassen, damit die anderen einen retten. In jedem *Mystic Room* gibt es Herausforderungen für jeden von uns, für manche sind sie besonders schwer. Aber eine Person von uns hat bislang noch keinen Solo-Beitrag für die Gruppe geleistet«, erklärt Aiden ruhig.

Plötzlich geht ein heilloses Durcheinander los. Caleb springt auf ihn. »Arschloch! Du willst mich abstechen? Na los! Versuch es, wenn du dich traust, du kleiner Wurm!«

Aiden stemmt sich gegen ihn. »Das könnte dein Beitrag sein. Wir anderen haben uns bereits geopfert. Es ist nur fair, wenn du mal dran bist.«

Das Ganze scheint aus dem Ruder zu laufen. Ich stelle mich vor die beiden und hebe beschwichtigend die Arme.

»Das ergibt keinen Sinn, Aiden.« Tatsächlich hören sie einen Moment auf, sich an die Gurgel zu gehen.

»Wir sind sieben Leute, das war auch in jedem anderen Durchgang so, weil es sieben Gründungsfamilien gibt. Aber es gibt bloß fünf *Mystic Rooms*. Manchmal muss eine Person allein rein, in manchen Räumen sind es zwei, die getrennt werden. Einige sind bei solchen Aufgaben sogar doppelt dran ...« *Wie ich*, füge ich gedanklich hinzu. »In wieder anderen muss sich niemand vorher für die Gruppe einsetzen und von ihr separiert werden. Da gibt es kein Muster, das uns nahelegt, ausgerechnet Caleb zu wählen.«

»Siehst du!« Caleb klopft mir dankend auf die Schulter. Ich sacke ein Stück ein, denn er legt eine ordentliche Portion Kraft in diese freundliche Geste. »Elena hat Köpfchen.«

»Es war nur ein Gedanke. Wenn ihr was anderes wisst, immer her damit.«

Nick scheint mit sich zu ringen. »Spuck es aus, Coleman«, motiviert ihn Aiden. »Im schlimmsten Fall musst du bloß sterben.«

Seine Witze werden immer schlechter. Ich schiebe es auf seine Angst. Die Todesangst, die uns alle erfasst. Wir stehen so nah vor der Lösung, so nah davor, frei zu sein.

»Wie wäre es, wenn wir Isis in die Schale legen?«

Aidens Wut schäumt von Neuem auf. Direkt hebt Nick die Hände. »Zum Ausprobieren, ob es etwas bewirkt, wenn wir einen schweren Stein nehmen.«

»Ach so und dann lassen wir sie da, oder wie? Du willst Isis zurücklassen? Auf keinen Fall!«

»Das geht nicht. Isis ist versteinert. Da kommt kein Blut raus«, erklärt Caleb und schüttelt den Kopf.

»Wir könnten mit dem Dolch ein bisschen was von dem Stein abkratzen und die Krümel nutzen. Das ist doch wie eine Verletzung. Vor allem, wenn sie wieder erwacht.«

Selbst Nazmi schüttelt den Kopf. »Ich kann verstehen, was du meinst, aber Blut ist noch immer Blut.«

»Leute, wir brauchen einen Plan! Und zwar zügig! Wenn die Zeit abläuft, werden wir keine Möglichkeit mehr haben, irgendwas zu entscheiden.«

Caleb hat einen Einfall. »Was ist, wenn wir Paare rauslassen? Damit die nicht noch mehr unter dem Verlust des Einzelnen leiden«, schlägt er vor.

Ich sehe ihm an, wie peinlich es ihm ist, diesen Vorschlag zu machen. Es bedeutet nämlich Schutz für alle, die mehr oder weniger einen Verbündeten oder einen Partner haben. Und gleichermaßen bedeutet es, dass einer leer ausgeht. Aiden hat Isis, Nazmi und er gehören zusammen und offenkundig auch Nick und ich.

»Dein Ernst? Du schlägst mich vor? Ich habe euch überhaupt nichts getan!« Josh ist außer sich und bekommt hitzige Wangen. »Ist ja schön, wenn ihr euch gefunden habt. Soll ich deswegen bestraft werden? Es gibt da jemanden, den ich mag, okay? Ich bin den Menschen da draußen nicht egal! Das kann nicht der ausschlaggebende Punkt für eine Entscheidung sein. Euer fucking Pärchen-Bonus zählt nicht!«

»So meine ich das nicht«, versucht sich Caleb kläglich zu entschuldigen. »Verdammt, ich weiß doch auch nicht, was wir tun sollen. Etwa Lose ziehen?«

Ich bekomme schwitzige Hände. Das Schicksal soll damit besiegelt werden? Einfach ein Zettelchen ziehen? Entweder ich überlebe die Ziehung oder werde von den anderen abgestochen? *O Gott. Das ist alles so krank.*

»Wie wäre es mit einem der Außenseiter?« Aiden bleckt die Zähne und erinnert mich glatt an einen Serienkiller. »Ohne Witz. Dann stellen wir uns nicht gegen unsere Freunde. Elena Parker und Nickolas Coleman, sie sind Waisenkinder. Warum nicht einer von ihnen?«

Mir schlottern die Knie. Dass ich gleich hier aufgeschlitzt werden soll, weil meine Eltern gestorben sind, macht mich fassungslos. Zugleich lässt es mein Blut in den Adern gefrieren. Auf diese Weise habe ich mir meinen Tod nicht vorgestellt. Klar, vor den Spielen habe ich schon überlegt, wie ich sterben könnte. Aber das war mehr in meiner Fantasie. Hier ist die Realität. Und sie ist wesentlich brutaler.

Nick stellt sich plötzlich schützend vor mich. Ein dunkles Knurren entfährt ihm. »Wage es ja nicht, Elena ein Haar zu krümmen«, droht er.

»Na gut, wenn sie es nicht sein soll, warum dann nicht du, Coleman? Du hast eh nicht zu uns gepasst. Bist ein richtiger Einzelgänger. Warum sollte sich jemand von uns gegen seine Freunde stellen, wenn wir stattdessen auch dich opfern könnten? Ja, vielleicht würde sogar einzig mit deinem Tod der Fluch gebrochen werden. Denn dann wäre kein Coleman mehr übrig für die nächsten Durchgänge. Das ist die Lösung! Du musst sterben.«

Aidens Worte sind wie Gift. Er redet sich heiß, denkt tatsächlich, dass uns das näher an den Schlüssel bringt.

»Leute, das ergibt so keinen Sinn«, versucht Nazmi die Situation zu entschärfen. »Vielleicht reicht auch nur ein kleiner Schnitt. Die Schale muss ja nicht bis oben hin mit Blut voll sein.«

»Da passt genau ein Mensch rein. So, dass er dort ausbluten kann«, bemerkt Caleb.

Die Gruppe beginnt mit einer weiteren hitzigen Diskussion und versucht, den schwarzen Peter einem jeden unterzujubeln. *Wer ist denn schon von uns dafür gemacht, hier heute geopfert zu werden?* Ich weiche einen Schritt zurück und taste nach der kühlen Steinwand. Was für ein furchtbarer *Mystic Room* mit einer solch unlösbaren Aufgabe. Es war schon schwer genug auszuwählen, welche versteinerte Person wir retten. Dann kam das Anagramm und ... *Moment* ... Meine Gedanken schleudern zurück. *Das Rätsel vom Anagramm ... die Anleitung von Alizon, die wir uns merken sollten ... nein, das Anagramm sollten wir uns merken.* St. Romy Meyro *wird zum* Mystery Room. *Warum sollen wir uns das merken?*

Ich greife nach einem Stein vor mir und drehe mich zur Wand um. Die anderen bemerken nicht, was ich tue, sodass ich mich ganz darauf konzentrieren kann, was gerade in meinem Kopf passiert. Ich fühle, dass ich etwas übersehen habe. Irgendwas stimmt nicht. *Mystery Room ... Anagramm ... Rätsel merken ... zwei Nomen ...* Ich sehe mir die Buchstaben näher an. Und dann fange ich an, erneut mit den Wörtern zu spielen. Ich ziehe die Buchstaben auseinander, setze sie an andere Stellen und probiere wild aus. *Was kann man noch daraus machen?*

Auf einmal fällt es mir auf! Schnell notiere ich meine Lösung und trete zurück. *Kann das stimmen?* Ich zähle die einzelnen Buchstaben. *Habe ich jeden? Ja! Ja, das passt!* Aus dem Anagramm kann man ein weiteres machen, es ist fast ein Doppelrätsel. *St. Romy Meyro ... Mystery Room ... Memory Story.*

Zwei Worte mit einer völlig neuen Bedeutung. *Memory* und *Story*. Wir sollen uns an die Geschichte erinnern. Die von Alizon, die wahre Geschichte über die Gründung der Stadt.

Ich sehe zu den Portraits ihrer Familie, die unschuldig ermordet wurde. Alizon, so rein und lieb, wusste nicht, was sie mit dem Fluch tat. Ihre Seele, die seit Jahrhunderten gefangen ist und darauf wartet, befreit zu werden. Die Wahrheit über die Nächte, in denen die Familie abgeschlachtet wurde, sind nun ans Licht gekommen.

Alizon ... der Name erinnert mich an *Alice im Wunderland*. Die, die all den Wahnsinn ertragen musste und selbst noch voller Unschuld war. So wie Alizon den blanken Horror miterleben musste und am Ende in ihrer Verzweiflung dennoch einen Ausweg gesucht hat, das Gute in den Mördern zu finden.

Sie hat in ihrer Verzweiflung einen Ausweg gefunden ...

Ich blicke mich zu unseren Haussprüchen um. Sie alle loben die Familien für ihre Taten. Dabei ist das alles Lug und Trug. Courage ... Heldentum ... Ehre. Nichts als leere Worte, die die Wahrheit verschleiern.

Wir müssen mit Blut bezahlen, so viel, dass die Schale im Gleichgewicht ist, heißt es in der Botschaft für diese Prüfung. Bis die Schuld beglichen ist. Die Schuld an der Straftat der Familie. Doch die Schuld trägt nicht einer allein ... Endlich begreife ich!

»Aber ja!« Ich drehe mich mit klopfendem Herzen zu den anderen um und erstarre.

Sie halten Nick an den Armen, sein Kopf hängt über der goldenen Schale. Aiden hat den Dolch in der Hand und ist dabei, ihm die Kehle aufzuschlitzen. *Was zur Hölle?!*

»Halt! Hör sofort auf! Ich habe die Lösung«, rufe ich.

Tatsächlich lässt Aiden die Waffe sinken.

»Entweder du oder Nick. Einer von euch muss es sein. Wenn du lieber an seiner Stelle sterben willst, nur zu. Aber wir haben uns für einen Waisen entschieden. Also, Elena. Jetzt hast du ein letztes Mal die Gelegenheit, dich freiwillig zu melden und eine selbstlose Tat zu vollbringen. Wie lautet deine Entscheidung? Soll Nick sterben oder du selbst?«

Das kann er unmöglich ernst meinen. Es ist völliger Wahnsinn. Genauso hat die Geschichte angefangen, dass Menschen sterben mussten, weil sie nicht dazugehörten. Nur deshalb, weil andere ihre Macht ausleben wollten, sich bedroht gefühlt haben in dem vermeintlichen Schein von Anerkennung – wie bei den Gründern – oder in der Angst vor dem eigenen Tod – wie jetzt. Dass es in der Natur des Menschen liegt, zu überleben, ist kein Phänomen. Aber die Art und Weise, um welchen Preis Aiden dieses Recht einfordert, ist unmenschlich, fast bestialisch ... *Wie damals die Gründer mit den Devines umgegangen sind.*

Aiden rollt sogar mit den Augen, als sei er die Warterei leid. »Entscheidet euch. Du oder er?«

Mein Kopf versucht dem Ganzen zu folgen. Ich erhasche Nicks Blick. Er ist sanftmütig und wohlwollend. Und scheinbar hat er bereits eine Entscheidung für sich getroffen. Das Leben aller, indem er seines opfert.

Er oder ich? Wenn ich vor der Wahl stünde, mein Leben zu retten oder das von ihm, dann wäre die Entscheidung klar. Aber das ist nicht nötig, denn wir werden beide überleben.

Alle Augenpaare mustern mich interessiert. Nazmi hat geweint. Sie ist mit den Nerven völlig am Ende.

»Schluss damit! Hört mit diesem Wahnsinn auf.« Meine Stimme zittert. Ob vor Anspannung, Angst, Zorn oder Traurigkeit lässt sich nicht sagen. Dann lassen sie Nick los. Er schüttelt seine Arme aus und lächelt mich weiterhin sanft an.

»Ist schon in Ordnung, Elena. Einer muss es sein. Du hast Familie. Das ist die beste Option, die wir haben. Ist schon gut«, sagt er und will mich tatsächlich beschwichtigen, dass er sich gerade ernsthaft opfern würde. *Drehen hier etwa alle durch?* Schön, da mache ich glatt mit.

Ich marschiere mit festem Schritt auf ihn zu, bleibe vor ihm stehen und lege Unverständnis, Wut und Sorge in meinen Blick.

»Wie kannst du nur in Erwähnung ziehen …« Ich brauche meinen Satz nicht beenden. Meine Stimme ist belegt. Der plötzliche Kloß in meinem Hals gibt mir sowieso keine Chance weiterzusprechen. Allein der Gedanken, wieder jemanden … ausgerechnet ihn zu verlieren, ist unvorstellbar. Irritiert starrt er mich an, doch Starren kann ich ebenso gut.

»Das wäre ein Fehler gewesen. Aus sehr vielen Gründen.«

Dann schlinge ich meine Arme um ihn und drücke mich fest an ihn. Um ein Haar wäre der Idiot gestorben. Nicht wegen einer Prüfung oder Aufgabe, die wir nicht lösen konnten, sondern wegen einer dummen Entscheidung, die wir getroffen hätten.

»Einer muss es sein. Einer von euch«, beharrt Aiden auf seinen Vorschlag.

»Es gibt einen anderen Weg«, erkläre ich entschieden. »Ich weiß, was wir tun müssen. Niemand muss getötet werden.«

»Elena, welche Idee hast du?«, fragt mich Josh, sichtlich erleichtert, dass sie ihre verzweifelte Tat nicht realisiert haben.

»Wir sollten uns das Rätsel mit dem Anagramm merken, wisst ihr noch? Es steckt ein zweites Anagramm dahinter. Wir sollen uns an die Geschichte erinnern, daran, was passiert ist. Das können wir bloß wegen des Buchs über Alizons Aufzeichnungen.«

»Das, was die in den Jahren zuvor nicht hatten«, stimmt Caleb zu.

»Daher wissen wir, dass Unschuldige ermordet wurden. Und dass Alizon den Fluch nicht aus Rache gesprochen hat, sondern um das Gute hervorzulocken. Wir haben alle in den Räumen unser Bestes gegeben und uns für die Gruppe geopfert, haben uns isoliert und sind an die Grenzen unserer Möglichkeiten gegangen. Alizon wollte mit dem Zauber die Güte, die Aufopferungsbereitschaft und Selbstlosigkeit testen. Sie dachte, dass die Familien aus ihrer Tat gelernt haben und sich selbst nie wieder über andere stellen.«

Aber wie die Geschichte uns lehrt, ist dies nicht der Fall gewesen. Immer wieder wurden in den Spielen Opfer gefordert, weil sich die Teilnehmer nicht an die klaren Regeln gehalten haben oder, wie wir beinahe, eine fatale Fehlentscheidung getroffen haben, um sich selbst zu retten.

»Jede Familie trägt Schuld an der grausamen Ermordung der Familie Devine. Alizon hat sich und ihre Seele aus Selbstlosigkeit geopfert, um uns und unseren Familien mit diesem Fluch und den Escape-Räumen die Chance zu geben, uns zu ändern.«

»Sie wollte, dass wir uns bessern, um keine selbstgefälligen Arschlöcher zu werden, wie unsere Vorfahren es waren«, stimmt Caleb nickend zu.

Ich bemerke, dass Aiden bedrückt, fast schon ertappt, auf den Boden schaut, um seine Schuhe interessiert zu mustern.

»Wir müssen alle unsere Schuld begleichen, um den Fluch zu brechen.«

Nazmi geht einen Schritt zurück. »Was? Wir müssen alle sterben?«

Ich schüttele lächelnd den Kopf, um sie gleich zu beruhigen. »Nein. In der Botschaft steht, dass Blut vergossen werden soll für die Freiheit aller. Es heißt nicht, dass wir eine einzelne Person umbringen müssen oder gar uns alle. Wir wissen, dass Alizon mit dem Zauber wollte, dass unsere Familien erkennen, damals einen Fehler gemacht zu haben.«

»Ja, den Fehler, fünf Menschen ermordet zu haben«, erklärt Caleb ungeduldig. »Was ist daran neu?« Auf einmal scheint ihm ein Licht aufzugehen. »Ach krass. Jetzt verstehe ich! Es geht nicht nur um die Ermordung. Es geht darum, besser zu sein als die arroganten Vorfahren.«

»Genau. Alizon hat sich selbstlos der Magie hingegeben, um uns die Augen zu öffnen, dass es genau das ist, wonach man streben sollte. Andere sehen, statt nur selbst gesehen werden zu wollen.«

»Das ist eine sehr schöne Weisheit«, bemerkt Nazmi ernst.

»Alizon war es wichtig, dass die Gründer nicht sich sehen, sondern eben die, die darunter litten – oder gar ermordet wurden. Dieser Fehler ist es, der sich nicht wiederholen darf.«

Sie wollte damit einen Stein ins Rollen bringen, um den Menschen die Augen zu öffnen. Nicht einzig, damit sie die Brutalität der Abschlachtung ihrer Familie sehen, sondern damit die folgenden Generationen daraus lernen. Es geht nicht darum, selbst gut dazustehen und ordentlich Ruhm und Ehre abzukassieren, während andere dadurch leiden und man diese Menschen ignoriert oder ganz ausmerzt, wie es bei Alizon der Fall war. Es geht um so viel mehr.

Andere sehen, statt nur selbst gesehen werden zu wollen, wiederhole ich in Gedanken meine eigenen Worte. Das ist es, was zählt.

»Genau das haben sie nicht getan. Jeder unserer Vorfahren hat an sich selbst gedacht, während andere für diese Anerkennung mit dem Leben zahlen mussten. Ich denke, dass wir gemeinsam unser Blut in die Schale geben müssen. Denn laut der Familiengeschichte eines jeden von uns haftet die Schuld an uns allen. Jeder hat nur an sich selbst gedacht und wollte vor der Stadt in einem guten Licht stehen, strebte nach Anerkennung und Bewunderung. Das ist der Fehler. Daher müssen wir auch alle dafür bezahlen.«

Es ist einen ganzen Augenblick lang still. Die anderen denken über meine Worte nach, lassen sie sacken und versuchen zu verstehen, was ich meine.

»Das ist genial! Es ist schlüssig und passt zusammen«, lobt mich Nick mit einem warmen, strahlenden Lächeln.

Caleb allerdings schüttelt den Kopf. »Warum sollte jeder von uns nur ein wenig Blut geben, aber hier ist eine solch große Schale? Das ist irreführend.«

»Genauso irreführend wie die verschiedenen Steinskulpturen im Schneeparadies?« Nazmi zieht eine Augenbraue hoch und sieht Caleb streng an.

»Was Elena sagt, finde ich super.« Ihr gefällt die Option sichtlich, dass wir niemanden opfern müssen. Wem würde es auch nicht gefallen?

»Wir haben keine Zeit, uns länger Gedanken zu machen. Was machen wir?«, fragt Josh.

»Ich bin für Elenas Plan. Jeder von uns opfert etwas von

seinem Blut.«

»Aber Isis ... Was machen wir mit ihr?«

»Leute, wir haben keine Zeit mehr zum Diskutieren. Wir müssen jetzt handeln ... und sehen dann, was passiert«, wirft Aiden wieder ein.

Wir reihen uns alle um die Schale. Ich bete, dass ich richtig liege und wir keine falsche Entscheidung treffen.

»In die Hand?«

»Wie bei einer Blutsbrüderschaft, Josh? Ehrlich?«

Caleb nickt. »Das ist gut. Man kann nicht zu viel verletzen, aber gleichzeitig kommt auch genügend Blut raus. Das ist keine schlechte Idee.«

Aiden hält den Dolch in seiner Hand und sieht uns nacheinander an. »Fuck. Ich hoffe, es klappt. Also jeder bezahlt mit Blut. Dann mal los.«

Er setzt den Dolch an und schneidet sich in die Handfläche. Dabei verzieht er das Gesicht, als er mit der spitzen Kante seine Haut trennt und das Blut herausquillt.

»Putz die Klinge ab, damit wir uns keine Hepatitis oder sonst was holen«, erklärt Caleb ruhig.

Nazmi wickelt ihr Bandana ab und dreht es auf die saubere Seite. »Nehmt das. Es ist nicht gerade steril, aber ist besser als nichts.«

Aiden wischt die blutige Klinge ab und reicht beides an sie weiter. Nazmi nimmt den Dolch als Nächste, doch sie hält beides Caleb hin. »Mach du. Ich kann das nicht.«

Sofort muss ich widersprechen. »Nazmi, du musst es selbst machen. Aus reiner Selbstlosigkeit«, erkläre ich und hoffe noch immer, dass der Plan funktioniert.

Sie hadert einen Moment mit sich. »Klar. Weil ich mir sonst auch aus reiner Selbstlosigkeit die Hand aufschlitzen würde.«

Ihre Angst steht ihr ins Gesicht geschrieben. Ich kann sie gut verstehen. Nazmi schüttelt sich, als würde sie aufkommende Zweifel und Gedanken abwerfen wollen. »Ekelhaft. Das ist einfach nur gestört. Aber fein. Für die Gruppe, für alle. Meine Familie zahlt hiermit die Blutschuld.«

Sie atmet tief durch und schneidet sich mit einer raschen Bewegung in die Handfläche. »Scheiße, tut das weh.«

Bevor jedoch Caleb sich den Dolch in die Hand rammt, deutet Aiden auf die Statue. »Es funktioniert. Seht mal!«

Wir recken die Köpfe. Tatsächlich lässt die Versteinerung durch Magie nach. Ein Stück von Isis' Hand wird vom Stein befreit.

»Los, macht weiter. Wir brauchen das Blut von allen.«

Nach Caleb und Josh bin ich an der Reihe. Mir ist ein bisschen mulmig bei dem Gedanken, mir mit der Klinge in die Hand zu schneiden. Ich muss es wie bei einem Pflaster machen und schnell hinter mich bringen. Je länger ich darüber nachdenke, desto eher kneife ich.

Der Dolch liegt leicht in der Hand. Ich hatte so eine Waffe bislang noch nie. Außer an Halloween, aber da waren es Attrappen aus Plastik. Der Griff ist warm, die Klinge glänzt und wartet auf ihren Einsatz. Sie ist scharf und durchtrennt mit Leichtigkeit meine Haut. Es sticht, ist einen Moment kalt und dann spüre ich die Wärme meines Blutes, das aus der Wunde sickert. Nick sollte sich beeilen, denn von dem Geruch frischen Blutes wird mir dezent schlecht.

Souverän wischt er die Klinge sauber und sticht sich danach in die Hand. Er zuckt fast gar nicht dabei, sondern ist ganz konzentriert auf unsere Aufgabe.

»Warum löst sich die Versteinerung nicht vollständig?«, fragt Nazmi nervös und blick zu ihrer Freundin.

Wir alle tragen Schuld ... Wir alle müssen dafür bezahlen ... Aber ja doch!

»Isis' Hand! Das ist ein Tipp! Wir brauchen auch ihr Blut«, antworte ich leicht schwächelnd.

Nick versteht und läuft mit dem Dolch direkt zur Steinstatue hinüber. »Elena hat recht. Bloß die eine Hand ist frei, alles andere ist noch immer versteinert«, lässt er uns wissen. »Ich werde ihr in die Hand schneiden. Das Blut kann dann vom Dolch in die Schale tropfen.«

Alsbald ist er zurück bei uns. Wir öffnen unsere Hände und lassen das Blut aus unseren Wunden in die Schale tropfen. Der intensive metallische Geruch steigt mir in die Nase. Meine Hand schmerzt, während ich versuche, noch mehr Blut herauszudrücken.

Wir geben zwar eine vertretbare Menge Blut ab, aber bei Weitem nicht genug, um die Schale zu füllen. Ich hoffe, dass es klappt. Uns bleibt keine Zeit mehr für einen Alternativplan. Alles oder nichts.

Plötzlich bewegt sich die Schale. Sie wandert hoch und lässt den erspielten Schlüssel zu uns herunter. Ich kann es nicht fassen, während die anderen jubeln. Dieses Mal ist es wahr. Wir haben es geschafft!

Aiden greift nach dem Schlüssel und reicht ihn mir. Er sieht unspektakulär aus, so wie auch die anderen Schlüssel, die wir bisher erspielt haben.

»Du solltest die Ehre haben, uns hier rauszuholen.«

»Wenn es geht, möglichst schnell«, drängelt Josh. »Noch zwanzig Sekunden.«

Das Adrenalin treibt meine Beine zur Eile. Während die Jungs Isis kippen, um sie aus dem Raum zu tragen, stecke ich den Schlüssel in die Tür. Er passt. *Natürlich passt er*, beruhige ich mich selbst. Denn das war in Alizons Botschaft deutlich betont.

Ich drehe ihn um und besiegele damit das Schicksal. Für uns alle.

KAPITEL 36

Gesprengte Fesseln

Wir alle sind draußen.

Wir haben es aus dem Raum geschafft. Mein Gesicht und meine brennende Hand landen auf dem Waldboden. Ich blinzele, bin unsicher, ob die Umgebung real ist oder auch bloß eine Illusion. Es sieht alles täuschend echt aus.

Die Tür fällt krachend hinter uns ins Schloss. Wieder einmal haben wir es nur knapp geschafft. Viel zu knapp. Aber wir leben.

»Alles okay?« Nick atmet schwer. Eine Steinfigur mit einer wunden Hand zu tragen, kostet sichtbar Kraft.

»Alles bestens«, keuche ich noch immer nach Luft ringend.

Die Panik verschwindet, als ich die Hütte hinter uns sehe. Sie wirkt unscheinbar hier mitten im Wald. Es hat tatsächlich den Anschein, dass wir wieder draußen sind.

Ich habe überlebt. Ich habe die verdammten mystischen Spiele überlebt.

Die Wahrheit sickert wie durch ein dickes Tuch nur langsam in mein Bewusstsein. Dafür sitzt mir die Aufregung noch zu sehr in den Knochen. Vielleicht realisiere ich morgen, was geschehen ist. Oder übermorgen.

»Ist es vorbei?«, fragt Nazmi und blickt auf ihr Handgelenk. »Das Mal ist noch da. Hat es geklappt?«

»Woher sollen wir das wissen?«, stöhnt Aiden. »Fuck!«

Mit einem Satz ist er auf den Beinen und steht vor der Steinstatue, die wir mühsam durch den heutigen Live-Escape geschleppt haben. Blut tropft aus der offenen Wunde an Isis' Hand. Ansonsten ist sie unverändert in Stein gegossen.

»Es hat nicht funktioniert«, flucht er. »Verdammt, es hat nicht funktioniert!«

Wir haben es lebend aus dem Raum geschafft. Wir haben die Rätsel gelöst. Wir haben uns selbstlos verhalten. Es hätte klappen müssen.

Gerade will ich alle Möglichkeiten noch einmal im Kopf Revue passieren lassen, als Josh plötzlich zurückweicht. Ich sehe auch, warum. Sofort stolpere ich rückwärts, um den Nebelschwaden auszuweichen, die sich da erheben.

»Was passiert hier?«, jammert Nazmi ängstlich und versteckt sich hinter Caleb. »Ich kann nicht mehr. Ich kann nicht mehr.«

Der Nebel wird dichter, dunkler und scheint aus dem Nichts zu kommen. Nick stellt sich vor mich, als könnte er mich vor der Magie beschützen.

Es wird kühler und die Schleier geben eine düstere Vorahnung darauf, was nun folgt. Da sehe ich einen Fuß. Ein Bein. Und das dunkle Kleid. Sie kommt auf uns zu, aus dem Nebel, aus dem Nichts, aus der Magie. Wir halten alle den Atem an.

Dass wir ausgerechnet am Ende der Räume der Hexe gegenübertreten, kommt unerwartet. Darauf bin ich nicht vorbereitet. Zuletzt habe ich sie am Tag der Auswahl gesehen. Mir schlottern noch immer die Knie. Daran hat sich nichts geändert. Sie hat zwar die Gestalt eines Kindes, aber wirkt furchteinflößend, mächtig furchteinflößend. Ihr Anblick lässt mich nervös werden.

Dies ist der Showdown, auf den wir gewartet haben. Jetzt werden wir erfahren, ob wir versagt haben oder nicht. Alizon weiß einen dramatischen Auftritt hinzulegen. Ihre Augen sind schwarz, keine Pupille ist zu erkennen. In ihrem kindlichen Gesicht verlaufen um die Augen herum tiefschwarze Verästelungen, die mich an die verfluchte Tinte unter meiner Haut erinnern. Dunkelrote, wellige Haare stehen filzig nach allen Seiten ab. Besonders Angst macht sie mir damit, dass sie uns bloß aus ihren dämonischen Augen ansieht und dabei lächelt. Ich kann nicht einschätzen, ob es ein wohlgesinntes Lächeln ist, denn ihre ganze Erscheinung ist böse.

Dann bleibt sie vor uns stehen, legt den Kopf schief und sieht von einem zum anderen. Die Zeit vergeht quälend langsam. Noch immer wissen wir nicht, wie es für uns ausgehen wird.

Da hebt Alizon ihre langen Finger, die fast bis zu den Ellenbogen von schwarzer tintenartiger Magie durchzogen sind und richtet sie in unsere Richtung.

Plötzlich zieht es in meinem Arm. Ich bin nicht die Einzige, die aufschreit. Auch die anderen zucken zusammen. Mein Handgelenk brennt und sticht. Der Schmerz erschreckt mich, ich befürchte, wir haben versagt. Etwas anderes kann es kaum bedeuten. Doch dann sehe ich, wie sich die Tinte unter meiner Haut bewegt. Als würde sie gerufen werden, erwacht die dunkle Magie aus dem Hexenmal und windet sich. Sie schlängelt sich wie eine Giftschlange und bohrt sich durch alle fünf Einstichstellen hinaus.

Ich schnappe nach Luft und schlucke meine aufkommende Übelkeit runter. Die Tinte aus meinem Arm verläuft oberhalb meiner Haut und fließt zurück zu ihrer Herrin. Auch bei den anderen verschwindet das Mal. Zurück bleiben bloß die fünf kleinen Einstichstellen. Der Schreck bleibt, die Wunde dagegen tut kaum noch weh. Wenn die Krusten verheilt sind, wird vermutlich nichts mehr davon übrig sein.

Alizon wartet geduldig, bis all ihre magischen Schatten wieder bei ihr sind. Dann schließt sie einen Augenblick die Augen und beginnt zu zucken. Ich bekomme es wahrlich mit der Angst zu tun, denn dieser Anfall könnte glatt einem Filmemacher einfallen, um eine authentische Zombieverwandlung darzustellen. Es dauert nur ein paar Sekunden. Schlagartig wird Alizon stocksteif und reißt ihren Kopf in die Höhe, um einen markerschütternden Schrei zu befreien. Sie kreischt so laut, dass ich mir die Ohren zuhalten muss. Es ist um ein Vielfaches lauter als der Sirenenton, den wir im Vorraum der Hütte ertragen mussten. Ein Blitz schießt aus ihrem Mund, der beißend grell ist. Es knallt wie bei einer Explosion und ich werde nach hinten geschleudert.

Was passiert hier?

Ich lande weich auf den Blättern, blinzele und ermahne mich, wieder zu atmen. Mir ist nicht aufgefallen, dass ich die Luft angehalten habe. Sofort rappele ich mich wieder auf. Auch die anderen scheint die Druckwelle von den Beinen gerissen zu haben.

Ich bin unsicher, was geschehen ist, bis ich es mit eigenen Augen vor mir sehe. Die Nebelwolke voller Düsternis ist fort. Auch Alizon ist verschwunden. Ich drehe mich um die eigene Achse und blicke mich um, aber finde sie nicht. Ihre grausige, verfluchte Gestalt ist wie vom Erdboden verschluckt.

Stattdessen entdecke ich etwas anderes. Es ist genau an der Stelle, wo Alizon eben noch stand. Ein leichtes Flimmern in hellem Schein. Ich trete näher, weil ich nicht glauben kann, was ich da sehe.

Es ist ein kleines Mädchen, der Schimmer eines kleinen Mädchens. Weder gruselig noch dämonisch. Keine schwarze Magie haftet mehr an ihr, sondern ihre Reinheit, ihre Selbstlosigkeit, ihre Güte stehen in vollem Glanz vor uns. Alizon.

Sie sieht an sich herab, an der leuchtenden Gestalt, die sie angenommen hat. Ein Strahlen erhellt ihr kindliches und friedfertiges Gesicht, das mir ins Herz geht. Sie ist glücklich, so unendlich glücklich. Ich kann ihre Dankbarkeit sehen, ihre Liebe.

Auch die anderen stellen sich neben mich und bewundern voll Staunen, was sich hier vor uns zuträgt. Eine Träne löst sich aus meinem Augenwinkel, als ich weitere Lichtpunkte ausmache – nein, es sind Gestalten. Vier an der Zahl. Die Seelen ihrer Familie erscheinen, um endlich mit ihr zur Ruhe zu kommen.

Schöner hätte ich es mir nicht ausmalen können. Nach all der langen Zeit, die sie in Dunkelheit verbringen musste, findet ihre Seele endlich heim zu ihrer Familie.

Ich bin gerührt von ihr und ihrer Geschichte. Alizon hat das größte Opfer gebracht, um uns alle vor Hass und Eigennützigkeit zu schützen. Sie wollte uns die Augen öffnen, denn trotz all der Ungerechtigkeit, die ihnen widerfahren ist, wollte sie etwas mit ihren Zauberkräften bewirken. Trotz der Rachegelüste in ihr wollte sie ihren Glauben an das Gute im Menschen nicht aufgeben. So gab sie uns allen eine Chance. Aus Liebe und Hoffnung legte sie das Schicksal und die Befreiung ihrer Seele und aller Gründer in deren Hände, um rechtschaffend das Richtige zu tun.

Die schimmernde Gestalt von Alizon strahlt uns an, vor Dankbarkeit und Stolz, weil wir es geschafft haben. Dann wird ihr Antlitz immer weicher, lichter und heller. Allmählich verschwindet sie und mit ihr auch die Gestalten ihrer Familie. Ich bin völlig ergriffen von dieser Erscheinung. Es ist fast zu schön, um wahr zu sein. Aber ich habe es mir nicht eingebildet.

Alle anderen haben es ebenfalls gesehen. Sie sind sprachlos und gerührt, so wie ich.

Plötzlich bröckelt etwas und dann hören wir einen spitzen Schrei.

»… alle kalt, wenn ihr mich nicht rausholt!«

Wir drehen uns um und sehen Isis, deren Versteinerung gelöst wurde. Wie Alizon es uns versichert hat. Eine Seele konnten wir aus dem *Mystic Room* befreien und nun steht sie vor uns. Völlig irritiert und verdattert.

»Was … ist denn hier passiert? Hab ich was verpasst?«

Augenblicklich stürmen wir auf Isis zu, um sie zu umarmen und fest zu drücken. Sie weiß gar nicht, wie ihr geschieht.

Auf einmal ist alles anders. Ich kann es nicht sehen, aber dafür ist es spürbar. Als sei die Atmosphäre verändert, aber nicht durch Magie. Alles scheint natürlicher, ungezwungener – frei von Flüchen und Zaubern. Einfach das Leben. Ich schmecke es förmlich und fühle mich leichter, so viel leichter, als wäre ich den Schatten los, der mich an den Fluch gebunden hielt. Die Schleier der dunklen Magie lichten sich, denn wir haben es geschafft. Nicht nur diese mystischen Live-Escapes haben wir überstanden. Wir haben außerdem sogar Isis gerettet und Alizons Seele vom dunklen Zauberbann befreit. Vor allem aber haben wir den Fluch gebrochen und damit Mistwick und alle Bewohner für immer erlöst.

Damit ist es offiziell. Es ist vorbei.

EPILOG

Bittersüße Freiheit

»Es ist vorbei. Warum willst du es nicht begreifen? Argh! Elena, du bist echt unverbesserlich«, lässt mich Lexi wissen.

Sie ist mit meiner Wahl nicht einverstanden, aber immerhin ist sie so ehrlich, es mir direkt ins Gesicht zu sagen.

Ich sehe auf meinen Arm hinab und begutachte unser Streitthema. Die schwarze Tinte verläuft perfekt, genauso, wie ich es mir gewünscht habe. Gerade will ich mit dem Finger über die empfindliche Haut streichen, als mich Lexi bei den Händen packt.

»Lass es wenigstens heilen, du kleiner Freak«, ärgert sie mich. Aber wenigstens lächelt sie nun etwas mehr. »Gott, ich kann dich nicht verstehen. Warum willst du eine dauerhafte Erinnerung an diese furchtbare Zeit?«

Ich sehe auf mein neues Tattoo am Handgelenk und nicke zufrieden. Meine Zeit auf Barrow Hill liegt bereits fast einen Monat zurück. Noch immer schrecke ich nachts hoch und habe Albträume von all den schlimmen Erlebnissen. Dann allerdings realisiere ich, dass ich frei bin. Wir alle haben es geschafft. Doch auch wenn man von der Urmacht *Zeit* behauptet, sie könnte alle Wunden heilen – wie eines der Rätsel lautete – bezweifele ich, dass ich den Schrecken je wirklich vergessen kann. Dafür sitzt er viel zu tief.

Das ist allerdings nicht der Grund gewesen, warum ich mir ein Tattoo in Anlehnung an das Hexenmal unter die Haut stechen lassen wollte. Ich möchte nicht vergessen, was wir gelernt haben. Güte, Opferbereitschaft, Liebe und vor allem Vergebung können das Gute in Menschen wecken. Selbst in den dunkelsten aller Tage können sie uns leiten und unser Verhalten auf eine Weise beeinflussen, die auch andere dazu bringen kann, in Reinheit und Mut zu handeln.

Von Alizon habe ich so viel gelernt. Ihre Familie starb mit Würde, Stärke, Mut, Zorn und Güte, die von Liebe und Vergebung statt von Rache geprägt war. Alizon wollte mit dem Zauber helfen, doch ihre Magie hat für sie alles verschlimmert und ihre Seele, die Stadt und alle Bewohner an einen Fluch gebunden. Ich kann mir nicht vorstellen, dass Alizon das so gewollt hat. Das Mädchen, das trotz ihrer grauenvollen Erlebnisse dennoch voll Liebe einen Zauber sprach, dessen Wellen allerdings schrecklich und verdammt waren.

Ihre Wandlung zu sehen, ihre Loslösung von all dem Bösen, das sie gefangen hielt, war wunderschön. Bis sie wieder zu dem lachenden Mädchen wurde, welches ich auf dem Portrait gesehen habe. Voller Liebe in den Augen.

Die mystischen Spiele haben mich so viel gelehrt und mich zu einer stärkeren Person gemacht. Dennoch würde ich diese Erfahrungen nie mehr wiederholen wollen.

Ich wollte die kleinen Narben, die die Rückstände des Mals hinterlassen haben, überdecken. Und zwar mit der unzweifelhaften Wahrheit, dass Alizons Geschichte mit unserer verbunden ist. Eine frische Folie wird um mein Handgelenk und mein Tattoo gewickelt. Der Schlüssel sieht fantastisch und realistisch aus. Beinahe wirkt es, als könnte ich ihn tatsächlich anfassen. Das ist beeindruckend, sogar ein klein wenig magisch.

Lexi schüttelt den Kopf. »Ach, was soll's? Jetzt ist es sowieso zu spät. Außerdem sieht es ziemlich geil aus«, grinst sie breit.

Als Kinder haben wir uns vorgestellt, uns mal Tattoos stechen zu lassen, aber durch den Fluch war es nicht möglich. In Mistwick gibt es keinen sonderlich guten Tätowierer. Zumindest keinen nach meinen Vorstellungen. Die Zeichnungen gefielen mir nicht und vor allem hätte ich kein gutes Gefühl dort gehabt. Wenn ich mir schon etwas für die Ewigkeit unter die Haut stechen lassen will, dann möchte ich es nicht bereuen, sondern alles Drumherum muss auch stimmen.

Hier in London kann ich ein Stück der Freiheit genießen, die das Brechen des Zaubers mit sich bringt. Ich wollte herkommen, um mir die Stadt anzusehen, *Big Ben*, den *Buckingham Palace*, all die Sehenswürdigkeiten, die ich bisher nur aus dem Internet kannte. Ich wollte U-Bahn fahren und mich von den Lichtern auf dem *Piccadilly Circus* im Abendschein begeistern lassen. Aber all das wollte ich nicht allein erleben.

Ich steige von der Liege und umarme meine Cousine. »Ich hab dich lieb«, flüstere ich.

»Und ich dich erst«, lächelt sie.

Wieder einmal bemerke ich, wie ähnlich wir uns doch sehen. Besonders unsere grünen Augen und die typischen Parker-Locken aus unserer Familie lassen keinen Zweifel daran zu, dass wir zusammengehören.

Mein Handy brummt, während ich bezahle. Ich fische es aus meiner Tasche und verdrehe die Augen.

»Lass mich raten. Jules?«

Ich nicke und nehme ab. »Wir sind gleich draußen.«

»Elena, ich bin da. Aber ich werde nicht reinkommen.«

Es klopft gegen die Schaufensterscheibe des Ladens. Da steht Jules mit dem Smartphone am Ohr und winkt.

»Wir sind gleich draußen«, antworte ich.

»Okay. Und du bist fertig? Keine ... Nadeln oder so mehr drin?«

Tatsächlich bringt sie mich zum Lachen. »Nein, alles erledigt.«

Sie atmet hörbar auf. »Okay, das ist gut. Das könnte ich mir nicht ansehen. Dann warte ich hier.« Sie legt auf und winkt uns weiterhin durch die Scheibe zu.

»Seit wann ist Jules denn nur so oberpeinlich?«, fragt Lexi lachend.

»Ich befürchte, dass sie das schon immer war.«

Ich schiebe den Rollstuhl durch die Tür, während Jules mir dabei hilft. Lexis Wunden sind gut verheilt, aber ihr Bein steckt noch in einem Gips. Immerhin konnte sie vor zwei Wochen das Krankenhaus verlassen. Es wird noch dauern, bis alle Wunden verheilt sind und sie wieder ganz fit ist, aber sie macht riesige Fortschritte. Und das ist das Einzige, was zählt.

»Dann zeig mal dein neues Kunstwerk.« Jules zieht meinen Arm zu sich und begutachtet das Tattoo. »Krass, das sieht ja megamäßig gut aus«, lobt sie das Ergebnis. »Wow! Es sieht echt voll real aus. Der Schlüssel mit der Schrift. Was steht da? *Magical*. Warum denn zauberhaft?«

Ich nicke und bin selbst auf die feinen und verspielten Linien unterhalb des Schlüssels stolz. »Magie steckt in jedem von uns. Wir brauchen keine Zauberstäbe und Hexenbesen. Wir haben uns und unsere Fähigkeit, andere zu verzaubern. Sei es durch ein Lächeln, einen guten Rat oder einfach durch unsere Hilfe. Wir stecken alle voller Magie und Zauber und müssen erkennen, welche Kraft uns innewohnt.«

»Fliegen kann ich schon mal nicht«, lacht Jules.

Ich lege meinen Arm um sie. »Das vielleicht nicht, aber dafür kannst du mich zum Lachen bringen, mich aufheitern, wenn es mir schlecht geht. Du bist eine große Stütze für all die Menschen, die dir etwas bedeuten. Als die Spiele anfingen, warst du da. Du hast Onkel Gerry Essen vorbeigebracht, hast Lexi jeden Tag besucht und sie abgelenkt. Deine Zauberkräfte sind deine unendliche Herzensgüte und deine bedingungslose Freundschaft.«

Jules boxt mich in die Seite und wischt sich anschließend über die Augen. »Hör auf, mich zum Heulen zu bringen, Elena. Übrigens, schau mal hier.«

Aus Verlegenheit zeigt mir Jules zur Ablenkung ein Foto von Josh, auf dem er eine monströs aussehende Steinwand emporklettert. Seit dem Lösen des Fluchs war er beinahe täglich in Kletterhallen trainieren, um sich genau darauf vorzubereiten.

»Hammermäßig«, staune ich ehrlich beeindruckt. In der Natur zu klettern, war sein großer Wunsch. Der Lebenstraum, den er sich nun erfüllt.

»Ja, der kleine Kletteraffe«, lacht Jules.

Er und sie sind gute Freunde geworden. Durch ihn hat sich Jules an neue Hobbys gewagt, wie das Klettern. Für den *Cheddar Gorge Somerset* war sie jedoch noch lange nicht bereit. Ich freue mich für Josh, dass er das lebt, wofür er brennt. Endlich macht er seinen Traum wahr, fernab von Mistwick, Flüchen und Hexen.

Plötzlich brummt mein Handy erneut und erinnert mich an meine Verabredung.

»Entschuldigt, ich muss langsam los. Kommt ihr zurecht?«

Wir sind noch für ein paar Tage in London. Danach werden wir einen Abstecher zurück nach Hause machen, damit Lexis Verletzungen vollständig heilen können. Ich will am liebsten die ganze Welt erkunden und mich von einer Faszination in die nächste stürzen. Nach all den Jahren, in denen ich an einem Ort gefangen war, sehne ich mich nach Abenteuern. Aber keinen wie aus den *Mystic Rooms*. Einfach normale Dinge, die man mit seinen Freunden erlebt. Reisen, die einem das Gefühl geben, vollkommen frei zu sein.

»Keine Sorge, wir kommen schon klar. Lexi und ich machen erst mal die Altstadt unsicher. Wir treffen uns dann später im Hotel, ja?«

»Alles klar. Viel Spaß euch«, verabschiede mich und nehme direkt die nächste Station der Londoner Underground. Die Fahrt dauert nur ein paar Minuten. Ich fahre in der *Tube* bis zur Station *Camden Town*. Wieder zurück im Tageslicht des grauen Londoner Himmels folge ich meinem Navi auf dem Handy bis zum Treffpunkt.

Da steht er. Schwarze Jacke, dunkle Jeans, ein hellblaues Shirt. Er lehnt lässig an einer der Hauswände an und sieht auf sein Smartphone. Als er bemerkt, dass ich näherkomme, hebt er seinen Kopf und ein unfassbar strahlendes Lächeln taucht auf seinem Gesicht auf. Seine schwarzen Haare sind etwas kürzer, die blaugrauen Augen funkeln voll Freude und Wärme.

»Hey«, begrüßt er mich und schließt mich direkt in seine Arme. Seine Nähe tut mir gut. Er tut mir gut. Dann nimmt er meine Hand in seine und streichelt über meinen Handrücken. Augenblicklich fühle ich mich geborgen, gehalten, beschützt.

»Hast du gut hergefunden?«

Ich nicke bloß und bemühe mich, dem Kribbeln in meinem Bauch nicht zu viel Beachtung zu schenken. Nachdem der Fluch gebrochen war, haben wir Kontakt gehalten, wir alle. Als Lexi, Jules und ich unseren Trip nach London planten, war Nick dabei. Es ist so normal, dass es mich überrumpelt hat, einfach einen Ausflug mit Freunden zu unternehmen. Und vor allem, dass Nick mitkommen wollte.

»Darf ich es sehen?«

Nick und ich haben uns beide dazu entschlossen, uns ein

Tattoo stechen zu lassen. Aber wir wollten den anderen mit dem finalen Motiv überraschen. Also haben wir entschieden, separat eines machen zu lassen. Außerdem wollte ich ihn nicht dabeihaben, sondern diesen Augenblick allein meiner Cousine schenken. Das, wovon wir als Kinder immer wieder gesprochen haben und was ich nun endlich erfüllen kann. Lexi hat ihre Meinung bezüglich Tintenkunst unter der Haut offenbar geändert. Aber sie wollte bei mir sein. Obwohl sie mich bei jedem Nadelstich davon überzeugen wollte, dass ich es mir anders überlegen soll. *Meine kleine Dramaqueen.*

Ich strecke ihm meinen Arm entgegen und erhalte genau die Reaktion, die ich mir heimlich gewünscht habe.

»Das ist wunderschön«, flüstert er beinahe. Dann jedoch zieht er die Augenbrauen zusammen. »Der Schlüsselbart hat acht Zacken.«

»Genau. Sieben für die Gründungsfamilien und eine für Alizons. Sie gehört dazu und sollte nicht übersehen werden. Niemand sollte das.«

Ihre Zaubermacht wurde als Bedrohung gesehen, dabei haben die Gründer nicht erkannt, wie wundervoll und hilfreich sie sein kann. Ein jeder sollte mit seinen Fähigkeiten gesehen werden, nicht als Konkurrenz, sondern als wertvolle Bereicherung, als zauberhafte Bereicherung.

»Das ist eine schöne Botschaft, die du dir ausgewählt hast.«

Mich freut sein Lob. Der kleine Hopser in meinem Brustkorb bestätigt das nur allzu deutlich.

»Und, wie sieht deins aus?«

Nick setzt dieses charmante und gefährliche Lächeln auf, was mich nervös werden lässt. »Es ist am Rücken. Das zeige ich dir später«, zwinkert er.

Albern, dass mein Körper direkt darauf reagiert. Die Schmetterlinge in meinem Bauch schlagen mit ihren Flügeln als wollten sie applaudieren.

Nick legt seine Arme um meine Taille und zieht mich näher zu sich ran. Automatisch schlinge ich meine Hände um seinen Nacken. Diese Nähe gefällt mir. Eindeutig.

Eine Hand streicht über sein Gesicht. Sie erkundet die weiche Haut, die mit jeder Stelle, an der meine Fingerspitzen sie berühre, ein Feuerwerk bei mir auslöst. Über seinem Auge ist die Haut feiner und sensibler. Doch die Narbe steht ihm. Sie lässt ihn so wirken, wie ich ihn sehe: stark und weich, unbesiegbar und gleichermaßen verletzlich.

»In Ordnung. Also, warum treffen wir uns hier? Was machen wir?«

Da ist wieder dieses Lächeln. »Ich habe uns einen Escape-Room gebucht«, lächelt er.

Ich blinzele und zucke zurück. Er macht wohl Scherze.

Nick lacht auf. »Komm schon, Elena. Was meinst du? Sollen wir ein bisschen Spaß haben und einen ganz normalen Tag verbringen?«

»In einem Escape-Room?«

Nick zieht bloß die Schultern hoch, als wäre nichts dabei. »Wir zwei zusammen können jedes Rätsel lösen und alle Hindernisse überwinden.«

Seine Worte schmeicheln mir. Wir stehen zwar noch am Anfang, lernen uns gerade erst richtig kennen, aber dennoch verbindet uns etwas, woran sonst niemand herankommen wird. Tiefes Vertrauen und ehrliche Verbundenheit.

»Es gibt weitaus schlimmere Räume als solche, findest du nicht? Willst du dich mit mir der Herausforderung stellen?«

»Ich weiß nicht, ob du verrückt bist oder ich oder wir beide. Aber ja, warum nicht? Ein bisschen Wahnsinn im normalen Alltag schadet nicht«, erkläre ich.

Dann rückt Nick noch ein Stück näher, bis sich unsere Nasenspitzen berühren. Es ist eine sanfte Berührung, die mir einen wohligen Schauer bereitet. Er gibt mir Sicherheit. So wie ich ihm Sicherheit gebe. Wir haben uns beide gerettet.

Endlich treffen seine Lippen auf meine. Es ist ein warmer Kuss, weich. Er schmeckt nach Hoffnung, nach Neuanfang, nach Leben.

Plötzlich summt ein Handy. Es ist meins und stört den Moment der heimlichen Zweisamkeit. Es könnte Lexi sein oder Jules. Ich muss nachsehen. Nick hat dafür Verständnis. Irritiert sehe ich auf das eingeblendete Foto und zeige es ihm. Er zuckt bloß mit den Schultern. Es ist Aiden, der gerade mit Isis, Caleb und Nazmi einen Pärchenurlaub in Paris macht. Auch sie brauchten einen völligen Tapetenwechsel nach dem ganzen Spuk.

»Hey, alles in Ordnung?«

»Elena? Ist Nick bei dir?«, höre ich Aidens panische Stimme. Das klingt gar nicht gut. Irgendetwas muss passiert sein. Das gefällt mir nicht.

»Ähm ... ja, ja, er steht direkt neben mir. Ich stelle dich auf laut«, antworte ich.

»Hey, Aiden«, spricht Nick in mein Smartphone.

»Leute, ich habe etwas gefunden. Also wir. Und es ... ist schrecklich.«

Allmählich macht er mir Angst.

»Ganz ruhig, Aiden. Was hast du gefunden?«, übernimmt Nick.

»Ich habe doch diesen Blog.«

Jeder von uns ist anders mit den Erfahrungen umgegangen. Aiden hat seinen Trost in dem Aufschreiben seiner Eindrücke gefunden und einen eigenen Blog erstellt. Ich habe ihn mir mal angesehen. Aber die Schilderungen darauf haben mich zu sehr an die schrecklichen Bilder erinnert, die ich selbst loswerden will.

»Jedenfalls lesen immer mehr Leute darin, nachdem ich ihn online gestellt habe. Und eben hat mir jemand geschrieben, aus Amsterdam. Sie will Ratschläge haben, da die nächste Auswahl anstehe.«

Ich verstehe nicht, was er sagt. Die nächste Auswahl? Wir haben den Fluch gebrochen. Außerdem macht es keinen Sinn, denn Alizon hat den Zauber über Mistwick verhängt.

»Aiden, was meinst du? Wir haben Alizon befreit, der Fluch ist gebrochen. Es ist vorbei«, versucht Nick ihn zu beruhigen.

Aiden dagegen lacht auf. Er klingt bitter und verängstigt. »Ja, das haben wir. Aber versteht ihr nicht? Es gibt noch mehr Hexen. Überall auf der Welt. Sie wurden alle von der Urmacht *Magie* gesegnet. Das betraf nicht nur die Familie Devine. Und wenn ihr weiterdenkt … Überall gab es auch Hexenverfolgungen.«

»Über dreihundert Jahre lang …«, haucht Nick. Der Schrecken ist ihm ins Gesicht geschrieben.

»Du musst es ja wieder genau wissen«, bemerkt Aiden und holt Luft. Allmählich begreife ich endlich, was das bedeutet.

»Es gibt noch mehr Rätsel? Mehr mystische Spiele?«, frage ich laut.

Nick schluckt schwer. Wir sind zwar mit dem Leben davongekommen, aber viele andere sind es nicht. Sie sind weiterhin gefangen in ihrer Stadt, in einem Fluch, in diesen tödlichen Fängen.

»Sie bittet um Hilfe«, höre ich Aiden.

Ich sehe Nick an. Ein kurzer Moment, den wir in der Normalität verbringen wollten. Eine Auszeit nach all den Strapazen, die wir erleben mussten. Dann blicke ich auf mein Handgelenk. *Magical.*

Es gibt mehr Hexen, mehr Seelen, die in Not sind. Mehr grausame Flüche und mehr mystische Spiele. Es ist noch längst nicht vorbei.

Wir können es schaffen, wir alle zusammen. Wenn wir richtig hinsehen und alle *sehen*, sie wertschätzen und ihre Fähigkeiten und Talente als Mehrwert, als Reichtum anerkennen. Wenn wir alle mehr aufeinander achten, statt bloß an uns selbst zu denken.

Güte. Selbstlosigkeit. Liebe. Mut. Vergebung. Freundlichkeit. All das kostet nichts und kann die Welt doch verzaubern. Verzaubern und von all der Boshaftigkeit befreien, in der sie gefangen ist.

Ich sehe Nick in die Augen. Es braucht keine Worte, um eine Entscheidung zu treffen. Eine, die alles verändern kann.

ENDE

Danksagung

Für mich. An erster Stelle möchte ich mir selbst danken. Es ist mein vierter Roman, der nun veröffentlicht wird. Bislang habe ich mich in der Danksagung immer außer Acht gelassen. Dieses Mystery-Romantasy-Live-Escape-Buch konnte nur entstehen, weil ich mit Mut, Zuversicht und Selbstliebe an mich, meine Stärke und meine Talente geglaubt habe. Ich bin ich! Und genau dafür bin ich dankbar!

Ich möchte mich an dieser Stelle beim VAJONA Verlag bedanken. Danke an Vanessa für deinen Einsatz, an Julia für das vollkommene Cover, an Désirée und Sandy für den perfekten Feinschliff. Durch euren Glauben an Mystic Room kann dieser Roman in die Welt gebracht werden. Danke!

Ich bin für meine wundervolle Familie unendlich dankbar, die all meine Launen besonders während der intensiven Schreibphasen erträgt. Danke, dass ihr mich so sehr liebt und unterstützt! Mein Fels in der Brandung: Danke, Lena, für deinen Halt, wenn ich nicht weiterweiß. Deinen Trost, wenn ich anfange zu zweifeln. Deinen Mut, wenn ich ängstlich bin. Mit dir wird selbst das Unmögliche auf einmal möglich. Ich freue mich auf unsere gemeinsamen Abenteuer in den nächsten Escape-Rooms. Ich wäre mit niemandem lieber in einem Raum eingesperrt als mit dir.

Meine Spiele-Ladys verdienen einen Ehrenplatz: Danke, Christina und Andrea, für all die magischen Momente, die ihr mir beschert. Danke dafür, dass ihr mich beim Schreiben so sehr unterstützt und mir mit Rat und Tat zur Seite steht.

Danke, Jessi, für deine Freundschaft, für deine Motivation, für deine Fröhlichkeit – und all die schönen Brettspielabende. Du bist goldrichtig, wie du bist!

Zwei Menschen haben in den letzten Monaten mein Leben auf vielfältige Weise bereichert: Janina und Helge! Danke für euer Vertrauen, eure Leidenschaft für Brettspiele und eure kreative Offenheit für Ideen. Ihr habt mich tatkräftig ermutigt, an meine Stärke zu glauben. Danke für eure Unterstützung!

Lisanne und Florian, ich danke euch für die schönen gemeinsamen Spielestunden und Escape-Räume, die wir gemeistert haben. Es ist immer lustig mit euch. Grüße gehen auch raus an Huan und Vlad. Leute, ihr seid legendär!

Christoph, danke, dass es dich gibt! Du bist unbeschwert und ein solch herzensguter Mensch, der ein Vorbild für so viele ist! Deine Güte und Liebenswürdigkeit kennen keine Grenzen. Ich habe dich ganz doll lieb!

Danke an alle Gamer*innen, Brettspieler*innen, Rätselfans und Booklover*innen da draußen! Ich danke euch, dass ihr dieses Buch gelesen, dabei mitgefiebert und mitgerätselt habt! Lasst euch von der Magie der Spiele und Rätsel verzaubern. Die Welt ist grau genug, doch wir können sie mit unserer Vielfalt in Spielen und Büchern bunter machen. Und wenn es mal kniffelig wird, dann habt keine Angst: Jede Herausforderung ist es wert, lösbar gemacht zu werden.

Eure Klara

Liebesromane im VAJONA Verlag

Ein Soldat, der auf eine Frau trifft, die sein Leben
grundlegend verändert ...
von *Vanessa Schöche*

UNBROKEN Soldier

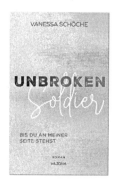

Vanessa Schöche
456 Seiten
ISBN 978-3-948985-66-0
VAJONA Verlag

»**Das Leben ist nicht nur kunterbunt, Ava.**«
»**Es ist aber auch nicht nur schwarz-weiß, Wyatt.**«

Ava und ich kommen aus verschiedenen Welten.
Alles an ihr ist rein, farbenfroh und hell. Und damit nun einmal das absolute Gegenteil von mir und meinem Dasein. Während sie jede träumerische Aussicht aus ihren noch so kleinen Venen zieht, bin ich Realist.
Sie muss verstehen, dass nicht alles im Leben kunterbunt ist. Ava will mich retten. Das spüre ich ganz deutlich. Aber sie sollte begreifen, dass ich gar nicht gerettet werden will. Und noch viel wichtiger: Dass ich nicht gerettet werden kann, selbst wenn ich wollte.

Eine Geschichte voll ewiger Liebe, prägendem Verlust und tiefer Vergebung von *Vanessa Schöche*

Meine Hoffnung im Mondschein

Vanessa Schöche
400 Seiten
ISBN 978-3-987180-79-8
VAJONA Verlag

VERÖFFENTLICHUNG: 12. Juli 2023

Josias und ich teilten in jener Nacht unsere größten Geheimnisse. Man sollte meinen, dass uns das zu etwas Besonderem gemacht hätte. Doch dann, als wir uns jetzt nach über zehn Jahren wiedersehen, erkennt er mich nicht. Weil er sich scheinbar nicht einmal die Mühe gemacht hat, außerhalb seines Bestseller-Ruhms an mich zu denken. Und wie naiv ich doch war, dass ich in dieser Zeit tagtäglich mindestens einen Gedanken an ihn verschwendete. Denn jetzt stellt sich heraus: Josias war die reinste Zeitverschwendung und all seine Geschichten, die meine Gefühlslage beim Lesen immer wieder ins Wanken brachten, ebenso ... Meine Hoffnung im Mondschein. Das Mädchen vom See. Wie könnte ich Annylou jemals vergessen. Sie ist der Grund, dass ich jeden Tag ein bisschen mehr sterbe. Weil sie aus meinem Leben verschwunden ist und unauffindbar war. Bis heute. Dabei hat mit ihr alles angefangen, was an Bedeutung gewann. Denn manchmal braucht man nur die eine Person, die an einen glaubt. Nur diese eine. Dann ist es egal, dass zig andere es nicht tun. Annylou ist dieses eine Wesen, das an mich glaubte.

Der fesselnde Auftakt einer royalen Geschichte von
Maddie Sage

Imperial – Wildest Dreams

Maddie Sage
488 Seiten
ISBN 978-3-948985-07-3
VAJONA Verlag

»**Wem sollen wir in einer Welt voller Intrigen und Machtspielchen noch vertrauen? Lassen wir unsere Gefühle zu, stürzen wir alle um uns herum ins Verderben.**«

Nach einer durchzechten Nacht reist Lauren gemeinsam mit ihrer feierwütigen Freundin Jane für ein Jahrespraktikum ins Schloss des Königs von Wittles Cay Island. Und das, obwohl ihr der Abschied von ihrer Familie alles andere als leichtfällt, denn diese ist ihr größter Halt, nachdem ihr Vater vor fast vier Jahren spurlos verschwunden ist.

Am Hof sieht Lauren sich jedoch mit zahlreichen Problemen konfrontiert, allen voran mit Prinz Alexander, dessen Charme sie wider Willen in den Bann zieht. Dabei ist der Königssohn bereits der englischen Prinzessin versprochen worden, die vor nichts zurückschreckt, um ihren Anspruch auf Alexander und den Thron zu sichern. Dennoch kommen sich Lauren und der Prinz immer näher, ohne zu ahnen, in welche Gefahr sie einander dadurch bringen. Bis plötzlich Laurens verschollener Vater auftaucht und sie feststellen muss, dass die Folgen seines Verschwindens weiter reichen, als sie je für möglich gehalten hätte.

Die neue Reihe von *Maddie Sage*
Liebe. Schauspiel. Leidenschaft.

EVERYTHING – We Wanted To Be 1

Maddie Sage
450 Seiten
ISBN 978-3-948985-45-5
VAJONA Verlag

»Schauspiel war für mich so viel mehr als meine Leidenschaft. Es war das Ventil, das ich brauchte, um all die Schatten meiner Vergangenheit erträglicher werden zu lassen.«

Die Welt von Blair besteht aus aufregenden Partys und glamourösen Auftritten. Als Tochter eines Hollywoodregisseurs besucht sie eine der renommiertesten Schauspielschulen in LA. Doch so sehr sie sich anstrengt – ihre Bemühungen, endlich ihre eigene Karriere voranzubringen, bleiben erfolglos, obwohl sie seit Monaten von einem Casting zum nächsten hechtet.
Am Morgen nach einer Benefizgala verspätet sie sich für das Vorsprechen einer neuen Netflixserie. Während des Castings begegnet sie dem Schauspieler und Frauenschwarm Henri Marchand, den sie von der Gala am Vorabend wiedererkennt. Ausgerechnet er ist ihr Co-Star und meint, ständig seinen französischen Charme spielen lassen zu müssen.
Die Chemie zwischen den beiden stimmt auf Anhieb, sodass Blair unerwartet eine Zusage für eine der Hauptrollen erhält. Nicht nur die beiden Charaktere kommen sich mit jedem Drehtag näher, auch Blair und Henri fühlen sich immer mehr zueinander hingezogen. Aber kann sie dem Netflixstar wirklich vollkommen vertrauen?

Der packende Auftakt der WENN-Reihe
von *Jasmin Z. Summer*

Erinnerst du mich, wenn ich vergessen will?

Jasmin Z. Summer
ca. 450 Seiten
ISBN 978-3-948985-72-1
VAJONA Verlag

**»Sie will die Vergangenheit endlich ruhen lassen.
Doch dann kehrt er zurück und will sie genau daran erinnern.«**

Sieben lange Jahre sind vergangen, seit Holly von ihrer ersten großen Liebe verlassen wurde. Ohne jegliche Erklärung, ohne jeden Grund. Doch mit Connors Rückkehr werden nicht nur all die unbeantworteten Fragen, sondern auch die dunklen Geheimnisse wieder ans Licht gebracht. Fragen, auf die sie schon längst keine Antworten mehr will, und Geheimnisse, die alles verändern könnten. Was, wenn die Gefühle noch da sind, aber das Vertrauen bereits zerstört ist? Und was, wenn eigentlich alles ganz anders war, als es damals zu sein schien?

Die leidenschaftliche **Es braucht**-Reihe von Jenny Exler ...

Es braucht drei, um dich zu vergessen

Jenny Exler
ca. 420 Seiten
ISBN 978-3-948985-76-9
VAJONA Verlag

»Momente wie diesen wollte ich in ein Marmeladenglas einschließen, es gut verpacken und mitnehmen, um es zu öffnen, wenn ich mich schlecht fühlte.«

New York, der Ort, an dem Träume wahr werden. In meinem Fall: An der Juilliard studieren und Tänzerin werden. Genauso wie meine Mom – vor ihrem Tod. Ich hatte nur mein Ziel im Blick. Jedenfalls bis dieser aufdringliche Schnösel Logan Godrick auftauchte und er mich wortwörtlich aus dem Rhythmus brachte. Für ihn ging es nicht um Perfektion, sondern um Leidenschaft. Logan öffnete mir die Augen, zeigte mir eine Welt abseits von Fleiß und Erfolg. Er half mir, meinen eigenen Rhythmus zu finden. Dieser aufdringliche Schnösel zeigte mir das Leben. Aber was passiert, wenn das Lied, das uns verbindet, mich zum Stolpern bringt? Wenn alles anders ist, als ich immer dachte? Wenn ein falsch gesetzter Schritt all die Lügen aufdeckt und alles zum Einsturz bringt?

Die neue Reihe von *Vanessa Fuhrmann*
Ein ganz besonderes Setting

SADNESS FULL OF Stars (Native-Reihe Band 1)

Vanessa Fuhrmann
ca. 450 Seiten
ISBN 978-3-987180-23-1
VAJONA Verlag

Die Sterne am Himmel zeigen uns immer den Weg. Sie lassen uns niemals im Stich. Genauso wenig wie der Adler. Er spannt die Flügel, um uns zu zeigen, wie frei jeder einzelne Mensch eigentlich sein sollte.

Freiheit und Naturverbundenheit – das ist es, was Sunwais Leben prägt. Sie gehört den Citali an, einem indigenen Volk Amerikas. Trotz der Reservate und der modernen, schnelllebigen Welt versuchen die Citali noch immer, so nah wie möglich an den früheren Wurzeln der Native Americans zu leben. Technik und Modernität sind Sunwai fremd. Doch eines Tages trifft sie Johnny, der im Zion-Nationalpark campen und wandern möchte, um seinen Traumjob und seine familiären Probleme in Los Angeles zu vergessen. Sunwai ist fasziniert von Johnny und beide wollen die Welt des jeweils anderen kennenlernen. Dabei kommen sie sich gefährlich nahe. Doch was, wenn Johnny so sehr gebrochen ist, dass er Sunwai mit sich in die Tiefe und fort von ihrer Familie ziehen könnte?

Der Auftakt der Romance-Thrill Destroy-Reihe
von *Aileen Dawe*

DESTROY – The Hidden Secrets (Band 1)

Aileen Dawe
400 Seiten
ISBN 978-3-9487180-40-8
VAJONA Verlag

VERÖFFENTLICHUNG: 05. April 2023

Und hier saßen wir nun. Zwei gebrochene Herzen, die sich einander hielten, im gegenseitigen Versuch, das andere zu heilen.

Unbeschwertheit ist für Collin Donovan ein Fremdwort, denn auf seinen Schultern lastet enormer Druck. Seine Basketballkarriere scheint in Stein gemeißelt, nur ist es nicht die Zukunft, die er sich wünscht. Als Malia Evans in das verschlafene Nest Rosehollow kommt, stellt sie seine Welt sofort auf den Kopf und schenkt Collin das, wonach er sich immer gesehnt hat: Freiheit. Doch mit Malias überstürzter Flucht holen sie Erinnerungen ein – und das schneller, als sie jemals rennen kann. Während sie verzweifelt versucht, die Schatten ihrer Vergangenheit zu vergessen, droht Collins Geheimnis ihn endgültig zu brechen …

Fantasyromane im VAJONA Verlag

Episch. Atemberaubend. Emotionsgeladen.

Der Auftakt einer noch nie dagewesenen Fantasyreihe
von *Sandy Brandt*

DAS BRENNEN DER STILLE – Goldenes Schweigen

Sandy Brandt
ca. 450 Seiten
Band 1
ISBN Paperback 978-3-948985-52-3
ISBN Hardcover 978-3-948985-53-0
VAJONA Verlag

»Früher hätte sich die Menschheit durch ihre Lügen fast ausgerottet – die Überlebenden haben geschworen, dass es nie wieder so weit kommt. Heute erscheint jedes gesprochene Wort narbenähnlich auf der Haut. Die Elite herrscht stumm, während die sprechende Bevölkerung als Abschaum gilt.«

Olive und Kyle kommen aus zwei verschiedenen Welten.

Die achtzehnjährige Olive lebt in einer Welt, die von absoluter Stille und Reinheit geprägt ist. Selbst unter der stummen Oberschicht gilt sie als Juwel. Kyle dagegen trägt tausende Wörter auf der Haut und ein gefährliches Geheimnis im Herzen.

Als sie gemeinsam entführt werden, sind sie überzeugt, der andere sei der Feind. Sie ahnen nicht, dass dunklere Intrigen gesponnen werden. Olive will ihr Schweigen wahren, um nicht der geglaubten Sünde zu verfallen. Und Kyle weiß, dass es für ihn tödlich enden wird, wenn das stumme Mädchen hinter sein Geheimnis kommt. Beide müssen entscheiden, welchen Preis sie für ihre Freiheit zahlen wollen – und ob sie einander vertrauen können …

Magisch. Düster. Emotionsgeladen.
Die neue Fantasy-Saga von *Sandy Brandt*

THE TALE OF WYCCA – Demons (Band 1)

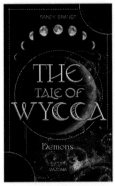

Sandy Brandt
450 Seiten
ISBN 978-3-987180-86-6
VAJONA Verlag

VERÖFFENTLICHUNG: 11. Oktober 2023

Die Dämmerung setzt ein und mit ihr erheben sich die blutigen Gestalten zu Ehren des Veri-Festes. Sie sammeln sich um ihren König. Denn er ist das Blut, das den Neuanfang verkündet.

Der Preis für die Stadt Avastone war Blut. Blut, das auf ewig durch den Fluss Mandalay fließt, um den Frieden zwischen Menschen und Wycca zu wahren. Als Raevan Tennyson gegen seinen Willen König wird, ist er gezwungen, das Ausmaß seiner Kräfte zu verbergen. Denn jahrhundertelange Kriege haben die Furcht der Menschen vor den Wycca genährt. Und Raevan ist der tödlichste unter ihnen. Doch die Menschen in den Straßen Avastones schmieden eine Waffe, die den König vernichten soll. Um den Thron und sein Leben zu retten, sucht Raevan nach der legendären Blutkrone. Die Spur führt ihn in die berüchtigte Sternengasse, die wegen des Schwarzmarkts für Magie kaum jemand zu betreten wagt. Doch nicht nur die Dunkelheit lockt Raevan. Obwohl er verheiratet ist, verliert er sein Herz an die Menschenfrau Azalea. Er weiß, jede Berührung kann tödlich enden. Denn auf Ehebruch mit dem König steht die Todesstrafe.

Eine Steampunk-Fantasy-Reihe von *Nika V. Caroll*.
Märchenhafte Elemente treffen hier auf spannendes und packendes Setting.

SPIEGELKRISTALLE – Über schwarze Schatten und Metallherzen

Nika V. Caroll
ca. 450 Seiten
Band 1
ISBN Paperback 978-3-948985-63-9
ISBN Hardcover 978-3-948985-64-6
VAJONA Verlag

»In dieser Geschichte gibt es keine Prinzessin, die aus einem hohen Turm gerettet werden muss – denn dies ist kein Märchen!«

Vor Tausenden von Jahren wurde die Insel Yumaj durch einen Fluch in zwei Teile gespalten – den gesegneten und den verfluchten. Während sich die einen als Auserwählte betrachten, sehnen sich die anderen nach Rache. Umgeben von magischen Maschinen und unvollkommenen Menschen ist dem Spiegelkönig jedes Mittel recht, um endlich wieder frei zu sein. Dabei sieht er seine einzige Chance darin, Akkrésmos freizulassen: Ein Monster, das die Welt ins Chaos stürzen soll.
Als die Schattentänzerin Eira und ihre Freunde von dem Plan des Spiegelkönigs erfahren, setzen sie alles daran, ihn von seinem Vorhaben abzuhalten. Doch dieser scheint jeden ihrer Schritte bereits zu kennen. Und bevor es Eira verhindern kann, ist sie tief in die Machenschaften der Insel verstrickt und längst Teil eines viel größeren Plans.

Romantasy im VAJONA Verlag

Meerjungfrauen, wie du sie noch nie gesehen hast …
Der neue Roman von *Tanja Penninger*

Das Lied der See

Tanja Penninger
Ca. 400 Seiten
ISBN: 978-3-987180-67-5
VAJONA Verlag

Im Morgengrauen hatte ich ihn gefürchtet. Zur Mittagsstunde hatte ich ihn gehasst. Im Abendrot hatte ich mich verliebt.

Es ist mitten in der Nacht, als eine feindliche Armee ins Schloss eindringt und Prinzessin Angelina mit ihrer Zofe Emilia fliehen muss. Ein Fluchtschiff soll sie zu Angelinas Verlobtem, dem Kaiser der Goldenen Inseln, bringen. Kaum den Feinden entkommen, wird das Schiff jedoch von Seeräubern überfallen. Die beiden Frauen finden sich an Bord eines Piratenschiffes wieder und es sind ausgerechnet die tiefen meerblauen Augen des attraktiven Kapitäns Hektor Lewis, die Angelina mehr und mehr in ihren Bann ziehen. Eine bevorstehende Meuterei, ein wütender Sturm, zerstörte Schiffe und feindliche Piraten sind dabei ihre geringsten Probleme. Denn gerade als Angelina dabei ist, Hektor ihr Herz zu schenken, stößt sie auf ein dunkles Geheimnis.

Folge uns auf:

Instagram: www.instagram.com/vajona_verlag
Facebook: www.facebook.com/vajona.verlag
Website: www.vajona.de

DER PODCAST